爆籃英雄集結
U0942343
太平洋石油
24
太平洋石油
23
太平洋石油
26
殷培基

爆籃 英雄集結
作者／殷培基
策劃編輯／賴百樂
協力編輯／卓希雪
美術設計／葉智聰
插圖／孫威軍
出版發行／突破出版社
香港沙田亞公角山路 33 號突破青年村
電話：2632 0000　傳真：2632 0388
電郵：breakthrough@breakthrough.org.hk
網址：http://www.breakthrough.org.hk
http://www.btproduct.com
承印／陽光（彩美）印刷有限公司
2023 年 11 月初版 1 刷

Heroes Alliance
by Yan Pui Kei Kevin
First Printing, First Edition, November 2023

Printed in Hong Kong
ISBN 978-988-8562-94-7

誠邀閣下就突破出版社的書籍發表意見
歡迎加入突破書籍 Facebook page — http://www.facebook.com/btbooks.page
本書採用環保油墨印刷

成長文學

BASKETBALL
BASKETBALL
BASKETBALL
BASKETBALL

目錄

序　青出於藍的新篇章

陳葒校長

「陳Sir，我的《爆籃》最終章接近完成，誠邀你賜序，可以嗎？你是《我要打NBA》的首個賜序的人，我想《爆籃》終結，也由你操刀。未知我有否這個榮幸？」

培基那天傳給我的短訊，一下子就把我的思緒拉到二十年前，一個體型像頭熊一樣雄壯，容貌也像熊一樣兇猛的年青人，卻以細柔如羊的語調說着他的教育理想。

那年我剛擔任一所直資中學的創校校長，看到他走進校長室面試時，我不得不再次核對桌上那份寫着「殷培基」名字的履歷表上的照片，才能確定他是來應徵中文老師而不是體育老師。

「文人武相」這個詞形容的就是培基。浸會大學中文系畢業，平時既愛寫詩作文，也愛打球作樂。他的足球籃球乒乓球都頗為厲害，不是校隊也是系隊。這文武雙全動靜皆宜的特質，既使他深受不同特性學生的歡迎，也使他深受能者多勞之苦。創校初年許多有關文學或文字的工作都少不了他，而帶領學生籃球隊就更不在話下。為了讓新生在新校更快投入校園生活，更容易和老師拉近距離和建立信任，他還主動提出舉辦籃球班際賽。那不是一個幾場球賽就完事的淘汰賽，而是延續整個學年的聯賽。從計劃到籌備到執行，都由他和他的籃球隊隊員負責。

不過栽花也有無心插柳的回報。正因為帶領籃球隊和舉辦籃球賽，他也有了許多寫作的素材，在自己的博客寫了不少籃球隊的故事，和他的隊員分享。我鼓勵他將之寫成一本完整的小說，並保證可以幫他出版。於是就有了第一本《我要打NBA》，這已是十六年前的事了。

十六年後的今天，培基已是一位深受青少年讀者歡迎的著名作家了。《爆籃》的主角也從小子長成大人，新手練成老將，來到了最終章。

整個最終章基本上就只寫一場比賽——總決賽。「騰龍」對戰「太平洋石油」。一隊是「實力雄厚的外來侵略者」，一隊是「歷史悠久的長勝本土魂」。由於已經來到系列最終章，人物的身分背景性格心態已無需太多交代，培基可以集中火力寫這個三場兩勝的總決賽。從賽前訓練，到制定戰術，到陣上對抗，到臨場應變；從個人技術，到團隊合作，到精神激勵，到心理施壓；從球員，到教練，到對手，到班主；可以說，一場精彩的籃球總決賽應有的重要元素都在本書呈現了。而培基的文武雙全的特點，也在這裏完全展現。只有像培基那樣，做過球員，做過教練，在決賽上過場，帶着學生打過決賽，才能將上述所有元素講得那麼全面、深入而逼真。也只有像培基那樣的創意和文筆（他在教書前的工作是做廣告文案的），才能夠運用上述元素將故事寫得緊湊刺激又跌宕起伏。

身為教師，培基總會將他的教育理念融入故事之中。師生關係，因材施教。球品即人品，籃球亦人生。友情，親情，無私合作的隊友之情，提攜後輩的前輩之情，惺惺相惜的對手之情，一直貫穿整個《爆籃》系列，在這本最終章同樣非常明顯，可謂有始有終。也因為如此，培基的作品總能超越純粹的感官刺激，而進入振奮精神和觸動心靈的層次。

最後想講幾句花邊。《爆籃》系列有不少真實人物的影子。其中兩位主角，俱有同名同姓的真人藍本，值得一提。一是李琪。他是本地職業籃球界的著名球員。二是殷青藍。他應該是未來本地職業籃球界的著名球員。培基的兒子就叫殷青藍。

青出於藍。所謂的最終章，繼續翻下去，也就是新篇章了。

第一章：絕殺之後

太平洋石油
24
太平洋石油
23

1 日出前的變幻

慣看天色變幻的人多數樂觀。或者稱之為淡定、冷靜。

港區著名地段的南山，以一隅半島之雄姿面朝大海，由山腰起始，一列列豪宅和名校駐紮，環山而建，傲然而立，由東到西，前觀日出，後看夕陽。山頂之上，天坪學院旁的獨立別墅羣，名曰「連天」，都是名人住宅，保安森嚴，關卡重重，除了嚴謹的物業管理外，不少大企業老闆都私人聘了保安隊，在屋苑內進進出出，禁絕記者傳媒，也禁絕閒雜人等出入。

都說，慣看天色變幻，自然處變不驚。

「連天」位處山頂，十二幢別墅一字排開，前門向東，後園向西，最後一間大宅更坐擁了二百七十度無敵海景，廣目開外，山海之間，高與天連，極目之下，迷濛的白色海霧像神仙的輕紗，細細靜靜的浪潮如曼妙的神曲，海平面上漸昇的太陽一露臉，灰灰藍藍的天漸變魚肚白，沉灰暗藍的雲被風捲動，舒卷之間，晨光穿透，令人神為之奪，靜觀這番日出的驚艷。

「狂人」阮志成正正習慣了每一個清早，五點起牀，坐在大客廳的落地玻璃窗前，觀賞日出一幕。即便是下雨天、刮颱風的日子，他都早起，他都坐着，他都觀天色、觀雲變、觀山樹、觀海浪，務求在一日之初，以靜觀心，好好思想自己當天要做的事，也好好部署自己將要策劃的事。

然而，看慣了世道變幻的他，觀察今天日出的景象，竟不自覺地心緒不寧，好像有數十隻黑蟻在腦筋上爬行、噬咬，渾身不自在，直想用十隻留了長指甲的指尖抓破頭皮，抓死放肆亂爬的黑蟻。是因為風的流動猛烈了？雲層積得又重又厚了？還是海潮的呼嘯吼得更響了？今早的日出，曙光耀眼的瞬間，厚雲湧動過來，風刮破浪，天色由乾淨的澄藍，頓變成鬼魅的死灰。阮志成是個樂觀而冷靜的人，絕少會有思緒紊亂的時候，於他而言：「風起雲湧尋常事，傲視蒼生我自豪。」但今日一覺驚醒，殘留在腦海的夢境就是他不安的原因——「太平洋石油」在總決賽上殺敗了他的「騰龍」。

這關乎一條額外附加的賭約——「今季賽事，『騰龍』輸了，請滾出本地聯賽。」殷青藍道。

「如果『騰龍』勝出，也請你們『太平洋石油』退出。如何？」阮志成拉着一整隊人馬，在總決賽的記者會上，聲勢浩大如排山倒海，當面許下這條像不歸路的賭約。也因為立下此約後，阮志成罕有地開始失眠，尤其當他知道，「煜TATOO」自從上仗輸了給「太平洋石油」，無緣殺進總決賽之後，隊中主力名越川、上本直宏、馮英、凌昭如等等，竟同仇敵愾般協助殷青藍和楊濤等人進行閉門訓練，誓要奪得本季聯賽總冠軍為止。

阮志成清楚記得幾年前，在美國的街頭籃球聯賽遇上殷青藍和上本直宏，也敗過給他倆，所以這次不能再敗，不世狂人的尊嚴豈能容許自己再輸一次？

2 日出後的終戰

其實同樣的情況，也在今天早上發生。在殷青藍和一眾隊友的身上發生。

「今早在長堤上的晨跑訓練，你們有發現天色異常嗎？」郭子丹剛在球館完成了折返跑投籃練習，滿頭大汗地坐在地板上休息。待其他隊友各自完成了專項訓練，整座球館便靜了下來，只有大力大力的呼吸聲，沒有人交談，很靜很靜，靜得不大尋常，靜得各有心事，不想交流。

沒有人回應郭子丹的問題。

雖然，眾人都在長堤上晨跑，楊濤和李琪還自發地增加黃昏緩跑的訓練環節，可是並沒留意那一道跑步徑的風景線。

「我們都專注自己要跑的路，要追的終點。」他們的眼神裏，就只有這個答案。

「我有留意啊！」總教練殷耀榮是唯一一個回答郭子丹的人，他道：「日出只是剎那，跟着就是風雲變色，藍藍灰灰的大片厚雲壓住了山，雲的流動很快，風也很狂，海浪連湧帶捲的，數隻漁船似被大海浪吞食然後吐出，整片天都黑壓壓的。」

「很不尋常呀！教練！」郭子丹一副擔憂的表情。又道：「自從上一仗，『煜TATOO』最後一擊失手之後，我們也很不尋常呢！」

時間倒回到上一仗四強大戰的最後十秒！（欲知詳情，請閱《爆籃7 絕殺時機》）

「煜TATOO」得界外球，凌昭如已穩穩地站在中場的邊界線上，聽見教練的指示，瞄着隊友們在場上的位置，球在他手，反敗為勝的機會只有一次，眾人都知道，在這支球隊裏面，馮英、上本直宏、名越川都是可靠的絕殺高手，十秒，對於一個經驗老到的皇牌球員來說，充裕得過分，只要能順利把球傳出去，傳到馮英的手上，他絕對有能力主導這最後一擊！

「不！不能讓師傅接球在手。」緊咬着馮英的郭子丹心忖，如果讓凌昭如順利傳出界外球予馮英，「煜TATOO」反勝的成功率至少增加30%。

可是，凌昭如作出的傳球選擇，竟是沉在底角的上本直宏！

隊中最頂尖的皇牌——名越川主動走向三分線外，為馮英作右邊單擋，郭子丹哪料到名越川這一舉動？從來，他都是主導進攻的一個，少有為人單擋接應，當下如此生變，便足以證明今時不同往日，「球要給他」的絕對概念已經改變為「球可以給任何人」了。

「糟！給擋得死死的！」子丹叫苦的原因很簡單，因為他面對的是一名沙場老將，馮英拿捏單擋的時間極準，幾時動，幾時靜，幾時虛幌，幾時假裝，都是老到的經驗，郭子丹的體能和速度雖比馮英優勝，不過比賽到這一刻，似乎經驗比一切都重要。

「不打緊！換防而已，馮英交給我。」

說時遲那時快，馮英順利接應凌昭如的界外球，殷青藍已換防補位，由他對付這頭老鬼。

「子丹，別讓名越川接球！貼緊他！」青藍盯着馮英的同時，朗聲提醒郭子丹，在他身後，還有另一超級高手——上本直宏，這最後一擊，好可能會把球交到他手上，預計最後三秒吧！

馮英默數最後十秒，眼前是一頭黑豹，隊友散開四邊，六秒！

另一邊廂，楊濤硬撼凌昭如，力阻他走向三分線外跟馮英單擋，同時李琪亦死追着無球走位的上本直宏，看他的路線，明顯地，他正企圖執行一線雙擋的戰術！果不其然，凌昭如繞過馮英，單擋忽變Hand off，由凌昭如接球在手，馮英Roll Out，名越川Roll in，跟上本直宏在罰球線上單擋，凌昭如馬上傳球到罰球線，上本直宏接應在手，三秒！

李琪奮力躍起！

殷青藍從後躍起！

郭子丹飛撲過來！

上本直宏後躍跳投，出手點極高！在這絕殺一擊之際，全場靜默、靜待……冷不防！一條黑色的身影倏然而至，原本，他守着內線的大前鋒市川信明；原本，他需要跟對手在籃下卡位；原本，他就知道最後一擊的機會不會落在市川信明手上。

於是，他孤注一擲！在這緊要關頭，棄守籃底，轉身跨步，心忖：「就是猜透了你啊！上本直宏！你這傢伙就是英雄主義！」

零秒！

上本直宏的絕殺被這條黑色的鬼影封死了，連同賽果一起葬到地下去！那刻，旁述「通天眼」顏爺為這條鬼影賜下了新的封號——死神！

黑鷹死神．黃庭軒。

整季下來，他累積的飛身封阻已經有二十六個，他自己也沒料到在整個職業生涯裏，會在今季開發出這項新技能。作為一名得分後衛，能以封阻令對手聞風膽喪，殊不容易，何況剛才……在對手無球跑動的戰術下，本已造成連翻錯位，逼得他死守比他壯碩的市川信明，不過也萬萬沒料到，在此關鍵一刻，觸動他靈光一閃，想起在球隊會議時討論過的觀點：

上本直宏在絕殺階段，多數不會傳球！

被黃庭軒拍走的籃球，在淺啡色木紋地板上慢慢停下來，球迷觀眾站立鼓掌歡呼，為兩隊上演的精彩大戰喝采。

「想不到能走到這？」馮英主動走到郭子丹面前跟他擁抱，鼓勵他：「你的防守大有進步！很不俗啊！」郭子丹用力地點頭，勝出比賽自然高興，但也不忘謙虛，道：「有兩個 Play 也要跟你學習，尤其是掌控球隊的節奏上。」

「想不到只能走到這？」上本直宏緊緊地和殷青藍擁抱一下，李琪和名越川亦相視一笑，英雄之間從此惺惺相惜。凌昭如和楊濤碰拳、擊掌，道：「老兵不死啊！」凌昭如笑着點一下頭，回身遙看觀眾席上的親弟凌少軍，兩人伸直右拳，隔空互碰，一切都心照了，凌少軍絕對為這位老大哥引以為傲。

「能走到這一步，大家都卯足全力了。」殷青藍輕輕手搥打着上本直宏的胸口，道：「兄弟，多謝你！有你才有今日的我。」

上本直宏沒有因為輸球而過分失望，其他隊友都一樣，只因眾人都知道，能跟這樣級數的球員激戰四十分鐘已算無悔無憾。「下一輪賽事，是真正的屠龍大戰啊！」上本直宏指住高高在上的包廂，目光銳利如弓上箭鏃。場上的記者捕捉到這一瞬間——上本直宏直指場館包廂，殷青藍抬頭遠望，兩人肩並肩傲立着，挑釁味道極濃。然後翌日的體育新聞頭版，記者把這幅照片加以修飾，把他們指住的包廂四周，用電腦修圖技術繪畫成一頭張翼的魔龍，包廂裏面是誰？

正是終極一戰的對手——狂人阮志成！

本季總決賽的賽制為三場兩勝制，常規賽戰績較佳的「騰龍」對戰在季尾發力取得八連勝的「太平洋石油」。兩隊是命中注定的宿敵，一個是實力雄厚的外來「侵略者」，一個是歷史悠久的長勝「本土魂」，在整個賽季中有勝有負，難分軒輊。當然阮志成的「騰龍」憑藉雄厚的資本，上至管理，下至訓練，每一環都引用NBA職業聯賽的理念和規格，帶動起整個本土的訓練規模和潮流。但一直為人討厭的，是他那財大氣粗、以本傷人的風格，而且操控外圍賭博的惡行更惹來猛烈抨擊。

「我說過，如果有任何一支球隊有本事，把我從王座上拉下來，來季，我退出這地方！」狂人的說話自有狂人的本色，彷彿是他從容不迫地寫成的一紙戰書，公開挑戰整個聯盟。其實，他的手下都覺得，阮志成的舉動過於張狂和自信，也不需要走這一條沒退路的路，可他的天性如此，反正於他而言，既已雄據亞洲其他小區的聯賽，業務的魔爪還開始伸向日、韓兩地，財資充裕，不用把港區聯賽放在眼內，就當作是一鋪鬥氣的小賭博吧！愛怎樣便怎樣。有能者，本就應該不可一世呢！

「今天的日出極不尋常。」他忖道。

那短短十數分鐘的日出，轉瞬風雲驟變，吞天食地的巨雲籠罩這座港灣都城，狂風纏絞灰雲，灰雲鎖緊狂風，想像力豐富的人自然會看得見兩頭神獸在空中的交纏和爭奪，心緒不寧實屬正常。

今天下午，總決賽第一場即將開打！

3 不尋常的首勝

全城最近流行一首跳唱舞曲，熱登各大流行曲榜首，主唱的歌手亦是近年炙手可熱的女歌星許晴。這首舞曲的節奏明快，一聽上癮，一聽入心，配合街舞的動作，拍成MV錄像，網絡平台、電視節目、商場表演都攫奪了眾人的目光，少年人、青年人、中年人，甚至長者都被它挑起想動起來的心靈和筋骨。「我很少創作快歌，跳唱於我，更是天方夜譚。但這首歌，料不到會為這座城市的人帶來如此震撼的迴響。我很開心！」許晴在一次的電視訪問中談到自己鮮有的創作。

記者追問：「這首歌叫《得勝》，好適合做打氣歌，你是否也在為某些人打氣？」

在場的記者都知道，她上一段戀情以失敗告終，不了了之地分了手，前男友正是今天下午，提刀斬龍的「太平洋石油．獵豹天王」殷青藍。

許晴瞬間沉默，面對鏡頭仍保持禮貌的微笑，身邊的助手正想替她解圍，她卻示意不需要，還正經地面向鏡頭，道：「我……希望這首歌，可以為全城的人打氣。」頓了頓，又道：「也為我的前度男友打氣。我希望他得勝，希望這首歌能為他和他的球隊注入力量。」

往比賽場館的旅遊巴上，司機重重複複地播放着這首歌，隊友都在隨旋律舞動，打着拍子哼唱，喜歡搞氣氛的郭子丹和李琪更坐到青藍的附近，一前一後的把他夾在中間，搖晃身軀輕聲合唱，子丹還做個逗引的手勢，邀請青藍一起唱，一起跳。

「由今早到現在，灰天暗地，好在有許晴這首歌，來！跳散烏雲！」電台DJ的打氣說話轟進「太平洋石油」眾將的耳裹，更鑽進殷青藍的心坎中。這時，手機傳來女友的短訊：「我在比賽場館了，等看你表演！」

青藍回應了一個簡單的微笑表情符號後便閉起雙目，再次沉思在種種戰術演算的腹地之中。他知道隊友們各有各的備戰方式，聽歌、和唱、放空、玩手機、閉目養神，都在做些跟籃球無關的事情。忽然，父親殷耀榮離開座位，走到他身邊坐下，然後輕輕搭住他的肩頭，語調輕鬆，道：「怎麼啦？第一次打總決賽？好緊張？你不是已身經百戰了嗎？」

「老實說！今年的總決賽，比起過往的，感覺很不尋常。」青藍牢牢地盯着戰術板上的線路，好像要抓住一個落腳點似的。偏偏身為總教練的父親卻把戰術板反轉了，道：「不尋常的不是比賽本身，是你。」又道：「『騰龍』可能是我們有史以來最強大、最具威脅的對手。但我們不是遇強愈強的嗎？不是為遇上了難纏的好對手而亢奮嗎？」

青藍微微點頭，重重地深呼吸了一口氣，明白父親的開解，只是今次着實不同，他清楚知道所背負着的，不僅僅是一場兩場的勝負，而是本地聯賽的將來——把狂人阮志成趕出去，別讓這座屬於本地人的城，淪為他的魔鬼根據地。「若他勝出，將來他以這地為中心，發展他的籃球聯盟之餘，也發展其地下賭博集團，以運動之名，賭博為實，不是我們所想願見的。」此刻，青藍真切感受到責任的千斤重量，壓在心頭和肩頭，兩腳不禁抖動着。

「哼！就算他離開這裏，也可以繼續他的惡魔大計。不用太上心！冷靜地看清楚吧！我們這場系列決賽，外國的賭圈，阮志成的賭圈，已有不少下注。」父親淡然地拍拍青藍的頭，似乎還是老薑辣，他續道：「他留在本土也好，被我們趕走也好，都不可能推倒他的王國，只可以讓他知道，這城市這地方，有一班人，有一支球隊，不會讓他為所欲為就已足夠。」

「為一啖氣？」青藍聳聳肩，好像懂了一點。

「好多時候，人就是為一啖氣而奮不顧身的。爭口氣啊！」殷耀榮再次翻轉戰術板，把所有畫下的線路擦掉，剛好，車停，比賽場館已在眼前。「戰術板上畫的，都在你心中了。」

隨着旅遊巴車門一開，「太平洋石油」的一眾天王陸續下車，各大媒體的記者紛紛搶前，爭着採訪，但賽事大會的工作人員們靠在一邊，盡力地築起人鏈，為球員開路。同一時間，「騰龍」的旅遊巴亦已抵達，記者們見狀，自然放棄了不願接受訪問的「太平洋石油」，轉向籃壇狂人阮志成的「騰龍」。

帶頭下車的，正是球會老闆兼榮譽領隊阮志成，一身紫色西裝外套搶盡風頭，身邊兩名行政裝束的美女秘書，以及他的「Black Suit智囊團」，每人手持一部高端電腦，一字排開面對記者，準備協助老闆應付傳媒。當球員們逐一下車，沿球員通道走進更衣室，鎂光燈閃個不停，但拍攝所得的，盡是同一張冷冷的臉，勉強擠出來的微笑沒有溫度，冰封、僵硬。

「阮老闆，今仗有信心贏嗎？」

「阮老闆，聽傳聞所講，每一場勝仗的球員獎金都雙倍啊！甚至說球員以進球和籃板的多少來定奪額外獎金呢！是真的嗎？」

記者追問，阮志成都一律不回，只穩穩的站着，跟自己的智囊團和秘書一起，任快門響，任閃燈閃。直到一句提問，才叫他擲下金絲墨鏡，皺起龍眉，認真回應。

「你可以多問一次嗎？」他指着一名體育記者問。

「沒問題！我想問的是，如果『騰龍』在這場比賽勝出的話，會連累你輸多少

錢？」該名體育記者的提問猶如刺耳的尖音，令人聯想起經典恐怖電影《猛鬼街》的狂魔佛迪，鋒銳的指尖刮牆時，挑動眾人的神經，一種毛骨悚然的不安遊走全身毛孔。登時，眾人戰戰兢兢地靜候阮志成的回應。

許多時候，阮志成給人的感覺總是狂傲，帶着野狼般的狠勁，懂他的人不多，多數是跟他惺惺相惜的對手，下屬也難以摸透他的脾性。面對這個尖銳的提問，他竟顯得異常冷靜，雖然仍是目露兇光，但他極力壓着怒火，環視眾人，舉起右手食指，指着淺白色的天花板，冷道：「今場輸了才知道啊！不過……下場會連本帶利地贏回來。」說罷，手指指向球員通道，然後開步率隊離開。

當走進通道後，他立即跟身旁的秘書輕聲道：「調查一下剛才提問的記者，看看是哪間報社，你懂怎樣做嗎？」

秘書應了一聲，笑着點頭。她問：「老闆，剛才你事先張揚了賽果啊！」

「是嗎？」阮志成摟她一下，道：「無論怎樣，贏的人都是我！」

隨着貴賓包廂的升降機門打開，港區職業籃壇總決賽系列第一場即將開始。阮志成居高臨下俯瞰兩隊在場上熱身，來回跑動和傳球、投球，無不挑起觀眾們亢奮的神經，不禁引以自豪地發表偉論：「你們看！我為所有人帶來的不只是比賽的官能刺激，還有許多許多商機，許多賭博上的勝利，人就是這樣容易被慾望所影響，我來，不過是為了滿足他們。這地方的球市不是靠我，還可靠誰？」

阮志成發表的偉論不是空談，也不是沒有聆聽對象的自言自語，在他身後除了助手，就是籃球總會的高層，是比賽贊助商的高層代表。當中有人好奇地問：「但你又跟對方打賭，如果輸了便退出本地籃球壇啊！那到時……又何必賭這麼大？」

「為一口氣有問題嗎？」秘書給他倒一杯紅酒，他坐在皮沙發上，跟同來的嘉賓談笑風生。同一時間，兩隊人馬已做好上陣的準備，「太平洋石油」的球員在現場球迷的吶喊下，圍在一起，楊濤以老大哥的身分喊話：「屠龍時刻到了，哥們！一口氣把牠宰了！」

另一邊廂，「騰龍」沒什麼特別的上陣儀式，眾將一臉淡然，簡單的碰拳，簡單的擊掌，五名正選互打眼色，輕鬆得像季前的熱身賽。難道他們因為慣見風浪，才會如此冷靜？這種氣息形成的氣牆，絕不像一支打冠軍賽的球隊，就連對手教練殷耀榮都感受到。

「事不尋常啊！阿榮！」身邊的球會經理王立一也是球壇老手，跟殷耀榮的感覺一樣。

殷耀榮掃視着「騰龍」的後備席，也觀察着他們的教練團，每個人的臉上都很奇怪，像一張放在平面上的白紙，上面什麼都沒有寫，每一張臉都是倒模似的，連笑容也像戴上了刻板虛假的面具。「你看！場上五個正選，K·艾沙、古方、秦泰和、

Mike Mitchel、尹熙順，都不像人！」

第一節，跳球之先，雙方球員互相握手或擊掌，然後站好位置，跟黃庭軒對位的K．艾沙再次對上這個「太平洋天王」，語帶輕鬆地道：「你們的黑鷹八線戰術好厲害啊！」

黃庭軒冷冷回應：「那你要小心點了。這場比賽，我要在你身上豪取三十分以上呢！」

「可以的話，請隨便！」K．艾沙作了一個「有請」的手勢，碰巧球證已把籃球拋向半空，爭跳的何偉華和尹熙順同時一躍，竟給「台灣中鋒101」何偉華搶跳成功，把球撥到楊濤手上，Mike Mitchel立時退後兩步防守，沒有施壓，也沒有封殺路線，完全任由楊濤看穿整個場區的大局——殷青藍箭步一飈，擺脫了秦泰和，手指向天，楊濤了然於胸，給他送出一記「拆你屋」長傳，籃球直向籃框飛去，砰嘭一聲巨響，青藍空接灌籃！

開賽不足五秒！「太平洋石油」的皇牌小前鋒以一記空中灌籃掀翻起全場的人浪！

只是……這一切，也太容易了吧！

「以秦泰和的質素，沒可能！沒可能如此輕易。」殷青藍一邊回防一邊思考：「這廝是故意讓我嗎？為什麼呢？」

「青藍！看球！」正當思考之際，李琪已搶斷了古方的傳送，發動反擊快攻，直線傳予仍打算回防的殷青藍。

回顧五秒前的情況，古方的失誤壓根就是一個極低級的錯誤，開步切入中路，後手回傳K．艾沙，卻被李琪看準了路線，如一柄短小而鋒利的匕首，快疾狠辣地切斷他的傳球，把握對方未及回防的一剎，讓青藍再次得到一次快攻機會，直搗黃龍，跨出兩步一躍來個單手「斧劈式」入樽！

短短一分鐘內，「太平洋石油」的當家球星殷青藍，連續兩記供傳媒拍攝特寫般的進攻，像在宣示總決賽系列的首戰，已在早段被他摘下了，餘下的時間都是多餘的表演環節而已。

「咇！」球證鳴笛，「騰龍」要求一個短暫停。

眾人都謂這個暫停是必須的，眼看對手「太平洋石油」的氣勢極盛，己方的球員卻像遊魂野鬼般在場上閒盪，實在要即時罵一罵，打一打，打醒精神，首戰的勝利決不能輕失。

「Hey！It's not my fault！」突然之間，Mike Mitchel竟與教練團中的助教推撞起來，接着「騰龍」的幾個球員也上前勸止，卻把教練推倒在地上，「三分王」古方和K．艾沙合力拉開了Mike Mitchel，但後備球員竟又與古方口角起上來，秦泰和等人馬上勸阻。總而言之，「騰龍」一方，內訌混戰，開賽之初，也不知暫停的時候，教練

團中有誰說了什麼話，直接點起了主將 Mike Mitchel 的猛火，亦攪動了當中幾個主力一直纏盤着的心結。整個場館中的數間傳媒現場直播，鏡頭四面八方而來，有遠攝也有特寫，內戰之中面目猙獰，推推撞撞的連球證也無法上前平定，直至有一個人，利用場館直播室的音響裝置，放聲喝止——Stop！

此人的一句 Stop，自場館中各處的擴音器傳來，語氣平靜卻帶有一種壓場感、一種震懾力。不言而喻，只有「騰龍」的大老闆「狂人」阮志成有此超人能耐，一句話能平定江湖紛爭。這時候，所有鏡頭都往現場直播室搶去，只見阮志成站在兩名資深旁述的中間，輕皺眉頭，傲視場館，拿起旁述「通天眼．顏爺」的直播咪高峰，冷冷下達一道命令，道：「MM（Mike Mitchel）、古方、K．艾沙，你們三個立即停賽，上來見我。其他人聽從教練指示。繼續！」

乍聞阮志成收起「騰龍」三大主將來平定球隊內訌，直叫全場譁然，觀眾和球迷們噓聲四起，猶如吹奏作反的號角，反對這個球隊老闆直接干預比賽，儼如「一言堂」的堂主，自以為是地掌控球隊。現場的記者們更直接衝上直播室，在門外守候等他現身，同時，球員通道逐漸擠滿了人，堵住了三大主將的去路。

「這是合法的嗎？球隊老闆可以直接干預比賽嗎？」其實不止現場觀眾，就連「太平洋石油」眾將都大惑不解，從未遇過這等奇事。「教練，可以由老闆決定換人嗎？」李琪率先發問。然而殷耀榮不置可否，聳聳兩肩，平靜地回應：「打一通電話便可以做到的事，偏要打開全場擴音器呢！瘋子果然名不虛傳。」

「那……是什麼意思？」李琪和郭子丹追問着，後備球員林天行和歐陽山也湊近上前，跟隊友們交談討論。

「意思就是……我們會拿下這一場勝之不武的首場勝利。」楊濤的閱歷是眾將中最豐富的，僅次就是黃庭軒了。黃庭軒也笑着搭腔：「他們的戲，交足貨。」又道：「教

練，我們該怎做？練兵還是繼續碾壓？」

殷耀榮跟看台上的球隊經理王立一遙相對望，眼神之間信息互通，再回頭跟助教們做個手勢，示意：「既然對方弱勢，就盡情地把他們打個落花流水，碾碎他們的比賽鬥志，甚至為他們的下一仗埋下心理陰影。」

賽事因「騰龍內亂」擾攘了廿分鐘，球證才指示比賽繼續，第一節再度展開。「太平洋五王」全數上陣，絕不欺場，換來了球迷們的熱烈掌聲。相反，「騰龍」把心一橫，決定殘陣出戰，以正選中鋒尹熙順和小前鋒秦泰和牽頭，帶領幾個後備應戰，其中一個上陣作賽的後備，更是「騰龍」精心培訓的港區青年猛將——易之朗。「想不到易之朗有上陣的機會。真想上場跟他對戰呢！」林天行跟同為後備的歐陽山道。

「放心！總有機會的。我們要相信總教練的決定。」歐陽山跟他碰拳，道：「看呀！子丹和青藍兩位前輩，也曾經跟我們一樣，坐在這條板櫈上，將來，在場上打個痛快的，一定有你有我。」

對啊！有你有我。重新開賽不足一分鐘，易之朗轟入人生第一場總決賽的第一球。退防的時候，還故意跑向林天行和歐陽山面前做個挑釁的手勢，像在寫下一封戰書：「喂！冷板櫈會愈坐愈冷！有我上陣，也該有你倆呢！」

「混蛋！若非他們內訌，易之朗會有機會？」歐陽山悶哼着的同時，場上的隊友自然看得出易之朗的挑釁行為。「青藍，讓我來！」郭子丹要球，青藍點頭，拍拍掌示意，立即接應李琪的傳球，轉移到弱邊的郭子丹，面對眼前的易之朗。

「這廝好快！」易之朗深知郭子丹的神級變速突破，馬上退後半步，防住他的切入，也守住他的右路：「他右路的彈速最快，我是有做功課的。」豈料，郭子丹輕佯右切，探步一收，竟從左邊殺去！易之朗急忙變向防守，卻又料不到左切都是假的，郭子丹急停、Crossover 轉右，一個 Side Step、瞄準、出手，命中一記三分球！

易之朗呢？

他在地上，滑倒在地上，守不住郭子丹的神速變向，被Ankle-Break滑倒地上！

「守得住我嗎？連我也守不住，別指望守得住他們。」郭子丹一邊說一邊伸出右手食指，先指向天空，再橫掃自己的隊友：楊濤、李琪、殷青藍，道：「放心，他們會輪流來打爆你！」

「教練，要幫一幫阿朗嗎？」助教在旁提示，手底下已準備好救亡的策略。但總教練搖頭，道：「新人要磨練一下的。繼續吧！」

對於總教練的安排，教練團中的幾個助教竊竊私語質疑着。然而，他們有所不知，總教練接下來的幾個換人操作，都非他的意願。繼易之朗在場上被對手逐一蹂躪後，秦泰和在第二節已被收起，尹熙順在下半場免戰，餘下的賽事淪為垃圾時段，全數後備陸續上陣，雖然敢搶敢拚，但面對強大如巨人的「太平洋石油」，始終幼嫩了點。

「以『騰龍』的陣容深度，後備班也分兩段，一段是星級戰將，實力直如正選，另一段就是易之朗等年青球員。如果早不是已放棄，沒可能不派出秦泰和、尹熙順，搭配幾個頂級球手，但現在看來……他們打算首戰認輸吧！」旁述「通天眼」顏爺簡單的幾句評論便足以戳穿戰局背後的帷幕。

從容坐在帷幕後面的，正穩穩地在貴賓包廂內，跟古方、K．艾沙、Mike Mitchel 飲着紅酒觀戰。

這場賽事，輸在場內，贏在場外。阮志成賭上了自己球隊的勝負，是瘋了還是太有信心了？

在賽後的記者會上，台上兩張長桌（發言席），一邊坐着「太平洋石油」的主將——殷青藍和楊濤，另一邊是「騰龍」發言席，不過極罕有地，「騰龍」一眾球員缺席，席上只得一人——球隊總經理——「狂人」阮志成！

當「太平洋石油」一方發表賽後感言後，楊濤和殷青藍接受台下記者的發問：「覺得這場比賽贏得輕鬆嗎？」

楊濤跟青藍表示由他回應：「我們不會看輕任何對手，即使對方派出年青球員上陣，我們也會全力以赴。這是尊重對手的表現。」又道：「但當然喇……是贏得頗輕鬆，確是意想不到的。玩內訌來避戰這招，高啊！」

話語間，楊濤的茅頭明顯指向在場一夫當關的阮志成，所有攝影鏡頭隨即聚焦在他身上。

阮志成不置可否，輕描淡寫的交代了一下球隊表現，說什麼要「球隊處分」、「年青球員表現不俗」之外，就開始發下挑戰書：「下一場，我們會贏回來。至於避戰的高招嗎？我看啊……下一場想避開我們的，只會是『太平洋石油』。」

「是嗎？期待會一會想認真打籃球的你們啊！」青藍霍然站起來，指着阮志成，道：「玩火要小心啊！下一仗輸的話，那便叫自焚啊！」

第二章：陰霾夢魘

Wilson
太平洋石油
30
16

1 終於登場的惡鬼

最近，U19港區青年代表隊轉了訓練的地方，籃球總會向大專學界體育聯會徵用了大學的室內體育館，進行亞洲青年錦標賽的集訓。依舊的是，最後入選的十二名港隊青年軍與五名遴選後備，一行十七人無一例外地，在每次練習的最後部分，都需要進行一項耐力挑戰——急步衝上二百米斜路。

「試想像一下，經過三小時的高強度訓練，加上另外兩天的重量訓練和針對性技術訓練，經已身心俱疲，好像幾千年前被勞役的苦力，經過督工的惡鞭，一鞭就是一道血痕，搬呀、拉呀、推呀，把那些以噸計算的巨石砌成金字塔。現在呢……跑呀！衝呀！別停呀！把那些激發人類體能極限的項目一一完成，為了爭奪夢想中的冠軍，不也是一樣嗎？」

不不不！大錯特錯了。這個比喻完全不對。當總教練馮英用這個比喻來鼓勵一眾球員的時候，反應最快的人竟是最後一個加入的凌少軍（詳見於《爆籃7 絕殺時機》）。他道：「教練！以前的是奴隸，他們是被逼的。我們是精英，而且是自願的，不可以放在一起算。」

完成這個最後訓練，一眾年青球員坐在場館外的空地上休息，有些拉筋放鬆，有些喝水，也有些低頭沉思懷疑人生。總教練馮英邀得隊友上本直宏、凌昭如和好友殷青藍到場當客席助教，專門指點幾個重點球員的個人技術。幾個星期下來，看見這支青年軍愈見進步，內心也很高興。青藍未待馮英回應，已搶先答道：「你們的總教頭打了一個錯的比喻，但依我看有一點是對的。」他頓了頓，環顧眾小將，又道：「奴隸用錯了。但金字塔可是真的。你們的訓練的確猶如堆砌巨石，每一個動作的熟練，每一個戰術的默契，都在凝聚眾人的力量、心志和夢想，而且是一層又一層的提升，一

層又比一層精密，不斷收窄、推高，直到頂尖。記住金字塔是世界七大奇蹟之一，後世的人都銘記這項神奇。」

「那我們的頂峰就是奪得亞洲區冠軍！」凌昭如堅定點頭。

但聯盟最佳小前鋒之一的上本直宏搖頭，道：「這不是唯一指標。頂尖，是在心中。會生長的！」

眾小將聽罷，有些明白，也有些發呆，更有些嗤之以鼻的悶哼一聲。

馮英和眾教練站在一列落羽松的前面，微雨正灑，落在溫熱的赤膊上，每個球員的肩頭都冒起輕細的白煙，幾個盤膝坐着的球員，乍看去倒像武俠小說中秘練神功的主角。「就這樣吧！解散！好好休息。尤其是仍要爭奪聯賽總冠軍的那幾個。」馮英喊道：「快到更衣室洗澡，別着涼。」

「哼！」

「廢話！」

「直頭是垃圾話！」

「你聽見嗎？」青藍指着背轉離開的兩個球員，問馮英有沒聽見這幾句細細的無禮話。

馮英點頭。上本直宏怒瞪着眼，道：「那兩個就是易之朗和洛家揚嗎？是阮志成麾下的？混帳！這些人要教訓一下呢！」

馮英按住上本直宏的胸口，輕輕拍了兩下，叫他冷靜一點，道：「球隊中，這兩個跟林天行、郭子丹和歐陽山都正在進行甲組職籃的總冠軍爭奪戰。如果只教訓他倆，就會招人話柄，說我針對，暗助『太平洋石油』。」

「我當然是針對啦！是他們無禮，要教訓呀！林天行、子丹和阿山都很乖，不用受罰，有問題嗎？」上本直宏似乎不明白馮英之意，青藍便補上兩句：「上本，教訓也不急於一時。馮英的意思是無謂招來不必要的是非，影響球員情緒。況且，要教的話，將來一定有機會。」

「對對對！不用勞氣，一起吃宵夜，我請！」馮英邊說邊拉着上本直宏往停車場走去。青藍和凌昭如跟在後頭，漫步在體育館外的園林小徑上，這時雨收了，像洗去了一陣汗臭，空氣清新起來。「上一仗贏得太易，你們要小心。我們都看得出是個局。」凌昭如叮囑着。

殷青藍微微點一下頭以示感謝，道：「前天我們進行了兩隊之間的陣容分析，以正選對正選來看，實力不相伯仲，以板櫈深度來比較，『騰龍』比我們略勝一籌。年青球員不弱，剛才那兩個無禮小子，哈……你明白啦！除了品格，單論實力的確不容看輕。不過我方也有天行、子丹、歐陽山等年青力量，算是打個平手。」

凌昭如同意青藍的看法，也看得出青藍的眼內有一種難以紓解的憂慮。青藍續道：「他們有三個實力強橫的後備球員，但教練團很少派他們上場。至少……近兩個月來都沒有上陣，似在養兵，只是……如果真的是養兵，就該以戰養戰，絕不應長期放在傷兵名單之中。」

「對啊！那三個都曾經是響噹噹的人馬，在歐聯的比賽上過陣，擔任球隊主力，其中兩個更是西班牙班霸球會巴塞隆拿的球員，雖然只是打過次等聯賽，可也不能輕看啊！」凌昭如在手機屏幕上掃了幾下，查找他們口中沒登場的「騰龍後備高手」。

「噫！找到了，是他們！」凌昭如馬上把手機遞給殷青藍，看看那幾頁網上資料。

第一位：Nick Cody，司職得分後衛，能同時扛上小前鋒一職，三十四歲老將，在加盟「騰龍」之前，在俄羅斯的職業聯賽打滾，有曾經連續四場得分 40+ 的紀錄，亦是球隊的第三號得分手。

第二位：J.K. Reddick，又是 Shooting Guard（得分後衛），更是 NBA 三分名

將雷迪克的弟弟，一直待在意大利聯賽，打過歐聯，是球隊單場投進最多三分球的紀錄保持者……十二球。他曾經打過兩季NBA，加盟了明尼蘇達木狼，後來被裁掉。

第三位：Toni Rock，人如其名，是一塊巨石，怎樣看都比較似職業摔角手，而事實上他的確參加過業餘摔角賽事，還取個日本怪獸之至的外號——Godzilla（哥斯拉））。他司職大前鋒，六尺九吋高，二百六十磅，也曾在巴塞效力，後來是皇家馬德里，再後來轉戰阮志成的地下籃球聯賽至今。好可能根本是阮志成買下來的職業打手。

「今季聯賽中，這三人只是上陣過五場賽事，每場也僅僅打過七、八分鐘，正負值表現均10+或以上，得分有，籃板有，助攻和阻攻皆有，但我們只得數據，從沒見過比賽片段，實在難以分析和觀察他們的打法。」殷青藍得知這三員猛將的底細，心中已如歷寒冬，更令他心寒的是，在常規賽中，凡是面對「太平洋石油」、「赤田神箭」或「煜TATOO」，「騰龍」都不會派他們上場，如今看來……在阮志成的部署中，一早已鎖定了這三支球隊是終極的大敵，他麾下這三員「大神級」猛將必須收起，留待季後賽才用。

「阮志成這廝果然難以對付，深謀遠慮，打從聯賽一開始便算到季後賽，城府極深。」凌昭如也深深地倒抽一口涼氣，心頭不禁顫抖，道：「兄弟，下一場，你們要小心了。」

當晚，青藍把查找到的資料發送到隊友和教練團的手機信息羣組。翌日，球隊即時召開會議商討策略。「今天晚上便開賽了，現在才知道對方三名後備的資料，還有意思嗎？不管如何，我們都專心致志，拿下這一場，就拿下今屆總冠軍。」李琪堅定的道，率先站起來，拍拍心口：「無論是古方，抑或是那個J.K. Reddick，我都會盡全力守死他。」

看見李琪的一把籃球火，點燃在座的眾將，總教練殷耀榮和球隊經理王立一自然

高興，卻又心知肚明，「騰龍」一直故意收起J.K. Reddick不用，目的就是為了對付李琪。而那個Toni Rock和Nick Cody，絕對是衝着黃庭軒和楊濤而來。「不必硬撼硬！隨機應變。我們的『黑鷹八線』未曾盡用，今晚好好發揮出來就是。」殷耀榮指着會議室內的大型LED TV Wall，上面顯示八幅電腦動畫，每一幅都是「黑鷹八線」的戰術路線。

「今晚這一場，對方會火力全開，他們賭得大，不容有失，我們要全神貫注，秒秒集中，把總冠軍獎盃拿回來！」王立一作最後的總結後，球隊會議結束，眾人開始上午的賽前操練。

另一邊廂，「騰龍」在早上練了一課，中午是球隊會議，午飯後是小休，一直到了下午五時，再度召集球員，由阮志成親率教練團，站在球場中圈，聽他宣講今晚比賽的安排。他還看着眾位「騰龍」球員，每個人精神抖擻，像上好了鎧甲的戰士，衝鋒陷陣的時刻來臨了，眾人都準備好了。「今晚登場的正選有變動……」阮志成說話的同時，他的助手已打開平板電腦的資料，讓她逐一宣讀。

晚上七時，比賽場館外，風忽然大了，刮起一陣又一陣帶有火藥味的氣流，觀眾魚貫進場，雙方的支持者帶同了支持球隊的燈牌、橫額，彼此沒交流，但眼神的互動間就是看對方不順眼。幸好，賽會安排了一整隊保安員在場維持秩序，因為眾所周知，最火辣的「騰龍」本就最不好惹，不止球員難對付，球迷也非易與之輩。彷彿，今晚稍後時間要進行的不單是一場總決賽，更像是天使和魔鬼的世紀爭戰。

場館內，兩隊被安排了到場熱身的次序，六時半到七時由「太平洋石油」先用，七時到七時半則由「騰龍」使用。到了七時四十五分，兩隊正式登場，在介紹球員之後，教練通常會作最後的指示，比賽便正式於八時十五分開始。故許多球迷特別喜歡早點進場，看偶像熱身，給他們打氣。當然，場館分左右，球迷也懂分邊聚攏。「看見嗎？『騰龍』的球迷們有人舉起了Nick Cody和J.K. Reddick的彩色燈牌，也有Toni Rock的大幅橫額，看來今晚，這三個必定上陣。」青藍跟楊濤一邊跑步熱身一邊道。

見慣風浪的楊濤接應郭子丹的傳球，輕鬆來個Reverse Lay-Up，笑道：「管他呢！照殺！」

「對！今晚是屬於我們的。」

「今晚是屬於我們的！」

比賽正式展開。劈頭第一句就是：「講多一次，今晚是屬於我們的。」

古方佯切，卻來一個Side Step，再假裝投籃，才開步力壓李琪切入中路，突破分球，傳予弱邊的J.K. Reddick。沒錯！是J.K. Reddick！他以控球前鋒的定位，替代了防守大鎖秦泰和。

「Easy Shot！」J.K. Reddick 接應古方的突破分球，未待黃庭軒封殺過來，已經出手投進全場第一個三分球！「自我介紹！我叫 J.K. Reddick，你可以叫我雷射槍。」

砰嘭——！（「太平洋石油」的楊濤和「騰龍」的 Toni Rock 雙雙撞在一起，重重倒地。）

咇！（球證鳴笛！判楊濤進攻犯規。）

「Hey！是他卡住我的手肘，我想甩開他而已。」楊濤感到左肩隱隱作痛，也瞥見了 Toni Rock 假裝下巴被撞，狡猾暗笑。

楊濤的心頭猛然地內燒一把怒火，強抑着，叫自己冷靜面對，忖道：「卑劣的家伙，好啊！」

「還有我啊！」Nick Cody 守着黃庭軒，封了他的左路，誘他切進右路。

「你擅長變速和跳射嗎？讓我看看！」Nick Cody 故意放出的右路，着實是一大利誘，黃庭軒明知道利誘的背後，好可能是陷阱，但眼前的右路寬敞如一條四線公路，怎敵得過如此誘惑？

「好！就表演給你看看，我的神準跳投！」黃庭軒身隨心到，壓進右路，突然瞬間急停、後撤半步，拔地一躍跳投！在他面前的 Nick Cody 並沒即時追逼，反而讓他躍起、出手、命中！

但！當黃庭軒落地的時候，Nick Cody 才湊近他的身前，施展貼身防守，還暗地伸出右腳，墊在黃庭軒左腳的落地方位。

「混蛋！竟然陰險攝腳？」黃庭軒驚覺之際已太遲，左腳已踩中 Nick Cody 的右腳腳面，登時落地不穩，一扭一拗，一道如忽遭電殛的疼痛直抵中樞神經，為了卸力，整個人順勢放倒在邊界地上，兩手按住左腳腳踝痛苦怪叫，頃刻間全場靜默，斷續地泛起細細的喊叫，或擔憂的歎息，眾人都聚焦在黃庭軒的傷勢上，看他緊捏腳踝，隊友圍在他身邊，隊醫上前察看……「沒了！我沒了！我的生涯……沒了！」

是惡意犯規！一定是故意的！球迷紛紛討論，殷耀榮罕有地怒喊，要求重重的判罰！不過，三個球證翻看重播片段，似乎已達成一致——鳴笛、判Nick Cody一個普通犯規。

「混帳！分明是陰招！」楊濤和青藍上前抓住Nick Cody理論，隨後雙方一眾隊友撞成一塊，扭成一團，從觀眾席上看去，全員冒火，直把球場變成火災現場。這次，再沒有突如其來的一把聲音喝止住球員，只有在包廂內摟着女友觀賽的阮志成，志得意滿地慢慢欣賞場上的角鬥士們，如何痛宰「太平洋石油」一眾天王球星。

「老闆，你算得真準！最先傷出的是黃庭軒。」美女助手遞上一杯紅酒。

阮志成嘴角輕揚，一副不可一世的表情，自以為是諸葛孔明，高高在上指點江山，道：「下一個會是楊濤！」又道：「我買入的人，沒一個是庸兵。這三個啊！可是我在地獄中買回來的惡鬼三頭犬呢！哈……！」

2 無法擋下的狂暴

慢鏡頭重播永遠都是最可信任的時間證人。當殷耀榮主動要求暫停，並提出惡意犯規的投訴，現場熒幕不住地重播剛才的一瞬，黃庭軒力壓 Nick Cody 急停跳射，落地時被故意攝腳，立時傷重倒地。看着黃庭軒忍痛的表情，目光狠狠的盯着「騰龍」那一方，同時也跟場上的隊友交換眼色。李琪和青藍湊上前去，青藍道：「兄弟，放心，有我們在！」被隊醫和職員攙扶着的黃庭軒有苦自知，唯有用最大的意志強壓着心內的不安，勉力笑道：「沒了，沒了……我想我應該回不來了，你們千萬小心。」

沒了！經隊醫現場判斷，黃庭軒腳踝骨折，今場賽事餘下的時間已經沒他的份。甚至，隊友們深知道，往後的賽事都不會再有他的份。

「吡——！」司令台的球證按下響號，示意第一節比賽繼續，時間尚餘五分二十六秒。

「維持原判，『太平洋石油』得分有效，Nick Cody 犯規於投籃之後，不算 And 1，『太平洋石油』得界外球權。」首席裁判鳴笛宣判，鐵定的判詞頓時惹來支持「太平洋石油」的球迷不滿，陣陣噓聲迴旋激盪，引起雙方球迷互相叱喝的局面。「別讓我們的球迷失望，來吧！以牙還牙！」楊濤輕輕拍打入替的郭子丹的肩頭，又跟李琪和青藍擊掌，提振士氣，果然是球隊中的老大哥，一拍一搭盡顯其穩定軍心的風範。

「以牙還牙？我們不該陰險回敬啊！」站在邊界的李琪道。

楊濤看看賽場上的計分板，不知不覺，分數已來到了18：13，「太平洋石油」暫領先。他道：「以牙還牙都可以光明正大的。」

比賽重新開始。

李琪傳出界外球，主控的郭子丹在三分線弧頂接應，馬上舉起一個戰術手勢——「黑鷹六號」。中鋒何偉華在弱邊跟殷青藍單擋，楊濤站在強邊的底角三分線，形成stretch 4 陣式，李琪跑到郭子丹的身邊，來一個貼身的手交手（Hand off），讓李琪接球在手之際，順勢利用郭子丹的單擋直接殺進中路，引來「騰龍」的巨形大前鋒Toni Rock 補防，在李琪跟前鑄造起一幅鋼牆，讓他硬生生的撞了上去——「嘿！突破傳球的代價，正是吃我一肘！」

眾所周知，打籃球是角力的遊戲，少不免會吃到對手的肘頭，尤其在卡位爭奪籃板球和進行單擋的時候，被對手或隊友的肘撞擊命中，就如家常便飯中必然的菜式，不是側批就是正撞。然而李琪在突破傳球後所撞上的卻非比尋常——Toni Rock的手肘直如精鋼打造，李琪隱隱聽見下巴牙骹骨裂的聲音，倒地一刻，看着楊濤出手投出一記的三分球，心忖：「我犧牲自己的下巴來成全你，別給我打鐵啊！」

中！

楊濤不負所託，應聲命中，卻被從後趕來防守補位的尹熙順打了面門一下。球證立即吹罰，得分兼得罰球。

「對不起！我不是故意。」尹熙順走上罰球線，跟楊濤擦身而過，輕聲道歉。旁人不了解，還以為他上前跟楊濤噴垃圾話。楊濤點一下頭示意諒解。過去，他跟尹熙順交手已好幾次，深知此人球風純正，不會傷人求勝。「你不該待在『騰龍』的。」他好像比誰都看得通透，了解尹熙順不同意隊友的惡意進擊。

「可不是我控制到的。你自己要小心了。」尹熙順說罷，楊濤的罰球同時投進。

另一邊廂，青藍走近李琪，急問：「要換人嗎？骨裂了？」

李琪摸着托着右腮，痛徹心肺，但確定未有骨裂，便繼續忍痛防守。

「挺能捱啊！你的隊友。」Toni Rock 說話的同時，已接過 J.K. Reddick 的傳球，壓到籃下，楊濤守在他的身後，道：「更能捱的那個，正在你身後呢！有本事便放馬過來！」

如果說 Toni Rock 是摔角運動員或重量級拳擊手，相信沒有人會懷疑。一身橫練的肌肉，厚實的肩頭像以噸計的巨石，兩條長臂直如堅鋼，而且壓籃爆破的每一步，直叫楊濤不由自主地退、退、退、退。「這頭蠻牛比 Mike Mitchel 更強大，每一步的壓逼，帶來山洪暴發的衝擊力。」此刻，楊濤已被 Toni Rock 完全攻陷、硬擋，便給他的肩和肘撞到五內翻騰；後退，便等如開放禁區自由行。

「不！要協防！」中鋒何偉華決定防守尹熙順，青藍決定回身夾擊！但一切都太遲

——Toni Rock 壓入半步之際，突然 Spin Move 轉身，把楊濤甩到身後，抽起手肘奮力一躍，來個雙手強力灌籃，還瘋狂地掛在籃框上左右搖擺，怒吼示威。楊濤萬料不到，自己會成為 Toni Rock 的海報配角！不！是醜角——受傷的醜角。

「噫！痛嗎？難怪剛才我的右肘好像撞爛了什麼似的。」Toni Rock 退防的同時，用右拳搥打自己的面頰，假裝自己被重重的右勾拳擊中，嘲笑兼且挑釁楊濤剛才被自己的瘋狂爆籃擊倒。

楊濤忍痛同時也忍住欲噴發的怒火，心忖：「本想多捱一記撞擊，製造他的進攻犯規。可惜慢了一步，還中了他一記狠毒右肘。」

22：15。第一節賽事尚餘四分半鐘。「太平洋石油」仍領先七分，還掌握新一波進攻的主導權，由郭子丹啟動。守在他前面的人，正是陰險的 Nick Cody，細長的眼睛，尖削的怪臉，黝黑的膚色，鋼條的身形，如一條成熟的雄性美洲響尾蛇，蟄伏在亞利桑拿沙漠上的乾草堆裏，盯着過路的旅人，給牠叮上一口必斃無疑。「要過我，沒問題，不過總得付點代價。」Nick Cody 根據教練報告得知，眼前的郭子丹是港隊的超新星，快疾如電的第一步，精準切入如一柄刺客必備的匕首，當今球壇，能跟他比速度和突破的人不出五個。只是，眾所皆知，要截停超級跑車其實不難，一顆隱藏在路上的鐵釘子都足以成事。

突破！郭子丹面對眼前這個傷害隊友的仇人，第一個念頭就是突破！要他感受一下何謂如刀鋒利的刺入。

「傳球！別輕舉妄動呀！」身為老大哥的青藍清楚了解郭子丹的想法，馬上提聲喝止！豈料，聲音的傳導快不過郭子丹的速度，他一佯一晃，超跑般的引擎瞬間提速爆發，在左翼的三分線上右切殺入中路，比平常快一檔，比平常狠一級，殺進去的同時，肩頭和肘頭仿似安裝上帶釘的戰甲，誰靠近誰先傷，即使上前補防的是韓國國手尹熙順，亦不得不忌憚三分，心內發毛微退半步，奮躍，力阻這郭子丹的強行入樽！

真的說過便過，真的如此容易嗎？Nick Cody 呢？被郭子丹甩在後頭了……不緊要！Nick Cody 一早知道，跟郭子丹比速度，根本不可能，要比的話，就比一下誰是攔路的一顆鐵釘子！

「混蛋！勾後腳？」郭子丹爆發上籃的第一步，已知道 Nick Cody 跟不上，當殺到罰球線上預備衝上去走籃之際，發現下盤窒滯，第二步被輕而快的勾了一下，減慢了躍起的爆炸力，減輕了尹熙順的防守負擔，上籃入樽變成失重的 Lay-Up，被尹熙順的長臂一拍，直如排球扣殺般轟到「太平洋石油」的後場，J.K. Reddick 把握機會成功搶打快攻！

「球證！他犯規！」郭子丹跟球證投訴，球證搖頭，比賽繼續。

青藍用力抓緊郭子丹的肩頭，壓住他的衝動，道：「別自己硬來！別上他的

當！」續道：「我來！我控球，你到弱邊去，來個單擋 Catch and Shoot！」

郭子丹明白青藍的好意，便立刻傳球，讓他主導戰術，道：「隊長，交給你了！」

J.K. Reddick 驟見控球權落在殷青藍的手上，便示意「矮腳虎」古方換人防守，道：「古方，你去守那小子，這個殷青藍由我來應付。」

古方冷哼一聲，不想配合，卻又不得不配合，只因一切都是大老闆的決定，外線由 J.K. Reddick 主導，內線由 Toni Rock 話事。他冷冷的回應：「我也可以把殷青藍守得死死的，何需換防？好！換就換吧！又看看你有多大本事對付人家的皇牌球星。」

青藍一邊 Crossover 運球，一邊觀察隊友和對手的位置，目光如隼，放眼場上各隊友的走動路線，對眼前換了防的 J.K. Reddick 毫不在意，甚至連眼尾都沒看他一眼。對方佯裝逼前，他便立刻胯下運球轉身，直殺進禁區。「這廝把我當成什麼？完全不把我的緊逼放在眼內。」J.K. Reddick 又忖：「在『太平洋石油』的當家球星之中，就數你最為低調。來！給我看看你的真正實力吧！」

被擺脫的 J.K. Reddick 萬料不到青藍的轉身變速不下於人稱「子彈」的郭子丹，急忙之間，下意識伸手一抓一拉，從後把青藍拉住，然而青藍的彈速極強，拉不住抓不到，人已如火箭升空，雖感到後身被拉，卻無阻他出手 Jump Shoot——中！球證同時鳴笛判罰，兼得一個罰球。

「果然是一頭沉睡中的猛獸！」在旁觀戰的好友上本直宏和馮英都興奮地互擊一掌，不禁為青藍剛才突然發難的一着喝采。事實上，在「太平洋石油」五王之中，楊濤張狂如焰、黃庭軒深沉如淵、李琪不動如山，郭子丹快疾如電，殷青藍呢？

大多數人高談闊論「太平洋石油」之能夠長年站穩聯盟的頂段班子，除了因為管理層的高瞻遠足，又善於培養接班的後起新秀之外，就是經年征戰的正選班底極具默契和經驗。就算是近一季加入的黃庭軒，本身已是亞洲籃壇的天王級別，磨合問題

不大之餘，的確能瞬間提升球隊的即戰力，而最重要又最為人津津樂道的是，最強的五人都能互補不足，球隊的更衣室文化可算是最團結的了。殷青藍貴為五王之一，他不像「怪物」楊濤般瘋狂爆破式進攻，不像「黑鷹」黃庭軒般穩定中距離跳投，不像「神槍手」李琪般三分冷箭枝枝戳中紅心，也不像「子彈」郭子丹般神速第一步開膛破腔。

但殷青藍是一頭攻防兼備得無可挑剔的全能戰士！

他不會經常爆破進攻，但跟他交過手、見識過的人會懼怕他的瞬間爆發。

他也會中距離跳投，命中率不及黃庭軒，但他的三段變速然後拔蔥式 Jump Shoot 根本無人能阻。

他少投三分球，事實上他不是純射手，但只要節奏到、手感有、位置佳的時候，他不僅不手軟，還很準。

他的 First Step 不及郭子丹，也不及前隊友徐風，但不代表他慢，否則他又如何被尊為「獵豹天王」？

大多數時候，獵豹都在非洲的原野上找一棵樹，在樹下或樹枝上慵懶地睡，不過當牠醒來，盯上了獵物後，周遭一切都會掀起微妙的變化，像忽然而來的一場暴風雨，誰都避無可避。「青藍知道要扛起球隊了！恭喜你啊！教練。」身邊的助教跟殷耀榮道。身為總教頭和父親的殷耀榮，一直對兒子極有信心，以場均二十二分的青藍來說，他沒有扛起球隊嗎？以場均少於三個失誤，添三個抄截、五個助攻、六個籃板來說，他沒有扛起球隊嗎？絕對不是！只是……其他隊友極度專精某一絕技，而青藍則是那種不佔球權，不會爭功的全面得分手，低調如隱伏於灌木叢裏的豹。當下，黃庭軒傷出，李琪被撞傷了下巴，楊濤受制於比大熊更兇暴的 Toni Rock，所以他清楚知道，這時候要站得更出……

「他一向都扛起球隊啦！不過今次，他要扛得更多，更重而已。」殷耀榮說話的同時，斜眼望向後備席上的林天行和歐陽山，心忖：「他倆可以當奇兵嗎？畢竟年紀太輕了吧……」

回說比賽，罰球線上，比數24：17，「太平洋石油」暫領先七分。青藍看着眼前的籃框，心忖：「尚餘四分鐘，必須把比數拉開到十分以上。」

「青藍！」準備卡位的楊濤忽地一喊，心思默契與青藍相連，彼此的眼神交換了同一個信息——別投進，搶一個進攻籃板，便多搶到一個得分機會。這是多麼的兵行險着，通常到了第四節的最後讀秒時間才用，怎會用在第一節的最後四分鐘？

「照去吧！」中鋒何偉華抹抹額前汗水，跟楊濤和青藍點點頭，共識一致。於何偉華而言，在球隊中，他是最沒受到追捧的一個，卻又是最不能被取代的一個，永遠是場上的苦幹型人物，平穩而沉默，刻苦亦耐勞，他跟隨球隊近六季了，對陣過的強隊之中不乏超級中鋒，可他從不退縮，就算如今面對韓國首席中鋒尹熙順，他也不落下風，得分雖不夠對手多，籃板球卻一直信心滿滿，至少，在封截和籃板數值上，他雖非首位，可從不跌出五強。

於是……罰球跟隨三人親寫的劇本，在空中劃出一道稍偏航道的拋物線！

凡爭搶籃板球有心得的人都知道，卡位、觀察球路、判斷落點是搶籃板的關鍵，何偉華判斷得到，楊濤判斷得到，那麼「騰龍」的尹熙順和 Toni Rock 能拚到位置、猜到落點嗎？

高手大多不相伯仲，故往往勝負之差不過毫釐之別。

「為何冒這個險？」懂球的旁述和其他轉播平台的球評無不詫異有此一着。

就連高高在上的阮志成也料不到殷青藍這一記「神經刀」。

搶到了！何偉華力壓尹熙順，以一身蠻力化成一道鋼筋水泥牆，左手黏住籃球，右臂橫擋對手，回傳給罰球線上的殷青藍，J.K. Reddick和古方已飛撲過來補防，一時間，禁區內熱鬧地擠滿了人，青藍正自暗喜，冷靜地從人縫中找到了同樣在外線等待機會的「神槍手」李琪。此刻，Nick Cody只顧防守郭子丹，鞭長莫及，無從回身，只能眼睜睜的看着李琪接過傳球，扣板發射——命中三分！

「好！」所有讀懂了戰術的人無不為此喝采。

「搶得好！」尹熙順惜英雄重英雄，禁不住讚賞何偉華的爭搶能力。

「我等好久了……跟你正面交鋒！」何偉華回應一句，如同宣戰。

比分拉遠到29：17。「繼續搶分，要把分數拉開！」青藍心忖，回頭跟楊濤道：

「濤……」

抱歉！一切都戛然而止，球證鳴哨，暫停了比賽。

只見楊濤蹲在地上，單手掩眼，一語不發，身旁的Toni Rock攤開兩手，露出一臉無辜，事不關己的表情，此時，場館內的球迷又再湧動陣陣起哄，教練和後備席上的球員紛紛站起來遠看，主球證走近楊濤，蹲在地上詢問情況，李琪、郭子丹和青藍湊近一起，等待場館的大型屏幕重播比賽片段……

一切皆因爭搶籃板球而起。

Toni Rock和楊濤都是頂級的老手，搶位爭籃板球的「步、臀、背、肘、臂」配合「頂、撞、卡、躍、抓」，全身上下都是兵器般，角力同時鬥智慧，判斷球的路線和落點，判斷是自己搶還是掩護，判斷對手的位置，還是保護自己，慎防肘撞腳頂。楊濤是一頭性情古怪的猛獸，單憑天賦和實力拚搶天下，出手從來乾淨俐落，當下明知對手的手段陰險，經驗告訴他，同步回敬方為上策。豈料……當兩人奮力拚搶，互相打肘卡位，猶如兩頭高山雄鹿爭奪地盤，鹿角轟烈地交擊互撞，Toni Rock的右肘一甩，力度奇猛，朝楊濤的臉撞去，楊濤也非易與之輩，登時擴張兩臂，手背也朝Toni

Rock的側臉打去。

可惜……Toni Rock稍稍比楊濤卡前半步，右肘向上一頂，正中楊濤的左眼，一度撕心裂肺的麻痛直如一柄電槍直戳心臟，眼前霎時一黑，眉骨爆裂，掩臉的掌心全是額角流淌下來的血。至於Toni Rock……微傷而已，僅僅吃了楊濤乏力的一巴掌。此刻，球證心內叫苦，第一節的肉搏程度果真「拳拳到肉」，卻又難判犯規……「分明借勢打人，還不是惡意犯規？」青藍上前質問球證，另一球證立即趕來勸止，李琪和郭子丹也衝上前去，圍住Toni Rock怒罵，一時間混亂再度四起，「騰龍」的球員也跑上來理論，三名球證夾在中間調停，雙方後備席上的球員都站起來，一副隨時開戰的模樣，球場頓變成戰場，劍已拔，弩已張，一發不可收拾！

這時，醫護人員到場，隔開了雙方，眾人都不想打擾受傷的楊濤，稍稍緩和了情緒。總教練殷耀榮馬上召回了場上的正選球員，「騰龍」一眾也返回己隊的場區。場館內的觀眾席上熱議、起哄，噓聲四起直如空寂的山谷中不絕的回音，直到楊濤再次站起身來，如雷的掌聲響起，卻竟敲響了「太平洋石油」的喪鐘！「不行，不可能再上陣。」隊醫初步診斷，楊濤眉骨爆裂，需要縫針，左眼隆腫得如高爾夫球大小，極可能積血在內，馬上要送院施手術。

「濤！放心，我們會撐下去。」青藍不多話，簡單一句，碰一碰楊濤緊握的右拳。隊友們逐一上前安慰，李琪道：「我會用三分雨回敬！射爆他們的籃框！出血為止。」

楊濤只點頭，沒說話。他用抹汗的白毛巾掩住左眼，根本痛得講不出話來。但他內心的洞穴裏住着的那頭怪獸，早已不甘得張牙舞爪，恨不得立即施手術，放盡左眼的瘀血，再次上陣把「騰龍」殺個片甲不留。「走吧！這裏交給我們。」殷耀榮拍拍楊濤的胸口，球隊經理王立一從包廂下來，帶着幾個工作人員，護送楊濤離開。

看着又一大將折損，「太平洋石油」幾乎可以肯定必敗無疑。此時此刻，在另一個包廂內，阮志成再度舉杯，喝一口酒，欣賞球場上愁雲密佈的一方，「太平洋石油」都黯然失色了，盡快收拾這場比賽，免得夜長夢多。他吩咐助手，道：「太平洋二王退場，我們便加強火力，第二節換走 Nick Cody，放秦泰和回去，鎖死殷青藍。我要第二節搶攻，直接把他們打進垃圾時間。」

3　不屈苦戰的孤軍

「還可以做什麼嗎？吁……吁……」微傷的李琪，四犯在身的何偉華，郭子丹開始亂了，畢竟仍然年青……吁……我還可以做什麼？」

「太平洋石油」已經苦撐到第三節的末段了。

這肯定是殷青藍的球員生涯以來最孤苦的一仗。黃庭軒、楊濤正被送往醫院，李琪自第一節被打傷了下巴後一直忍痛作賽，目前為止轟入了五個三分球已算不賴，否則輸得更多，何偉華呢？跟青藍一樣，到了第三節也僅僅休息了三分鐘。

比分是 75：63。

還有希望呀！十二分的差距，完全超出了阮志成的預期。不是要在第二節就把比賽拉進垃圾時間嗎？怎地到了第三節最後兩分鐘，仍只是該死的十二分之差？

原因很簡單！

因為場上的五個男人——何偉華、殷青藍、李琪、郭子丹，連同後備入替的董偉樂，都沒有打算過——放棄。董偉樂一直是楊濤的陪練對手，二十七歲、高六尺六吋，身形、體重，甚至打法都跟楊濤極似，當然火候不足是事實，常規賽是楊濤的後備，許多時候楊濤要輪休，都把比賽放心交給他，場均 7.3 分、6.2 籃板、1.3 封阻。

「呲！」——李琪犯規。J.K. Reddick 得分兼得罰球。

看着 J.K. Reddick 投進罰球時的眼神，李琪便知道這頭狡猾的老狼打什麼主意。

「琪，你三犯了，小心。」場邊的助教提示着，李琪點頭的同時卻看見總教練正眉頭緊皺，心忖：「不是打算換我吧！」

回說場上，78：63 的十五分之差，理論上以「太平洋石油」的戰力，要追回來不難，難就難在對手非比尋常，非比尋常的狠辣，非比尋常的狡猾，非比尋常的攻守意識，不再為「太平洋石油」的「黑鷹八線」戰術所困；反而使用緊逼人盯人的戰術，一派寧願犯規也不換防的死士態度，不斷衝着對方來防守，以「騰龍」的防守統帥秦泰和領頭，不斷提場，不斷切斷對手的移球線路，逼出不少失誤，讓古方等人逆轉快攻。

「糟！」說時遲那時快，乍聽郭子丹驚呼，便見傳球遭斷，被 J.K. Reddick 抄截得手，快傳給古方，古方急速運球，擺脫郭子丹，迎面就是李琪——

三分！

快攻應該選擇最易得手的兩分，但古方偏偏要在李琪面前耀武揚威，決定急停來一個三分炮！

「吡！打手犯規，兼得罰球。」球證鳴笛，斬釘截鐵，李琪再添一犯。「我碰到他的手時，他已經出手了。不應算犯規。」李琪上前跟球證爭論，古方卻在旁挑釁，道：「你也可以的。等你的快攻三分穿針And 1啊！」

當然，爭論無用，李琪於第三節最後一分半鐘領了個人第四個犯規。

殷耀榮不得不要求暫停，作出調動，而問題是，該找誰頂上？

林天行。

對！是靈光書院「壞孩子軍團」的老大——林天行。

「是我嗎？我……這是總冠軍賽啊！我……還新……」林天行聽見助教喊他的名字時簡直難以置信，首次以甲組職籃球員上陣的一仗，竟是終極的爭冠一仗。「行……你行的。好好打一場！」身旁的好友歐陽山雖然驚訝，也替天行高興。

終於到了被派上陣的時刻。一分半鐘，該怎樣做，林天行走向場邊，看見李琪迎面走來，腦裏一片空白，興奮嗎？沒有，只有難以控制的顫慄。「天行，你是壞孩子來的。對嗎？」總教頭殷耀榮指示着：「那就幹壞孩子幹的事。」

「打人？」林天行已經痴痴傻傻到一個點。

青藍馬上搭住林天行的肩頭，解釋道：「壞孩子夠惡，在場上如何又兇又惡？不斷衝不斷切不斷搶！展現你最狂野的一面。」

「對啊！就當替我、庭軒和楊濤出口氣。他們夠狠，我們也夠狠啊！」

接着，殷耀榮在戰術板上劃了幾道路線，都是鬥攻為主路，他道：「如果這場要輸，也要他們贏得不易。」

眾將手疊手，大喊一聲以振士氣。大家都心照了，兩大主將傷出，一個主力身陷犯規，後備球員要挺身而出了。

郭子丹伴着心神未定的林天行步入球場，道：「你是壞孩子，就拿出似樣的霸氣來。你在學界好惡好狠的，請你 Power Up！記住！你是可以成為正選的大將！」

一直以來，無論在「太平洋石油」隊中，還是青年代表隊，林天行都把郭子丹看成大師兄般看待，以年青新一代球員來說，郭子丹盡得「煜 TATOO」的馮英親傳，又得青藍、楊濤等前輩教導，登上大賽的機會亦多，確是他學習的好對象，如今得到這位師兄的鼓勵，總算定下心來。

「看球！」

青藍傳球予林天行，郭子丹立即再指着青藍，示意回傳。林天行未及回神，卻被

J.K. Reddick挑走了手上籃球，颼一聲如箭疾飛而去。

「快回防！」青藍邊喊邊跑，盯着J.K. Reddick的背影，心忖：「別欺我們是殘兵孤軍，有你好——看——！」

「小心！這廝好狡猾，想博And 1！」李琪在旁大叫，剛剛中了計，立即學了乖。但青藍已經像一顆上了膛的子彈，朝住目標飛去！

「來吧！我吃定你。」J.K. Reddick故意放慢，料定青藍撲來封阻，待碰撞之際才放高籃擦板投進。對於一般球員而言，這是賭博，對於J.K. Reddick這類級數的高手而言，這是藝高人膽大的必勝手段。

豈料，高手之中有高手，豪賭也不一定大勝。這次J.K. Reddick賭輸了。輸在哪？輸在他低估了殷青藍的球商、騰空能力和身體平衡。青藍不僅沒碰到他分毫，還一手按住了他手上的籃球，硬生生的壓下去，直把他整個人轟到地上，為免被絆倒，青藍着地時更跨過了他，叫他吃一個「胯下之辱」。

而最慘痛的是，J.K. Reddick 知道自己不可再打下去了。剛才被壓下的一刻，料不到青藍的力會如此猛，着地一扭，左掌骨「格」的一聲，該是骨裂了。

「換人！K．艾沙上陣。」教練下令，J.K. Reddick 立被收起、離場！

「青藍，幹得好！」隊友們無不擊掌喝采，就連座上的上本直宏、馮英等老友都笑着高呼「Good Job！」

「就要這樣！別慌！你要像我一樣，給我變成一柄最鋒利的劍。」青藍控球上前，跟林天行道。

第三節最後四十秒，青藍把球傳到內線的何偉華，何偉華轉線傳給外圍的郭子丹，郭子丹跟董偉樂來一個單擋跳投，先奪兩分。然後「太平洋石油」忽然改變防守陣式，由聯防變為全場人盯人緊逼。

青藍盯緊秦泰和，郭子丹盯住古方，林天行死纏着K．艾沙。

當K．艾沙接球在手運上前場之際，竟顯得有點窒礙難行，眼前的小將未曾交手，也未曾分析過他，畢竟這些大後備也沒值得留意的地方，可是眼前的林天行古裏古怪，防守步密且快，封了運球路線之餘，還經常伺機抄截，且不怕肢體碰撞。「這小鬼是個難纏的傢伙。別跟他玩！」K．艾沙見時間不多，無謂硬碰，林天行這種不怕死的防守反叫他難以適應，極像一條卡在喉嚨的魚骨。

截到了！

林天行逼得K．艾沙一時未能適應出現失誤，抄了他的球直奔而去！

尹熙順見林天行殺進禁區，馬上回防補位，心忖：「哪來的小鬼，休想在我面前胡來！」

然而，林天行並非小鬼，這記單刀快攻是振奮軍心的黃金機會，哪管擋在前面的是萬馬千軍？況且，眼前的只是一個普通人。

尹熙順是普通人？場均18.3分，12籃板，2.8封阻的數據，被喻為球壇三大中鋒之一的人會是普通人？是林天行不識泰山，還是目中無人？

以壞孩子來說，目中無人是唯一答案！

即使尹熙順已飛身、張手，化身成一道高牆，「蓋火鍋」（封阻）時刻到了！

可惜！尹熙順算錯了，小子不凡，彈速和力量俱是上乘材料。他暗自叫苦：「臭小子！好猛的力！」林天行左手格開了尹熙順蓋來的右掌，右手抓球、扣籃，來個單手強力入樽，震動全場，叫盡所有觀眾和隊友興奮彈起！

還博得尹熙順犯規，額外多一個罰球。

青藍和郭子丹上前跟林天行擊掌碰拳，青藍拍拍他的胸口，道：「我是獵豹，你是野狼啊！就讓我們一同把『騰龍』撕成碎片。」

得到前輩的激勵和讚許，林天行的緊張和不知所措很快得到平定，投進罰球後，順利追回三分，但其後的幾十秒攻防之間，雙方僵持不下，一直到了最後六秒，林天行和殷青藍終於得到一個快攻機會——何偉華封走了K．艾沙的上籃，郭子丹啟動快攻，快傳給林天行突破直上，粗暴地逼開了古方，跟殷青藍形成了二人快攻的陣式，秦泰和緊追在後，過去兩次防守，他都把殷青藍守死了，如今見林天行快攻，立即想起剛才尹熙順被攻陷的畫面，斷定他仍會獨幹，便棄守殷青藍，撲去單防林天行。林天行人若尖刀，殺進禁區單刀直入，瞥見秦泰和橫空出世般殺過來，暗笑道：「殺進禁區的是野狼，但咬破獵物咽喉的是外面的獵豹！」

原來，林天行開步上籃是幌子，當青藍就位——弱邊三十五度三分線，他便傳出一記又急又勁的助攻，最後三秒，青藍接球、瞄準、噬咬！

第三節完結！78：69，分數拉近到十分之內。看來，阮志成想把「太平洋石油」

丟進「垃圾時間」的計劃，只是他的幻想而已。這支鬥志頑強的孤軍明顯寧死不屈，不但殷耀榮的兩個換人調動把球隊的劣勢扭轉過來，林天行那記隔扣尹熙順更令他怒擲酒杯：「那……那個小鬼是誰？看他……跟我們的易之朗、洛家揚差不多……你們快給我調查。」

一切都源於阮志成過分的自信。回顧第一場比賽，他為了外圍投注的收益，下令放軟，讓「太平洋石油」先取首場勝利，來到今日，狠辣詭詐招數盡出，斬掉了對方兩名大將，卻無法拉遠比分距離，以「太平洋石油」一眾球員的鬥志，逆轉勝不是沒可能的事，尤其殷青藍已經着火了，己隊的秦泰和是否可以在第四節完全封死他？還有那個不知天高地厚的林天行、快如閃電的郭子丹。第四節來到了，阮志成還能掌控大局嗎？過分的自信好可能是自己的斷頭台啊！

「我們有機會反勝的。九分的差距不是差距，青藍、子丹、天行、偉樂、偉華，

你們繼續吧！節奏再快點，論速度，我們較有優勢。陣地戰術多用Pick和Hand off。」段耀榮畫下了一個Hand off戰術，續道：「我希望五分鐘內追平比分。」

眾將領命，再度上陣。李琪得知未獲上陣，便主動提出：「教練，我仍可以上陣的。我……」

「多等一會吧！我一定會再派你上場。」段耀榮又道：「如果能令林天行打出狀態，對我們好有幫助。」

如果在一座森林裏，狼和豹一同聯手打獵，恐怕沒有一種動物能避得開，特別是當他們處於落難之際，飢餓感會驅動更兇猛的原始獸性，若被牠們盯中的話，存活率近乎零。縱觀第四節，籃球場已變成一座血色森林，地板上每一條線猶如封印的結界，任由段青藍和林天行進行一幕幕逃不掉、停不了的殺戮——九分的差距在三分鐘內瞬間消失。

方才一開球，郭子丹被古方逼到邊線，惹來K．艾沙夾擊，幸好郭子丹快傳給殷青藍，秦泰和人到手到，心知青藍起手速度快，封了他Catch and Shoot的第一度進攻選擇為上策，怎料青藍老早啟動了「殺神模式」，三分線外接應、轉身Jump Shoot命中！隨後「騰龍」兩個進攻又被代替楊濤的董偉樂干擾不入，何偉華撿到籃板球，遠遠見到早已起跑的林天行，便來一記棒球式長傳直抵空無一人的「騰龍」禁區，頓時成為了林天行的升空舞台，跨兩步一躍，人若火箭升空，轟出一股如飛彈爆炸的狠勁，慘遭入樽後的籃框只能嗡嗡發抖。來到三分五十秒的時候，青藍箭步突破，力壓秦泰和強行切入，再突破分球到弱邊的郭子丹，子丹再運球切入，卻原來在外線跟林天行來一個Hand off手交手戰術，林天行借郭子丹的單擋擺脫了K．艾沙，內線補位的Toni Rock退得太後，勉強衝上前封阻也是來遲半步，林天行已投出三分球，同時被Toni Rock一掌擊胸……

觀眾們看着這記三分球的路線無不屏息以待，清脆的穿針一擊猶如一根刺，刺激起全場球迷的神經，三分球四分打？三分鐘內追平手？「太平洋石油」是不是太神了？三大主力不在陣的情況下扭轉頹勢？球證吹罰犯規的同時，上前警告Toni Rock別再做出多餘的犯規動作，「騰龍」立即提出暫停，壓壓對手的氣勢，穩穩己隊的軍心。的確，「騰龍」一時慌了，這個暫停也用得遲了點，青藍和林天行同時開啟的「殺神模式」是極罕見的場面，即便「太平洋五王」同時在陣，也絕少令「騰龍」陷進兵荒馬亂之中，可是如今兩人如沒預警的空襲，飛過，爆炸，然後一片頹垣敗瓦。

從來，要徹底擊敗一個人，就要令他驚懼和質疑。「驚懼」往往使人意料不到下一步，然後步步為營，杯中弓影以為是蛇，「質疑」屢屢讓人懷疑自己的能力，懷疑別人不再相信自己，更可能會令人經常質疑自己的決定。秦泰和於此刻，正質疑自己還有沒有能力守得住殷青藍。他的手不自覺地顫動，呼吸的聲音比誰都大，胸口的起伏明顯誇張，心中想起一頭獵豹之神的眸子，黃水晶般的瞳孔裏裝住一顆黑珍珠，靈動流轉間露出殺意——無死角的突破切入，明明知道他往右，明明守住了右路，卻偏偏給他突破右路。這情形不是一次半次，而是三番四次，好像早跟你說了一個切入方向，你卻攔不下他。「他的變速遽地增了何止一倍？難道……這才是他真正的速度？比……郭子丹還快！」又想：「我一直都守得住他的，剛才是我分心而已，我……我沒可能跟不上他的變速。沒可能！」

正當秦泰和仍陷迷思，暫停時間已完結，球員再度上陣。這次阮志成直接致電教練組，下達聖旨變陣，變最強的陣——尹熙順、Mike Mitchel、K・艾沙、古方、秦泰和。「看來！『騰龍』派出最強五人正選登場，是要速戰速決吧！」旁述道：「第四節最後的七分鐘，『太平洋石油』可否逆轉勝，登上今季聯盟總冠軍寶座，得看殷青藍單核帶隊，帶住年青戰將們如何頂得住『騰龍』了。」

「老闆，你察覺到秦泰和這傢伙有問題嗎？」身邊的助手拿着一疊數據，道：「第四節首三分鐘，他被殷青藍擺脫了五次，直接在他身上取了六分，這是從未發生過的事。」

阮志成怎會察覺不到？只是他想起了曾經也遇上過跟秦泰和類似的經歷——好久以前的街頭三人籃球賽……

「殷青藍啊……這小伙子……當時還是個高中生，跟艾素・夏威兩兄弟和上本直宏一起打敗我。哼！那時的他還年青，但着火的話的確恐怖極了，二段變速、三段變速，根本是一頭瘋獸。秦泰和啊秦泰和，你能逼得出殷青藍變了一頭瘋獸是你的本事，你的驚慌我很理解，你是應該要怕的！因為我……就算未到怕的境地，也曾慌了一慌啊！」阮志成正自出神，回首那個街霸籃球的時代。（詳見《爆籃2 爆籃街霸王》）

「老闆，要不要……教練組……打上來問……要……要不要換人？」助手見阮志成正自沉思，心怕打擾，卻又不可不得到答案。

「換誰？」阮志成染金了的鷹眉一揚，猛地嚇得幾個助手半退。

「換……換秦泰和。」助手指着場館上的大分牌——92：90。「騰龍」暫領先。

阮志成俯瞰場上，兩隊上上落落攻攻守守，時間只剩下四分鐘，道：「跟我說，我們隊中有誰比秦泰和的防守更好？有誰敢說自己可以守得住殷青藍？」

「不如……不如試試Nick Cody，他夠狠辣！」助手建議的同時，列出殷青藍已得的分數：三十六分。

那麼林天行呢？後備入替也得到了十三分。至於郭子丹十八分，李琪十六分。再加上未傷出的黃庭軒和楊濤所得的分數，戰至如今來說已經向所有人有所交代。然而比賽未完結，現在仍咬着微小的差距，未到最後一分鐘都未必分到勝負。

「換吧！秦泰和辛苦了。」阮志成首次會這樣評價一位球員。語氣間竟有一點感激，助手們面面相覷，無不詫異。或許他們不會明白阮志成既是狂人也是瘋子，看見自己的球員能逼出對手的巔峰實力，反而不怒且喜，還語帶感激，這是一個什麼構造的腦袋？

終於，「騰龍」借界外球的機會換走了秦泰和。離場的時候，秦泰和深深舒一口氣，看青藍一眼，眼神中的信息是：「厲害！好對手！」青藍領會他的心意，跟他點頭微笑，豎起拇指作別！其實青藍也摸到自己還剩多少油了，但他堅持燃燒，這場比賽，球隊由開始至今都處於劣勢，對手被我們狂追，但他們有很雄厚的板櫈深度，剛剛 Mike Mitchel 才在董偉樂面前入樽示威，古方已投了兩個長程炮了，還有K．艾沙的穿針引線，郭子丹的防守對他造不成太大的阻礙。

「還要撐下去嗎？你撐得好辛苦啊！」入替的 Nick Cody 埋身防守的第一句便是

心理戰。

96：92。最後三分鐘。

殷青藍接過郭子丹的傳球，單手抓球，面對 Nick Cody 的挑釁：「Hey！Show me what you got？」

來了！林天行在何偉華的單擋中穿插出來，迎接青藍準備的「手交手」戰術，借勢張開一張幌子，假借手交手，實際爆破突入，甩開 Nick Cody 來一顆罰球線 Jump Shoot 命中！Mike Mitchel 慢了僅僅半步便封截得到，不禁叫青藍捏一把汗，暗呼「好險！」

「守好一點可以嗎？要贏球不是靠張嘴！」Mike Mitchel 邊跑邊教訓 Nick Cody。

「要夾擊他了！」古方道：「防守要用上 Double Team，甚至 Triple Team 吧！」

「聽教練指示！別亂來！」K．艾沙搖搖手指，道：「你別亂來！你看——！」

循指頭看去，正是司令台的換人位置區，一個古方的死敵已全身冒火地站在那裏——李琪！

殷耀榮教練選對了最佳時候搶上來！

李琪入替董偉樂，「太平洋石油」轉打一大四小陣式。「華，你挺住了。整場比賽，你只休息了兩分鐘。」青藍趁林天行博得罰球時，鼓勵着何偉華。

「一起捱吧！你還沒休息過呢！」說罷，何偉華跟Mike Mitchel卡位搶板，一手抓下籃板，尹熙順立馬封來，但他不打算外傳，決定在「騰龍」的禁區來個灌籃轟炸！第四節初段三分鐘，這禁區被殷青藍和林天行空襲，此時，剛好到了最後三分鐘，這個禁區竟似被坦克炮擊，轟隆一聲，尹熙順被轟退，Mike Mitchel被撞開！

「還要玩夾擊嗎？」K．艾沙輕聲跟古方說：「別傻呀！整支『太平洋石油』都殺紅了眼，我們無法拋離，捱着的正是我們。你道李琪站在三分線上是純粹當個哨兵？」

「怎麼不傳球？阿華！」李琪退守時問。

「琪！阿華等了很久。讓他威嚇對手，有助我們防守呀！一夫當關，萬夫莫敵！」青藍大喊一句「一夫當關，萬夫莫敵」正好點起何偉華的鬥心，一大四小的防守，要他對付實力相當的尹熙順，又要頂住大灰熊般的 Mike Mitchel，剛才振一振威勢是必須要幹的事。

因為，此刻才是實實在在的決勝階段——

三分！中！

K．艾沙投進三分球，比分再度拉開成 99：94。

三分，中！

接應 Nick Cody 傳球，尹熙順高位單擋，古方外圍開火，比分再拉至 102：94。

三分，中後框彈出！

郭子丹在高人爭搶中挑走了Mike Mitchel手上的球，變速壓過K．艾沙，斜線直傳給殷青藍直殺進禁區，引得Nick Cody和古方回防夾擊，立即傳出一記回馬槍予身後的李琪。

哨兵？混帳！李琪可是最猛的神槍手啊！中！比分追至102：97。時間最後一分二十秒。

三分，中！

一同上陣的三位隊友都是突破高手，殷青藍是把軍刀，郭子丹是柄快劍，林天行是支刺針，透過切線過底的轉移球陣法，二十四秒進攻時間內，三人可以輪流切入突破，好像在對手身上來回重複切割三刀，把「黑鷹八線」第六套戰術路線用得出神入化、眼花繚亂，在電光火石間，冷不防青藍佯裝上籃，原來是後手傳出一個帶勁的直線球，直達蟄伏在零度位上的李琪。「他……什麼時候走到那裏？」古方回身補防時才驚覺李琪已身在三步之外。

最後一分鐘，「騰龍」102比「太平洋石油」100。

「騰龍」再度暫停。

李琪舉臂高喊着！球迷興奮大喊着！隊友圍在一起擊掌、擁抱，士氣燃燒至極點！

「有機會啊！」凌昭如和凌少軍兩兄弟都有來觀戰，坐在前面的是青藍的女朋友張靜楓，也緊張得滿手是汗。凌昭如身旁的上本直宏和馮英也點頭認同，上本直宏道：「青藍和李琪領着年輕球員打到這地步，真的不易。」馮英笑道：「我教出來的郭子丹和林天行大有前途呢！不如跟『煜TATOO』的教練團談談啊！」

上本直宏拍手叫好，道：「池田教練一定想得到他倆。」

「哪用你倆多說，他自己都有來看呀！」凌昭如指住對面的看台前列，池田教練早已跟兩名助教和球探進場觀戰。

「琪！」青藍步進球場，拍拍李琪的心口，使個眼色，道：「心照！」

李琪點頭，然後大喊：「守好這一球呀！大家！」

眾將齊應：「頂住！」

「騰龍」的 Nick Cody 開出底線球，K．艾沙控球上前，再遇着林天行的古怪防守，時逼時鬆又左又右的步法已對他沒作用。以K．艾沙的沙場經驗，閱讀防守是必然的絕技，他還惱怒自己方才的不適應，被新丁林天行殺個措手不及。不過來到關鍵時刻，林天行反而感到對方「大將級別」的壓力，K．艾沙穩健有力的控球，壓住他干擾，指揮若定，速度不用快，步位卻極準，身位的技巧和控球節奏，非臨場對陣難以體會。「糟！給他過了。」

林天行被K．艾沙一個 Crossover 轉向突破擺脫，眼睜睜看他在何偉華面前一個淚滴式拋投，好像 NBA 快艇隊的 James Harden，面對高佬球員總是使出這招看家本領，拋入得分。

「不打緊！再追！」郭子丹控球，道：「再來呀！天行！比賽未完！」

最後四十秒。

郭子丹控球上前，觀察對方的防守陣式，指示青藍走位，跟李琪和林天行在外線互傳，試探古方的專注力。忽然間，子丹發難起動，加速殺進禁區，突球分球，回傳李琪，此時此際，古方胸有成竹，大叫：「你休想投三分！」

但李琪暗自叫爽，騙得古方正中下懷，來個 Fake Shot，假裝投射，再在三分線外傳出一記「拆你屋」！

「不是太冒險嗎？」旁述禁不住叫道。

何偉華再度力敵 Mike Mitchel 和尹熙順，三人圍在一塊，不讓何偉華躍起入樽，

不過這傳球的走向愈發古怪，根本不是朝何偉華的所在點飛去，而是……

空襲的身影再在「騰龍」的上空出現！

殷青藍在籃框的另一邊，尹熙順背住他，Nick Cody 攔不住他，只好讓他箭步跨躍，飛身空接——單手入樽！——「太平洋石油」立即提出暫停，召聚眾將商討最後一擊。

青藍這記飛身入樽，旋即燃燒起場館內陣陣火浪。

「來到最後二十秒，比分是 104：102，真厲害！『太平洋石油』仍然緊咬住『騰龍』的尾巴。」旁述「預言家」劉湛道：「『騰龍』手握最後一個控球權，只餘二十秒，拖延到最後完場是意料中事。」

另一旁述「通天眼」顏爺道出另一個難題：「如果『太平洋石油』用犯規戰術，太早用，只會不斷送分，今季古方、K．艾沙、Mike Mitchel 的罰球命中率最少都

85%，送他們上罰球線形同自殺。如果太遲用，又是否真的把握得到最後絕殺？似乎又太冒險！二十秒真的太多變化了。」

「不輕易犯規，如果搶到手，就拖到最後五秒進攻。若最後五秒仍搶不到，就用犯規戰術。」殷耀榮指示道：「最後一擊，由李琪，或者青藍執行！」眾人圍攏一起，炙熱的手掌互疊一起，心懷反敗為勝的決心，當球證鳴哨，在觀眾們的吶喊聲伴下，眾將回身進場。

幾近同時，「騰龍」五將已經在場內，氣定神閒的立定、逼視進場的對手，看上去，他們似乎已經有所準備。K．艾沙跟古方道：「你記得沉到最底。」古方點頭，道：「放心。我不會亂來。」

「最好是。否則你不會有好下場。」Mike Mitchel諷刺地道：「你知你會發神經，大老闆講過，你再犯錯，會失去一雙手啊！」

古方沒回應，只冷哼一聲，心中不是味兒的同時，也不禁戰慄起來。

最後二十秒的賽事再度開始。Nick Cody 控球上前，青藍緊緊守着……

過得半場後，Nick Cody 快傳給K．艾沙，計劃正式展開——針對最沒有大賽經驗的新人來——攻！

「慘了！他們果然找到最大弱點。」場邊的馮英一語中的，道：「林天行被針對是正常不過了。雖然他打出了亮眼的表現，但當下面對的是總冠軍賽啊！對於首次上陣的新人來說，壓力極大呢！」

馮英所言不虛，實在地說，如今林天行的腦袋根本一片空白，只知道自己正守住的對手，是整個賽季中攻擊力最強的球員之一。「他想單打我。他……是看準這時候來個孤立戰術，他……他想把我吃掉！」林天行強壓着內心的慌亂。

時間一分一秒流走，K．艾沙一步一步地進逼，林天行心知道不能夠犯規，更知道隊友們不可能上來夾擊協防，怕他發難來個突破分球，也怕他故意引來包夾博犯規。八秒……七秒……六秒……「騰龍」並不打算拖延到完場，K．艾沙也猜透了「太平洋石油」會在最後階段啟用犯規戰術，所以古方馬上「沉底」，引開李琪，Nick Cody拉側，拉開空間，Mike Mitchel和尹熙順站在底線，讓出禁區，一切一切……都為了造就K．艾沙單打獨鬥眼前的新人——變速殺進禁區，誘使林天行死命後追……五秒……K．艾沙在罰球線上急停，佯裝起手投籃，直引得林天行飛撲上來。

「糟！中計！」林天行發覺之際，K．艾沙已經投出了最拿手的中距離跳射——中！外加林天行犯規。

「哈……要被吃的，始終要被吃啊！」K．艾沙毫不留情地踐踏林天行的自尊，投進罰球之後，勝局敲定之時，還故意朝他走去，送上一句垃圾話：「勝利是留給有經驗的人啊！臭小子！」最後，比數以107：102終結，「騰龍」在總決賽第二場險勝，局數追成平手，將在五日之後，跟「太平洋石油」進行最後一場決戰，看誰能登上本季聯賽的至尊寶座。

第三章：英雄聚義

35

1 失去不等同失敗

一支球隊的成功，其中一個極重要的因素是更衣室文化的建立。更衣室內，什麼都可以發生，有喜有愁有吵鬧有歡呼，教練團和隊員們，混在一起，可以聊、可以罵、可以說笑、可以打鬧，可以鼓勵、可以安慰、可以檢討、可以責備，漸漸的便形成一種無言的默契，人和人之間的約定俗成，成了球隊的規條，建立起獨有的球隊文化。許多強隊之能夠長期踏進列強之境地，都因為球隊的更衣室文化做得好，像製造了一台「向心力儀器」，凝聚了球員和教練，塑造了球隊的性格，不論成敗，只要走進更衣室，便得服從當中的文化氛圍。相對來說，球隊戰績走下坡時，好些球隊愈打愈糟，也因為更衣室文化的建立欠佳，士氣低落，欠缺互信，彼此怨懟，教練團和球員們軍心散渙，球隊分崩離析，想再爭取成功？難矣。

「太平洋石油」的更衣室文化一直都被公認為最佳之一。其中一個原因，跟隊中的主力球員能擔當老大哥的角色有關，也因為主教練有那種一夫當關的霸氣有關。

不過，今天戰敗後，在更衣室外堆滿了爭相採訪的記者，吵吵嚷嚷的一堆提問在走廊上迴盪。記者們都知道不會得到獨家採訪的機會，更不可能獲邀進入更衣室直擊訪問，大家都想在「賽後記者會」之前得到更珍貴的資訊，可惜「太平洋石油」的公關主任已發出了缺席記者會的聲明。同時，「騰龍」亦宣佈缺席，只由阮志成的首席公關主任代表跟傳媒交代了一句：「『騰龍』將會是本屆的終極冠軍。」

從沒試過，真的從沒試過，「太平洋石油」的更衣室可以靜得如此恐佈，像一個冷藏凍肉的倉庫，只得冷風機從氣槽傳來陣陣的風聲、打開或關閉儲物櫃的門聲、淋浴的水聲，一切人聲都被吞食掉。想像一下，如果這個千尺空間住了一頭吃掉人類內心聲音的怪獸，它的名字叫「沉默」，最喜歡令人喚起絕望、傷痛、擔憂，繼而一聲不響，一言不發，好讓它鑽進心頭，慢慢噬咬心聲，愈吃掉得多，那人便愈心痛，臉開始蒙上層層死灰，蒼白至死。觀乎眼前眾將，幾乎肯定已陷進被「沉默」吃掉的危機，每個人的臉上漸呈灰灰白白的顏色，摸一摸面頰還給摸到薄薄的一抹像水泥的細碎粉末，在冰冷的氛圍下，被無聲的絕望慢性殘害，被剛才的一場敗仗弄至全軍陣亡，引發更衣室集體死亡事件。

絕不可能！「太平洋石油」貴為王者之師，身經百戰，勝負不過是兵家常事，怎可能一場敗仗便落得這種田地？以前連敗幾仗，或遭對手絕殺，或遭對手大比分勝出，甚至主力球員受傷，實力大減而敗，有什麼狀況未試過？風浪必然有高低，滑浪而去，衝上浪尖觀洶湧海濤，旋進浪窩裏潛藏滑行，一向都是隨遇而自如，豈像今天的模樣？一向以來，「太平洋石油」的更衣室早有優良文化，斷不可能因為一場失利便如斷了方向線的螞蟻雄兵，茫然若失。

「唉！如果楊濤在，或者庭軒在，大家便不會這樣子。」其中一位助教輕聲地跟另一位球隊的醫療官道。

這位醫療官是專責替球員貼紮繃帶的運動創傷治療師，跟隨球隊多年，主要負責照顧幾位正選球員。他道：「光是楊濤跟庭軒互相揶揄、吵鬧、搞笑已夠令大家笑足半天了。他倆是我們的暖場專家。」

「對啊！球隊不順時，總有他倆在打氣，好比強心針。」助教又道：「失去他倆，我們失去重心。」

「搞怪的楊濤配搭尖酸的庭軒，是我們更衣室的靈魂呀！其他兩位天王級球員都不是這種特質。」醫療官瞄着青藍，道：「最有資格站出來穩定軍心的，只有他。」

「青藍一向安靜，偶有擔當領導者，不過他很正經，跟總教練父親一樣不苟言

笑。」助教見殷耀榮還未到，便大膽道：「兩父子都是超級籃球狂，一講起比賽，認真嚴肅的表情反令人退避三舍，還說暖場？」

話聲甫落，殷耀榮和球隊經理王立一便從更衣室外敲門，隱約聽見他們跟記者朋友輕輕交代了幾句，便推開大門，還叫工作人員運送了一部八十五吋大電視進來。

另一邊廂，「騰龍」一眾正自慶祝，阮志成的助理團正在分發賽後獎金，人人有份，論功行賞，按各人的「表現正負值」來定獎金。最少都有一千美元作獎勵。阮志成的美女助手跟他匯報了記者會的情況，便被他摟着問：「球團董事局滿意嗎？」

阮志成口中的「球團董事局」正是球隊的最高領導層，由他當主席，有份入股投資「龍騰國際」的都是董事局成員，當然阮志成佔最多股權，是掌舵人、是大將軍，董事們只是給給意見，等球隊收益。這一季下來，說難聽一點，都是靠阮志成養的一眾權貴。美女助手依偎着，道：「他們大多數都讚老闆神機妙算，說敗就敗，想贏便贏，很厲害。」

「大多數？」阮志成似乎不大滿意，道：「那少數呢？是哪幾個？」

助手給他三個董事的名字，道：「他們一直都不大認同老闆的作風，認為不必冒險，怕傷害大家利益。」

「混帳！除了錢，他們懂個屁？要贏不難，但要擺佈贏輸才有意思。要求穩賺的生意人根本不該在我的『龍騰國際』董事局中存在。」

「老闆是大冒險家，是神一樣的賭王，他們怎及得上你？『太平洋石油』今次大難臨頭了，遇着老闆你，我看啊！他們必敗無疑，戰心盡失。」助手嬌美之餘還很聰明，特別得阮志成的重用和愛錫。

阮志成輕捏她的下巴，一臉自豪，笑道：「戰心？你又懂？」

「跟大老闆這段日子裏學到不少。」她遞上紅酒和雪茄，道：「『太平洋石油』不但失去兩大天王，還敗在被你戲弄的佈局中，首場敗陣、次場追平，都在你股掌之中，你說不是給你氣死嗎？」

哈……阮志成眉頭一鬆，滿意地笑，在他心裏，的確想像得到，今天「太平洋石油」吃他的一場敗仗本是兵家常事，然而這場敗仗來自他一手佈的局，就像被他鎖進了密室，任由擺佈，無法破解，才是叫人絕望的主因。「就看你殷耀榮如何反應了。面對殘局，你如何領軍勝我？」

八十五吋大電視被搬進來的一刻，「太平洋石油」眾將都坐在自己的儲物櫃前，助教團、醫療隊、公關組一一在列，更衣室擠滿了人。「幹什麼」的念頭都在眾人的腦袋打轉，只有殷耀榮和幾個相關的同事知道，接下來要播放的是哪些節目。

殷耀榮示意關掉更衣室的燈光，接駁電源，開着電視，連上網絡，然後他一臉嚴肅，罕見地收起了笑容，一股逼人的壓力緊捏住眾人的呼吸，是嚴厲的訓話來了？是振奮的鼓勵來了？是激節的表揚來了？

「輸球，別輸意志。」殷耀榮吐出的話，如一柄久歷斧鑿的鐵鎚，鎚頭的刮鑿花痕是他一生作為球員、教練的經驗，如今一字一顆釘似的鎚進眾人的心坎。他指着熒光幕續道：「你們一起看清楚吧！」隨着他的話，視屏播放着兩張熟悉的臉——楊濤和黃庭軒，馬上勾住了眾人的心神——手術進行中……

作為球隊的總舵手，深知在風高浪急的賽場上，最重要的是士氣，是軍心，輸一場重要的比賽如遇上颶風中的大浪，像血盆鯊口的噬過來，若船員們的軍心稍一不穩，整艘船便會被吞沒、翻沉。那如何再次振奮人心？當下，他想到最好的方法就是讓球員感受切膚之痛，一起看着兩名隊友接受手術的同步過程，看他倆的痛苦，感受他們的痛苦，激起更衣室內眾將心內的一股忿怒，一種痛恨，一瞬同情，一刻義憤，匯聚成澎湃的力量，士氣的泉源，你們甘於被「騰龍」操控擺佈嗎？你們甘於被不義之師擊潰嗎？雖然兩大天王無法續戰，但不該舉手投降啊！

「『太平洋石油』會輸掉下一場比賽嗎？會因為今日之敗而失落聯賽總冠軍嗎？」殷耀榮提出這兩個問題，要球員們一起思考。手術仍在進行中，兩大主將都知道自己「被直播」，性情古怪的楊濤不愧是一頭教人摸不通腦袋的怪物，在整個手術過程中都豎起了右手中指，眾所皆知，這是一個不文粗俗的手勢，引發隊友們的笑聲，笑他無聊，笑他搞怪的個性。不懂意思的隊友只道他不滿自己被直播，其實他是在為大家打氣，留言：「下場，替我好好招呼對手。以牙還牙。」

「好了！夠了！暫停吧！」率先喊停的是殷青藍，他示意關掉電視。在他的心底裏，確實深深明白父親的心意，他向着在場的隊友，堅定的道：「我們沒太多時間失落了！五天後的最後一場登頂戰，只許勝不許敗。我們要爭氣，楊濤和庭軒上不了陣，我們更要為他們好好作戰。」

隊中另一主力得分手李琪也踏上一步，走到更衣室的中央，大聲喊道：「阮志成豪賭自己在本地聯賽的命運，我們勝了，他便退出本地球壇，為什麼如此有膽識？因為他一直都認為自己會是贏家，但！我們偏偏要他輸一個徹徹底底，別以為自己可以隻手遮天。」

這番滿有鬥志的話，如拍岸的巨浪，擊起的回應也像漫天的水花，隊友無不振臂叫好，士氣澎湃，即時召開檢討會議，重看比賽錄影，尋找對手的破綻。教練見狀，跟助教團的成員互視一笑，他揚一揚手，宣佈：「今晚好好休息，明早九時正，訓練場館見。」又道：「青藍，你幫幫手，『照顧』一下新人。」青藍微微點頭，目光已瞥向一直默然不語的兩個年青球員。

好多時候，我們都明白，人是需要適時獨處的動物，冷靜自己，沉澱自己，放鬆自己，理清複雜的思路，撫平起伏的情緒，否則只會如一張愈抓愈皺的廢紙，思緒紊亂、扭曲，再無法回復原狀。眾人都離開更衣室後，青藍領着林天行和歐陽山，乘他開的天藍色跑房車，一直開往南山區下的貧民窟——段青藍的成長地——「鳥籠」。

到達後，球場燈已關，也沒有人，四周都是舊式住宅，一座座水泥灰的建築亮起零零星星的家戶燈火，行車不時駛過，卻不吵雜，街燈在「鳥籠」外，斜斜映照看台上的長木椅，淡黃的燈光打在他們身上，身影倒也變得落寞。

「仍然不快？」青藍問候一句，在未得到答案前，續道：「你倆獨處一會兒吧！想想往後的決賽，自己可以如何貢獻球隊？我先去買點東西。待會見。」

其實青藍所謂先去買點東西，並不是真的有什麼要買，只是想給他們各自的獨處空間，讓他們分坐球場的底線兩邊，分隔得相當遠。回顧這場比賽，歐陽山雖沒上陣，但身邊的首席助教自第三節開始，已經給他一個任務——你要觀察「騰龍」兩個人——秦泰和、K．艾沙，尤其是他們的進攻手段和走位配合。

「為什麼？」

「因為要你學習，如何像秦泰和一樣，配合K．艾沙的進攻。你想想，他們上陣的時候，平均每場合共取得四十六點四分，而剛才同時上陣的十分鐘內，已搶了十三分，到底他們如何應對子丹、李琪和青藍的外線防守？」

「我們的防守沒鬆懈過啊……」

「可他們總能找到進攻空間。」

「我要思考怎樣防守嗎？」

「不！」助教道：「是觀察和學習他們如何在高度的防守牆中尋找進攻空間——他們的進攻線路和手段。」

「對！懂得閱讀他們的進攻，就會懂得防守。」

「不！你要學習像他們的進攻模式，再想想，如果林天行是K．艾沙，你是秦泰和，會如何配合，變成我們的一柄用作突擊的短刺刀，好好當我們的『搶分暴徒』。」

「搶分暴徒」這個稱呼既是壓力，又是動力，歐陽山哪會想到，在最後一場總決賽上將有機會上陣之餘，還有重要的角色擔綱出演？這不是教練組的信任嗎？不是總教練的欣賞嗎？顯而易見，下一場已無退路，一戰定生死，跟常規賽偶有上陣的情況完全不同。回想自己在這個賽季的表現，場均九分鐘上陣時間，得到6.4分，3.2個助攻，雖不失禮，也不亮眼。

「我真的可以嗎？要在登頂一戰拿出更強的表現，確是不可能的任務吧！我可以做得到嗎？」歐陽山一直都在問自己。

「我需要不斷研看K．艾沙與秦泰和的比賽錄影，無論他們進行哪種戰術，都能夠製造出極佳的Spacing，而我和天行一同上陣時又可否做得到？天行跟青藍、子丹都是同類型的球員，我要怎樣配合？」歐陽山心忖，眉頭已皺成一把鎖，然後再度懷疑自己：「其實……我真的可以嗎？我準備好了？」他一面思考一面想像，卻又愈想愈遠，舊回憶的碎片忽地傾瀉出來，老舊得像眼前這個日久失修的「鳥籠」，球場界線漸漸褪色、模糊，一塊塊斑痕都是球鞋磨擦而成的印記，是從前跟林天行闖過的每一個街場、每一段歲月。

大約再過了十五分鐘，遠遠的「鳥籠」入口處，有三個高大的身影逐漸走來，其中一個是青藍，另外兩個卻看不清楚，直到走近一點，在微弱的光線下才看清楚是誰來着——上本直宏和馮英——「煜TATOO」的兩大球星。

青藍笑着大喊：「喂！」

林天行和歐陽山一頭霧水，卻也不敢怠慢，立即上前跟前輩恭敬行禮。

「宵夜！打邊爐去！」青藍提着兩打啤酒，興奮地道：「剛才買啤酒，卻又想打邊爐，便叫了他們來。」

上本直宏也附和着：「一起吧！陪陪老大哥圍爐！」

馮英身為林天行和歐陽山的青年軍教練，也放下嚴肅的嘴臉，開玩笑道：「不跟來，便趕你倆出球隊！」

於是，眾人嘻皮笑臉的，輕輕鬆鬆地拎起兩個後起之秀離開煩惱之地。

「幾位老大哥不擔心嗎？」林天行一邊夾住一塊肥牛，喝一啖啤酒，在嘈吵的宵夜檔中反而解開了內心的煩躁，歐陽山也接着問：「我們失去了楊濤和庭軒，一內一外，足夠抗衡『騰龍』的Mike Mitchel和K．艾沙嗎？」

青藍聽着，沒回應，一心只掛念掉進火鍋裏遍尋不獲的那片豬膶。

上本直宏也沒回應，多開一瓶啤酒，斟滿眾人的酒杯，然後一大口倒進胃去。

最後還是老將馮英開腔：「你們不用再問。答案已經好明顯，青藍、李琪、何偉華、郭子丹、林天行和歐陽山，將會是最後一戰的主力。吃罷這一鍋，明天便是生死戰前的操練喇！」

「還有退路嗎？沒有。那便放低所謂的擔憂。」上本直宏跟馮英碰杯，道：「沒了兩個主力，你們便來當主力。怎麼了？傳奇球星魔術手莊遜當年也是菜鳥年奪冠的。」

青藍搭住林天行的肩頭，有點微醉的他打個飽嗝，道：「我老爸說，失去不等如失敗。況且，我們還有天行者——林天行。掂呀！」

2 天行者的終極進化

從小到大，林天行都知道自己的名字由來。父親是《星球大戰》迷，家中的星戰玩具、影碟、海報、書刊多不勝數，為了收藏和傳承，更將林天行的房間進行特別裝修，以星戰為主題，牆畫、衣櫃、書檯都是星戰的黑白灰主色，房門好像太空船的

艙門，牀身刻上「千歲鷹」的圖案，牀柱模仿天行者、黑武士、絕地武士們使用的光劍，一幅黑武士的特大畫作製成捲簾，一放下來，就像黑武士君臨天下，擋下窗外一切陽光。熟知星球大戰的影迷都必定知道，Anakin Skywalker 最終會成為最強大反派——黑武士，而林天行的爸爸當年在球壇上的外號，正正就是這個令人聞風喪膽的名字。天行、天行，天行者，多威猛呢！我的兒子就取名為林天行吧！

或許是名字所累，林天行承傳了當反派的魔咒，在學時期屢犯校規被趕出校，被送到靈光書院寄宿學習，和一班背景跟他不相伯仲的壞孩子混在一起，幸好得到楊濤兩父子的栽培和引導，組成了「壞孩子軍團」衝擊學界最強的天坪學院，最後還順利畢業，加入殷耀榮麾下的「太平洋石油」。（關於林天行的故事，詳閱《爆籃4 壞孩子軍團》）「我倆一向都當反派，如今決賽在即，得到更多上陣的機會，怕什麼？一起上吧！」歐陽山搭住林天行的肩頭，沿上山的斜路走回球隊的宿舍去。一路上街燈橙橙黃黃，深藍的夜空上薄雲幾片，有幾顆明亮的星，歐陽山指着其中一顆，續道：「總決賽上，我和你要成為超新星！」

林天行冷笑一下，微揚的嘴角輕輕一笑，眼神中略帶患得患失的自我懷疑。他道：「總決賽啊！真行嗎？你別天真啦！我怕你一上場便被對手嚇倒了。你看，強大如楊濤和黃庭軒都很吃力，何況我們？」

歐陽山卻搖頭表示「此言差矣」，他原先也跟林天行一樣想法，反反覆覆地懷疑自己的能力，但經過剛才的火鍋宵夜後，他已判若兩人，信心爆增，反過來鼓勵「天行者」。他道：「防守上，我不多講。光提進攻，我已找到秘密絕招對付K．艾沙和古方了。明天練習時，你便會知道。」又道：「天行，你是天下無敵大反派——黑武士，也該向高人指點一下呀！」

「高人？誰？」林天行一頭霧水。歐陽山卻獨自跑往宿舍去，道：「勇敢地飛吧！

天行者！」

私立醫院的高級病房簡約時尚，設備先進，格局更像五星級的度假酒店，住在這裏，能讓人得到舒緩的療養，有什麼需要都有私家看護照料，醫生即傳即到，服務貼心。於楊濤來說，自己的傷勢較黃庭軒輕，按理不用跟他同住高級病房，但他實在享受，便藉故說要陪伴隊友，一同住了下來。其實他經過手術後，左眼已放出瘀血，消了腫，縫了針，戴上護眼蓋保護眼睛，待視網膜、眼角膜的檢查報告出來後，如無大礙，多休息兩三天，便可拆針、出院、回家休養。然而，他卻另有盤算，跟黃庭軒道：「五日後，我想在總決賽復出！」

黃庭軒躺在病牀上，受傷的地方被包紮得像木乃伊般，一動都不能動。他乍聽楊濤這個瘋狂念頭，登時給嚇一跳，猛地坐起身來，大喊：「你瘋了？就這幾天，你的左眼不會完全康復，若再上陣，再度受傷，後果好嚴重。」又道：「別強來了，好好休假，下季才復出吧！而且，我認為要學懂智取呢！」

「不！我已叫助教替我準備好護目鏡。我要親自打爆Mike Mitchel。」楊濤看着體育新聞直播，正播放上一仗的精華片段，節目主持還在為幾天後的終極一戰下了個荒謬預測——「騰龍」登頂的機會率——75%。節目上其中一個球賽評論員還說：「我們一致看淡『太平洋石油』的原因有以下三點：一、兩大主力傷出，無法上陣，大大影響戰力；二、專門對付『騰龍』的戰術已被摸通透，難再重施故技；三、板櫈深度嚴重不足，壓場的老大哥就只剩一個殷青藍，李琪也很勉強，上仗以後備身分上陣的林天行雖然搶眼，但他、郭子丹和未派上場的歐陽山都太年輕了，新丁在總冠軍賽會有好表現？別開玩笑了。」

「胡說！那個球評在胡亂釋放負能量，想打擊我們軍心，說不定是阮志成的人。」黃庭軒咬牙切齒，頓了頓，想了想，續道：「他們在打大眾媒體戰，營造『太

平洋石油』必輸的氛圍。」

「我們不會受影響。他們的目標只會是幾個即將上場的新丁。」楊濤正在跟球隊管理層WhatsApp……又道：「明天是球隊練習，籃球總會竟拒絕了歐陽山、林天行和郭子丹的休假申請，說要準備亞青賽，那分明是借口，想在賽前消耗他們的體力。阮志成真的隻手遮天了。」楊濤不屑地冷哼着。

黃庭軒看着自己的傷患處，怒從中來，道：「球壇雜種！以為有權有勢便橫行霸道！」

楊濤坐到他身旁，打開平板電腦，啟動了電子戰術板，道：「光火也沒用！我們一隊人要團結，你無法上場，不代表你幫不上忙的。」

黃庭軒心領神會：「哈！我當然有想法啦！你記得我們有好幾個助教，早前被『騰龍』挖角嗎？」

「記得。」楊濤道：「又如何？」

「其中一個——KK Wong，當了他的Black Suit智囊團。」

「又如何？」楊濤追問。黃庭軒沒回應，只做了一個「打電話」的手勢，跟一個詭詐的笑容。

「啊！哈……那就包保驚喜連連，殺龍無悔！」楊濤摸着他的紅頭，續道：「下一場的致勝關鍵，就在『空間』，和你的『臥底』了。」

「他沒應承我。但我相信他有我們很想要的資訊，我會試試。畢竟，他曾是我的主力訓練員呢！」

老一輩的俗語常說：太陽底下無新事。

到底楊濤所說的「空間」是什麼？用籃球戰略來理解，就是人所共知的「距離」：進攻者和防守者之間的距離，隊友與隊友之間的距離，球的轉移速度和球員走位配合的距離。那又有何特別？每一個懂籃球的人都懂的常識而已。

今天，距離終戰的倒數第四天，球隊早上操練於十時開始，下午一時終結，午飯後，原定的常規會議取消，改為「專人特訓環節」。殷耀榮在早上訓練開始前，召集了整支教練團開會，每一位助教都得到一份訓練筆記，筆記上列明了這四天的訓練項目之外，還在第一頁寫着兩大個字——「空間」，而當他們細閱目錄最後兩項的時候，無不打了個突，心忖：如今，教練的搞怪程度已經跟楊濤不相上下。

「教練，人家都應承了？」專責罰球訓練的助教陳文志問。

「應承了。」殷耀榮爽快地點一下頭。

「教練，這不違反總會的規定嗎？」專責「黑鷹八線」的助教張凱旋問。

「不違反。私人邀約是可以的。」殷耀榮指示着四個陪練員，又道：「今天下午，以至未來三天，所有訓練都是閉門特訓，球會的公關會負責謝絕一切採訪，連隨體育館的特別通道都會一併清空，只許球隊和嘉賓進出，我們的保安隊會特別嚴格，所有人如沒通行證不許進入。你們五個，會跟從我和馮英、上本直宏、名越川、凌少君幾位嘉賓，一同到另一場地特訓，其他人留在這個主場繼續進行訓練。直到比賽當天的上午，我們才會再聚，練練團隊實戰。」

眾人聽見總教練朗聲宣講，無不感受到重重的壓力，連呼吸都稍微用力，才能承受一字一句之間的衝擊！尤其聽見「馮英、上本直宏和名越川」的名字，非但是當今籃壇響噹噹的人物，更是經常冤家路窄的對手，怎麼會請來跟我們特訓？我們的天王級球員知道嗎？殷青藍知道嗎？李琪知道嗎？

殷青藍和李琪當然知道！

郭子丹、歐陽山、林天行和其他球員卻是一頭霧水，內心都在想：「難道是對付『騰龍』的終極殺着？」

這刻，球隊經理王立一站出來，乾咳兩聲，止住了球隊上下的小小騷動，他道：「我們失去了兩員大將，現在球隊可用的人就只有你們十位。我們必須要借助外力來提升我們的戰力，請大家留心我們的安排，殷教練會作出指示。」

殷耀榮接住下去，道：「球員通道已有專車準備接送，請以下球員收拾好行裝，跟助教們上車。殷青藍、李琪、郭子丹、林天行、歐陽山，請立即起行。」說罷，青藍和李琪似是早有默契，交換眼色，碰一下拳便轉身起行，李琪還拉住了林天行，打趣道：「天行者，準備好啊！」

「準備什麼？」林天行問。

「準備變成最強的黑武士呀！」殷青藍推他一下，催他快步跟上前去。

「何偉華、安祖、張順潮、駱志沖、董偉樂，你們留下來，未來幾天都在這地方特訓。」殷耀榮一面吩咐一面看着腕錶，續道：「一小時後，特訓開始。」

一小時後，特訓開始！

殷青藍一干人等坐上了球隊的巴士後，便往另一個場地去。大約四十五分鐘後，抵達海邊的一個度假營。

「怎麼？這裏山長水遠啊！」下車後，眾人環顧四周，方知道當下身處的，正是遠離市區的鄉郊。

「我們已把整個營地全包了下來，未來四天半，大家都在這裏訓練和食宿，直到總決賽當日為止。」殷耀榮下車後第一句話說來平淡，卻暗藏一陣「無人敢說不」的威嚴。他續道：「我們的嘉賓一早到了，在體育館等着我們，快！二十分鐘後在那邊集合。」

既然總教頭一聲令下，眾將自然不敢怠慢，紛紛回到營舍放下行李，換好球衣，趕到室內體育館集合。說到這座戶外營舍的體育館，自然及不上他們的訓練主場館

——天坪學院二館，這裏沒有空調，球場直如一個上了年紀的退役大叔，光線不足，球場界線欠清晰，通風設備一般，局促得差點令人窒息，唯獨令球員們較值得安慰的是，場內都換上了最新的比賽專用籃框，是「太平洋石油」的老闆贊助給管理這座營舍的機構，對方才肯讓球隊全包五日。

「場地愈爛，愈適合用來磨練大家，這裏光線不足，正好練習外投，訓練大家對籃框位置的方向感。」一早到達場館的嘉賓還會有誰？

正是「煜TATOO」的星級老將——馮英。

而站在他身邊的，尚有另一個神人般的存在，正是眾多年青球員心中的王者——名越川。

名越川環顧四周，狀甚滿意，道：「這種局促感最能磨練球員的意志，而且練習壓逼時，我們要拚盡體能，這裏是最佳場所。」頓了頓，又道：「就這裏吧！這幾天便集中火力，針對空間訓練和投籃訓練吧！」

空間，在球場上是致勝的關鍵。每個球員的站位、走位、擋拆，以至單對單，都需要恰當的空間。切入突破的時候，籃底硬爆的時候，傳球轉向的時候，遠程開火的時候，如果沒有足夠的空間，根本無法做到。難道我們每一波進攻都是Tough Shot，都要硬幹？懂得為自己和隊友製造空間的球員是聰明的球員，懂得洞悉對方防守來製造空間優勢的球員也是聰明的球員，如果能配合教練的戰術，了解隊友的走位，掌握攻防位置的時差，非但聰明，更是運籌帷幄的智者。

真的有這樣的球員嗎？

真的有這樣的智者嗎？

馮英、名越川是眼前最接近智者境界的兩位。以他們的經驗和技術，結合「太平洋石油」主教練的戰術體系，再加上負責緊迫防守的上本直宏，已足夠令「太平洋石油」的當家球星吃盡苦頭……

尤其是，當總教練變成敵人的時候，「太平洋石油」眾天王球員都成了待宰的牲畜，任由馮英、名越川、上本直宏搭配凌少軍和一些後備球員組成戰力不下於「騰龍」的大軍，每一個戰術都衝着他們而來，「黑鷹八線」戰術如曝光過度的菲林底片，再沒有隱藏的路線圖，每一着，每一步，不論Roll in、Hand off等擋拆和切入，通通變成了X光片，以馮英和名越川的洞悉力，要破，不費吹灰之力。

整個下午都是對賽練習，打了差不多十個回合，殷青藍、李琪、郭子丹、林天行、歐陽山組成的五小戰陣，僅僅贏得三局，所有戰術都用出來了，所有戰術都被破得毫無道理。論速度，子丹、青藍和天行都是快箭，可是對手掌控了節奏，以慢打快，馮英的從容，兩個掩護切入已撕開防守，名越川和上本直宏則在外圍輪流開火，亂槍掃射。那麼論陣地戰術呢？上本直宏施展高強度的壓逼防守，切斷了青藍的所有接球路線，逼使經驗尚淺的歐陽山和林天行錯走路線，形成一個又一個失誤。總教練殷耀榮更臨場授招，以人盯人緊逼加強力度，叫他們傳一球都感到困難。

即使傳出了，也無法構成威脅。

即使傳出了，也很快被對手切斷。

「三十分鐘後，最後一個回合，以十五分為限，先到先勝。快點打完喇！肚餓！」第十回合之後，殷耀榮隨即宣佈，終極第十一回合，會在三十分鐘後開始，完成後方可「放飯」。

殷耀榮已徹底背叛青藍等人了。在這三十分鐘的休戰時間裏，他獨個兒走開，沒有跟任何助教和後備球員交流。他一個人，帶了一支筆、一本記事簿，一部平板電腦，走到體育館外的小公園坐下來，寫寫畫畫，看看平板電腦，又看看藍天，看看白雲。

「教練在寫生嗎？他是不是神經失常了？」歐陽山按青藍的指示，偷偷跟着教練，然後回來跟他匯報，李琪則拍拍他胸口，嘲笑道：「總教頭最失常的是把你也帶來了。別傻吧！他很正常。」

「你怎會知？正常人不會這樣子啦！他剛才在寫寫畫畫，不，是亂寫亂畫，寫了兩個好禪的字，什麼自我、放空，唉！我自問天資太差，不太明白。不過，我有一點可以肯定，整個下午訓練至今，他對我們不理不睬，處處針對，唉！未來四天，我們能否有命……」

「空間。」殷青藍忽地一叫。他打斷了歐陽山的無聊話，「天行，是空間。我們每一個人，各自都應該有自己的進攻空間。李琪，是空間。我們在進攻的時候都忽略自身的侵略性。」

來吧！召集吧！第十一回合，我們要蛻變了。

到底青藍怎地忽有所悟？

一切都要多謝總教練殷耀榮。

或許殷耀榮不是故意放空，刻意走開只為了私人的思考空間，想想球隊，也想想對手。但他的一舉一動都讓青藍有所領悟，他的父親向來是個嚴謹、慎密、運籌帷幄的人，絕少這樣獨自走開，一定是有些東西他想不通，要靜靜的獨處。而這！青藍悟到了、認清了自身和隊友之間的問題——沒有獨自的進攻空間。

也就是說，個人的進攻因過於集中於團隊路線，忘記了每一次走位和擋拆轉換時，持球的自己都可以主導進攻，而非一定要把球交到戰術指定的最後隊友身上。情況就如李琪，在外線持球時，原定戰術是他必定要傳給林天行切入上籃，但其實他可以在三分線上發炮，當對手洞悉這個戰術時，一定會切斷或佈防來阻止林天行，亦一定會減低對李琪的警覺性。

因為他們都認定——李琪一定會傳球給林天行！

又例如，林天行和歐陽山向來的中遠距離跳射，都是靠單擋切入再急停起手，至少，對手觀察上百次的比賽錄影，他們都是這招，而且命中率極高。但，如果他們在擋拆後，不是切入，而是Side Step跳投的話，他們的進攻空間和變化，便會令對手有更多顧慮。這些技術，一直都懂，一直都有練，還練上百遍千遍，偏偏，大家都慣用自己慣用的，渾忘了開發自己更多的可能性。

空間，不再僅僅是球場的框框、隊友的距離。

空間，是球員自我蛻變的反思空間，這裏才是無限大！

「嘩！青藍大師兄，你真厲害。你父親在放空，你便想到空間。你……」歐陽山的廢話未說完，已被林天行和郭子丹打斷。天行拍拍心口，道：「每一個持球機會，都以自己進攻為首要選擇！」

郭子丹也附和道：「戰術照舊，但進攻多變。」

李琪沉吟半晌，也悟到了一點道理：「也就是說，即使『騰龍』早已洞悉我們的戰術，也會被我們的個人進攻空間殺個措手不及。」

「對！以無章勝有術！」青藍笑了，眾人都笑了。

第十一回合開始。

當殷耀榮走進場館時，忽地感到，場館的氣溫竟然多升了兩度，原本這裏已夠熱的了，怎地生出一股熱能來？這股能量好像一種微波，產生一些輕微的變化，這種變化，殷耀榮已確切感到，乃源於球員體內的演變能量，令溫度驟升。他稍稍停下腳步，發現剛才小休的三十分鐘換來的放空和冷靜，在這一刻，逐漸被燒、被烤、被火舌狂燎。再遠看去，果然不出所料，一切能量都來自那五頭「太平洋石油」的猛獸，他們好像點起了什麼燃料般，着了火，也着了魔。

他走近他們，有點好奇，他們也興奮起來。

「輸了十個回合，怎麼了？仍想反撲？」殷耀榮故意挑釁。

「多謝你啊！你的小休給我們好多靈感。你是故意嗎？」青藍道：「你的戰術板和平板電腦到底寫了什麼？我偷看到了啊！」

殷耀榮半笑半惑，心忖：我寫了什麼？我就是寫了我覺得球隊最需要什麼，球員最需要什麼。

「自我」和「放空」。

他在平板電腦上寫了這兩個詞語。

他的戰術板上，用了一些平時極少用的顏色線，在原有的戰術路線上畫了很多岔點，很多歧路。

常言虎父無犬子。殷耀榮當然高興，兒子正是青出於藍，但他真的沒故意提點，也不知道怎麼會被青藍看到了他寫的「秘訣」。

「偷看的其實不是我。是歐陽山！」

歐陽山緊張得馬上肅立起來，澄清道：「我……我好奇而已。」殷耀榮輕搖一下頭，沒有怪責，還打趣道：「歐陽山，那你應該最通透、最清楚啦，那麼……有膽量當一號位嗎？由你發動，第十一回合交給你。」

「好呀！我贊成。」青藍第一時間搭住歐陽山的肩頭。

「我也贊成。」林天行和李琪幾近同時附和。

歐陽山只知道隊友們都抱着鼓勵的心態，要他試着擔任第十一回合的主控，但他不會知道，一切都是殷耀榮、青藍和李琪的默契。自從上一仗之後，殷耀榮發現歐陽山和林天行的搭檔會有一定的化學作用，但歐陽山總是站在林天行的背後，就算自己有一定的能力，不比郭子丹弱，不比林天行差，也還是收起自己，成就隊友。這樣的一類球員，多數的時候都是球隊的潤滑劑，串聯、協助隊友在攻防上的組織，但到了關鍵時刻便軟了手腳，不敢踏前一步把贏球的責任一力扛下。「過於習慣成就隊友，忘記了自己也是一個主宰勝利的殺手。」殷耀榮的慧眼總能像顯微鏡般，發現不為人知的一面。於是他跟青藍和李琪在賽後，私下聊了幾句。

「多給他機會，我想他成為奇兵。」殷耀榮道。

「他的切入不及子丹快，但也不慢，而且在傳導上，拿捏的時間亦準，可分擔我主控的壓力。」青藍嘗試再分析球隊的現況，「楊濤和庭軒的折損，逼我們要來一大四小的陣式，何偉華任中鋒，天行和李琪打側翼，我和郭子丹便要掌控球隊，但是仔細一想，更難令對手捉摸的就是歐陽山，不妨一試。」

果然！一切期許都收到奇效，一切想法都得到驗證。

歐陽山主控，天行和子丹擔任側翼，青藍擔任 Strecth 4 角色，李琪續當一柄無球走位、隨時發炮的 Running Gun，靠着天行、青藍的單擋掩護，接球、發炮、命中！

而最重要的奇效是——歐陽山面對明星戰將級別的名越川，竟然愈打愈有驚喜！

一切都是因為「自我」和「放空」的新思維——黑鷹八線的八個走動路線已成了一張隱形的地圖，明線雖明，暗線卻極有驚喜——歐陽山不徐不疾，面對名越川那種不讓你有空間思考的壓逼性防守，他便真的不加思索，不再顧慮，逼過來嗎？我便壓將過去！

切入？

名越川猝不及防，歐陽山要動起上來的時候竟自不慢，左邊開步，人如疾箭，一步即過，在罰球線上來個高拋投籃，清脆穿針！

助攻？

名越川始終是塊老薑，給你歐陽山突破了兩次，還要來第三次嗎？

他的防守幅度加闊了，防守距離準確無誤，確定不會再被突破切入。

可是李琪與林天行的單擋剛好到位，馮英遲來半步，讓歐陽山順利傳出一記漂亮助攻。

半步，對超級射手而言實在足夠有餘了——三分中鵠！

擋拆突破？

這次，名越川開始生出許多想法，多了顧慮，歐陽山卻愈來愈有信心，還萌生出瘋狂的念頭來——我．可．以．打敗．名越川！

心念一動的一刻，歐陽山的嘴角不自覺地向上揚，那個少年雄獅挑戰獅王的傲氣忽地注滿自己的油缸，順住青藍上前的擋拆，右路突破，面對補防的上本直宏——另一座好想跨越的高山——「小子！你休想啊！」上本直宏的眼神裏傳達出這麼一個信息，可是當下的歐陽山已經啟動了殺神模式，就在晃肩的一刻，竟自開發出另一類的Side Step中距離跳投，剛好避過上本直宏撲前封阻的指尖，畫下了完美的拋物線，又中！

「這招……這招好厲害啊！把防守者的防守距離在瞬間拉開了大半個身位，而且變化極多，晃肩、變向、拜佛、突破或急停跳投，總之，一個進攻四個變化，進攻空間都給他用盡了。他……什麼時候學懂的？」郭子丹呆在當場，大家都是港區青年軍的隊友，卻從沒見過歐陽山使出這厲害的招數。

「你見過他用這招嗎？」郭子丹問。

「見過。但……在街場三打三的時候，不過玩玩而已，比賽極少用上。」天行振臂疾呼，為好友殺敗兩大日本高手感到震奮，立馬上前跟歐陽山擊掌。

「小子！你真有點意思！好！」名越川和上本直宏相視一笑，笑彼此都被一個不知天高地厚的小鬼耍了。上本直宏還看得出除了郭子丹外，這個叫歐陽山的年青人也有當年「鬼之切入」徐風的影子，剛才那招佯右切左的跨步晃肩動作，然後壓身變向，

都是徐風的慣常伎倆。

沒錯！是徐風。在場的一眾球員、助教和教練都想起了昔日「太平洋石油」的「突破之王」徐風。在殷青藍的眼裏，很久很久都沒有一個球員，可以像徐風那樣乾淨俐落地變向切入。

「再來！小子！再來！」名越川被挑起真真正正的戰心了，七比零，怎可能在一瞬間被攻下七比零？

球場上充滿激情的朗笑和振奮士氣的怒吼！在困獸的框線內，幾頭狂獸重燃戰火，比賽未完結，上本直宏和名越川誓要狠狠反攻了。

「他到了嗎？」殷耀榮向身邊的助教問道。他沒有再觀賽，因為已預知道結果。

「差不多。公關部那邊已跟黃庭軒溝通了，他說對方發現了阮志成和球員間的秘密，很重要，但對方未有消息！」助教查閱手機信息，答道：「教練，時間真的剛剛好啊！他們剛剛開竅，歐陽山剛剛發飈，你和黃庭軒想要的人又剛剛到位了。」

殷耀榮沒回應，只是點頭微笑，回頭看着場上的歐陽山、林天行和郭子丹三位年青好手，不禁想像「騰龍」難以招架時的窘態。

「那主場館訓練那邊呢？何偉華和其他人都沒問題吧？」殷耀榮問。

助教肯定地點頭：「沒問題！楊濤拍心口說沒問題。」

「那就好！我對這個紅頭怪最有信心。他跟他的老頭子一樣。」

楊濤？他不是在醫院養傷的嗎？黃庭軒跟殷耀榮私下又再搞些什麼鬼呢？

四天後的總決賽，「太平洋石油」到底會擺一個怎樣的屠龍戰陣？

砰！

林天行側身單手劈柴式入樽！

是「空間」戰術使然！

是青藍突破思維之後使然！

是歐陽山變成徐風之後使然！

更是林天行真的蛻變成真正的天行者使然！

正當殷耀榮跟助教們商討這商討那之際，林天行似乎不讓好友歐陽山專美，面對大將軍馮英的嚴防，面對名越川和上本直宏的補防，他竟像吃了豹子膽般以一敵三！

「青藍前輩說：『我有極快的第一步，只差在掌握突破的時差。』我看到了！我看到了前輩如何掌握防守者上前防守時漏出的時間縫隙了！」

回想起加入「太平洋石油」至今，林天行和郭子丹每一次都會在球隊訓練結束後，留下來進行單對單練習。兩人都是隊中公認為最快的人，也是最擅長單對單進攻的人，正是高手遇上高手，還拉住歐陽山一起加操，觀看許多NBA和本地單打高手的伎倆，找出適合自己風格的打法，不斷鑽研和鍛煉。

而最重要的是，他們都有一個——共同敵人。

他就是殷青藍！

面對年資和經驗皆比他們深的青藍，他們總是輸多贏少！

殷青藍被稱頌為「獵豹天王」，除了因為他也很快之外，也因為他運用速度有異於常人的方法。

簡言之，是運用腳步、運球動作、身體碰觸，感受和觀察對方如何站位，再掌握對方防守的空隙，掌握對方防守的速度，掌握當中一瞬的誤差，然後化身成一柄鋒利的刺刀，開膛突破！

「為何他總可以這樣？每一次的高速切入，都可以毫不花巧地殺入禁區？」林天行一直都想着這個命題。因他每一次都輸在這關節眼上。直到今天，密集式的多場攻防回合，他親眼看見青藍每個動作，重複又重複地近距離觀察，便叫他想起一個久違了的名字——Grant Hill——格蘭希爾——九十年代 NBA 底特律活塞隊的當家球星，被喻為「天下第一快步」的米高佐敦接班人，永遠都是單槍匹馬，晃身、開步，如一柄日本軍刀直取對方的心臟要害，砰的一聲便在敵方頭上入樽。那種快，非單純肉眼難辨的快，更是明明看得清楚卻又迷迷糊糊地被他騙過、閃過、殺入、切腹，哪怕只是慢了半步，他都可以憑鋼鐵般的身體力量壓入，想跳投就跳投，想劏籃就劏籃，完全奈何不了。

「青藍在運球和切入的節奏上都是這樣的。」

此時此刻，林天行已是全面開竅，進化出新的自己，他嘗試揣摩、模仿，再嘗試使用出來。最重要的是，他首次用來試招的對象不是一般的球手，而是當今球壇最猛最強的幾位球星！

轟！

「天行者」膽大包天！

「天行者」在名越川、馮英和上本直宏的面前——In Your Face Dunk！三名「煜TATOO」當家球星頃刻間淪為佈景板。

「太平洋石油」新天王——「天行者」林天行誕生！

最後，全面覺醒的「太平洋石油」終於扳回一局。這一局，青藍、李琪、天行、子丹和歐陽山都已經脫胎換骨，在餘下數天的訓練裏，殷耀榮連同名越川、上本直宏和馮英一同研究應付「騰龍」各名大將的策略，上本直宏和名越川更無私地把所有切入、急停和Fade Away等步法分享出來，為天行和子丹裝備出更多個人秘技。至於另一邊廂，所有「太平洋石油」的大前鋒和中鋒，同樣在天坪學院的主場館裏苦練，特別是中鋒何偉華，他可是其中一個決勝關鍵。

那麼，誰來訓練何偉華？

在醫院的五星級病房內，黃庭軒仍然留院觀察和休養，而他的鄰牀早已空着，還收拾得乾乾淨淨。

第四章：屠龍覺醒

24

1 正面交鋒的初生之犢

關於與殷青藍的戰約，阮志成從沒有一刻忘記過。

「倘若輸了，請你們『騰龍』來季退出港區聯賽！」青藍說話時的眼神，如盯緊羚羊的豹。哪怕你是一頭身經百戰、蹄力千斤的野公羊，他就是要把你吃掉。

「這對手夠惡！我喜歡。有趣。」阮志成的內心真正想法和感受，只有他自己最清楚。身邊的美女助手們和智囊團都在為他忙着，公關策略組、實戰數據分析組、球隊訓練組都在輪流報告，直到最後一組——球團收益及投資策略組，阮志成卻突然喊停，所有人頓時靜了下來看着他，他呷啖紅酒，道：「今晚，我們贏了的話，所有球員的獎金增20%，你們全員，增加15%，全團上下，人人有份。如果輸了，公關部替我通知球員和教練團，取消獎金，全部即時解約。還有，古方的一雙手，K．艾沙和

MM的賭債，秦泰和的獎金，我會通通清算到底！」

原本，眾人都準備激節拍掌、大聲歡呼了，可是聽到最後，直如面臨雪崩壓頂，退路全無，唯一可以做的就是什麼都不要問，盡全力幹！

「K K Wong，你是我智囊團中唯一的『太平洋石油』助教，你說，你為什麼來投靠我？」右手食指用力地戳他的胸口，續道：「是錢，是利益！我所買的，是你們的頭腦，值錢就留用，不值錢便給我滾！你說，我給你的多，還是『太平洋石油』那邊多？」

「阮老闆你給我的，比『太平洋石油』多好多！」一身Black Suit的K K Wong立正道。

「所以話，你們一幫人，人人聽到清算兩字便驚驚青青的，為什麼？」阮志成道：「因為怕我啊！怕沒錢呀！難道講義氣嗎？這年頭，大家都很清楚，球員們都很清

楚，跟我，就要驚我，驚我，就是拚老命。」

「今晚的排陣如何？」他指住會議室內的一百吋高清視屏，道：「教練團都該準備好了？」

負責教練團報告的ＫＫ Wong 立即打開戰術檔案，恭敬地報告道：「秦泰和、Ｋ．艾沙、Nick Cody、Toni Rock 和 Mike Mitchel。」

「原因？」阮志成問：「ＫＫ，你也是教練頭腦來的，你不覺得有問題？人頭豬腦！我的錢拿來餵你吃糞好不？」

「教練團想沿用上仗的策略，先在上半場以強硬手段打垮餘下的『太平洋石油』兩大天王殷青藍和李琪，餘下的年青球員如郭子丹、林天行便易與了，畢竟他們的大賽經驗嚴重不足，待我們殺敗兩大主力後，最後勝利便該屬於我們。」ＫＫ Wong 戰戰兢兢地解說。

阮志成卻直指着他，不苟言笑地冷冷一句：「穩操勝算了？真的穩勝？」

又道：「Toni Rock 的技巧粗枝大葉，要他來打來撞，比 MM 好！不過既然楊濤已不在陣，便不需要他了。他防守的移動速度慢，如果面對殷青藍的變速切入，他就是我們禁區的缺口，換走他，我要尹熙順當先發中鋒。還有，為何選 Nick Cody？古方呢？他不行嗎？」

K K Wong 再次恭敬地點頭，自信的眼神已被阮志成奪去了，語氣竟自顫抖起來，道：「因為……Nick Cody 的防守較古方出色，上仗成功令黃庭軒傷出，如果今仗可以令殷青藍或李琪傷退，我們便算穩賺了。」

「古方的三分命中率多少？」阮志成問。

「常規賽 40.3%，季後賽 41.5%，冠軍賽系列 44%。」代表回應的同時，高清視屏馬上顯示出古方的數據來。阮志成一看之下，忽地燒起猛火，道：「那麼 Nick Cody

呢？我們有神準的射手不用，用Nick Cody？萬一李琪發威，誰來抗衡？」

「所以我們打算先讓Nick Cody對付李琪……」

「別跟我來這套！把Nick Cody調作後備，我要古方再次與李琪正面交鋒！」阮志成道：「今次一戰，我跟你們說，我要戰得堂堂正正，不玩花招，我要對手心服口服，要打個痛快。」

「那麼今天晚上的正選陣容，會是秦泰和、古方、K．艾沙、MM和尹熙順嗎？」

KK Wong似乎已是多此一問，不過鑑貌辨色，大老闆向來認真看待一件事的話，一句就是一句，決不拖泥帶水，更不會反口覆舌。這次，四個小時後的終極對戰，他說要正面交鋒，就真的百分百戰力全開。

「替我跟教練團下達命令，今晚，我要球員們執行一個戰術——全場人盯人。」阮志成說罷，大口乾盡一杯紅酒。又道：「開賽前一小時，叫所有球員在會議室集合。」

「知道。老闆！我立即辦！」KK Wong 表面恭敬，心內不忿，真有點後悔當初為錢出賣身心。

正當「騰龍」排好陣容之際，「太平洋石油」眾將已在天坪學院的主場館齊集。幾日下來，整隊人分成兩批進行特訓，青藍和李琪領着郭子丹、林天行和歐陽山，與「煜 TATOO」的三名大將閉門訓練，外界無從得知訓練內容，球隊只透過公關部門做了些門面答問，應付一下傳媒的好奇心。唯一特別提及的，就是名越川、上本直宏和馮英的參與，還刊登了特稿，題為「英雄聚義，誓師屠龍」，好像要在這決賽前夕造一造勢，讓球壇內外都知道「太平洋石油」的爭勝決心，招聚英雄決一勝負。而另一邊廂，一早離開醫院的楊濤聯同「煜 TATOO」的凌昭如和凌少軍，也在這幾天進行了大前鋒和中鋒進攻特訓，何偉華和另外三名後備球員得到友隊的內線主力幫忙，進行了高密度式的同場交流和試煉，訓練效果大有進益，直等到青藍一干人等今天歸隊，全員齊集，便馬上進行了四十五分鐘的球隊會議，由主教練講解今晚的主戰術，主題是：「Space and Shoot」。

「不用賣花巧，我們的黑鷹八線戰術，每一個觸球的人都可以進攻，不一定要循原定戰術路線走，只要有空間，就Shoot！」楊濤直截了當，道破核心。

「來！到球場去！我們一起磨合一下。」青藍高喊一聲，眾將隨後步進球場。

球場上，幾個捨命賠君子的英雄好漢早已列陣在前──上本直宏、名越川、馮英、凌昭如和凌少軍。青藍上前，走到中圈，跟上本直宏擊掌，說笑道：「怎樣？想替『騰龍』在決賽前，先挫我們的銳氣？」

上本直宏回他一句：「上一仗，我們輸給了你的絕殺，我個人有點不甘心，想再鬥一場。怎樣？怕今晚決賽表現欠佳，要留力嗎？」

青藍回頭環顧身邊所有隊友，全新的正選陣容：郭子丹、李琪、林天行、何偉華和自己，竟泛起莫名其妙的興奮。他道：「別廢話了，來吧！」

好一句「來吧」！

天坪學院的主場館內，兩支頂級球隊閉門激鬥。為的就是今天晚上的終極一戰，每人都出盡全力執行教練定下的主策略：Space and Shoot。以七秒快打為主要手段，攻防轉換和緊逼盯人都同時用上。這時，主教練殷耀榮向身旁的楊濤問了一句：「今晚，你可上陣嗎？」

「我就是等你這一句。」楊濤怪笑着，道：「要發揮 Space and Shoot 的極致，我會比何偉華更適合，不過比賽以來，偉華愈打愈有狀態，我看啊！暫且把我放到後備名單上，當成秘密武器吧！當下始終最重要的是激活我們的「台灣 101 中鋒」，要他打出身價，老實說，他絕不比『騰龍』的尹熙順差。」

殷耀榮點頭贊同，也道：「同意。尹熙順跟他惺惺相惜。唔……就讓他盡情發揮吧！」說着的同時，身旁的助教已寫下了筆記，準備為何偉華設定專屬的低位進攻戰術。

對於重視今晚登頂終極戰的球迷來說，時間過得實在太慢，好不容易才等到晚上八時正，兩隊球員才步進球場，進行例行的熱身。此時此刻，場館內已座無虛席，兩軍的擁護者揮動旗海，高呼大喊球員的名字，看見他們射球、走籃等熱身，都舉起手機拍攝。無他的，有些球迷打趣道：「今晚一戰，落敗一方便會退出聯賽，所以拍攝就很重要了，可能會成為歷史圖片呢！」

其實早在兩小時前，兩軍早已到達，一如以往地，兩隊的教練團代表都在賽前的記者會上交代一番，做點門面功夫。一向比較低調的「太平洋石油」教頭殷耀榮只是輕輕說了幾句便離席返回更衣室，相反狂人阮志成的「騰龍」則貫徹始終，由公關團代表發言：「代球會總經理阮志成先生傳話：所有傳媒朋友請留意，今晚的賽果足以影響本地球壇。如果『騰龍』落敗，便會馬上離開港區聯賽，如果『太平洋石油』輸，來季也不會見到他們。」

「那麼『騰龍』有信心獲勝嗎？」記者追問。

正當公關代表想回應時，阮志成卻突然開腔，搶道：「三節。」

在場記者都呆住了，阮志成續道：「我用三節時間就夠贏了。別再問我有沒有信心之類的無聊問題。」

回到球場上，觀眾們都塞爆場館了，「煜TATOO」一眾主力都坐到「太平洋石油」的板凳席正後方，好像在為他們築起最強大的後援鋼牆。上本直宏趨前，跟殷青藍道：「剛才記者會上，阮志成放狠話，說要三節時間內把你們吃掉。」

青藍冷笑一下：「我們只用兩節的時間，便要他舉手投降。」

上本直宏乾笑一聲，跟青藍重重擊掌，道：「兄弟，把這操控球賽的敗類趕走吧！」

咇——！自賽事紀錄檯那邊傳來鳴笛聲，比賽馬上開始，所有正選球員徐徐步進球場，列隊、奏樂，然後互相握手，先禮後兵。當眾人看見淪為後備的楊濤，都瞪大兩眼，難以置信，這種狀態還讓他上陣嗎？還是虛張聲勢、故佈疑陣？如果他真的上場，那簡直就是燃燒生命，教練團瘋了嗎？讓一個眼球受傷的球員進入比賽名單？

「真的如此人丁單薄嗎？」「騰龍」教練團上下無不詫異，唯獨在包廂內的阮志成鎮定依然，心忖：「好啊！有種！這場比賽才夠過癮！」

他揚一揚手，召來兩名智囊團助理，道：「吩咐主教練，馬上安排一個備策，應對楊濤上陣的策略。」

「明白！我們立即去辦。但……」

「但什麼？」

「老闆，難道……你真的認為……楊濤會上陣？依我們看，他被列入輪換陣容，只是為了振奮士氣而已。虛張聲勢，不足為怪，況且就算他真的上陣作賽又如何，眼傷未癒，發揮有限。」

阮志成俯視場上兩隊人馬，司儀正逐一介紹雙方登場的陣容，先帶出「騰龍」的球員，繼而輪到「太平洋石油」，由殷青藍開始，一直一直讀下去，讀到最後一位——楊濤，全場八成觀眾竟然起立拍掌……阮志成乾笑一聲，語氣堅定，跟身旁的助理道：「如果一個球員的登場可以振奮全隊士氣，他就是一位精神領袖，穩軍心的定海神針。如果一個球員的登場可以鼓動全場士氣，他就是一位備受矚目，眾人景仰的英雄，可以扭轉局面的救世者。」

他轉過臉來，正面向着提出疑問的這位助手，湊近、逼視，語氣如刺骨的寒冰，冷道：「如果，我們在比賽最後關頭，對手出現一位這樣的救世英雄，那我們到時候才去想對策、喊暫停、謀應變，對嗎？」

「我，要萬無一失，算無遺策。我不在乎輸，一定要贏！」阮志成吞了一大口紅酒，右手食指橫掃下面的球場，一種睥睨天下的梟雄姿態，道：「這地方的球壇市場雖小，卻是一個最變幻莫測、高手如雲的遊樂場，若要我敗退，就得拿出讓我心服口服的真本事來。」

球場上，兩隊都回到各自的陣營，跟教練圍在一起，作最後的提點。「顯而易見，對手將排出秦泰和、K．艾沙、古方、尹熙順和Mike Mitchel，即是他們慣常用的正選班底，一把大鎖配搭兩支來福槍，加上內線雙塔，看來打算對我們狂轟猛炸了。」殷耀榮攤開戰術板，續道：「我相信他們會針對天行、歐陽山、子丹來佈署攻防策略，因為你們的大賽經驗少，尤其在總決賽上，一般都比經驗老手容易犯錯，所以對焦你們三個來打非常合理。」

歐陽山和林天行聽着，心頭猛地一震，想起上一仗面對K．艾沙，雖然表現異常勇猛，但在事後研究錄影的時候，才發現K．艾沙的防守其實相當嚴密而詭詐，「他每一個防守腳步的移動都在誘我到某一個位置，接着後發先至的堵塞我的去路，讓我不得不轉身變向，如果我硬來，就容易跌入運球撞人的圈套，如果我退後或轉身，便無法面向隊友，縮窄了我的球場視野，組織進攻的難度就大大提高。」歐陽山在賽前會議後，得出這樣的結論，卻找不到應對的方案。

唯一方法是——比他更快——更快地作出決定：傳球、單擋、突破？

「Hey！別發夢！教練還未講完。」李琪輕輕拍打歐陽山的後腦，叫他再度集中精神。殷耀榮看在眼裏，便伸出右拳，跟球員逐一碰拳，道：「他們會打人盯人緊逼防守，我們便給他們來個三次震撼教育！山、天行，別讓對手看輕你。101，不單是高，而是高強。青藍，由你主控，Space and Shoot要他們對你這個單打天王防不勝防。」

比賽開始！

震撼教育來了！

今次總決賽的旁述除了主角「通天眼」顏爺外，還加入另一個資深球評家——前港區代表隊主力劉湛，人稱「預言家」的他，總能精準分析賽場形勢，預測部署，甚至有時比教練更像教練，說出雙方的策略，讓人聽得入神之餘，更跟隨他的預測看球賽，特別過癮。

劉湛待顏爺發表了一輪見解後，就搭上了一句：「今天的『太平洋石油』以全新的青少陣容來對抗實力強大的『騰龍』老手，論牌面，還是『騰龍』看高一線，但論活力，『太平洋石油』一大四小的陣式或可抗衡，唔……不相伯仲！」

「他們想鬥快！」阮志成和「騰龍」的教練團都看通透了。

事實上，把殷青藍、郭子丹、林天行、李琪和何偉華這個五星陣容放到任何一個聯賽裏，都足以成為該聯盟的看板球隊，勢必掀起一陣野獸派快打旋風的熱潮，殷青藍的猛，郭子丹的疾、林天行的狂、李琪的野、何偉華的勁，肯定教對手捏一大把冷汗。即使排陣在面前的是聯賽排名第一的「騰龍」，其麾下的大將高手如雲，K‧艾沙、Mike Mitchel、尹熙順都是國家級的好手，都感受到幾個「太平洋石油」年青小將的氣勢，跟上仗相比的青澀和緊張，竟在短短數日脫胎換骨似的。

只憑口講沒有用，不如上陣見真章！

秦泰和 VS 殷青藍

K‧艾沙 VS 郭子丹

古方 VS 李琪

Mike Mitchel VS 林天行

尹熙順 VS 何偉華

跳球開始！何偉華跟尹熙順爭點，在躍起的一刻，尹熙順已感受到何偉華奮力一躍的狠勁，兩人在空中較勁，力從地起，何偉華比以前躍升的爆發力忽地提升了另一個檔次，爭到先機把球撥後，郭子丹立時箭步搶前接住，一彈一颼，運球直向「騰龍」的禁區破去，K．艾沙不是不知道郭子丹的快絕無倫，偏偏是明知道也阻不了，還被甩在後頭，眼睜睜看着他如一顆 3mm 的鋼彈爆破自己的後場，逼使補防的 Mike Mitchel 從右側撲來封阻，猶如一幅粗厚的石屎牆壓下來。

可惜，3mm 鋼彈是可以打穿鐵甲的狠辣貨色。

不是 Mike Mitchel 的防守弱，只是子丹的突破快疾之餘，帶起一股有前無後的狠勁，無人能阻，空中單手劈扣，轟一聲！入樽得分、兼博得 Mike Mitchel 犯規，And 1，得分兼得罰球！

開賽短短幾秒，Mike Mitchel 不但一犯，還淪為對手的新秀小子的 Poster Dunk

配角，這些年來倒未見過。

而未見過的，還陸續有來！全都是「太平洋石油」帶給「騰龍」的震撼教育！

出乎全場球迷意料之外的，是這場比賽在第一節已好像把「騰龍」打進第十八層地獄去。

「他們搞什麼鬼？竟無還手之力？」旁述「預言家」劉湛毫不客氣，為「騰龍」直接批命：「這肯定是聯賽史上最快定出勝負的總冠軍戰。」

「通天眼」顏爺也歎氣道：「光看比分，28：18，不是沒得追的差距，別把話說得太早。但，『太平洋石油』的二十八分，分佈得極平均，五位正選人人皆有得分，相反，『騰龍』的十八分全靠MM和尹熙順撐回來，顯而易見，如果古方、K．艾沙持續冷感，相信到了第二節後，已經可以定生死。」

「顏爺真樂觀。我看啊！這場關乎來季輸家退出聯盟的牙骹大戰，好快就知結果！」

隨着顏爺和劉湛的評論，第一節正好完結，最後比分是31：20，「太平洋石油」領先「騰龍」十一分，完全不合乎觀眾的賽前預期。

「『太平洋石油』一向慢熱，慣了打逆境波，想不到會這樣。」、「我是支持『騰龍』的。但想不到他們的MM面對新秀林天行，竟然被吃掉。明明在經驗、體形和技術都比較有優勢，偏偏就是『冇晒計』。」、「輸光喇！我有投注，大手賭『騰龍』會贏，唉！看來現在要補飛！」

受訪的觀眾都表示出人意表，到底剛完的第一節，「太平洋石油」是怎麼回事？

大會在第二節開始之先，已剪接出「太平洋石油」的幾個震撼教育！

率先登場是獵豹天王．殷青藍，他的對手是「騰龍大鎖」秦泰和——一個跟他打個勢均力敵的對手。可是，青藍的「Space Concept」讓他提升了幾個層次，不再拘泥於固有戰術的執行路線，反而更着重單打突破。當青藍接球在手，第一時間就是進攻，絕不花巧的快速右切，秦泰和當然有所準備，防守步跟得上，還封了去路，但擋不了他的 Spin Move 、Shoulder Fake 配合 Fade Away Long Two，先中一球。

「變化多了好多。」秦泰和暗驚，忖道：「他不是正在走第三線的戰略嗎？明明該是 Cross Court 傳去弱邊底線！」

秦泰和自信已把對手的「黑鷹八線」背得滾瓜爛熟，他閱讀的防守已超越個人單防，而是閱讀對方所有球員的走動路線，誰先啟動，誰又在高位單擋，誰和誰打算 Hand off，他都知道，一清二楚的知道。

問題是，他輸在太徹底的「知道」。

青藍的第二和第三波攻勢都超出了秦泰和的「預知」。

「是右探步，他必切左。對！李琪已經就位，殷青藍一定切入左線，待何偉華的單擋一到，李琪便就位接應。」秦泰和再次自以為是，青藍也沒說謊，一切都跟他預計的路線在走，只是當李琪就位時，他選擇急停、拔蔥、中距離跳投，命中！

一切都不按劇本走，讓秦泰和的心亂了。這一亂，更令隊友們不敢協防，只因協防或補防，青藍便會送出漂亮的助攻，尤其在外線上，郭子丹和林天行是另外兩柄尖刀，李琪是狙擊手，點點開花的話，好可能兵敗如山倒。

又來了！

青藍跟何偉華的高位單擋，如果按劇本的話，林天行將會是終結者，他會從弱邊襲來，青藍在三分線上Hand off（手交手）和順擋，林天行在中線直切進攻。然而，不按劇本的話，那個Hand off就是幌子！青藍和天行的外線Hand off是虛，青藍突破是實，中路殺入單手入樽！全場都起立、起哄，每個人都為「太平洋石油」的陣式變化激節鼓掌，資深老球迷更大呼過癮，全新陣容配合出耳目一新的快打風格。

「古方，今天你的手感很差啊！剛從冰箱走出來？」李琪在古方遠投失手之後，向對方說了一句垃圾話。

古方沒回應，心下乾着急。攻防了六、七個回合，自己一個三分球未得，僅僅博得李琪一犯，投進了兩個罰球。相反，李琪的手感如燃燒中的炭，炙熱非常，連續兩個三分球都在他面前，不慌不忙地開火。古方的防守雖沒秦泰和般嚴密，卻非鬆散無能，可是今天的李琪除了第一個打板的中距離投射有點幸運成分外，其他的都是紮實的穩穩命中。特別是剛才一記，接應郭子丹的快傳，在底線接球、出手，彈速比前幾天更快，弧度比前幾天更美，穿針一刻，古方既怒且羞，心忖：「大老闆在包廂上看着我醜態畢呈，可惡！」

「天行者嗎？你真的以為是在電影世界裏嗎？」Mike Mitchel是「騰龍」唯二的得分球員，也是最快找到「太平洋石油」弱點來追擊的一個聰明人。他不斷用壯碩的身形爆破埋籃，令守住他的林天行費盡力氣，賠上兩次個犯，但林天行一點都沒怯場，賽前都預計得到，一大四小的陣式對戰雙鬼拍門，自己必然是防守上的缺口，Mike Mitchel 的算盤這樣敲實屬正常。

「既然防守上守不住他，就在進攻上取回分數。」天行心忖：「看我如何跟你對攻！」

「『天行者』不在《星戰》裏，他，今天，在這裏！」林天行接過青藍的傳球，Mike Mitchel 身高臂長，已封了他大半去路，若要過他這幅能高速移動的巨牆，恐怕不會那麼容易。

不容易，偏要試！

林天行左手運球切入、急停、拜佛、引 Mike Mitchel 稍前一步立即加速變向！

Mike Mitchel 跟得上，卻冷不防——

冷不防林天行壓過他半個身位，歐洲步上籃得分！這一團明知山有虎，偏向虎山行的火氣，明顯就是青春的專利！

「小子，有種！」Mike Mitchel 冷冷地吐了一句：「夠膽便繼續來吧！」

「陸續有來！」林天行一邊回防一邊回應。到了下一回合，他也似乎愈攻愈高興，面對 Mike Mitchel 施予的防守壓力，一般人都已舉手投降，可是「天行者」就是非一般，把苦練得來的 Side Step Jump Shoot 盡情施展出來，令防守他的 Mike Mitchel 難以捉摸，忽地一個急停，向左後方移動，拉開了兩個身位的距離，來個中長距離投射——

「是這樣了！把集訓所得的成果展露無遺吧！」場邊觀戰的上本直宏暗暗讚歎，還跟身邊的馮英道：「林天行是這場比賽的 X Factor。」

馮英不置可否，仍覺得言之尚早，道：「別忘記，Mike Mitchel 未出真功夫！」

看着完美的抛物線再度劃過，然後清脆穿針，Mike Mitchel再次讚賞着敵人：「好小子！你完全激發起我了。你應該覺得高興呢！」同一時間，這一記穿針也刺激起在籃下角力卡位的何偉華和尹熙順，他倆爭搶卡位，互不相讓！

「你很有火！」尹熙順向着何偉華，豎起三隻手指，抛下這一句。

「你的手指，什麼意思？」何偉華問。

「你在我身上搶了三個進攻籃板，投進了三球。打得這麼進取，一點都不像以前的你。」尹熙順記得清清楚楚，續道：「第二節，我會好好地還給你。」

2 變幻莫測的攻防激鬥

眾所周知，「騰龍」跟「太平洋石油」都有一個共通點——粒粒皆星。

在「騰龍」一方，有三個不能招惹的男人，他們也有一個共通點——有仇必報！

第二節剛開始，殷青藍稍作休息，換入了主控衛歐陽山，搭配李琪、郭子丹、林天行和何偉華，仍以一大四小的陣式對戰。「騰龍」的主控秦泰和冷冷瞄了歐陽山一眼，再回頭看着在板櫈席上坐下來的青藍，忖道：「那麼快便休息，是看不起我嗎？」

「喂！看什麼看？你的對手是我。」歐陽山運球上前，朝秦泰和的臉噴了一句狠話。

年輕人總是這樣浮躁這樣張狂，秦泰和的眼中根本沒有歐陽山這號人物。他，暫時來說，絕不算是個人物。秦泰和沒回應，面無表情，一切都讓動作說話——「鎖」！

歐陽山未至於後悔自己放了一句撩撥對手燒起猛火的狠話，但已知道自己已被秦泰和盯上，結實地把他當作俎上的肉，以宰割式的防守招呼，鋒利無比，封阻去路的防守腳步步步如刀，殺下來的都是絕路，去不得這邊，也去不得那邊；那邊，是邊線，是死位，是墮入區域聯防的陷阱。偏偏，歐陽山被誘導、被推動進入了極危險的地帶。

「糟！他們突然轉換了區域陷阱聯防！」歐陽山吃驚了。隊友們都吃驚了。秦泰和為首的防守在第二節正式鋪展，原本是用來對付殷青藍的陷阱，如今卻則成了歐陽山被生吞活剝的屠宰場。

「傳球！傳球呀！」郭子丹和林天行上前解圍，但區域陷阱防守的後着正是切斷其他外傳的路線，倘若胡亂傳球，只會被對手切斷、快攻！以秦泰和的防守經驗和實力，誘騙歐陽山硬闖，令他以為憑一己之力可以闖得過，再請君入甕跌入他和古方鋪下的捕獸網，實在輕而易舉！而且秦泰和的身高跟殷青藍差不多，比歐陽山足足高出一個頭，視野、臂展、身高皆能造成全方位的封殺！

「小子！你的對手是我呀！」秦泰和已經把歐陽山守死了三次，一分鐘內替「騰龍」搶回六分。「太平洋石油」已送出暫停的要求，可是仍未死球，無法暫停賽事，眼白白的看着歐陽山被絞殺。

「吣——！」球證鳴笛：「八秒未過場違例！『太平洋石油』要求暫停。」

第一個不能惹的騰龍戰士——秦泰和！

比分31：27。「太平洋石油」領先。現場評述「通天眼」顏爺劈頭就道：「不喊暫停不行了！怎地派一個新丁上陣呢？總教練殷耀榮是不是太草率？」

「換人吧！如此下去，他們好大可能被逆轉，翻不了身。」另一評述劉湛邊說邊細看着歐陽山的球員資料，續道：「對比起來，殷青藍跟歐陽山的確差天共地。雖然

主力球員在這樣激烈的比賽中稍事休息是應該的，畢竟僅是第二節，但別忘記對手是『騰龍』，以秦泰和的鐵血防守，加上陷阱壓逼，唉！歐陽山在常規賽的表現算是可觀的，擔任球隊第六、第七人總算合格。可惜，今天是總冠軍賽，是登頂大戰，新丁就是新丁啦！殷耀榮是過分信任自己的球員？還是過分自信？」

除了各大視頻現場直播之外，兩位球評的話都通過現場廣播傳遍整座場館，入場的觀眾們都留意兩大球評的評論，在吶喊助威的同時，亦會加入討論，既冷嘲又熱諷，既大喊加油又製造人浪，直接令場館的溫度飈升，炒熱場館，吵耳地製造一種叫人心煩意亂的躁動境界。

這，也是阮志成的一種策略！

場館內的「騰龍」球迷高聲助威，外加收買回來加大力度的「球迷」喊破喉嚨，以及主控制台如何在音效上製造更多激振人心的音樂，務求以動破靜，使球員最需要冷靜思考的時候無法集中精神，被現場各種噪音和球評的狙擊言論霸佔思海中的平衡空間，心臟負荷增大，血脈不止沸騰，而是不規則的騷動。

「來吧！要在今天，在這個地方，贏我，就看你們到底有多強大了。」包廂房內，阮志成高高在上的俯視球場上兩軍的陣營，隨即下達命令：「第一個爆發點——尹熙順！」又道：「我要他們唯一具實力的中鋒被徹底打倒。」

回顧場上的暫停情況。

「我不會換人。別聽兩個球評亂講。」殷耀榮摸着歐陽山的頭，大力地搓兩下，道：「山，控球上場指揮隊友，我可以換上子丹替代，也可立即把你換回來，青藍重上戰線，可我不打算這樣做，知道原因嗎？」

眾人沉默不過，歐陽山的頭垂得極低，一味搖頭，道：「我從未面對過如此厲害的防守。」「不可能！你前天面對『煜TATOO』的名越川和馮英，不是這個表情的。

難道你認為他倆的防守不是頂級的嗎？還是你已經忘記了前日的自己，那個目空一切、意氣風發的暴走族新丁？」青藍插口道：「山，教練不會換走你，因為他和我們一樣，想看見你這個矮仔表演呀！」

「天行和子丹都已經展現了集訓的成果，該輪到你吧！」殷耀榮在戰術板上畫了一個突破戰術，要求歐陽山獨個運球上前場，其他隊友的任務僅是「拉闊空間」，他道：「我們在控衛位置上的最佳替補戰將，由你來令全場人眼前一亮。去吧！」

比賽繼續！

歐陽山再度面對眼前冷若冰霜的防守大鎖——秦泰和。在他身後的是蠢蠢欲動、隨時夾擊的古方和K．艾沙。放眼前場，隊友都向前衝去了，他們的走動路線分明清晰，每一個傳球線路都隱伏着被截擊的可能，心忖：「他們佈下的陷阱似鬆實緊，以他們轉變陣式的速度，我是沒可能直接長傳的了。」

但我可以一敵三嗎？單獨控球突破……恐怕……

五秒……四秒……過場違例正倒數着！

看到了！是這裏——歐陽山突然加速，左路推進，秦泰和冷冷一笑，暗忖：「還是老招！還以為有何妙着，老是不長進的新人。」

咦——！突破短傳？

秦泰和壓逼而來，歐陽山偏要強闖，還要向左後方K．艾沙的陷阱殺過去！就在進入區域陷阱的一瞬——李琪在前場突入中路三分線頂，歐陽山瞥見缺口，迅雷式的快傳，在K．艾沙和秦泰和兩人之間彈地傳球！Mike Mitchel 見狀，馬上補防，心怕李琪的三分球，忖道：「別讓李琪起手，他的手感超火，不能讓！」

李琪接球的一刻，已感受從後而來的壓逼，可他不慌不忙，轉身便過，直破中路在罰球線上瞄準——尹熙順不得不躍前封殺——卻原來又是另一個彈地傳球，外號

「101」的「太平洋石油」首席中鋒何偉華已在籃下接應——跨步、食位——雙手強力入樽！

全場球迷歡呼吶喊，再度震動場館！

「成功了！」歐陽山稍呆兩秒後才懂得興奮。長傳不行！硬闖不行！突破快傳，行！

「第四球！」同一時間，籃下的尹熙順剛回身不及，阻不了何偉華的入樽，反而激發起他的好戰之心。他道：「該輪到我還以顏色啦！」

「隨便你啊！我喜歡高手過招！」何偉華跑回後場，準備迎接尹熙順的巨人內戰。

而「騰龍」隊中第二個惹不得的人，正是聯盟最佳中鋒，場均18.3分、10.4個籃板、3.3個封阻的尹熙順！若論實力，兩人的較量一向都具看頭，雖說何偉華在「太平洋石油」的陣中並非得分主力，但他在防守、補位、協防、籃板、封蓋上一切苦力工作，都是何等重要又何等無形的貢獻。回想他打籃球的最初，在高中聯賽經常高人一等，進攻模式單一，一味靠高，直到在大學時期，遇到國家隊級的前輩傾囊相授，才逐漸蛻變成今天攻防一體的柱躉式內線球員，然而來到「太平洋石油」之後，球隊的得分點太多了，他便專心做好教練要求的防務工作，收起本來的進攻武器。然而，近四天的特訓，他被楊濤、凌昭如等高手進行了不為人知的鍛煉，要他今日在場上亮劍！

他做到了，做對了！成功令尹熙順上火了。

「何偉華打得好進取。平常來說，場均8.6分，12.7個籃板，2.8個封阻，四助攻，算是聯盟中很出色的中鋒了。不過……」評述員劉湛欲言又止。

顏爺接住道：「不過對手是比他更全面，數據更恐怖的尹熙順！」

「明知便不用多說啦！顏爺。尹熙順可是現役韓國國家隊的首席正選呢！」

「哼！兩個旁述收了阮志成不少『酬勞』吧！」場邊的助教跟殷耀榮說。

「那就更好！我們贏的冠軍才有更高的含金量！」

「三號戰術！」K．艾沙接過古方的傳球，舉起三隻手指大喊，守住他的林天行不敢鬆懈，怕他耍耍虛招來個變速切入，於是追逼得極貼身。K．艾沙的控球功夫豈止到家，在整個聯盟之中，不知有多少次 Ankle Break 的精彩鏡頭來自這位超級洋將，林天行不是不知道，只是從未領教過。「小子！如果不是阮老闆要先讓尹熙順住打，你早就死定了。」K．艾沙說着的同時，尹熙順的高位單擋已到，何偉華不敢換防，也不敢搶出來堵住K．艾沙，只因他知道，倘若換防，就會形成錯位防守，要林天行硬守尹熙順，自己也要面對突破速度極高的K．艾沙。就在何偉華猶疑之際，尹熙順突然變招！單擋變成回身切入，K．艾沙一個 No Look Pass 直線彈地傳球，穿過何偉華的褲襠，飛過林天行的腳邊，如入無人之境，讓尹熙順接球、拔地而起、雙手大力入樽，然後振臂狂叫——叫聲如雷，轟下來的時候，何偉華回身已被他撞了一下肩頭：「先還你一球。」

接着，第二節的上半，尹熙順獨取十分！那種突然發難發狂的打法叫何偉華難以適應。兩個中距離遠投，中！一個搶得極漂亮的進攻籃板，再在籃球轉身勾手，無視何偉華封過來的長臂，照樣命中！更恐怖的是，在比賽餘下五分二十秒的時候，尹熙順的招牌大夢步法把何偉華耍得團團亂轉：左肩虛幌，右轉壓入，運球、Spin Move 加 Pump Fake，騙得何偉華情急躍起，卻原來是個 Up and Under——左手入樽！連串動作如絲般滑，Spin Move、Pump Fake、Up and Under 的綜合步法和他獨有的 Shoulder Fake 和 Head Fake，切切實實就是一首 Funky 樂曲，配上乾淨俐落的得意舞步，就連在旁觀戰的頂級中鋒凌昭如和暴龍天王．楊濤都齊聲講了一句：厲害！

「我說過要回敬的。都回敬了！」尹熙順防守着何偉華。

「老實說，勁！但我不會輸！」何偉華張手要球，郭子丹拉開了空間，回傳給三分線上的李琪，再由李琪把球吊入，讓何偉華來個「回禮」。

「來吧！」尹熙順微退半步，不讓何偉華打背籃，也不讓他借力壓籃。

比分42：37，「騰龍」已經反超了。何偉華接球在手，隊友都在為他拉開空間，整座場館頓時變成了古羅馬鬥獸場般，萬千觀眾都居高臨下地欣賞兩名勇武的鬥士，來個一對一對決。

「別意氣用事呀！不爭朝夕呢！101大哥！」最冷靜的，始終是旁觀者——楊濤。其實，總教練殷耀榮也有同樣的想法，不過他沒大喊阻止，只因他明白，何偉華一直視尹熙順為宿敵、為標竿，他要跨這座山，也只要跨得過，餘下的比賽就會變得容易。

「你不讓我背籃單打，我便來個In Your Face中投！」待郭子丹過底走到另一邊，引開一直想協防的Mike Mitchel後，何偉華選擇面對面，Step Back來個零度位中距離投球——

這招，跟NBA經典名將Pau Gasol學回來，幌身壓入，彈後Step Back中投，極少失手！何偉華一向都極少失手——

偏偏——這次——球在籃框上滑了兩圈飛了出去——

但——「有我！」林天行突然發難，從外線殺進籃下飛身補籃入樽！

嘭的一聲，震撼全世界！

也喚起了第三個不能惹的人——K・艾沙。

42：39。比賽的張力如一層無形的黏膜，誰都沒法撕掉、抹去。

而場上的時鐘，與「騰龍」第三個不能惹的男人有極大關係——Show Time、Kill Zone。

「咇！得分兼得罰球！守方打手犯規！」球證宣判的同時，林天行還未回過神來。

K．艾沙已站在罰球線上，投進了And 1罰球。

剛才是怎樣的呢？

林天行的心臟忽地跳得快了。

不！那不是跳動，而是震動！愈來愈強的顫慄感源自心臟深處的震央，直覺告訴他接下來要面對的，才是真正火力全開的K．艾沙。

「天行的表情變了。變得凝重了，是因為K．艾沙剛才的一擊嗎？」李琪站在林天行的對面，也看着K．艾沙投進罰球後的冷笑。「兇險了！K．艾沙的實力跟名越川相比，絕對有過之而無不及！」

李琪想到的，場邊的青藍、楊濤、總教練都想得到。要換人嗎？青藍要再度上陣了嗎？林天行需要即時的場上指導啊！不！殷耀榮沒打算換人。正如他沒打算換走歐陽山一樣。即使球隊落後了，他仍相信，場上的球員要勇敢奮戰下去。「鬥攻吧！天行，以攻止攻！」殷耀榮造個手勢，場上球員即時領會，正面交鋒！

可是林天行仍然懷疑自己，仍然糾結剛剛的畫面，如同揮不掉的夢魘——我……以為K．艾沙跟古方在外線Hand off傳球……古方在賽事中雖然表現沉寂，可是他已默默地投進了三個三分球，如果Hand off成功，李琪會被甩掉，古方便再次扮演沉默殺手的角色……慘了……想得太多吧！K．艾沙竟然如此老謀深算，借Hand off製造誤會，製造切入的一瞬，左路突破擦板Lay Up，還博得我從後打手犯規。

又來了！郭子丹被Mike Mitchel一手拍走了投籃，尹熙順搶到籃板球，快傳給秦泰如推上前場，K．艾沙從後殺來，林天行拚命狂追，豈料！K．艾沙竟在三分線上急停，讓秦泰和壓住歐陽山長驅直進，誘使天行退後協防——糟！回馬槍！

回馬槍！秦泰和傳出一記No Look Pass，K．艾沙正好接應、起手——

「呃！是假動作！」林天行躍起的一刻慌忙大叫。

「對了！小子，有多高便跳多高吧！」始終是Ｋ．艾沙道行夠高，林天行補防的速度極快，卻被Ｋ．艾沙作勢跳投的假動作騙得死死，當他凌空之際，Ｋ．艾沙已經箭步直衝，向着何偉華殺去——飛身入樽——砰！

「咇！」球證又鳴笛：「守方犯規，兼得罰球。」

Ｋ．艾沙冷靜地投進罰球，比數正式反超前——45：42。而Ｋ．艾沙自這一連串攻勢開始，開始進入了「不清醒的殺神模式」，雙眼猶如來福槍，盯住了所有對手，盯住了「太平洋石油」的籃框，只要把球傳到他手上，他便有方法攻入得分。簡單一點地說：林天行被吊打到體無完膚。

當第二節剩下三分二十秒，歐陽山被換出，殷青藍終要再上陣。

「天行，別低頭！比賽還很長呢！」青藍跟他擊掌，訓勉他：「頭愈垂得低，球愈輸得快！別認輸！」

三分二十秒，青藍放眼一望，「騰龍」敵陣之上，三個不能惹的男人如三座高山，穩穩地立在面前，中鋒尹熙順依然冷靜木納，但攻守強度皆提升上兩個檔次；防守大鎖秦泰和早已視青藍為宿敵，鎖住這支最強的茅，用自己最強的盾迎接；發狂飆分的K．艾沙是第一個跟青藍對上眼的人，在他的眼神裏，只向青藍傳遞一個信息：來！幹掉我吧！

比賽再度展開！

64：52。殷青藍主控，腦海翻滾着剛才三數分鐘的一波十九對十的攻勢，思考如何在餘下的三數分鐘逆轉過來。十二分的差距不算大，隊友們的戰心才算問題……

「別多想了。你不會有時間想太多。」秦泰和的小偷神手已經抄來，青藍驀地一驚，失誤已生，回頭之際，李琪補防，聰明地用犯規截停了秦泰和，不讓他快攻得手，寧願自己身負三犯。

「琪！對不起！」青藍道。

「沒事！」熟悉李琪的人都知道，他在場上和場下是兩個樣。場下是個風趣家伙，可以跟你狂聊八卦，但在場上就別跟他說笑了，他總會變得安靜、不苟言笑，扮演着致命槍手的角色。

好！還有他。這支高射炮仍管用。青藍心下一笑，摸索着每一個隊友的心理狀況：何偉華想要球、李琪想要球、子丹有點心不在焉，畢竟大賽經驗未足，天行丟失了信心。

「行了！」青藍大力拍手，再拍拍胸口，喊道：「守好這一球！反擊開始！」

「啊！反擊要來了嗎？」K．艾沙冷哼一聲，接過秦泰和的邊界球，林天行守在前面。此刻，他知道要重新振作，別再被吊着打了，可是，K．艾沙不單要贏球，還要割喉式的大勝——In Your Face 三分球——中！直如一道轟雷，給林天行來個五雷轟頂！

「先宰掉你這個少年高手，什麼天行者？別再在老子面前提你的名字。」Ｋ．艾沙在命中三分球之後，便轉向觀眾席和「太平洋石油」那方做一個拉弓放箭的示威手勢。

而第二節完結的時候，青藍所說的反擊，只如蜻蜓點水，憑他個人兩個中距離和李琪兩個三分，追回十分，「騰龍」的 Mike Mitchel 和尹熙順卻多進了四分，比數打成 73：62，「太平洋石油」仍舊落後十一分。

3 戰到最後的登峰王者

向來能夠登頂的總冠軍，都靠防守致勝，正所謂「得防守，得天下。」

不過凡事皆有異數，如今兩隊打了兩節比賽，總得分已經破百，顯而易見，是兩隊瘋狂鬥攻，互相廝殺的結果。來到第三節，兩隊收起了部分正選主力，派上了後備和角色球員上陣，讓一眾正選稍作休息。在「太平洋石油」陣中，由殷青藍和李琪領着後備控衞盧志威、大前鋒蕭凱橋和菲律賓籍中鋒安祖，「騰龍」仍舊派出古方和秦泰和，搭配J.K. Reddick、Toni Rock和上海籍後備中鋒許丹陽。

「論陣容深度，『騰龍』的確比『太平洋石油』深；論後備球員的數據，『太平洋石油』除了那個菲籍中鋒安祖在得分和籃板有雙十數據外，其他的蕭凱橋和盧志威都是老將底薪加盟的過氣球員，五年前還算是一、二線球員，近兩季？唉！我真的不明白『太平洋石油』的管理層，季中換來這兩個過氣老星又有何作用？」「預言家」的劉湛道。

「通天眼」顏爺緊接道：「上仗有個年青的大前鋒董偉樂替代楊濤，可惜今仗有傷缺陣，偏偏楊濤就傷癒歸來，竟比賽至今都未見被派上場，總教練殷耀榮搞什麼鬼？」

「或者……楊濤只是門口的擺設而已，中國人舊宅第門前的石獅子真的懂咬人嗎？虛招，對『騰龍』來說，花拳繡腿罷了。你看？Toni Rock已經在內線連續爆破，搶了六分，那個蕭凱橋快被他撞死了。」劉湛道：「第三節開打了四分鐘，若不是殷青藍和李琪着火，比賽早已毫無懸念了。」

沒錯！李琪正火冒千丈，古方拿他沒法，無論如緊貼追身，他總能善用擋拆，為自己創造空間，配合青藍拿捏準確的傳送，每每都能舒服地掌握自己的步調，神準地投進三分球！

「古方！別忘記！大老闆會要了你的一雙手。而且，別連累我啊！」秦泰和再次提起上一仗Mike Mitchel跟古方講過的話：「大老闆會要了你的一雙手！」

古方心裏發毛，也心有不甘，明明自己這一節也投進了三個三分球，怎地硬要我賠上兩手？混帳！李琪跟K．艾沙一樣，進入了不清醒狀態，試問有誰可以保證一定

守得住他的三分雨?

比分93:86,「騰龍」仍舊領先,這節比賽尚餘三分鐘。

「你別管我!你守死殷青藍了嗎?他還不是在你面前取了九分?小心老闆要你的命啊!防守大鎖!」古方回敬秦泰和一句:「你除了防守和助攻,能得分嗎?Hey……你到現在為止,只得四分,是四分呀!」

秦泰和沒理他,也沒空間理他,眼前守住他的是「太平洋石油」的後備控球後衞,他能應付自如,一邊運球上前,一邊冷冷悶哼,也一邊冷靜盤算:「殷青藍不用再防守Mike Mitchel,不用再擔當Strecth 4角色,果然為他減輕了防守和進攻上的壓力,如今重回自己拿手的崗位,就像被解開了鐵籠大鎖的野豹,破牢而出。」又忖:「他的速度依然快,而且節奏極穩,不像郭子丹和林天行那種年少輕狂、熱血上衝的亂衝,反而更像馮英那種不徐不疾,突然發難的變速,極難捉摸!」秦泰和愈是閱讀青藍的變化，便愈覺這個「宿敵」有趣和可敬，每次交手都在進步，難得、難得。

但，我——秦泰和——也非泛泛之輩！

說時遲那時快，秦泰和左肩虛晃，手底下卻是Crossover運球右切，從中路插進「太平洋石油」的禁區，大前鋒蕭凱橋移入中路協防，後備中鋒安祖也不是任由宰殺的板欖球員，眼見秦泰和罕有地切入突破，雖亂不慌，穩穩地移動防守築起高牆，但秦泰和一躍而起，投出一記高拋球，越過兩人合建的摩天巨柱，應聲穿針——95：86。

唔……別低估這傢伙的進攻啊！

場邊觀戰的一眾高手無不對秦泰和另眼相看！

餘下的第三節時間，在進攻上，他壓根就是一柄專用的軍用短打匕首，三番四次突破防線得分，引爆出一波10：3的小高潮，直到比賽完結！

「騰龍」：103

「太平洋石油」：89

「騰龍」領住十四分的差距進入第四節。

「秦泰和真厲害。想不到第三節最後三分鐘是他的表演時間，獨取十分真攞命！」旁述劉湛道。「通天眼」顏爺馬上接力，語帶批判地道：「『太平洋石油』自己不爭氣怪得了誰？最後幾分鐘只得李琪投進一個三分球，殷青藍被秦泰和死守得頻頻打鐵，此消彼長，該敗者敗！」

「或許不應該換人？他們的後備深度不及『騰龍』。」劉湛道：「總教練的調動欠佳也是落後的主因。」

「唔……公平點說，『太平洋石油』的後備其實稱職了。幾個球員都是出名的悍將，剛才一節的失誤不多，肯拚肯搶，尚算頂得住Toni Rock和J.K. Reddick的進攻，算是這樣了。說真的，內線攻力不足，正選中鋒何偉華的體力似乎也用得七七八八啦！跟『騰龍』的尹熙順廝殺鬥法可不是講笑的。」

「說夠了沒有？這兩個混球說夠了沒有？由頭到尾都在語言攻擊，到底收了阮志成多少錢？」李琪在罵，郭子丹在罵，幾名「太平洋石油」的助教都在罵。

「別理他們。十四分的差距不是沒得追。專注！打回第一節的水準，的確，我們是迷失了，但還來得及，優勢一定會重回我們這邊。」青藍朗聲跟隊友們說，穩住稍微失散的軍心。

殷耀榮接住道：「第四節了。不能退喇！我們一定要在五分鐘內追回所有分數。殷青藍、郭子丹、林天行、安祖、何偉華，你們上！」

「不！教練，安祖剛才拉傷了背。」助教道。

「什麼？」殷耀榮立即調配，道：「董偉樂吧！大前鋒位置由你頂上。」

「不！教練，我想……該用他吧！都是時候啦！」董偉樂搭住楊濤的肩，推他上前，續道：「這頭怪物想上呀！」

圍成一圈的球員和教練，都看着被隊友推到中間的「紅頭怪」楊濤，明明受傷不輕，卻又堅持出戰，明明在醫院休息，卻又偷偷出走，明明秘密特訓，卻又假裝示弱。「你真的……行嗎？」青藍沒好氣道，心知這個怪物跟老爸一早有了打算。

「各位，我不是完全沒事，但我不想待在醫院看你們拚，事實上我80%康復了，打這最後一節沒問題的。而且我好想對上Mike Mitchel，跟他在這一仗好好對決。」楊濤雙手合十，滿有誠意。

「混蛋！別裝真誠啦！想打便打啦！」李琪率先端他一腳，笑他虛偽，即時引爆了隊友之間你推我撞的士氣炸彈，讓大家熱鬧起來！這刻，在他們和總教練身後，「煜TATAOO」的上本直宏推着輪椅進來，輪椅上的還有「太平洋石油」的另一天王——黃庭軒。

「大家別來推我撞我！我是重傷者！哈……來！屠龍時間要到了。」黃庭軒跟大家打招呼，隊友們紛紛上前擊掌，大呼狂叫，提振士氣。同時，全場觀眾都經由現場直播看見他歸隊，也看見楊濤整裝上陣，立即掀起重重打氣的人浪，幾乎一面倒的高呼「打倒『騰龍』」。

包廂內的阮志成看着眼前一幕，怒不可遏，擲碎酒杯破口斥罵身後的智囊團：「誰跟我說楊濤不會上陣？誰說黃庭軒到不了場？你們睜大自己的狗眼去看，看到嗎？他們的士氣呀！看見嗎？KK Wong，你的報告不是調查過嗎？」

阮志成說得沒錯，「太平洋石油」的士氣已經立體化了，成了一支軍團的形狀，每個球員散發出來的氣牆都人形化了，如日本戰國時代的武士。

第四節開始！

青藍、子丹、天行、楊濤、何偉華，重裝上陣，氣勢如虹，恍如重新注入戰魂般，手執武士刀，面對仍要領先十四分的這條五爪惡龍——秦泰和、古方、K‧艾沙、Mike Mitchel、尹熙順最強五人陣容，他們都懷着非勝不可，不勝必死的決心，因為，真的，他們落敗的話，等如宣佈他們的球員生命即將結束。

「老闆說，如果輸掉了，要我一雙手。」古方想起便心裏發毛。

「老闆說，如果輸掉了，要馬上還他借給我的一千萬。」Mike Mitchel和K‧艾沙暗自惆悵。

「老闆說，如果輸掉了，會把我賣到泰國職籃去，沒錢可賺……」秦泰和想也不敢再想。

「各位，『太平洋石油』來了，不想死，不想被賣的打醒精神喇！」秦泰和拍拍手，回頭看看隊友，又道：「好好照顧自己呀！他們可是要來屠宰我們的。楊濤上陣了，MM，他儲足了力來對付你呢！」

秦泰和所言不虛，楊濤選擇等到第四節登場，就是為了集中力量，而且他相信隊友，不論有沒有他上陣，必定盡全力拚搏。「整個第三節，我都在更衣室裏熱身，就算知道球隊落後，也忍住不上陣，因為我相信，我相信教練，我相信隊友，我相信我們——會得到最後勝利。」

楊濤登場了，他真的登場了。觀眾們、球迷們都等到這一幕了。看見他走到底線開球，掌聲和叫囂聲不絕，連接應傳球的郭子丹也跟他碰拳，道：「師兄！你好多粉絲啊！看你表演喇！」

「你們幾個好好享受Wide Open Zone啦！」楊濤傳出底線球後，便衝上前場的內線去，等着他的正是至今取了十八分的Mike Mitchel，他見楊濤朝自己走來，便第一時間迎上前頂住他，道：「終於也忍不住上場了？等你很久呢！還以為……」

話未完，郭子丹已壓着秦泰和切入，來一個彈地傳球，直接送到楊濤手上，楊濤假裝背轉，引得尹熙順右移協防，何偉華趁機升上罰球線接應楊濤的傳球，跨步單手劈柴式爆籃！尹熙順並非沒想到這一着，只是他對自己的回身防守太有信心，可是信心再大，也敵不過何偉華一個不能輸的念頭——

「要來一個震撼全場的入樽！氣勢是靠自己爭回來的！」

轟！

博得尹熙順打手犯規。

全場在剎那間，炒起了一陣陣騷動！

103：91。

何偉華投進罰球——103：92。

「楊濤上陣之後，球隊的化學反應來了。」

「有望了，未輸啊！」

「誰說我們認輸。現在才是真正的開始！」

「屠龍時刻到了。瞧着吧！」

何偉華的算盤敲響了，一個單手猛力入樽帶來的不光是分數的進帳，更重要的是士氣的提升。青藍、子丹、天行都被他和楊濤的內線配合激起了鬥心。「師兄！說好了的Wide Open Zone呢？」子丹回防的時候笑着問楊濤。

「陸續有來！別忘記你們早幾天特訓的成果。別只在第一節用啊！是時候拿出來招呼對方呢！」楊濤提醒郭子丹。

「收到！來吧！」子丹磨拳擦掌的時候，秦泰和推進上前冷冷一笑，突然發難幌右切左殺進禁區！

但說時遲那時快，倏忽之間，一條人影從身邊擦過，手上的球就被這影子奪去了，回神之際，那條影子才漸次清晰——殷青藍！

「青藍竟敢棄守仍然 On Fire 的K．艾沙，偷襲秦泰和，真是藝高人膽大！」在旁觀戰的凌昭如道。

「因為他清楚知道秦泰和根本不會把郭子丹放在眼內，顧着控球在手，想重施故技開膛切腹殺進中路。」馮英笑道：「所以秦泰和根本不打算傳球，連眼尾都沒看過K．艾沙一眼，哪會傳球？」

馮英果然是沙場上的老薑，分析得沒錯。青藍正人如快箭，再搶一球！

103：94。

暫停吧！（高高在上的「騰龍」大老闆阮志成在急。）

要求暫停啦！還待何時？（他馬上下令，指示場上的教練。）

混帳！幹嗎不喊暫停？（K．艾沙急停跳射中框彈出，尹熙順搶到進攻籃球，轉身勾手又在被何偉華干擾不進，林天行搶球在手，傳給了中路的楊濤，再轉傳給跑到前場快捷的殷青藍，再次Lay Up得分——103：96。）

「教練回覆說，已要求暫停！」智囊助手KK Wong道。

但阮志成已經氣得聽不進去，一巴掌便轟到他臉上，大罵一句：「廢人！滾！——你別再在我面前出現！」

KK Wong給這一巴掌轟清醒了，一怒之下衝出門去。

回到球場上，「騰龍」教練的確錯過了喊暫停的時機。接着的兩分鐘，都是楊濤說過的Wide Open Zone。

在陣地戰上，「太平洋石油」的黑鷹八線進化版再次激活過來，但這次不是靠青藍的切入，而是憑楊濤在內線的牽制，所有攻勢的第一點都落到他身上，何偉華在高位或低位都能牽引住尹熙順，令他不敢隨便協防。於是，楊濤正式單打Mike Mitchel，先是兩個中距離Fade Away收死了對方，繼而強爆內線Spin Move Dunk，直把

Mike Mitchel 打得落花流水。雖然 Mike Mitchel 也在進攻上回敬了他兩個小天勾，但接着而來的震撼才是「騰龍」的惡夢。

108：102——「騰龍」只領先六分。然而，惡夢來了——連續三個 Wide Open Shot，如三顆鋼彈，轟進惡龍的心臟……

第一球：楊濤在高位接球，佯裝單打，卻是 Hand off 戰術，林天行甦醒了，面對緊纏他的古方，利用楊濤的單擋，Side Step 拉開空間，古方滑倒地上，全場靜默，集中看着他投進一記三分球！

第二球：林天行和郭子丹的來回傳送，楊濤跟何偉華在高低位單擋，郭子丹一記穿孔式傳送直進禁區，何偉華接應後即時順傳到外圍的青藍，防守的K．艾沙正好被楊濤正面擋住，讓青藍輕鬆射入三分球！

第三球：青藍單人匹馬快攻，K．艾沙從後力追，Mike Mitchel 棄守楊濤協防，尹熙順退守中路，不讓青藍殺進禁區，偏偏，青藍偏偏闖進來，卻是突破分球Cross-Court Pass，郭子丹接球在手，又是楊濤的單擋，秦泰和回身防守已撞個正着，被擋得死死的，只能眼巴巴看着子丹投進嗨翻全場的三分球！

108：111，「太平洋石油」絕地反超！

剛好，比賽尚餘五分鐘。「騰龍」的教練終於可以喊一個緊急的暫停。

「打得好！保持這股氣勢。」殷耀榮鼓勵着他的球員，續道：「天行、子丹，接下來的三分鐘將會是你們最大的考驗，他們必定傾力反撲，秦泰和的壓逼性防守肯定會提升不止一個檔次，古方的三分球一定不容忽視。」

「但古方打得很沉，氣焰也不及上一仗。」歐陽山的經驗尚淺，不明白總教頭的話。

同作為射手的李琪便為其解答：「一個經驗老到的射手，無論該仗的表現如何都

好，只要到了緊要關頭，都不可以放給他任何空檔，別說 Wide Open 的空間，即使半秒時間，也絕不能給他。古方雖沉寂了數分鐘，可他整場比賽已投進了六個三分球。」

青藍接着道：「阿琪說得沒錯！古方未熄火，要小心，他會發狂！」

這時，坐在輪椅上的黃庭軒高舉手機，突然大喊一句：「喂！各位，瓦解他們軍團的內部比一切重要啊！」

「什麼？」眾人不明所以地問。

「你們懂得 Trask Talk 嗎？誰是高手？」殷耀榮冷笑一聲，續道：「我們有個舊相識、好老友，他說，有一些垃圾話，由我們講，可以殺人誅心。」

哔——！

暫停完畢。眾將圍攏一起手疊手，彼此激勵的大喊着一句「殺龍」之際，臉上都泛起詭奇的笑容。與此同時，最後五分鐘上場的陣容都變了。

旁述「通天眼」顏爺道：「啊！『太平洋石油』換了人。收起了全場跑得最快的郭子丹，換入射手李琪，唔……殷青藍再任控球前鋒，李琪繼續打分衛，側翼由林天行應付K．艾沙，楊濤照打MM，四犯在身的何偉華也在陣……好人齊了啊！看來餘下的火拚會高潮迭起。」

「顏爺，雙方再度拉成均勢。我預計……未來的三分鐘定輸贏！」被喻為「預言家」的劉湛道。

到底「太平洋石油」為何把重燃狀態的郭子丹收起來？到底黃庭軒所說的「瓦解他們的內部」又是什麼意思？黃庭軒的到場支持似乎另有別情……

雙方的廝殺來了！

秦泰和運球推進，臉上仍舊像結冰一般無甚表情，守住他的殷青藍判斷過了，秦泰和的外線投射能力一般，控場和突破才是他的武器。他道：「有本事便投籃吧！我決不會讓你切入。你的中距離跳射這麼爛，隨時令你的大老闆跳掣發火呢！」

「激將法有用嗎？看不出你這麼幼稚！」秦泰和跟尹熙順使個眼色，來一個高位單擋，青藍追貼緊咬的同時，何偉華身高手長，稍微干擾，卻不敢讓出中路，怕他們的Pick and Roll讓尹熙順直進禁區，只好讓秦泰和起動硬闖入，然而，彷似一切都部署好的，楊濤忽地快步搶入，封他去路，逼他外傳——糟！陷阱！傳不得！

秦泰和驚覺之際，反應已算奇快，急停跳射！

砰的一聲打鐵彈出！

「古方和K．艾沙在兩側要球，卻變成看球啊！」青藍搶回籃板球，高聲大喊，又道：「看來你的比賽獎金又少一百萬了。哈……」

說得沒錯！『騰龍』大老闆阮志成講過，除了基本的出賽金之外，每場比賽按球員的不同表現來定額外獎金，再以贏輸作衡量。秦泰和一直都是獎金獵人，隊中獎金最多的頭三位，所以他很重視結果，重視自己的表現和球隊的成敗，亦因如此，阮志成讓他當隊長，由他思想操控隊友們在場上要打醒一百二十分精神。如今，戳中秦泰和的死穴了，投失了不打緊，最糟的是隊友也跟他抱怨。

「我是一個三分球賺五萬的。」古方悶哼着：「投什麼籃？專心傳送給我，我贏，即是大家賺，你不懂嗎？大鎖兄！」

「別吵了！對手看穿了一些什麼，不要自亂陣腳。」K．艾沙觸角敏銳，感覺到「太平洋石油」的變化——垃圾話攻勢。

可是，冷靜歸冷靜，來到自己身上的死穴被碰觸的時候，多冷靜的可以變成最不冷靜的一個。

林天行的攻勢來了！

黑鷹八線戰術不再拘泥於路線終結者了，任何人也可以是主動進攻的終結者，

任何持球的人皆可以是隨時拔槍的主攻手。林天行利用楊濤的低位單擋，擋住了K．艾沙，接應青藍的傳球，在K角位急停、佯射，K．艾沙從左側撲來，天行Crossover、Side Step移到罰球線Jump Shoot——尹熙順和Mike Mitchel同時躍起封球，組成的巨牆竟留了一道窄縫，天行二話不說施針直插，針孔或陣地傳球讓Roll ln的楊濤順勢接球，雙手大力入樽！

「K．艾沙，你的賭債還清了沒有？聽說阮大老闆借錢收利息絕不手軟。」楊濤回身，在K．艾沙的身邊輕聲道：「你別輸啊！阮大老闆不肯替你還錢，不肯借錢給你去賭，你怎麼辦？」

林天行一邊退防，一邊附和：「我年紀輕，工資少，沒本錢豪賭。」

K．艾沙聽着，被戮中痛處，心頭火起，忖道：「明知我是你最惹不起的那一個，你偏偏要來惹我嗎？」

他拍拍手，向秦泰和要球，就在三分線上回敬了，道：「小子，別亂學亂講垃圾話啊！害死你呢！」

比賽尚餘三分半鐘。

K．艾沙一直狂攻林天行，射五中三，似乎真的惹不得。可是秦泰和先後三次失誤，被青藍和李琪快攻得手，令比賽的分數一直拉鋸，維持122：125，「太平洋石油」仍然領先。根據「預言家」所講，這場比賽於三分鐘內定勝負，看來是不可能的了，「騰龍」的攻力依然既勁且猛，「太平洋石油」亦沒法遙遙領先。

直到李琪被古方打手犯規，三分球命中兼得罰球開始，因為李琪的一句致命話，比賽已「正式」結束……

比賽時間最後三分八秒。青藍力壓秦泰和中路切入，楊濤和何偉華在雙邊單擋，古方醒目，仍然追貼李琪，僅僅半秒的起手時間，李琪瞥見古方撲來，先是一佯，繼

而Step Back三分起手，古方飛撲到盡，收手不及，打中了李琪的手肘。

三分球入，And 1。古方，又是古方失誤！包廂內的阮志成已成了一頭殺紅了眼的惡魔！在古方的腦海裏，在秦泰和、K．艾沙、Mike Mitchel，以至球隊上下的腦海裏，都聽見喪鐘正響得動魄驚心。

「古方，整個第四節的後半，你只投進一個三分球。但你守他的這一球足以令你失去一雙手。」先是青藍的挑釁。

「古方，秦泰和一味把球送給K．艾沙，你知道原因嗎？秦泰和每一個成功的助攻都有獎金，顯而易見，K．艾沙的命中率比你高，他賺得肯定比你多。」楊濤繼續點火。Mike Mitchel看在眼裏，推了楊濤一下，一句粗話便罵過來：「你別他媽的挑撥離間。」

球證馬上上前調停二人的口角，平息了雙方。

然而，致命的說話來了，李琪站在罰球線上，回頭，翻一翻雙手，才檢起籃球，給古方一個冷笑：「一個射手，沒了一雙手，還是射手麼？」

說罷，李琪沒瞄籃，隨手投出罰球——中框彈出，何偉華頂住尹熙順，跳搶之間把球撥給外線上的林天行，再賺二十四秒進攻時間，K．艾沙已守在前面，迎向「天行者」。

123：129，「騰龍」形勢大為不利了。

「防守呀！古方，防守呀！」秦泰和聲嘶力竭地大喊，古方竟毫無反應。

因為……古方的腦海中只得如銀針穿胸的一句：「一個射手，沒了一雙手，還是射手麼？」

「老闆不是說笑的。輸了，我會失去一對手。」

「老闆不是說笑的。輸了，我會失去一對手。」

「老闆不是說笑的。輸了，我會失去一對手。」

「老闆不是說笑的。輸了，我會失去一對手。」

「還有……K．艾沙會被責到次級聯賽，其他人都不會有好下場。」

古方滿頭滿腦都是自己的一雙手，一邊想便一邊垂頭，直走到邊線，棄守李琪，整個人如墮進無光的深海，由始此終短短的幾分鐘而已，他戰心已然盡失。當然他不知道，「太平洋石油」這幫球員為何知道得這麼多，每句垃圾話都刺中紅心似的。

「他們因利益而結合，也會因利益而崩解。」場外，殷耀榮跟黃庭軒交換眼色，碰拳、擁抱。殷耀榮笑道：「多謝ＫＫWong啊！」

「對啊！原本他不想透露太多，但被掌摑成豬頭之後，便棄暗投明喇！哈……」

（按：阮志成挖角一事，詳見《爆籃7 絕殺時機》）

場上，林天行得到二十四秒，並沒有重新部署，反而從側翼殺入禁區，突破分球，傳給李琪。之所以秦泰和死命的大叫，正正就是古方的突然棄守，所有人都呆住了，看着李琪得到一個大空檔，投進一記絕命三分球！

「射手，最重要的，就是一雙手啊！」李琪投進後，回身再來一句補刺，恰如在垂死的兵士身上多補一槍——在太陽穴上。

球證見勢色不對，馬上鳴笛暫停賽事，上前詢問古方情況。

「騰龍」馬上換人，由 Nick Cody 換入。

123：131。「太平洋石油」在賽事完結的最後三分鐘，實現了「預言家」劉湛的批言：三分鐘定勝負。

換入的 Nick Cody 起不了奇兵作用，整支「騰龍」大軍各有心事，看見古方的頹萎，自然想起自己的下場，有誰仍會戀戰？

殷耀榮總結得好：他們因利益而結合，也會因利益而崩解。

在包廂內的阮志成，看見球隊在瞬間兵敗如山倒，一臉鐵青，握碎了紅酒杯，嚇走了剩下的幾名智囊團助手和身邊的美女侍從。一個人在房間內，電話不接，敲門不應，高高在上的往下望——「太平洋石油」高舉總冠軍獎盃，李琪得最有價值球員。

後記

總冠軍賽兩星期後，「騰龍」宣佈退出本地聯賽，阮志成的「龍成集團」總部遷往新加坡，古方、K．艾沙和秦泰和被傳媒追擊，眾人閉口，絕口不提大老闆恐嚇一事。往後一個月，他們竟離奇地被不同的海外球隊收購，「騰龍」正式消失在港區甲級聯賽之中。

亞洲男子青年籃球賽上，馮英領軍，郭子丹、林天行，歐陽山和凌少軍等年青好手以三勝之姿晉身八強，最後跟日本隊戰至最後兩分鐘才宣告敗陣。至於女子隊方面，殷青藍領軍也突破外圍賽，晉身十六強。

下一季，「煜TATOO」的上本直宏會回歸日本聯賽，臨走時，「太平洋石油」和

「煜TATOO」兩支勁旅為歡送他，進行了一場閉門友賽，青藍和上本直宏這對宿敵好友，再度鬥個你死我活。在賽後的歡送派對上，上本直宏把自己的簽名球衣送給青藍，道：「我在日本聯賽中等你。」

全書完

目錄

推薦序一

得來不易的落馬洲河套區發展

張克科是落馬洲河套發展的重要推手，他有份把這片土地孕育為深港創科發展的搖籃。由他來談河套區的發展再適合不過，相信很難找到比他更熟識河套的人選了。今次他從「飛地」談起，的確是一個少有人了解的角度。

河套區這片87公頃的土地，見證了深港兩地獨特的合作歷程。河套區土地範圍原來屬於深圳市。在上世紀90年代，香港與深圳兩地政府攜手治理深圳河。治理工程峻工後，新舊河道之間形成了一塊位於深圳河以南的河套區土地。在1997年7月1日香港特別行政區成立之日，國務院發佈《中華人民共和國國務院令第221號》，以新河中心線作為港深兩地的區域界線。這塊河套區土地，歸屬權仍然屬於深圳，但將管理權交給了香港特區。河套區就成為了深圳的一塊「飛地」。經過20年，到了2017年港深兩地政府才正式簽署了《關於港深推進落馬洲河套地區共同發展的合作備忘錄》，確認了深圳河治理過程中因河道改變分別劃入對方土地的歸宿，河套的業權歸香港政府。從治理深圳河，到確立土地權屬，當中經歷種種曲折與「秘辛」，克科在書中一一道來。

河套區一直是香港創科界心中的熱土。早於20多年前，筆者與多位創科界好友已倡議在落馬洲河套區發展創科產業。一來該地為新土壤，不受原有規劃限制；二來鄰近深圳，可產生協同效應。所幸當時政府接納建議，如今這一願景已透過《河套深港科技創新合作區深圳園區發展規劃》逐步實現。

筆者與克科因深港創科合作而結緣，多年來在河套區發展方面交流甚多，對其規劃與建設均極為上心。我們樂見河套區成為北部都會區的重要組成部分，並與新田科技城聯動擴展發展空間。河套區與新田科技城，將成為香港未來「南金融、北創科」發展佈局中的點睛之筆。

然而，過去因政治爭拗而阻礙發展步伐，導致河套區多年來停滯不前。雖然河套香港園區三座建築將於今年啟用，但預計至2027年僅完成八座，明顯落後於國際競爭對手。這樣的延誤已令不少跨國科技企業轉投深圳、新加坡等已成熟的科創區，我們唯有急起直追才能重拾失落的時間。

前事不忘，後事之師。唯有了解過去的種種困難，方能更加珍惜今天得來不易的機遇。在《港區國安法》制訂及《維護國家安全條例》通過後，香港得以擺脫政治爭拗的糾纏，重新聚焦發展、奮勇向前。多謝克科多年來對港深河套發展的堅持與貢獻，正因有他這樣的有心人默默耕耘、辛勤種樹，深港創科合作才有機會在河套這片熱土上茁壯成長，讓後人藉以乘涼。

黃錦輝

全國政協委員

香港特別行政區立法會議員

香港中文大學工程學院副院長（外務）

推薦序二

很多突破性新規，皆從無到有摸索出來

自上世紀 90 年代起，有識之士已看出深圳河兩側土地的時代機遇，提出港深雙城合作發展該區域，藉兩地優勢互補，可發揮協同效應，成為經濟上的新增長點、科技上的創新點，以至制度上的突破點。

30多年來，不少政商界人士、工商業團體和專業機構均為此發出共同呼聲、更上下奔波。筆者自2000年後投身科創界，也積極帶領香港資訊科技聯會及業內人士倡導相關政策。透過一次又一次的諮詢、會議、調研、遞交建議，筆者深切感受到眾人的努力付出和殷殷期盼。2021年，國家「十四五規劃」首次將港深河套地區納入粵港澳大灣區重大合作平台，兩地社會終於嚐到了奮鬥的果實。本書以生動的筆觸記述這段歷史，又披露許多鮮為人知的細節。

現今規劃的深港科技創新合作區（河套合作區），包括 87 公頃的香港園區及 300 公頃的深圳園區，可算是初步實現了深港共同構建，疊加兩地優勢資源的理念。接下來，我們將迎來更關鍵的一步，就是如何利用好這些土地，落實上述理念所需的種

種創新和突破。

為了闡明河套合作區的定位和重點發展方向，國家在 2023 年發佈了《河套深港科技創新合作區深圳園區發展規劃》；2024 年，香港政府又在此基礎上發佈《河套深港科技創新合作區香港園區發展綱要》，提出四大方向全力推進河套香港園區的發展。這些策略性文件從頂層設計的層面引領港深兩地設定共同目標，期望匯聚來自本地、內地及海外的科技企業及科研機構，促進上、中、下游全面發展和有機結合，助力國家發展新質生產力。

雖然河套香港園區的面積不算廣大，但在香港特區政府的規劃中，未來它會與毗連的科創產業發展集群樞紐「新田科技城」協同發展，構成「產、學、研、投」高效協作，人才與創意蓬勃發展的科創生態圈。

不過，讀者應注意到，河套香港園區由 2025 年便會正式進入營運階段，然而整個北部都會區及新田科技城的發展規模龐大，預計要到 2029 至 2033 年才有科創企業進駐。因此，率先進入河套香港園區的企業及科研機構必須與深圳方面深度合作，充分利用兩地優勢，開發新的科技應用場景或在產品研發、原型製作、產品設計、測試等高增值工序出所突破，才能夠奠定穩固基礎。進一步而言，它們的成功將促使河套成為內地與香港科創合作的示範區及先導區，同時把這些合作經驗和成果輻射到未來的新田科技城。

要達到這一遠景，眼前便有眾多挑戰需要克服。這是因為河套合作區由香港園區及深圳園區以「一河兩岸」、「一區兩園」的理念構建而成，是國家唯一實現地理上橫跨兩種社會制度、經濟和司法體制，並以科技創新為主題的重大合作區。兩地園區即使近在咫尺，卻有很多管理經驗上的空白需要以開創性的制度、政策創新，先行先試的膽識和方式去填補，包括物資、數據、資金和人員之間的流通，以至適用法規和支援措施等。

《香港園區發展綱要》在這方面提出若干跨境便利措施，筆者非但樂見其成，更鼓勵港深兩地政府「天馬行空」，勇於創新，借鑑橫琴粵澳深度合作區及前海深港現代服務業合作區的經驗，提供適當誘因、透過試點多作嘗試。事實上，橫琴與前海很多突破性的新規則、新制度都是從無到有摸索出來的。

其次，港深兩地政府要以開放的心態，鼓勵有興趣落戶河套的企業大膽提出便利跨境措施的要求，才能更「貼地」地推動制度革新。例如本港的生命健康行業一向提倡科研數據、科研物資和設備跨境流動，以及建立研發數據和專利互認制度。人才方面，本港不少科企均希望從深圳聘請中層和基本人員而毋須在內地設立分公司。特區政府可利用河套香港園區「境內關外」的特殊優勢，靈活探討這些內地員工在招聘、稅務、社福保障等安排。

最後，港深兩地政府與科創業界可成立專責委員會，定期討論兩個園區的發展進度和其他共同關注的議題。

總括而言，筆者認為港深兩地必須要有一致的關鍵績效指標，以河套合作區作為試點，推動更多創新要素跨境流動的嘗試，並以每一趟成功的案例突破以往政策上的瓶頸，然後盡快將經驗擴展至河套以外更大範圍的科創生態圈。

邱達根

香港立法會議員(科技創新界)

香港資訊科技聯會會長

Innovate for Future（創科未來)召集人

慧科資本聯合創始人

荔園有限公司主席

序篇

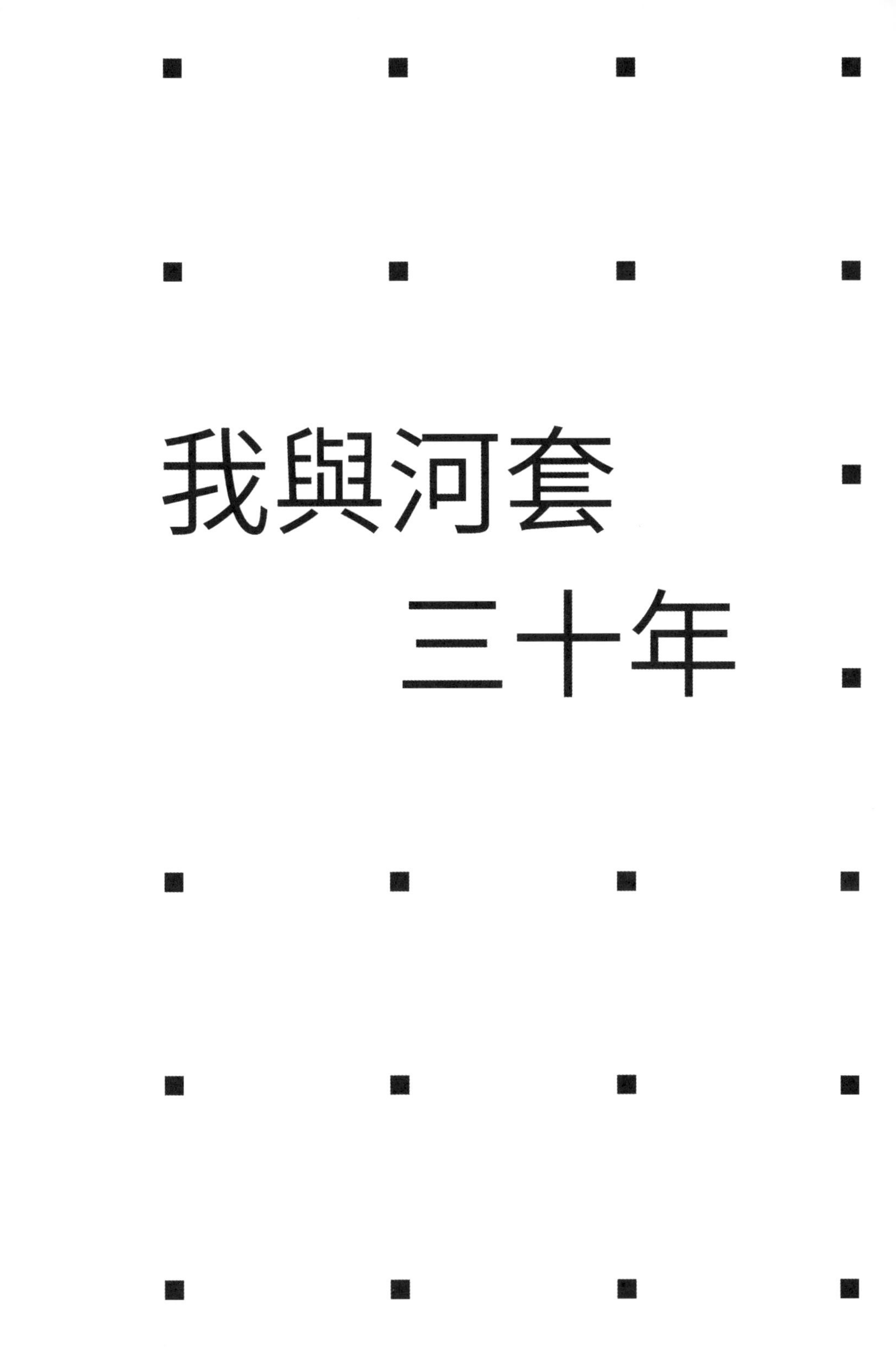

我與河套三十年

一、深圳河承載着港深之間的歷史淵源

深圳河源於梧桐山牛尾嶺，古稱羅溪、滘水，由東北向西南注入深圳灣，全長 3.7 公里，流域面積 312.5 平方公里。

自 1898 年中英簽訂《展拓香港界址專條》起，深圳河成為深港間的界河。

作為珠江三角洲水系中的重要河流，深圳河支流眾多，其中深圳一側的支流有**沙灣河、布吉河、福田河、皇崗河、新洲河**；香港一側的支流則有**梧桐河、平原河**。河道蜿蜒曲折，沿着深圳、香港邊界流入后海灣。由於河床狹窄、河道曲折，加之海潮影響，深圳河兩岸歷史上經常遭受洪澇災害。保護和治理深圳河及其支流的水環境遂提上議事日程。1982 年，深港雙方正式啟動聯合治理深圳河的談判，之後確定通過裁彎取直等方案治理深圳河流域，工程實施過程中有九塊土地因河道走向改變導致重劃邊境管理線，其中最大的一塊在深圳河的皇崗 - 落馬洲段，亦即現稱之為「河套」的區域。這一歷史背景使得河套具有了特殊的政治經濟地理意義。

香港回歸後，由董建華先生擔任主席的香港特別行政區策略發展委員會在 2000 年 2 月發表《共瞻遠景齊創未來——香港長遠發展需要及目標》的報告，其中提到：香港回歸中國，是一個

重大的契機。「回歸之前規劃工作的種種限制在回歸之後已經消除。現在是時候為香港定下長遠的發展路向，確立一致遠景，激勵公營和私營機構以至整個社會上下一心，為共同目標而努力。」

深圳河兩岸是最能直觀感受「一國兩制」的地方，既是銜接深港兩地社會經濟的樞紐地帶，亦是香港與珠江三角洲陸路交通運輸、旅客出入的必經之路，香港與內地跨界基礎設施建設大多分佈在這一帶，具有特殊的地緣關係。

深圳經濟特區的創立率先給深圳河帶來時代機遇。

1990 年 12 月，深圳市政協成立。自 1991 年始，在深圳市政協常委、香港元朗區議會議員、香港新田鄉鄉事委員會主席文伙泰先生的提案推進下，深圳市政協常委會年年把深圳河跨境合作作為重大話題，引導香港委員參與、諮詢、推進。從第一屆政協開始，就持續將深圳河沿河經濟帶、河套一平方公里的開發建設和深港攜手融合發展等列入深港雙城合作重大話題，逢會必提、逢見必議、逢人必商。之後，深圳市政協在 1996 年(深圳河沿河經濟帶)、2006 年(深港創新圈)、2012 年(兩制雙城國際大都會)、2018 年(河套深港科技創新合作區)做過四次比較大的、有全體香港委員參與的專題調研。深圳市及轄下各區的政協委員，通過不同社會管道和專業機構對接香港社會地方人士，發出共同的聲音，充實和推動了兩地政府的合作協商進程。

至 2017 年 1 月 4 日，深港兩地終簽訂政府間協定，一攬子解決深圳河治理後形成的土地變遷與管理權轉移等遺留問題。2019 年 2 月中共中央、國務院公開印發了《粵港澳大灣區發展規劃綱要》，河套片區深港融合發展進入快車道。

河套深港科技創新合作區的概念橫空出世。

二、我與深圳河一河兩岸的結緣

我 17 歲離開長沙下鄉當知青，37 歲(1988 年)再次離開長沙來到深圳。之後有機會接觸到深港科技合作和河套發展方面的研究，一直到退休十多年後的今天都放不下。到深圳 37 年，我自 1990 年開始就接觸深港合作事項，目睹了香港回歸前後深圳河兩岸衍生的雙城故事，也一直在不同層面參與實踐，且經歷了從香港回歸前的落馬洲河套研究到回歸後第一任特首提出的創新科技發展策略，再到第三任特首提出建設港深大都會並佈局十大跨境基建，推進大珠三角優質生活圈，第四任特首推進港深社會經濟深度合作直至融入國家大局、做「一帶一路」「超級聯繫人」，第五任特首落實河套深港科技創新合作區、首創北部都會區和「雙城三圈」戰略構想；到現在第六任特首倡導「超級增值人」、「雙向跳板」重要角色，深港間合作呈不斷推進不斷突破態勢這樣一個過程。

香港回歸前，香港各界代表人物大多在全國人大、全國政協和廣東省人大、政協層面參與國家事務。作為經濟特區，深圳一直將港澳台僑工作放到非常重要的位置。1990 年 12 月深圳市第一屆政協成立就首設聯誼委員會，負責港澳台僑委員的聯絡和服務。聯誼委員會主任由原廣東省委統戰部副部長、深圳市委統戰部部長譚煒出任。他從 20 世紀 60 年代就開始做統戰工作，熟悉兩地情況，人脈資源豐富。深圳市政協主要領導都是深圳經濟特區建設時期的「開荒牛」，與前來深圳投資的港澳台僑各界人士都非常熟悉，也支持他們通過政協管道參政議政。我作為深圳市第一屆政協聯誼委員會的辦公室主任自然參與其中。

1991 年農曆春節後、元宵前，深圳市政協在香港首次舉辦春茗團拜。十二位深圳市政協港澳委員以及部分港區全國政協委員、人大代表，還有一些在深圳投資的香港各界友好人士悉數出席。其間，深圳市政協常委、聯誼委員會副主任、香港新界元朗新田鄉鄉事委員會主席文伙泰先生特別邀我交流，介紹了 1979 年以來他參與深圳東門老街改造，投資新華城和後續項目的各種艱辛，特別提出深圳、香港正在會商開通皇崗口岸、治理深圳河，深圳也在佈局建設福田保稅區。文先生說，他的家鄉在香港一側的新田鄉，與一河之隔的皇崗有着深厚淵源。希望政協可以聯繫內地專家研究這一帶的發展機會，並通過政協平台和提案，推動落實、組織實施。

回到深圳，我立即將文伙泰常委的想法向市政協領導做了詳細匯報，並提出可以委託剛剛成立的綜合開發研究院參與，以發揮高端資源的作用。

深圳河一河兩岸的可持續發展規劃從一開始就得到了馬洪基金會和綜合開發研究院的指導、參與和推進。馬洪、高尚全、林凌、吳明瑜、董輔礽、李羅力、唐杰等多位專家都深度參與了研究、論證過程。特別是高尚全先生，作為香港特別行政區籌委會及籌委會預委會成員之一，親身經歷了香港回歸前那一幕幕驚心動魄的歷史事件，更能體會到這其中的艱難和挑戰。2000 年，他親自為《深圳—香港：一河兩岸合作與發展研究》一書作序。在這一由中國大百科全書出版社出版，列入國家科委主導的《區域可持續發展研究叢書》的研究成果中，第一次提出了深圳河沿河經濟帶可持續發展的概念，肯定了深圳特區促進深港經濟發展基金會（以下簡稱「發展基金會」）1991-1996 年期間的系列研究成果。現在讀來，仍具前瞻性、並有獨到之處。

高尚全先生在序言中指出：經過一段時期以來「堅持不懈的努力，開闢了民間管道，爭取香港社會各界的認同，爭取有關部門的理解；着眼於發展，着眼於回歸後的機遇，不失時機地開展了對一河兩岸區域的綜合發展、交通設施、口岸運轉、治理深圳河、環境評估、科技服務、投資基金、華僑政策等系列研究，使一些關注深圳和香港發展的人們有了一顯身手的舞台。這些報告，對推動深圳與香港的合作，曾經起到過重要的、不可替代的作用。有些項目已經付諸實現，有些觀點已經潛移默化地深入到了香港社會。時至今日，我們看到，香港社會已經認同香港特別行政區策略發展委員會報告中的觀點，即『香港要成為亞洲首要國際都會，就必須在經濟發展上，與珠江三角洲其他主要城市如廣州、澳門、深圳、珠海等密切配合』。在社會生活方面，『隨着跨界交通的不斷改善，這個發展趨勢會日益明顯，並會帶動香港和區內其他主要城市的經濟進一步增長，促使珠江三角洲城市一區域的形成和發展』」。

與此同時，文伙泰先生也不遺餘力地在民間加以推進。1997 年 4 月，他給候任特首董建華先生寫了一封言辭懇切的信，希望香港特別行政區政府能夠着力推動深圳河沿岸地區的發展。他在信中引用了系列研究成果：**從長遠看，構築兩帶、貫通兩灣**。在治理深圳河三期工程的基礎上，新闢從三岔河口到沙頭角河口的河道（運河），貫通大鵬灣和深圳灣，改善環境，發展內河航運與旅遊，沿河兩岸構築兩條相互關聯的現代產業帶；從近期看，利用深圳河裁彎取直後，落馬洲一段有一平方公里的土地南移，在重新劃定管理線後，在這個區域開展多項合作，如與福田保稅區配合，合作建立高科技園區等。文先生展望，「未來 15 年，深圳河一河兩岸是最具增長潛力的地區，50 年內沿河兩岸將展現一個新興城市帶。這是舉世無雙的，是『一國兩制』的創舉，社會發展的必然。」

1993 年 2 月，深圳市政協組織、邀請國務院相關部門參與，專題論證第一批開題的開通口岸穿梭巴士、建立跨境科技園、創立華僑投資基金等三個研究報告。專家們認為，深圳河沿河地帶區位獨特，深港經濟合作可為國家實施「一國兩制」，保持香港回歸後的繁榮穩定，促進深圳經濟特區更好的發展發揮特殊作用。論證會之後，文伙泰先生提出，希望有一個機構可以專注研究這個持續發展的區域合作項目。在深圳市主要領導的支持，深圳市政協的具體參與和指導下，由文伙泰先生出資，於 1994 年 8 月正式成立了深圳經濟特區促進深港經濟發展基金會。我受政協領導委派，擔任基金會秘書長。由此往後二十多年，我與深港河套規劃和深港科技合作保持着密切、持續的關聯，也保留和積累了不少當年工作過程中的資料。

2010 年，香港安排十大跨境基建項目，我和葉劉淑儀議員交流時提到，蓮塘口岸將在 2018 年開通，河套則預計 2020 年可以啟動（編注：蓮塘／香園圍口岸最終於 2020 年 8 月 26 日啟用；而河套深港科技創新合作區香港園區第一期兩座濕實驗室大樓於 2025 年 3 月底封頂，此前 11 號樓即人才公寓已完工，意味着香港園區在 2025 年下半年將迎來首批租戶進駐，正式進入營運階段）。我說硬聯通只要啟動，總可以看到預期；軟聯通就要看天時地利人和，隱形因素多且不穩定。如果（河套）2020 年能水落石出、看到眉目，就值得期待。

雖然一路坎坷，但兩地有識之士一直未曾放棄。粵港澳大灣區建設啟動後，河套被列為七大重點領域之一，曙光初現。我再一次投入研究和探討之中，但港深創新與科技園仍遲遲不見「下樓」，深港科技創新合作區（深圳園區）也一直不能「上路」。攥着「一國兩制」的特別優勢，卻在融合發展的對接中找不準節拍。

看似尋常最奇崛，成如容易卻艱辛。

2020 年 10 月 14 日，習近平主席為這個重大項目點題：**規劃建設好河套深港科技創新合作區**。賦予統一的名稱意味着藍圖既定：協同融合發展、相互促進共贏，持續關注了差不多 30 年的深港跨境科技創新合作模式就此開啟新篇章。

三、以口述史獻禮香港回歸 25 周年

2020 年底，我參加了清華大學港澳研究中心組織的數次香港專題論壇，之後也在不同的場合、從不同的角度引述了河套發展和深港合作歷程中的實踐心得。2021 年春節後，中心組織了以劉字濠副秘書長為主編的專責編輯組，我們一起開始了關於這段歷史深入系統的訪談，和文獻資料的分析整理工作。在大量、形式多樣的交流基礎上，逐步理清思路，確定框架，擬出工作大綱……實際寫作過程中，工作量遠超預想。加上疫情起起伏伏，使得工作不能正常進行。

過完國慶日，我開始在整理出來的框架文稿上作審校。為核對事情的原委，查實過程細節，明確時間先後，必須翻閱當年的原始資料。在非常時期，只有見縫插針，偶見空隙就特別申請出入，取回相關資料、拷貝文檔，翻箱倒櫃找出來十幾本當年的筆記本。2022 年春節後，所在社區因疫情封閉 100 多天，就在這些日子裏，我安安靜靜地完成了全部文稿的編輯審校工作。因為有筆記做參考，很多段落內容得以充實。如 1998 年田長霖教授一行來深圳考察交流、深圳專題課題組前後四次專題調研的座談會，都直接還原了當年場景，紀錄下非常有畫面感的現場實況。

深圳經濟特區創建以來，經濟社會的迅速發展極大地促進了

港深兩地互動、強化了雙城效應。隨着深圳河治理工程的完成，口岸佈局的完善、日益便捷的通關設施的建設，以及跨境公路、鐵路、橋樑更多的對接，特別是香港回歸以來，從「十四五」規劃帶來的機遇，到面向 2035 年乃至 2047—2050 年的新藍圖，深圳河沿線一河兩岸佈局由點連線，再輻射至周邊縱深地帶，一河兩岸、一區兩園的新格局已經形成。

正是在這個時間節點上，香港提出了「北部都會區」和「雙城三圈」的戰略構想。跨境相連的河套朝着「一區」方向探討協同發展的可能性，也就是將河套深港科技創新合作區作為「一國兩制」創新實踐的載體，大灣區全域改革開放的龍頭以探索政策的突破、培育和輻射，建設國際科技產業創新中心的試驗田，以及冀望其發展動能能夠成為港深兩地可持續發展的引擎。

非常感謝原深圳市副市長張鴻義先生欣然應允為本書簡體版寫下序言。序中他講了河套怎麼來的，港英當局前面怎麼做的、後面怎麼做的，整個歷史脈絡非常清晰。2022 年 4 月他在上海疫情最嚴重的時候認認真真寫完長篇序言，通篇文字考究，從史料的運用、時間人物的核對，到標點符號，非常認真，我邊讀邊學習，莫名感動。

香港科技大學創校校長吳家瑋教授遠隔重洋，修改審定涉及他本人參與的內容，還答應出版後撰寫新書推薦語。吳家瑋校長沒有食言，書出來後他寫道：「**一個個親歷的故事，譜寫了鮮為人知的真實歷史，值得國人仔細拜讀。**」

另外一篇序言的作者是香港大學教授陳清泉院士。這位智慧電池領域的頂級專家，是回歸後首位來自香港的中國工程院院士。他一口應承為本書寫序，花了兩天時間讀完全書後，趕在參加回歸 25 周年活動前給我傳來了這篇序。序中講述了他在 2017 年牽頭 24 位香港院士聯名給習近平主席寫信的經過——這封信推動並促進了整個大灣區作為國際科技創新中心的地位。6 月 30 日下午，陳院士發來他在香港科技園給習主席匯報、尤其是時任特首林鄭月娥在河套深港科技創新合作區模型前向習主席報告的「第一現場」。令我一下子感到一件事堅守 30 年的價值和意義。

2022 年 6 月 30 日，香港科技園，面對河套深港科技創新合作區的沙盤，林鄭月娥信心滿滿地向習近平主席報告：「一河兩岸，創新科技，看來這裏的前景比矽谷還要好。」習主席則希望香港發揮自身優勢，匯聚全球創新資源，與粵港澳大灣區內地城市珠聯璧合，強化產學研創新協同，着力建設全球科技創新高地。

行而不輟，未來可期。

香港回歸 25 周年之際，我口述和整理的《深港科技創新口述史——河套的前世今生與深港合作》一書文稿終於殺青，並在交由出版社一年後，在 2023 年 6 月終於開機印刷、正式出版。始於 1990 年的偶遇，到 2022 年大局已定，通過圖文並茂的方式，將我和河套三十餘年的緣份留了下來。

我在 7 月中旬拿到第一批書後，幾位香港朋友特別邀請我前往 2023 年香港電腦通訊節做專場分享，分享會 8 月 26 日在香港會議展覽中心舉行。作為深港兩地科技合作發展的見證者之一，香港電腦商會上任會長王志強先生親臨現場做開場致辭，我則做了主旨發言。當天的分享會邀請了四組嘉賓從不同角度聚焦以河套為極點的協同創新之旅。我以問題為導向，呼籲大家有戰略思維的同時也要有戰術抓手，我認為目前工作重心是要活化新界土地、搭建合作平台、協同規劃基建、保障人才支撐、求異存同規則。當務之急應着手搭建載體平台、制定規則通道、精心設計產品、保障人才支撐、促進市場應用。需要用工程構建的思維，選擇齒輪咬合的方式，建立傳動系統，大輪帶小輪，小輪帶穩定輪，穩定輪帶方向輪，通過不同的方式共建河套跨境新平台。

分享會上，我與不同特點的嘉賓選擇不同主題交流。在**河套情結**環節，文伙泰先生的長子、新界原居民代表文繼光先生，香港博匯智庫主席、特首政策組專家組成員張量童先生分別講述了自己與河套地區的淵源。無論深港兩地政府如何爭論河套土地的權屬，民間層面打通這一交界區域、實現跨境合作的熱情還是比較飽滿的，文伙泰先生是重要的代表性人物之一。

協同創新環節我和老朋友、科技創業者、「快譯通」電子詞典創始人、從事天使投資多年的譚偉豪先生和陳其福先生一起交流分享。深圳從上世紀 80 年代中後期開始成為包括港資在內的內外資的投資熱土。內地不少高等院校和科技機構陸續將一些成熟的技術轉移到深圳，利用深圳的高科技產品製造優勢和香港的資金優勢進行產業化嘗試，這些技術客觀上成為了促成深港科技產業合作的紐帶和橋樑，譚偉豪先生的「快譯通」本身就是香港工業利用內地科技成果，通過資本市場導入優質資源，進軍國際市場較具代表性的案例。

融合發展看青年，這個環節裏港深兩地青年孫立發先生、陳升先生分享創新創業經歷及心得，呼籲更多的青年抓住良機。香港中文大學博士畢業後在深港兩地創業的孫立發先生講到，深圳和香港有很大的協同作用，且資源是互補的，香港有六大高校，深圳有較為優勢的落地機會，貼近產業。通過借助深港合作平台以及產學研基礎可實現更大的價值。而在粵港澳科技合作的框架下，雙方政府更是共同出資支持兩地企業和科研機構合作開展創新研發項目，共同申報、共同評審，並共促其產業化。一直站在大灣區協同合作前列的兩位代表，為我們展示了不俗的前景。

一國兩制研究中心研究總監方舟先生的一席話很有代表性。「現在香港除了金融、貿易，還需要培育新的發展動能，最重要的就是創科產業。伴隨着河套的啟動和整個北部都會區概念的推出，在香港是一個革命性的變化，體現了主動與深圳的融合，在新界北創造香港第二個都市核心區。」全國青聯委員、明滙智庫副總監謝曉虹女士正在做一個社會調研，了解兩地各界人士是怎麼理解行政長官林鄭月娥 2021 年所發表的任內最後一份《施政報告》中提出的建設「香港北部都會區」、深化深港合作形成「雙城三圈」格局的。其中**民生祈福及創新生態**建設成為關注的焦點。

一本書的分享帶出了這麼多不同背景、不同職業人士的關注。香港特別行政區第十三屆全國人大代表、慧智顧問有限公司總裁洪為民先生為那次分享會發表總結感言。他說河套地區頗具傳奇色彩，其歷史和發展經歷了太多的討論、規劃、博弈及爭議，中央、廣東、深圳、香港四方均參與其中，產生了很多富有智慧的決定和令人津津樂道的趣聞，也帶動了深港後續的合作，並產生新的機遇。河套深港科技創新合作區滙聚世界目光，成為深港科技合作的重要平台，也是建設粵港澳大灣區國際科技創新中心和綜合性國家科學中心的引擎和重要支撐。河套像是一根臍帶，將香港與內地緊緊聯繫在一起；通過此次分享會，河套更像一顆大腦，為深港科技協同創新發揮協調和引領作用。

那一天恰逢深圳經濟特區建立 43 周年，現場採訪的深圳衛視直新聞記者把握時機，活動新聞當晚就在深圳播出。更有意思的是，三天後的 8 月 29 日，國務院正式公佈了河套深港科技創新合作區(深圳園區)的規劃。一時間，香港立法會議員、深圳政府官員、河套落戶企業和相關管理部門，以及福田乃至港深兩地研究機構紛紛前來查詢本書。熱心的讀者還擔負起「責任校對」，指出若干人名等需要校訂之處。清華大學港澳研究中心積極聯繫出版社，在修訂後又加印了 2000 冊。繼香港電腦協會第一時間為該書舉辦專場推薦會後，深圳南山圖書館、深圳科技圖書館河套分館、深圳圖書館北館也先後舉辦專題讀書會。

2024 年 11 月，香港也頒佈了香港園區的發展綱要，提出將河套香港園區發展成為聯通內地與國際的世界級科技創新樞紐，以及國家培育發展新質生產力的主要策源地。很多香港朋友建議我出繁體字版，以便讓更多的港人知曉 30 多年來圍繞河套園區展開的探索、努力和憧憬，以及它對香港乃至大灣區的未來意味着什麼。希望讀者能夠讀出其中況味：港深攜手、推動河套跨境協同創新既是一代人的期盼，更是無數先行者一步一步踏出來的新路。

四、故事背後的故事

2023 年 10 月，馬洪基金會邀請早期參與一河兩岸發展研究的老朋友匯聚在綜合開發研究院，就《深港科技創新口述史》一書出版做了一次專題沙龍。那次沙龍上我有一個分享，發言內容對閱讀本書後面的篇章，理解散落在字裏行間的邏輯，應有所幫助。故收錄於此，權當本書導讀。

綜合開發研究院如今已是國家級智庫，深港研究的大平台，來到這個讓人觸景生情的地方，一下子帶出了很多令人感慨的回憶。這本書的副標題是「河套的前世今生與深港合作」，今天的活動是自國務院 9 月 5 日舉辦河套規劃專題新聞發佈會後的第一次分享，也是這本書出版後舉行的第三次專題交流。

第一次是 2023 年 8 月 19 日在南山圖書館舉辦的。我是學圖書館學專業的，非常清楚圖書館的社會價值。那一次，通過南山圖書館向全市市區兩級公共圖書館贈送了該書樣書，作為深圳的地方文獻特藏流通，讓更多關注這個主題的讀者，能夠通過深圳圖書館城區網絡借閱、流通。

第二次是 2023 年 8 月 26 日在香港科創界傳統的電腦通訊節專場活動上。那天邀請了一眾香港的老朋友出席，並以四個不同環節，回顧深港之間跨境合作的歷史，以及河套的前世今生。

今天由馬洪基金會舉辦的第三次分享會意義非同以往。8月29日，國務院公佈了河套規劃，很多媒體採訪時，問的最多的問題是，你是從什麼時候開始關注這個課題的？

我告訴他們，書中提到的深港合作、沿河經濟帶以及河套等的概念源於1990年底深圳市政協成立以後香港委員的提案。當時正是綜合開發研究院成立伊始，深圳市委書記李灝請來經濟學家馬洪，在綜開院的平台上，將這些概念作為持續不斷、貫穿30多年的核心研究課題。在座的嘉賓，像李羅力理事長、劉魯魚研究員，還有因公務未能出席的唐杰教授、譚剛研究員等，都參與了最早期的研究。

在那之前我在深圳圖書館工作。綜開院籌備組成員之一是深圳市委政研室主任劉文韶，他太太在圖書館港澳臺及特區文獻閱覽室工作。因為這層關係，深圳圖書館成為了綜開院邀請的國內專家集聚地，我也在為這些專家服務的過程中知曉了這個團隊及其平台。當深圳市政協常委文伙泰先生提案後，政協領導也在考慮找誰合作、由誰來承擔這項任務，此時我找到綜合開發研究院，從此開始了跨世紀的合作。當時的研究報告委託給了綜合開發研究院，由劉魯魚做了「創立深港科技園的研究」，譚剛牽頭完成「深港口岸協同運作研究」，我們自己的團隊則做了皇崗口岸交通對接方案。

就這件事情我跟李灝書記有過三次近距離接觸。第一次是在政協會議期間，他在會見香港委員時，與文伙泰先生就東門商業區開發、深圳河落馬洲段治理有過交流；第二次是政協副主席李定帶我去李灝書記北京家裏匯報工作進展，那時基金會已經成立，北京各部委也很支持深圳提出的跨境合作研究方案，需要向國務院領導匯報。李灝書記到深圳工作前曾任國務院副秘書長，他知道我們的來意後，爽快地答應幫我們聯絡總理辦公室主任何春霖副秘書長。李灝書記告訴我們，全國人大開會期間，有一次李鵬總理和駐英大使姜恩柱都在休息室，他專門就深圳河水浸情況做了匯報，提出深圳河治理工程一定要盡早啟動，不能再等了。為什麼深圳河治河會停下來？後來又經歷了哪些磋商？大家可以看張鴻義副市長在這本書序言裏說的故事；第三次見李灝書記是在他退休後，大約在2005-2006年間，我當時在深港產學研基地，輔佐吳家瑋校長負責深港發展研究院日常工作。一天，接到市委辦電話，是李灝書記的秘書找我，說李灝書記想了解一下深港合作的最新動態。我到他辦公室，一見面他就說，我還記得你是研究深港合作這一塊的，你跟我講講這幾年的變化怎麼樣？他非常關心河套開發的進展。繼任的市委市政府主要領導也都非常關注深港合作，其中河套是必涉及的話題。為此，我以市政協委員、決策諮詢委員會委員和先行示範區灣區組專家的名義，多次提供諮詢供決策參考。

讓我結合圖片，將從記憶中浮現的那些年故事一一道來。

河套開發中的每一個人

今天我分享的題目是「港深合作新機遇」。上世紀 90 年代吳家瑋教授就說過，現在是「港深灣區」，將來可能就是「深港灣區」。我在這裏用「港深合作」是希望深圳可以再一次領悟港深合作的價值，借力香港的優勢，在實施國家戰略中產生協同效應。深圳作為國家高水準開放的排頭兵，目標是過河，所以深圳是「過河卒」，是「駛向彼岸的衝鋒舟」，要到國際舞台上爭當中國戰隊的先鋒。河套就是練兵的平台載體。

這本書我個人最喜歡之處是圖文並茂，選取的許多照片大都是這些年來我抓拍的。這次香港中華書局出版繁體版，責任編輯特別提出補拍一些現場照片，希望反映河套及其附近新田村等地的歷史、民俗、文化、建築、非遺、環境、生態等，以便讀者如臨現場，對河套及周邊區域的位置、乃至在滄海桑田衍變中的價值、風物等瞭然於胸。

本書的繁體版有兩篇新序。老朋友邱達根先生是這一屆香港立法會創科界議員。我們從 2006 年開始就在深港創新圈的平台上攜手同行，一起經歷過風風雨雨，一直倡導「深港科創協同發展終將實現一體化」。這次他和黃錦輝議員一起，分別為港版新書寫序。

在我看來，本書份量最重的是裏面每一個人的故事，正是眾人的參與，集思廣益之下，河套才會走到今天。

幾個關鍵節點

書的容量畢竟有限，還有一些珍貴照片未能出街，今天可以在這裏分享。這幾張照片是我在不同時段，分別在深圳一側和香港一側眺望河套、新田和福田保稅區、皇崗口岸留下的印記，展現了這一帶 1983-2023 四十年間的變遷。

講河套變遷，時間跨越三十多年，聚焦點在哪裏？劉戰國博士說可以放在「破局之路」上。

河套在香港回歸過程中有幾個重要的時間節點。為什麼起始點是 1983 ？因為我們從 1981 年開始討論（治河），1983 年正式確定，1985 年簽協議，確立有三件事情要做：一是廣深高速公路建設；二是皇崗要建口岸、口岸要架橋，架橋以後治河工程就提出來了；三是大梅沙沙頭角一線增設臨海的梅沙口岸。這裏記錄有深圳河未改造之前的示意圖，配合了幾張改造之後的實況照。之後的幾個時間點包括：1991-1996 民間研究階段；1998 成為粵港聯席會議第二次會議議題；2007-2008 年特區政府《施政報告》將河套納入十大基建工程之一、之後 2008 年 3 月「深港合作會議」下設的「港深邊界區發展聯合專責小組」決定共同開展河套發展綜合研究。兩地規劃部門公眾諮詢的結果顯示，高等教育、高新科技研發和文化創意產業用途在兩邊均獲得較多支持；2009 年港深展開落馬洲河套地區發展規劃及工程研究、兩地並同步分兩階段舉行公眾參與活動收集對河套地區「建議發展大綱圖」意見；2011 年深港合作會議上雙方簽署《推進落馬洲河套地區共同開發工作的合作協議書》；2015 成立香港經濟發展諮詢會河套專責小組、2017 年簽署共同推進河套發展的合作備忘錄、擬建「港深創新及科技園」；2018 年粵港澳大灣區發展規劃綱要公佈；2020 年習主席一錘定音：規劃建設好河套深港科技創新合作區。

其中，1991 年，國家有關部門同意按照新修河道中心線為管理線，比照過境耕作地處置，不變更土地歸屬確權，並重新開始討論相關事宜。1998 年，第二次粵港聯席會議上將建立跨境科技園區列為正式議題。在中國加入 WTO 之後，李嘉誠在北京簽署鹽田港合作協定時反映了相關情況，中央提出「擱置爭議、共同開發」建議，粵港兩地政府均有回應。2008 年，曾蔭權將河套列為港深跨境十大建設項目之一，並進行了公眾諮詢。記得我和曾任香港工業署署長、創新科技署署長、工商及科技局常任秘書長（資訊科技及廣播）（後改稱工商及科技局常任秘書長（通訊及科技）及商務及經濟發展局常任秘書長（通訊及科技））和運輸及房屋局常任秘書長（運輸）的何宣威先生在一次論壇活動中相遇，他表示河套合作項目晚了10年，如果當時起步實施就好了。2017年是一個重大轉折。深港雙方從大局出發、着眼未來融合發展大勢，妥善解決了深圳河治理過程中形成的歷史遺留問題，劃入各方的土地以管理線為界確權，河套交由香港特區政府開發，取名「港深創新與科技園」，同時在深圳側另劃約三平方公里土地，香港支持深圳向中央爭取新政策。

最初不叫「河套」

在治理深圳河的過程中，更多的時候講的是「深圳河沿河經濟帶」，當時用了一個很長、而且非常繞口的名字描述深圳河治理構成的河道變化：深圳河皇崗－落馬洲段裁彎取直後一平方千米南移土地。那時候還沒有「河套」概念，大多用這樣的表述來說明這個需要合作發展的項目：「利用深圳河裁彎取直之後，落馬洲段有一平方公里南移的土地，重新劃定管理線之後就可以開展多項合作，如與福田保稅區配合，建立合作的高科技園區等。」這個項目定義為跨境科技園，從1991年開始，由劉魯魚團隊做的第一個研究，我手上還有這份研究報告。怎樣將這個繞口的表述以一種簡潔明瞭通俗的方式表達出來？圖看多了我總覺得和小學課本上黃河中游的河套地區很像。就查字典，河套到底是專有名詞還是地理名詞？專有名詞是不能隨意使用的，但地理名詞就可以。河套，指的是河流彎曲成大半個圈的河道，亦指這樣的河道圍着的地方。之後我在工作圈中就將之前那個拗口的說辭換成「河套」方便討論。1995-96 年間，這一區域在我們的研究報告、工作交流中出現的頻率越來越高，「皇崗 - 落馬洲河套」這樣的表述於是在約定俗成中開始固定下來。

2020 年 10 月 14 日，習近平主席在深圳經濟特區建立 40 周年慶祝大會上提出，要建設好河套深港科技創新合作區，我非常激動。那次大會上，習主席在總結深圳改革開放十條經驗時，將港深「融合發展、相互促進」列為第九條。河套深港科技創新合作區就是融合發展、相互促進的最好案例。

深港融合載體

在過去的 30 年裏面我在不同場合講深港融合，總有人提醒我，不要說融合。深港能夠講融合，能夠聚焦「河套」這個點，浸潤、然後像水墨畫一樣化開，這是大幸。香港回歸二十周年前夕，北京在準備和研討總結這二十年一國兩制之下的探索和經驗，圍繞港深「融合」話題，在法律界有一些討論。有朋友回來和我講到了當時的一些情況，其中也提到深圳的作用与作為。

最近Ai十分火爆，我將這個問題提交詢問，其結果大放異彩。

問：深圳與香港在「一國兩制」下，怎麼融合發展？有一個時期迴避使用「融合」一詞。請展望深港合作的機制體制構建與先立後破的創新做法。

AI (deepseek)：以下從「水火共生」的哲學意象出發，結合深港特殊區位特徵，構建具有操作性的融合發展框架：

（一）水火相濟的容器哲學

1. 制度器皿的梯度設計

- 紫砂壺效應：前海深港現代服務業合作區借鑑香港普通法系建立國際商事法庭，如同紫砂壺吸附單寧般過濾法律衝突。截至 2023 年，前海累積適用香港法律裁判案件達 326 宗，案件審理週期縮短 40%；

- 鈦合金隔層：河套深港科技創新合作區實行「分線管理+電子圍網」模式，在四平方公里內形成「香港科研+深圳轉化」的梯度空間。2024 年試行的「科研物資白名單」使設備通關時間從 72 小時壓縮至 6 小時。

2. 能量轉化的時序控制

- 文火慢燉機制：教育領域推行「雙導師制」，香港高校教授與深圳企業導師共同指導研究生，既保留學術自由又注入產業思維。港中大（深圳）2023 屆畢業生在粵港澳灣區就業率達 78%，薪資水準較純內地培養模式高 35%；

- 壓力閥調節系統：跨境金融建立「沙盒聯動機制」，深港監管部門共同設定 20 項風險監控指標，允許合格機構在 1.5 平方公里試驗區內進行跨境金融創新。2024 年數字人民幣跨境支付規模突破 800 億元。

（二）蒸汽動能的生成路徑

3. 相變臨界點的突破

- 分子重構實驗：職業資格互認從建築、醫療向新興領域延伸，首批 5G 架構師、碳審計師等 12 種新職業實現標準互認。2023 年深港聯合認證工程師數量突破 2000 人，帶動技術合同成交額增長 62%；

- 結晶核培育計劃：共建國際知識產權服務中心，開發「專利價值三地互認指數」，實現知識產權跨境抵押融資。2024 年深港聯合專利申請量達 1.2 萬件，PCT 國際申請佔比提升至 38%。

4. 熱力學第二定律的逆向運用

- 熵減管理系統：建立跨境數據流動「分類分級管理制度」，在智能網聯汽車、智慧醫療等六個領域先行開展數據跨境試點。2024 年大灣區數據交易所掛牌數據產品超 4000 個，形成區別於內地的特色數據要素市場；

- 布朗運動引導術：推行「科研人才柔性流動計劃」，允許港澳高校教授在深圳設立「影子實驗室」，科研成果可同時計入兩地考核體系。2023 年深港聯合實驗室數量增至 48 個，論文合作量增長 300%。

（三）沸騰效應的持續輸出

5. 相變勢能的產業轉化

- 氣泡生成矩陣：建設「灣區創投聯動平臺」，設立 200 億元深港硬科技併購基金，建立港交所 - 深交所聯合上市培育機制。2024 年深企通過香港 IPO 融資額達 680 億港元，較 2019 年增長四倍；

- 表面張力突破：在沙頭角共建「文旅融合特別示範區」，創新「一展兩地」「一劇雙城」等文化產品。2023 年深港文化聯展吸引遊客超 500 萬人次，帶動周邊商業體出租率提升至 95%。

6. 汽化潛熱的制度捕獲

- 雙循環冷凝器：建立「灣區標準孵化器」，在電子產品、食品檢測等領域形成 78 項共同標準。其中 32 項被東盟國家採納為進口認證依據，標準外溢效應開始顯現；

- 臨界溫度維持裝置：創新「政策迭代實驗室」機制，每季度發佈深港規則銜接負面清單縮減進度。2024年跨境服務貿易負面清單從132項項壓減至59項，實現CEPA框架的實質性突破。

這種基於物理相變原理的制度設計，既保持水火特性又創造新質動能。如同高壓鍋通過控制壓力實現快速烹飪，深港合作正在形成「制度壓強差」，在保持「兩制」張力的同時催化要素重組。未來需要持續優化「容器」的導熱系數，在數字貨幣、空天科技、細胞治療等領域培育更多相變載體，最終實現制度能量的完全轉化。

一河兩岸：跨越時光隧道

經過這30年的發展，深港接壤地區早已形成了點、線、面的佈局，也形成了過去、現在和未來的時光隧道，給我們繪製了一幅美妙的圖景。

現在，無論你是站在香港新田的文天祥公園、落馬洲警署還是深圳福田一線南側的高樓對望，其水塘漣漣就是農耕時代的景象；已建成的沙頭角、蓮塘、文錦渡、羅湖、皇崗、福田、深圳灣七個陸路口岸通關互動結點、深圳河沿河沿線一河兩岸乃至縱深周邊點-線-面佈局：包括香港新界北及深圳福田、羅湖、鹽田等接壤城區，也有港鐵參與運營的軌道銜接的龍華、光明等面上的發展規劃。

香港長期不發展邊境地帶，反反覆覆在三個點上糾結：生態、偷渡、走私。實際上，深港之間有七個公路口岸。但大約有三分之二的往返人群是在大灣區工作，特別是每日往返深港兩地工作的通勤人。我們非常希望深港兩城之間，在國家的口岸之外能有鄰居／家園便利通道，這是自80年代以來、特別是香港回歸之後，因關注兩地合作，一直在呼籲的重要話題，特別希望在河套這個接壤的工作區可以設計新的規則。

在河套這個節點上發力，意義非凡。我喜歡用軸承組合的傳動裝置來表達我們的區域合作各環節價值。深港澳三家在新格局的雙迴圈中，是國內迴圈、國外迴圈的咬合面、傳動軸，一定要咬合，要變成一體，否則就是套圈一樣的玩遊戲、玩雜技、耍把戲，要有問題導向和系統觀念。

書中詳細地介紹了從1991年-2021年，圍繞河套發展、深港科技創新合作與實踐，許多的重大事件，以圖文、敘述和文獻專欄的形式，全景式地描述了許多事件臺前幕後的秘辛。

如：港深跨界高新技術產業園區項目。那是1998年10月粵港聯席會議第二次會議六個議題之一，其中兩個議題後來擱置了，一個是香港在廣州建立商務中心，有點像代表處，因為香港作為單一關稅區，在全球二十幾個國家和地區都有商務代表處；另一個是以河套為載體的跨境科技園，因為某些原因擱置下來，後來受到金融風暴影響，這個事在1998年之後就再無進展。

再如：香港2030規劃及河套公眾諮詢。這是1996年做的河套規劃，也是深港創新圈的規劃。可清晰看到河套在整個新界北的戰略定位，以及雙方協商的A、B、C區。1997年4月董建華先生作為候任行政長官到新界視察，聽取民意。文夥泰先生當時是新田鄉鄉事委員會主席，他給董先生寫了一封信。當年文先生期待，未來深圳河一河兩岸是最具增長潛力的地區，是「一國兩制」下的創舉，也是兩地經濟社會融合發展的必然並且已經初現端倪。由董建華先生擔任主席的香港特別行政區策略發展委員會在2000年2月發表了「共瞻遠景齊創未來——香港長遠發展需要及目標」的報告，其中提到：香港回歸中國，是一個重大的契機。「回歸之前規劃工作的種種限制，在回歸之後已經消除。現在是時候為香港定下長遠的發展路向，確立一致遠景，激勵公營和私營機構以至整個社會上下一心，為共同目標而努力。」書中詳細記載了特首董建華當年和深圳市高層接觸和交流的場景。

還如：香港的2030＋規劃藍圖，新界沿邊境這一片是三大發展主軸之一。時任香港特首林鄭月娥在2021年提出來「北部都會區」和「雙城三圈」，我個人認為「北部都會區」是香港未來發展方向上的突破，而「雙城三圈」是香港向深圳拋出的橄欖枝。所以深圳一定要重視雙城三圈，它不是簡單的「圈」的問題，涉及到經濟、跨境基建、城市規劃、創科、物流、零售、文旅、鄉村振興、民生和生態環境等諸方面的緊密合作。

回首看河套：香港回歸前的眺望

為了對1991-1996年期間的研究報告有一個交代，中國大百科全書出版社2000年出版了《深圳－香港：一河兩岸合作與發展研究》一書，列入國家科技部主編的區域可持續發展叢書。我個人認為，目前各方面研究太實用化，要麼淺表，要麼迴避。1990-1996年的研究成果凝聚在這本書中，值得回頭看。

20多年下來，我們的願景方向是清晰的。1992-1996年，聯合國動議並通過了千禧計劃，中國也參與簽署了「21世紀議程」。深圳河河口兩岸有大片區域都是拉姆薩爾公約濕地，很多人認為深圳的發展會破壞生態環境，我們在科技部專家的指導下，從一開始就將深港合作的遠景定位在可持續發展。從1996年開始，把河套的發展放到21世紀可持續發展和社會協同發展的範疇內，跟香港溝通交流、研究協商，舉凡經濟、科技、社會、環境等都是考慮的因素，並得到國際層面的支持。現在，這個全球面向21世紀的願景進入到2030可持續發展國別議程，深圳是國家批準的特大城市示範之一，在先行示範區規劃中，也提出要做中國城市楷模。

高尚全先生為那本書寫了序。他認為：「深圳河兩岸地區是『一國兩制』地域連接最近的地方，這個地區的銜接是深港銜接的重要組成部分，在珠江三角洲－深圳－香港的交匯處，也是深港乃至香港和珠江三角洲大經濟合作之陸路交通運輸和旅客出入的必經之路，香港與內地跨界的基礎設施建設項目的介面大多分佈在這一地帶。這是兩地社會經濟銜接的樞紐地帶，具有特殊的地緣優勢。兩地如能很好的配合發展，將會成為互利互惠互補和共同促進的新經濟增長帶。這是一個非常美好，又特別實際的設想，任何一個沒有偏見的社會學家、經濟學家都會為之呼籲。」

我們需要明確河套「從哪裏來」、「到哪裏去」。

1995年的研究面臨着同樣的問題。從國際視野和「一國兩制」定義，在香港回歸前及研究回歸後的未來，按常規性的項目規劃和政策規劃都不適應，以「不確定性」和「超經驗性」面臨着政治、經濟、法律、社會、文化、歷史等全方位的千變萬化，專家團隊確認了在這個地區用「情景分析法」的研究模型，對兩個極端場景和上下限做了界定，針對啟動時機和過程把控，分析了主動戰略、被動戰略和中間戰略在深港交界地段發展時序上的各要素，借用了「增長三角理論」聚焦珠三角、深圳、香港在河套的交會價值，全景性的做了研究。現在，許多不確定性成了確定的因素，超經驗性又成了可借鑒的經驗，在強調政策規劃和項目規劃的習慣性模式下，面對一國兩制、一河兩岸、一區兩園新的情景，全新的相對不確定性和超經驗性仍然是主要的交集，的確值得回頭再看看。

1998 年受董建華先生委託，行政長官特許創新科技委員會要明確香港和珠三角，包括和深圳的合作方向，田長霖教授特別強調，「區域經濟的發展有助於推動創新科技。深圳現在有很好的發展，但需要在中游的科研和開發上加強力量。深圳的科研院所比北京、上海薄弱，與企業結合是其重要的策略，但創新科技最重要的還是需要有新領域的、獨立的、自己的中游研發機構。深圳要努力，香港也要建立一些中游的科技開發機構。另外，深圳方面要建立一些真正的一流高等學府，配合中游的科研以及企業的發展。」實地考察後，在與深圳方面交流時，包括前香港中文大學校長、香港科技大學副校長在內的多位專家不約而同地提出針對性極強的建議，包括區域協同發展、集聚人才團隊、聚焦前沿領域、建立中游載體、突破技術創新、連接企業升級、面向全球競爭。結合河套規劃的定位和 30 年來的實踐，我認為這些二十多年前的見解依然具有現實意義，這也是河套在科技創新和制度創新的道路上值得溫故知新的好謀略。

2003 年佈局對接 WTO 的挑戰開始的 CEPA，到 2017 年，我們尚未充分發揮香港在 CEPA 方面的優勢。林鄭月娥在離任前的最後一次公開場合講話中提出，希望中央政府有關部門能在CEPA框架下給予香港更多機會。2024年12月佈局了CEPA新版，拓展了港人港法等五個新領域的進一步開放，通過在CEPA上取得突破，可以更充分地發揮香港的價值，並獲得更多機會。這一過程還涉及到「一帶一路」倡議。我與福田南園街道商討過創建一個「一帶一路河套商街」的想法，因為香港是「一帶一路」倡議的天然組成部分，香港是超級聯繫人，灣區是支撐區。

2025年面臨情景是，北部都會區的土地　釋放要到2027年以後，大部分應該在2035前可以進入良性運作。當下香港沒有足夠空間、無法承接和支撐期待在香港一側的港深創新與科技園落地、註冊的科創企業，需要設計一個錨地容納這些企業。這就涉及到怎樣發揮深圳園區與香港園區的協同效應，發揮一區兩園優勢，是否可以將河套作為單一關稅區試驗區，深圳園區與香港園區成為港人港稅的自由貿易區域。這涉及到法律問題，澳門正在進行類似實踐。我們需要探討如何操作以及是否有空間來實現這一目標。

五、精心設計「河套錨地、灣區驛站」

回顧深港合作40年，一路上台階，一直在深化，從單邊利用到互補發展，進而構建共建共用、要素共生的新目標。如果我們能夠吸取歷史的經驗與教訓，對新一輪合作進一步拓展思路，精心設計好「活化新界土地、搭建合作平台、協同規劃基建、保障人才支撐、求異存同規則」等環節，直接跳到共同發展的階段，或許會有更大的空間。

河套項目形成的特定區域開發已經帶動起了整個深圳河沿線的發展。深圳要更加主動的借力香港、支持香港、服務香港，在推動香港發展的過程中，也將獲得更多的機遇。

書中記錄了我在 2021 年提出的深港合作的四個變化：一是由深圳單邊單項階段性推進轉變為香港主動提出雙邊協同對接共進；二是由河套形成的特定空間起動到沿邊境縱深全方位規劃可持續共商並進；三是由基建設施、創科發展向公共服務、人才集聚、社會協同、居住就業和生態文化、商旅等全面規劃共謀未來新都市建設；四是由單項推進的招商融資政策導向，向規則對接、服務對接、標準對接、智慧平台對接的共贏新機制新理念遞進。

我一直提倡建設跨境的錨地和驛站，作為平台和載體，提供港深協同創新的無縫通道。河套是原始創新的策源地、關鍵核心技術發源地、科技成果產業化最佳地、科技金融深度融合地和全球一流科技創新人才嚮往的集聚地。河套作為創新發展模式，承擔灣區首選驛站的角色義不容辭。

六、行走在深圳河一河兩岸

迄今仍有太多人不清楚深圳河兩岸，特別是香港一側的实际現狀。1996 年，我們籌拍一部名叫「為了深圳河兩岸的共同繁榮」的電視片，送給北京各部委領導和專家。看完之後，大家對河套的意義和價值有了更清晰的認識，所謂百聞不如一見。1995、1998、2008、2015 年我曾多次前往深圳河香港側沿河禁區考察。2023 年 2 月，三年疫情阻隔後我去香港，沿着深圳河香港一側從東到西再走了一趟；2024 年 8 月陪同北京朋友沿線勘察；2025 年 1 月為修訂書稿再次走進港深創新科技結合部河套。朋友們說我是 30 年來唯一在不同時期從東到西、再從西到東，從深圳到香港，還從香港到深圳，全線覆蓋的「特種兵」。

2024 年 8 月，我陪北京的智庫專家沿香港邊境和深圳河深圳灣走了一趟，也在深圳的羅湖、福田接待了香港來的朋友，這些地圖和照片就是兩岸重點區域及沿河要塞、發展雙城三圈的關鍵節點。包括洪水橋、廈村、流浮山、新田、落馬洲、羅湖、文錦渡、石虎山、打鼓嶺、老鼠嶺、香園園等。未來究竟會發展成什麼樣？大家不妨暢想。現在香港已有五所大學北上大灣區設立分校，產業集群的合作也已開始，河套的合作發展有了新的規劃和藍圖。

河套是節點，雙城三圈是大勢所趨。在傳統的深港合作議題中，羅湖未曾缺位。這一次，羅湖對岸的新界北區打鼓嶺鄉也非常積極，希望把握河套規劃帶來的新機遇，探索新合作模式。從時間、空間，人緣、地緣來看，深港之間社會協同發展的另一可能的接合面是羅湖和打鼓嶺。兩地山水相連、往來便利（有羅湖、文錦渡、蓮塘 - 香園圍三個陸路口岸相通），一旦成為一河兩岸陸路口岸與大灣區東片區的交匯支點，相信會有更多的先進產業資源藉此落地。

多元發展 協同建設新家園 我們從不同角度看到的香港，不光是地面上的建設，還包括民心所向。這張圖是我們在蓮塘 - 香園圍口岸香港一側的合影。邱達根議員、陳月明議員、劉國勳議員和港深兩地的三代人在一起，大家的期盼清晰明瞭，那就是基建先行、融入國家發展大局，口岸經濟帶動、建設物流暢通的一河兩岸經濟帶，打造城鄉共融、宜居宜業的優質生活圈。明天會更好。

在深港毗鄰地段，也出現過許多不愉快的插曲。除了河套橫亙 20 多年未能開發外，香港將殯葬城、垃圾焚燒廠等厭惡性設施佈局於此，頻遭物議。好在羅湖口岸附近的沙嶺殯葬城項目已經確定終止，這塊佔地 10 萬平方米、佔盡區位優勢的寶地，將納入國家科學城版圖，借力區域合作，吸納全球科學家，佈局數碼發展樞紐。

從香港一側看河套，最佳位置是在落馬洲警署前的瞭望台。今天已經修葺一新，成為落馬洲公園的一部分。上世紀 80 年代以來，每次去香港考察，只要有機會到新界，我都會到這個地方看看。老人們告訴說，從 60 年代開始，許多台灣老兵和海外華僑都會在落馬洲警署所在的山頭北望神州。站在這裏，可以看到跨境的皇崗口岸、東線軌道交通及香港河套港深創新與科技園全景。西南角建設工地是河套香港園區正在加班加點建設的八棟新樓，其中兩棟已在 2025 年三月底封頂，下半年就可以迎接企業入駐。配套的一棟人才公寓也已落成，香港正在緊鑼密鼓地為河套的啟動做足準備。

建設國際科技創新中心，河套是极点是塔尖。

2023 年 8 月國務院頒發的河套深圳園區規劃清晰的描繪了目標與任務：堅持科技創新和制度創新雙輪驅動，堅持深圳園區和香港園區協同發展，堅持着眼全球配置一流科創資源。構建最有利於科技創新的政策規則體系、建設國際領先的科研實驗設施集群、建立更加完備的科技創新生態體系、率先融入全球創新網路，協同香港推進國際科技創新，成為大灣區的活力極點。

國務院公佈的深圳河套規劃明確提出了「一心兩翼三聯通」

的發展策略，即以河套為中心，福田保稅區西翼和南園東翼為東西兩側，聯接香港園區、光明新區和粵港創新走廊的實現路徑。不光是產業對接，還包括城市空間。通過區域協同、深港聯動，將產業科技創新的「20+8」產業和 innoHK 對接，把灣區「專精特新」和香港新型工業計劃對接，實現全產業鏈落地，將兩地的人才、平台、團隊結合起來，謀劃共用載體和平台，形成協同創新的共同體，在深港河套片區實現最大化的合作策略。

2024 年 11 月 20 日，香港特區政府正式公佈《河套深港科技創新合作區香港園區發展綱要》，闡述河套香港園區的重點發展方向、策略和目標，提出以 2030 年和 2035 年為關鍵節點，有條不紊地推進河套香港園區發展。這意味着繼 2023 年 8 月 29 日國務院正式印發《河套深港科技創新合作區深圳園區發展規劃》之後，河套合作區「一區兩園」的發展規劃完成整體性拼圖，實現戰略協同，為真正實現深港科技創新合作描繪了一張令人振奮的藍圖。

深港協同發展是河套園區發展的主軸，國務院的規劃明確提出河套深圳園區的主要任務就是協同香港建設國際科技創新中心，協力創建國際科技創業中心。歷經三十多年的探索，河套的故事終見天日，將在書中一一展現。

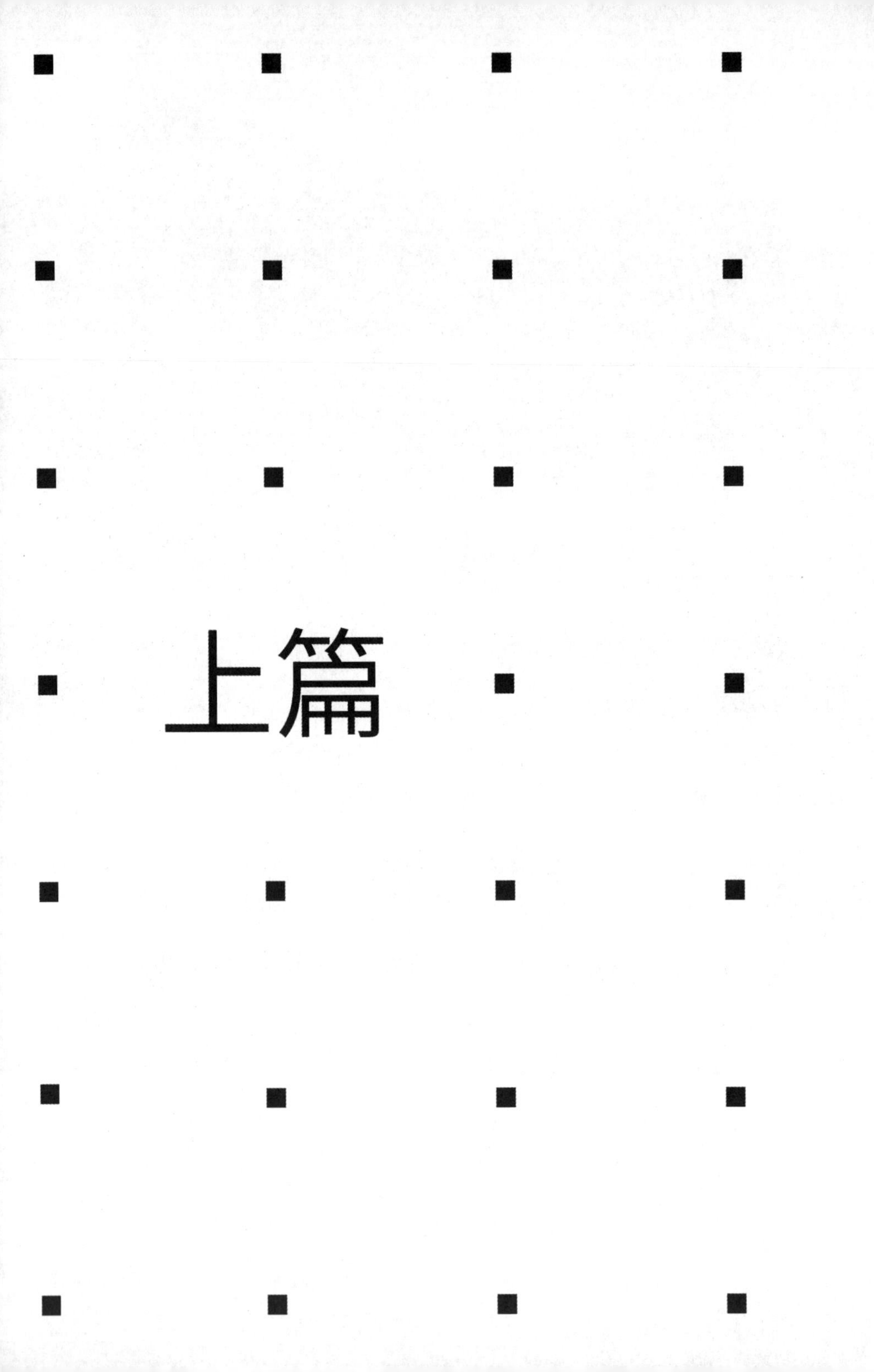

上篇

港深河套
前世今生

一、深港雙城視域下的河套藍圖

二、河套地區開發的第一次熱潮

三、構築深港合作持續推進的根基

四、回歸後河套片區開發「平靜中的波瀾」

五、以河套開發為背景的深港合作再提速

六、河套緣何成為大灣區高質量發展之塔尖

一

深港雙城視域下的河套藍圖

河套地區土地形成的始源

港深之間稱之為「河套」的地塊位於兩地跨境交接區域的深圳河幹流中游，原屬於深圳上步生產隊（福田區），東臨深圳上步碼頭，西至皇崗口岸大橋下，是 20 世紀八九十年代雙方合作治理深圳河時，將河道裁彎取直後劃入香港新界落馬洲一方的土地，面積連同老河套一共約為一平方公里，實際土地面積 87 萬平方米。因涉及深港兩地人事往來和歷史糾葛，逐漸成為港深合作的前沿陣地。要講河套的故事，還得先從它的形成——深圳河的治理講起。

1. 河道取直後裁出的「一平方公里」

深圳河是深圳與香港的界河，發源於梧桐山牛尾嶺，自東北向西南流入深圳灣，全長約 37 公里。歷史上因河道狹窄彎曲，排水不暢導致洪澇頻發（尤其颱風季節）。20 世紀 80 年代後，深港兩地經濟快速發展，尤其是深圳一側沿岸土地開發加劇水土流失，河道淤塞問題惡化；由於早期沿河排汙設施的欠缺，深圳一方的生產廢水、香港一方的生活排泄物等直灌河流中，水環境污染問題隨之而來。水體烏黑，惡臭難聞，對周圍環境影響極大。由於河床狹窄（最窄處僅有 10 餘米，最寬處也不到 140 米）、河道蜿蜒，河道洩洪能力下降，讓原本就糟糕的水環境「雪上加霜」，以致兩岸經常氾濫成災。加上受海潮影響，洪水泄瀉不暢，威脅居民安全和經濟發展，亦造成深港雙方嚴重的經濟損失。2006 年香港科技大學海岸與大氣實驗室聯合北京大學城市環境專家對深圳灣海潮做過動力模型研究，當時深圳河治理工程已經完成，潮汐潮落倒流進深圳河支流的鹹淡水，大約要一周時間方可全部退卻流回深圳灣。

1981 年 12 月，深港雙方首次會談，正式提出了深圳河治理問題。1982 年 4 月 15 日，深圳市政府和港英當局簽署了「深港協定」，雙方決定各自成立四個相對應的工作小組，即陸路交通小組、方便旅客過境小組、大小梅沙—香港輪渡工作小組、治理深圳河小組。涉及深圳河的內容包括治理深圳河、消除污染、防止洪患等。這些工作小組後來在深圳河治理被擱置的時候起到了聯絡雙方的作用，特別是方便旅客過境小組，一直延續到香港回歸以後，成為深港兩個城市之間溝通交流的一個特殊通道。在落馬洲—皇崗穿梭巴士、過境訪問簽證、緊急轉運跨境特殊醫護旅客等許多方面都發揮了及時、靈活、便捷的作用。

那時，愛國商人胡應湘先生提出建設廣深高速公路，並規劃在深港跨境出入口建皇崗口岸。由於落馬洲—皇崗口岸要跨越深圳河，深圳河治理的問題再一次提出。1985 年 4 月，港深當局通過工作小組協商治理深圳河方案，時任香港政府副常務司的曾蔭權作為港方代表參加了此次談判。雙方完成深圳河防洪計劃報告書，確定了深圳河治理工程的目的、範圍、措施及分期實施計劃（圖 1-1）：

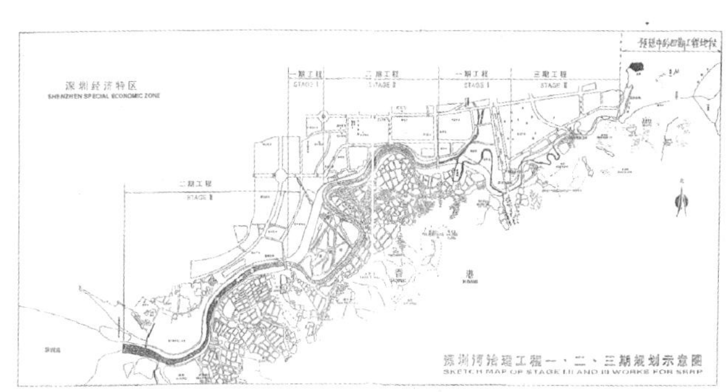

圖 1-1 深圳河治理工程一、二、三期規劃示意圖

第一期：對料坣（漁民村）和落馬洲兩個彎段進行裁彎取直；第二期：對羅湖鐵路橋以下河段進行全面整治（拓寬、挖深、裁彎取直、修築河堤）；第三期：對羅湖鐵路橋以上河段進行整治（拓寬、挖深、裁彎取直）。並將後續需要改善的平原河匯流處至白虎山（包括蓮塘／香園圍口岸）一段河道列為備選。

1985—1988 年間，根據雙方工作小組協商，同意委託深方聘請專業機構做深圳河治理規劃的環境保護前期評估。當時，深圳遴選了教育部環境研究中心清華大學分中心和北京大學分中心共同組建成立了深圳蓋雅公司專業團隊，倪晉仁教授、王光謙教授以及趙志傑、陳效逑、楊小毛等 20 多位北京大學、清華大學的教師和博士、碩士等參與，並於 1988 年完成深圳一側的土地整備和環境評估等前期工作。

此時，中英聯合聯絡小組已經成立。港英當局在過渡期推行代議制改革，彭定康出任香港總督後更是提出違背基本法的政改方案。因為深圳河道改直工程，出現了深港兩地均有部分土地移入對方境內的情況，需要進一步明確後續的工作程序和管理辦法。鑒於大的局勢，治理深圳河工程暫時停頓下來。面對雙城間時有突發 / 緊急事件發生，深港仍利用 1982 年建立的相關工作小組制度保持聯繫。

由於連年的颱風、暴雨、洪水，深圳河因得不到及時治理影響到兩個城市的運行，並埋下非常大的隱患。一次，深圳市政協副主席李定帶上我去給深圳市委書記李灝匯報深圳河發展研究進展時，李灝告訴我們，1991 年全國人大會議期間，在一個休息室裏，李鵬總理和時任中國駐英大使姜恩柱正好都在場，他提出深圳河的治理不能再等再拖了。根據領導協商的意見，深圳市政府經廣東省政府上報中央，希望盡快重開深圳河治理工程。1991 年 11 月外交部予以批覆，明確深圳河治理後粵港兩地管理線的劃分及管理辦法。

深圳河治理工作小組根據上述精神，在第九、第十輪會談中，決定重啟深圳河治理工程。前期環境保護評估報告在做出部分修訂後，開始實施。雙方委託深圳市作為全權承包工程主幹，依此原則，深圳專門成立了治理深圳河辦公室專責工作機構，在深圳河禁區內搭起了工作棚，調集專家進入工地。治河辦主任由深圳市政府副秘書長兼任，總工程師林萬泉也是深圳市政協委員，大家因工作有過交集互相熟悉，所以我們的聯絡聯繫非常順暢，各項調研工作也開展得非常順利。

但當時深圳河治理工程仍然推進得很緩慢。因工地兩邊都是深港邊防線禁區，有原來的巡邏帶，還要新開邊檢哨卡；開挖新河道的表層污染土要外運，河套片區的表層土也要清理乾淨。後續新河道挖出來的新土再堆填在原地塊的新土基上，涉及河道裏被污染的淤泥轉運地的選擇等。直到1993年颱風「貝碧嘉」襲港。

1993年9月26日，受颱風影響，香港新界上水、新田出現嚴重水浸，深圳也難以倖免，市內大部分地區因大雨造成嚴重水浸。深圳河沿線低窪地更是一片汪洋（圖1-2、圖1-3）。那天上午，我和幾位同事乘車去龍崗開會，車開到布吉立交路口，雨太大走不了，就想掉頭回政協機關，結果去上步的路無法進入。見回不去了，我們就把車撤回東門，停在芙蓉賓館。眼看受困走不了，中午就在附近看了場電影，下午3點出來再看，還是無法開車離開，便囑咐大家要注意安全，分頭回家。我蹚着齊腰深的水，扶着馬路中間的交通隔欄，一步一步從老街走到翠竹路，再步行回布心村。

這場暴雨差點淹掉了當時的深圳市中心羅湖區(圖 1-4)。羅湖區有專供香港的儲備水源——東湖水庫，這是 1963 年經周恩來總理特批，為解決香港淡水資源缺乏和水荒危機而實施的東江水供港工程重要組成部分。這個水庫的水，深圳是不能擅自取用的。當時，羅湖區的道路積水深達兩米，大水漫灌，雨還一直下，水位超過了警戒線。深圳市最後決定在凌晨兩點放水，開閘洩洪。羅湖區措手不及，河道、下水道沒有提前疏通，整個羅湖低窪處全被淹了。事後，深圳市政協舉辦諮詢會，檢討這次洪水對城市建設造成的影響以及科學管理方面的問題。這次水災距離上一次僅過去 3 個月，兩次接踵而至的洪水給深圳造成了 14 億元人民幣的經濟損失，深港兩地損失慘重。

深港兩地政府透過當時的聯合工作小組，決定加快推動深圳河第一和第二期治河計劃。1995 年 5 月，中英雙方正式成立「深港治理深圳河工作小組」（後稱「治理深圳河辦公室」），由深圳市政府和香港政府（港英當局）共同管理，負責統籌治理工程，並協調兩地資源、規劃治理方案、監督工程實施及解決跨境爭議。兩地政府簽署了《治理深圳河一期工程委託協議書》，第一期工程正式開工，合同工期為兩年，合同造價 2.79 億港元。深圳河治理第一期工程最終於 1997 年 4 月 18 日提前竣工。

圖 1-2 昔日新界地區經常受水浸困擾

圖 1-3 上世紀 90 年代深圳羅湖聯檢大樓段遭受水浸

圖 1-4 暴雨差點淹掉了當時的深圳市中心羅湖區

第一期工程完成後，河道裁彎取直區域出現了多個南北交互的地段：如料坐（漁民村）段裁彎段，深圳方約有 0.065 平方公里土地劃入新河的香港一側（如圖 1-5 所示 B 區域）；香港方約有 0.083 平方公里的土地劃入新河的深圳一側（如圖 1-4 所示 A 區域），羅湖將這塊位於富臨大酒店側的 A 區域稱為「小河套」。其中最大的一塊在福田—落馬洲段裁彎段：深圳方約有 0.86 平方公里的土地劃入新河的香港一側，當時選作二期工程的棄土區。相鄰的原河道面積為 0.18 平方公里保持原狀不回填，合計約一平方公里南移（如圖 1-4 所示 C 區域）。後續提到的河套地區均以此片區域為主。我查過檔案資料，這片土地在 1987 年 11 月至 1988 年 5 月，深圳市政府通過市三防指揮部治河辦正式向上

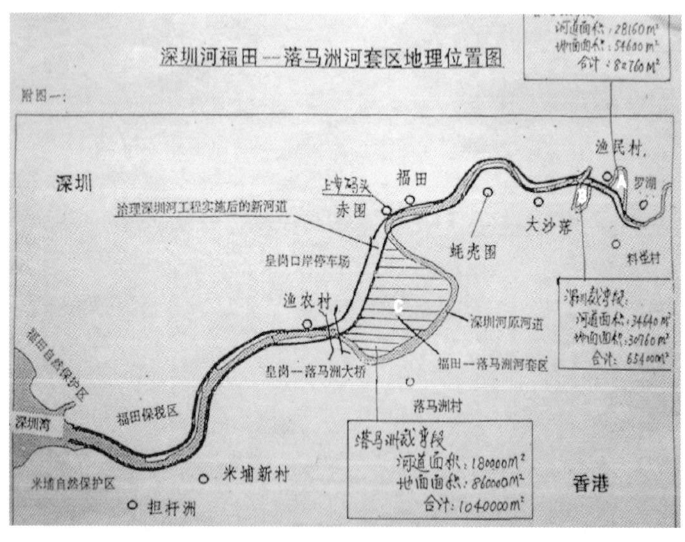

圖 1-5 深圳河一期治理工程後福田 - 落馬洲河套地區地理位置圖

步區（即後來的福田區）有關村委集體徵購，手續齊備，業權歸屬為深圳市。

2. 過河土地按「過境耕作地」處理

1991 年，深圳市政府向中央申請重啟深圳河治理工作。國務院港澳辦、外交部報經國務院批準，於同年 11 月 13 日在《關於深圳河治理後以新河中心線為界的覆函》〔（91）港辦二字第 1120 號〕中有明確規定：深圳河治理後，應以新河中心線作為粵港邊境管理線，而不是以此重新劃界。河道裁彎取直後，雙方劃入對方的土地可以採取等量互換的辦法解決，我方劃入港方的一千五百多畝土地，可按照過境耕作土地處理，標明地界，產權不變，管理方法與原有的「過耕地」相同。這個過程中的細節，當時分管這項工作的前深圳市副市長張鴻義先生在他的序言中做了很詳細的回憶（詳見附錄一）。

根據上述原則，1993 年 12 月粵港邊界管理範圍線談判的第九、第十輪會談，也明確提出了土地業權不變，歸深圳所有，即在深圳河治理後，河套地區土地的業權仍屬深圳市，管理權屬香港政府。河流治理涉及兩地管轄權，需中英（後為深港）雙方合作。深圳河治理工程後出現了多幅跨境土地的變化，權屬問題是深圳河治理必須面對的。當時，中英雙方正在就香港回歸所涉及的方方面面進行談判，此時處理土地權屬非常敏感，但深圳河已無法負擔城市建設和水災氾濫帶來的雙重壓力。

鑒於當時的特殊情況，深港雙方沒有共同簽署有明確文字表述這一事實的協議，但港方予以默認，正式開啟了治河工程。之後，在研究深圳河沿河經濟帶和河套片區的規劃時，都是沿用第 1120 號文表述的兩個原則作為基線：一是明確新河道中心線是邊境管理線；二是比照「過境耕作地」來處理土地權屬。

1996 年底，香港回歸前的局面非常微妙，中英雙方通過談判進行博弈。與此同時，1994 年以來委託有關方面做的關於深圳河沿河經濟帶發展的一系列研究報告在 1996 年初經過論證後，也鉚足勁準備做最後的完善。深圳將深港沿河經濟帶課題作為當年市委市政府居首的重大調研課題列出，組成專題調研組，我也被指名抽調參與全職工作。時間剛好橫跨香港回歸前後，考慮到香港回歸後可能出現的種種情況，調研組參考了國際慣例和香港可循的先例做了各種判斷。鑒於《中華人民共和國香港特別行政區基本法》（《基本法》）仍然承認新界土地私有，經諮詢香港律師樓專業人士，深圳市政府採納了課題組的建議，將河套土地轉讓給駐港企業持有，在 1997 年 4 月前及時辦理了相關手續。

1997 年 7 月 1 日，中華人民共和國國務院令（第 221 號）

公佈了香港特別行政區行政區域圖，明確了「深圳河治理後，以新河中心線作為區域界線」。這個法令並未對劃入深圳河兩側的土地業權另作說明。根據基本法規定，深圳集體或個人擁有、在香港一方的過境耕作地是受香港法律保護的私有物權，深圳劃入香港管理線內的土地依照香港的法規進行登記和按章管理。河套南移的土地管理權屬香港政府，但業權仍屬深圳方授權的企業。

以河套作為基礎的深港跨界高新技術產業園項目列入 1998 年第二次粵港聯席會議正式議題。但有部分香港議員認為，按照國務院第 221 號令，劃分了深港邊界後河套土地就應該劃歸香港了。當時，香港特區政府政務司司長陳方安生在正式場合對土地產權屬於深圳表示異議，強調回歸後產權應該順其自然屬於香港。而在場的國務院港澳辦主管官員明確指出，這地塊的土地所有權屬於深圳一方是歷史，也是事實，並符合基本法的規定。基於當時的情形，這個列入粵港聯席會議，經協商並開展前期工作之後的項目被擱置。最近，我們查閱到當年雙方分別就土地問題做的討論和上報的資料，將在後面再做詳細介紹。

值得慶幸的是，2017 年 1 月 4 日，深港雙方就深圳河治理後的土地變遷達成了一攬子協定，統籌解決了因深圳河治理產生的七宗土地歸屬的歷史遺留問題，深圳河沿岸的協同發展與規劃進入了一個全新的階段。

文伙泰——河套開發最初的提議者

1. 世世代代的新界家園夢

說到河套，出身於香港新界「彭鄧廖侯文」五大氏族之一的新田文氏家族，文天祥第 25 代傳人文伙泰先生是繞不開的人物。

而今港深知道文伙泰先生的人不多了，但大家都知道深圳東門老街的那一批以文山樓、光華樓、西華宮、寶華樓等為代表的具有中國傳統建築風格的商業、辦公組群，特別是內地第一家麥當勞就坐落於這片街區（圖 1-6）。文伙泰與河套的不解情緣要從 1983 年參與深圳東門老街開發的項目群講起。

圖 1-6 1990 年 10 月 8 日，中國大陸第一家麥當勞在深圳解放路光華樓西華宮正式開業

文伙泰（1937 年—2014 年 6 月 19 日），母親是深圳皇崗村人，後嫁到河對岸的新田鄉，因此文先生對深圳皇崗的感情深厚。兩地一河之隔，居民之間互相走動沒有任何阻礙，用他的話說就是，「祖祖輩輩都和深圳人一起，同耕一片地，同飲一河水。」

新田文氏源自民族英雄、南宋抗元名臣文天祥的堂弟文天瑞。文天瑞育有一子文應麟，文應麟的兩個兒子文起東、文起南的後代在廣東延續家族血脈。新田文氏歸屬於孟常公房，其先祖曾居住在寶安東路的新四鄉，為文起東的後裔。

香港新界新田文氏緣於文孟常，是文天瑞的第五世孫，在明代永樂年間，他的孫子文世歌從廣東遷至新田，建立了村莊，成為了文氏新田的開基祖。如今在香港新田鄉留有八祖先人文世歌的墓地。墓前空曠的前坪大地，用石磚雕砌出一本翻開的大書本。世世代代注重家族文化的傳承和發展，傳遞着堅韌不拔的靈氣。在香港，文氏家族擁有眾多歷史建築和文化遺址。新田的文氏宗祠、大夫第等，這些建築不僅是家族歷史的見證，也是中華傳統文化的瑰寶。

文世歌育有六子，其中三房選擇留在新田，自此繁衍生息，成為了文姓的聚居地。這個村莊已有數百年歷史，見證了文氏家族的悠久歷史和文化底蘊。在香港的新田文氏均視文天祥為祖先。

他們秉承文天祥的大義凜然的民族氣節和尚武精神，在新田村口，後人提供祖堂土地，修建了文天祥紀念公園。順着文天祥雕像的目光望去，那鬱鬱蔥蔥的山峰後面，可以清楚的望見深圳氣勢逼人的現代化樓群。

20 世紀 70 年代末，文伙泰從海外回來，敏感的商業嗅覺、加上對香港的了解、對家鄉的關注，使他一開始就介入到新界家鄉的規劃，並關注北岸深圳的開發建設，敏鋭地捕捉到深圳河治理帶來的機遇，以此構想明日家園。

1983 年，文伙泰先生提出利用海外華僑資金參與深圳老街的改造與建設。深圳市政府同意以合作的方式跟深圳市特發集團有限公司成立新華城有限公司，將深圳東門舊城區近 20 萬平方米的土地撥歸新華城公司，開展為期 30 年的舊城改建和經營。帶動和促進了深圳東門一帶商業與旅遊環境的改變和興旺發展，也成就了今日深圳東門繁榮的商業景象。

老街的拆遷遇到政策上的變化，深圳市政府後來調整了整個片區發展的節奏。面對老街改造的協議變更，市領導非常重視維護各方投資者的權益，主動提出可以異地補償，請文伙泰先生考慮可否參與銀湖片區的開發建設。文先生說：「不要銀湖，我要地不是為了做房地產，我是要建設家鄉。我的家鄉在深圳河對岸的新界新田鄉，能不能讓我參與未來深圳河治理之後那邊的項目？」

當時，深圳河工程還沒有完全啟動，主管基建、地產的副市長李傳芳代表深圳市政府和文先生溝通時，文先生表示，其他地方暫不考慮，等待皇崗片區啟動並在周邊配合深圳、香港兩地發展。

「土地沒有出來，那我們就先做規劃，研究幾個前期項目。」從那個時候開始，文先生醞釀了很多沿深圳河兩岸的開發方案，也深入到當地鄉紳、海外華僑之間做工作。

1991 年初，文先生第一次和我交談這個話題，就非常完整地將這些構思和盤托出。文先生首先想建兩棟樓。皇崗口岸毗鄰的漁農村和對岸的新田村各建一棟比鄰的科技商務大廈，用於做跨境科技園，深港雙方的工作人員可以持證從不同通道進入科技園大樓內共同工作。當時，深圳河治理尚未完工，土地更尚未平整，建設跨境科技園的土地從哪來呢？文先生計劃從新田鄉的海外華僑手中、以委託的方式獲得統籌開發使用權。

在香港新界鄉村，新界原居民的男性後人（即男丁） 每人一生可申請一次於認可範圍內建造一座最高三層（上限 28.22 米高），每層面積不超過 700 平方英尺的「丁屋」，無須向政府補地價。這種權利被稱為「丁權」。文伙泰先生所在的新田鄉，很多華僑的男丁不在香港出生，但他們依然可以通過法律拿到一塊地。文氏家族在新田鄉的文水塘會有很高的威望，鄉里的海外華僑就會把通過「丁權」獲得的土地交給家族會來代管。文先生計劃建的另一棟樓，就是以 50 年的樓房居住權交換海外華僑的土地支配權。華僑不回來也可以享受住房的紅利，回來後就不用再回到田裏去了，可以住進樓房。這樣就可以通過文水塘會為鄉村發展和海外權益人獲得持久的利益。

有專家告訴我說，這個建議案就是房地產信託的商業模式。後來在文氏傳人中多次提及用這個辦法才可以比較順利的兼顧多方利益，應該是真正突破一些瓶頸，兼顧各方權益，以情景式思維，退半步進一步，或許是加快河套土地的釋放和有效利用的新思路，也可以建立土地信託的紐帶，帶動旅居海外的原居民積極參與家鄉的建設。

2. 借力政協舞台 邀請各路專家

1990 年 12 月 21 日至 28 日，政協深圳市第一屆委員會第一次會議召開，標誌着深圳市政協正式成立。第一屆市政協有委員 249 人、常委會成員 28 人，其中港澳委員作為單獨的界別。第一屆政協第一次會議期間有 12 名香港委員，他們參政議政的熱情非常高，對深圳的投資環境、社會建設和城市發展提出的建議也切實可行、值得參考（圖 1-7）。他們通過政協提案關注地區協同發展，關注港深兩地的教育、民生、投資等領域，建言獻策，參與調研、大膽構想，通過聚焦跨境、河套和科技等主題，推動跨境合作的落地。深圳市教育基金、關愛基金、警察基金等都是歷屆港澳委員提議和參與的持續項目。

圖 1-7 深圳市長李子彬（右圖中），副市長張鴻義（右圖右二）、郭榮俊（右圖右四）在政協聽取文伙泰（左圖左三）等匯報，左圖左二為張克科

第一屆政協會議以後，組織上安排我擔任聯誼委員會辦公室主任。該委員會由港澳臺僑和相關委員組成。除香港界別的 12 位政協委員外，還有深圳市委統戰部、市外辦、市僑辦、市口岸辦等對外聯絡工作機構的代表都在這個委員會。我們的工作任務就是了解各位委員及他們代表的界別、聯繫的群眾對深圳發展的建議，在深圳投資遇到的問題，協助他們參政議政。市政協領導也非常重視和香港委員的交流。香港委員中的馬介璋先生和文伙泰先生兩位為政協常委，提議組成香港委員小組，每月有一次議政餐聚會，單月在深圳，雙月在香港，還邀請一些在深圳投資的全國政協委員、廣東省政協委員等列席，大家一起為深圳和香港的發展出謀劃策。

在第一次香港委員小組會上，文伙泰先生就在會上對我說：「我有事跟你們說，找時間再說。」我說：「哪裏的問題？」「找時間再說，很好的機會，就在深圳河那邊。」我們當時並不知道這個「那邊」在哪裏，也沒有印象。

1991年春節後，市政協在香港舉行春茗活動，當時許多港澳籍全國政協委員、廣東省人大代表政協委員等都在深圳有投資，市政協領導去香港，也都邀請了一些老朋友過來，後來深圳市政協還與以全國及各省市政協委員為主體的香港友好協進會建立了緊密合作夥伴關係。深圳市政協舉辦的春茗活動高朋滿座，應邀出席的新華社香港分社領導說，深圳的影響力真大。

文伙泰先生盛裝出席了當晚的春茗活動，想借這個機會和我們談他思考的一些事。當時我們的廣東話還不怎麼靈光，他也不會講普通話，深入溝通確實有點問題。他幾次和我說：「我請你們喝茶，明天我過來接你們。」我就找機會向聯誼委員會主任、市委統戰部部長譚煒報告，他看了一下第二天的行程後就同意了，並說：「你看看再要誰和你一起去？」當時，政協文教衛體委員會辦公室的方剛正好一起在香港做春茗會務，我就說，「那我倆去吧。」

第二天，文先生把我們接到了沙田馬會的會所，一落座他就開始講自己的想法。我們邊聽、邊問、邊想、邊記，沒來得及喝一口茶。文先生把他的想法都倒了出來，科技大樓、穿梭巴士、跨境科技園、旅英華僑、新界禁區等，好多詞都是第一次聽到，一時還真消化不了。但文先生期待的協同發展、深港兩地一家親，資助開展深港邊境沿深圳河一帶的合作規劃研究等想法，我們覺得很有意義，但一時不知道如何下手。我對文先生說，我們會把資訊帶回去。回到駐地立即向譚煒部長匯報，他讓我們也向政協副主席兼秘書長李定匯報。

回到深圳，李定副主席告訴我們，他在主席辦公會上報告了我們在香港春茗期間的這些調研活動，市政協主席周溪舞非常重視，指定請他（李定）牽頭，做好港澳委員參政議政，參與深圳發展的全面服務。有了政協領導的全力支持，我們積極消化梳理文先生提出的建議，整理和聚焦了若干可以着手開展的課題。政協剛剛成立，一個辦公室只有一兩位專職工作人員，許多活動都是幾個委員會合在一起調配參與，僅靠政協當時的力量還難以達成這件事。

時任深圳市委書記的李灝親自籌劃，邀請一批資深領導和專家共同參與，為深圳經濟特區站位，成立了綜合開發研究院（中國· 深圳）（以下簡稱「綜開院」）。籌備期間，各路專家都來了，市委政策研究室主任劉文韶參與了深圳落地的對接。專家們需要暫借一個安靜、適合開展工作的地方。

我來政協機關之前在深圳圖書館工作。劉文韶主任的夫人在圖書館港澳及特區文獻閱覽室工作，那裏既有海外、港澳地區和經濟特區的研究資料，又有安靜的閱讀研究環境。我當時在圖書館分管業務，她詢問我是不是可以把領導和專家引薦過來，讓他們先到這裏開展研究。此事得到了劉楚才館長的大力支持。除了開放閱覽室給他們做研究和學習之外，還把圖書館的會議室提供給他們開會，我一有空就去旁聽。那時聯繫對接比較多的是綜合開發研究院籌備組的助理研究員劉魯魚，我回到圖書館和他商量，看看那些專家是不是可以參與這些課題研究，他們有沒有團隊可以承擔委託，同時邀請周邊的各路專家給予指導。

這事一拍即合。當時負責牽頭的專家蔣一葦、林凌，還有一位原國家計委外事局局長和劉文韶主任等一起聽了我的匯報。商議後，他們同意將深港邊境沿深圳河一帶的合作規劃研究列入綜開院的首批課題。

說幹就幹，他們難得有深圳急需的研究課題找上門來，而且還有一點點課題經費。很快他們就安排北京專家來深圳開座談會，做開題的準備。

我將這些情況及時向政協領導匯報，李定副主席說，有時間他會親自參加調研，有什麼新情況要及時向他匯報。不知是通過政協還是綜開院的管道，李灝書記知道這個事後，說文先生的這個想法他也知道，開發東門老街時就提出過深圳河的發展，政協來抓這件事非常好，綜開院要好好調動專家資源。他還親自出面邀請國務院發展研究中心主任馬洪、國家體改委主任高尚全等一批專家共同為此事出謀劃策。

後續 30 年的歷程表明，綜開院成為全程研究和關注深圳河沿河經濟帶發展，參與深港合作重大課題，推進河套進入國家戰略的先鋒智囊。

3. 首批項目啟動論證

文伙泰先生得知這個項目這麼快就可以啟動後非常高興，親自過來和綜開院邀請的幾位專家在深圳圖書館開座談會。那個座談會開得很辛苦，文先生全程講粵語，北京專家一句都聽不懂。幸好我們在深圳待了幾年，經常看香港的電視節目，雖然不會說，但聽得懂一些，我就逐句給他們翻譯。

座談會確認了首批的三個項目是：《關於設立深港雙邊合作保稅區的研究報告》、《創立深港科技園的研究報告》以及《開通皇崗—落馬洲口岸間穿梭巴士營運的研究報告》，擬邀請國務院發展研究中心副主任吳明瑜、國務院技術經濟研究中心綜合研究局局長李泊溪組建北京團隊承擔前兩個課題，劉魯魚牽頭承擔第三個課題，決定委託綜開院的現代市場研究所為乙方開展研究，並協助提供北京團隊所需要的深圳背景資料和其他資源。綜開院的一批剛到深圳的青年學者也全程參與了項目研究。與此同時，結合課題中的專家意見和他自己的思考，文伙泰先生要我協助他做了一份政協提案，並由深圳市政協安排作為香港委員的大會發言。深圳河一河兩岸經濟帶得到了社會各界的關注和認同。

1992 年 10 月，三個課題如期完成。課題組向深圳市政協做了專題匯報，文伙泰先生希望得到國家層面的知曉和認可。大家就後續怎麼發揮課題成果的作用達成共識，深圳市政協邀請國務院發展中心及國家計委、國務院特區辦、港澳辦、口岸辦、海關總署等相關部門參與，與綜開院一起就上述報告開一次論證會。

1993 年 1 月，文伙泰先生委託綜開院做的三份報告的論證會在深圳迎賓館舉行。研究報告首次提出了在福田保稅區及鄰近的半封閉地區，與接壤的香港落馬洲地區（落馬洲位於香港新界元朗區東北部，鄰近深圳河）建立雙邊合作保稅區的設想，同時提出以深圳福田保稅區為連接點，建立「深港科技園」和開通連接皇崗—落馬洲的穿梭巴士的建議。

李泊溪研究員作為主報告首席專家和研究顧問，其發言非常有代表性和前瞻性。報告分析了進入 20 世紀 90 年代後中國發展面臨的挑戰，當時國家正在談判進入關貿總協定，「入關」策略為深圳特區的定位和改革開放總體佈局帶來新的挑戰。深圳要走跨國經營和國際科技經濟對接路線，在香港回歸前後需要有一個接點可以過渡，香港也有建立邊境加工貿易區的動議。深圳河沿河經濟帶的構想有着畫龍點睛的戰略意義。

李泊溪研究員對項目的展開也提出了建設性建議：兩地優勢互補，發揮香港市場機制和國內資源優勢，在深港跨境區域創造一個共同合作的工作區域；積極面對產業結構調整，在深港兩地開展高科技高附加值的產業合作;着眼未來發展趨勢及民眾意願，促進新界地區發展；民間發力帶動政府，將利益最大化，共同開拓共同分享：要特別研究香港經濟法規的移植，市場經濟就是法制經濟，要由專責小組研究經濟實體運作，項目（如穿梭巴士等）承接推進。

從 1991 年 1 月到 1993 年 1 月，政協成立之後的兩年時間，從文伙泰先生的構想到提出三個主題，再到完成研究報告和論證，使得文先生的想法通過政協平台的提案建議及專題研究等，傳遞到了廣東省和國家主管部門層面，一些設想也得到了專家的認同，為深港合作持續發展打下了一定的社會基礎。論證會上專家們的把舵，讓港深跨境的河套片區定位逐漸明晰，有了啟航方向。

「河套」由此進入深港合作的大藍圖。

二

河套地區開發的第一次熱潮

「深圳特區促進深港經濟發展基金會」的建立和發展

1. 組建基金會

又是一年春茗時，文伙泰先生提出了新的目標。

他向深圳市主要領導和中央有關部門領導匯報深港合作的設想和研究進展，提出由他出資 1000 萬港元籌組基金會，希望通過基金會組織各方面力量來推動河套地區建設發展的深度研究，在香港回歸前做好佈局。

期間，文伙泰先生多次向深圳市委書記兼市長厲有為、常務副市長王眾孚匯報，政協主席周溪舞則提議文先生在深圳市政協主席會議做了專題匯報。我們將專家的建議，結合文伙泰先生的想法，以及需請北京關注和指導的事項進行了梳理，意在逐步推進深圳與香港兩地的協同發展，為一河兩岸開發做好規劃、設計等準備工作;爭取在香港回歸前後納入兩地互動的合作發展範疇，回歸後就可以按部就班地推進，創造條件、爭取時間、穩定人心、吸引資金，為「九七」以後的更大發展打下基礎。

深圳市政協指定相關領導親自率隊去北京向各方匯報。考慮到粵語與普通話交互的匯報效果，責成我們辦公室整理出文伙泰先生匯報要點的文字稿，仍然採取文先生口頭表達、我做普通話講解、書面文字做補充的模式，在實際匯報交流的過程中互動。

1993 年 6 月後，市政協領導陪同文先生多次去北京，分別向中央統戰部副部長王兆國、萬紹芬、劉延東，國務院副秘書長何椿霖、徐志清，國務院發展中心名譽主任馬洪以及國家科委、國務院港澳辦、國務院特區辦和新華社香港分社等領導和部門就深圳河一河兩岸研究進展和基金會籌備情況做了匯報（圖 2-1）。

圖 2-1 中央統戰部副部長萬紹芬聽取李定（右二）、文伙泰（右三）等的匯報。左一爲張克科

文伙泰先生親自給中央領導匯報，每一個要點用粵語說個開頭，我們就用準備好的匯報大綱以普通話進行說明（圖2-2）。各位領導對各個背景都問得非常仔細，幾個回合把事情講清楚了。大家通過深度溝通達成了共識，認為這是一件對香港回歸、對新界發展、對深圳開放、對國家統一大局都非常有意義的事。馬洪等同志還專門向國務院主要領導做了匯報，報送了有關文字

圖 2-2 張克科（右二）代表基金會向馬洪（右三）等匯報

材料。

文先生向有關方面報告了自己逐漸清晰的推進思路。他認為，推動這些工作有三個要點：**一是要取得共識**，也就是希望國務院領導和國家主管部門以及廣東省、深圳市能夠理解和支持這項工作，明確指導思想，下邊才好運作。至於香港方面的民間推動，他可以通過不同管道進行推廣，希望新華社香港分社也能夠了解和理解這項工作；**二是要有平台通道**，形成北京—深圳—香港的上下溝通、聯絡，協調推動這項工作，希望能組織一個工作小組抓落實；**三是要有兩「才（財）」**，即「人才」和「錢財」。錢財方面，可以組織一個基金會，負責統籌、安排項目研究與推動，組織人力協調各方，具體項目可由項目責任人或公司自籌資金；人才方面，香港和內地都要有，要配合起來做。總之，希望能得到國內從中央到地方各有關部門的理解、認同和支持，促成這項

圖 2-3 文伙泰先生（左三）帶北京課題組專家實地考察香港一側的禁區，探討未來可持續發展的機遇。左一為張克科

事業，共創一個繁榮、穩定的雙邊合作區域（圖 2-3）。

1994 年 6 月，經中國人民銀行深圳分行批準，深圳市民政局登記，深圳特區促進深港經濟發展基金會獲得社團法人登記證。經協商，時任深圳市常務副市長王眾孚出任基金會會長。

10 月 7 日，深圳特區促進深港經濟發展基金會成立大會在深圳舉行。市政協副主席李定主持大會，廣東省人大副主任方苞、廣東省政協副主席祁峰以及香港的一些知名人士，如黃保欣、簡福貽等都參與了會議，文伙泰先生認捐 1000 萬作為基金會的啟動資金和研究經費。

非常不巧，此後不久，王眾孚同志的工作有調整，將赴北京出任國家工商總局局長。得知這個消息後，李定副主席和我一起去向王眾孚同志匯報。還沒有開口，眾孚同志就笑着對我們說，「我知道你們是為基金會的事來的吧，文先生是我們的老朋友，香港新界的發展不單單是深圳的事，你們也多次去北京匯報，我和子彬市長交接工作的時候也提出來了，我會繼續支持你們，在北京做你們的聯絡員。具體工作已經和接任的常務副市長李德成同志對接了。」後來，李德成為深圳與香港的合作親歷親為，對有關河套的發展和佈局竭盡全力指導支持，王眾孚同志也成了深圳和北京兩地領導溝通的橋樑。

2. 推進十大項目

在基金會第一屆理事會上，面對香港 97 回歸新動態，部署確定了十個重大課題一攬子研究方向。這些項目來源於 1992—1993 年委託的三個課題研究，以及論證過程中集思廣益提出的新課題，緊緊圍繞發揮深圳改革開放窗口價值，佈局深港重大跨境基礎設施的需要，明確民間推手支點的選擇，期待為「九七回歸」後的推進打下基礎。根據課題涉及的領域，基金會確定了哪些要在北京各部委尋求支持，哪些要在香港社會獲得共識，哪些要深圳發揮基礎作為，哪些要專業機構參與發力。特別是最重要的深圳河兩岸綜合發展規劃，由於涉及跨境科技園的規劃，更是希望得到國家科技部門的指導和支持。

這十個項目分別是：

（1）做好深圳河兩岸地區綜合發展規劃研究。

（2）統籌規劃福田國家級紅樹林保護區，對接香港米埔保護區，處理好環境保護與建設發展的關係。

（3）慎重選擇深港西部通道接駁點與走向，注意兩地未來發展的銜接。

（4）促進深圳國際機場的建設，做好兩地空港互補銜接。

（5）充分發揮深圳福田保稅區的作用，為配合一河兩岸經濟和科技發展提供試驗基地。

（6）治理深圳河應充分考慮帶動兩岸的社會經濟發展。深圳河一期工程裁彎取直後，一平方公里南移土地的開發規劃；深圳河開發利用的最終目標選擇；深圳河治理之後，兩地管理模式及政策研究。

（7）開通落馬洲—皇崗穿梭巴士。

（8）規劃建設兩地集裝貨櫃轉運場及接駁運輸系統。

（9）為適應「九七」發展，規劃好口岸設施與管理，其目標是口岸對接。

（10）開闢融資管道，建議設立共同基金，華僑融資債券等，為一河兩岸開發提供資金支持。

在向基金會理事會提交十大項目之前，我們差不多做了一年多的準備和基礎工作。李定副主席向理事會報告了前期工作。十個項目環環相扣，既有宏觀規劃，也有跨境基建，同時還有落地的選擇和政策的配合，開發模式和民生實事。理事會審議並一致贊同。基於政協工作平台和前期工作的基礎，理事會還通過了推薦我擔任基金會秘書長的提名。

集聚各方資源，圍繞十個議題抓落實成為我的工作重心。

1993 年，中央提出了「科教興國」的大局方針。那年 11 月，國家科委顧問謝紹明率隊來深圳調研。政協副主席李定在深圳接待並一起召開了幾個小型座談會，聽取中小企業、民營科技企業、外商港資小企業的意見。其間，也認真聽取了政協常委文伙泰先生的設想，希望在有地理位置優勢和可以發揮深港兩個市場特色的深圳河跨境地區，建立一個專為深港兩地中小企業、民科企業和科技人員服務，成為市場與成果、人才與技術、國內與海外交互的起仲介橋樑作用的服務設施——科技服務大樓。

謝顧問非常敏銳地抓住這個特別的亮點，向深圳提出了更高的要求，并要我們再做一些準備，上北京向國家科委匯報。希望在國家科委的支持和指導下，跳出深圳地域的局限，利用國內科技力量支持香港「九七」回歸後更加穩定繁榮的發展，為把握高新技術窗口期、培養人才，建立交流合作的橋樑。

這是一個非常明確的方向。我們將基金會的統籌課題《深圳河經濟合作區規劃設想》列為第一，很快就安排了進京向國家科委做專題匯報。謝紹明約請了國家科委在京的兩位副主任惠永正、韓德乾和社會發展司司長甘司俊等一起聽取文伙泰先生的匯報。

甘司長特別介紹了聯合國21世紀議程(圖2-4)。1992年6月，在巴西里約熱內盧召開的聯合國環境與發展大會上，李鵬總理代表中國簽署參與了這個世界範圍內可持續發展的行動計劃。當時，深圳河經濟合作區規劃涉及的深港邊境跨境範圍內還有兩個重大項目要兼顧考慮，這兩個項目直接影響着河套地區該怎麼做。一個是位於深圳河西南面的香港米埔自然保護區(圖2-5)；另一個是深港西部通道接駁點與走向的選擇。這兩個項目也順理成章地列入了基金會十大研究項目之二、三。

港英當局在米埔邊境周圍設置了大片不許開發的濕地，並申請將其納入國際主張濕地保護的《拉姆薩爾公約》。中國政府也是《拉姆薩爾公約》簽約方，必須從遵守國際公約和可持續發展的角度去考慮這個區域的規劃建設。深圳河治理後的南移土地雖然不在保護區內，但與其配合的深圳福田保稅區就非常臨近對岸的米埔自然保護區。所以，在深圳河兩岸做規劃必須統籌考慮紅樹林保護區與米埔自然保護區，在區域綜合發展規劃研究中需要主動調整和處理好環境保護與建設發展的關係；注意兩地未來發展的銜接，帶動深圳福田區和香港新界西北的發展。

三十年來，雙方一直關注深圳河口紅樹林生態保護。2023年深圳市啟動全球首個「國際紅樹林中心」建設。福田紅樹林濕地作為全球唯一都市城央原生態濕地，與香港米埔濕地共建，共同守護全球候鳥遷飛通道。該動議獲得國家林草局助力推動。2023 年 9 月《濕地公約》常委會第 62 次會議正式通過在中國

圖 2-4 國家科委甘司俊司長領銜的「深圳河經濟合作區規劃設想」課題組在北京挑燈夜戰，開會討論研究大綱

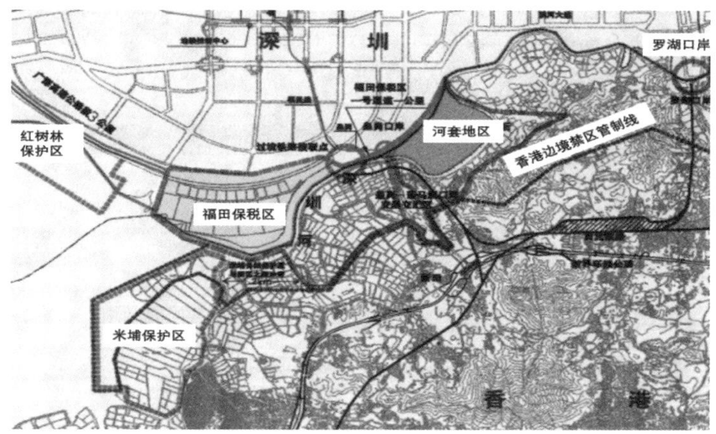

圖 2-5 保護區與河套位置示意圖

深圳建立國際紅樹林中心的區域動議提案。

2024 年 11 月 6 日，國際紅樹林中心成立協定在深圳簽署，首批 18 個成員國代表共同揭牌，標誌着該中心正式落戶深圳。截至 2024 年底，深圳紅樹林總面積 296 公頃，其中 61% 劃入自然保護地嚴格保護。整個「十四五」期間完成紅樹林營造 15.48 公頃、修復 103.08 公頃，並在生物多樣性保護領域取得突破，如國家一級保護動物小靈貓現身紅樹林。未來將持續完善濕地分級管理體系，建立開放包容的國際合作機制，推動紅樹林保護與濱海藍碳生態系統的可持續發展，助力落實聯合國 2030 年議程，為全球提供示範經驗。這也是深港協同在一河兩岸可持續發展理念下的合作成果，是造福千秋萬代的大事。

關於深港西部公路通道，之前已提出多個規劃方案，其中一種建議方案是：北端自深圳黃田機場起，沿西部海灘採取全封閉高架橋方式，在前海灣發展區內折向東，沿深圳灣發展區北側前行，至紅樹林保護區北沿與廣深高速公路並行，在福田保稅區西北角處折向南，緊依保稅區西側跨過深圳河口，沿米埔自然保護區東側與新界環回公路介面，全長 30 公里左右（圖 2-6）。課題組認為該方案合理可行，建議採納。深圳方面不希望過境公路橫跨主城區，香港方面對新界跨區九、十號公路未完成之前引入跨境車流持保留態度。期間還提出過建立公路鐵路兩用橋，在深圳與平南鐵路匯合，充分利用西麗、平湖現有的鐵路交通樞紐；深圳灣跨境雙Y線，連結澳門珠海等備選方案。最後深圳灣跨海大橋選擇了單一的公路橋，在深圳灣填海區和香港元朗鼇勘石

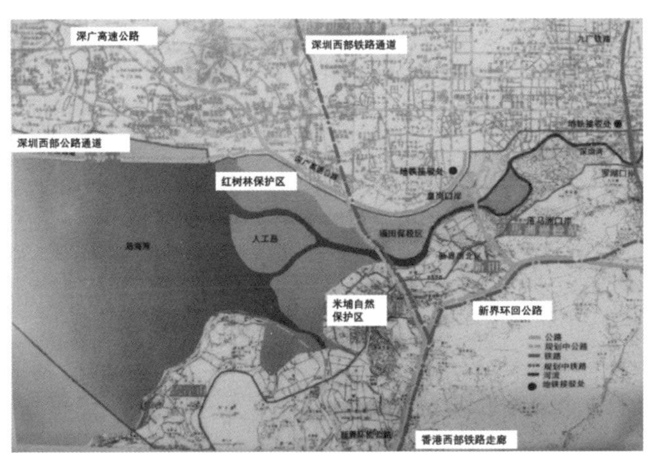

圖 2-6 深圳河經濟合作區跨區域交通網絡圖

落地。

大家達成共識，研究深圳河兩岸綜合發展規劃不僅有特別的深港跨界的地塊規劃，更多的是一個面向未來、受到國際關注的可持續發展規劃。要用國際語境講述深港雙城故事，達成新的區域可持續發展共識。現在回過頭看，這個定位是非常準確的。2019 年，國家賦予深圳作為先行示範區的改革新目標，要成為聯合國 2030 可持續發展議程的中國典範現在，在珠江出海口的黃金海灣，陸陸續續架起了港珠澳大橋、深中通道等跨越东西岸的新橋，只可惜铜鼓航道的梳理還在紙上談兵。

《深圳河經濟合作區規劃設想》對深圳河兩岸的未來發展做了一個具有全域性、前瞻性的規劃。謝顧問與李定副主席商量後，確認《深圳河經濟合作區規劃設想》課題請國家科委社會發展司牽頭指導，邀請中國社會發展科學研究會、中國科技促進發展研究中心以及 21 世紀議程管理中心這三個平台聯合組成課題組，同時還邀請國家發改委地方司和國務院港澳辦等相關部門參與，並特別提名我也進入課題組。

報告計劃在大鵬灣到後海灣之間的深圳河兩岸狹長跨境地帶實施有序推進，這一以深港雙城合作為依託、以可持續發展為目標的融合計劃，將構建國際化、資訊化和技術先進的現代產業群，形成資源消耗低、環境污染少等特徵的經濟體系，使深圳河地區成為深港區域的新型增長帶。規劃對其產業結構、功能分區、交通運輸網絡、市政基礎設施和社會事業做了設想。其中，將深圳河裁彎取直後的地塊及其附近的福田保稅區、漁民村和皇崗—落馬洲口岸，作為第一階段的規劃區域。

那時，我們對該地塊只是以「深圳河一期工程改造後南移的一平方公里土地」做客觀的描述。隨着在不同場合使用的頻率多了，不熟悉情況的人覺得這種說法很拗口。我當時看着這超長的定義和深圳河治理規劃圖百般糾結，感覺這塊地的形狀非常像小學地理課本上的黃河河套。心想，「河套」究竟是特定的專有名稱，還是一種表述地理現象的學術名詞？經查字典顯示，「河套地區，是指河流彎曲成大半個圈的河道。亦指這樣的河道圍着的地方。」原來河套是一個通用的地理名稱，只需在前面冠以特定區域名稱就可以使用了。我豁然開朗，為了課題立項的規範化，第一次使用「河套」來取代以前表述的「深圳河裁彎取直後南移到香港境內的一平方公里土地」；後來更嘗試在文件、資料交流

圖 2-7 高尚全（右三）、馮之俊等專家評審通過了基金會首批三個主體研究報告

中統一使用「福田—落馬洲河套」作為這一區域的簡稱。

在做深圳河兩岸綜合發展規劃的同時，還需要同步開展《深圳河福田—落馬洲河套區開發研究報告》和《深港投資基金研究》兩個重要的專題研究（圖 2-7）。這兩個專題列為十大課題之五、六和十。

前兩個關於深圳河河套地區的發展，屬於地方規劃，要解決

深圳河兩岸開發設想落地實施的問題，委託了深圳市政研室主任劉文韶和綜開院的譚剛牽頭來做。後者則是一個非常超前的報告，當時整個國家還沒有開展基金方面的工作，也沒有開展這樣一個市場的建設。深港投資基金研究團隊的負責人是吳明瑜教授，他是中國亞太經濟技術研究院的首席專家，也是當時國務院領導的智囊，他把國家金融要做的投資基金模組放到深港來實踐探索，針對跨區域開放型國際合作模式進行了完整的設計。這是在國家開放金融市場之前所做的一項具有前瞻性的理論研究。

以上幾個報告落實之後，我發現還有一些相關的問題需要同步開展協商，報經基金會同意立項，先後委託開展了《關於設立深港雙邊合作保稅區的研究報告》、《深港口岸協同運作研究報告》、《深圳—香港過境旅客交通調查分析報告》等課題的研究。

與此同時，還分批開展了打通梧桐山、貫通深圳灣大鵬灣，建立深圳河旅遊觀光帶等前期預可行性調研，一地兩檢、發放深港跨境工作簽證以及開通跨境穿梭巴士等專項研究，以期推進基金會第一次理事會推出的十個項目，並對可行性論證和時間表做了安排。

上述一系列的研究報告在 1996 年香港回歸前全部如期完成。1998 年之後，深港跨境科技園合作項目卡殼後，在國家科技部的支持下，這些成果在 2000 年結集，以《深圳—香港：一河兩岸合作與發展研究》書名，收入由鄧楠副部長牽頭編輯的區域協調發展叢書，中國大百科全書出版社正式出版，完整的保留了香港回歸前各界人士對香港新界未來發展的期許和心意。

「四位一體」講好一河兩岸故事

總結這五年多來的歷程，大家有一個共識，講深圳、香港新界的發展，講河套的未來，是一個持久的過程。**通過民間推動、專家研究、媒體關注和政府參與**等四個方面齊頭並進，是下一步工作的推進策略和方法。

1. 基金會 23 位新界委員的深圳尋根之旅

20 世紀 80 年代後，在新界成長的年輕人，因受益於大陸的改革開放，大多留在了本地發展。不過早年旅居國外的新界原居民人數則在 50 多萬，對這些新界原居民來說，香港是他們的根。

根在香港新界的 50 多萬海外華僑一直關注着這一地區的發展，一河之隔的深圳的建設成就，為香港新界西北的發展帶來了機遇。文先生從自己參與社會活動的親身感受，和回港後所經歷的 1977—1984 年、1984—1989 年和 1989 年以後這三個時間段體會到，港英當局對發展新界西北一直是缺乏誠意，對深港兩地接壤地區相互影響、相互帶動的發展趨勢不予正視，採取的完全是英殖民地政策。他說已經沒有幻想了，只有通過民間的推動，才能把家鄉建設得更好，為香港回歸祖國及平穩過渡創造更好的條件。

為了爭取元朗各界的共識，我們牽頭組織了三次元朗區議會議員深圳參觀團，對深圳機場、皇崗口岸、福田保稅區、沙頭角中英街、福田中心區規劃以及深圳城市交通網規劃等多個項目進行了考察，通過民間推動發展，探討在香港新田和深圳福田之間進行合作開發的可能性、可行性及相互配合的必要性。

2. 未完成沿河航拍留下遺憾

當時，大眾對新界，對深港接壤的邊境／兩地合作的前景和路徑，並不太知曉。我要不是參與政協的工作，也不會這麼深入地去了解河套，更不會理解文伙泰先生對新界發展的一片苦心。因此，基金會後續的工作就是怎麼樣將基金會研究的成果通過不同的管道、平台、活動、人群推廣出去，達致社會各層面的共識。我們幾次上北京匯報，發現高層和各方面對深港河套尚未形成概念，於是決定將基金會的宗旨背景和深港邊境實況及十個研究項目的成果拍成視頻匯報，爭取圖文影像並茂，令人對深圳河沿河經濟帶留下印象。由於跨境拍攝的特殊性，我們委託了深圳市公安局影視製作中心拍攝製作，他們也積極配合，提供了許多便利條件。

當時我們想，要拍攝深港邊界深圳河全貌，必須安排一次航拍，這樣才能俯瞰整個深圳河流域。深圳市領導推薦我們找到了在深圳南山駐紮的中國海洋直升機專業公司，他們的直升機能夠做航拍，當時半小時費用大概是 6 萬元人民幣。基金會做了預算立項，遞交了報告。中海直擬定了航拍航線計劃，帶我們一起去廣州航管主管審核；到了廣州後，又告訴我們還需要去軍方協調。我們運氣非常好，當天就約好去廣州空軍司令部，很巧辦事的幾位都是我的湖南老鄉。幾聲鄉音拉近了距離，各方面都大開綠燈。回來後與老鄉保持聯繫，按規範準備好資金、完成了飛行的申報手續，隨飛機航拍的四位人員也選定了：公安局媒體中心兩位、文伙泰先生和我。

預備飛行的那一周，我們商量了具體的資料要求，擬出了飛行路線，等待着天氣晴好的時刻。軍方看到我們的飛行路線之後，提出了一個問題，我們的航拍如果靠近深港邊界，要沿深圳河飛行，必須要預先通知香港方面。香港當時還在港英當局管轄之下，為避免引發各種猜測，我向市領導匯報後征得文先生同意，決定放棄此次航拍，改為駕駛巡艇在深圳河河道上拍攝的方式。盡管河道中間線是分界線，當時新老河道工地都還在深圳一側，且深圳河的治理委託給了深圳方，治河辦有一艘用於巡邏的快艇，可以辦理工作備案證件進行拍攝。

我和攝影師乘坐快艇沿着深圳河，時而登上堆滿泥土的工地、又到繞河套的老河道拍攝了一圈，留下了深圳河兩岸的寶貴資料。最後，攝影師說還需要一個特別的鏡頭，讓快艇在深圳河中間快速飛馳，我趕緊說還是靠深圳方這邊一點，不要過中間線。攝影師拍下了快艇濺起的白色浪花，效果非常好（圖 2-8）。三十年後，深圳河灣今非昔比，兩地協同繼續深圳河治理的合作模式，深圳河一河兩岸鳥語花香、白鷺成行，深圳方仍然擔負這雙方委託的任務，設立專門的河灣管理服務平台。我有幸再次乘船行駛在深圳河上，看到每日都有疏淤清潔船來回在河道工作。深圳羅湖區、福田區以「河長」的擔當，在深圳一側修建了沿河綠道，期待着

圖 2-8 一河之隔的深圳與香港

開門迎客的日子的到來。

那一集電視片就這樣製作出來了。紀錄片呈送北京之後，非常清晰地表達了這邊的情況、訴求、方向、目標。深港兩岸的強烈對比，也給北京和香港帶來很大的震撼。1996 年 1 月 15 日，電視片在基金會第二次理事會上做了播放。結合第二次理事會上達成的廣泛共識，我們決定再做一集，把各部委的觀點、專家的意見放在一起。至此，理事會所做的一河兩岸規劃設想有了一個完整的記錄。多年後，我將這兩集電視片捐贈給了深圳圖書館，電視片的解說詞則刊印在大百科全書出版社出版的那冊《深圳—香港：一河兩岸合作與發展研究》書裏面。

3. 赴京召開深港經濟銜接高層研討會

1996 年 11 月，基金會和綜開院以及新華社主辦的《經濟參考報》一起，在北京舉辦了一個深港經濟銜接高層研討會，這也是我們在香港回歸之前的一次重大活動（圖 2-9）。

在高層研討會上，政協副主席李定做了《深圳河兩岸地區銜接研究工作簡介》的報告，介紹了之所以要着重研究深圳河兩岸地區配合發展問題，是因為該地是深港經濟新的增長點，也是「一國兩制」中的「兩制」最接近的地方。由於制度的差異和優勢互補的特點，靠單方面的力量都實現不了發展，所以兩邊的配合具有非常現實的意義。王光英、程思遠、馬洪以及董輔礽、林凌等在北京的專家和 20 多位顧問悉數出席。深圳市委書記厲有為此時正在中央黨校學習，處於輿論的漩渦中，他專門請假出席，並

圖 2-9 深港經濟銜接高層研討會

對這個項目的背景和自己的思考做了深入、全面的闡述。

厲有為強調了深圳河沿河經濟帶的戰略意義，答應回深圳後要進一步謀劃、推進這個項目。事後表明，有為書記對深圳、香港交接地區的發展是用心用力的。回到深圳後，他就安排了市委政策研究室在香港回歸前的專題課題，之後以全國政協港澳臺僑委員會副主任的名義牽頭組織全國政協委員視察，並在 2006 年全國政協會議上和吳家瑋、李德成委員一起聯名提交推進深港創新圈合作的提案，特別提筆增加了對河套片區發展的戰略定位和意義的闡述。

在深港經濟銜接高層研討會上，北京專家第一次觀看了《為了深圳河兩岸的共同繁榮》上下兩集電視片。深圳的發展和新界的落差，香港回歸的契機和深圳改革開放前沿的擔當，成為大家的共識。會上全面介紹了基金會成立的動因，並由課題組代表分別介紹了七個研究課題。顧問們深入分析和探討了成果推進及後續的工作重點和難點，提出多方資源的導入和指導意見。這個報告和電視片解說詞也被完整地收錄到後來出版的專輯中。

4. 從紙上到地上 推進研究項目落地

有了基金會專門的班底和經費，以及中央和深圳政府的支持，前一階段研究論證的項目終於開始啟動了。

穿梭巴士的提議來自 1992 年文伙泰先生第一批委託綜開院做的《皇崗—落馬洲口岸穿梭巴士運營的研究報告》。1997 年 3 月 19 日上午 11 時，在深圳皇崗口岸的濛濛細雨中，10 輛黃色大巴滿載深港兩地有關政府官員、專家學者和新聞記者，緩緩穿過皇崗大橋、香港落馬洲管制站，駛向落馬洲公共交通運轉車站。穿梭巴士的正式開通標誌着首個基金會推進項目的落地，其推動的深圳河地區深港緊密合作取得了實質性進展。第二天，深圳皇崗—香港落馬洲跨境穿梭巴士正式對外運營。從深圳皇崗口岸至香港落馬洲運轉車站，不過 2.5 公里的行程，但就是這短短的 2.5 公里，讓人們「走」了整整 5 年（圖 2-10、2-11）。多年以來，羅湖口岸一直是深港兩地人員的主要過境通道，承擔着 80% 以上的過境流量，並形成以羅湖口岸為中心的口岸通行格局。隨着深港經濟合作和社會聯繫日益緊密，過境人數逐年大幅度遞增。由此導致該口岸的通過能力幾近飽和。據不完全統計，當時的羅湖口岸的平均過境人數在 10 萬人 / 日左右，高峰時接近 20 萬人 / 日，過境等待時間不斷延長，盡管採取了加設通道、延長開關時間等措施，然均為治標之策，無法從根本上解決口岸通過能力飽和的問題。因此，改革現行口岸通過格局已經迫在眉睫。伴隨亞洲最大之陸路口岸——皇崗口岸的建成與開通，並配合 20 世紀 90 年代深圳市中心區西移（即福田新中心區建設）態勢，從中部打通過境通道，成為刻不容緩的必要選擇。

皇崗口岸設計日通過能力為車輛 5 萬輛次、人員 5 萬人次。實際開通後，遠未達到通過能力。皇崗口岸毗鄰的深圳福田區和香港元朗區是兩地新興開發區域，在此打通過境人流可以解決雙方人員就近過境需要，配合兩地經濟發展。打通皇崗—落馬洲口岸過境人流既然意義重大，且設計通關能力也大，為什麼經此口岸的過境人數卻很少呢？原因在於皇崗口岸與落馬洲口岸之間的檢查站隔橋相距 1 千米，人員不能步行通過，且無交通工具接駁，口岸之間只有乘坐直通旅遊巴士的人員方可過境，其餘人員均被

圖 2-10 李德成常務副市長宣佈皇崗—落馬洲穿梭巴士正式開通

圖 2-11 里程碑項目：皇崗—落馬洲跨境穿梭巴士開通，李定（右二）、文伙泰（右四）、張克科（右一）等合影

拒之關外，從而造成口岸閒置。

為盡快實現這一設想，《皇崗—落馬洲口岸穿梭巴士運營的研究報告》提出以穿梭巴士營運的方式解決開通該口岸時可能遇

到的問題，並詳細探討了穿梭巴士的營運方案。報告指出，借鑒機場大巴迎送到離港旅客的做法，採取口岸內穿梭巴士方式，可以解決皇崗—落馬洲口岸存在的過境難點。

1993 年 7 月 7 日上午，受市委主要領導的委託，王眾孚常務副市長、張鴻義副市長一起召開專題會議，聽取政協常委文伙泰先生的提案及研究進展的匯報。李定副主席特別介紹了推動深圳福田與香港新界西北接壤地區的經濟發展、城市規劃、交通銜接、社會配合發展以及深圳河治理等方面的情況，並報告了籌備在皇崗口岸與落馬洲管理站之間開通穿梭巴士的工作進展。

王眾孚常務副市長說，在「一國兩制」的前提下，積極推動深圳與香港的銜接，促進兩地接壤地區的發展，建設新的深港城區，很有意義。文先生的這些動議很有遠見，我很讚賞。對於通過成立基金會來推動，也很贊成。鑒於當時的情況，市領導建議，題目可以小一點，事可以做得大一點，深入淺出，從一點突破，逐項展開，從點到面。提供民間專業的研究，共用成果，規劃是統一的、銜接的，項目可以分別在深圳和香港申請，從中積累經驗。

當時，張鴻義副市長除了專注金融外，還分管深圳河治理和口岸，他非常專業地提出建議，要求做出客流預測，積極做好準備，改善口岸交通環境和候車條件。會議還同意成立基金會，承擔組織運作工作，並委託時任深圳市政協副主席的李定牽頭，組織深圳市運輸局、口岸辦、外事辦和國企公交集團等有關單位參與，成立皇崗口岸與落馬洲管制站接駁交通籌備工作領導小組。根據深港兩地交通及口岸的協商機制，有緊急事件時，深港雙方通過此工作聯絡小組進行交涉和佈局，而後再向廣東省和國務院有關部門匯報。

1994 年基金會成立後，將皇崗—落馬洲穿梭巴士項目作為重點推進項目，積極向中央、省、市有關方面反映，推動落實。

為了給皇崗—落馬洲穿梭巴士的開通及口岸外集散巴士線路的佈設提供依據，同時也為政府部門管理過境旅客交通提供參考，1995 年基金會聯合深圳市城市規劃設計研究院交通規劃室進行了深圳—香港過境旅客交通調查。了解深港過境旅客出行起訖點、出行目的地以及在深圳使用的交通接駁工具。為了讓資料具有代表性，調查的抽樣採取了「7 ＋ 1」的模式〔在一周內每天上下午兩個時段、其中某一天（星期四）全天，再加一個公眾節假日〕以翔實的資料論證項目的可行性、必要性。2005 年，我們在論證西部通道開通後對深圳南山區客流的影響時，也比照了這個方法設計。深圳市指定市公交集團作為深圳方的合作者參與項目。文伙泰先生是香港元朗區交通委員會主席，依託其掌握的資源積極參與項目建設，並向香港有關方面推進。籌備小組商議取「福田」「香港」各一個字，以「福港」為商號，結果工商登記的時候發現，「福港」已經被註冊了。經辦人從現場打來電話，問我怎麼辦。我說：「那就加一個『新』字，叫『新福港』。」

深圳方以新設立的新福港公司出面與香港方談合作，期待盡快開通穿梭巴士，香港方面也做出了積極的回應，確定香港九龍巴士作為合作方。鑒於香港新界落馬洲口岸周邊當時還是禁區，原本在皇崗—落馬洲口岸內對接的巴士，遇到香港旅客不能自由進入的情形，文先生積極配合香港政府，在新田鄉協調好了建設地塊，建立了專門的公共接駁轉運公交站。

皇崗口岸的的設計能力是每天五萬車流、一萬客流，彼時車流已是飽和狀態，並佔用了幾乎所有的通道，無法承載穿梭巴士開通後新增的流量。在確認採用新的客流過境方案後，香港方面重新調整了落馬洲口岸交通分流方案。增加投資，啟動落馬洲口岸的配套基建，在落馬洲口岸的兩邊擴建了四個通道，力爭在 1997 年香港回歸前通車。經各方努力，皇崗—落馬洲跨境穿梭巴士於 1997 年 3 月 20 日正式營運。

由香港九龍巴士有限公司與中方的深圳新福港有限公司合營，往來於深圳市福田區皇崗口岸與香港新界落馬洲管制站及新田公共運輸交匯處之間，車程約需 15 分鍾（圖 2-12，紅藍線分別代表深圳—香港，香港—深圳的線路。虛線部分是直接通往福田保稅區的一號通道）。

香港回歸之前，在各方面關係都非常微妙的情況之下，港英政府能夠在和深圳接壤的地區開通新的線路，是一件非常不得了的事情。時任深圳市政協副主席的李定，是皇崗口岸與落馬洲管

圖 2-12 皇巴線路圖

制站接駁交通籌備工作領導小組的牽頭人，回顧這個耗費五年心血才得以開通的穿梭巴士，他感慨地說，是文伙泰先生的大膽設想、綜合開發研究院的縝密論證、促進深港經濟發展基金會的積極推動、當地民眾的呼籲支持、兩地政府的密切合作，共同促成了穿梭巴士的運行。

香港回歸在即，皇崗—落馬洲穿梭巴士以國際通行的機場穿梭巴士的模式，選用便於旅客行李上下的低台階大平台車型，別

具一格，深受歡迎。由於車身用了辨識度很高的醒目黃色，過境客遂「皇」「黃」合一，將之稱為「黃巴」（圖 2-13），文先生「香港巴士大王」的稱謂也不脛而走。

為了讓元朗的鄉親盡知「黃巴」的服務，文伙泰先生決定以「黃巴」的品牌宣傳資助元朗區於香港回歸前的最後一周（1997 年 6 月 20 日至 24 日）舉行大型迎回歸活動。基金會也配合組織了一次迄今最盛大的民間活動——深圳各界友好代表團去香港

圖 2-13 第一輛「黃巴」跨越深圳河連接兩地

元朗參加穿梭巴士迎回歸的活動（圖 2-14、圖 2-15）。

香港回歸前對赴港人員的管理非常嚴格，盡管我們都有赴港的簽注，但回歸前一個月已經通知不許使用。經協商同意我們以承包旅行團的方式赴港參加活動。當時，深圳每天只有四個赴港

圖 2-14（上）、2-15 慶香港回歸友好觀光團

團的指標，深圳國旅董事長也是市政協委員，爭取到我們團隊40個赴港指標，市政協、市委統戰部領導親自帶隊，邀請交通、口岸、外事和沿河各區統戰部及村股份公司代表參加。基金會會長李定、政協副主席兼統戰部部長廖軍文、政協秘書長戴北方等，都參加了這次活動。元朗區迎回歸活動除了在元朗大街巡遊以外，還在新田村席開上百桌，共用大盆菜，舉辦歡慶晚會。深圳市文化局對此很是支持，專門在歌舞廳中心組織了一個小分隊排練了節目隨團赴港，包括表演魔術和雜技的人員、舞蹈隊隊員，還有深圳市一些能唱粵語的歌手。雜技車技的巡街、歌唱家劉小幻的演出受到熱烈歡迎。舞台上高唱的「五星紅旗我為你歌唱」，在元朗的上空迴響。

不是每一個項目都可以順利落地

在深圳市政協的支持下、完成研究報告的論證後，根據專家建議，爭取在深圳剛剛啟動的福田保稅區內落地「科技服務大樓」項目，為建立「深港科技園」的整體構想提供案例。這個項目高舉高打，得到了國家科委的大力支持和推動。後來因為種種原因擱置，但這一超前的設想某種意義上也改變了福田保稅區的定位，為後來的發展留出了科技的空間。如今，河套深港科技創新合作區和香港的新田科技城將在更大範圍、更高層次開展合作。

1. 在福田保稅區籌建科技服務大廈繳了學費

不是所有的項目都象穿梭巴士一樣，雖歷經千辛，終能守得雲開見明月。借力福田保稅區或漁農村先行啟動的科技服務大廈，就未能如願以償。

1993 年 11 月，國家科委顧問謝紹明率隊來深圳調研。在深圳市政協召開的座談會上聽到了我們的設想，在有地理位置優勢和可以發揮深港兩個市場特色的深圳河河套地區，建立一個專為深港兩地中小企、民營科創企業和科技人員服務，成為市場與成果、人才與技術、國內與海外交互的，起中介橋樑作用的服務設施——科技服務大樓。謝顧問分管民營科技與技術市場，他提出要跳出深圳地域侷限，發揮經濟特區的先鋒作用，利用改革開放的政策優勢，結合中國內地雄厚的科技實力，把科技大樓建設成為通過國際市場拉動內陸科技成果直接轉讓的前哨，吸引出國留學人才和海外華人英才報效祖國的陣地，利用國內科技力量支持香港「九七」回歸後更加穩定繁榮的窗口，把握高新技術、培養人才、建立交流合作管道的橋樑。國家科委可以支持並動員國內科技力量推薦可轉化的科技成果，協調中國科技界和有關方面的合作。

深圳市政協領導安排我和文伙泰先生啟程去北京。謝顧問熱情接待了我們，還特別安排與國家科委中國技術市場管理促進中心主任劉東升及其工作班子對接。我和文伙泰先生於 1993 年 12 月、1994 年 1 月兩次上北京進行工作會晤和調研，考慮到福田保稅區的建設週期和項目的前瞻性、示範性和緊迫性，提出了馬上利用邊境現有漁農村的條件，加快落地三五個項目的建議。

為了更好地促進上下聯動，1994 年 2 月 2 日，國家科委中國技術市場管理促進中心還專門擬文將會談紀要和工作方案送達給深圳市政協並抄送深圳市政府和科技局，轉達了國家科委幾位主任、顧問的意見和建議。國家科委從全域的視野，為支持香港平穩過渡和長遠發展，對建設服務兩地的科技支撐載體給予了極大的關注和支持。

2. 國家需要打通連結國際的香港平台和前沿通道

國家科委還提出了在知識產權保護、合同仲裁及相關政策性方面的措施，如設立大廈專用項目保險金，作為違約補償措施，以增強香港中小企業合作者的信心，維護項目的信譽；中國技術市場管理促進中心可協助在大廈內組建技術合作仲裁機構，並開展即時合同認定登記工作，以保障服務對象的利益，調解合同爭議；進一步根據實際研究出台保護知識產權的措施和配套政策，以形成激勵和保障機制。這些措施和佈局現在看來都是非常可取的，是開展科技創新和國際化、市場化、法治化必備的基礎環境和要素。

最終「科技服務大樓」這個項目因為種種原因擱淺，但這次探路的磨合也為深港後來的科技合作和創新發展提供了經驗和路徑選擇。最難能可貴的是，國家科委多位領導和工作人員非常理解、支持深港科技合作。謝顧問一直擔任基金會的高級顧問，給予高瞻遠矚的建議，當年參與調研匯報的科技部工作人員，後來有派往新華社香港分社和中聯辦工作的，不僅繼續予以支持，也積極參與其中。

三

構築深港合作持續推進的根基

政府、專家聯手推進深港合作

1997 年，香港回歸進入倒計時。基金會的基礎研究工作基本告一段落。經過北京高層論壇，深圳市委市政府主要領導親自部署，按回歸前後不同工作的要求和節奏，安排了下沉調研、上京匯報、發動民眾三路推進工作。

首先是市委市政府設立專題調研組，對深港合作，特別是一河兩岸和跨境河套問題進行深入研究和匯總。換句話說，河套的研究由民間主導轉變為政府引導。專題調研組由李定副主席作顧問，由市委市政府副秘書長出任雙組長，市委政策研究室派出了七員「大將」（林源昌副主任、朱紹明、鍾曉山、趙志英、張慶祝、吳鋒、董權）全力以赴，市政府辦公廳、外事辦、治河辦、規劃局、口岸辦都派員參與課題組研究。我當時已調到深圳市招商局（市外資辦）任投資服務處處長，經市領導同意仍兼任基金會秘書長。李德成常務副市長兼任市招商局局長，也接任王眾孚副市長出任基金會會長，他直接批示指名讓我進入課題組。

該課題的研究報告在 1997 年 4 月提交給市政府常務會議，會上確認河套地區作為深圳市跟香港合作的一個重要平台。

二是赴北京向國務院港澳辦正式做一次專題匯報。當時，我們通過不同管道分別向新華社香港分社社長周南、國務院港澳辦主任魯平呈報遞送過資料。國務院港澳辦也多次派員參加我們組織的課題調研論證和交流活動。河套不是單一的深圳土地劃到香港去的問題，還有一些涉及香港法規和技術性的問題。我們多次向在北京港澳中心參加香港特別行政區預委會、籌委會的代表遞送材料，還特別邀請在北京開會的梁振英先生一同前往國務院港澳辦匯報，國務院港澳辦把我們所有的報告拿去做研究，並希望我們把這個項目在粵港跨境聯絡小組上作為重大問題提出來。這也直接促成了 1998 年回歸後第二次粵港聯席會議上的立項。

三是赴香港了解社會各界各方面的看法和需求。我們希望河套地區能夠做僅靠香港或內地單方面做不了的事，比方說高科技集成電路晶片這一塊，當時內地做不了，在國際上，技術產品對中國是禁運的，香港方面也缺乏資源。通過民間和政協委員的管道，在香港回歸之前我們拜訪了時任立法局議員錢果豐和唐英年。他們特別提到香港作為單一關稅區在 GATT 的一些資源，也了解到內地仍然沒有被世界貿易組織所確認，希望可通過河套的特殊區位，做一個匯集各方資源的平台，與內地資源密切配合，幫助增強香港的經濟動力和國際影響力。香港工業總會會長唐英年提出要借香港新界和深圳毗鄰的地區，利用雙邊的優勢發展紡織業。當時全國整個紡織業的配額指標出現了問題，內地一些工廠加工的產品，受歐盟的影響，沒有指標而無法出口，他們希望轉口以後變成「made in HK」，然後走向國際市場。與此同時，治安及防偷渡、勞工及就業法規、自然保護區、原居民權益等問題也一一展現在我們面前。

從 1996 年開始，基金會與香港一國兩制研究中心保持密切聯繫，和香港立法局的一些議員，工業界、商業界人士，和新界地方人士就兩地合作事宜進行深度交談，逐步養成了我對深港合作的許多話題都有一個從兩面看、多面看、長遠看、動態看，期許雙贏共贏的思維模式。

全新框架的河套課題大調研

要將現在深圳河上的隔離帶變為銜接帶，設計一個區別於現在一線二線管理的第三種管理模式。做好這個工作對深港、粵港、滬港等更大層次的開發有利，是頭等大事，立論立意要高，不能光講深圳。通過這個銜接，從更長遠的角度推動開發，把深圳逐步引向自由港。

1. 民間推動和專家策動的雙輪啟動（第一輪調研）

擺在河套課題組面前的首要任務是要出一份關於深圳河沿岸

地區開發與建設的調研報告。這一輪調研安排有三個重點，包括香港、北京和深圳等。

市委副秘書長傳達了厲有為書記的指示，要探索新的跨境管理模式。**立論立意要高，不能光講深圳。通過深圳河與河套銜接，從更長遠的角度推動開發，把深圳逐步引向自由港。**市委主要領導要觀點、要戰略上的方向，市政府主要領導要資料、要經濟上的作用，這讓大家一下子覺得擔子還是很重的。

1997 年 4 月 8 日至 15 日，河套課題組啟動第一輪調研，目的地是香港。

出發前做了開門見山的動員，明確課題組調研要有情況、有數據，把情況和問題真正弄清楚。調研的過程也是上上下下、方方面面做工作、做動員的過程。重點是摸清楚香港社會的情況、地方的積極性和輿論界動態，摸清楚香港到底有哪些考慮，我們的政策取向應該如何匹配，怎麼向北京做工作等。要面向香港九七回歸之後的新機遇，讓候任特首可以有所作為，共同推進這項工作。

4 月 8 日下午，拜會新界鄉議局。

新界鄉議局劉皇發主席委託林偉強、藍國賢兩位副主席參加。深圳河沿岸的鄉議會代表侯耀金、廖漢強（上水），鄧國容、鄧東、王金生（粉嶺），文伙泰、文炳南（新田），鍾奕明（大埔），曾憲強（八鄉）等出席了座談會。

深圳課題組介紹了這次調研的思路：新界的開發與深圳聯繫最緊密的是一河兩岸，希望聽取港人，特別是新界地方人士對深圳河開發的意見、建議和態度。我們給與會者講解了開發給雙方可以帶來哪些好處，對香港繁榮穩定起到怎樣的作用；號召雙邊共同努力，通過不同管道，爭取各方支持，齊心合力，推動可持續發展。

新界的代表也介紹了深圳河沿岸香港一側的情況。禁區涉及新界北區四個鄉、元朗六個鄉、屯門一個鄉，要有長遠、宏觀視角；發展要讓原居民有獲得感，解決住房、就業問題，完善交通佈局，輻射新界西北；應把握香港回歸的機遇，通過規劃和管理來實現發展。藍國賢副主席特別強調，新界鄉議局希望可利用土地資源整體規劃，回歸後兩地互相投入財力人力，要讓新界鄉親有歸屬感。房屋供應要買得到、買得起，新界的土地不能成為高地價市場。他表示可以收集反映當地民生和香港土地規劃的資料，通過協調地政規劃司，將出入境模式、土地運作模式及港英政府做的中長期規劃提供給深圳方研究。深圳方的研究方案也可以和他們共同探討。

4 月 9 日上午，元朗區議會座談；下午，北區區議會交流。

在元朗，區議會主席黃建榮致辭歡迎。區議員麥業成、文炳南、郭強、陳兆基、鄧培軒等熱烈發言。

下午，又去了新界北區區議會，區議員鄧國榮、侯金林、梁福康等參加座談發言。

議員們表示，新界要發展，除了居住外，要有工業佈局，以就業促民生。當地年輕人外出打工，大都選擇去港島九龍，再就是北上深圳，由此希望盡快解決北上的交通、通關問題。希望回歸後可以突破禁區限制，合作開發新的經濟區，畫一個圈，共同規劃，互相補充。黃建榮主席表示，「一國兩制」下共同發展經濟是一致的目標；鄧國榮議員特別關注貫通大鵬灣和深圳灣的運河項目構想，他認為這是事關未來發展很進取的設想，特別是能徹底解決水浸問題，他支持進一步開展評估，希望多研究，變死水為活水。

文伙泰議員全程參加了幾日來的拜訪和交流活動（圖 3-1）。

圖 3-1 文伙泰先生向深圳市政府副秘書長劉應力（右二）、深圳市科技局局長李連和（右一）介紹禁區管理模式及新界居民訴求

4 月 10 日上午，課題組駐地。

經過兩天的座談和實地考察，我們抽出半天時間開了一個「神仙會」，梳理出重點、焦點和難點、盲點，為下一步的精準調研把握方向：

一是站位要高。深圳市委主要領導無論在公開場合還是私下都講過，期盼深圳河一河兩岸共同發展，把隔離帶變成銜接帶、發展帶；調研不應侷限在一平方公里的河套，而是以研究香港問題為突破口，將九七回歸後的深圳改革開放事業引向更高層次、更廣領域，爭取中央支持，探索自由港政策、「再造一個香港」。

二是要務實。深圳市政府主要領導親自部署，要求從實際出發、從實幹入手，對如何落實「一國兩制」、提升深圳經濟特區的實力，梳理出與土地資源、大型項目、發展機會等相關的問題，要弄清情況、搞準問題；特別是對兩地經濟發展的趨勢、及如何相互促進，要在更深層次進行研究。

三是要摸清港方思路。兩天下來，我們體會到新界元朗、北區及深圳河沿線的鄉事委員會對合作很感興趣。特別是新田鄉文伙泰先生有活力、有能力，經過多年的推動和積累，能上下溝通，帶動工作的開展。對新界當地民眾、港府的方方面面及候任特首和有重要社會影響的人士的思路，要做到知根知底。通過調研，大體摸清楚了地方人士比較關注的問題，包括濕地政策、邊境治安、河道水災、土地開發模式、就業機會、交通配套等，其主流想法還是期盼統籌規劃，帶動（地區）開發。眼見深圳已經開發到河邊，高樓林立，兩岸落差很大。通過共同規劃，可以在居住、商貿、高新技術產業、後勤服務基地等方面與深圳銜接互補。

餘下的幾天，課題組去了深圳在港窗口公司——深業集團進行交流。深業集團董事長許揚也是在任的深圳市政協副主席，基金會顧問。此外，還安排了幾個交流活動，包括拜會香港工業總會；拜會錢果豐、唐英年等立法局議員及前規劃署署長陳乃強先生（圖 3-2），一國兩制經濟研究中心的梁振英、邵善波先生等。我極為珍惜這次難得的學習機會，25 年後再看當年的工作筆記，仍是感慨萬千。

圖 3-2 在香港拜訪前規劃署署長陳乃強先生，聽取他介紹香港新界的中長期規劃

課題組組長開門見山，就下來我們與高層次、有影響的人交換意見，要注意的幾個方面，清晰的指點調研技巧與方法、思路。一是要把深圳的想法、思路、意見理順，交換意見；二是要把兩天來聽到的情況反映出來，同時也不回避問題，提出來交換意見；三是要把這次研究的重點講清楚，切入點是一平方公里的開發利用，規劃是十年八年的事。要將河套一平方公里的構思非常明確地展開；四是要多聽聽他們的意見。候任特首將會怎麼做，涉及國際公約的濕地政策等難點問題要如何解決，等等。關於一平方公里和一河兩岸的開發意義，不要簡單化，可以從深圳的促進作用來展開：促進兩岸發展，形成新的經濟發展點（帶）；有利於解決產地證、住宅、商貿服務業，降低勞動成本；進一步探索，把改革開放政策推向更高層次、更寬領域，促進深港合作；搞好建設與開發，發揮深港協同對內地的輻射和通道作用；發揮對澳門、台灣的示範作用，推動和平統一。

大家還對一些難點展開了討論，如深圳河沿岸港方的禁區問題，環境保護與可持續發展問題等。會長李定提出，若回歸後一時不能取消禁區，可以因勢利導，利用禁區作為管理線，開個口子。後來，文伙泰先生還真的通過民間力量，採取在宵禁時間去當地警署申述要求回家等民事活動，促成了香港政府在 2008 年及之後對禁區逐步解禁，為後來的深港合作鋪墊了道路。「一區兩制、共同開發、各自監管、憑證出入」，大家設計了合作區的新管理模式，既是沙頭角中英街已有管理模式的延擴，也是深圳福田保稅區模式的放大。為了更少地牽扯已有模式，我提議將憑證出入改為「各行其道」。馮金灶副秘書長說：「好，就是這十六字方針：一區兩制、共同開發、各自監管、各行其道。」為了提高工作效率，會議還確定了研究報告的框架、大小報告的提綱和幾個專題資料的內容。已記不得那天上午的會議開到什麼時間了，應該是連午餐都耽誤了。我的筆記本裏至今還夾着一張「請掌握時間」的提醒條。

4 月 10 日下午，深業集團代表交流。

許揚董事長叫來了深業研究團隊的謝偉榮、張勝強、郭國燦等一起參加。作為窗口企業，深業對香港情況、港商動態、民意諮情都清清楚楚，他們介紹了許多對研究決策和諮詢分析都很重要的資訊。許揚一語中的：深圳河一河兩岸，開發是必然的，未來「一線一帶」將是最繁榮的城區，對深圳、對香港都將帶來機會。在這個過程中，香港不同方面都會有不同程度的介入和參與。如果中央能夠在決策上給予支持，就會有更多更好的機遇。

許揚介紹了他所了解的各方動態和情況：較早和最先看好深港一河兩岸發展的是新界的文伙泰，因為涉及家鄉的發展，他是真正地投入，做了不少實事。胡應湘也為建設廣深高速公路和皇崗口岸出資100億，且動工前三年就開始規劃工作；提出可以建設一個新城區，容積率在2.5，多層社區，配套綠地、醫院、學校、購物中心等，其中250萬平方米的住宅，按每戶100平方米可解決香港8萬-10萬居民、25,000個家庭的居住問題。李嘉誠則派人直接與深圳市政府簽訂合作備忘錄，參與開發福田中心區。長實規劃發展的天水圍嘉湖山莊當時正開售第六期，呎價達到近5,000元，是香港所謂的十大藍籌屋苑之一，住宅單位總數達15,880個，以單位數目而言為全港最大型的私人屋苑，主要解決香港中產「夾心」階層的住房問題。同時，他也介紹了香港工業總會、中華廠商會等業界代表人士的想法，唐英年、田北俊、楊釗等提出河套一平方公里可以發展高科技，在深港毗鄰地區做內地做不了、但可以發揮香港獨特地理優勢的事情，提升國際競爭力。如出於降低成本的考慮，香港製衣業大多移師內地，但內地紡織品出口配額嚴重不足。可以在這個地方探索使用香港配額和內地勞動力，產地在香港境內，是獨立關稅區，有國際市場優勢；深港土地銜接、制度錯位，但是共建由誰管轄，如何做好勞務輸出，還是很有講究的。香港業界還提出了發展服務業，如設計、財務、數據處理、金融資本，以應對香港21世紀的經濟轉型，最終成為國際服務中心。

深業的研究團隊介紹了美國哈佛大學、麻省理工學院等機構對香港九七回歸後的產業變革趨勢所做的研究，認為將由「在香港製造」（Made in HK）向「由香港製造」（Made by HK）轉變。將來，深圳河兩岸一定是雙城之間最繁榮的發展帶之一，但會經歷一個過程。如果多一些人推動，認清各自優勢，雙方就可以互補互利。因此要用可持續發展的思維，全面界定一河兩岸的發展模式。

4 月 14 日、15 日，按預定計劃，課題組先後拜訪了香港一國兩制經濟研究中心、香港工業總會和邵善波、梁振英、唐英年等，雙方分別介紹了各自研究和所了解的情況，進行了深入的探討與交流。

關於河套一平方公里的土地權屬問題，香港方通過不同渠道了解到，在雙方同意治河後，基於基本法和回歸前後的情況，土地管理在原則上沒有變化。香港回歸之際，將公佈特區地圖，河套劃到了香港的管理線一側。如果要使用這個地塊，需要說服特區政府，要有根本的政策對應。原來的研究缺乏香港方視角，諸如邊境、人員管理、交通、城市規劃等領域的專業人士意見，因此需要着手補充。對此，邵善波先生表示，一國兩制經濟研究中心可以協調資源、參與研究，綜合考慮香港各相關方面的情況，包括跨境安排、土地規劃及政策、法理等，給出一個預備方案，等特區政府正式運轉後，再擇機提出。

香港工業總會介紹了委託港事顧問陳永棋做的一個邊境加工區的方案。該研究從香港進入關貿總協定後的 1995 年就開始了，參考馬來西亞和新加坡的模式，配合香港的工業發展，以解決香港成衣業的當務之急——配額。香港行政會議討論過該方案，認為需進一步研究；香港勞工界則有反對聲音，擔心輸入外勞影響本地居民就業。唐英年認為，邊境加工區不會減少香港本地工人的就業機會，外勞的輸入可按比例增減進行規範管理，並保證本地就業人數。兩地利用河套發展紡織業，遠水可解近渴的方案，當然後續應該進一步規劃香港再工業化的藍圖。建議安排本地專業人士積極與深圳接觸，共同研究、加以推進。

課題組就這個項目應該做什麼、怎麼做，會遇到哪些問題等，請教了梁振英先生。梁振英介紹了香港對土地資源管理的既定政策，並不是所有的土地都會開發。當時香港已開發土地面積僅佔總面積的 15%，主要考慮城市基礎設施、交通、住房、商業零售、娛樂等用途。河套處於港深接壤地帶，地理條件特殊，（如何開發）屬於新課題。他表示，這個項目首先要考慮的是交通運輸問題如何解決，不能僅從土地利用上考慮，要有特殊需求導向，是深圳的土地香港管理、或是深圳的土地雙方共管，還是這塊土地就是香港特別行政區的一部分，適用於區內法律，但深圳擁有業權……，這些都要明確。梁先生因此建議應有長遠構想，深圳與中央政府都要有基本的概念。邵善波先生也提到，深圳、香港之間最好有一個協商機制，遇到問題不能讓分管部門單方面直接打交道，需要統籌歸口。

2. 向候任特首提交建議書

大家分析了 1997 回歸前後的態勢，深圳有積極性，但推動難度比較大，爭取由香港特區政府主導提出，深圳配合。課題組在香港集中兩天時間，對相關的問題做了梳理和討論：一河兩岸規劃的現狀、意義、總體規劃和重點項目以及配套政策；一平方公里如何開發，重點和突破點、產業功能、管理模式、策略建議；香港人士對上述問題的看法、以及下一步該如何推進，令項目可比較快速、務實落地。同時明確了「民間發動、專業策動、智囊推動、兩地聯動」的策略方針。決定着眼於「一國兩制」大局，吸取原方案的精華，拿出互補互利的新方案，通過兩地政府協商，擇機提出。

經過頭腦風暴，課題組確定這次調研要出四個材料：

赴港考察報告——千字文，直接報市長啟動課題、匯報調研動態、及下一步實施計劃；

深圳河一河兩岸共同開發初步方案——對項目進行整體描述，提出重點、難點和政策建議；

一平方公里聯合開發方案——觀點材料具體化，落腳於如何在一平方公里範圍內具體運作；

港人訪談記錄——包括對一河兩岸和河套一平方公里的開發建議、功能作用思考及問題解決方案等，要原滋原味地體現，不搞加工。

我和吳鋒負責第二個報告的起草。

文伙泰先生全程參加了我們的內部討論，他亦通報了新界鄉議局在和我們座談後提出的一些問題，同時告訴我們，候任特首董建華先生近期將到新界考察。鄉議局擬提出一個 60—80 平方公里的開發設想，特區政府有意認同這個框架，但需要有一個長遠設想——前 15 年開發，後 15 年銜接。

文伙泰先生提到在董建華先生考察時，他想遞交一份報告，問是否可以將這次調研的成果用上。涉及四個方面：一是以深圳河為界，共商（發展）大綱，各自規劃，互補互利；二是以產權為基礎，你中有我，我中有你；三是維護「一國兩制」，更嚴格執行管理線，使之做到管理有序且方便交往；四是以一平方公里帶動整體包括東西兩翼，貫通深圳灣、大鵬灣。

大家覺得這是一個做工作的好機會，讓我來協助文伙泰先生盡快完成這個建議書。

1997 年 4 月 19 日，文伙泰先生親自向香港特別行政區候任行政長官董建華先生遞交了《關於推動深圳河沿岸地區發展的建議》。具體如下（檔案 3-1）。

檔案 3-1 關於推動深圳河沿岸地區發展的建議

尊敬的特別行政區首長

董建華先生：

在政權移交之前的百忙之中，您親臨新界西北區，了解地方發展，聽取民意，給我們極大的鼓舞和信心。為表達我們多年的思考和顧望，請允許我用書面建議，對新界西北區，特別是沿深圳河一帶的發展設想，作簡要說明。如有需要，隨後將提供有關研究資料。

我系香港原居民，新界新田鄉鄉事委員會主席。十幾年來，一直為新界的地方發展奔走呼籲。由於港英當局長期對這一地區實行殖民地隔離政策，對新界西北區、北區的發展設置了許多障礙。因此，九七之前不可能有實質性的動作。而這一時期，香港經濟從整體上得到了迅速發展，一河之隔的深圳受到中國改革開放政策的推動，成為一夜之間崛起的一座新城，對香港產生了重大影響。兩地關係越來越密切。

我本人 1979 年即到深圳投資，並承蒙深圳市政府的厚愛，擔任深圳市政協常委。我看到深圳河地區在深港銜接中具有重要的戰略地位，這種「一國兩制」之下的獨特的地緣聯繫，將為兩地社會經濟可持續發展提供極具潛力的空間。我向深圳市政府提出了「關於促進深圳河『一河兩岸』社會經濟協調發展的幾點設想」，受到了厲有為書記、李子彬市長的重視。在他們支持和指導下，完成了深圳河綜合開發等幾項研究報告，得到了北京高尚全等專家的充分肯定。

研究報告提出，從長遠規劃看：「構築兩帶、貫通兩灣」，在治理深圳河三期工程的基礎上，新辟從三岔河口至沙頭角河口的河道，貫通大鵬灣至深圳灣，建立運河，改善環境，發展內河航運與旅遊；沿兩岸構築相互關聯的產業帶。從西向東，規劃為交通（航道、西部通道）、環保旅遊（米埔稚鳥及紅樹林保護區），高新技術產業及出口加工業（福田保稅區與新田鄉、落馬洲大橋以西）城市交通對接，倉儲轉運、商貿、商住（一平方公里段及沿邊），新市鎮（蓮塘）、港口保稅區及出口加工區（沙頭角、鹽田港）；從近期發展看：利用深圳河裁彎取直後落馬洲一段有一平方公里土地南移，在重新定管理線後，由於土地聯片，產權集中，易於規劃，應盡早利用，可以為香港提供新的住宅和加工工業區。如能與福田保稅區配合，在香港方也劃出一塊地，增設管理線，建立合作工業區，也可以解決如成衣紡織業、出口配額產地證的問題。據測算，雙方合作開發深圳河兩岸，羅湖以西至深圳灣，可供開發陸地面積 10.78 平方公里。如修築東段運河，沿岸可提供 12.621 平方公里的新開發土地。這一帶將成為香港與深圳未來發展的銜接帶、合作帶、新區經濟增長帶。

隨着九七回歸的到來，阻礙這一地區發展的根本因素得以清除，我們期盼特區政府以配合中國的進一步開放和保持香港的繁榮與安定，重新衡量新世界應擔當的角色，充分利用與深圳經濟特區獨特的地緣相連優勢，配合全港發展策略，合理規劃包括新界西北區、北區在內的深圳河沿岸地區，在住房、工業（包括高新技術產業和出口加工業）、交通、商貿、金融資訊、後勤服務、旅遊休閒等方面，為香港提供一個新的發展帶，並有效利用深圳的資源和邊境效應，使該地發揮對香港的繁榮穩定起延續性的長遠作用。

開發新界毗鄰深圳的土地資源，既是香港新的經濟增長策略，又可解決香港當前急需解決的一些問題，如利用土地相連的邊境地區，開闢出口加工區，從紡織品成衣行業入手，解決配額和產地證問題；開展高新技術合作，既可利用深圳的人才資源，又可為香港提供新的就業機會；解決過境口岸銜接、交通通暢等基礎設施建設；提供住宅商貿、後勤服務等所需的土地資源；促進地區發展，規劃新鎮，繁榮新界，重視民生，提高新界居民的生活素質與社區服務水準等。

為了推動這一地區的發展，建議要重視和解決以下幾個問題：

（1）妥善處理邊境禁區隔離帶與邊境開發區的關係。建議在確定的開發區範圍設立管理線。香港特別行政區的人員憑工作證件出入，深圳如有配合項目，深圳方進入區內的人員只能從深圳一方的管理線出入，即「一區兩制，共同開發，各自監管，各行其道」。以期取得經驗，為沿河發展帶的發展提供新的管理模式。

（2）積極做好米埔稚鳥保護區與紅樹林自然保護區的環保規劃。兩個保護區同處一地，應統籌規劃、有效配合、共商方案、科學論證，處理好經濟建設與環境保護的關係。當務之急是暫緩 1995 年 2 月 28 日行政局批準把米埔及內后海灣列為拉姆薩爾公約濕地的動議，待地區發展規劃經專家論證後，予以重新確定。

(3) 制定深圳河沿岸地區的總體發展規劃。優先考慮利用邊境效應，發揮雙方優勢，體現「一國兩制」，互補互利，並對香港繁榮穩定有積極促進的項目。盡快着手深圳河裁彎取直段及周邊土地的發展，為香港特區政府的房屋計劃，工業計劃（尤其是紡織品產業產地證問題）、科技計劃、民生及社會發展（包括無證媽媽安置及家庭團聚）、就業計劃等，提供土地資源和新的發展機會，在一河兩岸地區取得實質性的進展。

(4) 加強法理研究，制定相應的政策。由於該地區處於「一國兩制」的交匯處，運作的法律環境處於交叉邊緣，兩種體制磨合之中如何保證最佳的經濟運行秩序和社會協調環境，這一地區創造的經驗，具有特殊意義。要動員專業人士和地方人士廣泛參與，在實踐中創新。

(5) 建議政府設立專責機構指導推進這一地區發展計劃。鑒於深圳河南岸一直是禁區，未經規劃，需要解決的問題涉及政府多個部門、社會地方的多層面，還涉及與深圳市政府的協商和跨地區合作乃至與中央政府的溝通，因此，必須有一個權威高效的運作機制。建議行政首長委任設立「深圳河銜接地區發展諮詢委員會」，專責沿河發展事務，在行政運作、政策指導、整體規劃、技術支持、社會配合、地方參與等多方面發揮指導、推助作用。

(6) 建立雙邊協商共事的管道，建議通過聯絡深圳市政府，協商成立一個「深圳河開發建設協調聯絡委員會」（暫定名），屬下各自設立辦公室和聯絡專員，並分設諸如房屋、治河、工業、環保、交通、基礎設施等技術小組，對口對話、協商協調、制定政策、批準方案，在授權範圍內高效運作。

可以預見未來15年，深圳河一河兩岸是最具增長潛力的地方，50年內沿河兩岸將展現一個新城市帶，這是舉世無雙的「一國兩制」的創舉，是社會發展的必然。

我們寄希望於香港特別行政區政府，寄希望於首任行政首長。

文伙泰

一九九七年四月十九日

3. 國家各部委及深圳相關系統研究（第二輪調研）

1997年4月下旬，在香港調研結束後，按照工作計劃，課題組前往北京進行第二輪調研；5月上旬在深圳與各相關的駐深單位進行座談，廣泛聽取意見，同時也將這次調研統籌列入香港回歸前深港合作機遇的宣傳。

在北京，課題組先後拜訪了馬洪、高尚全、謝紹明等人。他們前期參與指導和支持基金會的研究，聽說這次是市委市政府的課題組，非常重視，從前瞻性、全域性和可操作的層面給予了寶貴的意見。在京召開了有國務院港澳辦、國家計委、國家科委、建設部、國家環保局、國務院特區辦等部門專家參加的座談會，獲得了非常有建設性的多維度專業指導建議（圖 3-3）。

圖 3-3 李定（左一）、文伙泰（左三）在國務院港澳辦匯報

專家們認為：深港之間特殊的地緣關係是其他地方不可替代的，希望深圳做方案時，遵循「一國兩制」的原則，充分發揮彼此優勢，形成互補互利。深圳的發展策略要與中央的長遠考慮和區域經濟的方向相吻合，着眼於功能開發。在總體規劃上要協調，相互促進、配合發展，最終實現經濟一體化。深圳河沿岸及一平方公里的位置非常好，處於與香港連接的前沿地帶，一定要和香港協調溝通，做好總體規劃，先把鐵路、高速公路、基礎設施等規劃做好，到時候一河兩岸的開發就水到渠成了。

國家科委的專家特別提出，深圳河沿岸地區的發展可比照或跨越國家社會綜合發展試驗區的目標，要高舉可持續發展這面旗幟。可持續發展這個聯合國的項目在中國進展很快，國際上反映很好，容易為人們所理解。香港工商界也表示要通過這個項目積極參與進來。深圳若想建成為國際化城市，就要全面規劃重塑城市形象，環境、資源與科技的發展也要跟上，經濟與社會事業協調配套發展，把香港社會關心的共同點納入進來，與香港特別行政區政府共同商議，擬定共同的目標，在國際上也要更積極主動一些。

國務院港澳辦的專家表示，如深港雙方將來同意合作開發，一平方公里就顯得太小，不能發揮應有的功能，一定要將周圍的地區包括進來，才能真正發揮應有的作用。對該地區的研究、規劃，一定要從客觀、整體利益去考慮，為發展提供空間。國務院港澳辦專家提出，課題組要認真研究好涉及兩地的法律問題、功能規劃問題和「一國兩制」原則下的跨境管理問題。

馬洪顧問說，功能設想要從香港的需要出發，多和香港的專業界、工商界和地方人士合作，由他們向特首建議；不能只從我們的願望出發，要考慮對方的要求，共同配合起來，把這件事情做好。高尚全顧問認為，香港與深圳合作要充分利用香港的資本市場、信息資源，這些都要有合作規劃對接。謝紹明顧問表示，國家非常關心與香港合作發展高新技術。宋健同志多次提出，香港回歸後，國家可以通過科技支持香港繁榮穩定。如果兩地配合，在深圳河沿岸建立高新技術園區，實行研究、開發、產業一體化是很有潛力的，可以充分利用香港的信息、市場、管理以及內地的人才、技術，兩個優勢結合對香港的經濟一定會是有力的支持，國家科委可以給予大力支持。

專家們一致認為，這個區域以科技含量高的產業功能佈局並配合配套住宅商貿區較為適宜。可以突破一平方公里，在更大範圍設計規劃，配合西北鐵路、三號幹線和兩地過境交通，發展沿線的配套設施，提高土地利用效率，從而使雙方的經濟發展都可以從量的增值變為質的增長，在邊境地區形成新的增長帶。管理問題可以借鑒國際上在三角地帶和邊境合作區由幾個國家交叉管理的經驗和做法。高尚全顧問是香港特別行政區籌委會成員，他介紹說經濟組的陳乃強、簡福貽、陳永琪、黃保欣等委員都很關心這個話題，厲有為書記也在這個組。課題組可以進一步論證研究，多幾次反覆，完善方案。做到一定程度後就可以用書面方式報上級研究。

國務院港澳辦還特別就項目的研究成果怎麼發揮作用，提出了原則性的意見：能不能做、怎麼做，地方政府要定下來；如何出面提出，要看機會，要充分尊重香港特別行政區政府；深圳河沿岸發展的問題取決於條件的成熟程度，特區政府要有意向，下決心解決這個問題；只有政府提出才有力度，才有利於實現。

5月8日，課題組梳理香港、北京的調研成果。

大家進一步分析並明確了方向、聚焦了重點、認清了難點。下一步的目標是要給深圳市領導決策提供更加科學可行的方案，加快委託邀請香港的合作機構、團體和專家多方參與，做同步的研究，向特區政府提出建議。課題組調整、優化、明確了接下來的工作方向，繼續深度調研，摸清深圳和香港遠景規劃的銜接；消化理解香港、北京調研時各方的意見，完善內容的客觀性與前瞻性；盡快完成報告的匯報稿，完成上會前徵求各部門意見的環節；同步加強與港方的聯絡與協調，支持一國兩制經濟研究中心的共同研究，邀請其來深圳實地考察交流；繼續和北京保持熱線聯繫，及時報告情況，取得支持和理解；安排向省政府有關方面匯報一次，各環節都要緊緊扣住、相互銜接。

5月12-13日，課題組再次召開閉門會。

結合香港、北京調研提出的問題，對需要聚焦和說明的重點、難點、疑點等進行了梳理。大家認為，這個課題前景好、難度大。市領導思路明確，方向清晰；香港基調積極，大勢所趨；北京支持，指導性強；基金會、綜開院的前期研究基礎扎實，各方面專家意見給予支撐。會上還對總報告、大方案（深圳河一河兩岸）、小方案（河套一平方公里）以及香港、北京調研意見等起草工作做了安排。市委政策研究室副主任林源昌牽頭完成調研報告，譚剛牽頭小方案，我負責對接大方案。

第三輪是在深圳本地的調研。5 月 14 日 課題組啟動了對駐深機構和市涉港機構的調研。當天緊鑼密鼓地安排了兩場座談會。上午與會的是市人大法工委、市法制局以及公安、邊檢、九龍海關和口岸辦、外事辦等涉外部門；下午則是市計劃局、規劃局、環保局、經濟發展局、交通運輸局、科技局、水務局、福田保稅區管委會和市政府辦公廳等單位。調研中，大家提出並了解了一些細節上、專業上的問題，以及特別許可權管理的問題。例如，深港邊防線情況；過境耕作口、工作口分別是哪幾個；發放審核的證件有哪些；沙頭角中英街不算口岸，按邊防禁區進行管理，其管理模式和政策與口岸管理不同，據此可以向中央申請比照的政策，等等。其他部門都從各自分管的領域提出了很多具有建設性的意見，在可操作性和前瞻性之間提出了一些可以展開的空間和領域。

5 月 15 日，課題組又分別登門走訪規劃、水務等重點部門，對貫通大鵬灣—深圳灣工程、沿河深圳一側規劃的編制和微調把控的可能性進行了諮詢。城規院、水規院的領導非常重視，邀請了幾位總規劃師和專業骨幹參與討論座談。回頭看，這些人都是未來深圳規劃建設的核心團隊成員，如梁毅、李貴才、司馬曉、林群、周勁等，他們也一直關注着深圳、香港毗鄰地區的規劃，提出過許多建設性建議，成就了許多標誌性的規劃。尤其是，20 多年後司馬曉作為深圳市城市規劃設計研究院院長，擔綱了深圳河套片區規劃的總規劃師。

關於河套土地權屬與「插花地」問題。

由於深圳河治理帶來的河道變更，深港雙方都有土地劃入對方境內。1997 年國務院 221 號令頒佈之前，河套地區土地所有權與管理使用權是分離的，即所有權在深圳，管理權在香港，因此河套土地的開發建設等一系列管理相關事宜均要遵照香港的法律執行。為使業權登記工作按照香港法律順利推進，經請示市領導同意，經香港一國兩制研究中心介紹，深業集團正式委託香港梁振英測量師行和薛馮鄺岑律師行作為顧問。其間舉行過四次工作會議，並到深圳皇崗口岸及落馬洲河套周邊進行實地考察。

梁振英先生和專責律師一起，探討和出具了專業意見；從行政、產權、用途、規劃等多方面，依據香港已有的案例、經驗，及基本法規範，提出了原則性指導。主要有：從政府層面確認這塊土地的業權是深圳的；業權由深圳市轉讓給深業集團使用 50 年；業主向特區政府申請換取香港地契的用途盡量與發展要求相吻合；按規劃程序做好各種答辯，包括介紹說明及應對社會各界輿論的多種準備。根據前期法律諮詢，深圳市委市政府決定將這塊土地使用權轉讓給深圳在香港的窗口公司——深業集團。深圳市國土局與深業集團雙方簽訂了《深圳市土地使用權出讓合同書》（合同編號：深地合字〔1997〕0055 號），實現了土地使用權的轉讓。

合同書約定用地面積為 77.58 萬平方米，容積率 1.2，可建築面積 93 萬平方米，用地性質為高新技術園區，使用期限自 1997 年 4 月 23 日起，使用年限為 50 年。當時成立了一個三人小組負責承接業務，包括深業集團副總經理、董事長秘書和我，他們兩個負責跟香港對接，我負責跟深圳市政府對接並提供所有資料。大家的每一步工作，均遵循香港律師的顧問報告和建議進行，涉及企業層面的由深業集團協調，涉及政府程序的，一起擬定報告事項，由我去跟蹤落實。

變更河道導致的深港邊界土地劃分問題，直到 1997 年香港回歸時才明確下來。在中華人民共和國恢復行使香港主權的過程中，涉及邊界變遷自是大忌。中央以尊重歷史的高度智慧確立按新河道中心線為管理線，根據基本法對原來的土地權屬不變的原則，延續了過往的過境耕作地制度。深圳將河套的使用權轉讓給企業持有，符合基本法對香港回歸前的土地使用權的有關規定，轉讓時間為 1997 年 4 月，轉讓後，深業集團對應擁有「過境耕作地」性質的土地。

這裏有必要說明一下過境耕作地的情況。

香港新界那邊還有 20 世紀 50 年代就一直流傳下來的深圳方業主擁有業權的其他魚塘和耕作地，這些地契經歷過明末清初到民國以來的時代變遷，包括內地的土改、人民公社，一部分明確在深圳一方，也有持有原始地契的個人定居海外，但都依照香港的法律行使管轄權，也稱為「插花地」。關於「插花地」，也是我們調研取證的重要任務之一。運氣還不錯，羅湖區政府和市委統戰部在這之前曾分別就此問題做過專門的調研。市委統戰部經濟處處長黃國光找來了前兩次調研的基本資料，其地理分佈、面積、持證情況和現狀都一清二楚。**深圳方業主擁有的「插花地」共計 4000 多畝，分別是赤尾（2600 畝）、石廈（魚塘 500 畝、菜地 200 畝）、羅湖（耕地 335 畝、魚塘 290 畝）、羅芳（250 畝）。石廈村集體在元朗還有 430 畝養蠔的灘塗**，1906 年前和 1906—1976 年間都是納稅的私人用地，後來港英當局認為是官地。自 1982 年建立米埔自然保護區後，盡管不再養蠔，但石廈村仍然向港府繳納土地租用費，以保住蠔田的「事實擁有權」，期待將來有機會可以再收回轉為自有。**深圳河治理後南北互易的土地以等量的原則對換後，仍有 1600 畝（約一平方公里）在河**

以南。中央確定的以深圳河新河中心線作為粵港邊境管理線，南移的土地作過境耕作地處理，表明地界產權不變。管理辦法與原來的過境耕作地相同就是延續這一歷史和現狀而來的（圖 3-4、圖 3-5）。

圖 3-4 羅芳耕作橋原貌

圖 3-5 1994 年，長嶺村村民過境耕種

四

回歸後河套片區開發「平靜中的波瀾」

跨境高新技術園區列為深府年度調研頭號課題

香港回歸後，大的局勢清晰明瞭，各項工作進入常態化。

1997 年 9 月 16 日，深圳市政府第二屆七十九次常務會議聽取並討論了《關於深圳河沿岸地區開發與建設的調研報告》。會議指出，經過一年多的深入調研和辛勤工作，課題組就深圳河沿岸地區的開發與建設提出了很好的思路和意見。這對於加快一河兩岸的開發建設，促進深港經濟合作，都起到了積極作用。

會議還就此議定，提出了兩點意見：

一是從首期開發一平方公里的目標做起。鑒於一河兩岸存在的政治、法律、環保和管理等方面的敏感性、特殊性和複雜性，要真正啟動起來，還有大量的工作要做。為此，會議同意以「民間發動、專業推動、智囊策動、政策聯動」的方式進行。要通過各種方式調動香港特區政府的積極性，使其對此予以重視。

二是有關調研工作要繼續進行。課題組要繼續保留，以綜開院、市委政策研究室、深圳特區促進深港經濟發展基金會為主，同時要加強與香港一國兩制經濟研究中心的合作，共同做好這篇文章。

1997 年 11 月下旬，國務院領導在聽取深圳市委主要領導匯報工作時提及深港合作，特別交代要從深港兩地利用地緣優勢、合作發展高新技術的特定角度開展研究議題。市政府決定由市委常委、常務副市長李德成牽頭，從市委政策研究室、市科技局、高新辦、綜開院、發展基金會等單位抽調人員，組成深港共建跨界高新技術產業園區方案寫作組。當時我在深圳市外資辦投資服務處工作，李德成同志將我也借調出來參加寫作組，並根據後續工作需要將我調入高新辦。

1998 年 2 月 2 日，我正式到高新辦報到。之後，在部署1998 年市委市政府重大課題調研工作的市委 3 號文件中，關於與香港共同建立跨境高新技術園區的議題被列為第一項課題，由書記、市長和常務副市長掛帥，市委政策研究室、市府辦牽頭，市科技局、外事辦、口岸辦、計劃局、國稅局、地稅局、綜開院和深圳特區促進深港經濟發展基金會等單位參加。李德成常務副市長特別批示，還是由原來市委市政府的兩位副秘書長具體負責，點名高新辦的張克科同志也參加。看到這個文件和批示，我頓覺責任重大。

2022 年春，和曾任深圳市副市長的張鴻義同志座談交流。他對深圳與香港的合作非常關注，聽我介紹了相關資料，非常好奇地問我：「按你的情況，怎麼會參與、知曉和珍藏有這麼多跨時段、跨部門的資源？」我將前前後後的過程一說，他恍然大悟，說：「30 多年堅持和守護這些珍貴歷史資料，見證深港合作的點滴過程，難能可貴。」

新課題組仍然是市委牽頭，市政府和科技局擔綱，政協副主席李定任顧問，並列出了地域範圍、產業選擇、適用法律及配套政策、實現形式等四個重點，力求在可操作上有所突破。同時，和一國兩制經濟研究中心協同並進，請他們從香港民間智庫的角度，對在香港運作該項目可能涉及的法律、規劃、環保、邊境管理、投資形式、產業需求等問題進行雙方合作研究，尋求最合適的發展模式，並向香港政府提出建議。

「河套可試行自由港政策，不能搞丟了」

1998 年 2 月 6 日，深圳市市長李子彬主持市政府第二屆第九十一次常務會議，聽取並原則通過了《關於建立「香港—深圳高新技術產業園區」的設想》。時隔半年，這是市政府常務會議第二次專題討論深港跨境合作議題。

會議紀要指出，深圳市委市政府一直高度重視並採取多種方式推進深港合作，但由於深港雙方理念上的差異等，這一設想實踐起來會有難度，要有信心積極推進，既要抓緊、也要有耐心。要多渠道做工作，爭取中央層面的協調，爭取列入國家「內地與香港大型基建項目協調委員會」的動議，實現雙方的共同目標。

會議部署了向中央領導匯報的文稿要求、和香港機構合作研究雙邊開展工作的渠道（圖 4—1）。會議還要求，根據「九七」回歸後基本法的原則和香港法律的適用範疇，落實一平方公里土地的有關權屬。

圖 4-1 香港元朗區區議會議員代表團考察正在施工的深圳河裁彎取直工程

今天再看當年的會議紀要，最有前瞻性的目標是：在深圳與香港聯合開發沿深圳河高新技術產業園的商談未取得實質性進展之前，深圳方面工作方向不變、原則不變，沿邊境一帶的開發繼續朝着高新技術產業園區方向發展。依照這一理念和設想，福田保稅區產業發展方向也要做相應調整，由以倉儲業為主改為以高新技術產業為主。這一關鍵時刻的重大決策，為今天深港協同共建河套科技創新合作區留出了空間，延續了時間，堅持了方向，把握了時代發展的脈絡。

為落實市政府會議精神，做好給市委常委會匯報的準備，3月18—20日，新課題組專程赴香港拜訪一國兩制經濟研究中心，實地勘探香港一側邊境禁區和生態環境，走訪香港科技大學及香港工業中心等機構。

4月1日，深圳市政府將此議題提交市委常委會審議。

會後，兩位副秘書長全力落實市委常委會議精神，參與新課題組的全程活動，對項目的難度和未來的機會有了更清晰的認識，深感單靠課題組推動之力不從心，遂聯名向市委市政府主要領導請示。在報告中提出，希望建立更高層級的協調工作小組。香港方面一時很難達成共識，要在深圳大力發展高新技術產業，形成氣候，吸引對方。近期集中力量，認真細緻做好深圳河一期工程改造後南移的一平方公里土地的開發方案，對涉及這一地區的規劃功能、產業項目、出入管理、環境保護、法律政策、基礎設施配套、投資來源、開發商組織等，逐一進行研究，提出可行性方案；同時對不涉及香港的深圳漁農村改造也提出了預案。

在這之後，各項聯絡工作緊鑼密鼓地推進。

深圳市領導親自出面做工作，借香港回歸一周年紀念活動赴港，專程拜訪了香港特別行政區行政長官、立法會主席、部分行政會議成員。在深圳、香港、廣州、北京，以及各種春茗交流場合、兩會會議間隙、互訪考察中，深港合作建設跨境高新技術產業園都成為熱議的話題。此外，還通過一國兩制經濟研究中心邀請香港各界別高層人士訪問深圳並座談。

當時香港科技大學校長吳家瑋正在與北京大學洽談合作，身為特區政府策略發展委員會成員的他多次在行政會議上介紹深圳發展高新技術產業的相關情況。深圳市領導還多次向廣東省領導和科技部領導詳細匯報。深港合作建設跨境高新區也得到了中國工程院院長宋健、中國科學院院長路甬祥的指導和支持，專程在深圳組織院士論壇，提升深圳和香港對於高新技術發展趨勢及加強合作交流的認識。

7 月 21 日，國務院總理朱鎔基在聽取深圳市領導工作匯報時，了解到深港跨境科技園的設想和有一平方公里的土地，語重心長地叮囑要利用好深港兩個方面的優越性，深圳背靠內地科技力量，有人才優勢和低成本勞動力的優勢。深圳一平方公里可以試行自由港政策，要好好守住這一平方公里，不能搞丟了。

納入粵港聯席會議議程卻因業權爭議不得不擱置

香港回歸之後，深港共建跨境高新技術園區成為深圳及香港有識之士的共同期盼。為推進和落實深圳市委市政府的決策，接下來就要和香港商談合作對接，就深圳與香港共同建立跨境高新技術園區方案的可行性、必要性以及規劃範圍、條件和政策措施等深度調研，為建立深港跨界高新技術產業園區提出對策性意見。

經深圳市領導同意，1998 年 4 月 16 日，一國兩制研究中心總幹事邵善波特別邀請深業集團副董事長董英傑和行政長官特別助理陳建平先生一起喝下午茶。我也參加並主動介紹了近期關於深港合作的研究情況，我們請陳建平先生介紹香港特區政府對深港合作、攜手發展高新技術產業等方面的意見。陳建平先生介紹了特首施政報告中關於與內地合作的構思過程。國家提出「科教興國」的方針後，特首態度積極，明確表示香港需要配合發展。特別是在遭受金融風暴衝擊後，香港工商界對於密切同內地合作的呼聲很高，很實際。董建華先生已邀請中國科學院外籍院士、加州大學柏克萊分校校長田長霖先生等人組建行政長官特設創新科技委員會，要求策略發展委員會、創新科技委員會一起完成諮詢報告，並指定行政會議成員唐英年、錢果豐分別專責制定工業政策和科技政策。

陳建平先生介紹，香港回歸以來內地提出與香港合作發展高科技的思路也是五花八門。中央要求，凡與內地交往事宜，原則上應由香港特區政府提出。他非常坦率地說，今天我們是朋友間非正式聊天，剛才聽了介紹，感覺知道河套地區的情況太晚了。早前董建華先生已經向中央提出了建立粵港聯席會議的會晤制度，現在不便再提深港聯席會議。如果就兩個城市間建立紐帶，再通過深圳經濟特區向內地輻射，或許會更便利。

邵善波先生和陳建平先生商量，先不求名但要務實，一國兩制經濟研究中心可以牽頭，邀請香港各界有影響力的人士到深圳走走看看。茶席間，我們接着這個動議做了進一步討論，認為為加強香港各界對深圳高新技術產業的現狀、實力、前景、規劃的了解，可通過民間組織的方式，每月一至二批（圖 4-2、圖 4-3），到深圳參觀交流，有針對性地做些工作，且低調進行，不對外報道。咖啡涼了，但話題更熱了，大家一鼓作氣繼續討論，初步擬定了邀請嘉賓，按批次和順序分別為策略發展委員會成員、行政會議成員、資訊科技及廣播局、工業署、新立法會議員、其他有影響的社團，最後安排傳媒來深圳參觀交流。

除了民間推動以外，香港方面也向我們建議，依據回歸後的安排，深港跨境高新技術產業園區的問題，一定要放到粵港聯席會議上來談。他們也會配合提出，請深圳市領導參加粵港聯席會議。

深圳將深港共建跨境高新區的事項上報到國務院港澳辦。港澳辦問我們，香港到底是什麼態度，法律上可不可行，他們心裏也沒底。1998 年 8 月 7 日，根據市政府安排，深業集團牽頭的法律諮詢工作會依約繼續進行。

圖 4-2 香港新界元朗區議會代表團訪問深圳河治理辦公室

圖 4-3 深圳市常務副市長李德成陪同香港一國兩制經濟研究中心邵善波先生一行考察深圳高新技術產業（圖左前，任正非先生正在介紹華為的發展歷程）

梁振英先生出席了這次工作會議，並對前幾次溝通中梳理出來的要點清單一一做了說明，如：土地轉讓合同的主體、後續的運作路徑、出讓金的厘定、時間的法律意義以及未來登記後在香港依法管理的要點等。聽說他下周要去北京參加基本法起草委員會會議，我提議：「只有你去匯報（河套問題），才能夠說得清楚。」

1998年8月19日，在第六次香港深業法律諮詢工作會議上，梁振英先生特別提到自己在京期間專程前往國務院港澳辦做了將近兩個小時的匯報和說明，他把香港的法律問題、政策、合法性、合理性和需求做了一個完整的解釋。最後一句話給了我們定心丸：北京對這件事情清楚了。這樣，我們感覺有把握、有底氣向前推進了。

那次會上，我們還獲知，特首董建華計劃在八月底訪問深圳，希望我們提前做一些準備。從香港回到深圳，我第一時間將情況報告了市領導，結果又攬了一個大活，為接待董建華先生準備資料。還好在這半年多的時間裏，我們前前後後通過香港一國兩制經濟研究中心接待過好幾批香港嘉賓，看過華為、賽意法、海王等高新區和保稅區企業，加上市委常委會之後的幾次研討，關於深港攜手發展高新技術和利用跨境地域優勢建立園區的思路日漸清晰。

後來，我們從北京得到消息，國務院港澳辦香港經濟司司長張良棟親自了解了這個項目，並積極做工作將該項目列入粵港高層會晤議題。張良棟指出，從戰略上考慮，同意將這個項目放在深圳而不放在廣州，是要利用深圳的地理優勢和人文環境等，更好地利用香港的投資環境。

國務院港澳辦同意把深港跨境高新技術科技園項目列為粵港聯席會議的議題。

1. 深港雙方圍繞跨境高新區開啟正式會談

為籌備粵港第二次聯席會議，廣東省召開了一次籌備工作會議，我作為李德成常務副市長和劉應力副秘書長的隨員，帶着資料去開會。籌備工作會議上通報了經港澳辦協商擬列入粵港聯席會議的幾個議題，希望各級各部門牽頭，按議題分工分頭做準備。其中就有「建立深港跨境高新技術產業園區」的合作會商項目。到會的省直部門有人提出，科技合作怎麼放到深圳？廣州應該是主要資源集聚地。不知道哪位領導做了解釋，這個項目是北京定下來的，今天深圳的同志也來了，我們要抓好落實。我們聽到這個消息十分驚喜，河套地區前期的工作總算沒白做。

協商籌備會進行了分工，其中「建立深港跨境高新技術產業園區」這個項目確定由廣東省科技廳廳長方旋作為談判組暨課題組組長，深圳市常務副市長李德成作為副組長，廣東省科技廳合作處處長姚化榮、深圳市政府副秘書長劉應力和我作為成員，組成專責小組，進行深港跨境高新技術產業園區的討論和準備。方旋要求深圳做一些前期準備，德成副市長直接就安排我作為專責工作人員，為正式會議前的工作磋商準備各種材料。

我們有備而來，前期系列研究的大思路比較清晰，那就是將深圳的高新技術產業佈局與香港的大學、科技資源和園區結合起來，構建持續的深港高新技術產業帶。以河套地區和深圳高新區為節點，佈局跨境高新技術產業園區若干核心引擎的建設。首先要解決的是合作的基礎條件和空間可規劃、可支配的問題。我給市領導和省科技廳專責小組起草了有關情況的背景報告，以便省有關部門對深港之間的歷史和原委有一個清晰的認識。

首先要說明跨境合作的空間資源情況，自然就要清楚交代一平方公里土地的來龍去脈。我在提供的背景報告中做了詳細的說明：

為使業權登記工作順利進行，深業集團通過香港一國兩制經濟研究中心介紹，正式委託香港梁振英測量師行和薛馮鄺岑律師行作為顧問，其間舉行過六次工作會議，並到深圳河實地考察。梁振英先生根據香港的法律和個案經驗，從行政、產權、用途、規劃等方面提出了具體的意見，主要有：從政府層面確認這塊土地的業權是深圳的；業權由深圳市轉讓給深業集團；向特區政府申請換取香港地契的用途盡量與發展要求吻合；按規劃程序做好各種答辯，包括回應社會各界輿論的解釋說明。深港雙方經過多次磋商，已形成初步工作意向，基本原則：土地的永久產權屬於深圳；按照香港的法律和程序進行管理，採取批出土地使用權的方式，由深業向香港政府換取香港的地契；目標：爭取綜合開發（以高科技合作為主），不補地價，以減少成本，對兩地的科技產業發展形成互補，以填補香港的空白。基礎設施由香港負責，立法局批準計劃、撥款、安排預算。深圳市政府通過對深業集團的支持，共同參與開發。按照換契的思路，開發與功能等要受香港的產業政策和規劃制約，但進入市場比較順利，基礎設施可由香港政府投資；而如果按照由深圳市政府直接擁有業權來開發，屬於 Freehold（永久產權）性質，沒有地契的限制，規劃上也沒有限制，只要遵守香港的建築、消防、安全等相關法律，但基礎設施的所有投資都必須自己來，而且進入市場的土地在法律上會存在一些問題，有礙開發。

綜上所述和前段的工作協商，我們認為擬採取批地給深業的方式為宜。有關在香港換取地契的法律文件，梁振英測量師行等已着手準備。其間，我們專門向國務院港澳辦做了匯報。

港澳辦政務司認為，這塊土地的業權是非常清楚的，在國務院公佈以深圳河治理後新修河道中心線為管理線前，雙方交換過意見，中央、省、市都明確業權是深圳的，做「過耕地」處理，符合基本法的有關規定。由於當時的特殊情況，港方予以默認，但沒有雙方共同簽署的協定。為了完善法律手續，可以把它作為深圳河治理後邊界談判中的遺留問題，現在應該明確提出來，盡快處理好。港澳辦政務司還提出，把土地問題和粵港科技園項目分開進行比較有利，可以按照原來的管道，在粵港邊境談判的層面上來處理，先解決土地問題，再談開發利用。而且，要考慮香港在深圳一側土地的一攬子方案。我們爭取達成協定，明確深圳市政府擁有永久業權，並由深圳市政府確認業主，向香港特區政府辦理有關的法律手續，土地按香港法律管理。有關開發利用，可以組織專家組研究，提出具體方案。

我們提供了《關於深圳香港高新科技產業帶範圍的說明》。構想中的深圳、香港高新技術產業區位於以深圳河為中心的深港交界地帶，由核心區和擴展區兩大部分構成，包括深港兩地部分土地的配合使用。

深圳香港高新技術產業區擬充分利用地緣優勢，選擇在深圳河皇崗—落馬洲段深港兩地相連部分。以深圳河中心線為粵港邊境管理線不變，深圳方以深圳河和廣深高速公路為界，主要包括福田保稅區、漁農村、皇崗—落馬洲口岸區以及劃入香港管理的深圳河治理第一期工程後南移的一平方公里地段；香港方以現行的邊境禁區線為界，河套區以東以山脈為線，西部以新田鄉西河道為界（保留西河道至米埔保護區之間的環保緩衝地段），與上述深圳一側土地相連對接的部分，形成相對封閉的管理線。核心區總面積為 7.74 平方公里（圖 4-4），其中深圳方 3.5 平方公里，香港方 4.24 平方公里，扣除港方口岸區內面積 0.41 平方公里，列入核心區面積為 3.83 平方公里，雙方大致相等。

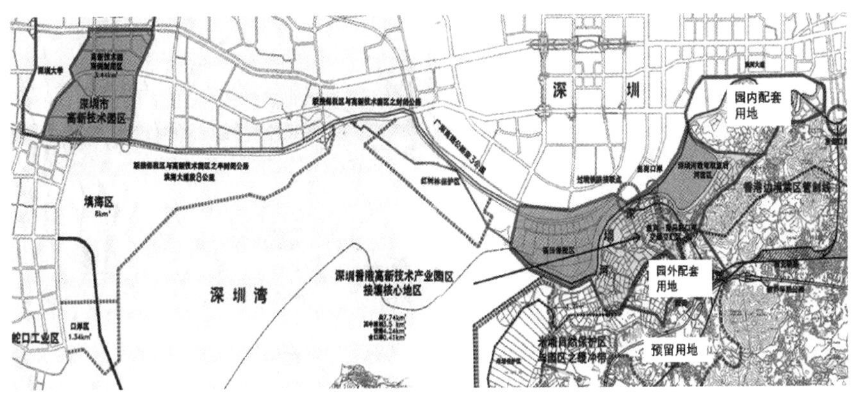

圖 4-4 深港跨界高新技術產業園區示意圖

考慮到「一國兩制」原則、兩地不同關稅區政策、土地區位特徵及各自的優勢，在河套地區應利用更多的深圳因素，如人才優勢的項目；在河套地區以外，應安排以香港產地為特徵的高科技加工項目，兩地政策互補，合理配置資源。核心區內，雙邊各設出入通道，與現行的口岸體系不交叉、不混同。

核心區內的現狀是深圳一方建成福田保稅區、皇崗—落馬洲等交通口岸樞紐，深圳河治理後南移河套一平方公里已平整，口岸區內港方落馬洲管制站擬擴建（東西各增加七個通道）、港鐵北環線和深圳地鐵在此地段內接駁出入、香港方擬規劃 64 公頃集裝箱貨櫃場地、深圳方可將漁農村列入改造利用。核心區南北向以自然形成的道路、河流、山脈和管理線劃分，不觸及現行的管理規定；核心區東邊劃線視規劃功能的需求及香港土地徵用的配合情況；西邊為米埔自然保護區，已預留了建設環保緩衝帶的區域，核心區與米埔自然保護區間距約 1.2 公里。

深圳香港高新技術產業區的擴展範圍包括三個區域：A. 深圳一側，利用福田保稅區一號橋直通香港的條件，由保稅區西側延伸一條封閉（半封閉）道路，沿廣深高速公路、濱海大道直達深圳市高新技術產業園區。將高新技術產業園區直接與雙邊接壤地段聯動配套，高新技術產業園區深南大道以南部分實行封閉式管理，享受福田保稅區的政策；封閉路單邊向南開放，連接濱海大道南側的后海灣填海區域。B. 香港一側：在邊境禁區線以外，沿落馬洲多功能運輸交匯區及西北鐵路、新界環回公路沿線規劃部分配套用地。C. 為形成深圳河沿岸合作發展帶，可將截彎取直河道（深圳一側濱河路以南）至羅湖口岸之間的沿河兩岸劃為園內發展配套用地，重新規劃建設。

深圳香港高新技術產業園區與兩地的產業發展和佈局有密切聯繫。深圳方已規劃建設深圳高新技術產業園區、龍崗大工業區、南油蛇口工業區、鹽田港區等，香港也規劃在新界邊界附近發展古洞及坪輋高科技工業區，以及白石角科學園、九龍塘第二個香港工業科技中心、屯門第四工業邨，加上原有的大埔、西貢、將軍澳等地的工業邨和香港科技大學、香港中文大學等，這裏有望構成高技術開發研究、高技術產品生產製造中心，並逐步形成深港高新技術走廊（圖 4-5）。

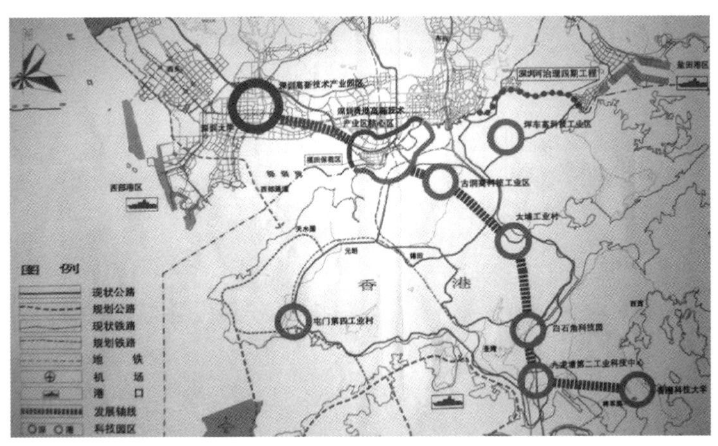

圖 4-5 深港高新技術發展佈局關係圖

深港合作是一個持續長遠的過程，兩城交匯都有許多的共同點和協同處。根據上述範圍，可以將關係全域、聯繫兩地的高新科技綜合發展和佈局視為大方案；將深港兩地土地相連，管理分區、界線分明的核心區視為小方案；將與小方案有直接聯繫的，隨發展時期、配套設施、功能佈局而延伸的可擴展地段視為中方案。採取分階段、分屬地、分功能的策略，做好發展規劃。目前着重抓好核心區小方案的實施，以求啟動建設，形成示範、輻射和聯動效應。

做好持續發展的規劃，在香港一方向東南、深圳一方沿西北交互，給予深港接壤的邊境向不同方向擴展與核心區關聯的配套。

香港：東向，位於香港禁區管理線內、河套以東至羅湖口岸，和深圳濱河大道以南的地段，面積為 3.66 平方公里，其中深圳境內，濱河大道以南為 1.3 平方公里。該地段以配合區內的發展、配合深圳河沿岸發展以及與羅湖區的關係為基礎，作為區內二期發展用地。其中深圳一方，因該地段沿河空置土地較少，為保持配套和功能完善，可考慮對已建房屋進行二次改造。南向，位於香港禁區以外與口岸連接及交通沿線部分地段。該地域以新界公路為線，分為南北兩塊。南塊 1.74 平方公里，與核心區關係緊，是近期聯動發展、配套基礎設施和規劃香港一側多功能區的最佳選擇。新界公路以南至山麓地段 4.35 平方公里，可預留作為衛星式新市鎮發展。

深圳：西向，位於環深圳灣地段。該地段深圳高新技術園區內南片 3.44 平方公里，濱海大道以南規劃的填海區（口岸用地除外）約八平方公里，通過封閉（半封閉）道路，濱海段長八公里，廣深段長三公里，與核心區聯繫，成為最具潛力的發展地塊。其優勢在於：科技園南區與保稅區直接連通，可享受核心區的政策延伸，發揮更大的空間優勢。通過南區與深圳大學和中北區聯繫，實現「一園多制」，有機促成園內的發展動力，內地因素在這裏可轉化釋放、綜合資源利用可達到最佳效益；濱海大道在填海區段單邊封閉、但對填海新區開放，使填海後的八平方公里土地與香港有直接聯繫，方便安排更多香港因素的項目，使土地資源能得到充分利用，加上西部跨海大橋的建設和華僑城旅遊碼頭的設立，將香港中心區與深圳拉近，有望形成環深圳灣的又一個維多利亞海灣。北向，長遠來看， 配合雙邊地區發展，興建深圳河第四期工程，羅湖以東（香港以北）的兩岸地區及大鵬灣，包括文錦渡口岸區、羅芳村、西嶺下村、坳下村、長嶺村、梧桐山、徑口村和沙頭角鎮等地區，可開發面積約 12.62 平方公里，以形成沿河經濟發展帶。

方案擬好後，粵港雙方各派出專責小組，於 1998 年 9 月 10 日在深圳舉行了第一次工作會談。港方的工作小組有中央政策組首席顧問蕭炯柱、工業署署長何宣威以及財政司司長曾蔭權。會上，我們跟何宣威討論了建立粵港科技園事宜，並且具體討論了在深圳皇崗—落馬洲段深港兩地相連部分的河套地區建立「深港跨界高新技術產業園區」的方案。

大家對建立深港跨界高新技術產業園區的意義達成高度共識。認識到亞洲金融風暴之後，深港雙方都在尋求新的經濟發展動力，國家也對增強香港的國際競爭力予以關注。香港科技界、實業界、社會有關方面對香港與內地合作發展高科技、高增值產業呼聲較高，並對此地區予以關注，認為在深港邊界地區開展合作，對提升香港的經濟實力較為直接和有效。在深港邊界地區建立「深港高新區」，與香港特區政府提出的發展高科技、高增值產業的策略相吻合，有利於推動香港產業升級，形成新的經濟增長點，提供新的就業市場，促進香港的長期繁榮和穩定；「深港高新區」將以其獨特的地理位置和區位優勢吸引國際投資，為國家高新技術產業國際化、重大高科技項目的產業化創造更為良好的發展機遇；同時為深圳的二次創業，更好的服務內地、服務香港提供發展空間，堪稱深港兩地經濟合作在新的歷史時期的戰略選擇。

2. 三十年前交鋒的話題今天仍然有現實意義

2017 年港深兩地政府已簽署協議，一攬子解決了深圳河裁彎取直後的土地遺留問題，開始了新河套規劃。我認為 1998 年經研究得出的開發思路與合作模式，對「一國兩制」下的一河兩岸、一區兩園開發仍然有借鑒價值，因為這三個「一×兩×」的基礎框架沒有變。在這裏我再引述一下當年提交的前期調研中對建立深港跨界高新技術產業園區的可行性分析。

一是在深港邊界地區建立高新技術產業園區，可以優勢互補，充分利用香港的自由港優勢、信息優勢、融資優勢、市場優勢；利用深圳的區位優勢、人才優勢、產業優勢及功能優勢，為區內發展高新技術產業提供完善的基礎設施、進入國際市場的便利條件、人才集聚及良好的工作生活條件等全面服務。

二是建立深港高新區可形成較強的國際吸引力，確保兩地邊界線現狀不變的前提下，突出該區處於「一國兩制」結合部的雙向邊界特色，對吸引全球跨國公司及台灣地區的投資具有積極意義。香港的自由港政策也為新建園區引進國外最新尖端高科技產品和設備創造了條件。

三是建立深港高新區符合兩地的發展戰略。香港特別行政區行政長官董建華先生在施政報告中提出:香港的發展要走高科技、高增值的路線。1998 年國家提出全面實施科教興國戰略之後，董建華先生表示要配合國策科技興港。深圳市也一直把發展高新技術產業作為戰略方向，雙方合作有認識、理念的基礎。

我們特別介紹了自 1995 年以來深圳產業轉型、發展高新技術產業的進展，認為這為建立深港高新區提供了良好的產業基礎。經過十幾年的發展，深圳在電腦、通信、生物技術和新材料技術產業已經形成良好的產業基礎，其中，電腦和通信產業在國內均處於領先地位，創新和引進並舉，產品配套能力強，專業人才濟濟。與此同時，香港的電子信息製造業起步較早，電信增值業務幾乎與國際水準同步發展，金融服務電子化方面處於世界先進水準。

我們介紹了擬議中深港跨界高新技術產業園區的區域範圍，

起步區域擬選擇在深圳河皇崗—落馬洲段深港兩地相連部分。以深圳河治理第一期工程南移後的一平方公里（即河套）和深圳漁農村及口岸區為基礎。該區域的土地業主均為深圳方，便於運作。1997 年 7 月 1 日之後，區域管理線已明確以新修河道中心線為界，故河套地區在香港管理範圍內。

河套地區原來不在香港境內，所以香港方面完全沒有做過規劃。由深業提出規劃，沒有舊的約束，有利於達成共識；目前，這塊地已填平，不再是水田，不涉及改變水面問題，也不可能恢復為魚塘，可以順其自然主動發展；深港高新區將實行封閉式管理，對香港的禁區管理是加強而非削弱；河套地區距離米埔自然保護區約六公里，環保方面只要技術處理得當，影響不大；同時，皇崗—落馬洲口岸能夠為雙方出入提供便利條件。海關、車輛、人員交匯管理可以以現有設置加以延伸，新修的三號幹線、規劃的港鐵北環線和深港軌道接駁工程均可以在該區域周邊形成網路，作為外部支持條件。

我們準備得非常充分，會談中雙方關心的幾個主要問題都有涉及，如土地業權、產業導向、發展規劃、管理模式、配套政策、財務安排、雙方利益等，最後是工作時間表。有些問題深圳方面研究過，因為兩地政府是第一次正面接觸，沒有對此展開討論；有些問題則必須在一定基礎上雙方才可能深入探討。

從香港方面提出的問題看，他們也是有備而來，但由於涉及的層面較多，需要有一定的時間來協商和研究有關問題。會談中，港方代表提出了香港政府收地和開發問題。我們將梁振英測量師行給的諮詢建議委婉地做了解釋，表示了解也理解遵循香港政府以往開發工業邨的方式和過程。

收地方面，在我們的方案中，香港政府的所有權益都應是在 50 年土地使用權之內進行。香港政府可以在深業登記地契的 50 年土地使用期內，根據規劃的要求，使用部分土地作為公用設施，但不能將其當作香港的永久官地。50 年以後的關係，可以用合約形式與深圳市政府另行商定。

開發方面，按照換契的思路，開發與功能等應該接受香港的產業政策和規劃的制約，但開發建成後進入市場比較順利。如果共同參與，基礎設施可由特區政府投資；如果按照由深圳市政府直接擁有業權來開發，屬於 Freehold 性質，沒有地契的限制，規劃上也沒有限制，只要遵循香港的建築、消防、安全等相關法律，但基礎設施的所有投資都必須自己來，而且進入市場的土地在法律上會存有一些問題，對開發形成障礙。

綜上所述並經工作協商，我們認為採取批地給深業的方式（leasehold）為宜。

港方代表提出，按香港方的估算，完善周邊基礎設施大約需要 100 億港幣。該項目需要立法會審議，經過一定程序、亦即需要時間，還要有周邊統籌規劃的保障。

我參與過深圳高新區的規劃，也推動過穿梭巴士項目，深知兩地辦事制度與理念的差異，在市領導與香港政府高層的前期交流時，也提到過這些問題。

深圳市領導非常明確地表示，深圳河治理是雙方合約委託一方建設，深圳有規劃建設高新區的經驗，這個合作項目也可以委託深圳方建設，我們只需要 10 億就可以做得很好。交通問題可以先從落馬洲—皇崗這邊出入，這裏已經有一個通往福田保稅區的一號通道，如果再建一個二號通道到河套，也是順理成章的，很快就可以投入使用。

會談期間，大家圍繞該提議專門去皇崗檢查站橋頭眺望河套及口岸設計佈局（圖 4-6），香港幾位代表都問我一號通道的走向、管理模式等。大家都很熟悉了，在輕鬆的交談中，何宣威署長還特別問我，深圳政府會採取哪些措施、怎麼支持科技企業；同時他也提出，香港是小政府大社會，單獨支持某一方面會產生社會資源分配的不公，這個問題怎麼解決，哪些企業可以進來等。大家真的是在認真思考，但雙方又的確在制度、理念上存在着許多差異。

圖 4-6 粵港聯席會議上跨境科技園專責小組在皇崗口岸眺望

3. 深港共建跨境科技園項目被「掛起」

1998 年 9 月 24 日，粵港合作聯席會議第二次會議按計劃在香港禮賓府舉行。該聯席會議設計的是廣東省與香港特別行政區雙首長主席會議，這一次因為有深圳議題，深圳市長李子彬列席，深圳方面劉應力副秘書長隨行陪同。之後從第三屆開始才形成增加穗深兩市市長為正式成員及雙副主席的會議形式。

我非常關心會談的結果，算着時間過了晚宴，我向劉應力副秘書長電話詢問情況進展如何。他說，現在人還在外面，回去再說。第二天，他們一回到深圳，我就到辦公室等候。他遞給我一沓會談現場的記錄，叮囑道：「你把這個留好。」接着說了一句，「政務司司長陳方安生在攪局，再研究。」這份現場筆記資料現在還留存在我處。每次看到這些發言記錄，我仿佛都能看到陳方安生趾高氣揚的樣子。

第二次聯席會議由香港特別行政區行政長官董建華先生和廣東省省長朱林森先生共同主持。提交這次聯席會議審議的正式議題，經雙方協商並向國務院港澳辦報備，同時派出談判工作組開展了前期調研。六個議題分別是：政府信息合作、口岸協調、旅遊開放、環保治理以及香港在廣東建立港商服務中心、粵港科技合作啟動深港跨境科技園等。

陳方安生以政務司司長和東道主身份首先發言。隨後，王岐山常務副省長和財政司司長曾蔭權分別說明了粵港雙方對合作背景的看法和期望。之後雙方對各議題逐一進行了說明、討論和答辯。會議對前四個議題達成了一致，後兩個問題雙方有分歧，香港方面對沒有達成一致的項目做了比較詳細的說明，提出要再研究，尋找其他途徑。

聯席會議上對粵港高新技術合作問題的討論雙方還是非常務實。曾蔭權介紹了行政長官施政報告擬定的目標，香港要成為產品發明中心，不單是和內地合作，要在整個東南亞作為高附加值的主要帶動者。曾認為，在高新技術合作這個方向上還要進行多元化的研究。實際上，在後來的行政會議以及來深圳考察過程中，我們都感到曾蔭權先生對深圳認識的偏差，但非常有代表性。他認定深圳只是一個來料加工的地方，而且是香港廠家帶過去的投資，基調就是無基礎、不信任。李子彬市長介紹了深圳這幾年高新技術產業發展的態勢，開誠佈公的表明廣東的高科技和香港的金融市場要有一個很好的對接，粵港合作對新興市場的拉動，對高新技術產業發展提出了更高的要求，香港正在對標新加坡做新的佈局，深圳也瞄準國際市場，雙方有一致的目標。

朱森林省長說，粵港前廠後店，涉及數萬家製造業，全世界都難找。面對知識經濟的挑戰，粵深要提高科技含量，香港要轉型。朱省長對粵港科技合作提出了有針對性的四點建議：一是香港的創新科技委員會與廣東省、深圳市、廣州市科技部門建立密切聯繫；二是政府支持深港雙方科技園加強合作，鼓勵兩地研發機構協同創新；三是學習香港，借鑒香港生產力促進局和工業中心經驗，扶持對方的企業在兩地發展；四是深港政府應研究雙城的特殊需要，安排科技人員自由出入。王岐山副省長補充道，科技興市是國策，可以利用廣交會開闢科技板塊，對廣東而言，高新技術領域非常廣泛，哪個領域都有，包括農業，要通過粵港合作，改革現有的投資機制體制。曾蔭權表示同意以上四點建議，深港科技合作應堅持市場主導、政府配合。

河套問題是會談中的一個焦點。何宣威署長參與了籌備的全過程，他介紹了香港創新科技委員會要做一系列基建，擬安排60 億港幣在白石角興建科技園和第二工業中心。他認為深港共建高新區前瞻性強，但需要有更深入的研究，應當把深港共建高新區納入整體考慮進行全面評估，其中包括怎麼調配資源（與深圳銜接），對特區政府是一個挑戰。

李子彬市長一年多來一直在關注這個項目，多次聽取匯報。會前我們也匯報了雙邊工作小組會商的情況。在會上，子彬市長接着話題很務實的說，我們知道，特區政府有積極性，也有顧慮。一來花錢多；二來深圳只出地不出錢。我表一個態，深圳和香港對等投資，不會像香港說的花幾百個億。基礎設施方面，深圳高新區填海交付只花了兩三個億（預算六個億），首期基礎設施投資 20 個億夠了。項目投資是企業的事，政府就是營造好環境。」李子彬市長換位思考，直截了當地說出了香港要說的話。但兩地法律不一樣，管理辦法雙方要磋商，一些原則問題要報中央批準，過於心急不行，必須成立專家小組討論。

討論到跨境科技園的土地問題時，曾蔭權提出，土地問題在 1997 年劃定香港邊界後，我們認為擁有管理權。在這個場合，李子彬市長非常鮮明的表明態度，釋疑解惑：「土地所有權是深圳的，一定按香港法律管理，不會出現不遵守香港法律的情況。」這時，政務司司長陳方安生坐不住了，急忙說「可稍後再談」，用一句話打斷和轉移了話題，明顯是看法不同。她把球踢給了在場的國務院港澳辦經濟司司長張良棟。劉應力副秘書長記錄的筆記上，留下了張良棟司長一句乾脆俐落的話：「深圳河治理，裁彎取直到香港的土地，產權歸深圳，管理歸香港。」（圖 4-7）之後，陳方安生利用主持人的身份，再也沒有回到這個話題。這次會談雙方沒有達成共識，該議題在粵港兩地政府層面的磋商就此擱置。

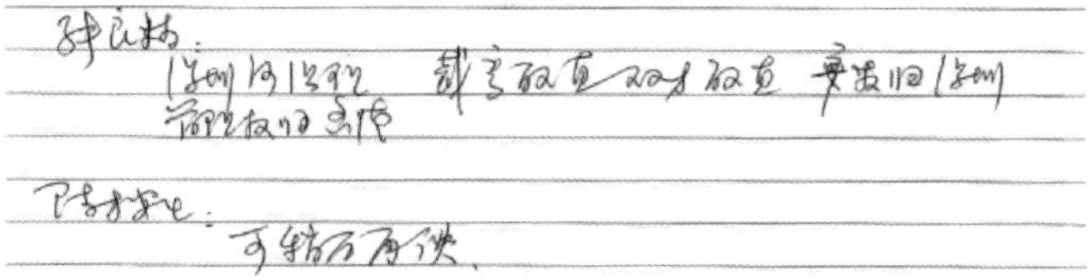

圖 4-7 劉應力副秘書長的筆記

4. 深港雙方分別向上申報，尋求一個明確的答案

1999 年新年後上班的第一周，我接到通知，要我馬上到李德成常務副市長辦公室去一趟。一到辦公室，李德成就把他辦公桌上打開的資料夾遞給我，說：「你先看看這個文件。」我看到，資料夾中那份國務院港澳辦和外交部 1991 年發給廣東省政府「關於深圳河治理後以新河中心為界的覆函」的文件上簽滿了好幾位領導最近的批示。盡管在香港回歸前做河套土地諮詢時我就看到過這份文件，其中的要點我還能倒背如流。但時隔多年，領導這個時候在老文件上簽批意見是非常罕見的。

我仔細辨認着廖暉主任 1998 年 12 月 8 日的批示。批示是直接給李子彬市長的。廖暉主任開門見山地告知，此事在香港特區政府、立法會及社會上備受關注。他非常明確地給出兩點建議：一是深圳官方人士目前不要繼續談論此事；二是請市裏抓緊向省及國家有關主管部門請示，據此件及近期情況提出意見，待匯總後再向國務院提交報告，才向港方回饋。國務院港澳辦拿出了土地權屬的底線文件，告訴深圳，香港回歸後可以通過正常管道請示，在這個國家大局的前提下達成共識。直到 2018 年，我看到了香港特區政府在1998年12月上報國務院港澳辦的歷史檔案，行政長官私人秘書的專題報告主要是請求國家對 1997 年 7 月 1 日起執行的香港深圳邊界管理線土地座標進行勘測劃定，其中帶出粵港聯席會議上建立跨境科技園議題的土地權屬之爭，報告還附上他們從三個不同管道獲悉的（董建華先生訪問深圳、特區政府工業署業務交流、粵港聯席會議）深圳建議在河套共建港深跨境科技園的資料，畫外音是希望北京予以澄清土地歸屬。將這個時間點聯繫起來，我才恍然大悟：廖暉主任是在同時處理深圳香港聯動的兩個方面的關係，前因後果也就一目了然了。

李子彬市長 12 月 22 日收到覆函後非常重視，第一時間即報請市委書記張高麗，並給幾位分管市領導批閱，同時特別明確此件留存檔案館。12 月 30 日，李德成常務副市長批示，按廖輝主任批示辦理。看到這裏，我才清楚叫我去的意思是不要繼續公開談論此事了。那次，李德成常務副市長還特別交代說：「前後情況你最熟悉，你負責給辦公廳提供需要的資料，各方面的資料你可以繼續收集保管好。」德成副市長的這個囑咐也敦促着我一直以來的堅守。

穿插講一個關於資料的故事。

這次寫作過程中，翻出近30年來陪伴我數次搬家搬辦公室，陸陸續續積累的資料。現在回過頭來梳理，可以還原一些背後的故事。為什麼輾轉幾十年，我會獲得並保留這麼多第一手資料。

我保管的全部資料曾在2003年、2007年和2016年三次分別全套複印或將原件等提供給市發改局、市政府辦公廳和分管副市長。2001年中國加入WTO後，國家安排了過渡期實行CEPA的措施，香港工商界看到了與內地合作發展的機會。2003年10月，李嘉誠去北京簽約深圳鹽田港項目期間，主動向傳媒宣示港深邊境免稅工業區的主張，提出港深河套合作動議。之後，時任香港財政司司長唐英年也公開表示港府正在研究深圳與香港建立邊境河套區的構想。深圳方面獲知報道後，第一時間直報書記市長，予以高度關注。深圳市發改局規劃處的傅處找到我，說市領導問他們要資料，但他們的資料不齊全，市政府辦公廳就讓他找我。這時，我也看到了媒體上的消息，黃華華省長公開呼應，表示廣東省政府將全力支持河套開發。我感覺到深港合作將會有持續的進展，這是自1999年後第一次有關方面問我調集相關資料，我整整齊齊清理和複印了一套送過去。

第二次是 2007 年，深港合作出現新機遇。河套列入了重大跨境基建項目，市長要聽匯報。深圳市外辦港澳處處長史滿滿和市政府辦公廳副主任南嶺幾乎同時找到我，再次索要資料。有了上次的經驗，我立即拿出資料清單，原原本本複印了兩套，分別給了市政府辦公廳和外辦港澳處，還特別到南嶺辦公室，將資料目錄一件件地說明來龍去脈，其中包括一份手抄的特別文件。我說這次算是文件「回家」了，以後別人再要，我沒有義務再提供了。

2016 年的一天，艾學峰副市長的秘書給我來電話，說市長想請我去一下他辦公室。我知道他原來在國務院港澳辦工作過，一定會談深港合作的事，有些事要說得明白，還是需要一些資料作為輔佐。時間太緊，來不及再複印，於是我便帶上了保留的全套資料原件應約依時到了市民中心。那次匯報差不多談了整整一個下午，過程中好幾次遇到需要說明的地方我就將資料翻出來。臨走時，艾學峰副市長突然提出：「這些資料是不是可以借我看看，我用完了還是原封不動還給你。」我當然應該滿足他的要求。直到 2017 年 1 月 4 日深港河套新協議簽約之後，我去港澳處拿回了這批資料，他們說這些資料太難得了，他們也複印了一套歸檔。

在港澳處歸還給我的資料中，夾有一疊關於土地的幾個附件。就是前面提到的引發廖暉主任批示的那份香港特首私人秘書的報告，我覺得應該是北京提供的。其附件一是國務院第 221 號令，明確了香港特別行政區行政區域圖線，這個已經公開見報。附件二是 2011 年 11 月 15 日港深兩地政府推進落馬洲河套地區共同開發工作的合作協定。這個協定非常明確地記載了自 2008 年以來的合作成果。雙方在「一國兩制」的大原則下，按「共同開發、共用成果」的原則，以「港深特別合作區域」定位，有彈性地發展高新科技、高等教育和文化創意產業；並進一步細化開發模式和運作規則的研究磋商。附件三是 1998 年 12 月 7 日香港特別行政區行政長官辦公室私人秘書羅智光署名、給國務院港澳辦關於落馬洲河套的業權和管理權事的諮詢函。這個時間就和前面提到的廖輝主任 12 月 8 日給李子彬市長的傳真對應上了。諮詢函提到，1998 年 8 月董建華先生訪問深圳、1998 年 9 月 10 日香港特區政府工業署署長何宣威在粵港聯席會議工作小組會上、1998 年 11 月底財政司司長曾蔭權訪問深圳等前後三次活動中，都獲得了深圳市方面提交的「深港跨界高新技術產業園區項目情況」，並給港澳辦附上了這個材料的全文副件。羅智光引述了上述文件中提到涉及落馬洲河套地塊的幾個要點，港澳辦外交部(91)年港辦二字第 1120 號文件，深圳市政府將河套土地業權批給了深業集團，以及業權屬於深圳、管理權自 1997

年 7 月 1 日後歸香港。其實，在這之前，香港特區政府在 1997 年 12 月 1 日就向國務院港澳辦致函，請求確認有關「以新河中心線為區域界限」的理解。當然，1997 年 12 月 1 日的函是關於根據新河道走向繪製新邊界線地圖的問題，並不涉及土地業權。國務院港澳辦徵詢專業部門意見後，回覆對建議原則上不持異議。

就在國務院港澳辦、香港特區政府以及深圳市政府往來公文的同時，1998 年 12 月 9 日，劉江華議員在立法會上提出問題（列當日議題第五條），規劃環境地政局局長做了口頭答覆。這個答覆清晰地說明了當時的情況：A. 香港特區政府與深圳市政府並無任何協議就落馬洲河套地的業權轉讓進行事前磋商。我們現正向中央人民政府澄清有關該土地業權的事宜。落馬洲河套地屬於邊境禁區，政府目前未有制訂有關該地的發展計劃，故此不存在有否評估所謂「業權變更」對發展該土地的影響。B. 根據基本法第七條，香港特區境內的土地由特區政府負責管理、使用、開發、出租或批給個人、法人或團體使用或開發。特區政府和內地當局未就發展這塊土地設立任何合作機制、達成任何協議。C. 由於落馬洲河套位於特區範圍內，假若該地發生罪案，將依照香港特別行政區的法律辦理。在那個時間節點，大家都在期望國務院港澳辦可以明確清晰地給出答案。

回覆北京：深圳的訴求和策略建議

按照國務院港澳辦領導的要求，當務之急是請廣東省將深圳關於河套土地業權確認的訴求盡快報北京。我第一時間完成了上報文件的起草。1999 年 1 月 25 日，李子彬市長簽發了深圳市政府上報廣東省政府的《關於深圳河河套土地產權問題的請示》。深圳市政府辦公廳也通過《深圳市今日重要信息》於 1999 年 2 月 9 日（第 87 號）上報了「深港邊界河套地區的有關爭議及香港深業集團的幾點看法」。

2 月底，國務院港澳辦的同事給我電話，再次詢問有關情況。他們應該是聯手經辦回覆香港的報告，希望盡快得到深圳和廣州的意見。我介紹了李子彬市長在接到廖輝主任批件後所進行的各項工作，也將深圳市政府報廣東省的請示稿傳真過去給他們參考。北京要我們再聯繫一下廣東省政府，盡快上報請示函。

電話中獲悉，國務院領導最近看了深圳上報的信息專報，也有批示給他們，港澳辦也在準備上報意見。國務院秘書局於 2 月 14 日將《深圳今日重要信息》向錢其琛副總理做了專報。錢副總理當天就批轉港澳辦，就深圳來文所提出的問題進行研究並提出意見。廖輝主任批示「請港澳辦的政務司商經濟司研處。」我知道這些情況後立即向市領導做了匯報。市委辦公廳聞訊找我要去了國務院領導的批示件留檔，我也要來了一份深圳的上報件，讓批示與原件匯合留存。這個材料我現在也都一直保存着。

這時，廣東省外辦港澳處處長陳漢濤給我打來電話，省政府辦公廳讓他們會簽意見，並請他們代擬上報稿。陳漢濤處長參與過我們的前期調研和資料查詢，也參與協助了粵港聯席會議的科技合作專題，清楚這件大事必須報北京。他們的擬辦意見非常明確：歷史問題、產權不變，土地怎麼使用則需等候北京確權和指示。他說該件同時會簽的還有省國土廳，應該很快就會有結果。

3 月 2 日，陳漢濤處長突然給我來電話，說省領導有明確意見了，要深圳再請示一下北京。具體情況要我直接詢問廣東省政府辦公廳秘書二處處長劉小龍。我立即和劉小龍處長通了電話。他口頭告知我省領導批示的意見，說有關批件會盡快通過機要發給深圳，具體怎麼處理要我們再商量。我當即給市領導和北京國務院港澳辦做了匯報。

省政府辦公廳經辦人的擬辦意見非常清楚，「同意外辦意見，請外辦草擬上報稿，由省府報國港辦」。時任辦公廳副主任劉昆的意見也是外辦牽頭擬文，更嚴謹一點是請省國土廳和深圳市也參加，也同意省府上報。但劉昆副主任提出，1991 年港辦文在前，1997 年國務院令在後，要以新文件為依據和港方商談。省政府辦公廳主任羅邁和分管的游甯豐副省長聽過深圳的匯報，都清楚問題的核心和由來，同意轉深圳的意見報國務院審定。王岐山常務副省長參加了粵港高層會議，清楚這個問題的敏感性，比較慎重地提出了「建議深圳市政府先向國港辦匯報，摸清可能性後由省政府再向國務院請示為妥」的擬辦意見，盧瑞華省長表示同意岐山同志意見。這樣文件又退回給了深圳。

我向劉小龍處長說明了請示報告擬報的背後情況，並向他提供了部分可以說明情況的背景材料，包括廖輝主任給市長的建議、國務院領導的批示精神以及國港辦多次參與調研的情況等，希望可以回答和解釋清楚王岐山常務副省長的要求。

省府辦公廳協商後告訴我，深圳市政府可以辦公廳的名義再次上報省廳，對有關情況予以說明，爭取在經辦層處理協商好。我將進展情況又向省外辦陳漢濤處長做了通報，希望將深圳補報的情況說明和外辦代擬的省府請示北京文稿同時上報，以爭取時間。

1999 年 4 月 5 日，盧瑞華省長簽發了「關於深圳河河套土地產權問題的請示」，明確表態這塊土地的產權應歸屬我省深圳市，並建議將此事作為深圳河治理後邊界談判中的遺留問題提出來。希望盡快和港方協商確認，待土地權屬明確後，再研究土地開發利用和管理問題。

我們非常理解土地確權問題必須優先明確。根據前期的溝通和對香港法律的了解，我們也在做預案，把土地問題和粵港科技園項目分開進行。不要因為土地問題擱置耽誤了雙方科技合作的機會，但又要在土地問題上取得共識，更好地開發利用。我們的研究工作沒有停下來，也在繼續和北京溝通，提出了兩個處理建議：一是雙方劃入對方的土地可採取等量互換的辦法解決，二是明確我方多劃入港方的土地，比照過境耕作地的模式確認，產權不變，由深圳市政府（代表國家）擁有土地的永久產權，並標明地界。深圳市政府可批出土地使用權，確認業主，由業主向香港特區政府辦理有關的法律手續，土地按香港法律管理。

北京把舵大局

1999 年 5 月底的一天，我接到北京聯絡人的電話，問我週末有沒有時間，他們一早從珠海過來深圳，下午就走，要我中午到深圳福強路的招待所見一面。我問，怎麼這麼急啊？有什麼事嗎？得到的答覆是見面再說。我趕緊準備好，提前過去等。那時候的福強路還是一片空曠的工地，交通非常不便。見面後，他拿出一份文件給我，說：「國港辦上報了廣東和深圳的請示，上面有批示。你是具體經辦這個事的，你知道就行了。」5 月 20 日擬辦意見是「深圳不宜前往開發，先維持現狀為好。」國務院幾位領導前後幾天都有劃圈審定，主要領導 5 月 27 日簽出。

我一看就愣了，半天沒有說話，反反覆覆看了幾遍批示，心想這麼大的事，應該給市領導報告才對。這時，我提出文件可否複印給市領導報告。他說，香港金融風暴後這事要從長計議。辦裏不會簡單地將批示轉給廣東省，會有一個說法通報情況。我說：「那我再看看文件。」邊看邊嘀咕，要可以抄一下就好了。他不置可否，看了一眼飯桌上點菜單上插着的筆。我心領神會地拿起點菜單，在背面記了一下要點。第二天，我將情況向劉應力副秘書長做了匯報。他略有思考地看了一下我，嚴肅地說，此事到此為止，我也不向上報告，免得動搖他們的決心。

1999 年 6 月 2 日，國務院港澳辦據此批示，給香港特區政府行政長官辦公室 1998 年 12 月 7 日的函件做了回覆：經請示中央人民政府，國務院 1997 年 7 月 1 日發佈的 221 令已劃定了香港特別行政區行政區域圖。河套土地暫不進行開發，先維持現狀。

香港回歸後千頭萬緒，那時正面臨金融風暴動盪，還有更多的社會經濟民生問題亟需處理，河套作為未來發展規劃，又涉及敏感問題，擱置起來等待機會或許是更好的解決方案。我的理解，維持現狀就是維持 1991 年的結論，土地做過境耕作地處理就是現狀，基本法承認新界的土地歸屬也是現狀。清楚這背後的原委後，我也把握一個大的原則，低調處理河套土地問題，高調推動深港科技合作，打通兩地合作的管道，構建兩地合作的機制，對接兩地的人脈，做一點實實在在的基礎工作。

2003 年，香港商界到北京訪問，在高層會見時再次提出河套開發。中央給予「擱置爭論，共商開發」的原則建議，黃華華省長啟動了新一輪的協商。2008 年，距離雙方首次協商提出粵港高新技術合作 10 年之後，在香港開展河套發展公眾諮詢的座談會上，我和何宣威署長在同一個場合發言，大家深有感觸。在講台上他對着我點頭笑道，如果 10 年前我們看得像現在這樣清楚，或許不會錯過一些很好的機會。

2017 年 1 月，河套在香港回歸 20 年前夕交給了香港，兩地簽署了諒解備忘錄，一攬子解決深圳河治理後形成的兩地土地互遷問題，提出了合作共建一區兩園的意向。在 2016 年 12 月深港科技社團聯盟年會上，我將 1998 年粵港聯席會議粵港跨境科技合作談判組成員一起考察河套的照片專門選了一張贈給創新科技署署長蔡淑嫻，她說這是非常珍貴的資料。後來在香港的另外一次活動中，蔡淑嫻署長特意找到我，說謝謝我給的照片。她對我說站在這邊的是她的先生，那時他在行政長官特設創新科技委員會負責啟動創新科技政策、設立創新科技署和創新及科技基金的工作。一下子讓我有了一種深港一家、久別重逢的認親感覺。

5. 轉機：特首董建華訪問深圳

盡管河套跨界高新技術產業園計劃因土地歸屬爭議暫時擱

置，但深港兩地的科技交流卻因一次意外事件迎來了轉機。

1998年7月7日，香港新機場啟用後因電腦系統出現故障，處於混亂狀態。深圳方面表示可以向香港提供幫助，開放皇崗口岸，香港居民可以通過聯檢專設通道直接到達深圳機場。雖然香港方面很快將問題解決了，最後沒有啟用深圳的通道，但時任香港特首董建華先生還是決定特意過來深圳，就個多月來深圳機場為香港空運貨業提供的支持致謝。

1998年8月31日，董建華先生訪問深圳。原計劃的行程是沿着深圳準備的皇崗口岸到機場的特別通道走一趟。時任廣東省委副書記兼深圳市委書記張高麗在口岸接到董建華先生後，說走這個備用通道現在意義不大，徵求董先生的意見，是不是就來看看深圳的高科技，也一起討論一下河套合作的可能性。客隨主便，禮賓車隊直接就帶着董建華先生登上了蓮花山俯瞰市容，然後直奔高新區，參觀了華為和當時國內電腦龍頭企業——長城電腦（圖4-8）。長城集團董事長王之也專程過來陪同，之後一行人到麒麟山莊舉行正式會談。

董建華先生坐下來，第一句話就是：「香港科技大學的吳家瑋校長幾次向我推薦，一定要來深圳看看，今天收穫很大。深圳走在前面了，香港還有很遠的距離。」我一聽就感覺這個行程的調整真的是心有靈犀。

張高麗書記介紹了深圳科教興市的兩個舉措，一是產業、二是人才。深圳高新區將擴大和中國科學院、中國工程院、北大、清華、浙大等最高學府的有效合作，通過「拿來主義」，推進高新技術產業的發展。

董建華先生說：「台灣新竹工業園投入130億，做了好幾年。

圖 4-8 1998 年 8 月，董建華先生參觀長城計算機公司

深圳高新區只有兩年，發展很快；市容環境也很好。」

大家對深圳發展的基本情況做了一問一答的交流，如區內勞動力數量、質量及來源，高管比例，產品內外銷情況，地價如何計算、外商的土地供應，與中科院的合作形式，以及民營企業的發展和作為等等。

董建華先生特別提到上午參觀的華為，他對華為的員工持股和軟件、晶片、系統設計的集成能力及約3500名優秀人才做市場行銷的模式等印象深刻，並仔細詢問華為在國際上、亞太區的競爭力及競爭對手，優劣勢領域及未來的佈局。

張高麗書記毫無保留地介紹了深圳正在幹、準備幹的「家底」，從深圳的綜合實力，外向型經濟特徵，高科技產業、金融業的發展，到人才優勢以及口岸、交通、海陸空等基礎設施建設等最新發展情況，並提出深港緊密合作的強烈願望，希望香港特區政府可以從中選擇幾個領域，推動深港兩地產業銜接和基礎設施合作。深圳與香港山水相連、血脈相通，經濟社會聯繫密切，回歸後情況更為有利。在香港面對金融危機衝擊的嚴峻態勢和世界經濟一體化的理念下，深港完全可以聯手提升競爭力。

常務副市長李德成在張高麗書記列舉了深港可以探索合作的大方向之後，直接進入實質性的交流，介紹了幾個具體項目，包括羅湖口岸過境接駁人行天橋工程，西部通道登陸點及合資建設模式、工期安排，深圳河治理二、三期工程的安排，以及銅鼓航道疏浚計劃。

當然，張高麗書記和李德成常務副市長還是聚焦在發展高科技和深港跨界高新技術產業園區上，希望可以一起研究，先行啟動一平方公里、再逐步規劃形成一個合作區域。董建華先生非常認真地聽取了介紹。在談到深圳河一河兩岸和河套規劃時，還起身走到圖板前，向李德成詢問一些細節（圖 4-9）。董先生非常明確地表示，從國家的立場、香港的立場，深圳越繁榮越成功越好。聽了張書記對於深圳 21 世紀發展遠景的介紹，值得所有人感到鼓舞。香港和深圳有一個非常特別的關係，山水相連，一切都是息息相關。我親自來了解深圳將來的發展，尤其是深圳高科技發展的方向，對香港長遠的規劃有很大的幫助，也讓我覺得很

圖 4-9 李德成常務副市長（中）向董建華介紹位於河套的跨境產業園區的設想

興奮。

董建華先生非常坦誠地回應了深圳提出的推進合作的事。他表示，臨來深圳之前他也跟香港的同事做了了解，大家都在努力，但情況不是太理想。香港的問題在於程序上考慮得太多。口岸和基礎設施需要考慮長遠一點，從環境和經濟效益上看，要考慮怎麼做更合適。董建華先生介紹香港的經濟正處於一個比較困難的調整期，過程是痛苦的。但是面對金融危機挑戰，香港有信心加快經濟調整步伐。一來香港基礎好、社會安定；二來政府財務情況好；三是金融市場透明度高，外來投資者有信心。加上國家經

濟的持續發展，廣東省、深圳市的經濟發展的確對香港有幫助。香港未來一方面要面向世界吸引外資，另一方面要加強和內地的合作，而最密切的合作夥伴就是深圳。

董建華先生說他上任以來，正式拜訪的第一個城市就是深圳，還特別回應了兩地發展高科技的話題。他說，上午參觀了華為、長城和高新區，印象深刻。深圳高科技發展所取得的成就相當驕人，「六個月前和吳家瑋教授的談話引起了我的注意。他對我說香港發展科技的做法不對，讓我去看看對岸深圳是怎麼做的。現在特區政府和我本人請了田長霖教授牽頭做創新策略諮詢。他們會在今年九月提出第一份報告，然後在明年三月份，會給我一個最後報告。等我收到了報告之後，我就會知道大概的方向是怎樣的。香港肯定要走高科技發展路線，政府也會往這個方向上引導。發展好高科技，上游是研發、中游是開發、下游是生產，我們走的是中間路線，至於香港是不是合適進行生產，深圳可否配合？到時候再深入討論。我相信，將來和深圳市合作，是一件很自然的事情。」董建華先生還建議，請香港特區政府其他同事來深圳看看，切身感受一下深圳的進步。

聽到這個新的佈局，我和在場的劉應力副秘書長默契地相視一笑，大家都覺得這是一個很好的契機。董先生提供的信息也促成了深圳在一個月後主動邀請香港聘請的高級別專家一行給深圳把脈，協同發展高新技術，而田長霖教授的提示一直推動着深圳積極把握科技、教育、人才等核心競爭力的協同發展帶來的機遇。在下篇中將會具體講述這些故事。

香港科技大學校長吳家瑋是由行政長官董建華擔任主席的策略發展委員會成員，他轉告我們，董建華先生回去之後在行政會議上說，「此行看到深圳的科技發展，非常高興，也非常震驚。我到深圳去以後有兩個感受，一喜一憂：喜的是深圳發展非常好，憂的是香港可能會落後。」吳家瑋教授說香港方面還有很多人對深圳不了解，希望我們抓緊機會宣傳。隨後，我們邀請了香港各界人士來深圳參觀。時任財政司司長曾蔭權（圖 4-10）、立法

圖 4-10 1998 年時任財政司司長曾蔭權（右三）訪問深圳高新區，李子彬市長（左三）陪同調研海王藥業

會主席范徐麗泰等都分批到深圳考察當地的科技產業發展。

曾蔭權曾經認為深圳只是個代工城市。後來我們帶他參觀了賽意法集成電路和海王製藥，他讚嘆深圳也有了自己的科技產業，

對深圳的認識有所轉變。我們還曾邀請一國兩制經濟研究中心組織香港科技界、教育界、實業界、大財團中的知名人士，參加「深圳高新技術產業考察團」，我們安排客人參觀高新區和華為、海王、長城計算機、賽意法等行業龍頭企業，了解深圳科技業發展；並安排在皇崗立交橋上眺望河套地區，給香港人士講解我們對於河套開發的設想（圖 4-11、圖 4-12）。這項舉措為增進香港各界人士對深圳科技產業和河套地區的認識起到了非常重要的作用，為深港的戰略合作奠定了良好基礎，開啟了兩地合作的對話機制，

圖 4-11 一國两制經濟研究中心邵善波带各界人士代表團與深業課題組一起訪問位於福田保稅區的集成電路企業——賽意法

圖 4-12 1998 年陪同香港友好人士考察跨境河套區域（左二为張克科）

五

以河套開發為背景的深港合作再次提速

亦打通了官民雙線交流的通路。

中國加入 WTO 後，國家在多個層面對接、調整與香港特別行政區的經貿關係，自 2003 年起每年推出一版 CEPA 協議，從貿易、投資和服務等多方面嘗試率先開放的項目，為國家的全面開放提供經驗。這一階段，香港將注意力放到上海，對於緊鄰的深圳沒有更多的合作行動。在同樣的國內外形勢變化下，由於政策紅利減弱，深圳也面臨着特區還「特不特」的詰問以及新階段發展路徑的選擇。記得有一次，外經貿部副部長安然在香港會展中心參加推廣 CEPA 的公開活動後，我有機會當面向他請教：「CEPA 給了深圳更多的機會與香港合作，是不是可以為深港合作做一些特別的安排？」安然很乾脆地答覆：「這個安排是針對 WTO 過渡期國家層面的策略，不是針對深圳的。」的確，進入 WTO 後，整個國家的對外開放面臨着一系列的機遇和挑戰，市場開放、外資進入、農產品進出口壓力，國家非常希望通過香港做一些走出去的試驗，更希望通過香港讓內地在 WTO 經貿關係上取得一些經驗和磨合。

這期間，深圳市政府仍然十分積極地推動深港合作，但想從政策和制度上實現大尺度突破是比較困難的。因此，我們換了一種思路，通過專業機構和市場銜接雙邊合作，充分調動民間積極性，推動深港兩地科技合作遍地開花，打下扎實基礎。

河套地區作為銜接深港兩地的邊境地區，是深港合作真正意義上的空間連接；同時也是香港價值連接全球並延伸內地的重要橋樑。香港做全球的價值鏈佈局，特別面向中國內地做價值鏈佈局，離不開深圳，也繞不開深圳。正因為深港兩地還有着制度、法律、文化、關稅等方面的差異，河套地區作為先行試驗空間，可以讓深港在此進行制度創新，從而加強兩地經濟社會的對接。因此，作為深化深港合作的重要一環，河套地區的開發建設實在刻不容緩。

官民合力推動河套地區發展

入世推動深化深港合作，河套開發被重新提上議程。

2003 年 10 月，廣東省省長黃華華接受媒體聯合採訪時表示，河套介於香港和深圳之間，該地區的開放有利於粵港兩地的經濟發展，省政府會全力支持，關鍵是要有好的方案，還要有好的效益。時任香港特區政府財政司司長唐英年也在不同場合多次公開表示，支持建立邊境免稅工業區，構想在港深邊境河套地區興建一個工業區（圖 5-1）。其地區位優勢突出，可為香港帶來更多的就業，亦可以作為展覽、內地商貿企業或香港

黄华华接受媒体联合采访时表示，全力支持——

开发深港河套地区

全省开放个人港澳游可望提前到明年元旦

深港之间河套地区开发要有好的规划方案

广深港高速铁路将尽快上马

个人港澳游开放以来只有17人在港违规

粤澳加工区规划待国务院批

唐英年表示

港府支持建立边境免税工业区

【本报香港 10 月 27 日电】（记者王湛）自上月底香港“长实”集团主席李嘉诚访京期间，主动向传媒透露积极倡导港深边境免税工业区的主张后，一度引起外界对加工区发展的密切关注。昨天，香港政府明确表态支持建立边境免税工业区的构想。香港财政司司长唐英年表示，港府正在研究深圳与香港建立边境河套区的构想，并于稍后时间就此会晤深圳政府高层。

设立边境免税工业区的构想，主要是指在深港边境深圳河的河套地区 96 公顷土地上兴建一个工业区，令香港工业界在此区域内设厂，聘请港深两地的工人生产，产品或可免税进入内地。李嘉诚的言论一出立即在香港引发大规模的讨论，赞成者称此举可创造更多就业机会，有利香港经济复苏，部分学者更以一拖三（即聘请一个香港居民即可聘用三名内地居民的生产模式）推算，这个工业区可为香港带来 1 万个就业职位。香港财政司司长唐英年，昨天代表港府正式表示支持免税工业区的发展构想时指出，面积达 96 公顷的河套地区，区位优势突出，它不仅离深圳市中心很近，到达香港的商业中心交通也十分便捷。该地区可作为展览、内地企业商贸或香港企业的一个窗口，甚至可开办高增值的企业。

唐英年透露，工商及科技局局长曾俊华先前曾就河套区发展作出汇报，因此日后有关工作将再度由他负责作进一步研究。据了解，香港特区政府高层稍后将会就此会晤深圳政府高层，希望首先着手解决这片土地的业权问题。

圖 5-1 原廣東省省長黃華華、香港特區政府財政司司長唐英年對開發港深河套均持積極、正面態度

企業的一個窗口。

2007 年 10 月，香港特區政府發佈了 2007-2008 年度施政報告《香港新方向》，提出將致力推動十項重大基建工程上馬，其中包括廣深港高速鐵路、港珠澳大橋、港深空港合作、港深共同開發河套四項跨境基建。同年 12 月，深圳市市長率團訪港，提議在 CEPA 的框架下實施新一輪深港合作，得到特區政府的熱切回應。2007 年 12 月 18 日，深港合作會議在香港會展中心舉行，雙方簽署了《關於近期開展重要基礎設施合作項目協議書》等「1 + 6」協議。協議中明確成立「港深邊境區發展聯合專責小組」，負責統籌、督導和協調深港兩地有關邊境鄰近地區土地規劃發展的研究工作，提出了雙方合作研究開發落馬洲河套地區的建議。除基礎設施合作外，還囊括了環保、城市規劃、服務貿易、旅遊、創新圈互動基地及醫療護理等方面的合作內容，推動深港進入全方位合作的新紀元。

在此次深港合作會議後，時任發展局局長的林鄭月娥指出，港深兩地開發河套地區，是建立在互惠互利、促進兩地共同發展的基礎上。為了集思廣益，雙方會在近期聘請兩地學術機構收集深港兩地市民及有關專家對落馬洲河套地區未來發展的意見，為下一步的綜合研究提供基礎。

2008 年 1 月，香港特區政府保安局宣佈，決定在未來四年內分階段將港深邊境禁區覆蓋範圍由約 2800 公頃大幅減至約 400 公頃。其中，沙頭角邊境禁區界線向北移至沙頭角墟入口。這則消息釋放了開發邊境禁區的信號，為河套地區的率先開發和建設提供了有力的支撐。

同年的深圳「兩會」上，加強深港合作與開發河套的呼聲熱烈。（政協）委員們以打造區域經濟新優勢、促進深港共同繁榮為前提，從不同角度展開思考，積極為河套地區發展尋找最佳突破口。金融特區、新型大學、跨境免稅工業區、「一河兩岸」新市區等深思熟慮的建議，不斷豐富着河套地區開發利用在深港合作中扮演的重要角色。

委員們認為，河套地區是一片「富礦」，只有站在全球化高度找準功能定位，精心佈局每一枚棋子，才能推動深港國際競爭力再上新台階，真正將這片孕育生機的土地發展成為造福深港兩地人民的「福地」。會上，文伙泰先生作為政協委員，提交了《香港與深圳「一河兩岸」合作與發展的新思考》提案，再一次對「一河兩岸」沿河發展和粵港澳合作的總體性和長遠性規劃提出了新的建議。這份提案實際上是把 1992 年以來深港合作中香港的作為進行了梳理，更多的是着眼於一河兩岸（延伸到南中國海的腹地三灣，即大鵬灣、大亞灣、紅海灣），而不僅僅是香港政府要諮詢的河套地區一平方公里的範圍。建議提出了新河道福田口岸以東，沙頭角片區、蓮塘片區和福田片區的對接，以及內部開鑿運河的方式等。現在看來，這個提案具有超前性，還涉及了大洋洲的區域合作、都市圈和粵港澳大灣區之後的沿海經濟帶（圖 5-2）。

圖 5-2 深港專業人士從來就沒有停止過深港兩地合作研究

深港科技社團發起河套開發集思會

會上傳遞的熱點話題，帶動了深港兩地民間的關注；香港特區政府重提河套地區，為新界地區的發展帶來了新的希望。2008 年，我正擔任深圳市政協委員。通過深港創新圈計劃，我提議推動深港科技社團聯盟建設，開展深港資訊科技界的交流與合作。彼時，香港立法會和深圳市政府希望能對河套問題做一些公開諮詢。這樣，我通過深圳市科協的工作平台、借助個人兼任深港產學研基地深港發展研究院執行院長的研究團隊，再次為深港跨境協同創新出謀劃策。

2008 年 4 月 19 日，香港資訊科技聯會與深港發展研究院在深港產學研基地聯合舉辦了深港合作與河套開發集思會。深圳市人大常委會副主任唐傑教授、香港立法會議員譚偉豪（資訊科技界）、香港資訊科技聯會主席黃錦輝教授及兩地關注河套地區發展的專家出席並發言（見圖 5-3、圖 5-4）。

會議主要議題包括：河套區開發的準則、規劃方案和如何通過河套區開發促進深港的全面合作等。多數專家認為要積極推進河套地區的開發，將之打造成深港合作的示範區。

集思會上提出的建議主要有：

一是河套地區的開發建設不應局限於河套地區的一平方公里，而要將「一河兩岸」的周邊地區都納入未來發展的視野和藍圖中，包括深圳側從鹽田沙頭角到深圳灣口岸，香港側涉及周邊的新田鄉、十八鄉、元朗，以及新界未來發展的一整片區域，包括古洞、坪輋、洪水橋。

二是河套地區的合作不僅是科技，還涉及兩座城市、社會方方面面的對接，包括醫療、教育、服務、人員往來等，可以把河套地區視為「一國兩制」的新社區。鑒於社會上有河套地區要做科技創新、高等教育和文化創意的建議，可以考慮利用當地特殊地位，建一所全新的大學。其實高等教育不是辦一兩所大學那麼簡單，而是要辦若干所具有國際影響力、與大學相關聯的獨立研究院，如此才能把高校需要的資源帶過來。

圖 5-3 深港合作與河套開發集思會現場

圖 5-4 深港合作与河套開發集思會合影

三是科技合作也不僅是簡單的產業，還包括人才與國際市場規則相結合。要建立符合國際生態和科創協同發展的新機制、以及「一國兩制」下融合發展的新機制。河套開發集思會的意義在於，已擺到兩地政府議事日程的河套發展問題，通過民間層面的討論和專業論證，正一步步走向成熟。

擱置爭議 共同開發 開展三輪公開諮詢

深港雙方共同研究確定河套地區發展定位

2008 年 3 月，港深邊界區發展聯合專責小組召開第一次會議。河套地區的發展是港深兩地政府緊密合作的一個研究項目，目的是充分利用河套地區的土地資源，應對兩地未來發展的需要。會議同意港深雙方共同開展綜合研究，探討開發河套地區的可行性及有利於港深雙方的土地用途。

為了收集市民及專家對河套地區未來土地用途的意見，2008 年 6-7 月，深港兩地開始針對河套地區未來土地用途展開了一系列公眾諮詢活動，其中深圳兩輪、香港一輪。

我參加了深圳的一次公開活動和香港的一次資訊科技界的內部分享會。吳家瑋教授作為香港科技教育界召集人，也參與了相關的諮詢活動。他告訴我，針對建議在河套地區發展高等教育，他們組有別於主流的意見是，由於土地空間有限，不可能只建一所大學，而是要將大學和前沿科技相結合的研究院導入這個特殊地段，充分發揮國家資源和國際視野結合的優勢。後來公佈的結果讓他出乎意外，他們這個小組的建議被完全採納。這在以往香港政府組織的公眾諮詢中是很難通過的。他說，深圳這次應該給予了很大支持。

在收集到的意見中，發展高等教育、高新科技研發及文化創意產業的用途獲得了比較廣泛的支持。公開諮詢活動後，深港兩地政府着手開展河套未來發展的綜合研究。2008 年 11 月 13 日，雙方簽訂了《落馬洲河套地區綜合研究合作協定書》，正式開展研究的籌備工作，協定河套地區規劃研究的範圍分為兩個部分（見圖 5-5），其中河套地區（A 區）及香港境內連接地區（B 區）的研究由港方牽頭進行，深方參與；而深圳境內臨近地區（C 區）的研究由深方牽頭進行，港方參與。

同時，深港兩地政府結合六七月間的公眾諮詢結果，初步確定了河套地區主要的功能規劃。2009 年 4 月 27 日，兩地政府召開專責小組會議，簽署了《深圳河治理後過境土地使用合作意向書》，初步認為河套地區可考慮以高等教育為主，輔以高新科技研發設施和文化創意產業用途。由此制訂了河套地區的發展建議，在深港兩地互惠互利的基礎上，將河套地區發展成為一個可持續、環保、節能及以人為本的地區。

經過前期的基礎研究和概念規劃後，兩地形成了前期研究報告、概念規劃方案及其對應的項目可行性研究和規劃環境影響評價等階段性成果。2010 年 11 月 23 日，落馬洲河套地區發展規劃及工程研究第一階段公眾參與活動在深港兩地同時啟動，主要方式包括媒體見面會，公眾論壇和定點、巡迴展覽，以收集公眾對河套地區的前期綜合研究報告及周邊土地初步發展的建議和意見，深港兩地政府總共收集到 196 份書面意見。

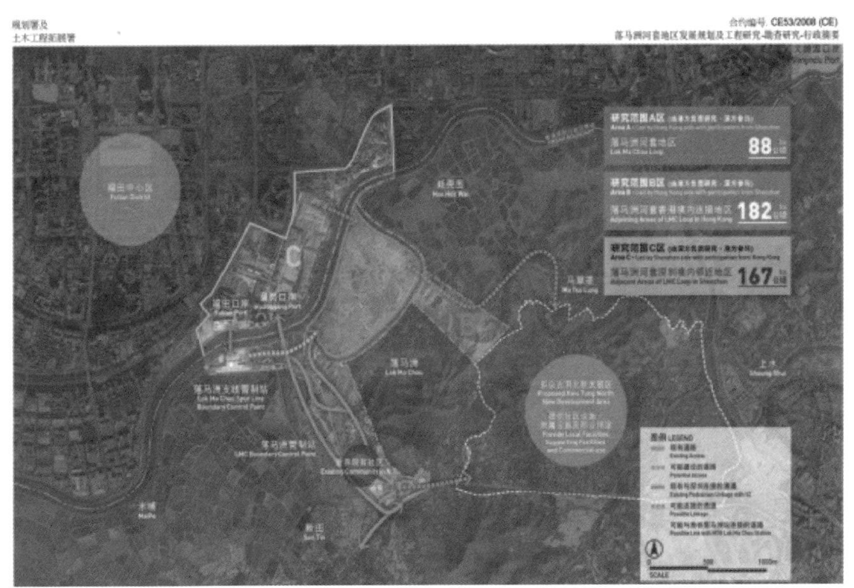

圖 5-5 落馬洲河套地區綜合研究範圍

在 23 日公佈的落馬洲河套地區發展規劃及工程研究中，河套地區（A 區）功能劃分包括教育區、創新區、交流區、生態區、濱河休憩區五個部分。河套地區適用的是香港的制度和法律，將教育區和創新區放在一起發揮產學研一體化的協同效應。河套地區強調低碳發展，絕不讓會造成污染的企業進駐，同時盡量減少機動車進入該片區，在每500米半徑內都會安排公車站，並提供單車停放點，鼓勵區域內人員單車出行或步行。

整理第一階段公眾參與活動收到的意見和建議後，兩地聯合進行詳細規劃、工程可行性研究及規劃環境影響評價等方面的研究，形成了《建議發展大綱圖》，並於2012年5-7月間在兩地同步開展第二階段公眾諮詢活動，旨在收集公眾對河套地區《建議發展大綱圖》的意見。深港兩地政府總共收集到36份書面意見。基於公眾期望及河套地區發展機遇和關注事項，河套地區的發展願景是在可持續發展的大原則下，把該地區定為「深港特別合作區域」，建設為跨界人才培育的知識科技交流樞紐。

經過兩個階段的公眾諮詢活動，兩地逐步完善詳細規劃方案、規劃環境評價報告及工程可行性研究報告等規劃研究成果，在2015年形成最終報告及行政摘要，完成了對河套開發的綜合研究。

與此同時，原深圳市規劃和國土資源委員會和福田區人民政府聯合開展了深圳一方空間規劃的對接和深度研究。以面積167公頃的河套C區為核心區，346公頃的福田保稅區作為擴展區，並將包括福田 CBD 在內的更大範圍作為影響區，推進河套及周邊地區開發，於 2015 年 3 月形成以《濱河矽谷，創新璞城——啟動深圳新千億產業的動力引擎，河套周邊地區發展規劃研究》為題的研究報告。

該調研報告將河套及周邊片區定位為自由開放的深港第一口岸門戶、深港自貿經濟創新合作區、深港共贏的創新科技文化園區、中國的南矽谷；同時提出通過自貿經濟與創新經濟，啟動新千億產業的雙引擎計劃，推動河套及周邊地區發展。

兩地聚焦河套地區開發建設、開展多次研究，立足深港城市一體化的發展趨勢，遵循共同發展高等教育、高新科技研發和文化創意產業的共識，力圖創造雙方互利共贏的發展局面。

2024 年香港特區政府公佈了《河套深港科技創新合作區香港園區規劃》，對這一段歷史做了全面系統的回顧，表達了港深共同開發河套的意願。

港深毗鄰，兩地社會經濟人文聯繫密切，而河套地區的優越地理位置和特殊歷史背景，為深化港深兩地合作提供了難得的機遇和平台。河套地區發展是《行政長官 2007-2008 年施政報告》中「十項重大基建工程」的其中一項，彼時特區政府首次提出與深圳攜手合作共同開發河套，善用河套區土地資源支持日後發展需要。其後，港深邊界區發展聯合專責小組於 2007 年成立，負責統籌、協調和督導港深邊界區土地規劃和發展的研究工作。2008 年 11 月，港深兩地政府在深港合作會議上簽署了《落馬洲河套地區綜合研究合作協定書》，同意以「共同研究、共同開發」的精神，開展河套地區發展的綜合研究，港深兩地分別就各自境內範圍（香港的境內範圍包括河套地區）聘請顧問進行相關研究。2011 年 11 月，港深兩地政府簽署了《推進落馬洲河套地區共同開發工作的合作協定書》，同意在「一國兩制」大原則下，按「共同開發、共用成果」的原則，合作推動河套地區發展。相關文件提出把河套地區定位為港深特別合作區域，並清楚指明發展高新科技應是河套地區開發的一個主要方向。

雖然兩地對河套發展規劃的綜合研究徵求了民間意見、通過了專業論證，但是河套開發建設工作依然受到體制、管理理念和運作模式等因素的影響，有些障礙是當時不可逾越的，有些則是出於香港反對派的無端阻撓。反對派打着影響環境、給大陸輸送利益、解決不了民生問題等幌子加以阻撓，使兩地政府協商一致的許多措施遲遲不能推進。除此之外，最主要的原因依然是繞不開的河套地區的土地業權問題。

六

河套緣何成為大灣區高質量發展之塔尖

2017年1月，港深兩地政府簽署《關於港深推進落馬洲河套地區共同發展的合作備忘錄》，在中央確立、港深雙方確認的模式下一攬子解決了因治理深圳河裁彎取直後形成的「過境」土地歸屬問題，即以新河中心線作為港深兩地的區域界線，將「過境」土地分別納入香港特別行政區和深圳市的行政區域範圍。港深兩地政府在《合作備忘錄》中，明確提出合作發展位於香港境內的河套地區為「港深創科園」，確立創新及科技為該地塊的發展主軸。與此同時，特區政府支持深圳在深圳河北側發展科技創新產業群、打造「深圳科創園區」，雙方同意向國家爭取政策，支持深圳科創園區（亦稱「河套深圳園區」，約300公頃）和港深創科園（亦稱「河套香港園區」，約87公頃）的發展，共同構建一個具有集聚力、能產生協同效應的「深港科技創新合作區」（即河套合作區）。2021年9月，港深兩地政府簽署《關於推進河套深港科技創新合作區「一區兩園」建設的合作安排》，為發展河套合作區成為「一國兩制」下、位處一河兩岸的「一區兩園」定下明確路向。

回顧這一段歷史，從 1997 年之前，及至 1997 年之後到 2017 年 1 月，歷經二十餘年圍繞土地業權的討論，從業權有爭議之下的「擱置爭議，共同開發」倡議，到提出「共同開發、共用成果」原則，這些直到今天仍然具有現實意義。在法治精神、理性、建設性中求異存同，以謀求最小公約數和最大公倍數的邏輯，導入港深跨境合作的思維，構建「求異存同、協同增效」的分析框架，以體現「一國兩制」下差異性與互補性的有機統一。

在那些已成過去的艱辛歷程背後，潛藏着很多的故事，未來還會創造出更多的、新的故事。

民間智庫提出一攬子解決河套土地問題建議

關於河套地區的土地業權問題，兩地政府早在 2013 年 11 月的港深邊界區發展聯合專責小組第十一次會議上，**就達成「兩個尊重、兩個同意」的共識**，即港方尊重落馬洲河套地區長久以來屬於深圳的事實，深方亦尊重落馬洲河套地區自深圳河裁彎取直後位於香港範圍內的現狀，並同意該區域土地今後由香港特區政府進行管理，即河套地區土地業權屬於深圳，香港只有管理權。然而，香港立法會認為若河套地區土地業權不屬於香港，香港政府投入資金進行開發建設則名不正言不順，因此否決了特區政府關於河套地區開發建設的預算方案；也因此，2014-2016 年，特區政府沒能就河套地區開發建設進行相關財政安排，河套的開發建設工作自然停滯不前。

在這一背景下，時任行政長官的梁振英專門在政府經濟發展諮詢委員會中設立了河套發展專責小組，寄望於民間智慧，可以就解決河套地區土地問題提出建議、突破困境，林立方、方舟等老朋友都在這個小組裏。

一國兩制研究中心的方舟擔任香港與內地經貿合作諮詢委員會小組召集人。他找到我，希望我們各自從深港兩方的治理視角提提意見，探討解決河套地區土地問題的路徑及其合理性和可行性。我和方舟一起梳理了河套地區的歷史背景，結合發展規劃公眾諮詢結果以及開發建設進展情況，草擬了破解河套地區土地問題的 A、B、C 三個方案，形成了《關於深港邊境落馬洲河套開發建設的建議》。

A 方案是確認土地業權，完善規劃立案。建議尊重歷史現狀，經過粵港邊境勘測工作小組，對河道裁彎取直後雙方劃入對方的土地採取等量互換的解決方式，以確定土地權屬。雙方政府及主管部門協助辦理分別劃入對方管理範圍的土地登記事宜，完成法律手續。在此基礎上，將地塊納入管轄地的規劃範疇。由於劃入對方的土地面積不均衡，預期香港在深圳一方的土地基本可以置換出來，不涉及跨境產權，香港可在河套範圍內獲得等量土地。

B 方案是採用租賃模式，交由港方建設。河套地區管理權歸香港，為確保河套地區能夠在 2020 年投入使用，無論誰主持開發這片土地，香港政府都必須配套完成公共基礎建設。這塊地早就應該由深業集團去特區政府完成登記，但其後深業集團並沒有在特區政府登記業權，但亦可按原來登記的方式，一攬子租賃給香港，可以是由特區政府指定的機構，也可以是財團，即由特區政府完成規劃並進行基礎設施建設，然後通過租賃的方式將河套交給機構或財團進行開發。同時建議深圳為這筆租賃費設立一個專門基金，將之投入河套地區的開發之中，滾動使用，並承諾資金絕不流回深圳。

C 方案是合作建立港深灣區國際創新中心。土地開發後應規劃建設雙邊政府合作項目，探討片區內土地由香港規劃建設管轄，核心項目由深圳、香港或深港雙邊合作運營。香港政府可以根據項目的比例返回深圳一些土地，比如一平方公里中拿出 20 萬平方米或 10 萬平方米給深圳來做項目，給深圳政府留一個空間。或是在雙邊政府合作項目裏批出一部分項目，比如 20% 交給深圳來做。這樣也能保證雙方優勢互補、激發市場匹配內在動力。

這份建議出來之後，方舟徵求了特首辦、香港與內地經貿合作諮詢委員會等部門意見後回覆我：如果深圳方面認同，香港方面認為方案可行，可以談。

2014 年 9 月，我把這份建議報給了分管副市長唐傑。唐傑副市長一直沒有回覆我的信息。在不久後的香港資訊科技界國慶活動上，我見到了梁振英先生。梁先生說，「你把這個建議給我看看。」那天我有備而去，列印了一份建議在手上。後來在一個非正式場合遇到唐傑副市長，他主動和我提及此事。我說資料直接給了梁振英先生。但此事再無下文，就此擱置。

2015 年，深圳市政府領導班子換屆，由艾學峰副市長分管深港合作方面的工作。他聽說我熟悉深港合作事務，專門約我去他辦公室交流。艾副市長在國務院港澳辦工作過，我帶上手頭關於深港合作事務的主要文件資料，當他翻閱到那些一手檔案資料時，起身交代秘書，下午後續的幾個活動延後。原計劃一小時的交談延續了一個下午。當時艾副市長說，他會向書記市長直接匯報河套問題，同時也讓我把河套問題的整個發展過程和一些比較成熟的建議形成書面報告，通過深圳市決策諮詢委員會的渠道報送市領導研究。

2016 年 3 月，深圳市領導專程赴港，希望加快推進落馬洲河套地區的開發建設。時任深圳市委書記馬興瑞、市長許勤、市委秘書長郭永航要求決諮委專家就河套合作提供諮詢建議。趁着這一契機，我把自己對於河套地區土地開發的一些想法做了整理，形成了「加快落實落馬洲河套建設的幾點建議」，以決諮委委員建議（總 394 期）的形式於 2016 年 4 月 13 日上報市領導。

建議直截了當指出問題的本質所在：1994 年以來，深圳所有關於河套地區開發建設的方案中都堅持土地主權，特別是有香港律師行的諮詢建議和朱鎔基總理「不要把土地給弄丟了」的要求，所以深圳的各種方案中，雖然土地管理權在香港，但深圳仍擁有永久產權。土地權屬和如何妥善處理是不能回避的基礎問題，要依託法律和智慧來解決。可考慮通過土地互換、租賃或聯合開發三種變通方式推動實質開發。這三種模式此前已與港方協調溝通，在報告中基於此我提出了五點建議：

一是確立河套片區為深港合作融合區、CEPA 示範區。落馬洲、河套及深圳福田保稅區地處港深交匯地段，是深港融合發展的最佳區域。可嘗試雙方劃定區域圍合發展，形成境內關外、「你中有我，我中有你」，以打造「深港灣區國際創新中心」為目標，實施 CEPA 落地的全面示範，為建設「一帶一路」橋頭堡提供雙向超級平台。

二是確認土地業權，完善規劃立案。尊重歷史、現狀，經過粵港邊境勘測工作小組，對河道裁彎取直後，雙方劃入對方的土地採取等量互換的辦法解決。如圖 6-1 所示，包括香港劃入深圳羅湖富臨大酒店後地塊、深圳劃入香港的漁民村地塊、文錦渡雙邊互劃地塊以及河套區。通過土地互換，確定土地權屬。雙方政府及主管部門協助辦理分別劃入對方管理範圍的土地登記事宜，完成法律手續。在此基礎上，將地塊納入管轄地的規劃範疇。由於劃入對方的土地不均衡，該項工作的預期結果是，香港在深圳一方的土地基本可以置換出來，不用管理跨境產權；同時，香港還可以獲得在河套範圍內的等量土地。為使特區政府加快處理河套項目，根據香港的法律、土地使用規定和深港達成的共同開發河套協議，及前期規劃諮詢成果，可以按照以下四個步驟啟動協商工作：第一，深圳提出土地申述。深圳市政府向香港特區政府土地管理部門提出土地產權的登記申述（深圳市政府永久性擁有土地所有權，土地持有方在獲得的使用權年限內登記）；第二，香港特區政府根據有關法律規定提出處置意見（香港政府授權收購土地的使用權，登記為香港政府的土地，並頒發土地使用證）；第三，香港特區政府批出該塊土地的產權使用許可（按照合作開發的模式，深圳方及協商合作機構擁有該地塊開發權）；第四，香港政府依法管理該地塊所在區域的發展和規劃（批地、規劃、基礎設施建設、建設項目管理、實施香港法律規定的事由）。

依據上述途徑，可啟動香港特區政府向立法會提交議案和專項投資預算。其他如產業規劃、管理模式、投資等，可按照原協定和雙邊合作方案磋商協調執行。

三是採用租賃模式，交由港方建設。為確保雙方協商並公開承諾的該項目在要約的時間（曾公佈為 2020 年）投入使用，無論由誰主持開發，特區政府都應盡快完成配套基礎設施建設。這也是 1998 年粵港聯席會議第二次會議討論該地塊項目時，特區政府提出來的主要問題之一。建議深圳方盡快確定開發主體並決策，將河套地塊打包租賃給香港政府。比照政府收地項目方式，由政府進行成片規劃和基礎設施、公共資源建設。租賃協議應包括一些約定，如建議租金由深圳方設立一個專門基金，原則上用於在該片土地之上的項目和滾動使用，不抽回深圳；成片開發後的土地按照雙方研究確定的規劃功能招商。同等條件下，優先考慮深圳投資的項目或香港需要深圳配合引進的項目。

四是合作建立深港灣區國際創新中心（深港灣區國際科技園）。土地開發後應規劃建設雙邊政府合作項目。可按一定比例返回土地（如 25% 約 20 萬平方米左右，按實際租賃價 75% 支付），注入資金，建立深港灣區國際創新中心（深港灣區國際科技園），可委託香港科技園和深圳前海、福田區政府等合作。探討片區內土地由香港規劃建設管轄，核心項目由深圳、香港或深港雙邊合作運營。配合深港灣區國際創新中心，可以在深圳福田 CBD、福田保稅區、福田梅林、香蜜湖等地段建設若干深港灣區國際創新中心深圳園區，全面無縫對接 CEPA，借力香港河套片區和深圳福田緊密相連的地緣優勢，打造一區多園格局，營造與國際接軌的商業生態環境，放大深港合作融合區的優勢和市場匹配內在動力。

五是建議深圳方面設專責小組。吸納規劃、法律、投資、口岸及涉港事務等專業背景人員參與，啟動可行性方案論證。遵循尊重歷史現狀、面向區域發展、優化資源配置、互補互利共贏、持續創新驅動的原則，確定河套區的合作開發模式。為香港邊境走廊 27 平方公里的未來發展，為灣區都會融合、產業提升、人才聚集提供新的動力平台。

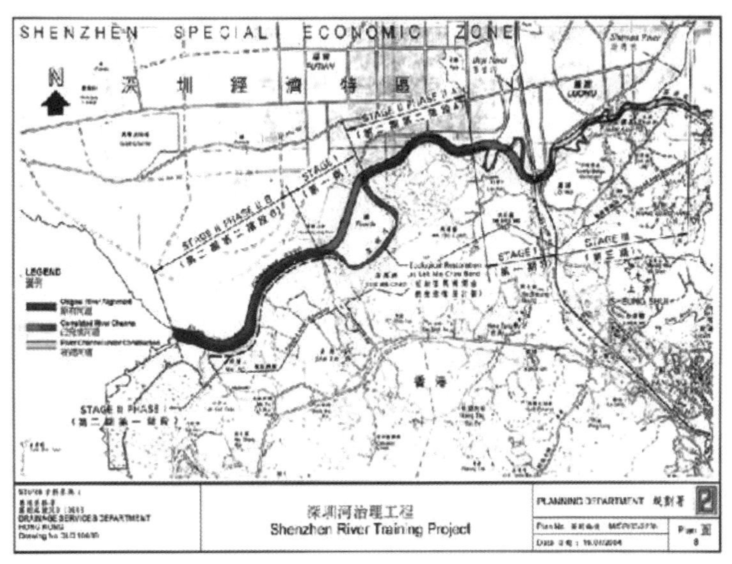

圖 6-1 深圳河治理工程規劃圖

這份建議引起了重視。決諮委領導在呈報意見中指出：關於落馬洲河套地區的開發，我市上一屆政府與港方達成了「擱置爭議，共同開發」的共識，並通過公共諮詢確定了發展方向。這一建議就空間範圍、功能定位、土地處置、開發模式等問題，又提出了不少新見解，核心仍是土地權屬的法律關係。鑒於這一問題極其重要和敏感，建議市發改委、規土委、法制辦、港澳辦組織專責小組深入研究，其中關於歷史沿革的部分多聽取張克科的意見，提出工作思考供市領導決策。這一期建議書記、市長、分管常委和副市長等七位領導都做圈閱。

盡管後來在 2017 年 1 月雙方一攬子解決了跨境土地的權屬問題，上述建議除與此相關的不再有對應外，作為河套深港科技創新合作區跨境協同、一區兩園的屬性還在，功能定位、開發模式和工作機制等，均可沿用和參考。對於面向未來，在「一國兩制」的原則下，融合發展，探索跨境合作，不同關稅區、不同社會制度、不同法治框架下的港深合作，特別是突破不同理念的衝突，不同價值的選擇，不同制度的協同，仍然有非常務實求新的參考價值。

確定業權 終破僵局

1. 河套地區土地業權問題得到解決

2016 年下半年，由深圳市委書記馬興瑞和香港特別行政區行政長官梁振英共同推動，在中央的支持下，河套地區土地業權明確交給香港，由香港開發，由此正式開啟了河套地區的開發建設。

這個轉折來得突然。

2016 年春夏之交，我在進行東莞松山湖的戰略發展研究，希望能更深入了解香港方面對大珠江三角洲和灣區經濟的思考，就去拜訪了特區政府中央政策組首席顧問邵善波先生。從香港回歸前他在一國兩制研究中心工作期間，我們就一直有合作。「關於河套地區，你們深圳兩位主官都跟我們談了，不謀求經濟利益。這塊地深圳應該不會再提了吧？」他突然半開玩笑半認真地對我說。我奇怪怎麼突然說起這個題外話，沒多想便脫口而出：「不謀求經濟利益，並不是不謀求『主權』吧？」我們都知道梁振英先生很難，他最清楚這塊地的法律關係，也是最早參與、最積極的推動者之一，現在站到可以實際推動的位置，卻也遇到了難以往前推進的局面。「這個不急，都等了這麼久了。」我說。邵先生也說：「看吧，總是要解決的。」

2016 年秋，我們再次赴港參加資訊科技界國慶酒會。香港創新及科技局副局長鍾偉強知道我會去，約我早一點到灣仔，一起喝點東西聊聊。香港創新及科技局於 2015 年 11 月正式成立，是特區政府下屬的專門推動科技、資訊及產學研協同發展的第 13 個決策局。當年在香港數碼港和深圳高新區深度合作的兩位同仁分別出任該局的一、二把手。一見面，鍾偉強就非常認真地對我說，今天是創新及科技局局長楊偉雄委託他來和我溝通，知道我晚上會去酒會，所以提前約我在這裏喝茶。

他說：「我們這邊收到消息，中央和深圳政府已經決定把河套的土地給香港了。香港政府內部明確了這個項目要創新與科技局負責。為了能快速且順利地啟動河套地區的開發建設，香港方面決定遵循和不改變前期公開諮詢和專業論證過的發展定位、土地利用及規劃佈局，也不改變前期確定的規劃方案和預算。同時，將原來規劃署落實的若干工作也一併轉交給創新及科技局來牽頭。科創局計劃在法定機構香港科技園現行的體系下，設立一個下屬公司專門負責河套項目的運行，沿用香港完善的管理模式和開發建設體系，減少社會面的折騰。核心產業功能佈局對外三項不變，在這裏集中力量做好科技與教育，文創先在深圳的前海發展。特首會專門去和深圳商議安排。知道您在這方面一直致力推動和研究，今天想聽聽您的建議，了解幾項工作：一，因為之前是規劃署負責開發建設，創新及科技局不太了解河套的來龍去脈，希望你可以給我們一些更加具體的介紹；二，我們想要了解在目前這種情況下，深圳希望我們做些什麼，我們可以如何相互配合、一起做些什麼？有些深圳希望做但做不了，而香港可以發揮其優勢、作用的，也可以提出來。比如教育方面，深圳在周邊地區有沒有教育方面的其他佈局？如果希望設立更精準或者『新』『特』『高』『前』一點的專業，香港有這方面的優勢可以發揮；

三，我們想知道深圳相鄰周邊的土地和建設規劃會如何配合河套發展。」我當時又高興又驚訝：高興的是，這件事終於重新啟動了；驚訝的是，怎麼土地說給香港就給了？

為了更好地轉達香港方面的想法，我又將自己的理解重複了一遍，記下了這樣幾個要點：一是河套發展規劃由創新與科技局負責，探討雙贏方案，正式洽談還是由政制及內地事務局為主；二是河套優先定位為港深科技創新中心；三是香港方面希望諒解備忘錄在半個月內確定，能快則快，在這個新情況下，希望越簡單越好，延續以前的框架盡快啟動，提請立法局審議；四是希望以科技為核心，輔以教育與科技配合互動，發揮香港國際化、能夠更好地吸引海外人才的優勢。科技板塊相對於高校而言，更希望是以「科技園＋」的形式開展，委託科技園運營。計劃先讓文創產業中和科技關聯度更緊的工業設計等進入河套發展，其他產業有時間再協商；五是想知道深圳方面的土地空間及產業規劃，深圳福田及河套周邊有沒有其他佈局，對河套的配套設施有什麼安排等。產業佈局除了香港確立的智慧城市、健康老齡、機器人、金融科技外，深圳有什麼建議，有沒有哪些特別適合或者需要在這個空間做的內容？希望盡量配合深圳產業／城市功能建設，保持周邊大塊功能不變，同時每個地塊可以靈活處置，配合出入管理。

回到深圳，我第一時間趕到市港澳辦，詢問這到底怎麼回事。港澳合作處處長黃志軍說，現在有個協定正在走審批流程，「這有一個工作文本，你可以在這裏先看看。」我看了一下協定內容，也清楚了香港方面要諮詢的情況。他建議，「你今天所講的這些情況得向分管市領導報告。」於是，我去找了艾學峰副市長。艾告訴我，「是馬興瑞書記跟香港方面溝通，達成共識，將土地所有權一攬子給了香港。」我盡可能不遺漏地將香港方面的意見轉達給了艾副市長，並請他支召如何回應。

艾學峰副市長特別強調，「希望能在河套地區做兩地單獨做誰也做不了的事情，做在國際上有影響力的事情；等兩地資源互相配備以後，再做更大的事情。」

在河套地區土地所有權移交給香港的過程中，有這樣一件事情引起了我的好奇和猜想。2016 年 10 月 7 日，坐落於香港科技園的瑞典卡羅琳醫學院劉鳴煒復修醫學中心揭幕。卡羅琳醫學院署理校長卡林· 達爾曼賴特（Karin Dahlman-Wright）教授在致辭中表示，香港作為一個全球性的科研創新中心，可以提供獨特的機會促進合作和進行知識轉移。行政長官梁振英則表示，卡羅琳醫學院作為全球頂尖醫科大學及研究中心，一直致力於為香港高校在醫學研究、學生合作交流方面提供幫助並保持密切合作；劉鳴煒復修醫學中心在香港成立，將促進香港在幹細胞和再生醫學領域的研究，是香港創新科技及醫學發展以及中國與瑞典合作的重要里程碑。後來，梁振英在一個小範圍的公開活動中提到了這次活動。他說深圳的馬興瑞書記應邀赴香港科技園出席了這個開幕儀式。之後，梁振英先生要在禮賓府設午宴招待來賓，他順便邀請馬興瑞書記坐他的車一起過港島。在車上梁振英對馬興瑞說，「你看從你的辦公室到這裏（香港科技園）只要 15 分鍾，但從這裏到我辦公室卻要半個多小時。我們要將河套科技園這個地方好好利用起來，把深港合作從這裏做起來。」這次會晤後，兩方很快達成了關於河套地區土地所有權歸屬的共識。我猜想，這一共識應當是兩人在車上「智慧」而友好的交談中達成的。這一共識解除了困擾兩地 30 多年的難題，標誌着深港戰略合作駛入快車道。

2. 河套地區業權歸屬香港，期待兩地共同開發

2016 年 12 月初，在香港舉行的每年一度的深港科技社團聯盟年會上，赴港出席活動的深圳市港澳辦的同志告訴我，關於深港兩方共同開發河套地區的事宜基本商定好了，擬定 12 月 28 日簽署。不料，12 月 25 日左右，馬興瑞書記突然調離深圳赴廣州候任廣東省長。深圳方面很快調整了相關安排，將簽署備忘錄的日期延後至新年後的第一個工作日。

2017年1月3日，香港特區政府政務司司長林鄭月娥和深圳市副市長艾學峰代表兩地政府簽署了《關於港深推進落馬洲河套地區共同發展的合作備忘錄》（下稱「合作備忘錄」），明確了河套地區的開發建設基本原則、土地業權、合作領域和內容、開發機制、聯合執行及解決爭議機制、共同打造深港科技創新合作區等事項。

合作備忘錄回顧了深港共同發展河套地區的背景和歷程。根據1997年7月1日頒佈實施的《中華人民共和國國務院令第221號》（以下簡稱「國務院令第221號」），深圳河治理後，以新河中心線作為區域界線，原位於深圳市行政區域內的河套地區，納入香港特別行政區的行政區域範圍。2011年11月25日，港深雙方簽署《推進落馬洲河套地區共同開發工作的合作協定書》（以下簡稱《合作協定書》），港深雙方尊重上述歷史事實，同意在「一國兩制」的大原則下，根據香港特別行政區法律，按「共同開發、共用成果」原則，合作推動河套地區發展。隨後，港深雙方按照《合作協定書》積極磋商並達成共識，同意合作發展河套地區為「港深創新及科技園」及在園內建設相關高等教育和輔助設施，並制訂了合作備忘錄。鑒於港深近年在創新及科技方面的迅猛發展，及兩地在優勢互補下產生的巨大協同效應，雙方同意除共同發展港深創新及科技園外，港方亦支持深方在深圳河北側發展科技創新，共同建立深港科技創新合作區。

基本原則方面，雙方遵循適用香港特別行政區的法律和土地行政制度原則、非牟利原則、友好協商原則。港深雙方本着共同協商、互利共贏的精神處理河套地區發展的各項事務，努力將河套地區發展為港深創新及科技園。

土地業權方面，明確了 20 年來一直備受爭議的河套地區土地業權歸屬香港。兩地政府確認雙方自 1997 年 7 月 1 日起依法擁有治理深圳河裁彎拉直後的「過境」土地的業權。其中，港方擁有原位於深圳市行政區域面積共約 91 公頃的四幅地塊（A1，即河套地區；A2；A3 及 A4 地塊，見圖 6-2），深方擁有原位於香港行政區域面積共約 12 公頃的五幅地塊（即 B1、B2、B3、B4 及 B5 地塊）。這就一攬子解決了深圳河裁彎取直後河套地區及其他「過境」土地業權的分歧，讓河套地區有了開發建設的基礎，打破了僵局。在合作領域和內容方面，一是確定了河套發展定位，即港深創新及科技園，建立重點科研合作基地。二是明確了河套地區的建設內容，在園區內建設相關高等教育及輔助設施，包括建立綜合性高端培訓平台，在園內開辦分校或新的院校，以及相關的文化創意、商業、社區和其他配套設施等。三是港方同意為深方人員提供便利的出入境安排。

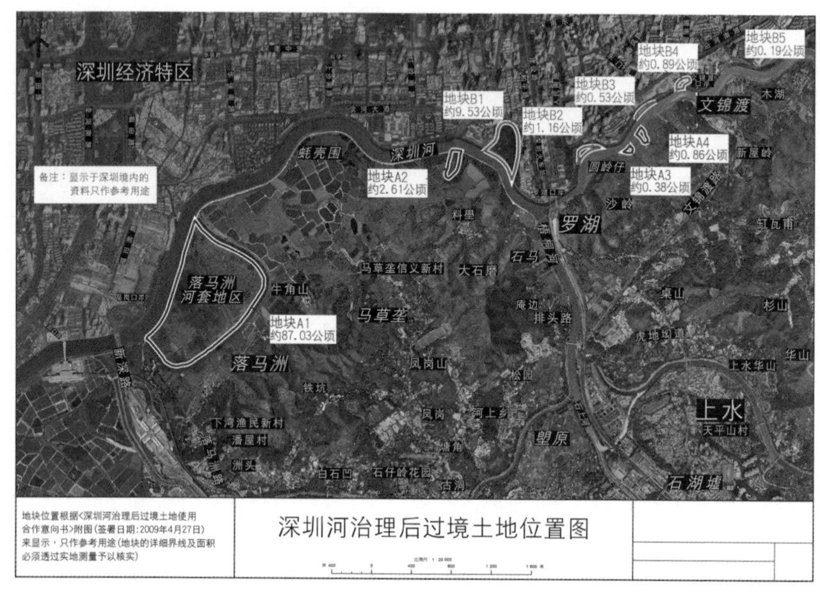

圖 6-2 治理深圳河裁彎取直後的「過境」土地劃分

開發機制方面，明確由港方負責河套地區的基礎設施建設，並以批地方式將已平整土地的河套地區批租予香港科技園公司，由後者成立一家全資附屬公司，負責開發建設和管理港深創新及科技園。該附屬公司董事局成員由香港科技園公司委任，深圳作為河套地區發展重要持份者，可通過河套區港深創新及科技園發展聯合專責小組向香港政府提名該附屬公司董事局的董事予香港科技園公司董事局委任，直接到參與港深創新及科技園的發展，包括但不限於批租土地或樓房作科研設施、綜合性高端培訓平台及其他配套設施（圖 6-3）。

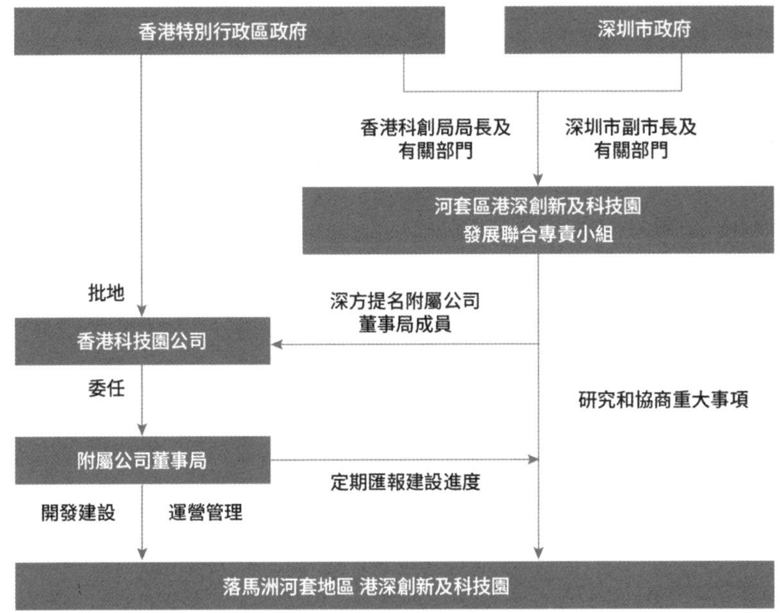

圖 6-3 落馬洲河套地區港深創新及科技園開發機制

聯合執行及解決爭議機制方面，明確了深港雙方組成河套區港深創新及科技園發展聯合專責小組，負責對發展河套地區的重大事項進行研究和協商；由香港科技園公司成立的附屬公司需定期向該聯合專責小組匯報港深創新及科技園的發展事宜。這為兩地研究和協商河套地區發展事項搭建了平台（表 6-1）。

表 6-1　河套區港深創新及科技園發展聯合專責小組成員名單

小組組成	香港特別行政區政府	深圳市人民政府
組長	創新及科技局局長	副市長
副組長	創新及科技局常任秘書長	港澳事務辦公室主任
成員	1. 發展局 2. 政制及內地事務局 3. 教育局 4. 商務及經濟發展局 5. 創新科技署 6. 土木工程拓展署	1. 港澳事務辦公室 2. 發展和改革委員會 3. 經濟貿易和信息化委員會（後改稱工业和信息化局） 4. 規劃和國土資源委員會後改稱規劃和自然資源局） 5. 科技創新委員會 6. 教育局 7. 法制辦公室 8. 福田區政府
辦公室	創新及科技局	港澳事務辦公室

共同打造深港科技創新合作區方面，一是深港雙方共同推廣將在河套地區建設的港深創新及科技園，吸引港深兩地以及海外企業、研發機構和高等院校進駐。二是港方支持深方把深圳河北側毗鄰河套地區約 3 平方公里區域打造成為「深方科創園區」。三是深港雙方同意向國家爭取政策，支持此深方科創園區和港深創新及科技園的發展，構建具有對應聚集力和協同效應的深港科技創新合作區。

從這份《合作備忘錄》的土地業權劃分上來看，深圳看似「失掉」了河套地區的業權和開發建設主權，在合作中處於不對等地位，其實並不盡然。深圳爭取到了在毗鄰河套地區的土地上佈局一個權益空間發展科技創新，以這個空間來對接河套地區的發展。這就是《合作備忘錄》中提到的深方留出深圳河北側毗鄰河套地區約 3 平方公里的區域，作為河套港深創新及科技園的深方科創園區。這樣一來，深圳就有了 3 平方公里的權益空間。通過這個權益空間，深港雙方可以向國家爭取政策支持，進一步增強兩地創新及科技的協同效應。

這份備忘錄明確了河套地區土地業權、管理機制和權益空間三大內容，解決了歷史遺留問題，確定了未來發展方向，不僅是河套地區建設發展取得突破性進展的里程碑，也是深港合作史上的里程碑，為深港科技創新合作和粵港澳大灣區的規劃構想奠定了基礎。

2017 年 2 月 26 日，根據河套新協定形成的新局面新模式，結合自己多年的工作實踐，通過春節期間的學習、消化、理解，我再次以決諮委委員的身份遞交了「福田—落馬洲大河套片區發展建議」，並於 3 月 1 日報出（決諮委委員建議總 470 期）。具體內容節選如下：

福田—落馬洲跨境片區以河套區建設「港深創新及科技園」為契機，為深圳市，特別是福田區進一步創新理念、深化改革，擴大開放、協調發展、共用成果提出了新的挑戰，也打開了一次極好的高起點國際化創新發展的時間窗口。為更好地佈局、規劃好福田—落馬洲河套片區的對接與發展，應重視和用好落馬洲河套地區共同發展合作協定中提出的幾個基本原則和要點：

一是尊重歷史、審視現狀、面向未來。合作協定中，深方確認香港特別行政區政府擁有佔地 87 公頃的落馬洲河套的土地業權。這樣，港深創新與科技園區將成為香港迄今為止面積最大的創新與科技平台。依照香港的法律管理和組織開發建設，將最大限度地發揮香港全球最佳投資環境的優勢、植入市場經濟活力，吸引包括內地一流科創資源在內的全球創新資源配置，為香港作為「一帶一路」超級聯繫人，在全球產業回歸本土的趨勢下，人才、資金、技術和服務的聚焦提供新的空間和平台。

二是務實求新、互補互利、融合發展。在港深創新與科技園區的管理體制、運行機制上，應充分利用香港科技園和五大研究機構經驗，借鑒深圳發展高新技術產業、建立創新型城市體系和實施資源配置的經驗，做到你中有我、我中有你，緊密無間，融合發展。以珠三角灣區（注：那個時候還沒有提粵港澳大灣區，一個月之後的全國「兩會」上才正式提出）為依託，佈局國家重大專項，支持香港創新與科技發展，支撐國際化人才落地，支持建設國際科技、產業創新中心（注：國家「十三五」規劃給深圳的定位「加快建設科技、產業創新中心」，深圳借力香港提出建設「國際科技產業創新中心」新目標，國際科技創新中心則是香港 24 位院士 2017 年給習主席寫信後，2018 年的規劃綱要再確認的），成為「一國兩制」下雙重優勢示範區。

三是統籌規劃、爭取政策、搭建平台。福田—落馬洲河套片區自 2008 年開始公開諮詢和協同規劃，基本確定了除裁彎取直劃入香港的河套地塊以外的深港雙方各自周邊的配合發展區。深港雙方都表示全力支持對方的開發區域，並共同爭取國家對這一區域實施特殊政策，將上述跨界的合作區域打造成深港創新走廊，搭建深港合作新平台。

基於上述原則，。這一片區是獨一無二的土地相連的跨境合作區，循以改革開放以來多次提升的政策體系大格局的框架下，可以賦予更加獨特的機制創新和合作模式創新。充分利用按照香港法規制度管理香港境內河套片區和深港推薦委派董事共同設立管理機構和支持對方劃入部分土地協同發展的基礎，在法律許可的框架下，設計新的發展模式，使這一片區域成為國家所需、香港所求、深圳所長、全球所望的新亮點。

在建議中，對於近期可以開展的事項，提出四點建議：

（1）劃定深圳一側部分地塊合圍發展。如皇崗口岸將搬遷移交的海關查驗區，列為港深創新與科技園的配套服務基地。比照香港的管理體制享受特殊的管理模式發展；

（2）劃定深圳一方交叉區域中的福田保稅區，作為深港國際創新合作示範區。支持福田區在保稅區內建立深港國際合作創新中心，先行先試提供合作創新發展的資源和平台。充分利用現有的保稅區基礎設施，優化一號通道直通港方皇崗口岸的人、車、物管理模式，邀請香港方在保稅區建立港深創新及科技園福田服務中心，實施試驗河套區建成後的跨境合作交往模式；

（3）在福田區選擇若干核心創新區作為後備發展配套區，為完善和支撐港深創新及科技園在前 5—8 年發展過程中吸納優質資源，培育創新鏈，提供技術、人才、資金、服務的全面對接；

（4）委託福田區政府出面建立福田—落馬洲大河套片區發展規劃專家諮詢委員會。吸納香港、深圳兩地及國家有關部門等參與，為深港合作新平台定位把脈，為國家制定這一片區的特殊政策提出研究建議，為福田—落馬洲大河套片區發展出謀獻策，為深港創新資源對接落地把關。

福田—落馬洲深港合作片區是一個獨特的新理念。這裏是深港創新科技的聚焦點，既有比前海深港高端現代服務業合作區科技服務、專業服務等更直接的內涵；又因在香港境內和與福田保稅區連接，富有前海—蛇口自貿區的改革開放基因；還是深圳創建自主創新示範區，建成國際科技、產業創新中心橋頭堡的地位；

福田還擔負着全面落實 CEPA 和廣東協議的示範區重任。這一系列政策和特殊區域的實驗疊加，給福田—落馬洲大河套片區帶來生機，同時也因為政出多門需要優化、簡化、提效和注入港深合作面向未來的新動力、新資源、新名片。

建議向國家有關部門提議，將這一區域定位為「福田—落馬洲深港創新特別合作區」。請國家有關部門在規劃珠三角灣區規劃時給以明確的接壤片區的定位，對有關區域範圍、基本功能、政策導向、合作模式等給以明確，並爭取在香港回歸 20 周年之際宣佈，開啟新的征程。

該份建議得到了決諮委領導的認可，在呈報意見中說明，張克科委員就港深合作開發落馬洲河套曾多次提出建議。此次進一步圍繞兩地政府新年伊始簽署的合作協定，提出將此區域拓展到福田—落馬洲大河套地區，並提出若干具體建議。據悉，福田區也做了一個相類似的規劃方案，建議一併統籌研究。

這個建議報送到了六位市委市政府分管領導，市長分別批示給了發改、科創、口岸辦、港澳辦等相關部門研究辦理。

粵港澳大灣區框架下的河套新局

1、從構想走入現實

2017 年初深港雙方簽署的兩地推進河套地區共同發展備忘錄，開啟了加快河套建設的步伐。但由於雙方未能很好地解決彼此的制度、規則差異，立法會的撥款和基礎工程排期遲遲未能落實，致使雙方合作的深化面臨諸多阻礙，一些大型基礎設施建設暫緩實施，遲至 2019 年才開始動工。由於規則不相容、標準不統一、資格不互認等構成的隱形壁壘，深港雙城合作出現機制上「大門已開，小門未開」現象，「樓難下、門難出」在科創領域重現，河套土地權屬問題解決後，向來是合作推手的深圳開始有力使不上，隱隱然還成了競爭對手，局面尷尬。

要衝破壁壘，必須適時調整合作模式。此時，國家對粵港澳大灣區發展戰略的佈局，為深港合作帶來了新機遇。

2016 年底，梁振英先生宣佈退出下一屆香港特區行政長官選舉。2017 年 3 月全國兩會期間，政府工作報告明確提出，要推動內地與港澳深化合作，研究制定粵港澳大灣區城市群發展規劃，發揮港澳獨特優勢，提升在國家經濟發展和對外開放中的地位與功能。被寫入政府工作報告的「粵港澳大灣區」正式上升為國家戰略。很快的，在香港回歸 20 周年之際，在國家主席習近平的見證下，香港特區行政長官林鄭月娥、澳門特區行政長官崔世安、國家發改委主任何立峰、廣東省省長馬興瑞在香港共同簽署了《深化粵港澳合作推進大灣區建設框架協議》（以下簡稱《框架協議》），確定了粵港澳大灣區協調發展的總體佈局，標誌着粵港澳大灣區建設正式啟動，也成為香港回歸 20 周年後的新起點。

《框架協定》在三地合作重點領域中，提出要統籌利用全球科技創新資源，完善創新合作體制機制，構建國際化、開放型區域創新體系。自 2014 年以來，廣東省就一直在爭取國家層面給予「國際科技創新中心」的發展定位。這次獲得國家認可並在後來正式頒佈的規劃綱要中將其列為大灣區五大建設目標之一，離不開香港在吸引國際科技人才上的優勢所在，也離不開改革開放以來，珠三角堅持產業與科技創新，所構建的全球供應鏈價值璉重要基礎。之後在 2019 年公佈的《粵港澳大灣區發展規劃綱要》中，更是將深港跨境的河套科技創新園區確定為打造國際科技創新中心的重點片區。

2、國家院士團隊出謀劃策

在統籌形成大灣區發展目標的過程中，錨定科技創新主線，突出香港國際資源優勢，把握跨境空間的戰略價值，離不開中國工程院和香港工程科學院院士們持續不懈的努力和建言獻策。

這裏要特別介紹 2016-2017 年間的一次跨區域課題研究和諮詢活動。

2016 年，中國科協代表團和中國工程院院長周濟先後訪問香港，與香港同行探討內地與香港進行科技合作的機遇。香港工程科學院提出，香港的發展重點不只是金融和房地產，還有工程科學，特別是在珠江三角洲有巨大的合作需求和空間。同年 5 月，中國工程院與香港工程科學院確定共同研究「怎樣支持香港和珠江三角洲的工程合作，提升區域競爭力」，並成立了「香港及珠江三角洲協同創新發展戰略研究」聯合課題組，由中國工程院副院長干勇院士牽頭，以中國工程院院士為主，共有包括香港工程科學院院士等在內的 24 位院士和特邀專家參加。中國工程院深圳院士基地特別向上提名邀請我參加了課題組。

1998 年我曾代表深圳市參與過中國工程院深圳院士基地的籌建。當年深圳市領導專程赴京向中國工程院院長宋健匯報，爭取中國工程院在深圳高新區設立院士活動基地，我參與了前期的溝通和組建工作。中國工程院非常看好與深圳的合作，派出劉大响院士、錢清泉院士出任基地主任和常務副主任，並推薦我作為深圳市代表出任深圳基地副主任。廣東省的院士聯誼會和院士工作站是由廣東省科協牽頭提供全程服務，後來我在深圳市科協工作，正好對接中國科學院、中國工程院兩院院士在深圳的活動及院士工作站的落地。

2016 年 7 月 14 日，通知我出席在京召開的內地與香港院士共同出席的專題座談會。在飛機上我就在想怎麼在座談會上表達我的想法。我認為，推進中國工程院和香港合作，必須要務實求新，建立持續服務的聯絡溝通平台，落地深圳進入河套更接地氣。為聚焦研究成果的落地，可考慮建立「中國工程院粵港澳區域創新支持中心」，以支持中心的方式和中國工程院深圳院士活動基地合署，邀請香港工程科學院加盟，在前綫對接，調動中國工程院兩地院士的積極性，發揮工程院在工程科學、技術支持、人才服務和管理諮詢等方面「高水準國家隊」的作用，融入「十三五」國家在深圳建設國際科技產業創新中心的戰略佈局，爭取深圳政府層面持續穩定的支持，配合香港各高校和服務機構在深圳設立的科技教育資源，全方位發力。

座談會由干勇副院長和李行偉教授雙主席制主持。課題組中的中國工程院院士劉韻潔、香港工程科學院前院長李行偉教授、陳清泉院士和部分成員參加了這個座談會。李行偉教授曾擔任過香港科技大學副校長，也是深港產學研基地的副理事長；陳清泉院士是中國工程院和香港工程科學院的雙院士，從 1998 年開始，我們有聯絡，我經常向他請教一些能源方面的專業問題。本着學習的心態參會，我認真記下每一位院士和北京專家的發言，也想找機會將我的思考建議提出來。

座談會上，香港方面介紹前期課題調研開展的情況，提交了他們整理的調研資料和香港相關資源的摸底情況。中國工程院介紹了國家重點領域的佈局與國際發展動態。來自科技部和其他專業機構的專家也介紹了內地和香港合作的一些經驗和思考。自由發言環節，李行偉和陳清泉二位院士不約而同地提到在深圳的合作，並點名請來自深圳的我發言。恭敬不如從命，我以香港及珠江三角洲協同發展的機遇這一角度打開了話匣子。

我在發言中回顧了深港科技合作的交互歷程。

香港科技發展的里程碑事件當屬 1998 年的行政長官特設創新科技委員會 18 個月工作的成果。當時聘請了加州大學柏克萊分校校長田長霖教授出任主席，成員包括中國科學院院長路甬祥、查懋聲先生、張立綱教授、鄭海泉先生、高錕教授、廖柏偉教授、羅仲榮先生、唐英年先生、王美岳博士、黃子欣先生、王於漸教授，工商局局長和工業署署長等，委員會「就如何實現香港成為南中國和區內的創新中心的抱負，向行政長官提出意見」。深圳把握到這個機會，時任市委書記張高麗、市長李子彬等親自出面做工作，力爭深港互動、資源互補、機會共用。諮詢報告的核心成果是安排了 50 億創新基金，整合了創新資源，明確了政府、大學和科研機構、公營服務機構的責任，並且落地了一些內容，比如原來只有貿發局、生產力促進局，這之後整合了工業中心、五個工業村，統籌空間資源建立了香港科技園，並在科技園內設立了包括無線通訊、集成電路（IC）、生物等核心實驗設備。香港在對 50 億基金做第二輪安排時，根據諮詢報告的建議，拿出 22 億的大頭做中游研究平台和載體建設。經過為期十個月的兩輪公開諮詢，於 2006 年 4 月建立了包括納米及先進材料、汽車科技、紡織及成衣、物流及供應鏈多元技術和應用科技研究院等五個研發中心。

深圳藉 2006 年國家科技大會提出建設創新型國家之際，提出建設創新型城市的目標，並提出在構建區域協同創新體系中與香港共建深港創新圈。經過上下內外多次推動、磋商，並提交內地與香港科技合作聯席會議同意，深港兩地政府於 2007 年 5 月正式簽署協議。之後，兩地又安排了若干合作項目和對口聯繫管道。目前香港已有 16 個國家實驗室（或教育部重點實驗室），以及六個國家工程技術研究中心香港分中心，包括貴金屬材料（香港城市大學），軌道交通電氣化與自動化、鋼結構（香港理工大學），重金屬污染防治、人體組織功能重建（香港科技大學），專用集成電路系統工程（香港應研院）等。深港創新圈我們做了三年的行動計劃，也有 24 個項目在進行。深港、粵港兩地政府還設立了專項合作資助平台。

2006 年初，深圳向香港中央政策組提出希望與香港方面合作、一起啟動「深港創新圈」計劃。他們表示，政府層面沒有研究過創新圈這個事情。香港一直實行積極不干預政策，政府不會主動支持某個產業，而是讓經濟自由發展，所以這項計劃就一開始就陷入停滯。幾經磨難，從 2005 年提出深港創新圈到 2006 年全國科技大會前深圳正式將其列入發展項目，至 2007 年獲得批準，應該是第一個在國家層面獲得認可的深港兩地合作項目。香港方認為這是經過正式程序確立的跟內地的合作項目，盡管後來政府內外有各種變化，但特區政府及業界一直堅持在深港創新圈的框架下推動聯動。反而深圳因為人事變動，似乎在做法和提法上都沒怎麼堅持。在諮詢深港創新圈的定位時，香港科大創校校長、全國政協委員吳家瑋教授特別強調科技、創新、人才都要在文化和創意的大背景下確立大創科思維。為此，他還在全國政協專門做了提案。

我特別通過「深港創新圈」這一項目，呈現特區政府和內地政府的不一樣。內地政府把技術和經濟當作抓手，特區政府則把社會利益放在首位。比如專家提出環保、公共安全、食品衛生、食品安全等，當時深圳市科技局侷限在部門的職責上，「這個不歸我們管，不是科技的不提」。但從公共利益和政府職責來看，香港方面卻堅持要保留。最終雖然寫入了合作備忘錄，在後來的三年計劃中，香港方對公共衛生、防疫、食品安全等方面事務提供了積極的支持，認為這是政府要做的，反而在科技政策、企業合作等領域，不予過多提及，深圳方則感覺踩了個空。可見，兩地政府的思維方式大有不同。

基於我自己多年來在兩地多層次的交往經歷，我認為要認識和尊重兩地的不同特點，但更要向前看，在內地和香港合作的過程中，要做好幾個方面設計。我的建議是：着眼體制機制上的重構，建立中國工程院粵港澳區域創新支持中心，以此作為平台和抓手，圍繞製造強國創新鏈，做強做實做大珠三角創新走廊，重點將科技服務業作為助推器，建立協同創新的合作機制。根據香港和內地合作的實際需要，提供專業服務，對應專門政策。

在建立協同創新支撐平台方面，香港有七萬多家企業在珠三角，我以香港在珠三角服務得比較好的兩個機構為例進行說明。一個是香港工業總會，屬於社團機構；另一個是生產力促進局，是香港的公營機構，類似我們的事業單位，他們在廣州、東莞、深圳建了三個服務中心。內地政府對這兩個服務機構沒有像對商業企業那樣重視，所以他們在內地運作得不是很好，主要原因是體制和理念上的差異，當然他們所提供的服務也有侷限性。怎麼讓香港的先進資源在服務珠江三角洲的香港企業的同時，也能服務於當地企業的提升轉型，做大做強新型行業呢？現在香港的資源集中在 3D 列印、汽車零部件、集成製造方面，是推進香港和珠江三角洲新型工業轉型合作好的抓手和平台，應有效選擇而不能廢棄或推倒重來，要把香港原來的資源整合起來一起做，這樣就可以把原有的力量扶植起來，建議在粵港澳區域創新支持中心的平台上將珠江東岸創新走廊串聯起來。

珠江東岸創新走廊早在 2010 年珠三角規劃綱要中就提出來了，但一直因為行政體制的束縛沒有真正建立起好的機制。我曾建議將廣州天河、東莞松山湖、深圳南山三個節點進行統籌，再加上香港工程科學院、香港科學院、香港科技園、香港應用科技研究院、香港生產力促進局以及香港的大學資源，未來可以和深港邊境的河套地區對接、落地，一起做大、做強、做實珠三角創新走廊。這個走廊就是支持中國製造，以 0-1 的試驗合作方式把科技資源向經濟資源和產業資源轉移，建立製造強國的創新鏈。這樣的話，中國工程院的抓手、平台和影響力就可以形成感召力。僅僅做一個園區，放在哪兒大家都是零散的，國家隊完全可以採取高舉高打的方式把這個創新鏈和空間結合做起來。

會上，我特別將兩地資金都難「過河」、需要有所突破的案例提了出來。對此，深圳和香港都在嘗試。2010年，香港創新署對香港的研發機構和資金使用有所鬆動，開始研究具體的辦法。前提是希望北京允許香港的機構或團隊申請國家項目，也就是將香港資源和內地科研團隊聯合起來，開始承擔國家重大項目，這樣，香港政府可以將支持香港機構承擔的科研經費中，賦載「過河」的人頭費提高到50%以上。由於香港當時面臨的情況，創新與科技局的設立和預算報告在立法會上遇到相當的阻力，這些提議存在爭議，兩年多基本沒有任何進展，政府間的科技合作基本停頓，2016—2017年財政與預算案安排的45億資金沒辦法到位。這裏包括三筆錢：一筆20億用於配合大學資助中下游科技成果；一筆20億屬創新創投基金，類似引導基金，用於投資中小企業；還有五億則用於支持民間創意設計項目，現在都沒法用。如果把大學項目資源的積極性調動起來，瞄着20億的使用方式來做一些安排，針對性的設計服務管道和政策配套，加大技術轉移服務和項目、團隊、人才對接，或許可以水到渠成。

這時，會上出現了少見的爭論。來自北京的研究人員不太清楚這些背景，也不了解相關政策過程，針對我說的問題發言提問，甚至認為資金「過河」這些疑難已經解決，不是問題了。香港來的院士也積極參與討論。我說，香港幾個大學在深圳都設有研究院，城市大學、理工大學、中文大學、科技大學，都有自己獨立的樓。香港應用科技研究院和香港大學也有租了樓之後做的研究載體。香港生產力促進局在深圳也有合資機構，香港數碼港則有合作活動，香港科技園在IC基地集成電路設計領域有IP共用平台，這些東西都起來了。來來往往、前前後後我都經歷了，的確存在幾個問題是影響兩地資源互配聯動的：一是稅收問題，二是學生培養問題，三是工作平台設在哪邊，還有實驗室條件、通信資訊便利、簽證類別等。我們曾經想過建立共同基金，以基金的方式「過河」，而不是以政府資助的方式，共同基金就是AA制，共同施策。一急之下，我也忘了自己是來學習的，對着北京的專家說：你們可以下來看看，很多事情沒那麼容易。

我怕佔用時間太多，「就先說到這裏吧。」干勇副院長沒想到我在這個時候打住，停下了正在做記錄的筆，抬頭看着我：「還有嗎？給你點時間，接着說完。」我只好將香港和內地合作，特別是在科技和產業方面的合作中一些經常思考的點和盤托出。

2017年陳清泉院士牽頭，24位院士聯名給總書記匯報就專門提到了上述問題。2018年5月，北京有關方面為落實總書記批示意見，經過調研提出了經費過河的辦法，特別是中央財政支持香港創新載體和團隊申請國家項目，以及承擔的國家項目資助可以在香港使用的原則，推開了虛掩的大門，更為各家各戶配上了開門的。這些都是後話了。

我對香港回歸20年前後，從支持珠三角工程技術產業發展這個角度來做這個研究非常有信心。我提出，要對缺失的環境和短板做分析，發揮工程科技優勢的領域，不可能樣樣都在這裏做，培養人才有培養人才的方式，創新和投資都有自己的方式。中國工程院牽頭形成的這個平台上要有獨特的競爭動能，大家願意在這個平台上跑馬、參賽，甚至採取競爭和競標的方式把重大項目拉出來建立合作平台，讓兩地政府有可作為的空間。

我認為跨區域合作的基礎有五個維度，即有效資源、有效投入、有效服務、有效落地、有效產出，並注重源頭、路徑、依託和方向四個方面的協同配合：

抓源頭。團隊、成果、領域、人才是源頭。很多事情是團隊做出來的，團隊有成果，有些成果涉及跨領域應用，單獨引進個別人才一般沒多大效用，應該聚焦團隊成果和領域。香港要瞄準兩類人才：一是「海歸」。各高校的頂尖教授研發能力很強，但大能夠成果轉移的項目大多事在人為，要看這個團隊和教授有沒有轉移的能力和心願。內地的服務平台和專業素質還是不太匹配的。香港科大固高團隊，李澤湘教授的案例可以借鑒。我們從 1999 年開始參與和服務香港各大學來深圳的項目和團隊，知道他們的需求和困難。二是在校研究生。香港現在每年約有 5300 個政府資助名額給到各大學招收研究生，按照碩士生一到兩年、博士生四到五年的培養週期，在校生人數差不多能達到 15000，其中 70% 來自內地，而且是最好的大學裏最好的學生，

40% 以上是學理工科的，這批人是後備人才。在設計跨境合作項目時建議通過支持項目的方式資助承擔項目的領銜教授，讓他們可以用項目經費多培養幾位研究生，並讓這些研究生持續在團隊的不同階段，包括博士、博士後等，為成果產業化、市場化和合作提升開闢新路。當時，香港中文大學承擔了科技部 1500 萬預算的遙感項目，可以帶動和培養一個龐大的團隊，但政府給的指標很有限。如果用人機構或政府合作建立公共專項資金作為香港青年人才的創業基金，不要只考慮港人到內地就業，還有包容內地人才到香港求學，一起讓香港培育的人才在粵港澳區域創新中發揮更大的能量，這樣就可以用支持項目的方式支持人才，對於真正有技術轉移點的項目，給 100 萬就可以多招四個人。

選路徑。以產業鏈和產業集群形成新的動能為目標，在技術轉移過程中研究與應用是互為供應側，不光是香港研究哪些可以成果化，而是這邊的企業產業需求有什麼需要請你研究。我們可以在配置資源中把協同創新和研發的注意力引過來。

有依託。除了依託項目、依託任務，還應該依託市場、依託企業、依託產品，最後出來的是產品。評價體系不能光有學校和科技評獎，對於做技術轉移，做支持服務，而且做的是推動研發和產業的融合，依託的是市場技術和產品，也要有精準的評價體系。發揮企業和市場的作用，通過項目招標的方式來做，廣東省和深圳市的配套基金也會做相應的調整。

定方向。方向應該是區域協同，為此而建立持續發力的平台和創新的業態，評價是國家的貢獻率和國際競爭力。在港的中資機構有很多，也有不少落地深圳的。央企有錢，香港的大學有技術，要把這個資源帶動起來，這樣就可以形成基本框架。促進粵港澳區域創新，目標是不是可以確定為建立中國工程院的支持體系？陳清泉院士反覆強調要綱舉目張和有影響力。是不是可以將提高國家貢獻率和國際競爭力作為我們的方向？

會議之後，中國工程院工作人員給我發來那次發言的錄音稿讓我校對整理，也為我留下了一些思路火花。

3. 為河套定位建言

通過大量的調研工作，2017 年 1 月，課題組形成了《香港及珠三角地區協同創新發展戰略研究報告》，其中香港、深圳、北京等內地和香港兩地聯合形成了共計四份研究成果。報告對香港科技創新的基礎與優勢、珠三角地區產業發展基礎與技術創新需求、對兩地如何將創新需求和優勢整合起來提了建議。這時深港兩地關於河套的備忘錄已經確定了大方向，協同創新發展的空間留出了可以施展的地方。課題組與時俱進，「建議在『一國兩制』的框架下，在河套地區對內地與香港之間的人才、資金等創新要素的跨境流動做出特殊安排，先行先試，推動兩地創新要素無縫對接和自由流動。在河套及周邊地區優化科技資源與金融資源有效對接機制，建立覆蓋科技創新與產業發展全過程的科技金融綜合體系。」

課題組在研究香港及珠三角地區在科技創新方面協同發展的同時，也對粵港澳地區的科技政策進行了研究。2017 年 5 月，課題組去香港調研，干勇副院長特別提名要我一起同行。我當即向市領導做了匯報，邀請北京來的客人在深圳做停留，安排實地考察。時任深圳市常務副市長張虎在深圳專門會見了干勇副院長一行，並交代我要將院士們在深港調研提出的建議，及時報告市政府，深圳將盡最大努力提供支持。

2017 年 5 月 24 日，在香港特區政府中央政策組的支持下，香港工程科學院與香港科技大學公共政策研究院在港聯合舉辦了政策研究論壇。論壇上，課題代表李行偉教授和干勇副院長首次發佈了有關香港創新及科技生態系統優勢和不足的研究成果——《粵港澳大灣區創新與科技發展政策研究》，並針對將創新及科技作為經濟發展新引擎提出了政策建議。

參加論壇的院士們看完這些報告，都認為發展河套地區將對兩地的創新及科技發展產生很好的效益，應該將發展河套地區上升到國家戰略層面。對此，干勇副院長提出，課題組要在近期盡快完成總報告，分別給中央政府、香港特別行政區政府和廣東省、深圳市政府提出若干政策建議。同時，希望深圳市及福田區配合，就福田 - 落馬洲大河套片區的定位及時提供明確的建議，進一步推進深港緊密合作和科技創新資源的落地。

回到深圳後，我立即向常務副市長張虎、副市長艾學峰匯報了院士們的意見，並和福田區領導一起交流溝通，爭取把握最佳機會，創造條件，推動深港更緊密地合作。

艾學峰副市長表示，要講清楚河套的定位，就一定要將它的戰略地位、重大作用講清楚，只局限於深港合作是不夠的，建議聚焦在三個方面——「國家開展國際創新合作的重要平台」「粵港澳大灣區建設新的重要引擎」「香港培植新的發展動力，香港青年拓展新的發展空間的重要抓手」。學峰副市長現在擔任廣東省發改委主任，並主持粵港澳大灣區辦公室的工作。他有多年中央涉港部門的工作經驗，對香港的價值非常清楚。2017年香港回歸20周年時，他就有這樣思考。他一字一句的說，第一，國家的科研創新往高端發展就必須延攬全世界最優秀的人才，這就需要把我們國家的市場優勢和香港國際化的優勢結合起來，河套就是最好的平台，可以發揮內地與香港各自的優勢，真正促進科技創新的國際合作，推動我們國家科學技術的水準上一個新台階。第二，香港建設世界級的大灣區需要抓手，河套片區就是一個比較實、比較大的抓手。攜手推進大灣區建設，實際是保持香港繁榮穩定的一個重大舉措。過去香港經濟增長的重心就是港島和九龍，經過高強度開發已經基本飽和了，香港必須有新的增長極，這個新的增長極就是河套及新界東區域的開發。這對於實現香港的長治久安有重要意義。第三，河套是內地和香港進行創新合作，促進人、財、物、信息更便利有序流動的一個很好的試驗場。

艾學峰副市長還強調，這次工程院課題組匯集了香港方面的共識和建議，建議將課題成果通過中國工程院往上報，往國家戰略上發力，爭取在香港回歸 20 年的中央領導講話中能寫上一句：「積極推進香港落馬洲河套與深圳毗鄰區域的合作開發建設，打造世界級科技創新平台。」

2017 年 6 月，趕在香港回歸 20 周年前，中國工程院和香港工程科學院 24 名在港院士聯名，通過內參《中國工程院院士建議》向中央提交了《將深港福田—落馬洲大河套片區確定為國家戰略，創建世界級產業技術創新中心》建議（見檔案 6-1），並將《香港及珠三角地區協同創新發展戰略研究報告摘要》作為附件報送。

檔案 6-1 24 名兩院院士聯名建議內容（節選）

為進一步推動香港及珠三角地區的協同創新發展，促進兩地經濟的轉型升級，提出如下建議：

建議中央將深港福田—落馬洲大河套片區確定為國家戰略，充分發揮「一國兩制」優勢資源，提升香港在國家戰略中的地位，並作為啟動粵港澳大灣區規劃的核心引擎，列入香港回歸 20 周年中央支持香港未來發展的重大戰略，提出對深港跨境合作協同建設創新與科技合作區的願景。

在國家的層面給予更大的關注、更高的定位，將福田—落馬洲大河套片區作為一盤棋考慮，將這一跨境片區作為一個整體，繼上海、北京之後，在南方建設一個全新的國際創新中心——「深港國際科技創新中心」，有序佈局國家重大項目，支持珠江三角洲產業升級，對接香港的基礎研究、源頭研究、人才聚集和新技術成果境內外聯合創新創業，在科研體制上實現新突破。以「一體兩翼一盤棋」的思路，配合香港發展，支持深港合作共同打造世界級科技、產業創新中心。

國家給予該片區特別的先行先試政策，對深港聯合建設國際科技、產業創新中心進行頂層設計。這將最大限度地發揮香港全球最佳投資環境的優勢，最大限度地植入市場經濟的活力，最大限度地吸引包括內地一流科技創新資源在內的全球創新資源配置。在全球產業回歸本土的趨勢下，為人才、資金、技術和服務的聚焦提供新的空間和平台。把握最佳機遇，將福田—落馬洲大河套片區作為粵港澳大灣區發展新動能、深港合作新平台、國際化創新型城市建設新窗口、國際科技產業創新中心新高地的抓手。

基於上述背景，建議中央決策將這一區域定位為「深港福田—落馬洲科技產業創新特別合作區」。請國家有關部門在規劃粵港澳大灣區時給予明確定位，對有關區域範圍、基本功能、政策導向、合作模式等給予指導，並爭取在香港回歸 20 周年之際宣佈，藉此開啟新的征程。

在港兩院院士們建議中央將深港福田—落馬洲大河套片區確定為國家戰略，列入香港回歸 20 周年中央支持香港未來發展的重大戰略；將福田—落馬洲大河套片區作為一盤棋考慮，繼上海、北京之後，在南方建設一個全新的深港國際科技創新中心；將福田—落馬洲大河套片區作為粵港澳大灣區發展新動能、深港合作新平台、國際化創新型城市建設新窗口、國際科技產業創新中心新高地的抓手；將河套地區定位為「深港福田—落馬洲科技產業創新特別合作區」，請國家有關部門在規劃粵港澳大灣區時給以明確定位，對有關區域範圍、基本功能、政策導向、合作模式等給予指導。

這份院士建議給香港，乃至粵港澳大灣區發展帶來了新的機會。

國家有關部門對這份院士建議高度重視。在香港回歸 20 周年之際，中央給粵港澳大灣區的合作部署中，《深化粵港澳合作推進大灣區建設框架協定》就提到了院士們建議打造國際科技創新中心的相關內容。

2017 年 10 月 11 日，行政長官林鄭月娥在立法會發表上任後首份施政報告，提到國家「一帶一路」倡議和「粵港澳大灣區」規劃將為香港經濟發展帶來重大機遇，香港絕對具備條件成為國際創新科技中心。這說明香港對於建設國際創新科技中心給予了高度的重視和期待，這對於加快推進深港科技合作是一個很好的契機。

4. 新形勢 新問題

回深圳後，按照市領導的要求，我將這次課題調研中的記錄和思考進行了梳理，向市委市政府領導提交了《推進福田—落馬洲大河套片區建設的幾點建議》，對深港合作實踐中人才、資金、物資、信息等跨境流通制度安排和雙方定期磋商的機制提出建議。

「有幸參加中國工程院和香港工程科學院『香港及珠江三角洲協同創新發展戰略研究』聯合課題組調研活動，並陪同原中國工程院副院長干勇院士赴港調研。在調研過程中，最核心的話題是關於落馬洲河套片區的合作。香港各界一致認為深圳和香港新年伊始簽署的合作備忘錄，確定將河套 87 萬平方米交由香港，並設立聯合管理機構，在落馬洲河套香港一側建立『港深創新科技園』和在深圳福田一側建設『深港科技創新合作區』是一次難得的機遇，是啟動粵港澳大灣區規劃的核心引擎。但大家也不無擔心：一是管理、規劃層面缺乏更廣闊的視野、更長遠的戰略眼光；二是香港方面的推進速度太慢恐延誤發展時機；三是在國家層面應給予更大關注、更高定位。」

在深圳調研期間，干院長一行還特別登上福田保稅區 CFC

大廈勘察深圳河跨境空間，並聽取福田區政府關於配合河套開發所做的籌劃；前往口岸實地考察了皇崗口岸的貨檢廣場，站上皇崗橋頭調研福田 - 落馬洲大河套片區的空間、交通和環境。我也結合前期研究成果，介紹了河套片區發展的背景情況。這次調研進一步清晰了基本思路：把握機遇，明確定位，發揮「一國兩制」優勢，促進河套片區成為國家戰略，實現深港國際合作創新融合發展，將香港與珠江三角洲協同創新發展落至實處，進而提升香港在國家戰略中的地位。

結合本人在 2016 年 4 月和 2017 年 2 月兩次給決諮委的建議，又提幾點建議：

（1）精心做好深圳側的合作片區規劃。特別是皇崗口岸貨檢大部分遷移到蓮塘後，可將深圳福田皇崗一側圍合成為深港相連的河套特別合作區，與香港方面配合發展。以「一體兩翼一盤棋」的思路，做好深圳福田區一側的空間、交通、基礎設施和主體項目的規劃設計（注：皇崗口岸貨運轉移安排終於在 2025 年初獲得北京有關部門的批準）。

（2）關注國際人才的落地，確立其工作生活環境兩地優勢疊加機制和政策措施；關注福田—落馬洲大河套片區的人員、資金、信息三個要素市場的通達便利。探討借鑒「過境耕作證」的模式，設立大河套區「特別工作證」，單邊驗放進區。以國際合作、人才優先、國家所需的重大項目和改革試驗融入合作區，深圳側可以參照香港側的管理模式，通過建立新的機制和模式，為人流、信息流、資金流和創新資源融合提供高標準的空間載體，打造獨一無二的國際化創新中心。

（3）**在福田保稅區（CFC 大廈）建立深港國際創新中心。**提前試運行，藉此磨合大河套區發展過程中的雙邊資源整合機制。在 CFC 建立旅檢站，開通皇崗—落馬洲穿梭巴士直達支線。探討深圳高新區—香港科技園穿梭巴士的長效機制，開通香港科技園到福田保稅區 CFC 專線，為往來兩地園區和大河套片區工作的科研人員提供便利。

（4）**爭取國家給予該片區特別的先行先試政策**，以深港聯合建設國際創新中心的核心理念進行頂層設計。在現有雙方確認的協商管理機制下，組建高層次的諮詢顧問團。依託國家級智囊團和香港民間專業組織的深度、持續參與，為該項目的科學決策和國際化提供及時有效的支撐。

（5）**將大河套片區作為深港合作新平台、粵港澳大灣區發展新動能、國際化現代化創新型城市建設新窗口、國際科技產業創新中心新高地的抓手**，在重大項目佈局中給予優先安排和設計，做好三年、五年、八年三個不同階段的資源配置效率模型，一幅藍圖一支筆，確立可持續發展的長效機制（注：2022 年 12 月特區政府頒佈《香港創新科技發展藍圖》；河套深圳園區、香港園區的規劃則分別於 2023 年 8 月、2024 年 12 月發佈）。

（6）**近期要做好幾件事：**一是抓住香港回歸 20 周年機會，及時向中央高層匯報，爭取作為回歸 20 周年國家支持香港未來發展的重大戰略提出願景；二是遴選推薦參與香港科技園附屬運行機構的董事會代表。建立深圳方各部門的協同工作機制，市委市政府領導要親自掛帥，協調好中央責權和省有關部門的關係，為後續工作建立暢通有序的工作平台；三是配合香港創新與科技局的前期工作，及時向深圳政協的香港政協委員和其他與香港有密切關係的民間科技專業和地方團體通報情況。同時加強和香港專業組織和科技社團的合作，例如香港工程科學院就明確表示，他們在香港方提出一些建議是有社會影響力的。維護香港良好的社會環境和輿情導向，及時通過不同聲音表達共同合作發展共贏的理念；四是有序組織重大項目落地該片區和與香港開展國際合作推廣活動。在「一帶一路」平台、國際科技合作平台、國家重要活動中，不失時機地將深港跨境合作區作為國家策略推廣。

後來大家都知道的是，陳清泉院士牽頭與香港其他 23 位中國科學院院士、中國工程院院士一起，給習近平主席寫了一封信，表達了香港科技工作者報效祖國的迫切願望和促進科技創新的巨大熱情，同時也期待國家能夠幫助解決一些影響科研發展的問題。

習近平主席高度重視香港院士來信反映的問題，表示支持香港愛國愛港的科研人員深入參與國家科技計劃，提出要抓緊研究制定加強內地與香港科技合作的相關舉措。2018 年 5 月 14 日，新華社授權公開報道了這件事。

很快，科技部、財政部聯合發佈了《關於鼓勵香港特別行政區、澳門特別行政區高等院校和科研機構參與中央財政科技計劃（專項、基金等）組織實施的若干規定（試行）》，對國家科技計劃直接資助港澳科研活動做出了總體制度安排，基本解決了在港兩院院士建議中反映的國家科研項目經費過境香港使用、科研儀器設備入境關稅優惠等問題。

5. 雙核引擎

2019年2月18日，《粵港澳大灣區發展規劃綱要》正式公佈。指出粵港澳大灣區具有五大戰略定位：一是充滿活力的世界級城市群，二是具有全球影響力的國際科技創新中心，三是「一帶一路」建設的重要支撐，四是內地與港澳深度合作示範區，五是宜居宜業宜遊的優質生活圈。五大定位相輔相成，是大灣區一次更高水準上的的對外開放。

相對於 2017 年的《框架協議》，《規劃綱要》對空間佈局進行了更加合理和完善的安排，對大灣區「9 +

2」城市的發展定位進行了更為清晰明確的梳理，提出「構建極點帶動、軸帶支撐」的網絡化空間格局，特別是「發揮香港—深圳、廣州—佛山、澳門—珠海強強聯合的引領帶動作用」「引領粵港澳大灣區深度參與國際合作」，規劃還佈局了「廣州—深圳—香港—澳門」科技創新走廊建設，探索有利於人才、資本、資訊、技術等創新要素跨境流動和區域融通的政策舉措。作為珠三角主要的城市發展極點，香港在全球金融、專業服務、資金人才等方面的優勢巨大，深圳則在科技創新和經濟引領層面擁有獨一無二的競爭力。在粵港澳大灣區戰略下，深港合作必將步入新階段。

《規劃綱要》特別對河套地區發展建設提出指引：一是支持港深創新及科技園等重大創新載體建設，打造高水準科技創新載體和平台；二是支持落馬洲河套港深創新及科技園和毗鄰的深方科創園區建設，共同打造科技創新合作區，建立有利於科技產業創新的國際化營商環境，實現創新要素便捷有效流動。

看到這些，頓感耳目一新。

從 1991 年開始，耗費 30 多年時間，河套深港科技創新合作區（以下簡稱「河套合作區」）從無到有，最終上升到國家戰略層面，內涵不斷豐富，成為推進粵港澳大灣區建設國際科技創新中心的重要引擎和載體平台（圖 6-4）。

2020年10月，習近平主席在深圳經濟特區成立40周年慶祝大會上，提出要規劃建設好河套深港科技創新合作區，為河套合作區注入了強大的新動力，也為跨越時空追尋了30年之久、期盼在深港交界福田—落馬洲合作的深港人，帶來極大的鼓舞（圖6-5、圖6-6、圖6-7）。

河套合作區作為粵港澳大灣區唯一以科技創新為主題的重大平台，具有「跨境、跨制度、跨關稅區」的獨特優勢，也是唯一在同一園區內擁有兩大口岸（福田口岸、皇崗口岸）、三大通道（口岸、保稅區一號通道、廣深港高鐵三大跨境通道）的深港協同創新平台，是連接港澳資源最便利的平台。

圖 6-4 深圳福田保稅區正式更名為「河套深港科技創新合作區」

我認為，凡是在其他地區可以發展的，原則上不要安排進河套地區；凡是需要善用深港兩地特色資源或兩地需要借力對方優勢、盡快實現突破的，可有序引入河套地區。河套合作區不僅僅是福田—落馬洲的區位空間概念，更是大灣區在國際視野、國家戰略和區域合作中的新高地、動力源和錨地結合部。加快規劃編制、政策研究、基礎設施改造等工作，加強深圳與香港優勢互補、攜手共進，研究體制機制的創新結合部，努力在粵港澳大灣區國際科技創新中心建設中發揮核心引擎作用。

要將河套合作區作為大灣區區域創新共同體核心引擎的定位

圖 6-5 從深圳河望向河套深港科技創新合作區深圳園區

圖 6-6 2025 年 1 月，攝影師張克雅在深圳河上拍攝河套深港科技創新合作區香港園區正加緊建設中的第一期 8 號及 9 號兩棟濕實驗室大樓。兩個月後大樓平頂，下半年將迎來首批來自生命健康科技、人工智能和數據科學等園區支柱產業的租戶進駐，正式進入營運階段

圖 6-7 快來到珠江口的深圳河在這裡亦變得豪邁起來。香港特區政府已預留 37 億元，全速推進河套合作區香港園區建設，一期另五座大樓正如火如荼地興建之中；園區第二期發展的詳細規劃工作則會在年內完成

表 6-2 河套合作區界定及內涵變

名稱	文件 / 事件	內涵
深圳河裁彎取直後的南移土地	深圳河治理前（1997 年前）	香港鄰近廣東省深圳市邊界的區域，位於皇崗與羅湖兩個口岸之間，面積約 99 公頃，屬於深圳市範圍
皇崗—落馬洲河套地區	深圳河治理後到香港回歸 20 周年（1997 年 7 月 1 日—2017 年 1 月 2 日）	深圳河治理工程竣工後，新舊河道之間形成 167 公頃曲流區域，歸屬權仍然屬於深圳，管制權歸香港特區
深港科技創新合作區（一區兩園）	《關於港深推進落馬洲河套地區共同發展的合作備忘錄》（2017 年 1 月 3 日）	一區：河套深港科技創新合作區；兩園：港深創科及科技園、深圳科創園區。深港科技創新合作區位於深圳市福田區南部與香港接壤處，總面積約 3.89 平方公里。其中，深圳河南側的香港園區，俗稱「河套地區」，面積約 0.87 平方公里；深圳河北側的深圳園區，包括皇崗口岸片區和福田保稅區，面積約 3.02 平方公里
河套深港科技創新合作區	根據習近平總書記在慶祝深圳經濟特區建立 40 周年大會的重要講話精神，合作區正式更名為「河套深港科技創新合作區」（2020 年 10 月 14 日）	

進行謀劃，在「一國兩制」和共建大灣區國際科技創新中心的框架下，實現高品質融合、高效率配置、高水準匯出。特別要注重在合作過程中的差異性、特殊性和示範性，同時，有序有效選擇重點領域、重點項目和突出的阻滯通道設計好實踐路徑，創新體

制機制，創造新的區域合作共同體的最大化價值。而實現這一切的前提，是要通過立法確認這一區域的管理制度。

探討管理模式 改革體制機制

2019年，深圳方開始策劃啟動河套合作區的立法研究。當時，河套合作區的深、港園區實際上還是各自管理、兩種模式「平行發展」。

我有幸和武漢大學深圳研究院的研究團隊一起，參加了福田區河套立法的前期調研，並重點調研了組織體系的建設和創新。當時，大家的固定思維就是將現在運行的體制規範化、法定化。但我們從香港的體制和兩地合作的機制層次分析，從推動區域可持續發展的長遠角度看，現在的框架應該借這次立法過程做更深層次的變革和設計。但課題的進展遇到了相當大的阻力。主持對接的地方部門最大的動力是希望通過立法確認現在的格局，甚至反覆提出要將河套管理機構和區政府合署作為第一方案等不符合實際的提議。

河套合作區作為一區兩園的共同體，協同推進深港科技創新合作，必然要求深港雙方有整體的規劃、建設和管理，摒棄單方思維，構建具有創新性價值、基於深港兩地發展實際的管理和規制銜接與融合。我在課題組提出虛實結合。他們要實我們就務虛，統一思想；他們提的虛我們就務實拿出方案。我多次主動邀請其他幾個組和實際工作部門，包括上級相關部門參與座談會，強調將河套合作區作為深圳全域改革開放的龍頭和政策突破、創新、輻射的引擎，需要遵循三個原則：

一是協同創新原則。包含組織協調和平台創新兩個方面。河套合作區深圳園區及其管理機構參與合作區的建設和管理過程中，縱向層級將涉及中央、省、市、區等多級政府，橫向職能更是涉及方方面面的工作和任務，同時還面臨深港兩地政府、企業間的分工合作，協調好各部門、各級政府之間的關係十分重要，必須貫穿組織創新原則。而平台創新主要是基於河套合作區一區兩園的特色，打造一套不同於以往任何高新產業園區、特別合作區、自貿區、經濟發展特區等各種形式的園區制度設計。河套合作區的港深「兩園」絕對不能割裂，而是要作為「一區」整體探討發展方向，必須通過搭建平台實現融合發展和相互促進。特別要借鑒香港立法規範、管理專業的經驗，發揮深圳勇於探索、先行先試特長，以積極創新的姿態改革發展；

二是共治共建原則。河套合作區深圳園區內要參照公共社會治理模式設計，注重多方社會力量參與。在「一國兩制」的前提下，處置好事權的安排與規範。在特區立法的基礎性原則下，創新管理機制，規範和授權河套合作區深圳園區在跨境合作、共建、管理、協同服務等問題上，通過共治共建的原則決定事權分配及其機構設置；

三是視同境外原則。河套合作區深圳園區機構設置要最大限度促進深港兩地科技創新發展，最大限度對接國際科技創新規則，在深圳園區內參照實行現有的香港及國際通行規則，體制機制上參照香港模式，從統一管理體制機制、打破制度鴻溝出發，將河套合作區的「兩園」打造成實實在在的「一區」共同體。通過深圳經濟特區的立法形式探路，為國家在更高水準上的開放提供經驗和場景案例。

結合我們參與的深圳高新區立法及之後的條例修改、前海深港高端服務業特別合作區的立法過程及經驗教訓，我強調在具體對接思路上，雙方應本着「就高不就低」的原則來確立共同遵守的制度。不可否認的是，香港在園區的組織和運營上有着與國際更為接軌、更科學有效的管理規則和議事程序。因此，深港合作的園區管理體制重點要借鑒香港的立法規範和制度，摒棄當時深圳園區「市級統籌的領導小組＋區級掛牌的領導小組辦公室＋國有發展有限公司」 的慣性思路，突破體制侷限，從臨時機構向常設機構和專責服務過渡。將法治與市場有機結合，一方面要善用法治模式進行園區管理。香港對於轄區內的政府所有機構和園區，採取具有法律效應的條例進行園區管理。港深創新及科技園現行的法律條例主要是沿用《香港科技園公司條例》，該條例賦予了香港科技園公司對於該園區的法定管理權。另一方面要運用市場化機制進行園區運營。成立港深創新及科技園有限公司，作為香港科技園公司獨立的附屬公司，負責港深創新及科技園的上蓋建設、營運、維護和管理。這就需要非常準確地把握創新協同的方向，要把合作服務平台的權利來源和實施目標分析清楚。為此，課題組提出要科學合理設置決策權、管理權、執行權、協調權和監督權五大事權，非常清晰地表達了方向與需求的內在本質。經過 2017-2022 五年磨合，香港園區的機制也做了相應的微調。據了解董事長由香港創新科技及工業局的常任秘書長兼任，為建設期間的有效運行提供了有力保障。

經綜合比較，為尊重甲方強烈意願，課題組設計了「過渡方案＋目標方案」的妥協建議，一方面銜接現行管理機制與目標管理機制，主要包括「領導小組＋管委會＋三大執行體系（投建運營、綜合服務、科創發展）」，另一方面則是為完善「立法機構＋服務署」模式留出了空間，探討立法過程中對現有機構大刀闊斧的改革，並創造條件向河套深港科技創新合作區服務署過渡，爭取將服務署定位為立法機構的派出機構，負責深港科技創新合作區深圳園區的規劃建設和管理服務。服務署主要承擔有法制、服務、廉政、執法四個板塊的功能。改組和整合現有的深港科創投資公司、深港合作區深圳園區服務公司，加上新建的深港合作區深圳園區建設發展公司，新設立開發運營公司來承擔合作區深圳園區的開發建設與管理運營功能。

2021 年 8 月，香港提出深港聯合出台政策包，攜手為合作區招才引智。深圳高層調整了多層服務框架，將管理機制調整為「市統籌的領導小組及辦公室＋屬地的合作區建設發展事務署」模式，直接在福田區設立了合作區建設發展事務署。深圳市福田區河套深港科技創新合作區建設發展事務署內設綜合部、政策法規部、規劃建設部、科創資源部和園區服務部。主要職責有：統籌推進河套深港科技創新合作區深圳園區建設發展事務工作和領導小組辦公室日常工作；承擔深圳園區公共事務、深圳園區相關規劃、政策、法規和重大問題研究、協同市、區有關主管部門開展深圳園區城市規劃、城市設計、專項規劃、建設導則等編制和協調推動重大工程項目建設。此外還要研究擬定深圳園區支持科研、產業和創新創業等政策措施，協助制定產業規劃和導向目錄，牽頭開展科研機構、人才、項目、設備和高新技術企業的分析及導入工作，組織相關評審及科研空間籌措及管理、聯繫深圳園區內海關特殊監管區域聯檢單位，協助辦理行政通道人員、車輛進出相關手續等。作為河套特定片區的管理，我認為更多的定位應該是政策局模式。最後一項任務又落到原地，要完成福田區委、區政府交辦的其他任務。

2023 年 12 月，河套深圳園區的管理體制再次調整，從區直接收歸市一級。2024 年 1 月正式掛牌：河套深港科技創新合作區深圳園區發展署。明確機構負責統籌推進深圳園區建設發展，承擔深港科技合作、科技體制機制創新、開發建設、產業發展、運營管理、科技服務等職責，內設機構六個，分別為綜合協調部、制度創新部、建設推進部、產業發展部、人才工作部、對外合作部。為理順對外服務機制，在法定機構的平台上，經過一年的磨合調整充實提高，三個對外服務部門加掛了科技創新部（產業發展部）、交流合作部（人才工作部）、園區服務部（對外合作部）。力爭在 2035 年實現創新要素跨境自由有序流動和規則機制全面對接。

從 2017 年 1 月深港簽署合作備忘錄到 2024 年 1 月河套服務署掛牌成立，機構變革背後是深港制度銜接的持續攻堅：從 2017 年跨境科創協同破冰，到 2023 年國務院《河套規劃》明確深圳園區定位，再到 2024 年香港園區綱要落地，「一區兩園」戰略全面成型。河套服務署的成立標誌着管理機制從「試錯」邁向「系統化」，統籌深圳園區 3.02 平方公里建設，推動「一心兩翼」空間格局加速落地。

七年蛻變，河套終於開始承載香港科研優勢與深圳產業鏈動能，以「公益化+市場化」雙輪驅動，在一河兩岸、一區兩園的結合部，為「一國兩制」科創融合提供新範式。未來，這片土地將以更成熟的機制，向 2035 年「世界級科研樞紐」目標邁進，書寫深港協同的進階篇。

6. 河套「一區兩園」發展規劃完成整體拼圖

在《關於港深推進落馬洲河套地區共同發展的合作備忘錄》簽訂後，深港兩地高層會晤頻繁，通過常態化溝通機制推動河套合作區發展。自 2017 年 2 月以來，河套區港深創新及科技園發展聯合專責小組多次召開會議，研究了皇崗口岸及「一號通道」跨境基礎設施改造、跨境貨運調整組織、科創合作及便利創新要素流動舉措等系列重大問題。

2020 年 8 月 26 日，借蓮塘口岸開通之際，河套聯合專責小組舉行了第四次工作會議。雙方對協同發展、共同施策表達了積極的意向，深圳市副市長艾學峰和香港創新及科技局局長薛永恆共商，雙方在全球範圍合作招商引智，建立戰略諮詢委員會；兩地合作制定政策包，進一步務實佈局合作運營園區和空間，將一號通道改造成一地兩檢，深圳派員到香港工作學習，雙方協同向中央匯報爭取政策支持等，並為河套深港科技創新合作區提交了近期工作思路和努力方向。

2021 年 9 月 6 日，在國家公佈《橫琴粵澳深度合作區建設總體方案》《全面深化前海深港現代服務業合作區改革開放方案》的同時，兩地首次以深圳市委書記和香港特區政府行政長官高層會晤暨合作會議的形式商談合作方向，並簽訂《深圳市人民政府香港特別行政區政府關於推進河套深港科技創新合作區「一區兩園」建設的合作安排》《深圳市人民政府 香港大學關於在深合作辦學備忘錄》《深圳深港科技創新合作區發展有限公司與香港科技園公司發展「香港科學園深圳分園」框架協議》《深圳國際仲裁院與一邦國際網上仲調中心有限公司合作備忘錄》等四份協議，並首次發佈《河套深港科技創新合作區聯合政策包》，為「一區兩園」建設解綁。同時，集中啟動了河套深港科技創新合作區聯合辦公室、前海港澳 e 站通、香港中文大學（深圳）醫學院、粵港澳大灣區國際仲裁中心交流合作平台等四個新合作項目。其中，河套深港科技創新合作區聯合辦公室是內地首個深港雙方聯合辦公場所，是合作區指揮部着力打造的深港兩地深度融合空間與平台，為香港科學園深圳園區籌備組及導入的科創機構提供過渡性辦公場地，該辦公場所由深港科創公司運營管理，為入駐機構提供全鏈條科創孵化服務。

之後，內地首個深港聯合辦公室投入使用，香港科學園深圳分園亦開園，河套合作區建設穩步推進的同時，深圳園區科創資源逐步從「零的突破」到「集聚發展」。深圳園區已引進香港大學、香港科技大學、香港中文大學、香港城市大學、香港理工大學等五所高校的優質科研項目，多名港校教授專家領銜，取得首台國家自有知識產權的桌面型電子顯微鏡等重大科研成果；園區內高端科創資源聚焦高精尖和「卡脖子」項目，實質推進和落地高端科研項目逾 140 個，取得了重大突破。

深圳園區創新空間保障機制，「租、購、改、建」四措並舉，將作為先行啟動區的福田保稅區老舊倉庫、廠房快速轉化為批量釋放的科研空間。短短三年時間，籌集了 60 萬平方米高品質科研空間，建設了十個專業園區陸續投入使用；深港開放創新中心、深港科創綜合服務中心近 30 萬平方米科研及配套空間建設快速推進，將於未來兩年相繼投入使用。皇崗口岸片區開發如火如荼，口岸改造僅用一年時間即實現臨時旅檢廳建設、舊口岸拆除、口岸綜合樓及新口岸聯檢樓動建；預計到 2035 年，新增科研及配套空間超過 300 萬平方米。

2025 年元宵之後的 2 月 13 日，深圳河套發展署、深港科技創新合作區發展有限公司（以下簡稱深港科創公司）集體赴河套香港園區調研交流。調研團隊在河套香港園區展廳聽取港深創新及科技園有限公司行政總裁馬惟善介紹河套香港園區規劃建設情況，並調研園區 11 號樓暨人才公寓。深港雙方圍繞「一區兩園」

規劃協同、園區運營管理、項目資源導入、園區環境建設、跨境交通規劃等深入溝通。深圳河套發展署署長曾堅朋，副署長黎慧來、余傑，深港科創公司董事長丁海成、總裁吳寅驍等參加調研。這個時間點外人看來就是互動拜年。但第二天，曾堅朋就離任前往東莞擔任市委常委、副市長。這是他就任 15 個月後的一次難捨難分的告別。

2023 年 12 月深圳市委市政府發文成立河套發展署，2024 年 1 月正式揭牌。曾堅朋出任首任署长。曾堅朋曾在市發改局崗位調任福田區發改局局長，之後回到市發改委任副主任，2021 年協助常務副市長主導了河套合作新思路的發佈，調任鹽田區常務副區長後又開始關注鹽田沙頭角和深港合作。

記得曾署到任的第一周就約我去他辦公室做了一次無拘束的交流，我開誠佈公的向他表達了基本觀點：河套一直在試錯。他也交流了工作的思路及難處。工作機構服務署升格到市的重新定位和組建，我說這才是回歸到了本應有的站位。我特別建議除了和香港園區有對等對應的工作關係外，要和香港朋友建立情同手足的非正式管道；要發揮深港科創公司靈活的企業機制，在港深創新與科技園董事會中當好橋接、開路和鋪墊；要通過人才團隊的合作打通兩地的有形無形藩籬。一年多來，我也經常向他詢問了解新的政策等。因為體制機制的重疊，他的壓力巨大但實際上可運作空間並不大。

對於這一次履新前的探訪，曾堅朋說，「今天去實地看了，更增強了河套的信心。有了具體的載體，很多協同就能真正做起來，問題也才能顯現出來並得以解決。」

同一日，香港創新科技及工業局局長孫東教授前往橫琴粵澳深度合作區（深合區）考察訪問，工業專員（創新及科技）葛明博士亦有隨行。此行是按照中央港澳工作辦公室主任、國務院港澳事務辦公室主任夏寶龍在調研河套深港科技創新合作區香港園區時所作出的指示精神，加快落實河套香港園區的發展規劃。孫東教授表示：「借鑒深合區的經驗，我們更明確了河套深港科技創新合作區作為國家改革創新示範區的特殊戰略定位，必須充分利用『兩制』之利，發揮『特區中的特區』的獨特性，尋求體制及政策創新，敢於破局，加快實現香港園區兩個五年規劃的發展目標。」香港特區政府現正研究在河套香港園區促進人員、物資、資金和資料等創新要素跨境便捷流動的具體措施建議。孫東教授為此訪問位於深合區的珠海澳科大科技研究院——澳門科技大學在粵港澳大灣區內建設的產學研示範基地，了解在深合區推動資料跨境流動的工作。

2023 年 8 月 8 日，國務院印發《河套深港科技創新合作區深圳園區發展規劃》（以下簡稱《深圳園區規劃》），要求緊緊圍繞配合香港建設國際創新科技中心這一任務，堅持深圳園區和香港園區協同發展，推動粵港澳大灣區高品質發展、打造世界級創新平台和增長極。

2024 年 11 月 20 日，香港特區政府發佈《河套深港科技創新合作區香港園區發展綱要》（以下簡稱《香港園區綱要》），提出加強與深圳園區的協同和銜接，與深圳攜手將河套合作區打造為世界級科技創新平台，為國家實現科技自立自強、建設科技強國、構建高品質開放創新科技產業體系的願景貢獻香港力量。

至此，河套「一區兩園」發展規劃完成整體拼圖。

「北都」橫空出世 一子落滿盤活

2021年10月6日，香港特區行政長官林鄭月娥在立法會發表本屆政府最後一份《施政報告》，提出建設「香港北部都會區」，深化深港合作形成「雙城三圈」格局。這份在空間觀念及策略思維上跨越港深兩地行政界限的策略和綱領，考慮了國家「十四五」規劃中對香港的支持、粵港澳大灣區建設對香港的期盼，以及「前海方案」為香港帶來的機遇，提出特區政府將建設約300平方公里的香港北部（包括元朗區、北區兩個地方行政區）都會區，額外開拓約600公頃用地作為住宅和產業用途，屆時這一地區將覆蓋由西至東的深港口岸經濟帶及更縱深的腹地，盡享港深優勢互補、融合發展的紅利，幫助香港更好融入國家發展大局。同時，北部都會區還會與深圳形成「雙城三圈」格局。「雙城」指的是香港和深圳，「三圈」由西至東分別為深圳灣優質發展圈、港深緊密互動圈和大鵬灣/印洲塘生態康樂旅遊圈（圖6-8、圖6-9）。這對未來香港與深圳攜手推進大灣區建設將帶來重大影響。

深圳河兩岸是深港社會經濟銜接的樞紐地帶，具有特殊的地緣關係。兩地如能很好地配合發展，將成為互利互惠互補、共同促進的新經濟增長帶。我認為香港這一概念孕育了 30 年：出生期(1991 年)，提出深圳河沿河經濟帶；童年期(1997 年)，列入兩地跨境科技園項目，卻夭折；成年期(2008 年)，河套納入公眾諮詢，曙光再現；婚嫁期(2017 年)，河套深港科技創新合作區簽約；三十而立(2021 年)，提出北部都會區構想「雙城三圈」以及後來的新田科技城。回顧一路以來的發展發現，文伙泰先生是極有遠見的，他從 30 年前就開始思考香港、深圳「一河兩岸」的合作與發展，早在 2008 年就提出深港合作的最佳空間就是深圳河「一河兩岸」，提出沿河兩岸規劃相關的產業帶和新城市帶，這一設想與如今北部都會區的「雙城三圈」不謀而合。

香港提出的「北部都會區」和「雙城三圈」體現了四個轉變：

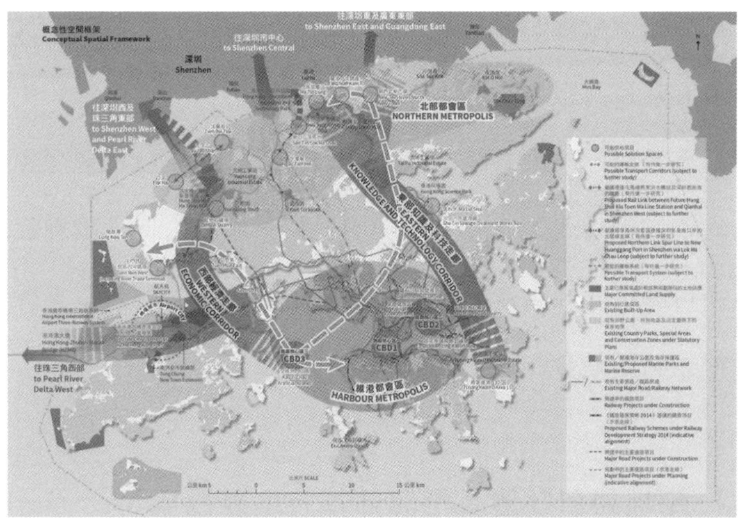

圖 6-8 香港「北部都會區」和「雙城三圈」規劃範圍

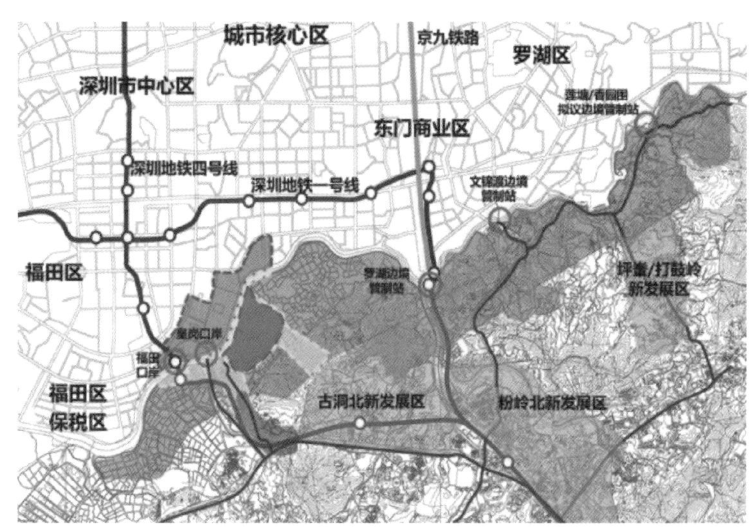

圖 6-9 河套雙邊結合部暨「雙城三圈」緊密合作區空間佈局

一是深港合作由深圳單邊單向階段性推進轉變為香港主動提出雙邊協同對接共進；二是開發區域由河套形成的特定空間啟動到沿

邊境縱深全方位規劃可持續共商並進；三是合作領域由基礎設施、創科發展向公共服務、人才集聚、社會協同、居住就業和生態文化、商旅等全面規劃共謀未來新都市建設；四是合作理念由單向推進的招商融資政策導向，向規劃對接、服務對接、標準對接、智慧平台對接的共贏新機制、新理念遞進。這表明具有人緣地緣機緣特色的深港合作迎來了天時地利人和新局面。

1. 深圳如何呼應香港北部都會區建設規劃

深港合作中，科技合作是最為重要的。深圳更應該抓住「雙城三圈」這個概念。

河套合作區的建設發展在帶動輻射推進「雙城三圈」上被賦予了新的動能和機會，這也是我通過深圳決策諮詢委員會先行示範區灣區組提出的六點建議：

一是盡快啟動一號通道，同時增開皇巴一號交通，連接新田到福田保稅區深港產業基地，提供便利的「一區兩園」跨境公共交通服務。

二是對河套合作區裏的深港高科技企業、服務業企業和創新企業給予特別的認證通行證（即：白名單备案制），實行人流、信息流、物流（含基本設施、實驗設備等）予以海關備案放行，確保暢通。同時，在深港「雙城三圈」設立跨城工作通道和通行證。

三是深港聯手在河套合作區建立「灣區驛站」，通過社會和民間需求拉動，打破行政性壟斷，消除地區、部門分割，打破妨礙統一市場和公平競爭的各種規定和做法，讓在河套合作區註冊的深企可以享受香港服務業的服務。支持港企通過香港科技園分院的服務做到「港人港稅」，探索在合作區真正融為一體。優化各種生產要素的配置，建立新的平台經濟、共用經濟和合作機制，使生產要素能夠充分自由流動，優化配置，關鍵是建設大灣區沒有「籬笆」的協同共用空間。爭取在深港兩地的驛站間建立大灣區跨境、跨區合作的市場要素自由流動規則。最大限度地開放人員、資本、實驗室器材和信息資源的流通互動，支持灣區驛站平台的跨地區創新合作。嘗試由灣區驛站作為擔保和仲介服務載體，讓灣區公共資本提供的支持和配套資金，以及「9＋2」城市之間有合作協定的科研經費，可以在驛站範圍內自由流動，並爭取政府對灣區驛站給予集中採購，提供公共產品服務。通過政府的資源配置槓桿、專業的資源優化能量、市場的資源組合增量，為全區域創新提供新動能、新機制、新希望。

四是根據雙區融合和跨境融通的思路，啟動規劃福田保稅區和新田科技城的基礎設施對接方案，建議將海關保稅區聯檢場下沉為地下專用設施，地面建立一站式跨境科技服務大樓；在新田科技城與福田保稅區之間，比照現有的過境耕作通道的管理模式，擬定雙通服務規則，開闢跨境工作通道。

五是針對河套區的重點產業，如生物醫藥、集成電路、大數据雲服務、新學科特色實驗室、公共服務載體平台、知識產權交易、法律仲裁和人力資源服務以及配套的金融服務、物流服務等，佈局按照共同施策、優勢優先的模式創新機制，服務要過河、政策不出園，建立合作區試行機制。

六是設立河套合作區高級別的策略協調 / 協商委員會，以及策略專家諮詢委員會，為兩地的新政策、新機制、新理念和新服務提供實證論證、科學決策和法律支援。

2023 年 9 月我邀請劉戰國博士一起完成了深圳特區報理論版的稿約，比較系統的闡述了深港兩地善用河套，開展對接、銜接、連結、連接的機遇與挑戰。文中提到，近日國務院印發《河套深港科技創新合作區深圳園區發展規劃》（以下簡稱《規劃》），對深圳園區規劃建設特別是與香港園區協同發展作出全面部署，標誌着河套合作區深圳園區開發建設進入了全面實施階段。

深圳改革開放和香港回歸祖國前後演繹的雙城故事，經歷了從香港回歸祖國前的落馬洲河套研究到回歸祖國後第一任行政長官提出的創新科技發展策略；第三任行政長官提出建設港深大都會到佈局包括河套在內的深港跨境十大基建，推進大珠三角優質生活圈；第四任行政長官推進深港社會經濟深度合作到融入國家發展大局，做「一帶一路」超級聯繫人；從第五任行政長官落實落馬洲深港科技創新合作到開發北部都會區、提出雙城三圈戰略構想;再到現在第六任行政長官提出香港作為內地與國際之間「超級增值人」的重要角色，成為內地企業「走出去」和把海外企業「引進來」的雙向跳板，深港之間的合作不斷推進不斷突破。

8 月 29 日，國務院發佈了《河套深港科技創新合作區深圳園區發展規劃》。《規劃》首次確認了深港合作區 3．89 平方公里的區位範疇。合作區地處香港特別行政區北部和深圳市中南部跨境接壤地帶，是香港北部都會區與廣深港科技創新走廊的天然交會點。《規劃》要求深圳園區要積極主動與香港園區協同發展、優勢互補，推動香港建設國際創新科技中心和規劃發展北部都會區，加強深港互利合作，協同推進科技創新和產業發展。集成粵港澳大灣區創新節點，與珠三角地區完備產業鏈深度銜接，形成「半小時科研圈」「一小時產業圈」，打造世界級創新平台和增長極。

2. 河套合作區的首要任務

構建開放型協同創新共同體是深港合作話題中最迫切而又艱巨的頭等大事，科技創新是深港合作的「最大公約數」。河套深港科技創新合作區要匯聚全球科技創新要素和優勢產業資源，高品質、高標準、高水準建設，推動粵港澳大灣區創新科技管理機制、對接國際通行創新規則、開展國際協同創新，豐富「一國兩制」實踐內涵，支持香港融入國家發展大局，聯動國內國際市場，建立起全過程創新生態鏈，努力成為粵港澳大灣區高品質發展的重要引擎。

《規劃》賦予深圳園區先行示範的重要使命，要建設成為深港科技創新開放合作先導區、國際先進科技創新規則試驗區和粵港澳大灣區中試轉化集聚區，主動銜接香港園區空間功能佈局、建築形態，構建「一心兩翼」的總體空間格局。為此，《規劃》提出了「一二三四五」的目標要求：一個中心任務，協同香港推進國際科技創新；兩個重大機遇，粵港澳大灣區和中國特色社會主義先行示範區「雙區」建設；三個堅持，堅持科技創新和制度創新雙輪驅動，堅持深圳園區和香港園區協同發展，堅持着眼全球配置一流科創資源；四個核心任務，構建最有利於科技創新的政策規則體系、建設國際領先的科研實驗設施集群、建立更加完備的科技創新生態體系、率先融入全球創新網路；五個共用基地，協同在河套園區建設原始創新策源地、關鍵核心技術發源地、科技成果產業化最佳地、科技金融深度融合地和全球一流科技創新人才嚮往的集聚地。

深圳園區要攜手香港園區共同打造國際一流科技園區，聯手打造國際一流科技創新平台。面向信息科學與技術、材料科學與技術、生命科學與技術等重點方向，促進粵港澳大灣區科技資源深度融合，推動深港及粵港澳大灣區應用基礎研究能力躍升。推動新一代信息技術產業突破發展、支持先進生物醫藥技術創新應用、加快佈局人工智慧與數位經濟發展前沿領域，探索國際互聯網資料跨境安全有序流動，加快建立更高水準的知識產權保護制度，構建國際化的科技創新體制機制。營造與香港趨同的稅負環境，實行國際化的就業和社會保障政策，全面接軌國際科研管理體制機制。建立高度便利的市場準入制度。在深圳園區預留合適位置建設與香港園區的跨境通道，實現雙方園區科技人員便捷往來。加強生產、生活、生態相關配套設施的無縫對接和高效協作。

打造「河套灣區驛站」

由於法律、體制、規則等方面的深層次差異，深港兩地在要素跨境流動、資源開放共用、科技產業協作等諸多方面面臨瓶頸制約。深港科技產業合作亟需以合作區為突破口，推動開放創新和協同發展、推動更大範圍有效配置資源、推動創新要素便捷高效流動，為推動粵港澳大灣區高品質發展提供科技和制度創新供給。

為落實《規劃》提出的各項目標，筆者建議：要謀劃打造好「河套灣區驛站」。通過要素流通、制度對接和專業服務實現區域協同，落實《規劃》中提出的制度創新、特色服務和暢通各要素匯集的功能，破除藩籬，打造創新大灣區協同共用空間。通過需求拉動，打破行政性壟斷，消除地區、部門壁壘，清理妨礙統一市場和公平競爭的各種規定和做法。集聚各種要素，將「河套灣區驛站」打造成為創業路上的加油站、補給點和朋友圈，共建共用共創共成長的新家園。

建立一個新機制。一是以市場主導、需求驅動、資源嫁接、城市依託為手段，瞄準產業變革，加大文化創意、商業模式創新，依託河套跨境合作區，建設一批符合國際標準的大科學合作鏈的研發基地、行業檢測檢驗服務平台、面向新製造技術的中試中心，實施產學研深度融合的引領項目庫計劃，培育新興產業創業團隊和載體錨地。二是促進粵港澳大灣區高校的有序合作，建立國際科技創新合作網，培育新產業研發團隊，在研究生實習基地、技術轉移中試、企業參與共同研發、產業化落地等方面面向全球開放「河套灣區驛站」平台資源。三是爭取在「河套灣區驛站」建立大灣區跨境跨區合作的市場要素自由流動規則。最大限度開放深港兩地間人員、資本、實驗室器材和資訊資源在驛站範圍內流通互動共用。嘗試由「河套灣區驛站」作為擔保和仲介服務樞紐站，大灣區公共資金和配套資金，以及大灣區城市之間有合作協定的科研經費，可以自由流動，爭取中央政府對「河套灣區驛站」

給予集中採購，提供公共產品服務。

營造一個新生態。構建跨區域跨領域跨制度，集聚各種要素、破除藩籬的協同共用空間。在「河套灣區驛站」應該更突出服務鏈、市場鏈、價值鏈。沒有高端服務業，產業不可能變成一條龍；沒有市場鏈，產業只能半途而廢。在這裏，單一的個體和成果項目可以變成「專利池」或是「合作鏈」中的價值鏈。

走出一條新路徑。通過頂層設計和路徑探索，建立新的合作機制。首先可以將深圳與香港正在實施的重大產業創新佈局對接。如將深圳「20 ＋ 8」產業集群與 InnoHK，深圳「專精特新」和香港新興工業化，以及深港雙方的載體平台和人才團隊對接起來，將兩地的三組資源在河套及深圳河沿線做硬、軟、實的要素對接，搭建高端要素集聚平台、培育重大產業項目、在關鍵領域實施重大工程、建設特色產業集群集聚帶。在新興領域推廣應用數字經濟，通過龍頭企業帶動共用經濟，鼓勵地區間產業合作實現有層級、有重點、有類別、有協同的發展路徑和複合多元模式。以河套新驛站的模式，打破盲區、誤區的舊思維方式，建立新階段新理念新格局下的協同創新共同體新模式，形成「1 ＋ 1 大於 N」的局部經驗。在驛站可以做成果轉化、可以引進有專利的國際人才，推動企業的成長。

3. 大灣區中試轉化最佳選擇

河套深港合作區是粵港澳大灣區國際科技創新中心的重要極點，其目標是要成為世界級的科研樞紐，持續支撐粵港澳大灣區國際科技創新中心和廣深科技創新走廊建設。《規劃》提出了三個聯動的全域合作藍圖：聯動香港園區，銜接香港園區的建設時序、重點領域、重大項目，推動設施互聯、服務共用、創新協作，有力支撐香港北部都會區規劃建設；聯動深圳光明科學城，為科學城原始創新提供國際化科研環境和平台，實現深圳園區與深圳光明科學城、東莞松山湖科學城等粵港澳大灣區重大科創平台的軌道交通連接；聯動粵港澳大灣區實現科技創新要素高效便捷流動，開展高水準合作和高效率協同，輻射帶動粵港澳大灣區科技創新。

《規劃》明確提出，在中央區域協調發展領導小組領導下，強化法治保障、完善合作機制、加強組織實施，統籌推進深圳園區重大事項、重大政策和重大項目等。要把握新階段、新理念、新格局下的新一輪發展機遇，圍繞「八要」做足功夫：一要緊緊抓住體制機制創新，避免城市間的盲目競爭；二要在全產業鏈上下游優化要素市場，通過區域協同構建強產業鏈；三要通過頂層設計梳理突破卡脖子的核心技術組織攻關；四要在終端應用上佈局供應鏈創新；五要促進消費類產品創新，集聚國內統一大市場的市場能量；六要組織大團隊合作，在軟件、專利、平台工具、人才和團隊進行價值鏈的整合和組織；七要重視高端服務業的培育和導入，扎實推進戰略性新興產業集群的培育和壯大；八要根據全市域一體化和灣區通的大視野，將深港雙城合作佈局點線面結合，推薦優質資源參與香港新田科技城的建設，培育高端產業平台和團隊在香港科技園孵化，在寶安－前海片區規劃深港新興產業園，在羅湖鹽田大鵬一線拓展口岸經濟帶、國際商貿旅遊、海洋經濟圈和社會服務新體系，將雙城三圈的藍圖落實在兩地的項目結合中，共同建設一個更宜居、更開放、更有活力、更團結的雙子城。

2024 年 10 月 16 日，香港特區政府行政長官在施政報告中，對河套深港科技創新合作區提出了多項具體政策措施，包括：

發展定位與目標：擬將河套香港園區發展成世界級產學研平台、具國際競爭力的產業中試轉化基地，全球創科資源匯聚點及制度與政策創新試驗田。

創新便利措施：成立由行政長官主持的「河套區港深創新及科技園督導委員會」，帶領政府制訂香港園區發展的整體策略、計劃和佈局部署。年內發佈《河套深港科技創新合作區香港園區發展綱要》，提出促進港深兩地園區間人員、物資、資金和資料流通的創新政策；與國家有關部委探討試行創新的便利措施，例如：港深兩地園區特定人員便捷過境，利用無人低空運輸，方便物資跨境流動，便利落戶香港園區的內地企業跨境調撥資金等。

園區建設與發展：香港園區由西至東分兩期發展，現正提速、提量，把第一期總樓面面積倍增至 100 萬平方米，首三座大樓將於 2024 年底起陸續落成。爭取自 2026 至 2027 年起陸續推出約 20 公頃的新創科用地，交由香港科技園公司發展和營運。

此外，還將把北部都會區（尤其是新田科技城）的空間規劃對接河套合作區的發展定位，並與香港科技競爭力的佈局結合，為河套合作區未來發展作前瞻性規劃。藉此加強深港兩地的科技創新合作，共同打造世界級科技創新重點平台、並成為粵港澳大灣區高品質發展的重要引擎。

一個月後，香港創新科技及工業局如期發佈了香港園區發展綱要。進一步提出與深圳園區形成戰略協同，共同推動河套合作區的發展。在從基礎研究到產業應用之間，深港都需要一個空間進行中試轉化，而河套合作區無疑是最佳選擇。將河套合作區打造為粵港澳大灣區中試轉化集聚區，不僅能夠匯集粵港澳的優勢，也能匯集深圳和香港的特色，還能打造成為面向全球的國際平台。

粵港澳大灣區建設國際科技創新中心，需要深圳和香港共同打好國際牌、未來牌、高端牌、產業牌；佔據國際科創高地，更需要深圳充分用好香港的國際經驗、法制化市場和國際化的模式。

伴隨着《規劃》的出台，在新思路、新佈局、新模式下，深圳有能力將產業中試轉化中心做好，把人才交流平台做好；同時，香港的知識產權優勢、資料服務、金融平台等，也都將為深圳科技發展提供很好的輔助動能和動力。

香港園區規劃是深化深港合作的重要一環，河套地區作為銜接深港兩地的邊境地區，是深港合作真正的空間連接，同時也是香港連接全球和向內地延伸的重要橋樑。做好香港園區規劃與深圳園區規劃的協同、對接、互補和支撐，才能借助河套的區位優勢和合作基礎，做好資源分享和支撐平台，使河套成為制度設計的重地，推動深港科技創新合作，共同打造世界級的科技創新平台和增長極。

全球競爭看科技，科技競爭看灣區。珠三角和香港一起打造國際科創中心，最重要的是建立開放型的共同體。香港擁有國際化平台和視野，其人才儲備和國際網絡都非常強；深圳從全球視野到區域需求，再到市場和企業的對接，與香港的合作就像齒輪般緊密咬合。構建科創共同體的核心是要解決產業路徑的體系問題——更多的不是做今天的事情，而是做明天的事情。深港合作是一個永恆的話題，應該精心地組織價值鏈的融合和選擇，形成新的科研產業和金融的新路徑、新導向。

下篇

深港攜手 科創合作 台前幕後

一、虛擬大學園誕生記

二、里程碑式的深港產學研基地

三、佈局集成電路新版圖

四、點線面 推動深港創科資源對接

五、「深港創新圈」沉浮

六、未結束的故事

一

虛擬大學園誕生記

1998 年，董建華先生訪問深圳與張高麗書記會面時，談到關於香港創新科技發展的思考，介紹了「行政長官特設創新科技委員會」。我們主動向香港特區政府的隨員要了委員會的名單和聯繫方式。時任香港科技大學副校長的張立綱是委員會成員之一，他告訴我下個月委員會有個會議，主席田長霖會來香港，初定的議程有兩天是安排去廣州和東莞考察。仔細一打聽，田長霖教授的日程已經安排妥當，時間排得滿滿的。秘書處工作人員說，日程已發出，只能等田長霖主席到香港再行商量。我們趕緊一邊正式發函邀請他來深，一邊直接去香港機場迎接。

深圳市科技局局長李連和是田教授的老鄉，在湖北工作時曾與之有過交流，私交甚好。我帶上李局長的親筆信，直抵香港機場迎候田長霖主席，並在他走出機場的第一時間遞上信函。田長霖主席非常詫異，卻也非常高興地和我交談，我也用上多年不說的武漢話和他嘮家常。

我同田長霖主席一同搭上特區政府來接他的車。在車上，港方工作人員也支持我的提議，說插入訪深行程不影響原有日程安排，如果田主席確定下來，他們可配合調整日程。田長霖主席輕聲對我說：「明天再和創新科技委員會成員商量一下。回去問連和局長好，爭取深圳見。」

第二天下午，香港方面發來傳真，同意調整行程，當天去廣州後不在當地停留，也不回香港，直接停留深圳，第二天訪問深圳之後再回香港。市領導對此非常重視，連夜調整公務安排，決定全程陪同。

給深圳號脈：沒有大學如何發展高科技

1998 年 9 月 12 日下午五時許，李子彬市長特意到五洲賓館大堂迎接從廣州而來「行政長官特設創新科技委員會」工作考察團一行。一落座，香港科技大學副校長張立綱教授就說，「現在年輕人都願意來深圳，我們在上海了解到，他們（畢業後）的第一選擇就是去深圳。」我知道，張教授這番話是講給兩邊聽的。為促成這次活動，他不僅和我們商量出了一個合適的行程安排便於大家接受，還在委員會內部做了許多工作。這次和考察團一起來到深圳的還有卸任不久的香港中文大學校長、後來的諾貝爾物理學獎獲得者——「光纖之父」高錕教授，香港企業家代表偉易達集團創始人黃子欣先生、香港特區政府工業署署長何宣威以及創新科技委員會辦公室的隨員等。

因為考察團中有一些成員是頂級大學的校長，李子彬市長特別談到了人才問題。他誠懇地說道，城市發展、經濟發展要靠資金、技術、人才，關鍵是人才。深圳和香港的科技合作，人才是非常重要的一個方面，深圳大學少，但有資金。

田長霖教授也回憶了 1973 年 6 月他作為美國加州教授團副團長訪華時，從羅湖入境的情形。那時，在羅湖站下車後需徒步穿越邊境，到約一公里外、老街邊上的深圳站，再乘火車北上到廣州。深圳大學成立後，他來過幾次深圳，認為深圳的變化是不可想像的。香港要急起直進，周邊城市的發展對香港有着積極的推動作用。田教授介紹了他這次受董建華先生委託，創新科技委員會要明確香港和珠三角，包括和深圳的合作方向。他特別強調，區域經濟的合作有利於推動創新科技的發展。

客套話講完，田長霖教授話題一轉：「我提點意見啊。深圳已經有很好的發展，但在中游的科研和開發上，需要更加強一些力量。深圳的科研院所比北京、上海少。與企業結合是很重要的一部分，但創新科技最重要的還是需要在新領域有自己獨立的中游研發機構。深圳要努力，香港也要建立一些中游的科技開發機構。另外，深圳要建立一些真正一流的高等學府，以配合中游的科研以及企業的發展。」

這時，常務副市長李德成介紹了清華、北大入駐深圳高新區，以及虛擬大學園等深圳模式。深圳高新區於 1997 年經國家科技部批準設立，引入了清華大學、北京大學、香港科技大學、哈爾濱工業大學等市校共建的新型研發機構，與中國工程院等建立了合作基地，引入了中興通訊、聯想、創維、TCL、IBM、惠普、住友、UT 斯達康等一批頭部企業，還有原來就在園區內的華為、長城電子、海王等一些本地龍頭企業。

張立綱教授對深圳是有了解的，特別是全程參與和推動香港科技大學和深圳的合作，在他熟悉的理學院做了許多工作，他對台灣的發展、矽谷的發展瞭若指掌，是跨區域的「五料」院士。他補充說，每次來深圳都會發現不一樣，發展很快，香港科大和北京大學將簽署一個合作協定，打算在華南地區，包括深圳做點實際的工作。

高錕校長說起自己從事了 30 年的工業，特別關注光纖通信事業的發展。香港可以在這些新興領域進行佈局，國內外兩個市場的潛力、機會均不小。市領導馬上接話道，非常感謝和支持香港中文大學到深圳參與發展，也請高錕校長幫深圳規劃一下光纖通信產業。

黃子欣總裁非常贊成建立技術開發中心，他自己在東莞有佈局，感覺那邊高科技人員留不住，而深圳是可以留住人才的。他計劃在深圳設立一個比較大的研發中心，並向市領導詢問高科技人員入戶深圳的政策。

何宣威署長也表了一個態，香港與深圳在科技合作上潛力很大、前景良好，希望與深圳市政府多交流，增加合作機會。

田長霖教授聽了其他委員的意見後，應該是受到啟發，接着說，深圳有一個優點，就是人才集中、流動，北京、上海認為最大的威脅是深圳，這也是深圳的優勢。香港和深圳應當結合，在許多領域進行創新，更密切地推進科技合作。

已經過了晚餐時間，市長建議先吃飯，邊吃邊聊。田長霖主席和市長經過我身邊時，我聽到田長霖對市長說「深圳沒有大學，很難發展高科技」。看來，雙方都沒能夠說服對方，但還是在友好的氛圍中進行了深入交流。

深港優勢互補才能持續領先

第二天的行程由常務副市長李德成全程陪同創新科技委員會考察深圳。

「外界以為深圳只有證券、房地產。實際上深圳從 1994 年提出產業升級轉型，以應用科技為目標，將電子信息、生物技術和新材料作為高新技術的支柱產業培育，瞄準世界新技術產業六大領域的三大項。不過基礎研究還需要國家層面的佈局，人、財、物需要長期的投資。」李德成非常誠懇地請教田長霖校長一行，深圳剛起步，在科技產業發展過程中，深港如何優勢互補，在哪些領域可以展開合作。

李德成特別向專家們介紹了深圳的優劣勢：「深圳信息技術產業有基礎有市場，但大型集成電路和軟件集成是短板。生物技術、新材料的研發主要依託高等院校，但深圳可以在產業化上有所突破，未來十年很可能超過信息產業。高科技開發和高科技產業化要兩手抓，沒有開發能力就會後勁不足，這幾年正在大力改善。深圳沒有基礎資源，但也有獨特優勢可以大力發展高科技：一是雖然本地大學不多，但願意來深圳就業的大學生多；二是金融環境好，證券交易所、外資銀行和外匯金融產品市場活躍，籌措資金能力在國內僅次於上海；三是城市基礎好，生活品質、生態環境都不錯；四是企業運行機制靈活，政企分開，社會市場經濟主體多元。」

應該是有意識地回應昨天田長霖主席和市長會見交流時引出的話題，李德成特別提到，「深圳最大的不足是大學、研究院少。我們邀請了中國工程院與深圳合作，很多大學看好深圳，清華大學在深圳設立了研究院，還有其他大學正在談。深圳必須發展高等教育。」

說到這次訪問交流的主題——深港科技合作，李德成表示，「香港經濟發達，金融市場具有全球影響力，但產業結構不理想。這次金融危機爆發後，香港業界有呼聲，要加大力度發展工業和高科技。如果港深或者粵港能合作，集中力量，人才傾斜，非常有前景。河套一平方公里不佔香港土地，又完全歸香港管。如果能打開一個口子，把這個地方辦好，包括學校、醫院、產業基礎、技術成果落地。依託內地，借用河套，對兩邊都是好事。」

一番大實話啟動了專家們的思路，打開了話題。

「深圳的發展對香港今後的影響很大，雙方互補互利的力量是了不起的。」田長霖主席非常積極地回應道，「我大膽地提幾個意見——」雖然昨天晚上在和市長第一次見面時，田長霖教授就提出過一些具體的建議。但經過實地考察，他的想法又會是怎樣呢？大家都在期待，我聚精會神地記着筆記，生怕漏掉一個字。

「創新科技深圳的選擇是對的，國外也是這三個方向。大家一致認同 21 世紀的主流是生物科技，但我認為最近 20 年還是屬於信息技術，半導體美國向落勢走，通訊成為最主要的牽引。深圳戰略層面的規劃要加強。軟件工業很重要，但發展不容易，深港要配合。香港現在沒有中游的政府研究開發機構，深圳可以在這方面重點加強，如建立中游機構軟件工程研究院，由此帶動其他方面的參與度。」

這是一個非常大膽的建議。我回憶昨天下午市長會見中，幾個專家都提到這個軟件工程研究院。李德成也在思考，就是缺乏帶頭人。張立綱教授介紹了臺北南港的軟件科學園區，中央研究院也在其中。軟件工程在美國發展得也不好，人才問題是關鍵。

內地、香港應該有一個合作機構吸收最優秀的人員。這個機會稍縱即逝，只有幾年時間，一定要抓住。高錕教授也加入了討論，「現在的時機剛剛成熟，軟件還有很多毛病，應該會有新的、大膽的突破。軟件工程是完全不同於傳統信息通訊的概念，但有人才就能有效地展開。」

田長霖教授強調，深圳大學的地位很重要。不一定要很多本科生，但研究院在某些方面要突出，如信息工程。在美國找一兩個重點學科對標，很快就會有起色，這方面可以與香港配合。看來，幾位專家有過商量。張立綱教授接着話題說，「海外大公司關注深圳，深圳這個城市作用特別，要起帶頭作用。在方向把握上，有些領域可以做，有些做不了。」

「信息工程方面，發展的市場在改變中。看了華為，與世界接軌，是非常成功的例子。」高錕接過話頭，「香港和新加坡都在規劃信息城市方案，將來的市場需要及產品佈局要有目標。深圳應該加入這個隊伍長期發展，華為可以參與。從香港可以看到未來國際化城市的需求，可以一起先行一步。」田長霖教授說：「信息產業日新月異，要有長期的戰略規劃。高新技術企業按現在需求投入，可以一下子起來，但下一步如何走？」他提出一連串問題讓大家思考：「下一步有什麼特色可以與別人競爭？中國未完全開放，如果開放，國內企業如何參與競爭？從規劃到下一步產品，先要想到些什麼？……」

這一次的交流對深港科技合作產生的影響不可估量。在委員會的第一份諮詢報告中，有近 300 字篇幅提到沿深圳河岸 100 萬平方米區域，將「作為香港發展高科技的一個選點」；提到建立跨境科技園有利於加強與內地科技人員交流，並建議在深圳建立香港應用科技研究院分院，將香港的源頭創新實力與深圳的產業化能力強強聯合，成為深圳科技佈局的新思路。香港特區政府和產業界對深圳的科技企業、科技園區給予了很高的評價，也有對深圳科技創新潛力的疑慮。深圳應用科研力量短板突出、本地高校太少，難以為高科技產業發展提供足夠的知識供給和人才輸送。但無任如何發展科技產業已成為雙方一致的合作目標。（圖 1-1）

圖 1--1 作者和田長霖教授在深圳高交會展場相遇

香港取經 化虛為實

1998 年初，河套跨境科技園合作列入了市委市政府大調研，為了集中精力，市領導要我到成立不久的高新辦去報到。報到的第二天，劉應力副秘書長對我說：「除了參與深圳河沿河經濟帶的課題外，以你在深港合作領域的資源和經驗，要關注國際合作、大學合作。」

幾天後，劉應力和我正式談話，特別提及去年德成常務副市長在高新區起步的現場工作協調會上，提出建立與國內外大學合作平台及與香港科技合作的專項，前者市長牽頭下，清華大學來了，其他（大學）怎麼辦？香港對標香港工業科技中心，財政都有預算安排。需要我考慮怎麼落實：一是論證在高新區建設虛擬大學園（後簡稱「虛大」），吸引內地和香港知名大學入駐；二是深圳同意出資 1000 萬港幣和香港工業科技中心合作建立深港科技創新中心。因為香港方面合作單位是由政府出資的公營服務機構，不允許將經費轉入深圳參股合作，所以總裁劉助先生表示有點為難，但有關工作可以開展。

從這件事我們清楚的知道，香港特區政府的資金要過河來深圳會遇到很大的阻力。在以後的深港合作中，我們開始探索更加靈活地發揮民間作用、產業帶動，建立新的合作模式。因此，將虛擬大學園的可行性論證擺到了首位。

在這之前，深圳市政府曾於 1996 年 12 月和清華大學簽訂了合作協定，雙方共同出資，深圳市政府出地，在深圳高新區建設深圳清華大學研究院，開展產學研合作。深圳大學副校長陳國權是交大系的學長，他聞風而動擬聯合西安交通大學、上海交通大學、北方交大（北京交通大學）、西南交大以及台灣新竹交大，一起向市政府提交了在深圳高新區建設「名校園」的報告，希望像清華大學一樣建立聯合研究院。分管科技的郭榮俊副市長表示，清華大學合作項目剛有眉目，還沒有成功的經驗，除北京大學外，其他大學不宜採取同樣的模式，但要研究和探索適合促進大學來深圳發展的新模式。這也為後來的虛擬大學園項目定位提供了清晰的路徑選擇。

劉應力副秘書長精心部署了課題立項的全過程，請市科技局在軟課題研究計划中立項，邀請兄弟單位一起組建課題組。課題組由劉應力領銜，我作為召集人，成員有范祖洪（科技局）、鄧景桐（深圳大學）、趙志英（市委政策研究室）、王湘閩（高新辦）等。課題組成立後，第一時間安排去香港考察。

我梳理了在政協工作時接觸到的資源，第一時間聯絡了香港浸會大學校長吳清輝、香港科技大學校長吳家瑋和香港理工大學工業中心主任黃河清。

課題組首站是香港浸會大學，我們拜訪了林思齊中西文化研究中心。該中心吸引了 20 多個海外教育研究機構前來設置辦公點，浸會大學為中心提供統一的研究設施和平台，充分利用香港多元文化背景，吸引國際人才在此做研究。盡管深圳要做的是科技領域的研究，但這個平台的運作、特別是差異性特色資源的聚集，在開放型、國際化、高水準、科教合作的載體運行上是可以借鑒的模式。在林思齊研究院，我們巧遇香港塑膠大王、全國人大代表黃保欣先生，因為推動河套時聯絡籌委會、預委會和基本法起草委員會和黃先生有過幾次交流，他還是一國兩制研究中心的主要支持者。我告訴他，深圳正在做科技園，也在謀劃建設人才合作基地，他頗有興致地和項目組聊起了深港兩地優勢互補的合作前景及由此而來的機遇，並欣然邀我們和他的幾位朋友一起合影留念（圖 1-2）。

圖 1-2 在林思齊中西文化研究中心與邵逸夫、黃保欣等合影

第二站我們拜訪了香港理工大學工業中心。該中心是 20 世紀 80 年代末，為應對「亞洲四小龍」的崛起，為香港工業轉型和人才需求而組建的一個實訓平台。理大工業中心配合產業發展，服務工程人才的實踐培養，提出「學習工廠」模式，即為學生提供模擬現代工廠環境，使學生從產品設計、原材料採購、生產組織、品質監控、市場行銷等多方面學習廣泛的知識，提高實際能力。黃河清先生出任工業中心創始主任，他是深圳市政協第一屆委員會的 12 位香港委員之一，1992 年我們曾一起參加政協新疆考察團，我和他一家人都很熟悉。黃先生是 1987 年香港十大「傑出青年」之一，擁有四個相關領域工程師頭銜。理工大學通過全球招聘，將他從新加坡請回。

此前我已多次帶政協考察團組參觀過他創立的工業中心。這一次，他更是全程帶我們參觀，詳細介紹了工業中心的整個流程、展示了各個環節的工藝價值以及最新的工程教育系列設施。他還不時地提示我，這個是新添置的，那個是全球首批設備，這些是你上次來沒有看到的，那些是最傳統、珠三洲一帶普遍都在採用的。深圳建設產學研合作的人才培育基地，這些都是可以借鑒的經驗。劉應力副秘書長也是工科出身，在加拿大攻讀電腦，在深圳電子所第一線也有十餘年的科研經歷。他和黃河清主任一見如故，參觀完之後再次回到黃主任的辦公室飲茶聊天（圖 1-3）。

圖 1-3 劉應力（中）領銜的虛擬大學園課題組成員在黃河清主任（左三）辦公室，左二為作者

大家相約，有機會請他為深圳出謀劃策。黃主任笑呵呵地拍着我的肩膀說，「我們在政協已經一起工作好多年了，一定一定。」最後一站是香港科技大學。香港科技大學坐落在清水灣畔，美麗的校園讓我們流連忘返。入口的紅鳥是熟悉的地標，還沒來得及見主人我們就迫不及待地與它合影，留下難忘瞬間。後來說起那只「鳥」，吳家瑋校長笑着告訴我們，那是中國古代天文計時的日晷。

香港科技大學以科技和商業管理為主，尤以商科和工科見長。吳家瑋校長在他的辦公室接待了我們。沒有寒暄，直奔主題：「上次克科來說他調到科技園工作，你們要做大學、科技園，要我幫出主意。我想香港深圳是一家，很像三藩市灣區。我沒有安排你們去會議室座談，就在我辦公室，就是想在這個地圖前講講故事和願景。」

他起身在兩幅灣區地圖前，講述香港科技大學的創校故事，以及他奔走北美高校招賢納士的精彩片段(圖 1-4)。他告訴我們，清華到了深圳，香港科技大學也決定要去廣州南沙。香港科技大學還在爭取和北京大學合作，希望有新的佈局。聽說我們還要走訪國內有關的理工科大學，吳家瑋校長特別介紹了他在 1996 年發起成立的東亞研究型大學協會（AEARU），該協會帶領區內一流大學的交流合作，最符合我們建虛擬大學園的初衷。吳家瑋校長表示，他很樂意推動和促進 AEARU 平台與深圳科技園的合作。

我們相約深圳見。

圖 1-4 吳家瑋校長在他辦公室的掛圖前講述未來深港灣區的前景

遍發英雄帖

為完善調研方案，課題組準備展開面向內地大學的調研。1998年4月28日，我主持召開了20多所大學在深圳校友會秘書長會議，投石問路，看看各校是不是都有同樣的需求和共識。

那時的熱點是美國西部幾所大學通過網絡方式推動遠端課程共用，國內的清華大學、浙江大學、湖南大學等五所大學也作為遠端教育的試點。座談會上，深圳的校友們表現出了極大的積極性，大家希望有一個文字材料，以便他們向母校傳遞信息，做好溝通工作。大家對深圳高新區建立的虛擬大學園提出了很多問題，如「深圳這個虛擬大學園是不是辦遠端教育」。我們反覆強調：「這不是遠端教育，是新型園區，產學研結合創新聯合體，或者說『Virtual University Park』。」

會後，我們以深圳高新技術產業園區創新科技大學合作基地課題組署名，起草了給各大學駐深校友會的公開信，期待通過他們反饋給其母校的高層。

公開信開門見山道出深圳短板和項目的迫切性：作為一座新興城市，深圳缺乏大量、穩定的科技人才，缺乏較強的研發力量和應用成果，缺乏科技發展後勁和競爭力。處在改革開放前沿的深圳集聚大學資源有其特殊價值。在過去的18年裏，深圳與國內科技界進行了許多成功的合作；近年來，一些國際知名高科技跨國公司也落戶深圳，大量的科研成果正是通過深圳實現了產品化，走向國內外市場，產生了巨大的經濟效益，更吸引大批高科技企業和開發型人才在深圳紮根安家，不斷發展壯大。實踐表明，在發展高新技術產業方面，深圳擁有國內其他城市無可比擬、難以替代的獨特優勢和條件。深圳的市場經濟比較發達，企業制度靈活，毗鄰港澳，靠近國際市場，信息靈通；城市現代化程度較高，有良好的工作和生活環境；金融、貿易、航運等第三產業服務體系較為完備，便於高科技企業和項目的融資、招商、拓展市場、引進人才，進行科技創新，便於實現科研力量、科技人才、科技成果與市場、企業的結合。而這些正是國內高等院校深化改革和創新所期盼的社會環境和市場環境。

公開信特別強調了大學走出去，到深圳參與創建大學產業化創新合作基地的意義。高校作為當今知識密集、科研水準處於前沿的機構，其作用與價值的體現在於它為社會培養人才、輻射技術，將知識與技術轉化為生產力。但由於歷史原因，深圳的大學稀少、科研基礎薄弱，要新建大學，到其發揮效益，週期太長，而與國內外知名大學合作，科教結合，可實現優勢互補。

公開信介紹了清華大學與深圳市合作的案例。自 1996 年下半年，在深圳高新技術產業園區設立深圳清華大學研究院以來，一批國內著名、有實力的大學，紛紛前來尋求合作與發展。他們走出校門、走進市場，利用深圳獨特的環境，尋求多方位的科技開發優勢，使科研成果產品化，不斷創造經濟效益。深圳為保持和發展高科技產業的優勢和競爭力也已制定相關的鼓勵、優惠政策，統一規劃和管理高新技術產業園區，為高科技產業的發展奠定了較好基礎。

座談會上，大家希望明確告知學校來到深圳後的運作模式和主要任務，以便針對性的做好溝通。

我們提議，在深圳高新技術產業園區內，聯合國內（包括香港）有實力的著名大學，建立一種新型的合作關係，創建一個一流的、在國際上有相當影響力、以高科技開發為核心，產學研結合的大學合作基地，並把這個項目定為深圳市跨世紀重點科教設施，列入發展計劃、組織實施。

根據深圳的短板和市場機會，我們特別指出，要以「科技為動力、產品為核心、大學為骨幹、人才為根本、市場為主導、合作為基礎」的發展策略建設大學合作基地。希望進入基地的院校以理工科與現代經濟管理為主，以名牌大學和重點學科為選擇目標，將大學自身發展的需求與市場需求結合起來，將大學的科研力量、企業的人才培訓和高新技術的國際交流結合起來。遵循「知名、求實、創新、服務」的方針，使之成為在國內外具有相當影響力的創新科技研發中心，成為深圳科教興市的標誌性事件。

因為是公開信，有別於以往的招商和推廣資料，我們將需要討論及徵求意見的六個問題羅列出來，請各校結合實際決定參與模式：

1. 大學合作基地的運作模式、管理體制、組織構架、辦事機構，日常事務管理，其他服務設施的運行、有償服務及社會化管理形式。

2. 資金來源、聯合辦學方式，建設投入（包括土地、基礎設施建設）、資金、技術、設備、知識產權、無形資產等多種形式的投入，法人資格的取得，利益的體現。

3. 申請入園的資格、條件、程序等。

4. 人才引進、常駐、客座聘用或簽約形式；培訓教學、開發中心、實驗設施等房產的管理、租賃的方式。

5. 重點實驗室的選取原則和組建方式。

6. 配套政策，包括市政府對高新技術產業園區大學合作基地的政策，對入園大學的政策以及深圳高新技術產業園區的優惠政策。如：市直有關部門對大學合作基地在項目立項、資金、土地、建設、人員編制等方面給予優先考慮；對入園大學成果轉讓的稅收、出資入股比例有一定優惠；大學開發的產品形成產業時可優先入園並享受相關政策，為入園單位辦理法人資格文件，在資金方面提供擔保等。其實，這些問題我們當時還沒有完全想清楚，的確需要參與的院校發揮各自的能動性，完善和探索出新的路徑。

在國際年會上宣講深圳模式

1998 年 10 月，國際科技園協會年會在澳大利亞舉行。深圳作為常務理事單位可以申請做大會發言。大會秘書處同意將我們提交的《在高新技術產業園區創建虛擬大學園的思考》列入議程。我馬上着手按照國際科技園論壇主題的要求，以常務理事劉應力的角度修改發言稿。考慮到香港是亞太區的輪值主席，文章特別參考了香港創新科技的藍圖，強調了深圳與香港在國際化人才與科技園創業支撐上的交集，也吸納了各高校的建議，突出理論及實踐的結合、國際及國內的趨勢、深圳的特色創新等內容。

演講安排在大會第二天下午的分論壇上，大會提前印發了論文摘要，不少關注中國的外國代表都到會參與。那天應力副秘書長臨時有重要任務在從美國趕來的途中，決定按後備方案由我代為宣讀。

針對會前都在詢問深圳這個虛擬大學園是一個什麼樣的大學，我覺得不能按部就班地宣讀論文，要開門見山地明晰概念，便即席增加了一段導語，直奔主題：虛擬大學並非深圳的創造，但深圳設計的虛擬大學園立意在「園」，有其獨特功能，它順應了國際科技園發展的趨勢，將中國的大學資源和深圳高新區進行了有效的互補，是完善和提高科技園區內涵和實力的重要舉措，具有十足的生命力。

虛擬大學是 90 年代提出的教育科技與電訊技術、電腦網絡相結合的產物。它是傳統大學的衍生，是教學手段的改變，是教與學空間的延伸。人們稱之為「遠端教學」「空中學校」「網上課程」「網絡學校」「虛擬大學」等等。在中國大陸，當時清華大學、浙江大學、湖南大學、北京郵電大學等高校經國家正式批準已率先進行遠端教學；在美國，面對日益蓬勃的教育科技與電訊市場，美國西部各州州長們於 1995 年就醞釀規劃一所「虛擬大學」，以將高等教育由傳統的大學校園延伸至整個社會。

不過，在深圳高新技術產業園區興建的虛擬大學園，不是單一的大學，也不僅僅只具備教育的功能，它是基於科技園的基本特徵和深圳的城市發展需要，更多地將重點放在科技創新、教育與經濟、科技和企業的結合，以及人才的知識更新和再教育上。換言之，深圳的虛擬大學園有着不同於其他虛擬大學的特點。從長遠看，要把深圳建設成為中國乃至世界著名的高科技產業基地，成為「中國的矽谷」，必須有「中國的斯坦福大學」。在這裏所形成的是一個強大的大學場。

「虛擬大學園是各知名高校設在深圳並輻射華南地區、香港、東南亞的一個集散地，是深圳高新科技園區聯結企業與院校發揮整體綜合力量的體現。」我解釋說，進入虛擬大學園的院校以理工科與現代經濟管理為主，以名牌大學和重點學科為選擇目標。將大學自身發展的需求與市場的需求結合起來，將大學科研、企業人才培訓和高新技術園區的國際交流結合起來。希望吸引國內，包括國外大學的人才、科研機構、科技成果來深圳開展高科技產品、軟件的開發，高新科技成果的推廣，科技人才的培養與供應，中外科技活動的交流等，形成產學研基地，建立起比較雄厚的經濟技術基礎，培植和形成具有相當規模、穩定、可持續的人才源、技術源、科技成果源，是一種全新的載體和有效的途徑。

「虛擬大學園是深圳特區獨特的地理位置和產業發展趨勢的必然產物 。」我進一步從深圳高新技術企業、國內高等院校和人才市場的需求等多方面說明這樣的園區的出現之水到渠成，「虛擬大學園可以支撐各要素的融合、對撞與合作」。

從上世紀 80 年代起，深圳實施了將研發機構建立在企業的發展戰略。1996 年深圳市高新技術企業中有 98.5% 的企業有技術創新活動，78.5% 的企業進行 R&D。大多數企業的技術來源於內地的高校和研究院所，或與之合作開發。深圳的中小企業產品轉換速度快、跨度大，眾多的中小企業需要有公共實驗室，從事產品開發活動。加上作為典型的外向型經濟，深圳企業的產品出口比例較高。產品要進入歐美市場須經過嚴格的檢測和認證。科技實驗設備的購置成本較大，通過建立虛擬大學園專業實驗室，配備高檔設備，使之具備產品開發和產品檢測能力，可為出口型企業提供便利的服務。

同樣，深圳享天時、佔地利、得人和，發展機遇較多、科技信息來源較廣、人才需求較大，種種有利因素使得深圳可以成為高校推廣科研成果，實現成果產業化的窗口。深圳高新區虛擬大學園可通過直接參與科技研究，為培養研究生、本科生提供實戰場地，為學校創造經濟效益和社會效益。

因為香港是國際科技園協會亞太分會的執行單位，深港在科技教育領域有多項合作，所以我在發言中特別闡釋了促進深港科技合作的必要性。

「虛擬大學園可以發揮深圳毗鄰香港的優勢，一方面，將國內大學的科技力量與香港高校的科技力量結合起來，共同開發產品；另一方面，建立國內大學與科技界、香港企業界的密切聯繫，推動香港企業家與國內科技界的合作。還可以開展企業委託項目開發，重點實驗室服務，人才培訓，學術交流，新技術、新產品展示，以及知識產權登記、科技成果轉讓服務等等。」

發言引發了國際同行的關注。劉應力副秘書長趕來珀斯出席了最後一天常務理事會。各位理事對深圳的虛擬大學園留下了深刻印象。理事會還通過了亞太年會議程，決定在香港活動兩天后，專門安排一天來深圳。

瓜熟蒂落 水到渠成

《關於加強深圳高新技術產業園區和國內重點大學合作的建議》得到多方支持。在校友的牽線搭橋下，香港工程科學院、香港工業科技中心、中國科學院、中國科技大學、北京理工大學、哈爾濱工業大學、西安交通大學、南京大學等院校的領導先後來到深圳高新區考察交流，大多表示出合作的願望和加盟的意向。

我們也上門到北京、杭州、西安、上海、合肥、香港等地，與多所大學、研究院所的主要領導商談，得到了普遍的支持，如北京大學和香港科技大學準備在深圳高新區建立聯合研究開發中心，中國工程院已決定在高新區建立中國工程院諮詢研究活動中心（深圳），新浙江大學準備在高新區設立學校的產學研基地。

考慮到虛擬大學園畢竟是一個實體平台，需要落地，建設資金從哪裏來？要廣開財路。根據工作推進思路，我們以課題組的名義準備了一份吸納社會資金投資的「聯合創新科技城暨虛擬大學園（暫定名）」項目建議書。結果遭到市場遇冷，與高校和科研院所的積極支持全然相反，其商業前景不被看好。許多人認為投資虛擬大學園看不到回報。我當時拿着項目書找到擔任政協常委的香港老朋友，他說：「克科，這是政府的事情，我們不想參與。」30 年後，再見到他，他主動提起話題，說：「那個時候聽你的就好了。」其實無需 30 年，五年後資本就爭相進入高新區了。只可惜，有遠見的人太少。

投資問題沒有找到解決方案，高新辦內部也曾出現疑問：市場沒有共鳴，「市長」有沒有決心？落地的時機在哪裏？項目到了立項階段的節骨眼上，卻不得不停了下來。

1998 年 12 月，事情迎來了轉機。那時高新區舉辦迎接 1999 年新年的鼓勁會，同時也是項目匯審會，幾位副市長一同參加。按輕重緩急，虛擬大學園的項目沒有列入正式匯報中，但事先已經提交給市計劃局備案。在討論到怎麼盡快發揮高新區作用的時候，劉應力副秘書長順着話題說，我們有個虛擬大學園項目，已經報到計劃局。接着，要我將虛擬大學園前期研究做了簡要匯報。

聽取匯報後，李德成常務副市長直接詢問：「這個項目要多少錢？」由於早就核算過首期建設計劃，劉應力立刻答道：「只要 6000 萬。」李德成常務副市長當場詢問一起與會的另外三位副市長的看法，時任市長助理兼計劃局局長的邵漢青說，可以安排；管科技的副市長也沒有意見；分管國土建設的副市長說，「那就要加速建設啊。」劉應力表示，綜合服務樓裝修款到位後，先讓出來部分資金啟動虛擬大學園。「好！」幾個市長異口同聲地表示贊同。會後，市政府批準成立了虛擬大學園管理中心。

1999 年高交會前夕，市政府為鼓勵支持高新技術產業發展頒佈了新的二十二條，在徵求各部門意見的時候，正好遇到虛擬大學園項目在認證和準備，我覺得應該趕上這趟車，提出是否可以將支持「虛大」運行列入支持安排和鼓勵政策。高新辦領導在高層一一做了爭取，後來發下來的文件明確規定每年由財政撥付 1000 萬元專項資金用於入駐虛擬大學園單位的補貼。

1999 年 6 月，虛擬大學園正式開始選擇接納成員，並於 9 月 10 日教師節正式開園。首批 18 家來自海內外的知名大學入駐虛擬大學園，之後逐年增加，目前已有近 80 個重點實驗室和項目進入虛擬大學園創新平台。

虛擬大學園的香港朋友圈

香港科技大學、香港理工大學、香港城市大學、香港浸會大學成為虛擬大學園的首批入園機構，之後，香港中文大學也入駐並建立了新的基地。香港大學、香港應用科技研究院以及香港生產力促進局也都以不同方式入駐深圳高新區。

2002 年，香港城市大學在深圳成立了一個生物醫藥科技中心，2006 年獲準組建深圳市藥用生物晶片重點實驗室。實驗室致力於生物晶片技術、納米生物技術及其應用產品的研究與開發，以及神經與腦科學相關研究，先後承擔了國家 863 計劃項目、國家重大科學研究計劃項目、廣東省省級科技計劃項目以及國家自然科學基金項目、深圳市雙百計劃項目、深圳市科技計劃項目等多項科研任務，同時為 20 餘家企業和研究機構提供技術或產品開發服務。

楊震教授領銜建立的這個實驗室成為國家科技部重點實驗室之後，深圳與香港科技大學合作建立了「深港集成電路技術聯合實驗室」，香港其他幾所大學的教授也開始到深圳尋找合作項目。但由於雙方理念、需求和發展層次的差異，香港這幾所大學在剛進入深圳時經歷了「水土不服」，不是每個都能複製港科大的成功。

香港理工大學在深圳的第一個合作項目是工業設計，該課程在當時十分新穎，卻一直得不到工業界的普遍認同，在深圳的第一屆招生就中斷了，後來只能借用他們學校的工業中心做了一系列工程培訓；香港浸會大學覺得內地資源非常不錯，他們有

MBA、傳理、社會教育、創意課程和中醫藥研發課程，在華強北花 65 萬租了場地做遠程教育，結果賠了錢，兩年後就撤了。他們想不明白，明明是用心地在深圳做事，為什麼就損兵折將了呢？我們分析因為它的國際課程是全英文授課，證書在內地不被認可，且收費比較高。在香港很有市場的各類學歷教育和課程也面臨諸多阻礙，其中一個影響較大的理念差異是制度的障礙。內地市場迫切希望「教育」能夠立即轉化為「資質」認可，可以進入勞動市場的人才。浸會大學的創意學科和中醫藥研發都非常有實力，他們在澳門、珠海的合作做得非常不錯，在深圳却是幾度開墾幾度荒蕪。因為香港校區用地緊張，香港大學希望在深圳辦一個本科一、二年級的校園，看中了留仙洞片區，但市領導認為本科一、二年級無法直接轉化為產業人才，還要佔用一塊地，就沒同意。香港科技大學希望做研究生教育，只招 500 人，進行「精而專」的前沿佈局，市領導覺得人太少，缺乏規模和影響力，也沒同意。當然，深圳是產業立市，對於教育的實用性考慮在當時那個階段也不能說有什麼問題，只能說雙方還沒有找到準確的合作點，一切仍在摸索中。

香港中文大學進入深圳也是一波三折。

徐揚生教授當時跟中國科學院合作研發適用於太空探測的機器人，因而非常積極地撮合雙方在技術成果轉化方面的合作，港中大校長劉遵義對此也很支持。中國科學院也希望能夠將這個技術在深圳實現產業化，這個合作的切入點很準確，於是兩方決定聯手在深圳建立香港中文大學先進技術研究院。與此同時，中國科學院正面臨全面的科研體制改革，只留下八個區域院所，南下深圳的是一支面向市場的突擊隊。由於體制機制的差異，正式成立時的香港中文大學實體卻掛名「中國科學院先進技術研究院」，下設「香港中文大學先進技術研究所」。一時香港中文大學「隱姓埋名」，卻在這一合作平台上發揮出了混合機制的優勢，特別在項目合作和人才團隊組合上別出心裁。香港中文大學的碩士生可以選修中國科學院的課程，中國科學院的碩士也可以請香港中文大學的導師進行指導。許多學生在項目過程中完成了兩校雙學位的認定，也獲得了更多的優質學術平台資源。這種合作模式真正實現了人才互通，也由此形成了其核心競爭力。如今，香港中文大學（深圳）已經桃李天下，中國科學院領銜的深圳理工大學也應運而生。

2006 年，虛擬大學想做一個「滿堂紅」，邀請香港中文大學入駐虛大。徐揚生教授也希望借此機會，在新的平台尋求突破，讓香港中文大學能夠獨立掛名。他說：「我在香港找了半天也沒有空地，我跟中國科學院在一起還是掛他的牌子，雖然有『窩』很溫暖，要是有自己的門就更好認啦。」時任虛擬大學園主任的邱萱表示非常歡迎，向香港中文大學表態：「你來就行了。」中文大學還是有顧慮：「我來了，又沒名分怎麼辦？」在這之前，理大、城大都有獨立大樓，香港科技大學也和北京大學合作，有自己的一席之地。

那時，我正好回到高新辦任副主任，分管大學合作事務。知道這個情況後，就約邱萱和徐揚生教授來我辦公室溝通這個事情。交談中我建議虛大為香港中文大學安排建設用地、開辦資金和學校期盼的名分。邱萱說：「要名分，虛擬大學園可以給，但是土地和資金得按程序申請，進來以後再向市政府報。權力不在我們這裏啊！」會談陷入僵局。

徐揚生教授說如果只是程序問題，可以約請副校長楊鋼凱代表學校親自過來面談。很快楊校長在徐楊生教授陪同下如約來到深圳。開門見山，我直接帶他們參觀了香港科技大學和北大合作的深港產學研基地，希望了解香港中文大學在深圳佈局的想法和擬投入資源，也介紹了其他大學包括中國地質大學、中國工程院等在園區的特色模式。我從楊校長那裏獲知校方來深圳發展的願景，特色領域及重點佈局。最後，彼此達成默契。虛大管理中心把香港中文大學提出的要求列入備忘錄，我則帶到高新辦的主任會議上做專題匯報。當時，劉應力副市長兼任高新辦主任，主任辦公會議還是由他主持，高新辦的林波、張恒春和我三位副主任參加。我向主任辦公會匯報了和楊鋼凱副校長、徐揚生教授的會談情況，張恒春分工負責規劃建設，他說還沒有簽入園協議就直接給地沒有先例，那麼多學校，如果別的大學效仿怎麼辦。劉應力副市長倒是很開明：「給！只要他們下決心過來。」我趁熱打鐵說，「香港科技大學也想要塊地，現在和北大一起展現不了學校的獨立形象，他們也希望做大做強。」當時我還兼任深港產學研基地副主任一職，香港科技大學、北京大學與市政府合作的情況我非常清楚。在高新辦我分管大學合作和深港合作，也是我的工作職責之內。劉應力副市長想了一下說：「都給！一次性給！」就這樣，香港中文大學、香港科技大學IER2的地塊基本上明確了。劉應力副市長要求盡快整理會議紀要，同時以高新辦的名義與兩個學校高層溝通，讓他們提報方案，並將協商情況同步報市政府。

2006 年深圳城市化建設正在進行大改革，全方位土地招標改革即將啟動。高新區的土地馬上就要全面納入全市的招拍掛體系，畢竟本地也有很多企業需要用地。市政府正在一次性處理過渡期的重點項目用地規劃。那次會上決定將香港科技大學和香港中文大學的建設用地一起列入全市的改革方案。從此，香港理工大學、香港城市大學、香港科技大學和香港中文大學在深圳高新區，在虛擬大學園都有了自己獨立的大樓。港中大紮根深圳高新區為後來到深圳辦校區奠定了基礎。

在深圳高新區虛擬大學園落地安家後，香港中文大學的教授和研究團隊的積極性也都被調動起來了。香港中文大學在校內就到深圳辦分校一事公開徵求意見。劉遵義校長指定校長助理徐揚生專注跟進該項目。徐揚生教授多次到我辦公室交流，了解「過河」後有可能遇到的各種問題，該如何解決等。與此同時，香港中文大學的一些老朋友如黃錦輝教授、學校科研處的老師等，也通過不同管道找我，提出的問題和徐揚生教授的關注點多有重合。黃錦輝教授告訴我，學校校董會要聽取教職會、學生會、院系等方方面面的意見，他本人是積極主張來深圳的，所以要準備得更充分一些。

香港中文大學到深圳辦學很快由虛到實，正式啟動了。當時最大的障礙就是2003年國務院頒佈的《中華人民共和國中外合作辦學條例》第六十二條：「外國教育機構、其他組織或者個人不得在中國境內單獨設立以中國公民為主要招生對象的學校及其他教育機構。香港特別行政區、澳門特別行政區和台灣地區的教育機構與內地教育機構合作辦學的，參照本條例的規定執行。」即境外的組織和個人到中國境內辦學時，要求採取中外合作辦學的形式。我參與深港產學研基地協商支持香港科技大學申辦MBA、EMBA，和北京大學合作的集成電路碩士課程、光華管理學院推出的EMBA計劃等，以及後來諮詢香港大學、香港城市大學項目，都遇到同樣的問題。香港中文大學深圳校區的項目由時任廣東省委書記親自掛帥，直接帶他們到教育部去談。教育部仍然堅持條例規定，建議港中大跟深圳大學合作。因為涉及學校品牌和管理模式的差異，廣東省高層非常開明的表示，可以按北京的要求報，但新學校深圳大學什麼都不用管，也不插手學校事務，只作為與港中大合作的深圳政府代表。這樣最大限度地保留了香港中文大學辦學的獨立性。這個項目也比較順利地拿下了。

20 多年過去了，目前虛擬大學園已在全國形成了特色品牌效應、產生了廣泛的影響力，成為國家產學研實踐的典型代表。虛擬大學園在教產、科教協同創新方面做出了一系列富有成效的探索，尤其是體制機制的創新探索和具有深圳特色的發展模式在全國範圍都具有一定的標杆和示範作用。虛擬大學園所在的高新區也隨着體制改革，2006 年高新區的工業村建設主體被列入國資投資控股集團，利用高新區轉由國資開發的機遇，又投資建設了深圳灣科技生態園，其功能、業態、模式已煥然一新。

二

里程碑式的深港產學研基地

2007 年 5 月 23 日香港特區政府和深圳市人民政府簽署了共建「深港創新圈」的合作協定。一時報刊紛紛報道深港創新圈的誕生背景，「港深灣區」這個概念被反覆提到。香港科技大學、北京大學和深圳市政府合作於 1999 年 8 月建立的深港產學研基地作為深港創新圈的起點，在最顯著的座標上出現。那是香港科技大學創校校長吳家瑋任上提出的願景，深圳灣要像三藩市一樣建灣區經濟區，打造「深港科技走廊」。如今，「深港科技走廊」已演化為「深港創新圈」，成為香港回歸十年深港科技合作的啟航座標。這充分肯定了港深協同在科技、教育、產業合作方面做出的大膽和有益的嘗試。

港科大謀篇佈局港深灣區

1998 年 4 月，為虛擬大學園課題調研，我們拜訪了香港科技大學的吳家瑋校長。在辦公室的巨幅地圖前，他將美國矽谷三藩市灣區的經驗、香港科技大學創校的願景、深圳改革開放的崛起聯繫在了一起，向課題組一行描述了香港和深圳所在的港深灣區前景。盡管他作為深圳市政府高級顧問，多次到訪深圳，但當時剛剛申報設立的高新區還沒有去過。我們邀請他來深圳的高新區訪問，他爽快地接受了邀請。

香港科技大學很重視與內地的合作，希望為學校的教授提供和內地合作發展的新機會，在霍英東基金會和校董會的支持下，那時已在佈局（廣州）南沙信息科技園。他請我介紹了更多關於深圳發展的情況，也想知道大學進入深圳高新區的細節。

在清華大學與深圳建立合作機構後，高新辦一方面調研面向更多的大學建立虛擬大學園的可行性，一方面對北京大學敞開大門。北大的校辦企業方正、科興、青鳥、資源等在深圳佈局新的發展，都在尋求新的合作機會。深圳清華大學研究院東面還留着一塊地，北大的人過來，高新辦帶他們過去看，希望學校整合資源進入深圳。吳家瑋校長告訴我，港科大正在與北京大學協商洽談合作，一直考慮在深圳怎麼佈局合作。他說自己已經看過深圳高新區了。我很驚訝，這麼重要的人物到訪我們怎麼不知道。他笑着告訴我這個秘密。香港科技大學副校長孔憲鐸是生物學教授，當時正在考察北大科興的深圳研發項目。一個週末，大家一拍即合，在一次高層研討活動期間，科興總經理潘愛華安排北大任彥申書記、港科大吳家瑋校長，在孔憲鐸副校長、陳章良副校長陪同下，探訪了高新區的深圳清華大學研究院工地和周邊高新技術工業村。

再次見到吳校長時，他告訴我已經和北大的任書記達成了共識。在高新區南區現場，面對一片正在填海的工業區和蓬勃發展的建設規劃，他們描繪出新的藍圖，開始了牽手行動（圖2-1）。吳校長認真地向我講述了他的計劃：1998年年底，兩校會在香港正式簽署合作協定，希望深圳市可以作為嘉賓代表出席，並借此機會向港科大和北大正式表達深圳方面的意向；他本人會在1999年3月兩會期間與北大的陳佳洱校長面商深圳合作事宜，回香港後再向香港科技大學校董會報告。時任科大校董會主席是羅康瑞先生，應該會給以支持。按計劃在四五月間，他將訪問深圳，希望我代為轉達他的這個想法，但不要對外聲張，行穩致遠。

圖 2-1 香港科技大學副校長孔憲鐸（右二）和北京大學副校長陳章良（左三）是深港產學研基地合作的牽手者

吳家瑋校長 1988 年正式來到香港，花了三年的時間為港科大的籌建做準備，1991 年學校正式開學。在治理港科大的同時，他開始關注香港的高科技發展。香港地方小，要發展科技工業，與內地合作是極好的選擇，首選地就是珠江三角洲。1994 年，港科大以香港為核心，聚焦珠江三角洲南部，提出了一個新的概念：「香港灣區」，這是相對於他曾長期生活並擔任大學校長的「三藩市灣區」而言。「港深灣區」也明確了港科大應該在哪兒尋找戰略夥伴，建立與內地精誠合作的基地。

1998 年 11 月 13 日在特首董建華先生見證下，北京大學和香港科技大學簽署了雙方的學術聯盟協定。我們接到了正式的邀請，劉應力副秘書長原計劃代表深圳參加這個活動，不巧，當日中國工程院院長宋健視察深圳，他要全程陪同，只好由我獨自去香港，作為深圳代表參加簽約儀式。

簽約活動後，我當面向兩校領導轉達了深圳市高新區的期待，希望加快落地深圳的進程，盡快拿出一個供三方討論的方案。他們告訴我協商好後會主動向深圳市提出。他們認為深圳和華南地區是中國經濟發展最快而又富有活力的地區，對科教事業和高新技術產業有着廣闊的發展前景。雙方商定，將同深圳市政府密切合作，在深圳高新區設立研究院，開展高級人才培訓和科技研發工作，興辦高新技術企業。發揮各自優勢，積極參與深圳及華南地區的經濟社會發展，每一個項目可吸收國內外優秀學府或科研單位參加。吳校長說由他先起草方案，在兩會期間到北京和北大的任書記、陳佳洱校長商議後再與深圳正式溝通。我也表示，起草過程中需要深圳配合的事項我們將全力以赴。回深後，我即將上述情況向市領導做了匯報。

1999 年 1 月 7 日，李子彬市長批示：可明確告知對方，「我方予以積極回應」。1999 年 3 月 21 日，高新辦正式提交了《關於香港科技大學北京大學建議與深圳市合作在深圳高新區建立「深圳香港灣區研究院」的請示》。報告稱：根據市領導指示，我們多次與香港科技大學和北京大學接觸，向他們介紹深圳的發展情況，了解他們的想法。香港科技大學和北京大學兩校領導訪問深圳期間也多次表達了與深圳市合作的意願。不久，香港科技大學校長吳家瑋將他在北京全國政協會議期間與北京大學領導商議的，希望與深圳市政府合作建立「深圳香港灣區研究院」的初步構想給了我們徵求意見。我們認為，構想定位清晰、路徑明確，與雙方前期溝通方向一致，強調了深港同屬灣區，建議由北大、港科大和深圳市共同創建「深圳香港灣區研究院」，落地深圳市高新技術產業園區。構想提出，充分利用港科大、北大和深圳各自優勢，結合市場和企業的需要，依託國內的科研力量和在海外的影響力，配合香港創新科技的發展，實行精英主導和國際化，提升深圳的科技開發和成果轉移水準。「深圳香港灣區研究院」將精選發展領域、精心組織項目、注重「第三者」加盟和與工商界組成夥伴，推動策略性合作、提高和轉移技術、開發新項目、孕育新企業、開創新產業。

項目前期工作按計劃順利推進。吳家瑋校長同意應邀於四月下旬率香港科技大學高層代表團訪問深圳，他本人也將參加五月深圳市政府的高級顧問會。他希望在適當的時候請北京大學領導來深舉行三邊會議。鑒於以上情況，我們建議市政府：1. 積極回應港科大、北大有關「深圳香港灣區研究院」的建議，根據深圳實際情況，責成高新辦牽頭，有關部門參加，先行研究該構想的可行性和運作形式，為市領導做好參謀；2. 請市領導四月下旬會見香港科技大學訪深高層代表團，會商進一步合作事宜，並在適當的時候舉行三邊會議。

1998 年 4 月 17 日，香港科技大學代表團訪問深圳。張高麗書記、李德成常務副市長分別會見了代表團。第二天的《深圳商報》報道了活動情況：「張高麗對三方合作構想給予了高度評價。他說，香港科技大學、北京大學與深圳市合作，是具有戰略遠見的舉措，對三方都是一件大好事。由於受客觀條件的限制，深圳不可能在短期內創辦很多大學和科研機構，更不可能創辦像香港科大、北大這樣的名牌大學。因此，我們要充分利用深圳良好的環境、機制和政策條件，通過新的機制和形式，與國內外最著名的大學和科研機構聯手，在人才培養、技術項目引進、科研成果轉化等領域進行合作。深圳已經與清華大學、中國科學院等知名大學、科研機構成功地進行了合作，相信深圳與香港科技大學、北京大學的合作同樣會取得成功。」

「我知道『產學研』的意義了」

香港科大深圳之行加速了三方合作的進程。深圳市政府和香港科大分別向北京大學通報了合作進展。經協商，香港科技大學策略發展部沈甯耀教授、北京大學秘書長兼科研處處長史守旭教授和深圳高新辦張克科組成籌備工作三人小組。1999 年 5 月 14 日，北京大學派出的工作小組抵達深圳，香港科技大學沈甯耀教授也同期抵達，我們「鐵三角」開始了長達數年的合作。

三人小組的主要任務是起草提交三方會談的合作備忘錄。經過高層間的事先磋商、廣泛交換意見，大家很快達成高度共識。北京大學、香港科技大學提出與深圳市政府聯合，在深圳建立產學研相結合的科技創新基地，深圳市政府對此表示贊成和支持。三方一致認為，這一構想具有戰略遠見。

經協商，三人小組建議三方第一輪正式會談安排在 5 月 22 日，在這之前完成雙邊交流互訪。香港科技大學代表團四月已專程訪問深圳，所以，深圳市特地在 5 月 21 日下午安排北京大學代表團與深圳市領導會晤。港科大代表團當天抵達深圳，一起參加深圳市的招待晚宴。三方代表交談甚歡，為第二天的正式活動營造了良好氛圍。

1999 年 5 月 22 日，受深圳市委書記張高麗、市長李子彬的委託，深圳市常務副市長李德成與北京大學黨委書記、校務委員會主任任彥申，香港科技大學校長吳家瑋及三方代表團成員進行了具體磋商，達成以下共識：

一是在深圳高新技術產業園區建立由深圳市政府、北京大學、香港科技大學三方合作的「深港產學研基地」（暫定名）；

二是成立深港產學研基地理事會。理事會為最高決策機構，由三方負責人和有關人員組成：深圳市市長任理事長，北京大學、香港科技大學領導任副理事長；理事由三方派出有關人員擔任；

三是深港產學研基地的運營和管理機構負責人由北京大學一方出任，香港科技大學、深圳市兩方出任副主任。具體辦法由籌備辦提出方案，報理事會審定後執行；

四是同意成立籌備辦公室。籌備辦由北京大學牽頭，三方派人參加。六月上旬開始工作。籌備辦要在三方提出的建議方案和備忘錄基礎上，於八月底前提出具體的可操作方案。經理事會同意後，爭取在十月正式成立三方合作的深港產學研基地；

五是三方認真討論了近期可以運作的產學研合作項目，並初步達成一致。這些項目將由籌備組列入深港產學研基地發展計劃方案，交由第一次理事會審議；

六是為確保籌備工作的順利開展，深圳市政府同意先撥專款100 萬元。深圳市政府責成深圳高新區為產學研基地提供必要的辦公條件，使建設中的深港產學研基地能夠利用深圳高新區高科技企業、大學、研究院的教室、網絡、實驗室、圖書館等周邊資源，盡快開展包括教育培訓、科研成果轉化、產業化開發的創新活動，逐步建立起新型的運行模式。

協商中，吳家瑋校長特別提出兩所名校不要閉門造車，要有開放的合作平台，要建立「3＋X」模式。為此，在備忘錄中增加了一段：香港科技大學特別建議，要創造深港合作的新動力，依照國際慣例運作，採取開放式的模式，在不同的領域吸納國內外最優秀的教研機構和產業單位參與，實行「3＋X」的動態組合，為項目合作提供源源不斷的動力。深圳市政府也做出積極回應：將積極支持三方合作的產學研基地的建設，在政策、資金等方面給以扶助，並鼓勵開展多層次的雙邊、三邊、多邊合作。隨後，該觀點被正式寫入基地章程。

協商在討論合作機構名稱上卡了殼。當時，我們參考了深圳清華大學研究院的取名方式，提議命名「深圳北京大學香港科技大學研究院」。後據吳校長對「3＋X」的闡述，為了體現包容性和時代感，此名被否。工作小組建議名稱為「深圳香港灣區產學研合作中心」，北京大學提出異議，覺得看不出一點北大的影子。三方先後提及的名稱如深圳香港灣區研究院、深圳香港灣區創新研究發展有限公司、深圳（香港科大 × 北京大學）科技教育產業發展研究院等，雖然一一被否決，但大家逐步達成共識，要沿着開放、包容、發展、創新的思路去命名。地域簡練表示就是「深港」，北大提出「產學研」是高校改革的方向，可以保留，但港科大代表對內地的語境不熟悉，香港沒有「產學研」一詞，認為需要再推敲。此外，機構的定位不是「中心」，也不是「公司」，是否可用「基地」表述？隨後進行了中英文對比，「深港產學研基地」的名稱就這樣應運而生，不過還沒有達成完全的共識。已到中午時分，下午張高麗書記要在廣州會見三方代表團。李德成常務副市長決斷道：「先休會，吃飯。下午三點出發前再開會討論。」

我們幾個顧不上吃飯，繼續在會議室的電腦前忙碌，根據上午的討論意見修改合作備忘錄，以便送三方領導午餐後審定，在下午出發前簽署。修改稿完成後，只剩名稱一欄還空着。這時，吳校長從對面宴會廳出來，直奔會議室，高聲朝我喊道：「克科，今天我的收穫很大，一餐飯弄懂了一個詞。我知道『產學研』的意義了，可以，大家都同意了，讓我過來告訴你們，就用『深港產學研基地』了。」

下午兩點開會，對所提交的名稱和修改後的合作備忘錄進行討論。名稱的英文版由港科大的沈甯耀教授核對，即 PKU-HKUST ShenZhen-HongKong Institution，副標題為 INDUSTRY-EDUCATION-RESEARCH。港科大的教授們習慣簡稱，一直以 IER（產學研）來稱呼深圳的合作機構。之後，香港科技大學在深圳高新區建立了獨立的研發大樓，在香港科技大學體系內，也都以「IER-2」來稱呼。為了體現學校品牌和教育資源，大家協商同意，可以使用「北京大學香港科技大學深圳研修院」作為備選名稱，深圳市編辦之後在正式批準機構設立的文件中，也明確作為並列名稱登記，在不同場合根據需要使用。

在支持方式上，我們參考了之前深圳市與清華大學的合作方案，政府決定出資 6000 萬，港科大和北大各出 1000 萬。有了與香港工業中心合作因境外資金問題遇阻的前車之鑒，這次我們直接和吳家瑋校長攤牌，可能會遇到香港資金無法過境到深圳的問題，他得想好這個錢怎麼過來。他說：「好，我就做一個華南合作基金。」就使用外界捐款，即使香港政府的資金過不來（內地），他也能拿出錢來。

三人小組為落實三方合作備忘錄，當即在北大及北大在深企業和校友會、港科大畢業生中選調工作人員，正在籌備的虛擬大學園將清華、北大、港科大都作為第一批入園學校，統籌安排給深港產學研基地籌備小組留了辦公室，市政府的 100 萬資金也由高新辦墊支到位。落實申報市政府確認合作備忘錄、籌備第一屆理事會人選推薦及成立大會、組織參加第一屆高交會等都在按部就班落實。

1999 年 8 月 18 日，深港產學研基地第一屆理事會在深圳舉行（圖 2-2）。理事會通過的章程確認：深港產學研基地（北京大學香港科技大學深圳研修院）是由深圳市政府、北京大學、香港科技大學三方攜手於 1999 年 8 月在深圳市高新技術產業園共同創建的合作機構。深港產學研基地立足深港灣區，是一個高層次、綜合性、開放式的官、產、學、研、資相結合的實體，力爭在深港灣區成為具有競爭力的科技成果孵化與產業化基地、風險基金聚散基地、科技體制創新基地、高新技術人才培養引進基地，成為北京大學和香港科技大學除本校所在地以外最重要的合作基地。自此，深港產學研基地正式啟航。

1999 年 10 月，首屆中國國際高新技術成果交易會在深圳舉辦。深港產學研基地攜同北京大學香港科技大學兩個代表團一起參加，這是基地在高交會上第一次集體亮相。為此，我們爭取將兩校的展位安排在參觀展館的必經之路，一邊是國內大學的起點，一邊是香港及國際機構的起點，在交匯的地方以深港產學研基地展位元連接，非常醒目。

圖 2-2 深圳市政府和北京大學、香港科技大學在深圳簽署合作協議

我當時抽調到高交會總協調組，開幕式晚會的當天下午三點，朱鎔基總理出席並會見國際嘉賓，三點半會見國內企業家代表，四點巡展。主辦單位部委省市領導參加五點的新聞發佈會，晚上八點「世界之窗」開幕式開始。

下午的會見結束後，我和吳家瑋校長一起特別邀請了香港財政司司長曾蔭權先生來到香港科技大學的展位，準備等候總理的巡展。陳章良副校長也來到北京大學展位前恭候。按照領導的巡展路線，進門後先向左前方過來，第一站就是北京大學 - 深港產學研基地 - 香港科技大學的展位。

陳章良副校長非常有經驗，一見貴賓隊伍過來了，馬上準備去迎接總理到展台參觀。突然不知哪位代表在半道捷足先登，搶上前給總理報告，隊伍跟着停了一會兒，然後被這位「大神」引着大隊伍往另一邊去了。工作人員忙着做調整通知，領導從右邊沿原設計的反向行走。

本來大家都不着急，北大、香港科技大學展位是必經之路，沒想到因為時間關係，臨時決定後面的展台不再停留參觀了。這可怎麼辦？這時，深圳市科技局局長李連和正陪總理走過來，路過我們展位的時候我急中生智，朝着李連和局長大聲說：「李局長！吳家瑋校長在這裏！」我故意喊得很大聲，結果總理聽到了，轉過身，沒有停下來的意思，但向我們這邊拱手親切地和吳校長打招呼，說：「我們見過面了。」突然，總理發現吳家瑋校長身邊還有曾蔭權先生，遂馬上轉身走過港科大的展位來和曾蔭權先生握手。這時候，陳章良副校長也走過去匯報，並引導總理來到深港產學研基地的展牌前。朱總理聽取了有關北京大學、香港科技大學合作的介紹，並留下了這一張具有歷史意義的照片（圖 2-3）。

2000 年，借北京醫科大學與北京大學正式合併，並更名為北京大學醫學部的機會，深港產學研基地理事會同意在這個基礎上，港科大和北大在深圳合建「北大科大深圳醫學中心」，並合辦「MD-Ph.D」雙學位課程，通過跨學科、跨地域的合作，培養具有高臨床實踐和生物醫學科技研究水準的醫學—哲學雙博士，為深圳乃至整個粵港澳大灣區的醫療健康事業提供強大的智力支持。

圖 2-3 朱镕基總理在高交會展位前聽取匯報

2004 年，吳家瑋教授提出按照專家智庫的模式，在基地下設一個深港發展研究院，研究的範圍包括社會、文化、科技、教育、法律等六方面，每個領域成立一個專家組。專家組人不需要多，四至六人即可。如果內部專業力量不夠，還可以從外面找專家協助。研究院的運作方式是「大處着眼，小處着手」，即研究須站在深港合作與發展的高度上，但具體的題目不要過於宏觀。專家組每選一個課題，就成立一個專項小組，研究後寫一個簡明的報告，內容要深入紮實，但無須長篇大論。

這個建議得到了基地理事會的同意。吳家瑋教授擔任首任深港發展研究院院長，親力親為，我先是作為秘書長，後來擔任執行院長，一直為這個智庫服務到 2016 年退任之日，站好最後一班崗。

從全國各地請來不同領域的專家，提出的建立新型大學、提升文化交流活動、建立國際化三區融合示範區等建議，都一一送往深圳市委市政府，為日後政府決策提供了很多參考意見。其中為南科大籌建獻策，推動深圳高等教育發展是研究院最重要的一次諮詢活動。研究院在南科大籌建過程中提出多項建議，涉及組織智囊團隊、學術規劃、人才招聘、校園設計、財務預算等。後來，吳家瑋教授婉謝校長提名，但答應擔任南科大校長遴選委員會成員。

精誠合作 推進應用研發

吳家瑋校長 2006 年出版的自傳體作品《同創香港科技大學：初創時期的故事和人物誌》中，對這段歷史有過專門描述。為相互印證那段精誠合作的歲月，特摘錄如下：

人人喜歡說香港地方小，沒有發展工業的空間。我一直認為這是胡說，香港的經濟靠勞力密集起家，有空間搞勞力密集工業，會在它們北遷後沒有空間搞高科技工業？只要周圍去走一走，就會看到多多少少空置的工業大樓。整個九龍新界放在眼前，大片沒人耕種的「農地」、成串沒人的「離島」，就不能開發成科技工業區嗎？何況多種高科技工業對土地的要求不大。

問題分明不在土地的量，而在政府歷來的土地政策；或許應該講得更老實一些：關鍵在歷代政府的賣地政策。

要想在香港本土取得空間開動應用研發、發展科技工業，可能性極微。較現實的是與內地合作，當然首先放眼於珠江三角洲。

我個人的看法是讓香港聚焦珠江三角洲南部。圍繞珠江口，以南沙和虎門為界，與三角洲北部的大廣州呼應；兩大城市聯手為珠三角經濟區組成啞鈴式的核心軸。當年深圳尚未崛起，我主觀地把珠三角南部稱為「香港灣區」，寫了幾篇文章，把「香港灣區」與美國的「三藩市灣區」做了正面的比較。今天，深圳發展得有聲有色，前景非常樂觀，至少應該把珠三角南部稱為「深港灣區」了吧。

從「深港灣區」的地圖上看到，若以科大所在的清水灣為出發點，把深圳的南山、番禺的南沙半島和珠海市連接起來，可以勾畫一個圍繞珠江口的等邊三角形。這個圖形為我們明確指出科大應該在哪兒尋找戰略夥伴，建立與內地精誠合作的基地。

深圳與香港一溪所隔，遲早會變「雙子城」。雖然機遇讓我們先與南沙打上了交道，從實際出發不能不矚目深圳。

上面說過，孔憲鐸認得了在深圳為北大創辦生物科技公司的潘愛華。兩人同意：科大和北大加強協作，必有可為；播下了日後兩校攜手合作的種子。

潘愛華有兩位北大領導人物積極支持他的事業：一位是黨委書記任彥申，另一位是副校長陳章良（後來當了中國農業大學的校長）。三位教授的行動都既靈活又敏捷。陳章良80年代在美國聖路易市念博士學位，他那所華盛頓大學正是我的母校，因此我本來就認識他——至少彼此知曉。任彥申則經潘愛華介紹後才認得。

科大在內地應該有優越的全面夥伴。北大是一所綜合型大學，合作無須限於生物領域。其實，清華與科大比較像，是一個好選擇；但是與北大合作會產生互補作用，可能更好。

全國政協在北京開一年一度的大會，任彥申和我都是政協委員，於是預先約好，借此機會在北京詳細商談合作的可行性和多元性。政協一開十來天，時間比較多；兩人少了校務會議，少了終日不停的電話，少了每晚的應酬，能夠談得特別專心。任彥申老馬識途，指出開會期間往往有休息空隙，因此還可以借用會場（人民大會堂）周圍的休息廊，找一個比較安靜的角落坐下。

就這樣，我們兩人在十來天裏，非常認真地開了三次會，做了極為詳細的筆記，寫下了五個合作領域，定下進程表。政協會滿結束後，他回北大，我回科大，各自組織同事，緊鑼密鼓地建立了「北大科大學術聯盟」。

兩校之間很快就互聘兼職教授，與深圳市政府合建了「北大科大深港產學研基地」，後來又合建「北大科大深圳醫學中心」，並合辦「MD-Ph.D 雙學位課程」，不斷共同培養兼有豐富臨床知識和嚴格科研訓練的醫學—哲學雙博士。

深圳市的幾任書記和市長、北大校長陳佳洱和他的接班人許智宏、任彥申的接班人王德炳（北京醫科大學原校長）、他們的同事們和我的科大同事們（特別是張立綱、孔憲鐸、雷明德、鄭國漢、沈甯耀、沈翼謀等多位）都為這個珍貴的學術聯盟做了大量工作。

深圳市的書記和市長們是極有遠見的政府領導，認為北大與科大聯手進入深圳，會為這個發展奇速的新興城市帶來教研上的突破。從深港兩市合作的角度來看，也是一宗十分及時的創舉。作為深圳市政府的高級顧問，我有機會參加決策層官員的諮詢會議，對十多年來多屆市領導的魄力和幹勁佩服不已。

我認為深圳在發展上有一個缺陷，就是大學太少。真的說起來，只有一所深圳大學。其實深圳大學由清華大學啟動，辦學思維甚好，學校本身也辦得不錯，不過市領導們對它總不很滿意。公眾場合上說話，經常把重點放在從外地吸引來的人才。

深圳從外地吸引人才的本事的確很大，但是我總擔心：除非來者有強烈的意志作為後盾（例如科大教師的回國效勞意志），今天來的人明天可走，極端重要的是要靠自己培養人才。再說，總要給土生土長的當地青年有個「奔頭」。那麼，北大和科大聯手進入深圳，是否可以為本地的高等教育打氣？

特別要提當時的常務副市長李德成（後任市政協主席）、科技局副局長劉應力（後任副市長、常務副市長）、處長張克科（後來當了副局長），及兼北大科大深圳醫學中心主任的王德炳及負責北大事務的教授史守旭。這幾位能力特強的領導們在不同崗位、不同層次，為「北大科大深港產學研基地」和「北大科大深圳醫學中心」投下了好像是取之不盡的心血。我心目中的他們，永遠是科大最忠誠的朋友。

你看，世界上很多事物就是這麼產生的。志同道合的有心人走在一起就會擦出火花。而星星之火，真的可以燎原。

圖 2-4 2002 年 10 月，卸任科大校長不久的吳家瑋教授帶隊籌備北京大學香港科技大學醫學中心，期間他興致勃勃地帶我們去了他曾任校長的三藩市州立大學所在的舊金山灣區，留下了這張難忘的合影，左為作者

三

佈局集成電路新版圖

我在 2000 年後兼任深圳市科技局副局長，並受命出任國家集成電路設計深圳產業化基地領導小組辦公室常務副主任，並擔任基地管理中心首任主任，直到 2005 年重回高新辦。其間，見證和參與了國家集成電路設計產業化基地的創建，佈局和推進了深圳與香港集成電路產業合作，充分利用香港科技園的資源，促進深圳集成電路產業發展。之後，在「1 + 6」的協議平台上，推動深圳科技園與香港數碼港的合作，對接華為、中興通訊和深圳 ICC 服務企業與香港相關大學、公共資源的技術研發及人才培養的合作，見證了香港與深圳在民間層面科技產業合作上的蒸蒸日上。

借東風 國家集成電路設計產業化深圳基地應運而生

1999 年台灣發生 921 大地震，當地半導體產業和集成電路生產遇到了大問題，台灣方面希望有一個穩定的地方進行生產，但集成電路在大陸涉及禁運、技術保密以及台灣居民入境的問題。此時，毗鄰的香港也在佈局集成電路，其中也有內地機構在大埔工業區投資興建晶圓加工廠計劃。香港科技大學工學院院長高秉強特地向我詢問了深圳的發展機會。我介紹說，深圳市計劃局專門有一個超大型集成電路工作班子，也在爭取國家「九五」規劃期間的佈局，落地深圳半導體基地。後來才知道，此次交流的背後，是張忠謀的選擇與佈局。香港和深圳錯失了那一次機會，中芯國際落子到了上海。

根據田長霖領銜提交的香港創新科技發展策略報告，特別安排了 50 億創新科技專項資金；並建議將香港科學園、香港工業邨公司和香港工業科技中心公司合併。

香港政府非常重視集成電路產業，首期就安排了兩億資金在香港科學園建立了整體測試和時效分析平台。香港科技園總裁譚宗定在任時提出，要拓展香港科技園的國際化資源，滿足發展半導體產業的新生態，必須完善通達的交通，以及便利通關的遊艇、直升機場等，方便海外來往。香港科技園高層把河套、香港科技園和吐露港及東平洲大鵬灣旅遊基地三者統籌在一起，希望可以突破，做一個面向全球新興產業競爭的超前規劃。針對半導體產業的需求，譚總特意請技術總監張樹榮和 Peter 楊找到我，詳細了解兩個問題：一是河套地區是灘塗填起來的，土地是否抗震，能否承載集成電路工業廠房；二是河套地區是填海的地方，土地是否未處理乾淨有污染。有道聽途說深圳借修河道將工業垃圾土填埋。據我所知，在第一期深圳河治理清理土地的時候，河套地區土地表層淤泥全部運到珠江口以外的地方填埋了，剩下乾淨的新土才蓋在上面，是不存在污染的。後來因為河套歸屬懸而不決，加上人事變化，該方案也就擱置了起來。

實際上，國家層面也在構思如何更好地發揮香港回歸後繼續擴大國際化平台的作為，在涉及的重大領域佈局、破解高新技術卡脖子、引進國際頂尖團隊並在聯合創新上都有戰略思考。1998 年 10 月，我們在澳大利亞參加國際科技園協會年會期間，安排了在當地大學園區進行考察。行程剛過一半，突然接到劉應力副秘書長通知，讓我連夜中斷行程，第三天上午務必趕到北京。我們急忙改簽機票，請深業集團準備車輛，趕在晚上十點關閘前回到深圳。那天，海關邊檢人員專門在口岸等候了十分鐘，直到我們過境後才下班。後來才知道是國家計委主任曾培炎安排的一個座談會，點名要深圳派人出席，我和劉應力副秘書長日夜兼程抵達北京。

1998 年夏季遭遇特大洪災，中央領導在百忙中抽出時間在北戴河會見海外華人科學家代表團。曾培炎主任陪同總書記參加了接待活動，並受命對國際科技新動態和重大項目佈局做針對性深度調研。因為我們前期向國家科委高新司司長馬德秀做過幾次關於在河套發展跨境高新技術產業國際平台，爭取將該項目納入國家「十五」規劃的建議。馬司長提議邀請我們赴京參加這次匯報會。與會地方代表只有深圳一家，目標就是探討如何應對新的科技革命，在河套佈局與香港的國際科技合作和人才政策。

之後，國家開始全面佈局支持軟件和集成電路發展。2000年6月，國務院印發《鼓勵軟件產業和集成電路產業發展的若干政策》的18號文，佈局國產CPU等重大項目攻關，確定了35所軟件學院建設，後在此基礎上又選擇了18所學校的集成電路專業培訓工程碩士的重點佈局，國家863集成電路專家組批準在上海、杭州、無錫、北京、西安、成都等地建設國家集成電路設計產業化基地。這一系列大動作的風口吹到了深圳。深圳高新區內某企業參與了重大國防項目的晶片研發，總參領導過來指導並嘉獎的時候，我作為地方代表陪同，才見識到深圳高新區科技實力的廬山真面目。深圳國微電子董事長黃學良就是專家組成員，他多次在專家組工作會議上提出，深圳有條件建設集成電路設計產業化基地。回到深圳他極力主張深圳向國家申請，高新辦領導直接委託黃學良董事長協辦。黃安排時任國微電子總經理的周斌以及祝昌華等精兵強將出馬，很快起草了深圳成立IC基地的可行性報告。報告經市政府研究同意後，及時遞交給了國家科技部和863專家組。

集成電路設計是北京大學、香港科技大學的強項，市領導通過深港產學研基地理事會徵詢了兩校的意見。經協商，北京大學王陽元院士答應出任深圳集成電路設計基地的總顧問，楊芙清院士答應出任深圳軟件園建設總顧問，香港科技大學高秉強院長以及後來的陳正豪直接參與了深圳集成電路設計平台的技術框架指導。趁熱打鐵，市領導在高交會期間向科技部領導做了當面匯報。科技部領導看到深圳拿出去的報告專業性強，特色突出，政府有擔當，企業願擔責，還有專家的指導，希望深圳借力香港，在體制機制創新和國際合作上發揮優勢。

2001 年 12 月，科技部正式批準成立國家集成電路設計深圳產業化基地（簡稱「深圳 IC 基地」）。

2002 年 1 月深圳市兩會，市長於幼軍作政府工作報告。在提到深圳當年重大項目建設的時候，昂起頭大聲重複了一遍，建設好國家集成電路設計深圳產業化基地。這時，市長突然脫稿，開心道，這是國家科技部給深圳送上的大禮，我們馬上將這個項目列入了 2002 年的政府重大項目請代表審議。深圳市政府向國家申請這個項目時承諾將安排 1.5 億人民幣的專項資金建設好這個基地。這是國家佈局的全國七個集成電路設計基地之一，雖然深圳是最後批準的一個，但一定可以盡全力建設好，帶動深圳集成電路產業的整體提升和發展。

市政府向科技部申請時承諾深圳將安排建設國家集成電路設計產業化基地的專項資金 1.5 億元。基地建設順利「上車」，被政府工作報告列入當年重點項目，明確 1.5 億資金將分三年、每年 5000 萬由財政予以安排。我以為這錢就在科技局的科技三項經費中安排了，誰知科技局的年度計劃表中沒有這一筆。之後才協調好，這筆錢列入新成立的信息辦，在每年劃給他們的兩億軟件發展專項經費中分三年安排。財政下達計劃時，對我們這個每年的 5000 萬做了備註：科技三項經費 2000 萬、軟件專項 3000 萬。

既然錢的來源已經明晰，我們根據 IC 基地建設的當務之急，在前期調研的工作基礎上，通過專家諮詢，提出了第一年 5000 萬的具體安排，其中 2000 萬做軟件工具平台建設，1000 萬為支持企業項目提供服務，預留 2000 萬做硬件測試和服務鏈急需的安排，到中期再確定和調整。第二年的錢也做了預安排，想集中力量建設測試服務的公共平台。

資金到位差不多就到了 10 月，這前半年的籌備工作是白手起家。在沒有錢的情況下，深港產學研基地友情支持，墊資為我們裝修了近 4500 平方米的兩層平台和孵化器用房；北京大學做背書，通過招標為我們預定了四大 EDA 工具商的軟件和試用平台；科技局提供專家平台評估和入選了一批項目；香港科技大學、香港中文大學和華為、中興通訊、比亞迪、同州電子、TCL、康佳、創維，當然還有國微電子等向我們推薦了專業服務團隊，等等，深圳基地奠定了很好的啟航基礎。

真正核撥資金的時候，麻煩來了。財政局行財處和信息辦軟件處三人小組對進行中的項目一項一項地會審：有沒有必要、受益人是誰、合不合程序，甚至暗示要砍掉，理由是以往財政沒有這樣做過云云。我開誠佈公告訴他們，我也不懂專業，但我相信專家，而且專家來自不同領域，沒有小圈子利益，都希望深圳發展得好。有些國內不知道怎麼做，但國際上有行業規範，香港也有案例，深圳要做突破。我舉例說，「在國內，軟件是由政府花大價錢一次性購買，因為錢不花就沒有了。但在海外是根據需要租賃的，細水長流，隨時更新，可以用到最好最新的服務。這筆服務費財政怎麼出？所以，我們採取協同發展的方式，以適合產業行業特色的模式來安排平台建設 」。每次他們約了過來核查調研，我就要辦公室約請幾個專家過來，這也是大家互相學習的過程。一來二往達成了共識。在最後的協調會上，財政局局長及聚聲（任市政府副秘書長期間，我們一起籌備過第一屆高交會，因此比較熟悉）笑着對我說：「克科，你好大的膽子啊，一分錢都沒有到你就花了這麼多。」我也笑道：「反正你會認帳的，我這個活幹不出來，市長不好向人大會議交代啊！」信息辦提出的會審意見是下不為例，後續經費使用計劃要提前報信息辦核批。還是郭榮俊副市長高明，最後拍板：「這筆錢就是從軟件基金過一下，按額度預留，由科技局對項目計劃把關負責，直接匯總到財政。」少一個婆婆是好事，李連和局長也表態：「我們管好用好這筆錢，項目支持可以列入科技三項經費統籌安排，1.5 億專項經費一定用到刀刃上。」2004 年機構改革，信息辦劃入科技局，成立了科技信息局，這個問題就不成為問題了。

大部分新機構成立就是「要地蓋房設廟」。當時的深圳高新區連自己的樓都沒有。深港產學研基地是北京大學、香港科技大學和深圳市合作的新型研發機構，一棟 36000 平方米的新樓非常高效地在十個月之內就拔地而起，趕上北大深圳研究生院第一批學生開學的 2002 年 2 月交付。在劉應力副秘書長的支持下，協調出深港產學研基地西座的三四樓兩層，租金比照北大、香港科大入住的同等項目計列深圳市合作方，優惠簽約三年。集成電路設計基地將北京大學深圳 SOC 重點實驗室也納入統籌建設。三樓作為公共服務平台，四樓是創業孵化基地。毛坯房按集成電路產業的要求裝修，加上三年的租金，請深港產學研基地墊資先辦，預算和方案納入專項經費，由科技局按流程把關。

依託北大、香港科大加上深圳的企業家等組建集成電路設計基地專家組為後續資金的使用把關，好鋼用在刀刃上。基地聯合北大 SOC 實驗室列入科技局重大項目，按國家級實驗室標準給予 800 萬支持。原來市裏給過清華集成電路重點實驗室的標準是 500 萬，這次在此基礎上又新增 300 萬，希望能調動兩校的積極性。北京大學還專門為實驗室開通了中國教育專線網，深圳基地和北大校園的實驗室遠端同網共IP，實現了軟件工具和實驗室的協同共用。基地與香港科技大學在深圳招收微電子專業碩士簽訂合作計劃，給輸送學員的企業每人專項補貼兩萬，這些措施和佈局一下子使深圳IC基地在全國七個基地中脫穎而出，以最快的時效、最專業的設備和最完備的服務平台，奠定了可持續發展的策略，自此始終走在前列。

借力香港：國際化、市場化和精準的專業服務

集成電路設計產業化基地不同於其他孵化器，光有房子是不行的，軟件才是基礎。全國其他集成電路設計產業化基地也都遇到過同樣的問題。科技部專家組提出來通過科技部863項目集采的方式，為七個基地解決基礎軟件的問題。深圳基地是專家治理結構，他們非常懂行，全國七個基地統一配置的軟件不能解決深圳全流程和特色的需要。集成電路產業化基地公司總經理周斌牽頭，華為的李貞，中興通訊的李美雲老師，海外回來的石嶺、葉軍等，加上香港科技大學的陳正豪院長、北大的王新安、清華與香港中文大學合作的李輝、TCL的焦健、基地的趙秋奇、周生明等人，分別從不同的流程、環節、經驗和服務等方面給予了建議和需求清單。我們還走訪了香港科技大學，聯繫了香

港 Cadence 亞太區總部，見到了 Mentor 的居龍先生，聽他講解 EDA 工具各家的特色和 Mentor 的特點。在此基礎上，我們集思廣益，擬出了一個深圳 IC 基地 EDA 工具配置方案。

Cadence、Synopsys、Magma 以及最新崛起的 Mentor 等海外四大廠商和國內的華大電子都在盯着深圳。他們不清楚深圳的策略和佈局，打聽到科技部基本上確定了選用 Synopsys 的軟件，很擔心深圳排斥其他同行。我和他們輪番接觸，希望他們向總部匯報：**想進入中國市場對深圳就要更加開放，採取和國際市場一樣的模式，拿出更符合企業需求、促進產業發展的辦法**。換句話，北京怎麼做的你們清楚，香港怎麼做的我們也清楚，深圳怎麼做，大家應該都清楚。

我們先是約見了 Synopsys 負責人，希望了解科技部的集采配置方案。當時，北京對此事保密。我們說，深圳有經費，只要對方的方案符合我們的需求，不一定等北京統一採購。通過牽頭的專家諮詢，我們了解到這次集采軟件只可以在科技部認定的七個基地場所範圍內使用、支持的企業投資總額不得超過 2000 萬、軟件合同週期為三年等。我覺得這些對深圳非常不利。使用場地和 2000 萬企業投資總額的杠杠限制了對一些企業新項目開發的使用。同時合同期太短，三年後重簽代價太高。根據我們對深圳服務模式的分析和香港市場回饋的國際慣例，深圳基地提出了談判的基本條件：和深圳 IC 基地簽有服務協定的企業或研發新項目都是服務對象，且不受註冊位址和企業規模限制；合同是永久 Licence，確保軟件能即時升級，如有新軟件替代，我方可以按優惠方式續期購買更新；參照北京大學和香港科技大學的教學計劃提供服務，給予不少於一定數額的學習 Licence；我方支持供應商在基地平台和活動中定期開展新技術新工具的推廣，共同拓展專業客戶。

學習、借鑒香港經驗，借力、挖掘香港資源是我們的基本方向。香港的國際化環境和她所具有的技術、人才、金融、物流、知識產權保護、服務等優勢是深圳急需補強的。根據這些原則，我們加快了和其他幾家談判的進度。最終，和 Cadence 簽下了第一筆業務的合同。

在這個技術服務為先的模式影響下，其他幾家 EDA 工具廠商都調整了各自對深圳的服務策略。Cadence 提出，可以向我們開放他們在海外做技術服務且與晶圓廠協作的遠端軟件平台；Mentor 是新工具，直接配備了專門的技術助理提供服務；Synopsys 在科技部採集的平台上特別給深圳基地取消了若干限制，將三年 Licence 做了調整。為拓展新業務，Synopsys 特別向我們介紹了他們獨特的 IP 技術。我們加大了購買軟件和技術服務的關聯度，在談判的關鍵時刻，在這幾家工具廠商的支持下，面向全國18家軟件學院集成電路專業舉辦了夏令營，讓那些即將進入工作崗位的學生可以在職業生涯開始之前獲得更全面的技術背景支持。這一期學員同時體驗到全行業幾乎都可以用到的五大家軟件，包括國內的華大。這一模式也受到中興通訊的關注，他們以前新入職的員工是在自己的生產線上進行培訓，熟悉常用的一種工具。那一年他們將新員工交到我們基地，我們約請了三四家工具廠商幫助培訓，讓技術人員有了更多可以參照、選擇、創新的新思路，助力了企業創新價值的提升，訓練很受歡迎。

2022年，我在深圳鵬城實驗室參觀學習，一位資深工程師在給我們講解時，突然停下來問我是不是深圳基地的張老師。我說你是？他很興奮的說我就是那年參加深圳基地夏令營的學生。他告訴我那一次學習打開了思路，是他在這個領域堅守二十年的航標燈。更讓我驚奇的是，他在辦公室還拿出來那一期深圳基地頒發的結業證，和大工具廠商背書的培訓認證。

在集成電路領域，香港擁有眾多先進的高端IC測試、分析設備及設施，國際知名的院校和專業機構，經驗豐富的工程師以及國際最先進的測試技術和方法，若能與之合作，能夠為企業節省大量的人力和財力，縮短深圳企業新產品的上市時間，完善深港兩地集成電路產業鏈，提高區域性產品的競爭力。因此，我們在構想深港合作項目時充分考慮到兩地資源分享，將工作重點放在與香港科技園和周邊地區的協同服務及設施互補上。

當時，我們準備跟在新加坡的奕力公司合作在深圳做集成電路測試平台，預計投入 7000 萬。香港方面提供了他們 IC 測試開發中心的設備清單，包括多台高端自動測試設備（ATE），支持類比、混合信號、RF 和數位電路的測試與驗證，香港科技園還擁有完善的產品分析設備及設施，當時達到最高可支持 65 納米的 IC 產品技術。我們決定加強與香港在設備、技術、人才支持等方面的合作，根據香港的資源條件調整了深圳的投入計劃，盡量不重複購置香港已有的資源，原本計劃投資 7000 萬的測試不做了，改做服務，給企業發放過境服務費，鼓勵深圳的企業過境使用港方的設備和技術服務。

深港各自利用所長，開展分工合作，共同建立起集成電路的產業發展基礎。深圳 IC 基地與香港方面簽署的協議有：2003 年 9 月 15 日，與香港科技大學簽署《合作備忘錄》，建立「深港集成電路技術聯合實驗室」；2004 年 2 月 12 日，與香港科技園公司簽署《合作協定書》；2004 年 5 月 18 日，與香港職業訓練局科技培訓發展中心就合作在深圳開設「集成電路設計專業文憑」課程班簽署了協議書；2006 年 1 月，與香港科技園公司簽署《合作協定書補充協定》，旨在進一步加強雙方的合作。

深港雙方在集成電路領域有效借助香港的資源平台以及深圳

的產業和市場優勢，本着優勢互補、資源分享、互惠互利的原則，引進、利用國際資源，為構建區域支撐服務體系的建設，邁出了堅實的一步。

以深圳為樞紐、香港為平台，構築國際合作新通道

香港特區政府也一直希望香港科學園作為香港本機服務機構，可以吸引更多的外來機構。2004 年 2 月 12 日，深圳集成電路設計產業化基地與香港科技園簽署了第一個有關集成電路設計的合作協定書。在這個平台上，我們幫華為、中興通訊和香港的大學和科研平台建立了比較密切的合作關係。華為原本的測試合作商在新加坡，工程師過去不方便，測試設備也不齊全，而香港科技大學有一套完整的 4 英寸生產線，從分析到測試全流程設備一應俱全，因此華為希望能夠通過深圳市政府與香港方面進行技術對接。我們通過深港產學研基地和深圳高新區做了延伸技術服務。另一個是中興通訊和香港科技園的協議，香港科技園測試設備先進，技術人員經驗豐富，解決了深圳的 IC 設計公司本地測試難、SOC 晶片測試程式開發難兩大難題，縮短了企業新產品的上市時間，提升了技術水準。李鴻忠市長親自見證了這兩個協議的簽署，並考察了香港科技大學和華為合作的平台。我們通

過這些方法把他們兩家的集成電路所需要的支撐點，包括一些測試和中間服務集合起來，把原本需要從台灣、新加坡購買的服務轉移到了香港，加強了深港之間的合作。深港雙方在 IC 領域的合作取得了一系列的突破和進展。

我們向科技部匯報和介紹了深港雙方在集成電路領域的合作模式，以深圳的做法建議科技部加強內地與香港的科技合作，在「一國兩制」的原則下，引進、利用國際資源，構建區域支撐服務體系的建設。這一路徑得到了科技部 863 專家組的重視。2004 年 6 月，科技部副部長馬頌德帶着全國七個基地代表參觀深圳的集成電路產業化基地，覺得深圳做得不錯，要求把這個模式擴大，提供香港和內地的七個集成電路基地的對接。

2004年6月21日，由國家科技部全力主導的「7+1」合作協定在香港簽署，標誌着由科技部集合北京、上海、成都、無錫、深圳、西安、杭州七個國家級集成電路設計國家產業化基地，與香港科技園公司跨區域全面合作的開始。

香港科技園的職責包括提供基建及支持設施，以促進電子、生物科技、精密工程、資訊科技及電訊業的創新及科技發展，並且提升製造及服務業的技術水準。除了負責晶片早期設計外，香港科技園更會推行多項晶片的探測、測試以至產品分析實驗等，同時為七個基地的客戶提供各項共用的低成本電腦設施、電子設計自動化工具、知識產權服務、自動化測試設備及實驗室等；而七個基地則主要負責晶片的後期設計及生產工作。深圳IC基地和香港科技園在2004年2月12日簽訂的合作協定也納入了「7+1」的示範項目。

香港科技園至今還把「7+1」合作協定作為他們對外開放、與內地合作、提高內部資源效率的樣本進行宣傳。

隨着深港合作的日益緊密，為了便於雙方合作，及時準確地為兩地集成電路設計公司提供服務，深圳 IC 基地和香港科技園互相設立辦事機構，為對方提供了一個免費的獨立辦公室。雙方成立由專職人員負責的工作小組，不定期舉行會議，互派人員交流學習。科技部也通過深圳建立的管道，為其他區域的 IC 企業提供技術服務，支持資金通過深圳基地轉移支付。

在科技部 863 計劃的統一部署下，深圳 IC 基地還協助國內其他六家 IC 基地的多家公司在香港科技園完成多個測試項目，其中有北京中星微電子映射處理器的小批量測試及成測、成都南山之橋網路處理器的小批量測試及成測、北京思比的 CMOS 圖像感測器測試程式開發。另外，深圳 IC 基地內還組織了七家基地的數十家企業赴香港科技園進行技術考察和合作交流。

不難看出，在這個合作過程中，深圳當時的產業發展理念在全國確屬特例，無論是從產業界需求的調研，還是從提出單獨的個性化採購服務的魄力，以及在兩地集成電路創新合作領域率先突破要素流通障礙等，這種務實的理念與香港的做事風格較為契合。因此，兩地合作能夠順利、共贏地開展下去，並且為全國集成電路產業的發展做出了貢獻。

培育港深科技生態和技術精英

在人才培訓方面，深圳引進了香港科技大學集成電路設計理學碩士學位課程，從 2003 年起連續招生四期，共計培訓學員 101 人；香港職業訓練局集成電路工程專業文憑班二期，招收學員 43 人。以上兩個項目的學習和培訓，較內地具有明顯的實用性，且為英文授課，國際知名度高，總體反響和效果非常好，在企業和學習人員中獲得了越來越多的認可。截至目前，在前兩屆香港科技大學集成電路設計理學碩士學位課程的畢業生中，大部分學員已經是各企業的技術骨幹和技術管理精英，成為深圳市 IC 設計企業發展壯大的中堅力量。通過深圳 IC 基地與香港科技大學的共同努力，正有越來越多的技術人員將目光投向這些培訓項目。隨着時間的積累，深圳 IC 基地與香港科技大學謀劃共同為深圳培育出更多的高起點、高素質、具有先進技術水準和國際化視野的行業精英。這個合作項目還成就了今日的南方科技大學微電子學院，成為深圳集成電路設計生態圈高技術人才的「黃埔軍校」。

深圳 IC 基地和香港科技園加強了雙方的技術服務與交流。根據更多的企業需求，香港科技園集成電路設計服務平台還擬定了增添設備計劃，增強了科技園針對國內 IC 設計企業需求的針對性測試能力，提高了國內企業 IC 產品及測試的技術水準，也節省了企業後續測試成本。香港的 IC 設計公司通過深圳 IC 基地進行 MPW 流片，例如譜訊科技和景泰科技已成功流片。深港共同走訪深圳及周邊地區的封裝測試廠，並建立起廣泛的業務聯繫。深圳 IC 基地協助香港卓榮集成電路科技公司、香港 ENW 公司等香港科技園內的孵化企業在內地尋找具有競爭力的封測廠。深圳 IC 基地申請加入由香港科大和科技園主導的「大中華半導體知識產權交易中心（GCSIPTC）」服務聯盟，力求利用香港的 IP 保護信譽，促進深圳企業 SIP 的開發和複用。通過深圳集成電路設計產業化公司和北京大學深圳 SOC 重點實驗室，在深圳龍崗天安數碼城設立 IP 技術轉化服務站，積極開拓廣闊的應用和發展空間。深港雙方在多領域開展學術與技術交流活動，與香港科技大學技術轉移中心建立了科技成果轉移和產業化合作關係，有效引進香港科大的先進技術成果和資源，相互支持參加雙方主辦的大型展覽會及研討會等。

在集成電路領域和香港合作的基礎上，我們進一步擴大了在生物、無線通訊、新能源等多個領域的全面合作。深圳 IC 基地和香港科技園都為對方提供了一間專門的辦公室，這樣需要用到對方資源和服務的時候就可以去辦事處，兩地企業也可以流動工作。後來做軟件服務的時候，香港方面請香港科技大學工學院院長陳正豪教授（後任香港理工大學常務副校長、香港創新科技署集成電路首席顧問）領銜，做了一個「大中華半導體知識產權交易中心」，主要利用香港作為國際化城市的特殊地位和良好的知識產權保護環境，為亞太區域集成電路設計與製造企業的研發成果提供成果轉化及專利轉讓方面的服務。基於國內知識產權等法律環境的評估，並沒有邀請內地機構參與，但是非常需要深圳作為這項服務走入內地企業的窗口和橋樑。在陳正豪教授的指導下，我出面與時任香港科技園行政總裁楊德斌博士商議，請負責集成電路的楊天寵先生和北京大學深圳 SOC 重點實驗室主任何進教授一起，拿出了技術服務的合作計劃，打通了跨境開展專業服務的新通道。這個項目得到深圳市龍崗區政府的大力支持，在龍崗天安數碼城設立了服務中心。

這些基於兩地技術市場的合作，促使香港科技園以更優惠價格、更周到的服務為國內設計企業提供高品質的測試和產品分析服務，同時也為深圳 IC 設計公司培養了高端設計實用技能人才。

四

點線面 推動深港創科資源對接

深圳工業從「三來一補」起步，享有「世界工廠」美譽。加上寬鬆的創業環境和科技政策，成為20世紀80年代中後期內資、港資和外資的投資熱土。內地不少高等院校和科研機構陸續將一些成熟的技術轉移到深圳，利用深圳的高科技產品製造優勢和香港的資金優勢進行產業化嘗試，這些技術客觀上也成為促成深港科技產業合作的紐帶和橋樑。在這方面，「快譯通」是一個較有代表性的案例。

國內863計劃支持的重點攻關項目「智慧型英漢機器翻譯技術」具有翻譯速度快、擴充性能好、準確性高等特點，在當時被認為是國際同類系統水準最高之一。1992年，承擔這個項目的深圳桑夏電腦與人工智慧開發公司將該技術帶到香港參加國際軟件展覽，引起轟動。該技術被香港一家名為「權智」的公司看中，想運用這項技術革新他們的產品「快譯通」。最後，兩家公司分別以技術和現金入股合資成立了公司，深圳桑夏公司以技術作價370萬美元入股，香港權智公司以370萬美元現金入股。1992年，權智與桑夏合作開發中英全句翻譯技術，應用863計劃的成果，研製及推出全球首部全句翻譯電子字典，成功將全句翻譯功能應用於電子科技產品。通過合作開發「快譯通」，利用香港的資金、行銷管道，深圳良好的市場環境、產業環境成功地將內地科研成果產業化，也使桑夏公司成為深港高科技產業中的佼佼者。

該項目通過技術入股吸引外資合作屬全國首創，其成功模式具有一定的示範效應。此後，國內的眾多高校、科研機構開始通過各種形式到深圳落戶發展，尋找和香港合作的機緣。這個項目的港方代表譚偉豪先生，後也成為香港立法會資訊科技界的一員，現仍在香港產權合作促進會和天使投資領域不懈耕耘着。

盡管早期的深港科技產業合作有「快譯通」這樣較為成功的案例，但基本上都屬於技術應用層面的合作，缺少在創新鏈的前端——基礎研究和應用研究方面合作的平台和經驗，香港科技園的建立為持續發展高新技術奠定了新的基礎。

經過政府間非正式的交流和民間力量的推動，深港兩地資源逐步打通，科技合作越來越緊密，兩地政府開始謀求新突破，持續拓展深港合作的廣度和深度。

兩地政府打破藩籬

香港回歸初期，深港合作基本是深圳方面在積極推動，香港回應甚少，且是「只聽樓梯響，不見人下來」。就算特首希望與內地有更緊密的合作關係，仍有官員始終持有與內地保持距離和「大香港」的心態，不願意跨境融合，憂慮香港與內地關係過於密切，會令香港失去政治和社會的獨特性，成為中國一個普通的城市。因此，即使深圳不斷提出合作建議，香港政府甚少積極回應，深港合作變成深圳一廂情願的被動局面。

經歷了 1997 年的亞洲金融風暴，香港整體經濟出現低迷，製造業外遷、產業空心化，加劇了其經濟的脆弱性，亟須進行經濟轉型。反觀中國內地，即將加入世界貿易組織，北京又成功獲得 2008 年奧運會的主辦權，國際地位不斷提高，社會大局安定，經濟繁榮穩定。香港官員逐漸醒悟到必須搭上中國這艘「快艇」才能促進自身的經濟轉型發展。2001 年 10 月，特區政府行政長官在施政報告中提出：「香港的定位就是『背靠內地，面向全球』，需要積極發展與內地的關係。」特區政府官員希望借助國內巨大的經濟動力，發展成為外資進入內地的門戶、內地企業「走出去」的橋頭堡。

2001年12月11日，中國正式加入世界貿易組織。香港中華總商會向行政長官提出一份報告，希望在香港與內地之間建立自由貿易區，以便香港能夠充分利用中國「入世」後的過渡期，先行進入內地市場。2002年1月，外經貿部副部長安民與香港特區政府財政司司長梁錦松，就董建華先生正式向中央提出建立內地、香港自由貿易區的建議，在北京進行了第一次磋商，中央將內地與香港的未來合作模式定名為「更緊密經貿關係安排」。較之傳統自由貿易區的區域經貿合作形式，更緊密經貿關係安排所涵蓋的範圍更廣，更具靈活性。傳統自由貿易區主要涉及貨物貿易及相關事項，而更緊密經貿關係安排則充分考慮到香港以服務業為主的經濟結構特徵，涵蓋的合作內容包括貨物貿易、服務貿易、貿易投資等諸多方面。

經過為期一年半的四次高層磋商、15 輪高官磋商，《內地與香港關於建立更緊密經貿關係的安排》（CEPA）於 2003 年 6 月 29 日正式簽署。CEPA 的總體目標：逐步減少或取消雙方之間實質上所有貨物貿易的關稅和非關稅壁壘；逐步實現服務貿易的自由化，減少或取消雙方之間實質上所有歧視性措施；促進貿易投資便利化。CEPA 包括文本及六個附件的磋商紀要，主要內容有三大部分：貨物貿易自由化，內地自 2004 年 1 月 1 日起對 273 個稅目的香港產品實行零關稅，2006 年 1 月 1 日起對全部香港產品實行零關稅；擴大服務貿易市場準入，惠及香港 17 個服務行業；內地與香港貿易投資便利化。

CEPA 的最大價值，在於它是內地在 WTO 框架下，按照國際慣例實現香港與內地的更緊密經貿合作，既保證了中央繼續給予內地從事經貿活動的港企以特殊待遇，同時又沒有違反 WTO 規則，相對於過去由政府自行制訂和給予的特殊政策來說是一個實質性的制度提升，為香港經濟轉型提供了巨大動力。CEPA 的實施不但在合作範圍上極大地拓展了港深合作的範圍和領域，而且在合作深度上也取得了更具實質意義的進展。CEPA 的國際規則和國際慣例特質，從制度上確保了港深合作的順利開展。特別是在經歷十輪 CEPA 安排之後，於 2015 年在廣東省開展高端服務業全面開放的部署。隨着 CEPA 的實施，香港服務業向深圳的延伸進度加快，為港深合作提供了一個開放式的合作空間，極大地拓寬了港深合作範圍。直到 2021 年 9 月，在粵港澳大灣區重點片區開放政策連續出台，珠海、澳門橫琴合作、深圳前海深港合作、深圳河套規劃佈局，時任香港特區行政長官林鄭月娥特別提出要在 CEPA 的框架下，更進一步和中央政府及相關主管部門深化開放策略，突出香港作為「一國兩制」下不同關稅區的重要地位和不可替代的價值。2024 年 12 月，CEPA 增強版出台，商務部提出在港澳地區展開單一關稅區與內地合作在大灣區的示範，延展 CEPA 的國際化、法治化新模式，這方面應有更多突破。

惟河套不能再簡單的套用自貿區試驗區的方式，這樣體現不出來河套區域的獨特性。國家的自貿區試驗區已經有十幾個了，也正在推廣自貿區試驗區的成功經驗，河套可以拿來直接用，要想在更大範圍、更高水準上實現對外開放，河套完全可以設計獨特的落地方案，那就是體現「一國兩制」下香港獨特地位的「單一關稅區」試點。粵港澳大灣區國際創科中心定位是香港爭取來的，其中「國際」「創新」均代指香港；深圳肩負着協同香港、服務香港的責任，未來中國科技創新走出去的介面在香港，河套深港科技創新合作區成為「極點」。把握香港河套的單一關稅區屬性，最能體現香港「一國兩制」下的特殊地位。

「1＋8」協議與深港合作會議機制

香港想要進入內地市場，最好的平台是深圳。深港雙方認識到，充分發揮香港在大珠江三角洲乃至泛珠江三角洲的龍頭作用，發揮香港高水準服務業和優越營商環境的優勢，提升大珠三角作為全球重要製造業基地的地位，對於推動深港的長期共同繁榮，具有極為重要的意義。深圳在地緣、交通、經濟環境及文化背景等方面具有銜接香港與內地的便利條件，在香港拓展經濟腹地，擴大其作為國際貿易中心、金融中心和物流及航運中心的輻射範圍上能給予積極的支持和配合。基於上述共識，深港合作在這一時期得到了進一步深化。

雖然深港兩地民間、商界互動頻繁，但官方層面卻一直缺乏直接的對接、溝通管道。除延續以往的邊境聯絡官對話管道解決緊急事務外，當時深港兩地在政府層面的直接溝通管道，主要是由廣州、深圳兩地市長擔任雙副主席的粵港聯席會議。2004 年春節，深圳市政府主要領導想過河給相鄰城市的行政長官拜年，都未能成行。後經各方溝通並報經國務院港澳辦同意，時任深圳市長李鴻忠才得以在 2004 年 6 月 17 日首次率隊訪港，和香港特區政府政務司司長曾蔭權會面。這次訪問為後續的深港合作打開了新局面。這一天，雙方簽署了《加強深港合作的備忘錄》及其他八份合作協定（簡稱「1 + 8」協議），部署了包括法律服務、經貿合作、投資推廣、旅遊、科技、會展等全方位、多範疇的合作。更重要的是，雙方建立了深港合作會議機制，這是深港兩地政府第一次建立直接溝通管道。

自此之後，深港兩地政府藉此溝通交流機制，全方位整合資源，把來自各方面的動力形成合力，彼此亦加強了城市規劃、產業規劃等領域的溝通和討論，很多事關港深兩地的重大問題被提上政府議事日程。至今，已有十幾個專班日常工作小組，形成了互諒互商、共謀共建的新局面。

「1 + 8」協議明確提出港深合作的前提和基礎，就是要維護和發揮香港在大珠三角、泛珠三角地區的龍頭作用，實際上是希望把香港的穩定繁榮列為國家戰略的同時，也把港深合作提升到國家戰略高度，雖然這種希望還要經中央政府的首肯。李鴻忠市長曾表示，雙方簽署《關於加強深港合作的備忘錄》，確定了深港合作的大方向、大原則，是深港合作史上里程碑式的文件，為深港合作奠定了堅實的基礎。而「1＋8」協議的簽署也標誌着深港合作在泛珠三角區域合作和粵港合作的框架下邁出了一大步。「合作備忘錄」模式成為深港兩地政府間協同互讓的嶄新工作模式。

當時，高新辦的主要任務是對接香港科技園、香港數碼港及各大學資源，深港科技領域的合作已經跳出了單一的企業和單一的園區對接，開始全方位合作，包括共同研發、成果轉化、科技服務以及知識產權保護，形成點線面對接、多方資源聚集在高新區平台的新局面。

與數碼港結緣

香港數碼港項目是特區政府在 1998 年提出來的。當時，香港想發展創新科技，政府以劃撥方式將土地批給李澤楷的電訊盈科，由電訊盈科負責興建。數碼港在香港社會一直被非議，認為它是一個房地產項目。

由於我們一直從不同角度了解香港科技資源方面的工作，我個人認為香港數碼港有三個優勢：一是擁有超前的信息網絡基礎設施建設和環境配套。當時，內地的網絡還很卡頓，他們就已經擁有號稱最暢通的網絡——「千兆到桌面」。二是與時俱進，根據不同發展階段調整產業發展，根據產業發展基礎設施需求選擇合適的產業。數碼港第一輪主要是做文化創意產業的公共平台，設立了一個香港遊戲的知識產權登記中心；第二輪建立了香港全球無線電 3G 卡測試中心；第三輪是發展創新服務，文化創意產業後期的音訊製作。因為遊戲拍攝成動漫後，小企業就做不了了，那麼就要幫助這個行業提供一整套的製作課程和服務。後來就以軟件服務為主，發展一部分金融科技，逐步發展數位安全、數位金融科技，現在開始發展全港電競大賽平台。三是功能結構齊全，數碼港擁有四期寫字樓，其中第四期是專門給大學以及大學教授進行集訓活動的。

當時，中國電信正在深港推廣「全球通」視頻網絡項目，在 3G 的條件下，高新區通過區內跟中國電信合作的網絡服務公司——惠特普信息網有限公司（現稱「深圳高新區信息網有限公司」），與香港數碼港通過視頻做現場對接，開始發展全球通網絡。有了這個條件，在香港數碼港可以直接看到深圳高新區的所有視頻，深圳高新區也可以看到香港數碼港的視訊會議，各種交流活動通過視頻都可以實現。電訊盈科早期就設在香港數碼港，那裏的信息網絡硬體設施過硬，所以「全球通」使用起來非常順暢。因為有強大的網絡和全球通平台，香港的無線電協會在數碼港佈置了一個全球 3G 通訊 SIM 卡測試平台，為從全球各地搜集到的各種規格的3G卡做測試，手機出廠前也在這裏做測試。之後，香港數碼港開始做金融服務和科技創業，與深圳的合作愈加密切。整個合作得到了時任香港數碼港行政總裁楊偉雄先生的支持。在此基礎上，2010 年我和香港中文大學的黃錦輝教授、數碼港的鍾偉強博士在深港科技社團聯盟的平台上協商，大家一致同意通過香港數碼港微型基金啟動深港青年創業計劃。香港數碼港每年拿出 100 萬，支持深港青年創新創業計劃，在眾多的創新計劃中，每年給予 10 個項目各 10 萬元港幣的資助。這應該是最早的跨地區青年創業計劃，並一直堅持到現在。

2024 年 10 月 9 日，深圳市深港科技合作促進會與香港數碼港簽署「港深協同創新平台」合作備忘錄，見證粵港澳青年創新創業工廠（香港）的揭牌，並迎來第一批入駐的企業。那一天香港創新科技及工業局局長孫東、工業專員（創新及科技）葛明親臨現場見證，香港數碼港主席陳細明、總裁鄭岩松給予了全程的指導和支持。我以深港科技合作促進會創會會長的身份簡述了深港合作的故事。

如前面寫到的，我們和數碼港的合作可以追溯到 20 多年前。1999 年在香港科技大學與北京大學合作建立深港產學研基地初期，我們就到訪香港數碼港，學習借鑒大樓千兆到桌面的電訊先進基建；在推進深港創新圈的過程中，香港數碼港在數位創意文化、無線電通訊服務、金融科技突破上都有獨到之處，為深圳高新區的建設提供了全新的理念。2006 年深港簽署「1+6」合作計劃，深圳高新區和香港數碼港開展了全球通合作，由我和楊偉雄總裁分別代表雙方對接落實。自 2007 年開始，在深圳市科協的平台上，深港兩地通過科技社團的緊密合作，在香港資訊科技聯會、香港互聯網專業協會、香港軟件行業協會等骨幹社團的推動下，兩邊的科技交流如火如荼，幾乎每年都在數碼港舉辦多項活動。當了解到數碼港每年有 200 萬港幣投入微型基金青年創業計劃時，我和邱達根、黃錦輝等聯名向數碼港高層提出，啟動了始於 2011 年、延續至今的數碼港大灣區青年創業計劃。連續承辦了八屆深港澳臺青年創新創業大賽（前海）、十屆高校校友大賽（福田），推薦項目參加深圳市、廣東省及國家級大賽，促進會在前海、南山高新區、光明區和福田河套都有孵化器、加速器和創新創業服務平台，為好項目鋪就一條成長的小路。港深兩地科技社團還共同努力，將「加強港深科技社團交流」、「加強港深學生科學交流與合作計劃」列入了「深港創新圈」行動計劃。我們學習香港資訊科技聯會的模式，組建了深圳市深港科技合作促進會，由我擔任首任會長。在深圳市科協的宣導下，2010 年發起成立了深港科技社團聯盟，並在 2019 年擴展為深港澳科技聯盟，至今仍活躍在大灣區創新與科技的舞台上，成為區域協同創新的一張名片。

2018 年由促進會提出並成為首個立足河套運營的「粵港澳青年創新創業工廠（福田）」，得到了社會各界的關注和支持，獲得了國家、省、市三級專業認證。國家科技部、人力資源部、團中央和廣東省主要領導以及全國政協副主席梁振英、前特首林鄭月娥都先後親臨指導，林鄭說這是她見過的最好的青年創業平台，並希望在香港推廣。2023 年深圳市人力資源局支持深港科技合作促進會在香港掛牌籌建「粵港澳青年創新創業工廠（香港）」。該平台是深圳市支持兩地青年協同創新在港澳設立的五個市級孵化載體之一。

面對科技創新+新質生產力的新機遇，實施香港創新科技發展藍圖，佈局產業、人才、創新新路徑，特別是安排新型工業專項計劃，支持河套極點發展和實施高才計劃，啟動了深圳乃至內地的創新動能，打開了全球迎客的大門。

發揮港深創新極點優勢，搭建更緊密型的港深協同創新平台，成為最近一兩年大灣區的熱點焦點。我們牽線搭橋為意向團隊、項目、高才介紹香港發展創科的藍圖和河套獨特優勢，得到了香港創新科技及工業局的指導和支持，並推薦考察科技園、數碼港、生產力促進局和大學研究基地等，主動介紹香港創科發展政策、前景，鼓勵內地企業善用香港資源，借力香港國際化和高度市場化的優勢，拓展全球佈局，為有意落戶香港、從大學衍生出來的初創企業提供適切的配套和服務。

基於促進會與數碼港的持續夥伴關係，在香港創新科技及工業局指導下，雙方同意深化合作模式，從項目推進升級到平台建設、從活動推廣聚焦到載體運營，搭建港深協同創新特別通道，孵化新企業、加速產業化、融入灣區大市場。促進會與數碼港合作共建的孵化器首期選址為數碼港位於粉嶺的孵化基地 Smart Space。入孵企業和項目將享受數碼港提供的全方位生態服務，促進會安排專業團隊駐地運營服務。首批確定簽約入駐的企業涉及數位化建築、人工智慧、金融科技、半導體、健康生活、電競遊戲、區塊鏈以及人力資源和技術培訓等科技服務領域，創始人分別來自西班牙、深圳、武漢、浙江、南京、北京等地，以及新獲香港高才計劃的大學創業企業和內地在港就讀畢業的學生團隊等。我們將探索有利於人才、資本、信息、技術等創新要素跨境流動和區域融通的制度創新，為香港與深圳共建協同創新共同體不懈努力。

結伴香港科技園

時任香港科技園董事會主席的羅仲榮太平紳士在惠州有投

資，和李鴻忠市長是老朋友。我們邀請羅仲榮主席訪問深圳時，李鴻忠市長親自作陪。席間，香港科技園 CTO 張樹榮和我商議，提出開通兩地工作對接的交通服務。李鴻忠市長對此非常支持，要在場的劉應力副市長牽頭落實。大家根據實際情況，在餐桌上就提出開通深圳高新區和香港科技園每天早中晚三趟專家工作專線的計劃。市長說，掛上深港創新圈科技園專線，在兩地道路上運行起來，這就向大眾傳遞了一個非常積極的信號。2006 年 4 月，專線正式開通，之後深圳方面把路線進一步延伸到大學城，兩地科研工作者交流、學習、工作也因此更為便利。

根據深港兩地簽署的合作協定，我們共同參與對方的聯合招商和宣傳推廣，一起向全球介紹深港跨境科技資源和兩地科技園的姊妹關係。深港兩地科技園簽訂協定的前一天，我們正好接待西安高新區主任景俊海。劉應力副市長在介紹情況的時候提到深圳與香港科技園的一攬子合作計劃。景主任敏鋭地提出西安高新區也是國際科技園協會的成員之一，是不是可以借深圳搭的台，第二天和香港科技園簽一個協議。不料，香港方面提出單獨和西安簽約條件不成熟，因之前沒有互訪和前期交流，且需報董事會備案。我說，深圳和西安之間已有聯合推進與香港合作的計劃，如果將之作為深圳方的夥伴關係，是否可行？第二天，在香港代表團訪問深圳的活動上，劉應力副市長向羅仲榮主席介紹了景俊海主任。辦法總比困難多，三方共同協定模式達成共識，香港科技園、深圳高新區及西安高新區三方在深圳簽署了跨區域創新科技合作備忘錄，決定推動三地在科技、人才與產業化方面的合作。

三方合作備忘錄主要內容包括：建立香港科技園、深圳高新區、西安高新區的「緊密合作關係」，成立聯合服務平台，以支持「深港創新圈」概念和跨區域的創新合作；建立互動的信息平台，通過信息技術及互聯網的設立，加強三方在信息上的交流，擴展三方的技術資源與服務的輻射；充分利用香港科技園在集成電路設計、材料測試、光電子、無線通訊和生物醫藥等五個方面設備資源的優勢和雙方產業領域的互補，推動深圳高新區、西安高新區及周邊企業的項目共用資源，爭取列入國家 863 計劃、粵港合作和深圳、西安的地方資助項目；商請深圳市有關部門在深圳高新區設立「綠色通道」，以方便三地園區交流中所需要協調處理的人員交流、工程樣品出入境等相關事宜；三方各自提供平台促進三地的企業有選擇地在異地落戶，並給予優惠的條件等。

深圳市常務副市長劉應力見證了三方合作備忘錄的簽署。他介紹，此次合作的目的是提升跨區域合作的創新服務能力，加強「深港創新圈」和西部大開發的互動，通過聯合的服務平台來加強三地間的科技交流與資源分享。

第二天，各媒體報道了這個新的合作平台。中國高新技術產業導報報道指出，三方合作備忘錄的簽署，旨在探索「一國兩制」架構下香港與深圳、西安三地跨區域創新科技合作新模式，促進科技、人才與產業化方面的技術支持、資源分享和市場開拓，也意味着「深港創新圈」進入實質性運轉階段。

這次活動的意義不僅僅在落實深港合作項目對接，也不僅僅是創造了新的區域合作模式，更重要的是借題發揮，將深港創新圈這個話題在更廣泛的平台上推廣。《中國高新技術產業導報》經過前期的調研，對「深港創新圈」做了深度解析，即「深港創新圈」主要是深港兩地的科技合作，以達到「深港一體化」「同城化」「科技領先」，逐步實現深港兩地的「三通」——信息通、人流通、業務通。「深港創新圈」構想的提出主要基於以下考慮：香港的科技園區、高校以及科研機構、公共技術平台大多集中在北部地方，而深圳的高新技術產業和教育科研機構主要集中在南部地區。深港西部通道建成通車以後，兩地間的最短距離縮短為半小時車程，科技合作將更緊密，因此，「深港創新圈」又稱「深港半小時創新圈」。

此前，深圳高新區與香港數碼港已經有了較為具體的合作，但深港的科技合作還存在一些障礙，如人員交往、資金出入、科研設備進出和研發元器件保稅出入境等問題未能解決，這些也正是「深港創新圈」所面臨的障礙。此次合作備忘錄中提出在深圳高新區設立「綠色通道」，有望使這些問題逐一得到解決。我提出應盡快啟動「深港創新圈」實際運作，雙方可以首先確認「深港創新圈」中的一批骨幹機構，並對這些機構的創新活動給予特殊政策支持。

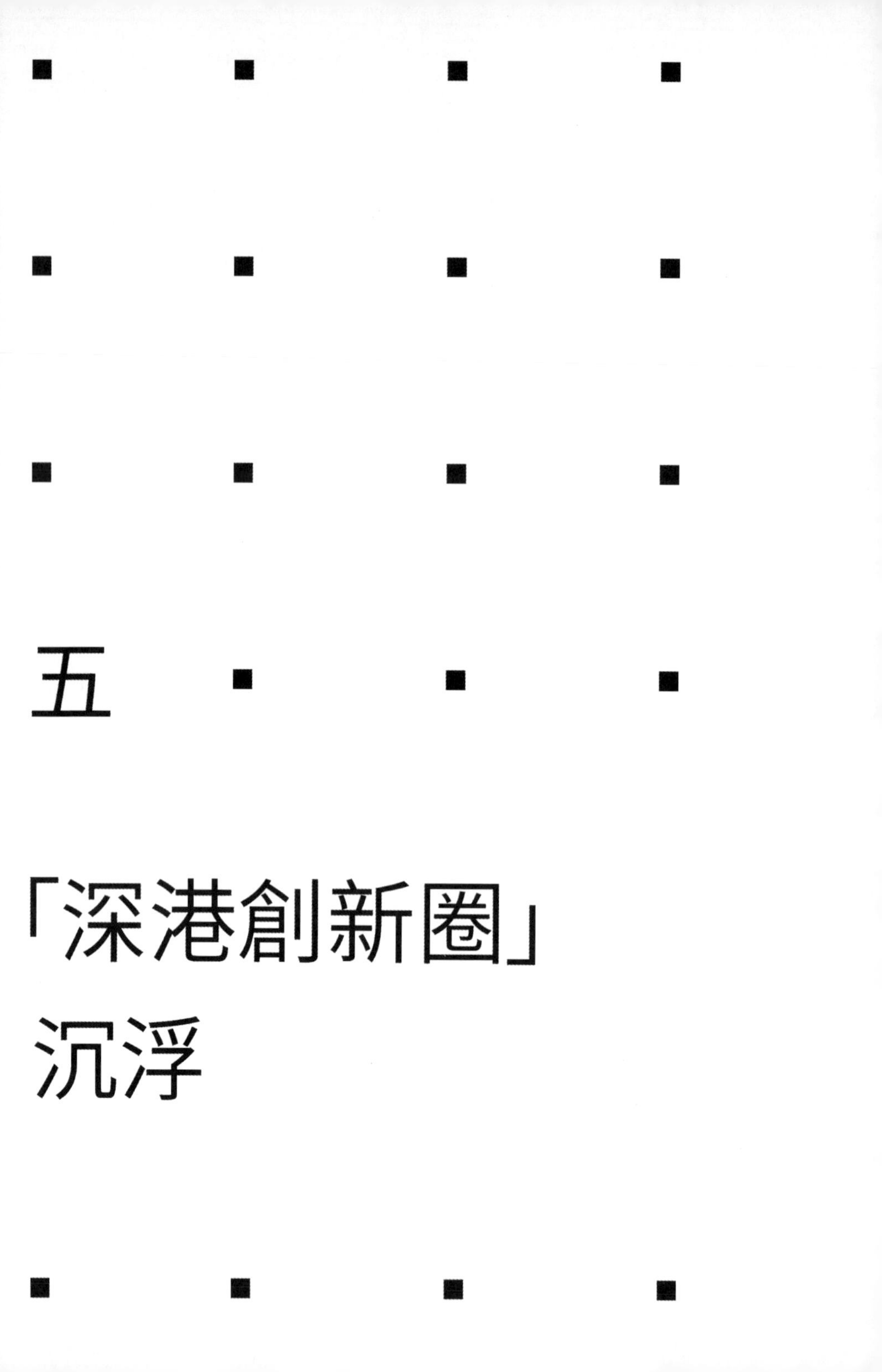

五

「深港創新圈」沉浮

從 2004 年開始，國務院召集 2000 多位專家研究起草 2016—2020 年國家中長期科學技術發展規劃綱要。2005 年 9 月，溫家寶總理在深圳召開的經濟特區工作座談會上提到，國家實施自主創新戰略，要將深圳特區建設成國家創新型城市，要求深圳特區積極發展與香港在基礎設施、口岸管理、高新技術產業、服務貿易、科技教育文化等領域的全面合作。當時，深圳特區經過 20 多年快速發展開始進入瓶頸期。深圳市政府認為，深圳要繼續保持「特」，關鍵是跟香港全面合作，從制度差異中挖掘「特」的潛能。這時，深圳市領導提出「學習香港、服務香港」的概念，謀求深港更全面的合作。

創新型國家建設的區域案例

隨着國家提出自主創新戰略，深圳承擔起了經濟特區科技創新專題研究。2005年7—8月，國務委員陳至立率隊親臨深圳調研。考察深港產學研基地時，我參與接待，並介紹了深圳市和香港科技大學的合作成果：從2001年起，深圳已採用新型的考核辦法推薦優秀應屆畢業生入讀香港科技大學，比國家統一安排早了四年。同時，香港科技大學還在深圳集成電路產業化基地為深圳提供技術服務、IP共用和高層次碩士人才的培養服務（圖5-1）。在參觀該校李澤湘教授創立的固高自動化項目公司時，調研組一行饒有興趣地觀看了李澤湘教授研製的全套工科自動化專業教學實驗教具。李澤湘介紹，創業六年，從這套教具開始盈利起，收穫到了產學研合作帶來的市場成果。聽到這裏，陳至立國務委員將教育部和科技部兩位部領導叫到展位前，請李澤湘教授再講一遍這個故事。科技創新、人才培育、香港模式、開放實驗等話題，在兩位部領導和教授之間成了熱點探討的內容。

圖 5-1 深圳市長李鴻忠、香港科技大學校長朱經武與在讀的深圳選招學生代表合影。這幾批學生中出現了以大疆為代表的港科大學生創業群體，是深港創新創業生力軍

2005 年 10 月，時任深圳市常務副市長劉應力在高交會期間，首次提出建設「深港創新圈」，惟此概念並沒有被廣泛重視。當時，深圳還處於對「1 ＋ 8」的熱議中，對什麼是「深港創新圈」沒有一個統一且清晰的認識。這一概念被淹沒在「深港旅遊圈」

「深港商務圈」「深港金融圈」「深港生活圈」等此起彼伏的口號以及高交會等熱點之中。那時，我已經回到高新辦擔任副主任一職，劉應力專門交待我：「你關注一下深港創新圈，我們要在科技合作上面做一點實事，看看怎麼去推動深港科技合作。」

2005 年 12 月，根據市領導的意見，深圳市科技局和高新辦策劃，請深圳市科技交流中心出面組織了一個民間的「建立深港創新圈專題研討會」。研討會特別邀請國務院發展研究中心隆國強部長做主旨報告，同時邀請了國家有關部委、廣東省科技廳、香港特別行政區及深圳市科技教育界的代表合計約 50 人參加。會議對建立「深港創新圈」的必要性、可行性、可操作性，以及「深港創新圈」的定位、目標、主體、模式做了開放性討論。這個會實際上是「吹風會」，投石問路，看看這個概念在北京和社會各界的接受度、支持度，也聽聽香港方面的意見，為新的目標明確方向和定位。

劉應力副市長與會全程聽取了專家意見，並提出了未來深港合作要實現的五個轉變：一是由民間為主轉變到以民間為基礎、以政府為主導的模式；二是由以產業化為基礎向應用基礎研究甚至基礎研究上游轉變；三是從邏輯合作向物理的、有載體的合作轉變；四是從科技的合作向圍繞科技創新所有要素的合作轉變；五是從單邊對外合作向雙邊對外合作轉變。建立深港創新圈就是實現這五個轉變的重要載體與途徑。現在看來，這個研討會更大的意義在於，聚焦「深港創新圈」的新概念，動員和鼓勵參與合作的支持機構主動推動，同時也為深圳市委市政府 2006 年一號文件《關於實施自主創新戰略建設國家創新型城市的決定》的出台奠定思想理論基礎、建立社會共識。

會後，我們整理了「建立深港創新圈專題研討會」參會嘉賓的重要觀點。

深港創新圈的定位符合全國產業結構升級的要求。深港創新圈將成為世界級的研發地帶，讓全球的研發資源在此匯聚；也是國家戰略，真正引領香港和內地實現整體產業結構升級。建設深港創新圈將成為中央政府、廣東省政府、深圳市政府、香港特區政府共同努力的重要目標。20 年後，中國可能變成全球第二大甚至第一大經濟體。其中，勢必有一個或者幾個以創新為特色、引領這個龐大經濟體的核心地域，這中間應有深港創新圈的一席之地。

比較其他的世界級創新圈。矽谷以 IT 技術為核心，是引領美國在全球信息技術革命中保持領先的重要基地，肩負推動美國經濟結構升級的重任。台灣新竹模式是由政府建立工研院，通過工業技術的研發建立衍生公司，在一系列高科技政策推動下成長為本土大企業，從 20 世紀 80 年代起引領了整個台灣產業結構的升級。波士頓是全球一流大學密度最高的地區之一，依託大學基礎研究和應用基礎研究成果，發展出了一系列知識密集型產業，成為全球生物技術最發達的區域之一。印度班加羅爾享受到了全球化的紅利，通過承接產業轉移的方式大力發展軟件服務、電子研發服務等。而我們提出的深港創新圈模式，應該是以「研發＋產業化」為基本特點，既不像波士頓地區大量做基礎研究，又高於班加羅爾對服務轉移的承接，它將結合整個珠三角的產業基礎探索獨特路徑。

兩地資源的優勢互補及無縫對接。基於深港合作的實踐和經驗，專家建議深港創新圈一定要融入官、產、學、研、資各要素主體，發揮其不同作用，並將之相互結合、良性互動。首先需要的是做一個跨區域規劃，確定創新圈的定位、目標、模式，在此基礎上營造一個集法制、政策、融資於一體的環境和平台，共用資源以滿足創新企業、科研機構、大學的特定需求。深港創新圈真正的主體是國際級企業，不僅包括香港或深圳的企業、資金、產業，更應該涵蓋全球的企業、資金、產業。其中，研發機構和大學將起到非常重要的作用，但關鍵還在於我們營造的環境能否讓他們和各大企業真正把創新研發等相關活動有序地組織起來，最終形成一塊創新的沃土。

深港創新圈規劃納入 CEPA。如何落實深港創新圈建設，在國家層面，比較便捷的路徑是把建立深港創新圈規劃與國家對外開放大局結合，納入 CEPA，這樣馬上就能得到特區政府的認同，予以實施。在操作層面，可以項目合作為切入點，取得共識後再逐步推進。為此冀望香港有影響的團體、人物、機構向特區政府提出經充分醞釀，可操作，能實現兩地共贏的相關建議。在起步階段，深港兩地可以民間機構的名義向各級政府提出議案。

研討會主辦方通過不同管道邀請香港有關部門出席。時任香港特區政府工業貿易署署長楊立門先生那天也來到了現場。他在擔任教育統籌局副局長時，我們在工作上有過交集；後來他擔任工商局副局長，大家對河套發展也有過深度交流。但一到研討會發言環節他就離席了，我原以為他的中途離席是因行程安排衝突。後來在香港的春茗活動上相遇，他主動詢問有沒有那次研討會的紀要或者決議之類的文件，想了解大家都有什麼看法，並表示那天他原本可以全程參加會議，但因特區政府尚未就「深港創新圈」這個概念定調，他擔心不好做針對性表態故只參加了活動的開場。

深港創新圈開始由以民間推動為主，嘗試逐步轉向民間與政府共同推動。記得深圳市科技局分管領導和工作小組邀請我一起去香港上門做工作。在拜訪香港創新科技署時對方客客氣氣，但就是不談這個話題。為免白跑一趟，我聯繫上一國兩制研究中心和中央政策組，登門拜訪時通報來年四月召開專題研討會的籌備情況之餘，也邀請他們出席。中央政策組全職顧問曾德成很坦誠地告訴我，特區政府之前對「深港創新圈」沒有研究。按照政府議事規則，各方面都很難在這個議題上與深圳互動對接，要我們諒解。作為研究的需要，他答應如果時間不衝突，他自己可以出席。我和他商議是否可以通過兩地首長間的私人聯繫進行前期溝通，爭取達成共識。因深港創新圈一定要借助香港共同推進，若沒有香港參與，是很難成事的。

2006 年 1 月，深圳市委市政府出台了一號文件《關於實施自主創新戰略建設國家創新型城市的決定》，明確指出要加快建設「深港創新圈」，並專門設置了一個章節講述如何建設「深港創新圈」，這是政府層面首次正式提出「深港創新圈」的概念。「深港創新圈」的提出與深港合作的實踐一脈相承。這次的背景是深圳市市長帶着這份文件上北京參加全國科技大會發言，希望「深港創新圈」的定位能上升到國家層面，「深港創新圈」比早期提的河套地區有更大的擴展性：一是把平台建設和機構合作作為重點項目，如高新區虛擬大學園、集成電路設計基地等，同時加強與高校以外的公共平台合作，如香港創新署、生產力促進局等。二是把河套地區的重大項目、創新人才和各項資源都投入進去。因此，「深港創新圈」既加強了現有的深港合作，又為未來的深港合作描繪了藍圖。

這樣一個涉及深港兩地的合作藍圖，只有深圳單方面的熱情顯然是不夠的，需要得到香港方面的積極回應和有效參與。

2006 年 2 月，深港產學研基地決定在香港科技大學召開理事會工作會議。劉應力副市長作為理事長出席會議，我作為基地理事會秘書長協同安排會議議程。我建議他在此次訪港期間安排一次公開演講，專門講一下深港創新圈。在征得本人同意後，我開始聯絡各方安排日程。香港科技大學校長朱經武支持這個安排，但當時學校已經開學，符合演講活動要求的階梯大教室都排滿課沒有空餘。朱經武校長和我商議，可不可以把這個演講作為 5 月 15 日進行的建校十五周年紀念活動首講。我說，從重要性考慮，這樣安排更為理想；但從時間點考慮，恐怕有點晚。我向朱校長解釋，劉應力副市長以出席深港產學研基地理事會名義赴港並作相關主題演講，已經報批且同意了。如果調整到五月再赴港進行演講，擔心會有更多的不確定性。況且深圳市在全國科技大會發言後，「深港創新圈」概念引發了熱烈的反響，不如趁熱打鐵，對基地下一步的發展也是好事。所以，我堅持將演講安排在這次理事會召開期間。香港科技大學經過幾番調整，最後決定下午四點半舉行這次演講。

無巧不成書，深港產學研基地理事會與科技部在人民大會堂召開傳達全國科技大會精神的重要會議撞期啦。而且會議還特別邀請了深圳市到會發言。劉應力副市長很抱歉的和北京大學、香港科技大學兩位校長及理事們說明情況。理事會決定如期開會，劉應力副市長在北京發言後的第二天上午飛回深圳，爭取下午三點前趕到香港科技大學出席理事會決議環節。公開演講的時間不變。那天午夜我在香港接到電話，詢問我口岸通關時間和交通情況，是不是可以趕上第二天一早的理事會。最後他星夜破例改乘紅眼航班從北京回到深圳。一大早從深圳赴港，並主持了上午的理事會。

有驚無險。下午的演講四點半準時開始，因為六點後教室另有安排。那邊基地理事會在進行最後的議程，這邊我趕到會場看看各方面的安排與銜接。四點剛過，教室一開放近 200 個座位的梯形大教室一下子就座無虛席。

朱經武校長告訴我，他認為這個報告是展現香港科技大學與深圳合作淵源的難得機會，所以邀請了香港各大學的校長、副校長和一些科技團體機構的知名人士共襄盛舉。

劉應力副市長的演講——《深港創新圈的構思與展望》一開始就開門見山拋出了深港創新圈的定位——「應將深港創新圈建設成為國際領域有影響、國家戰略有地位、區域建設有貢獻的創新圈，即深港創新圈在經濟、科技、教育發展等領域要達到國際先進水準，要納入實施自主創新戰略、建設創新型國家的國家政策層面，要對區域未來產業提升、生產過程轉移、經濟協同發展做出重要貢獻。」這次演講反響不錯。後來，好多香港朋友都說是聽了那次演講後才對深港創新圈有了認識。

劉應力副市長從2005年下半年首次提出建設「深港創新圈」的概念，到2006年2月在香港科大發表公開演講解釋這個概念的目標、定位，直到這時並沒有得到內地較好的迴響。

深港創新圈破局之作

2006年3月，原香港科技大學校長吳家瑋作為全國政協委員赴京參加全國兩會，他問我：「我想在全國政協提個提案，有什麼提案可以幫到深圳？」我建議可以提一下「深港創新圈」。他說：「好，你幫我準備點資料，草擬一下提案，再幫我找幾個有影響力的人一起聯合提名。」吳校長當即和我商量好提案稿大綱，我覺得還需要到深圳市科技信息局找最新的資料。當天下午四點，我找到分管深港科技合作的副局長陸健，跟他說明了情況，他非常支持：「合作處的林肇武你也熟悉，我已經和他說好，他會全力配合你。」我找林肇武當面商量需要查閱的一些資料文檔，他將我們需要的所有資料都整理出來，下班前給到我。我在深圳市政協工作多年，自己也擔任市政協委員，清楚提案怎麼撰寫，結合這半年來參與「深港創新圈」的具體工作和科信局提供的資料，當晚就加班加點完成了提案初稿，然後電郵給了吳家瑋校長。

沒想到那麼晚了他還給我打來電話，說提案他再仔細看看，現在要邀請聯名提案的其他委員。他說這些人一是得他熟悉的，二是要熟悉深港合作，最好還要有一定影響力，更要征得本人同意。依據他提出的幾個條件，我提議他可以與時任深圳市政協主席李德成和全國政協常委、港澳臺僑委員會副主任厲有為一起聯名。李德成一直把握深港河套和兩地科技合作研究的方向，熟悉這方面的情況，也頗具威望；厲有為擔任深圳市委書記期間，首先提出「深圳河一河兩岸沿河經濟帶」，對深圳和河套地區也很熟悉。我們一拍即合。吳家瑋校長說他聯繫厲有為主任，讓我聯繫李德成主席。幾番電話往來，這件事很快就落實了。兩位領導都同意一起提案。那天晚上，提案初稿出來了，聯名人也確定了，我把稿子再次修改後傳給了吳家瑋校長。很快，就收到了對方回覆的郵件（見檔案 5-1）。吳家瑋校長在回信中特別提到「深港發展研究院」，這是他對港深灣區建設的初衷和情懷。在深港產學研基地第二次理事會上，他特別提議要發揮專家智庫的作用，批準設立了他自己出任院長的新平台——深港發展研究院。他親力親為物色、推薦和約請了 16 位專家，分為四個專題參與，包括深圳建立新型大學、提升文化交流活動、提升高新區品質建設、建立國際化三區融合示範區、開展環境大氣和海洋科技平台建設、為兩地中小企業利用深港市場資源建立服務機制等建議，都一一送達深圳市委市政府，提供了很多決策參考建議。

檔案 5-1 吳家瑋校長郵件回覆內容

克科兄：

現在已是深夜三點多，我若能打得起精神，會好好地看稿；若有需要，提些意見。不過，一切還是需要像我前信所說，請讓李德成的班子去進行提交。我連印表機都沒有，周圍熟悉軟件的人也沒有，幫手一個也沒有，時間又十分緊迫，實在不能主持此事。深圳市政協一定有人能幫李德成完成任務。還有，今天是小組討論，沒有大會。明天政協只是列席，也沒有大會。大家住的酒店又都不同，我不可能看到李德成或厲有為。因此必須李德成的人員出馬，一手包辦此事，以免失時誤事。請見諒。

需提幾個意見：

（1）稿裏對香港和香港政府的科技政策和作為，寫得太多，贊得太好；這不是香港人寫報告的一般作風，會令港人看了不舒服。內地人看了一定也會不舒服。建議大量刪減，並應寫得盡量平實。

（2）對深圳的力量和優勢則着筆很少，相對來說，對深圳很不公平。內地委員看了會不高興，香港委員（尤其是些香港官員）看了會自滿自豪，以為深圳「又」在向香港「求助」。建議把兩地寫得平衡。

（3）千萬請用「內地」兩字，不用「國內」。「九七」之後，香港也屬「國內」，不能搞分裂。

（4）稿裏沒提文化。這些年來，我們都過分忽略了文化。殊不知文化氛圍是教育、科技、經濟發展所不可缺的土壤。甚至於單用現實眼光來看，自然語言、文藝、音樂、表演、設計、建築、表達……都是開闢創意產業的基礎，而創意產業在先進地區的經濟發展上佔了很大一塊。建議大量增寫有關「文化合作」的環節。

（5）好像提案完全是為了推出「圈」的構思，並沒有怎麼涉及「深港發展研究院」。假如這確是您的目標，我毫無異議。否則好像可以借機為「研究院」開個頭，或至少暗示一下？就這些。

謝謝！家瑋

我和吳家瑋校長通過電子郵件反覆溝通，討論修改意見。初稿成形後，需要徵求其他兩位委員的意見，同時將三位委員的意見再綜合整理，聯合簽署上報提案。但當時三位委員遠在北京，兩會管理非常嚴格，三位委員又分到不同代表團，住在不同地方，厲有為主任住西直門外的國務院二招，李德成主席住深圳大廈，吳家瑋校長住北京飯店，這要怎麼辦呢？我借助前幾年在深圳市政協當大會新聞群組聯絡員時的經驗，感覺只有找到深圳兩會新聞採訪團才可能完成這個任務。通過《深圳商報》記者洪賓的引薦，我連夜聯絡《深圳特區報》駐京記者站首席代表羅勤，她答應全程協助。

2006 年 3 月 4 日一早，我將材料發到深圳駐北京辦事處，請秘書送李德成主席審閱。羅勤聯繫好厲有為主任，當天晚上去等有厲為主任修改。花了近兩個小時，羅勤將厲有為主任修改和強調的要點先致電我，又電郵給了我。當天晚上，李德成主席的意見也出來了，除了提出一些修改意見，還給我提了兩條意見：第一，給「在家」的市政府領導看一下，不要給他們添亂；第二，讓吳家瑋校長牽頭，他們不牽頭，只做聯合提案人。我將兩位聯合提案人的意見和建議回饋給了吳家瑋校長。他欣然接受李德成主席的建議，說：「我來牽頭，那我要再仔細想想了。」然後，他從香港委員的角度對一些文字和提法做了調整。如增加了對香港缺陷的表達和對深圳發展的肯定；將開放教育合作放在建議優先發展的第一條；將部分「深港」改為「港深」；特別強調了他的一貫觀點「區域創新必須建立文化氛圍，文藝、音樂、美術、表演藝術、自然語言、設計、建築等又是開闢創意產業的基礎，而創意產業在全球經濟中已佔有極重要的地位。

當時，厲有為主任在稿子開頭加了一句話：「中共中央提出建設創新型國家發展戰略非常必要。」吳家瑋校長糾結於此句，給我打電話說，「香港這邊是從來沒有『中共中央』這個說法的，這個怎麼辦呢？要怎麼改呢？也不好說『黨中央』。」他想了半天，把「中共中央」改成「中央政府」。在開篇提出了這樣一個大的背景，對香港的特性、深圳的特色以及深港合作的必要性、過往的優勢都做了非常清晰的說明，同時提出發展文化、藝術、表演藝術等領域，在此基礎上推動創意產業的發展。

根據三方最後的修改意見，我及時整理好提案，連夜通過郵件發給劉應力副市長，匯報了提案起草過程和李德成主席的意見。凌晨一點，劉應力副市長來了短信，告知他對提案文稿個別字眼進行了修改，同意提交。

專欄 5-2《積極發揮香港、深圳的創新優勢建立有特色的區域創新體系》提案

中央政府提出建設創新型國家發展戰略，非常必要。

國家「十一五」規劃和科技中長期規劃都明確提出要加強區域創新體系建設。國家一直鼓勵內地與香港加強溝通與交流，聯手建立新的科技合作機制。

香港具有高度自由的經濟體系，及獨有的國際視野和環球網路。特區政府提出在科技發展上會留意市場的變化、吸引人才、提升綜合競爭力、確保現行制度與時並進、履行「市場主導，政府促進」的理念。近年來在科技發展方面採取了一系列的措施，支持創新發展的基礎和環境，企求逐步向知識型社會過渡，並鼓勵參與區域創新合作。

歷史原因令香港的創新資源與優勢不能完全與內地進行有效整合，香港也沒有被納入國家的創新體系中去發揮輻射作用。這些缺陷一方面影響了香港的技術轉移與產業升級，另一方面使內地人才與技術難在區域發揮更大的作用。在建設創新型的國家戰略中，應當讓香港與鄰近城市積極合作，與深圳嘗試建立有特色的港深創新體系。

多年來，深圳的高新技術產業進展迅速，已經成為內地最具創新能力和發展潛力的地區之一。深圳在打造高新技術氛圍方面不斷創建適合科技人員工作和居住的環境，建立了高新技術產業園，與43所國內外大學合作，創辦了「虛擬大學園」；與北京大學和香港科技大學合辦了「深港產學研基地」和醫學中心；並引來好幾所著名國內學府在深圳辦研究生院。

深圳在實行自主創新策略、建設創新型城市的決策中，提出加快建設「深港創新圈」。提出要完善深港科技合作機制，促進兩地創新要素的合理流動，使深港區域成為創新資源最集中、創新活動最活躍的「創新圈」。不少深圳和香港的有識之士正在大力推動聯手發展，反映了兩地在自主技術與科技創新合作方面的迫切需求及共同心願。希望未來的「深港創新圈」能在經濟、科技、教育、文化、創意、醫療等領域裏達到國際先進水準，為提高區域人民的生活素質做出貢獻。

深圳與香港有地緣優勢，可以成為創建有特色的區域創新體系、增強創新能力建設的試驗窗口。「深港創新圈」是發揮要素之間互動、實現彼此資源互補、提高深港兩地科技創新能力的新主體，將為我國建設區域創新體系探索有效的途徑。它對內可以輻射到泛珠江三角洲，對外可以利用國際都會的優勢，在國際合作（特別是東盟「10＋1」）上發揮深港兩地的潛力。這需要兩地政府建立工作層面的管道，爭取列入粵港合作和泛珠江三角洲「9＋2」合作的框架，並在CEPA中給予國家政策。

建立「深港創新圈」要創造適應兩地科技發展的新機制，在「一國兩制」的原則下促進兩地創新要素的合理流動。在人員流動、物流通關、資金進出、教育協同發展等方面，目前施行的一些政策規定仍然阻礙了香港與內地的溝通與交流，很不適應兩地的市場變化與社會需求；特別對深圳河兩岸的深圳與香港的連接帶，建成兩岸合作的高新科技創新圈，必須尋求突破。要更新科技資源配置和社會資源投入的理念，也要改革政府管理體制，為深圳與香港創造一套配合區域創新發展的新機制。

建立「深港創新圈」需大力推進兩地的實質交流。可以優先確認一些公共服務和創新源頭的核心機構，並給予這些機構獨立活動的靈活政策。要增加香港的大學參與國家科技發展重大專項和領域的機會，讓深圳充分發揮橋樑和窗口作用，推動兩市間的產學研緊密結合。要把握改革體制的關鍵，聚合自主創新的動力，着眼區域需求的實際。要對深港合作時遇到的諸多問題做出系統性的研究，鋪平香港與內地創新合作的道路。

建議：

一、在 CEPA 的發展過程中，開放香港與深圳在教育、科技、文化領域裏的項目，並給予優先。

1. 開放香港的大學在深圳獨立辦學。

2. 組織兩地高等院校的科研團隊，共同申請在國家戰略中有定位、對區域發展有影響、能夠提高區域競爭力、推進產業化、佔領國際市場的重大項目。

3. 允許香港的大學科研團隊直接申請國家重大專項；允許根據項目和團隊的需要，定向招收研究生。

4. 科學研究設備儀器在香港、深圳兩地使用及流動時，準予保稅、免稅。

5. 區域創新必須建立文化氛圍。文藝、音樂、美術、表演藝術、自然語言、設計、建築等又是開闢創意產業的基礎，而創意產業在全球經濟裏已經佔有極重要的地位。

二、完善「創新圈」的體制建設和環境建設。有重點、分階段地建立以公共服務、聯合項目、合作合約為依託的合作基礎。

1. 整合當前深港科技合作項目，將自主產品與科技創新合作項目納入「深港創新圈」範疇，賦予實質支持。

2. 探索聯合建立信息平台、培訓基地、實驗中心、教育與文化體系的需求和條件，付諸實施。

3. 爭取雙方政府、民間建立深港創新基金，對深港創新人才及合作項目給予實質支持。

三、拓寬「深港創新圈」合作範疇，進一步推動深港經濟多方位結合。

1. 發揮香港及國際知名企業在區域中的重要作用，擴大仲介服務機構、金融業、現代服務業的發展與交流，吸引海內外的創新資源。

2. 引導兩地的諮詢研究機構開展對「深港創新圈」的發展研究。調動如深港發展研究院、綜合開發研究院等的民間社會諮詢組織，讓它們發揮智囊作用。

3.「深港創新圈」符合兩市的長遠發展目標。希望這個構想能走進香港特區策略發展委員會、深圳市決策諮詢委員會等政府諮詢組織的議程，獲取社會認同和民意支持。

四、請求中央政府支持，研究在兩地交界區域建立共同運作區域的可能性與可行性。香港已經決定縮減兩地接壤處的禁區範圍，研究如何適當利用釋出的土地。

即將開展的專項規劃研究和深圳 2030 規劃都將積極推薦「深港創新圈」的有序發展、不斷創新及按時檢討，為完善「深港創新圈」做出共同努力。

五、請求中央批準深港兩地政府委託有關諮詢機構對「深港創新圈」的可行性及其內涵進行前期研究，並提出方案，報中央批準。建議中央批準深港兩地政府對建立兩地的創新圈進行接觸協商，協商結果報中央批準。提出並確定深港的大學、科研機構等為創新圈建立信息平台、培訓基地、實驗室和合作項目，作為「深港創新圈」的第一步啟動運作。

全國政協委員 吳家瑋（香港） 李德成 厲有為

2006 年 3 月 6 日

現在看來這個提案內容是非常超前的。粵港澳大灣區規劃的很多內容都可以在這個提案中找到影子。提案對於河套地區也做了說明，就是根據厲有為主任的提法：「請求中央政府支持，研究在兩地交界區域建立共同運作區域的可能性與可行性。

香港已經決定縮減兩地接壤處的禁區範圍，研究如何適當利用釋出的土地。即將開展的專項規劃研究和深圳 2030 規劃都將積極推薦『深港創新圈』的有序發展、不斷創新及按時檢討，為完善『深港創新圈』做出共同努力。」隨後提出搭建平台，把河套地區更多地放在了深港邊境的合作區來做。在推動河套地區整體建設的過程中，這份全國政協提案是具有里程碑意義的。這份聯名提案也得到了中央有關方面的重視，科技部、教育部、文化部對提案的內容進行了研究。同年八月，科技部對該份提案提出的開放香港高校在深圳獨立辦學、兩地科技合作、建設「深港創新圈」三大問題進行了答覆。若干年後，全國政協香港委員到京向中央報告工作、協商參政，仍然提出「深港創新圈」的價值，劉延東副總理批示要深圳分析跟進。

京深港三地聯動 點燃合作火花

2006年3月深圳市召開政協四屆三次會議。李德成主席主持政協主席會議，提議我以《加快建設「深港創新圈」的建議》為題做大會發言。我當時已經出任深圳市第四屆政協委員，由服務委員到擔任委員履職，持續將深港合作的接力棒接下來、傳下去。

我在發言中特別強調，建設深港創新圈要構建適應兩地科技合作新機制，促進兩地創新要素的合理流動，必須有所突破，提出七點建議。之後我將大會發言修改為《加快建設深港創新圈的幾點建議》（市政協四屆二次會議 20060176 號提案）列為主席會議督辦案，由政協組織香港委員參與，專項進行深入考察。香港委員還結合在香港進行的「國家十一五規劃和香港經濟發展」的研究交換了意見，將深圳方面的建議與香港的思考一併考慮，為兩地政府制定推動「深港創新圈」的策略提供了有益的參考。

1998 年 10 月，田長霖教授主持的行政長官特設創新科技委員會第一份報告提出了設立 50 億港幣的創新及科技基金，及設立應用科技研究院。2006 年，香港創新科技署正是從這個 50 億專項基金中拿出 22 億推行香港研發中心計劃。經過 18 個月的諮詢和論證，香港政府決定籌建依託香港生產力促進局的汽車科技研發中心、資訊及通訊技術研發中心（由香港應用科技研究院承辦）、幾個大學共同參與的香港紡織及成衣研發中心、物流及供應鏈多元技術研發中心、納米及先進材料研發院等五個研發中心，希望以此提升香港的應用科研能力、知識產權保護、營商環境及鄰近珠江三角洲生產基地的優勢，成為地區的科技服務中心，推動和統籌重點範疇的應用研發工作，推動研發成果商品化及技術轉移。

當時，香港創新科技署署長為推廣這五個研發中心，專程訪問深圳，希望深圳能夠支持和回應。之前我們已經了解到香港特區政府對「深港創新圈」還沒有太多認識，更談不上認同，我們覺得這正好是加強「深港創新圈」合作的機會。劉應力副市長在接待時，主動介紹深港創新圈，並建議將推廣香港五大研發中心項目納入雙方共同推進深港創新圈範疇，充分發揮兩地政府引導資源的優勢，共用共建公共服務平台。

2006 年 4 月 21 日，劉應力副市長專門帶領深圳百餘家企業相關人員到香港參加五大研發中心開幕式和交流活動。新聞發佈會上，劉應力副市長提出，「『香港五大研發中心』這個項目非常好，我們全力支持，這也是『深港創新圈』合作互動的一個基礎。」如此，就又把「深港創新圈」提了出來。署長這時便道：「『深港創新圈』是深圳提出的，我們應該密切配合。」這相當於對「深港創新圈」的概念給予了公開的積極回應。

第二天（4月22日），由深圳市政府主辦，深圳市科技和信息局、香港創新科技署承辦的「2006深港創新圈專題研討會」在深圳召開。兩個活動之所以前後腳進行，是因為都邀請了國家科技部領導出席，在時間上是經特別安排的。這一天，香港政府官員也來到深圳，首次公開參與研討「深港創新圈」。研討會進一步探討了「深港創新圈」的定位、功能和創新模式、操作等問題。有關部委對吳家瑋等三位全國政協委員提出的《積極發揮香港、深圳的創新優勢，建立有特色的區域創新體系》聯名提案十分重視，國家科技部、教育部、商務部、中科院、國務院港澳辦、國務院發展研究中心等中央部委的領導專程赴深圳出席了此次專題研討會，與專家學者、廣東省科技廳、深港兩地相關部門，以及近百家深圳、香港企業代表共同參與了相關研討。劉應力副市長在會上以「深港創新圈的構思與展望」為題做了進一步的說明。

他解釋說：第一，希望能把「深港」作為地理名稱的概念，而不是兩個城市的概念；第二，所謂「創新」是我們要做什麼；第三，「圈」意味着深圳和香港之間，或者說深圳灣這片區域應該有更高程度的發展。這也是劉應力副市長第一次在公開平場合明確提出「深港創新圈」這一戰略設想的定位——在國際領域有影響，在國家戰略有地位，對區域發展有貢獻。其中，國際領域的影響是指在經濟、教育、科技等方面都有影響力；在國家戰略有地位是指深港地區應該在創新型國家戰略中做出更大貢獻，來完成國家科技創新的中長期計劃；對區域發展有貢獻是指深港強強聯手推動區域合作，通過破解合作過程中的挑戰、實現區域更好的融合發展。劉應力副市長還提到了「深港創新圈」的資源分享、教育同構和交流便利等問題，所有這些在後來的粵港澳大灣區發展規劃中，都設計了資源配置解決方案。所以我認為「深港創新圈」是兩地科技合作的標誌性事件，不僅推動了兩地科技合作，還對區域發展產生了影響。深圳今天之所以在創新方面能夠做強做大，離不開 2006 年的這些佈局。

當時，科技部副部長尚勇也來參加了研討會。按照各部委的工作方式，我們覺得可以由科技部牽頭，通過內地與港澳科技合作聯席會議去推動兩地的科技合作。我們就想借這個機會爭取中央政府的支持，給「深港創新圈」一個明確的定位。於是，深圳科技和信息局向大會提交了《建立「深港創新圈」工作草案》（以下簡稱「《草案》」），提出「深港創新圈」的基本定位是：以科技為核心，以政府為主導、以民間為基礎、以市場為準則，以河套地區為紐帶，以港北教育研發集群及深南產業集群為主軸，以珠三角為縱深，全面推動和加強深港在科技、經濟、教育、商貿等領域的廣泛合作，加快建設在國際上有較大影響、在國家戰略中有重要地位、對區域發展有突出貢獻，創新資源集中、創新活動活躍的「半小時深港創新圈」。

為實現上述目標，《草案》提出了六項主要措施：一是組織工作班子，制定相應的政策法規；積極爭取將「深港創新圈」納入國家創新發展戰略。二是盡快建立兩地政府長效合作機制。三是支持已經開展和計劃進行的深港創新合作。四是實施深港重大合作項目計劃。五是籌建深港創新基地。六是規劃和建設深港合作創新服務中心。

草案得到了與會代表的一致認同，尚勇副部長在大會發言，對建立「深港創新圈」表示支持。不同於 2005 年 12 月深圳單方面舉辦的建立「深港創新圈」專題研討會，此次深港兩地聯合舉辦的專題研討會，得到了兩地的密切關注，讓「深港創新圈」完全走入了公眾視野。

2007 年 3 月，深圳市政府工作報告首次對「深港創新圈」做出明確的名詞解釋：「深港創新圈」是指深港兩地政府與民間力量共同促成的，由兩地城市創新系統、產業鏈以及創新資源互動、有機連接而形成的跨城市、高聚集、高密度的區域創新體系及產業聚集帶。

通過廣泛調研、多次研討和反覆研究概念，深港雙方對「深港創新圈」的理解在不斷擴展深化，從最初的「以科技合作為核心」，逐漸發展到以產業發展和創新體系建設為目標；從最初認為是研究機構、高校和企業的合作，逐漸認識到政府應當在其中發揮作用；從以兩地「建立與加強科技資訊、教育、科研方面的交流與合作」為主要內容，發展到以「科技、經濟、教育、商貿」，再到創新體系和產業聚集帶的全面合作。

在 2004 年深港兩地簽署的《關於加強深港合作的備忘錄》

基礎上，擴大了合作範圍，將備忘錄中沒有涉及到的一些比較重大及長遠的內容，如藝術設計、公共技術平台、知識產權保護等都納入了合作範疇。雙方協議，報經 4 月 16 日召開的內地與香港科技合作委員會會議同意簽署《關於「深港創新圈」合作協定》（參見專欄 5-6）。深圳與香港經歷為期一年的多層次、不同場合對話，終於開始針對合作內容進行協商。

2007 年 5 月 21 日正式簽署的協定明確了「深港創新圈」的定義和合作領域，提出「深港創新圈」是以科技合作為核心，整合各類創新要素，全面推進和加強深港兩地科技、經濟、人才培訓、商貿等領域的廣泛合作，形成創新資源集中、創新活動活躍的區域。

為加快推進「深港創新圈」建設，雙方經友好協商，在合作機制、戰略研究、資源流通、高校合作、科普教育等方面，達成了 17 項合作共識。

從「港深都會」到「兩制雙城」

以科技為核心領域合作的「深港創新圈」成為深港合作的主要抓手，在持續落實兩地科技創新合作的同時，香港特區政府在 2007—2008 年施政報告中提出了共建「深港都會圈」，擬建立全面戰略夥伴關係。

深圳其實是率先拋出橄欖枝的一方。2006 年 3 月，深圳市人大在「十一五」規劃中明確提出共建「深港都市圈」。2006 年 7 月，《深圳 2030 年城市發展策略》中又明確表示，深圳的定位是「與香港共同發展的國際大都會」，引發了深港兩地公眾和媒體的熱烈討論，也得到了廣泛的社會認同，並開始收到香港政府的積極回應。

2007 年 2 月，時任香港特區行政長官曾蔭權在連任競選提綱中，明確提出要與深圳建立戰略夥伴關係，在金融、科技和基礎設施建設方面加強合作，聯手打造世界級的國際大都會。

在我看來，深圳和香港是同呼吸共命運，唇齒相依的孖生兄弟。對比以前內地研究者提出的「深港經濟一體化」「深港雙子城」等既缺乏可操作性又容易引起歧義的概念，大家都認為特區政府提出來的「港深國際大都會」設想真正涉及到了深港合作的發展方向與總體目標。

有了前面「深港創新圈」的共識基礎，這次的「深港都會圈」啟動非常迅速，香港方面也給予了及時的呼應，深港兩地在科技以外的基礎設施等方面加速合作，進入到一個合作領域更廣、更深入的新發展階段。

2007 年 7 月 1 日，在香港回歸十周年之際，港深兩地開通了跨越深圳灣的西部通道，首次實現了「一地兩檢」的通關模式，簡化過關流程和手續。一個月後香港新界一側開放了部分邊境管理禁區，釋放出 20 多平方公里的空間。新的福田口岸開通，與港鐵東鐵綫落馬洲站直接連結，這是自 2003 年深圳皇崗口岸實行 24 小時通關後，深港銜接新的里程碑。這條線現在可以直接從香港的金鍾和會展中心跨海，直達落馬洲支線管制站，與深圳的地鐵 4 號線、10 號線無縫連接，成為港深往來的最便利通道之一。

2007 年 3 月，曾蔭權連任香港特區行政長官，港深之間的融合步伐驟然加快。當年 8 月，有曾蔭權御用智囊之稱的香港智經研究中心召集各路媒體，高調公佈了《建構「港深都會」研究報告》（以下簡稱「研究報告」），向世人描繪了一幅世界排名第三、充滿競爭力的「港深都會」藍圖。該課題歷經八個月研究，訪談了 100 位政府官員、專家學者、行業代表，50 家香港企業、100 家深圳企業，及 1000 位深圳市民後形成此報告。

研究報告圍繞基礎設施對接、邊境合作開發、打造品牌、「深港創新圈」合作等方面，提出了極具建設意義的相關建議：

一是加強基礎設施對接，形成「港深一小時都會生活圈」。通過港深機場鐵路接駁，聯手打造一個全球矚目的港深超級空港。將港深機場接駁鐵路與規劃中的高速鐵路接駁，增強「港深都會」

作為華南地區高速鐵路終端的戰略地位。實現兩地機場的小股權交叉持股。香港政府應在香港機場實行「一地兩檢」。

二是加強港深邊境地區的合作開發。以建構「港深都會」的概念背景，規劃大珠三角中極為罕見且極具開發潛力的香港邊境禁區。積極推進河套地區開發，打造「特區中的特區」，為建構「港深都會」破題。在香港成立「河套發展管理局」，在董事會中深圳和香港的股份各為 50%。

三是從國家層面規劃港深未來，打造中國第一個頂級的國際大都會，使港深成為「充分表現『一國兩制』成功落實的國際大都會」。同時，經營「港深都會」品牌，吸引跨國公司和內資企業地區總部進駐。

四是從具體項目入手，本着先小後大、先易後難、優勢優先的原則開展項目合作，有效落實「深港創新圈」合作。

五是加強金融、教育、環保等領域合作。深化金融合作，強化香港國際金融中心功能。加強教育和文化合作，啟動「港深人才培養計劃」。共同解決環境保護問題，引領大珠三角可持續發展。

香港社會認為，這份由民間組織智經提出的研究報告，是為曾蔭權政府的下一步政策投石問路，試探水溫，為曾蔭權將於十月發表的連任後首份施政報告探路。這也反映了特區政府在港深關係上由「被動」到「主動」的轉變。

2007 年 8 月 13 日，香港特區政府中央政策組以「共建國際大都會」為主題，聯同深圳經濟特區研究會和綜合開發研究院（中國—深圳），在香港會議展覽中心舉行了第二次「港深合作論壇」，邀請來自港深兩地的 300 多名各界人士參會。經歷過深港創新圈由冷到熱的過程，我在現場完全能感覺到這裏面的變化和能量的傳導。

那天我以深圳經濟特區研究會理事的身份出席了會議。香港特別行政區署理行政長官唐英年和深圳市長分別到會作主旨發言，兩地政府高調攜手，對 「共建國際大都會」亮明了態度。

會上，深圳市人大常委會副主任、綜開院理事唐杰教授以綜開院的名義，邀請了紐約哥倫比亞大學社會學教授 Saskia Sassen 從各項國際指標排名以及深港兩地各自優勢，分析建設深港大都會的必要性和可行性，以及將產生的效益。這也讓兩地政府和專家學者對標國際，對建設深港大都會有了更深入的理解。

然而不久之後，形勢突變。社會上有言論藉此話題攻擊「一國兩制」，有關方面提出不宜再提「深港大都會」和「深港融合」，以免成為某些人借題發揮的話柄。深圳市政協邀集港澳委員們集思廣益，積極應對輿論，並就如何進一步開展深港合作進行探討。2008年2月，深圳市政協組織港澳委員及專家學者，經廣泛調研，根據深港合作的實際情況和各自需求，提出「兩制雙城」新概念。

這份歷時半年完成的《構築具有全球競爭力和影響力的深港都會（兩制雙城）》調研報告，回答了理論界的一些模糊認識，強調「一國兩制」是深港合作的優勢所在，而非障礙。深港一家，由於地緣和歷史的關係，合作既是客觀存在，也是永恆主題。我們在調研報告中，為「兩制雙城」提出了法治政治、要素流通、服務平台、跨境區域合作、產業合作、人才教育等九個方面的措施建議。第一條建議是：「以法制基礎和職業精神為支柱，構建『兩制雙城』社會環境。」

在香港回歸十周年時，我參與組織了來自內地 50 所不同高校的百名大學生到香港訪問，還邀請了立法會主席范徐麗泰與大學生對談。有內地青年提問，香港成功的因素是什麼？范徐麗泰回答：「第一是法制精神，第二是職業精神。法制精神奠定了整個社會的基礎，而職業精神則形塑了社會的誠信、專業合作、行業規範、公共準則，這些已經融入到教育訓練、就業發展的全過程。香港在專業服務領域和職業教育方面非常強，大家都十分注重職業操守和職業口碑，比如會計師絕對不能做假賬，每一個簽字都要對其職業負責，這是行業最大的基本點，大家都很自覺地忠於職守、愛崗敬業。」

現在看來，這份當年的深圳市委市政府重大調研成果意義深遠，尤其是報告能客觀看待香港的社會環境。我們團隊因為統籌總報告的關係，閱讀和研究了 60 多位香港委員的成果報告，不誇張地說，這份總報告是深港合作階段性研究的集大成，也為 2008 年以後兩地的合作，甚至是後來的粵港澳大灣區政策落地，提供了重要的思想、認識基礎。

2008 年 3 月，全國政協委員、深圳市政協主席李德成在全國政協十一屆一次會議上提交了《全方位推進深港合作，共建「兩制雙城」世界級港深大都會》的提案，將這一調研成果和構想傳遞至國家層面，建議國家將其列入中長期發展戰略，並提供必要的政策支持。

這個時期，雖然深港兩地政府謀求更全面的合作關係，先後提出共建「深港都市圈」「深港都會」「兩制雙城」，但不管是在政治方面，還是經濟、社會、管理制度方面，都存在方方面面的阻力，兩地的人流、資金流、信息流和物流等要素流通不暢，且沒有具體通達的政策支持，很難推動和落地。而與之相輔相成的「深港創新圈」作為深港都會圈大概念中的先驅與抓手，且科技領域的要素流通阻力相對較小，可以通過具體項目的落實得以開展。所謂花開兩朵，各表一枝。

從深港科技社團聯盟到深港澳科技聯盟

2007 年 5 月《深港創新圈合作協定》簽署後，深港兩地共同設立深港創新圈專項資助計劃。從 2007 年開始，深港雙方每年從各自的科技研發資金中，各安排 3000 萬專項資金用於支持「深港創新圈」的建設。希望通過三年合作計劃，建設一批深港創新基地、創新平台，完成一批重大項目，以此為抓手，進一步完善深港科技合作機制，促進兩地創新要素的合理流動，一步一步地落實「深港創新圈」的全面合作。

我這時候已經在深圳市科協工作，同時也是這一屆的政協委員，擔任政協文史與學習委員會副主任。政協主席李德成、政協副主席兼科協主席李連和、政協副主席、原統戰部部長廖軍文等都是老領導，那一屆的政協班子非常熟悉港深一路同行的合作機遇。科協是政協組成單位之一，他們支持我將政協委員參政議政與科協工作相結合，以落實提案為源，將「深港創新圈」作為未來「港深都會」的先導工程，將合作領域聚焦在科技創新上。通過落實深港科技合作的具體項目和相關措施，在市場規則、法律制度、社會文化等系統層面進行有效接軌的嘗試和探索，逐步建立區域創新體系，推動深港更深層次的合作。

2009年起，兩地開始面向政府部門、高校、科研院所、企業等，徵集項目建議，從而確定「深港創新圈」合作三年計劃的具體項目。「深港創新圈」專項資助計劃的資助對象為在深註冊的三類單位：一是香港本地大學、科研機構等在深設立的分支機構；二是與香港本地大專院校、科研機構、產業界有合作的深圳企事業單位；三是參與深港創新圈建設，在整合深港兩地創新資源，推進兩地科技、經濟、人才培養等領域的交流與合作中發揮積極推動作用的機構和社會團體等。

根據深港發展研究院統計，2009 年一共有 72 家單位申請了 148 個項目。其中，學校和科研院所有 10 家，申請了 67 個項目；公司有 72 家，申請了 81 個項目。申請項目主要集中在電子領域、生物醫療、新材料、環保和新能源、先進裝備製造、汽車電子、通信技術七個領域。在合作的形式上，主要體現在深圳的公司與香港的大學或研究所的合作，佔總數的 52%；其次為深圳的大學或研究所與香港的大學 / 研究所合作，佔 38%；深圳的大學或研究所與香港的公司合作的有八家；公司與公司之間的合作非常少，僅有兩家。

深港雙方針對這 148 個項目進行了討論，初審後進入聯席會會審。我們注意到香港方面對一些單一的技術項目和純企業項目在第一輪就都給剔除了，選擇的主要是安全、衛生、環境等民生方面的公共項目，其中承辦機構基本都是公益機構、大學或者科技園等，很少是純企業。這體現了兩地政府參與引導市場行為的不同理念：深圳是通過政府介入給予企業更多的資源配置，香港是政府退一步，不參與市場微觀主體行為，只做好公共服務。通過第一輪的項目會審，留下了22個項目進入最後一輪評審。

《深港創新圈三年行動計劃（2009—2011）》以深港科技及創新合作的重點項目為具體實施內容，分創新基地、服務平台、重大專項三部分。其中，創新基地重點建立全市各區創新基地及「深港創新圈互動基地」等公共服務載體；服務平台重點建設「深港創新圈」知識、人才與共性技術的一站式服務平台，核心技術支持平台，及對創新資源進行共用的深港公共信息服務平台；重大專項重點結合目前深港創新和應用的實際，解決資源性和原創性缺乏的難題，通過技術創新改善民生問題，包括食品安全、藥物研發、重大疾病預防、無線射頻等領域。雙方對合作項目實行「半年一檢查，一年一評估，三年一總結」，兩地合作更加務實。

深圳方獨立會審匯報會通知科協代表列席，我看到會議通知就安排了時間參會。根據雙方協定和申報原則，發現科協口有兩個很有意義的項目符合條件，由於深圳市科協正籌備從科技局單列出來，要召開代表大會換屆，工作人員沒有經驗錯過了第一輪申報，因為是三年計劃，一旦錯過再報就是三年後了。既然到會了，就要積極爭取一下。

我到科協工作後，與香港資訊科技聯會開展了一系列緊密合作。2009 年初，我們到香港考察，與香港資訊科技聯會及其他科技界團體，探討深港兩地的民間科技團體互動、交流等相關事宜時發現，兩地對「深港創新圈」寄予的希望不僅僅是承擔具體的項目開展，而是通過獲取專業、民間、人脈的支持，成為深港合作新機制和支撐平台的依託。我們和香港中文大學聯手組織了兩地學校的機器人足球遠程對抗賽，選撥出各 12 支隊伍在科學生活博覽會上進行公開賽；推薦深圳在港投資的資訊科技專業人士加入香港科技資訊聯會，開展多項對口合作交流給我們的體會是，兩地民間科技團體的交流有基礎有潛力，但需要更大的平台推動這樣的互動持續進行。

在深圳審議項目協調會議上我提出動議，希望能夠從科協的角度增加兩個項目：一個是深港科技社團聯盟，一個是全民科學素質教育之下的深港青少年科普，這兩個項目是有基礎的。由於不在深港創新圈三年行動計劃第一輪協商後的 22 個項目審批名單中，所以未能徵求香港方面的意見，而且深港創新及科技合作（深港創新圈）第三次督導會議一周後就要召開了。當場聽取匯報的市領導說，現在要納入行動計劃恐怕來不及了。看我一再堅持，就鬆口說「你去做做工作吧」。

為了能夠把這兩個項目納入三年行動計劃中，我在一個星期內做了四件事。

首先找了合作夥伴——香港資訊科技聯會。香港資訊科技聯會是香港資訊科技界功能界別的主持單位之一，他們有很強的人脈關係，也是港深科技合作的重要平台之一。我聯繫了香港資訊科技聯會主席黃錦輝，問他們能不能出面向香港政府資訊科技總監辦公室匯報，深圳科協想和他們合作一起做這兩個項目，希望可以得到支持。黃錦輝主席說他抓緊報告，向我要了申請書的範本。我告訴他，因為錯過了前期申報，香港政府可能會堅持原則不接受。但請他們可否列為備用項目以供討論，並提示深圳方面屆時也會把這個問題提出來。

接着我直接聯繫了香港政府資訊科技總監辦負責深港創新圈項目的專員。因為以前打過交道，我直截了當地說有一個項目錯過了申報時間，現在時機成熟了，希望總監辦能夠予以支持和受理。對方表示，「深港創新圈」的項目已經通過會商討論、列有備選清單，現在只有港方同意也是不行的，不知道深圳方面會不會同意。我表示深圳方面的工作我來做。

實際上，在這之前，我就去找了當時深圳市科技和信息局分管副局長，跟她說科協在會上跟市長報告了，需要加兩個項目。

她說都已經完成協商了，現在的22個項目已通過兩地審核，就差最後聯合會議確定了，這兩個臨時提的項目怎麼加？我表示，「市長要我們做工作，我就努力做好兩邊的工作。我們這邊兩個項目先按文件要求報給你備案，如果香港特區政府提出增加這兩個項目，你就說好；如果香港方面沒有提這兩個項目，你就說深圳科協有提這兩個項目，希望他們能夠考慮。」我告訴劉錦副局長：「香港資訊科技聯會也在溝通中，我相信他們的專業和能力。香港方面一定會帶來這兩個項目的，到時候麻煩你動議一下。」她應允了，我表示如果可以的話，就麻煩她主動問問港方能不能把這兩個項目作為備選列進去。

第三是發動香港民間團體的力量。我陸續聯繫了香港資訊科技聯會會長邱達根、京港交流中心副總裁郭明華、香港青聯科技協會會長楊全勝、香港互聯網專業協會會長鄧淑明博士、香港工程師學會施禮華博士等香港合作夥伴，希望他們可以就「深港科技社團聯盟」和「深港全民科學素質交流與合作行動計劃」兩個項目入圍「深港創新圈」三年行動計劃之事給予支持，在上報香港特區政府的請求中聯手簽名，說明所報項目因報送時間晚，未趕上第一批徵求香港創新科技署意見，現在補報是為了能在3月31日一起上兩地合作會議上討論。因此，這兩個項目需提前一周在25日前回饋意見，希望他們可以一起推動，幫助加快審核。

如果能夠前往創新科技署表達港深合作意願那就最好了，請創新科技署同意納入候補清單，若需深方共同前往，我們會安排人員赴港。我同時將兩個項目的方案徵求意見稿發給黃錦輝主席和香港青聯科技協會，請他們根據香港實際情況進行調整，再報香港創新科技署。

最後，依據香港的工作規範，我郵件聯繫了香港創新科技署洪良斌先生，表明這兩個備選項目因為和香港承辦社團一直在做更仔細的落實工作，所以沒有及時報送，現在條件已經成熟，深圳方面希望能和香港加緊聯繫，我們已與香港方面的承辦機構溝通，共同推進，希望能在下周內落實香港方面的意見。同時，附上了兩個項目的計劃大綱。

2009 年 3 月 31 日，深港創新及科技合作（深港創新圈）第三次督導會議上，雙方經協商，這兩個項目最終獲得通過並確定為《深港創新圈三年行動計劃（2009—2011）》服務平台專項的第 11、12 個合作項目，全部合作項目也從 22 個變成 24 個（見檔案 5-3）。

「加強港深科技團體交流」和「加強港深學生科學交流與合作」計劃，這兩個由深圳市科協和香港科技團體主導策劃和推動的合作項目，涉及社團和民間來往，擁有廣泛群眾基礎，對於推進深港深度合作是非常有益的。直到今天，十幾年過去了，三年計劃中許多項目已經完成結題了，這兩個項目一直還在持續發力、做大做強，成為深港科技合作的雙輪驅動力。其中，「加強港深科技團體交流」這一項目更是推動了兩地的科技交流和合作。2009 年 12 月，深港兩地科技社團共同發起成立的深港科技社團聯盟，已成為深港科技社團之間加深了解、增進友誼、擴大交流、促進合作、共同發展的橋樑和紐帶，不斷推動深港科技的合作。

檔案 5-3 深港創新圈三年行動計劃（2009-2011）的 24 個合作項目

一、創新基地

1．建深港傳染病研究中心

2．建深港創新圈互動基地，為兩地企業提供支持服務

3．建香港院校深圳產學研基地

4．建毫米波國家重點實驗室深圳基地

5．為全自動晶圓檢測機合作項目建開放性研發基地

6．鼓勵香港研發中心在深圳建立分部

7．鼓勵香港科技創業者在深圳大學城創業園

8．建聯合試驗室，處理數位訊號（DSP）及集成電路（IC）技術研究

二、服務平台

1．構建以運動控制技術為核心的公共技術平台

2．設立深港 IC 設計創新服務平台

3．推動光明新區產業轉移和升級中心

4．協助深港工業設計創新科技成果轉化中心

5．建立深港工業中心和培訓中心

6．建立深港設計中心創意產業園區

7．建立深港基因組學個體化醫學研究中心

8．加強南山和香港合作為主體的深港知識服務業聯盟

9．設立無線自組網技術服務平台

10．加強香港與深圳的科技人才培訓與交流

11．加強港深科技團體交流

12．加強港深學生科學交流與合作計劃

三、重大專項

1．電子產品編碼（EPC）和射頻識別（RFID）聯合應用專項研究

2．食品安全及藥品安全專項研究

3．愛滋病聯治專項研究

4．太陽能電池生產技術專項研究

2018年，在香港資訊科技界國慶活動20周年專刊上，我應邀以深港科技合作促進會創會會長的名義，以《深化港深科技經濟合作 共建港深灣區國際都會》為題發表了一篇署名文章，對深港科技社團在促進深港科技協同發展上的作用做了回顧和展望。其中特別提及，深港科技合作促進會是通過深港創新圈三年行動計劃之「深港科技社團聯盟」應運而生的一個全新社會團體，由關心和促進深港科技合作交流發展的相關團體、企業、專業人員等自願組成，經深圳市民間組織管理局批準，於2010年籌備、2011年正式成立的法人組織，是集學術性、聯誼性、公益性於

一體的民間社團。

自 2011 年起，深港科技合作促進會與香港數碼港、香港資訊科技聯會、深港產學研基地攜手共同舉辦了四屆深港青年 ICT 創業計劃大賽，影響越來越大，已成為香港五月國際創業周的主題活動、中國創業之星大賽的對接計劃。深圳和香港的大專院校全部派出有選手參加，同時還有一批已經畢業正在兩地創業的青年創業者介入。從賽事到計劃，從創業到培育，深圳科技企業以及香港中文大學、香港理工大學、香港科技大學和深圳大學以及在深圳大學城的北京大學、清華大學、哈爾濱工業大學的深圳研究生院都有導師參與。未來，我們將探索建立「兩岸四地」青年科技友好合作交流的機制，建立青年創業營，開闢合作管道，鼓勵「兩岸四地」青年互動交流，推動「兩岸四地」科技發展及交流合作，為有志於創業的青年學生提供一個多元文化平台。

同時，深港科技合作促進會將繼續和香港科技界的同仁一起，推動兩地更深層次的科技產業交流，整合官、產、學、研資源，通過建立深港青少年科技教育聯盟、深港大學生實習創業基地、深港海外智力服務聯盟、深港工程師交流平台、深港資訊及通訊科技獎聯合專項以及與產業相關聯的各類推廣項目，積極參與深港科技社團聯盟的平台活動，有序有效地推進深港兩地的創新科技文化和素質提升建設。

支持灣區青年協同創業

我們在深港創新圈項目下的深港青年創業計劃始於 2011 年。在萬眾創新、大眾創業的大勢下，灣區青年對創新創業有着極大的熱情和動力。從項目到平台，從單邊到雙向，我們借力深港科技合作促進會、深港產學研基地和香港數碼港、香港資訊科技聯會的持續合作與實踐，從參與支持香港數碼港微型基金的創業計劃起步，於 2014 年開闢了深港青年創業大賽和高校校友大賽的新平台，2017 年承擔前海深港澳臺青年創新創業大賽，2019 年啟動粵港澳大灣區青年創業計劃，堅持數年耕耘，從培育選苗到扶助創業、從種子孵化到加速培育、從精準服務到團隊出海，獲得了社會各方的認同。2018 年正式啟用首個河套深港科技創新合作區為港澳青年提供創業孵化服務的孵化器——粵港澳青年創新創業工廠（福田）（圖 5-2）。

2024 年 10 月粵港澳青年創新創業工廠（香港）也在香港數碼港共用空間粉嶺落地。雙創工廠所在的河套深港科技創新合作區和粉嶺處於深圳和香港跨境邊界的獨特地理位置，既有獨一無二的土地相連跨境合作區域，又有新界北部都會區的新規劃藍圖，交通便利，緊鄰福田、皇崗兩大口岸，特別是可以 24 小時通關的皇崗口岸，便於香港創業青年每日往返兩地通勤。選擇在這個結合部構建粵港澳青年創新創業平台，有利於深港開展實體經濟，特別是科技創新領域的深度合作，既可發揮深圳轉化科研成果的優勢，也可充分利用香港基礎研究優勢和國際交往的便利性，通過雙載體的聯動，為粵港澳大灣區青年人才集聚開闢新通道、新引擎，為粵港澳大灣區加速建成國際科技產業創新中心提供堅實支撐。

圖 5-2 粵港澳青年創新創業工場（福田）實景

這些故事，可以回溯到 2015 年 6 月的一次研討論證會。

福田區有關部門邀請我作為專家參加位於福田保稅區內的長富金茂大廈功能定位論證。當時提議該大廈的主導方向是軍民融合重大專項平台。我非常清楚它的區位優勢，當即向主持會議的福田區政府領導提議，可以考慮以長富中心 A 座的福田區政府回購物業為基礎，組建運營深港落馬洲河套—福田保稅區片區先導項目——深港福田國際創新中心（暫定名）。

長富金茂大廈由 1 棟 68 層辦公主樓及 1 棟 17 層附樓組成，產權期限從 2004 年 8 月 31 日至 2054 年 8 月 30 日止。1 號樓第 2 至 23 層、第 24 層 2410 號房以及 2 號樓 1 至 17 層，為市區兩級政府回購物業，共有 63283.41 平方米。早在前海深港現代服務業特區設立之前，河套一直以來就是推進深港合作的焦點所在，河套開發必將是下一步深港合作的重點區域。隨着功能定位的變化，如果提前在福田保稅區佈局，就可為今後河套開發積蓄力量、發揮作用。

區領導在會上沒有明確表示，既不肯定也沒否定，因為這個動議對福田區來說頗為突然。而依據我對深港雙方前期諮詢和規劃的了解，倒是順理成章。圍繞河套片區未來創新科技、教育、文化創意三個主題發展方向上選擇，以深圳打造現代化、國際化創新型城市和香港發展創新科技優勢資源有效配置，通過政府、社會、專業、市場的多元結合，繼前海合作區、蛇口—前海自貿區之後，在深港融合最佳城區結合部發力，可全面落實 CEPA 和深港創新圈的示範輻射帶動效應。

深港科技合作促進會開始準備專題報告。科技為重點的深港合作，將逐漸成為國家區域合作成果進展最為明顯的一個重要領域。香港新一屆政府對河套地區的開發寄予厚望，正在緊張制訂河套開發方案，深圳市政府也給予了積極關注和大力支持。在深港合作的歷史新階段，福田區更應大膽佈局，籌劃引進新的資源，為下一步深化深港合作發揮引領作用。

建議稿還在論證可行性階段，原主持工作的區領導調動工作，我趕緊將報告稿遞交給他，希望可以在移交工作時留一個機會。建議的實操方案是，拿出福田區政府可以把控的一號樓資源的四分一，以香港資訊科技聯會和深港科技合作促進會核心資源，組建深港團隊，帶動和引進國際化資源進入，為福田區轉型升級提供增量資源和可持續發展動力。為深港合作建立融合國際要素的新型組合平台，也為福田 CBD 和一批新建的創新型物業和產業園區提供增量優質資源。具體設計是在長富中心一號樓 21、22、23 樓及 2410，其中 21 樓為科技金融及創投廣場、22 樓為科技教育及智慧搖籃、23 樓為創意科技及創客平台、2410 為創新科技驛站。通過創辦國際創業學院、創賽訓練營、構建名校校友生態系統、引入社會資本對接、開放技術平台支持，爭取成為深港區域最具影響力的青年創新創業機構、具有國際影響和活力的創新創業基地、自主創新城市建設的重要一環；同時，在深港接壤的園區建設國際創新創業交流平台、培訓基地、國際創新創業項目育成基地，為福田區發展及深港河套開發儲備力量。

這個相當前衛的計劃因受當時條件所限被擱淺。

2017 年 1 月河套協議簽署後曙光乍現。我們再次向福田區政府提出這個建議，得到的答覆是，河套發展帶來的機會可進入執行層面。我們隨後聯繫了香港資訊科技聯會會長邱達根等一起拜訪區領導，聯合香港生產力促進局參與合作，推薦香港有關大學在深創業團隊考察周邊環境。與此同時，根據港方計劃，河套園區可能要到 2027 年才會負載運行，為不致錯失發展時機，我分別向深圳市和香港科技園方面建議，將市政府留給經貿局的 B 座整棟以 1 元的價格租賃給香港科技園，讓他們可以真正融入。可惜，香港科技園董事會主席嘗試爭取，但沒有得到響應；深圳這邊表示先看看香港方面的需要，事情因此擱淺。盡管後來香港加大了預算投入，最後也只能預期 2024 年出來八棟樓。直到 2020 年，香港方面才醒悟過來，但已錯過最好的空間和機會。

2018 年，「深港協同創新中心」的牌子掛在了 CFC 的大門上。福田區領導找到我說，「可以給深港科技合作促進會進入創辦新型孵化創業空間，名稱你們再取一個吧，原來建議的名字我們徵用了。」區政府先後協調，將 CFC 的 19 樓、21 樓給了我們，18 樓則給了香港生產力促進局。我們取了一個新名字——粵港澳青年創新創業工廠（福田）（以下簡稱「雙創工廠」）。紙上談兵的河套，終於有了實戰的空間。

歷經一年的籌備，2018 年 8 月 30 日，粵港澳青年創新創業工廠（福田）正式啟用。建有孵化加速中心，硬件設施完善，資源信息暢通，供需對接合理，服務便捷有效，力求打造成為粵港澳三地青年的雙創基地、發展舞台，通過孵化培育一批優秀創新企業，使之成為粵港澳三地融合發展的新標杆。

雙創工廠採用「1＋N」互動合作運營模式：「1」是指深圳市深港科技合作促進會作為運營管理機構，「N」是指福田區科技創新局、福田區青年聯合會牽頭協調相關部門為入駐的三地青年團隊提供各類支撐服務。其中，福田區青年聯合會負責對接運營團隊，設立 CBD 青年學院港青分院，升級完善青年驛站服務體系，為香港創業青年提供短期住宿、城市融入、技能培訓等服務，同時整合省、市青年聯合會服務項目進駐；區科創局按政策規定提供產業扶持、組織相關交流活動；區司法局依託轄區公益法律諮詢機構為入駐創業團隊或企業提供法律諮詢及相關服務；區住建局為已進駐創業工廠符合條件的香港青年配套提供人才公寓；區產業引導基金針對不同階段、不同領域的香港青年創業團隊或企業進行扶持。

雙創工廠為香港青年在深創業提供了廣闊空間。截止至 2024 年 12 月，雙創工廠累計孵化項目 70 餘個，工廠目前在孵項目 35 家，其中港澳背景團隊 32 家，比例達 91%，包含人工智慧、物聯網、醫療科技、新材料等領域。所有企業均為科技創新型企業，其中 EDA 軟件發展、瞬態感應物聯網應用技術、高儲能溫控相變材料、大型 PLC（可程式設計邏輯控制器）產品開發、無創血糖檢測等一批技術成果創新水準已達國際一流或頂尖水準。

在孵企業發展良好，自成立以來，在孵項目總人數從 69 人發展到 389 人，其中港澳籍團隊人員 57 人，知識產權 416 項，累計獲得融資超 10 億元，其中微物聯、百流科技、宜遠智慧、舒糖訊息、中芯微電子、邁德醫療等 14 家企業獲得國家高新認證，舒糖訊息、奇捷科技、裝速配等五家企業獲得「專精特新」中小企業認證。2024 年累計新增國家高新技術企業五家，專精特新中小企業三家，九家初創企業在工廠孵化培育下實現從 0 到 100 的飛躍，年產值進入數千萬元級，目前捷奇捷科技、舒糖訊息、微物聯、金不換集團、裝速配、伽彌科技、森若新材等九家企業估值均已超過 3 億元以上。多家企業開始籌備 IPO，雙創工廠在 3500 平米空間內實現了高產出。

全國政協副主席梁振英，時任中央政治局委員、廣東省委書記李希，香港第五任行政長官林鄭月娥，國家科技部部長王志剛、副部長黃衛，共青團中央書記賀軍科，中國科協書記處書記、副主席孟慶海等多位領導在任期間都先後蒞臨指導並對工廠建設給予肯定（圖 5-3）；王偉中省長在深圳市市委書記任上更是一年之內五次到此考察。林鄭月娥表示，河套深圳園區的香港青年創新創業環境是她見過最優質的，要求港府有關部門將工廠作為香港青年在大灣區創新創業基地在政府新聞網上進行推廣。

工廠成立六年內先後被認定為深圳市科技企業孵化器、深圳市港澳青年創新創業基地、廣東省和國家級眾創空間，工廠的成功建設充分證明粵港澳協同創新創業具有廣闊空間。

圖 5-3　2020 年 8 月 26 日，香港特別行政區行政長官林鄭月娥（前排中）考察粵港澳青年創新創業工場（福田），聽取工場企業介紹

2024 年 10 月 9 日 深圳市深港科技合作促進會與香港數碼港簽署「港深協同創新平台」合作備忘錄，見證粵港澳青年創新創業工廠（香港）的香港粉嶺數碼港共用空間揭牌，並迎來第一批入駐的企業。香港創新科技及工業局局長孫東、工業專員（創新及科技）葛明親臨現場；多年合作的老朋友，香港數碼港主席陳細明、總裁鄭岩松更送上鼓勵。

孫東致辭時表示，香港創科發展離不開與大灣區內各兄弟城市的協同合作。深圳作為大灣區內重要的高新技術研發和製造基地，是不少創業者的啟航點；而香港不僅具有堅實的創科基礎，更是國家「引進來、走出去」的雙向通道，是國際創科資源的集聚地。相信兩地進一步對接資源優勢，深化協同創新合作，定能實現優勢互補，加速兩地創科產業化發展，為香港和整個大灣區培育更多優秀創科企業。

數碼港主席陳細明感慨，數碼港與深港科技合作促進會十多年來合作無間，共同推動兩地科技合作交流及青年創新創業發展。 今天雙方在堅實的基礎上加強合作，實現「雙向奔赴』，進一步對接雙方的資源優勢，攜手搭建港深協同創新平台，更以粵港澳青年創新創業工廠（香港）為載體，以培育更多的創新創業項目。

那天的活動見證了我們一路走來、攜手向前的輝煌一刻。粵港澳青年創新創業工廠（香港）通過靠前服務深港科技企業，助力深圳企業開拓香港、國際市場，同時引進優質項目落地福田，推動深港兩地協同創新發展。香港基地首批共有 12 家創新企業入駐，涉及人工智慧、半導體、科技金融、智慧生活，以及人力資源和技術培訓等科技服務領域，有國家級專精特新小巨人企業，也有國家高新技術企業。如鏑數科技通過 Ai 賦能辦公圖表智慧化，加盟了香港科技大學項目，將為香港公務員大資料辦公系統帶來面貌一新的 AIGC 全新應用場景和技術服務；米諾遊戲的國際化經驗和當地語系化團隊，在香港如虎添翼，為小遊戲帶來新活力。短短三個月就開發出兩款新遊戲，被日本最火爆的遊戲平台從千餘款遊戲中選中、入圍首批二十家，排名節節上升且一直在第一列陣。後期還將引入更多創新企業加入。粵港澳青年創新創業工廠（香港）的成立，標誌着深港協同創新合作邁入了嶄新階段。

圖 5-4 2024 年 10 月 9 日，數碼港與深港科技合作促進會簽署合作備忘錄，雙方將在數碼港位於粉嶺的共享工作室建立粵港澳青年創新創業工場（香港）。在香港創科及工業局局長孫東（後左三）、創科及工業局工業專員（創新及科技）葛明（後左一）、數碼港主席陳細明（後左二）、深港科技合作促進會創會會長張克科（後右三）以及深港澳科技聯盟深方主席孫楠（後右一）的見證下，數碼港首席企業發展官朱美恩（前左）和深港科技合作促進會會長鄧小昆（前右）簽署備忘錄

圖 5-5 位於粉嶺的粵港澳青年創新創業工場（香港）引進首批企業進駐，涵蓋人工智能、半導體，以及人力資源和技術培訓等科技服務領域，當中不乏國家級專精特新「小巨人」企業和國家高新技術企業，所有引進企業將獲得全面支援和服務，致力於研發並推出高品質科技創新成果

六

未結束的故事

深港合作需要更多的闖與創

深圳一直通過「試」和「闖」來推動與香港的合作。「試」就是有路，但不知道路在哪裏，也許是有路可走，也許要自己架橋。再就是「闖」，制度是模糊的，融入國際化的過程，闖的時候要找出一條路來，也許就能走出去，霧裏看花也許能看到花，即便看不到聞到花香也不錯。深港兩地需持續溝通協調、深度對接，打造「雙城經濟」先導區。在深港合作的新時期，深圳在高品質發展和深化合作方面，仍需更多的試、闖、幹，需突破因種種因素沒有完成的闖關之路，提升對深港合作在構建雙迴圈新格局中的特殊價值的認識，積極探索策略、路徑和模式的創新。但深港合作依舊面臨着要素流通不暢、產業結構有待優化等問題。深圳還需要從通關體制創新、科研管理制度等方面去「試」、去「闖」。

深港合作具有發揮兩個互為供給側的市場優勢。站在對外開放的風口浪尖，香港可以吸引很多國際市場資源進入中國，香港也是國內資源進入國際市場的橋樑。國內、國際兩個市場是互通的，通過資訊、資源、物流、資金、人才，達成優勢資源配置，就像一個大機器的傳動軸，通過不同的力量分享、傳送和放大以及設計的傳動體系，將一個個多元的咬合面帶動起來，形成巨大的能量，迎接各種挑戰，帶動面向全球化新格局、新體系的運轉。

先立後破，精心設計制度出席與改革配套。優先建立人才、合作、利益三要素的協調、協同和同享機制，重視差異性，求異存同，通過協商、接軌、創新、融合，形成適合「灣區一二三」（一個國家、兩種制度、三個關稅區）環境下的新機制、新模式：着力通過人才機制，構築所有人能在一起共事的團隊、梯隊和核心價值鏈，各就各位，各得其所；着力搭建合作機制，官、產、學、研、資、介、商推動區域重大項目合作，建立跨地區的知識產權保護和交易、電子商務平台和安全保障等法規的銜接，為深度產學研合作和面向未來進行超前佈局；着力探索會商利益機制，在不同的稅收。各地政府的資助模式，投入支撐管道和資金鏈來源匹配上，包容不同的概念，探索切實可行的新路徑。

建設國際科技創新中心是大灣區高品質發展的重要支柱和動力軸。共創全球有影響力的科創中心，這是灣區發展重要的支撐點，也是融合協調發展的動能，面向未來的方向。充分用好河套深港科技創新合作區跨境、跨制度、跨關稅區的優勢，整合深港澳及國際優質科技創新資源，探索建立科技創新服務新模式，積極服務粵港澳大灣區高品質發展。

倡導「科技＋」与「四有」策略。以**「科技＋產業」「科技＋人才」「科技＋金融」「科技＋社會」**作為示範平台，先行闖關。

有機整合科技與產業資源，形成環環相扣的創新驅動產業鏈，有技術支撐的產業鏈和有市場導向的技術需求，提高產業鏈供應鏈穩定性和競爭力，更加注重補短板和鍛長板。有效匹配科技與人才團隊。很多單一的人才，因沒有團隊，而不能形成交互共用，人才匹配就會出現架空。有時，團隊裏都是博士，但也有許多崗位需要工匠，博士不一定能做好技術這塊；製造中沒有工業設計、沒有 IP、沒有創意，做出來的產品賣不出去，亦無市場，更沒有物流的供應、成本的管理，無法創造效益等，這一系列的流程都需要產業人才團隊的有效匹配。有力支撐科技與金融賦能。通過科技金融有力支撐保障投入的方式，這裏的科技金融可以通過區塊鏈等各種不同的金融投資方式，將科技金融和金融科技兩塊進行組合，金融科技是通過技術的方式給金融提供保障平台；科技金融是通過資本的方式鼓勵在科技創新不同環節、不同需求、不同載體方面的投入。有序保障科技與社會生態。核心是優質生活圈、可持續發展和全面高品質地發展。包括智慧、生態和數字經濟應用及消費經濟、城市資訊化等。

無縫對接香港北部都會區

2021 年，時任行政長官林鄭月娥在施政報告中提出香港建設北部都會區和「雙城三圈」的構想。這是一個全新的概念，也是未來深港合作最大的趨勢和持續的走向，是時代的必然。

從國家層面來講，佈局海南、橫琴的開放和融合試點，把握前海高端服務業的突破，包括一些自貿區試驗區經驗的普惠試點，以及從 CEPA 到最近的 RCEP，都在打破舊約束、探索新路徑、建立新格局。

深圳和香港是這個大改革大開放格局下的先驅。深圳很早就提議「管好二線，放開一線」，先後通過「深圳河沿河經濟帶」「深港跨境科技園」「深港創新圈」共建「兩制雙城」等探索融合發展的機會。近期，從北京、廣州到深圳、香港，各界都在思考關於香港北部都會區開發的話題。大家都在暢想未來北部都會區會是怎樣一個發展願景，深港合作會形成什麼樣的生態，是像三藩市灣區矽谷模式，還是東京圈那樣的契合模式？要實現願景，需要做哪些方面的突破？在「一國兩制」下，如制度、基礎設施都需要創新構建，哪些是最有可能的支點？

1898 年，中英簽署《展拓香港界址專條》，世代相連的土地就此被割裂。港英當局長期以來推行隔離政策，劃定禁區，使得新界北片區得不到應有的發展與建設。內地實施改革開放政策以來，深圳的發展大大促進了雙城互動，包括深圳河治理、已建成的口岸通關結點、口岸佈局以及跨境公路、鐵路、橋樑的建設，特別是香港回歸以來到「十四五」規劃帶來的機遇。現在，香港提出了「北部都會區」概念。我覺得深圳應該有所呼應，設計好融合發展、相互促進的新路徑。**把握「雙城三圈」的核心價值，構建「一國兩制」下雙子城的協同發展新機制**。作為深圳，應把關注點放在雙城上。這是香港首次提出跨境和跨區域的設想。此前，深圳一直在高唱深港合作的交響曲，但迴響寥寥。對毗鄰的兩個城市而言，北部都會區着力在香港，持續影響到河對岸；而「雙城三圈」的跨越邊界、貫通雙城、涉及兩制，是具挑戰性的全新話題。深圳抓住「雙城三圈」這個概念，必有更廣闊的空間、更大的作為、更多元的市場機會。在這樣的深港雙城合作中，制度創新、科技發力、人才支撐、服務提升、社會融合、基建便利都將是重要，且最應該被關注的方方面面。

2008、2009 年在國際金融風暴倒逼珠江三角洲規劃的背景下，香港方面主動提出港深共建國際大都會的命題。當時，更多的是協同城市發展要素，包括金融、物流、服務業等，一方面希望藉此增強區域合作的國際競爭力，另一方面卡位國家佈局要塞。與此同時，廣東省也向北京提出建設「粵港澳特別合作區」的動議。這一動議換來 CEPA 第七到第十輪服務業先行先試機會，也為前海破土而生的高端服務業創新合作拉開了帷幕。香港的「雙城計」在輿情微瀾下，也變奏為「大珠江三角洲優質生活圈」詠歎調，深圳以「兩制雙城」旋律和之，於 2022 年組織 60 多位原深圳政協港澳界別委員提出全面合作「1 + 6」系列研究報告，將河套發展、深港跨境口岸交通服務等作為十大基礎設施建設項目連年遞進，持續關注。

香港佈局「雙城三圈」，就是期待協同深圳和內地資源，更好地帶動北部都會區的發展。深圳應該主動加以配合。（圖 6-1、圖 6-2）

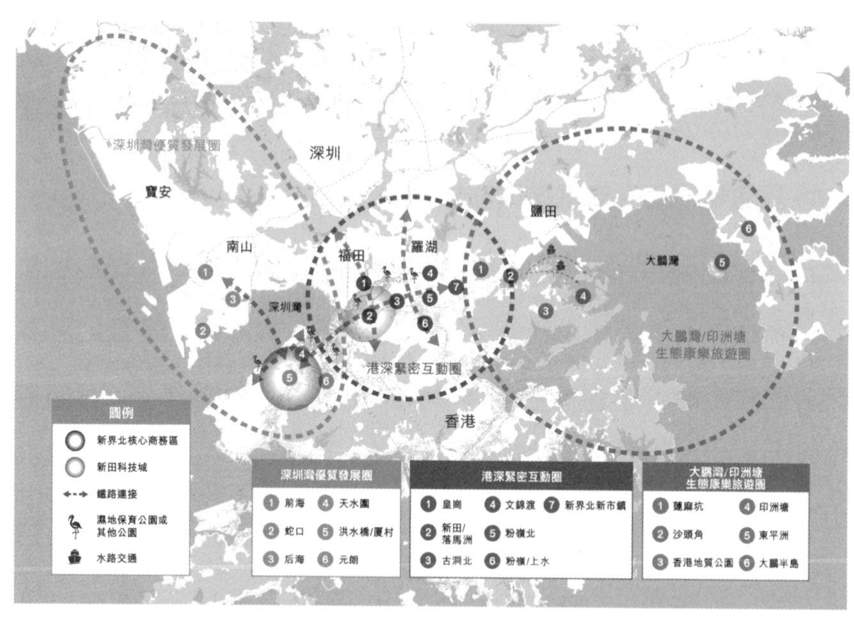

圖 6-1 深港「雙城三圈」示意圖

圖 6-2 截至 2022 年 7 月，還是一片魚塘濕地的香港新田科技城一帶

「雙城三圈」其實有兩個維度：一是北部都會區和「雙城三圈」之間的關係，應如何起步；另一個是「雙城三圈」要怎樣建立、怎麼與深圳的資源協同發展。

「雙城三圈」事實上不是新概念，兩地大型跨境基礎設施建設已有 30 年的佈局。深圳灣大橋建設初期，香港就不同意我們那麼早開通此橋，因為元朗的交通配套設施還沒做好，包括十號公路的問題。香港也一直不贊同過早開發河套地區，因為新田這邊還有被列入《拉姆薩爾濕地公約》的米埔濕地。現在利用皇崗和深圳灣兩個口岸交互通關佈局的物流轉運場，文錦渡生鮮貨物檢驗設施都來不及應對往蓮塘的東遷，因為新界的基礎設施還沒有通達，一些地產商圈地的股東沒有做好準備。香港一直在等蓮塘口岸建設好後，深港陸路跨境貨運形成「東進東出、西進西出」

的新格局。因此，香港佈局面向 2030 + 的北部都會區，對接香港的東部知識及科技走廊和西部經濟走廊（圖 6-3、圖 6-4）。深港接壤片區是未來必然要發展的城圈。

圖 6-3 深港接壤片區是未來必然要發展的城圈

圖 6-4 港深創新及科技園勢將成為一個令人期待的科研橋頭堡(總體建築效果圖)

在構建「雙城三圈」過程中，最關鍵的問題是，深圳怎麼配合。香港銜接「雙城三圈」的區域基本上是一片未經城市化的空地，香港希望從新田開始建設北環線支線，跨境到皇崗，延伸到香園園，帶動天水圍。深圳一直是沿邊界線建設發展，基本沒有再開發的空間了。

深圳的策略：一是控制部分空間作為功能區來調整未來的佈局，如原蓮塘工業區羅芳路以南、沙頭角保稅區圍網內的幾個空間；二是過境香港參與投資建設，這對於投資主體來說是有意義的，但對政府、特別是深圳市政府來說操作起來比較困難；三是整合、撬動、盤活，將存量資源變為增量資源。深圳沿線各區羅湖、鹽田、福田和口岸、交通等主管部門都在研究如何對接北部都會區，共建「雙城三圈」，但都不是整體性的研究，頗有盲人摸象的感覺。我們需要考慮深圳身在其中要做什麼，怎樣才能把資源、空間撬動起來，以及各部門協作如何更好地進行。

我一直在思考口岸經濟帶問題。其最核心的價值是口岸要「通」，即人流、物流、車流、資訊流要通達。要把口岸的痛點找出來，下猛藥打通。1995 年，中國未能入關（GATT 關貿總協定），北京集中力量在深圳開展通關便利化、國際化試點，着力點就是打通部門本位體制。這是一場關乎全域的持久戰。前前後後撤銷、合併、改革了一系列口岸管理模式，將動植物檢驗、衛生檢驗等檢疫部門調並，按照國際通行的管理模式，建立了國家移民管理局和國家海關總署的條條歸口管理服務新體制。海關履行國家對進出入貨物的監督，只要把特定貨物管理好，就不一定要在口岸設卡一一查驗，可以通過高科技手段創新海關服務模式，實施全線監管和暢通放行，沒必要將全部業務集中在深圳。同時，口岸也管人。管的是什麼人呢？是國家和地區的外事協同關係，持互認國家護照和簽證許可的人員出入境。口岸是國家的外交管道。深港跨境工作者一天要往返兩三次，跟一年來一兩次的外國工作訪問、旅遊探親人員不同。

根據深港跨境工作者的需求，我們管理當天往返深港兩地人員的模式就不應該冠以「口岸」二字，特別是在「一國兩制」框架下，應該設置邊境工作通道。深圳的口岸辦是地方政府服務協調部門，權力是國家的事權，移民局所在的那一塊。國際上邊境地方人士跨境出入有許多可以借鑒的模式。我國與陸路相鄰國家和地區設立的邊境出入管理、邊貿交往都有現成的可以借鑒的成功例子。深港之間應該坐下來，好好研究一下。深圳、香港迄今都沒有提出以兩座毗鄰城市關係為改革核心的跨境新模式，現在應該到了把兩座城市間關係定位進一步明確，為設立新的工作通道提供全新方案的時候了。

「雙城三圈」首先要打通的就是兩個城市間的通道，這不是基建問題，而是機制問題、理念問題。理念改變帶動管理模式改變，自然就有解決問題的新辦法出臺。

面向 2035 年及 2047—2050 年的新藍圖，深圳河沿線一河兩岸佈局由點連線，輻射到了深港兩地縱深周邊。深圳河兩岸地區是最靠近「一國兩制」的地方。「雙城三圈」跨越這一地區的發展，是深港銜接的重要組成部分，是大灣區與國際市場的交匯區。這裏是兩地社會經濟銜接的樞紐地帶，具有特殊的地緣關係，新項目的佈局和策略可以為北部都會區發展奠定基礎，兩地如能很好地配合，將成為互利、互惠、互補共同促進的新經濟增長帶。

河套一直在「試錯」，一直在向前

2023 年 8 月 8 日，國務院印發《河套深港科技創新合作區深圳園區發展規劃》，要求緊緊圍繞協同香港推動國際科技創新這一中心任務，堅持深圳園區和香港園區協同發展，打造粵港澳大灣區國際科技創新中心重要極點，努力成為粵港澳大灣區高質量發展的重要引擎。

2024 年 11 月 20 日，香港特區政府發佈《河套深港科技創新合作區香港園區發展綱要》，提出加強與深圳園區的協同和銜接，與深圳攜手將河套合作區打造為世界級科技創新平臺，為國家實現科技自立自強、建設科技強國、構建高品質開放創新科技產業體系貢獻香港力量。

至此，河套「一區兩園」發展規劃完成整體拼圖。面向2030-2035的兩個五年目標已經繪就，任重道遠。

2025年2月18日晚，我在香港參加創新科技界的春茗。香港創科及工業局局長孫東特別講到，港澳辦主任夏寶龍希望香港要勇於改革、敢於破局、不斷創新。孫東表示，香港要從具體工作中推進改革，加快河套的發展。夏寶龍主任在視察港深創新與科技園時有感而發：河套這個地方對粵港澳大灣區的發展太重要了，是整個大灣區高質量發展的塔尖。香港現在按照兩個五年期來推動河套發展，目標清晰，任務明確。要聚兩制之利做香港和內地單獨做都做不到的事情。圍繞這一點，港深合作在河套這個極點一定有更多的機會。

2月19日，深圳市在河套創新中心主辦有兩地院士、港區全國政協委員和友好團體代表參加的座談會，聽取專家對河套發展的建議，也為即將召開的市、省和全國兩會交流提案新思路。2006年吳家瑋、厲有為、李德成三位委員聯名在全國政協會議上提出了深港協同構建深港創新圈的提案，就是一次里程碑式的破局。大會給我一個發言機會，這既是一個新的開端，也給本書一個開放式的尾聲。

河套一直在「試錯」，但一直在向前。路在哪裏？有很多誤區、盲區，以及偽禁區。很多的慣性思維，似是而非。比如有人提及港深創新與科技園董事會有五位深圳的董事，其實董事局由 11 名成員組成，其中香港提名三位，深圳提名三位，社會公開邀請四位。然後香港特區政府委任一位主席，投票時少數服從多數，主席不投票；若票數相等，由主席投票決定。原來主席由香港科技園主席兼任，現在是創新科技及工業局常任秘書長兼任。這中間只有三位是深圳委派的，還有兩位屬於社會公開邀請的協商代表。這都是一些細微的制度和理念差異，兩地有很多的制度、觀念上的差異。很多時候是穿新鞋走老路，鞋不合腳，路走不通。所以一定要敢於突破，善於借用，巧於融合。

河套不能再簡單的套用自貿區試驗區的方式，要採用香港獨特的「單一關稅區」優勢。去年 12 月，CEPA 增強版出臺，商務部提出在港澳地區開展單一關稅區與內地合作的大灣區示範，以推展 CEPA 的國際化、法治化新模式。國家的自貿區試驗區已經有十幾個，也正在推廣自貿區試驗區的成功經驗，河套可以拿來直接用。再談自貿區試驗區體現不出河套的獨特性。針對河套，完全可以設計獨特的落地方案，那就是「單一關稅區」試點，這也體現了「一國兩制」和香港的國際地位。粵港澳大灣區國際創科中心的定位是香港爭取來的，其中「國際」「創新」均指代香港。深圳肩負着協同香港、服務香港的重任，未來中國科技創新走出去的介面在香港，河套深港科技創新合作區成為「極點」。

把握河套的單一關稅區屬性，也就把握了它是最能體現香港「一國兩制」特別地位的區域。

2021 年 4 月在港深京三地專家論證河套發展生物科技的研究報告會議上，我第一次從精耕細作的維度提出兩個凡是：凡是在其他地方可以發展的，原則上不要安排進河套；凡是需要善用兩地特色資源，或需借力對方優勢的，要盡快突破，有序引入河套。河套不僅僅是福田 - 落馬洲的區位空間概念，更是大灣區着眼國際視野、國家戰略的區域合作新高地，要精心設計制度對接，把握時機，統籌安排。我還特別以齒輪的機械傳動模式為參照系，說明河套就是連結不同大小、不同方向運轉的動力軸。香港科學院院長徐立之當時就和我探討切磋，並表贊同。

之後，在 2021 年 7 月三方公開發表的聯合研究報告《策動灣區港深引擎 孕育生物科技新機》中，有一段話清晰地表達了河套的價值：河套區位於港深接壤處，覆蓋深圳河南側的香港園區（即位於落馬洲河套地區的「港深創新及科技園」）以及北側的深圳園區（即「深方科創園區」，包括福田保稅區及皇崗口岸片區），不僅是港深科技創新合作的橋樑，更應該成為帶動港深生物科技集群發展的「齒輪」。河套區的港深「兩園」不能割裂來看，而是要作為「一區」整體探討發展方向：當兩地的制度和標準不一致時，應當遵循制度更靈活、標準更國際化的一方；當兩地的政策優惠力度和措施不一致時，應當遵循優惠力度更大、支持措施更多的一方。這樣才能實現河套區作為一個整體的協同發展，並作為齒輪帶動港深兩地的長遠發展。

形格勢禁之下，港深兩地在河套園區協同發展的路徑選擇只有三條：「搭好平臺、當好通道、建好基地」。平臺、載體和通道三位一體功能設計才能體現跨境合作的核心價值。河套合作區作為國家戰略平臺的屬性體現為政策試驗田、國際標準制定載體及跨境協同機制的設計者；而物理空間與產業生態是實體支撐載體，包括科研設施、中試平臺、企業集群等，旨在連結基礎研究、技術轉化與產業化全鏈條；通道功能聚焦在要素流動與跨境協同網路，為各類創新要素跨境高效流動的機制與基礎設施，打破深港制度差異壁壘，形成「雙城一體」的協同網絡、物理通道、資料通道、金融與人才通道。河套合作區通過「平臺 - 載體 - 通道」三位一體架構，構建了「制度創新引領資源集聚、實體空間承載技術轉化、跨境網絡驅動要素流通」的閉環生態。其核心目標是通過深港協同、求異存同，突破「一國兩制三法域」的制度差異，形成具有全球競爭力的科創樞紐，助力國家實現高水準科技自立自強。

河套地方很好，但目前還在基建中。人才公寓可以盡快使用，首交付的二棟產業及實驗室大樓應該要到 2025 年第三季才能運行。時不我待，目前的瓶頸可以借用國際通用的碼頭與錨地的配置模式，在適當的地方設立河套錨地，集結符合河套發展目標的企業與機構泊靠，提供全方位服務。凡是要在香港河套發展的企業，就在河套錨地備案註冊，註冊之後就可以享受香港河套的服務和政策。第二是深圳做灣區驛站，驛站是通道上的加油站、交友站、互惠站。深圳，包括大灣區有條件的地方都可以開放門戶、配載資源、提供服務，促進創新要素自由流動，打破行政區劃藩籬，不以交税、利潤設門檻，誰都可以來，發揮驛站的價值，成為改革的新標杆。第三是設立項目法人制。有人擔心錨地、驛站的商務活動怎麼監管，不註冊公司不可以提供資源。有專家因此建議打造雙總部、新特區、第三城等，以發揮河套的中試轉化功能，建立專項鏈圈群，對參與機構團隊首席專家等，給予認可的項目法人許可認證，不一定是在深圳福田登記的企業，只要是在內地和香港登記的法人背書，都可以來這裏承擔項目、開展合作、申請資源配置和優惠政策，項目法人許可制的鞭子在法人頭上，制定專業服務的規則，一次違規終身禁業。第四是公佈要素清單，也就是我們講的白名單＋負面清單，在特定的範圍和區域，為構建新格局探索最大限度、更高水準的對外開放營商環境。通過港深河套，通過「諒解備忘錄」彌補規則上的盲區、無人區，破解「偽禁區」，實踐「單一關税區」板塊，聯通內外兩個市場，提供符合國際規則的港深合作模式。

五個聚焦包括產品實現、應用場景、人才集聚、IP 保護、生態營造。一要聚焦從實驗室的科技創新到產品定義定型，完成產業中試驗證的產品實現，也就是 0 到 1 的過程；二要聚焦應用場景，低空經濟、生物醫藥、智慧城市、低碳節能等等都是應用場景。更多的通過市場和資本、應用和品質實現全鏈條的賦能，體現產業化前景。三要聚焦人才政策，發揮香港國際人才高地的價值。香港是一個開放的國際化大都會。2019 年初，我們接待美國香港商會時，有一個話題是未來香港還有沒有價值。他們表示在香港的美國企業不會輕易放棄香港。香港營商環境中的人才政策和法治是非常好的兩個要素，歐美國家無法比擬。要攜手營造好人才團隊有序有效的集合和創業聚焦，讓國際化人才在河套享有「一國兩制」下的優勢最大化。具體有兩個建議：一是深圳河套對港人的個人所得稅比照香港的稅率減免政策，惠及香港「高才通」人才。由香港公司派人到深圳河套工作，或註冊在香港河套往返兩地工作等，因為他們在香港可享受當地稅收政策，最高個人所得稅 15%。二是對在河套港深跨境工作的這些人才發放過境交通費補貼。可以每日 50 元 / 往返一次 25 元計，設計專用交通卡，刷卡過關。一個人一天 50，一個月全日計 1500，一年 18000，醉翁之意不在酒，在於這個卡以後可以附加更多的跨境服務功能。四要聚焦知識產權保護，以國際視野和開放心態，不拘泥於地域、文化、國別，吸引和集聚全球頂尖 IP 人才，呈現河套軟實力。五要潛心全方位生態營造。結合「一國兩制」優勢和「一河兩岸」地利，建設具國際競爭力的產業中試轉化基地，營造全球創科資源匯聚點和世界級產學研平台，落地制度與政策創新試驗，促進港深兩地園區間人員、物資、資金和資訊流暢通的創新政策，把合作區打造成為國家培育新質生產力的重要策源地。當務之急是盡快落地平台、載體、通道，在深港結合部的香港一側建立「河套錨地」，深圳一側設立「灣區驛站」。「錨地」提供註冊地，而「驛站」提供服務空間。在香港園區註冊入駐的企業，可以在深圳園區與內地企業無障礙合作而無需重複註冊。

我們期待的「一國兩制」、一河兩岸、一園兩區，真正要有所突破，站在所謂高質量發展的塔尖上，就要有好的頂層設計和基礎支撐。我早年在湖南省文化廳工作的時候，現場看過岳陽樓的維修翻建，岳陽樓所有的梁柱均採用榫卯結構，「你中有我，我中有你」，沒有一個釘子，卻穩定堅固。所有木架拆下來以後都有編號，錯位了以後就上不回去了。我們這個銜接也應該是無縫的，先立後破，探字當頭，要有組織有設計、有層級有結構、有制度有突破，讓「創、闖、幹」的特區精神在新時代發揚光大。

附錄一：

研究深圳河治理和深港合作歷史

2022 年 2 月 9 日，我和郭萬達、張克科、張玉閣等幾位學者在綜合開發研究院交流，討論香港北部都會區開發前景和深港合作如何更上一層樓。會後，克科告訴我，他正在查閱資料，打算用口述史的方式反映這一重大歷史題材。5 月，他的《深港科技創新口述史——河套的前世今生與深港合作》初稿寫就，並邀請我作序。故欣然提筆。

張克科同志是特區的「開荒牛」之一，1988 年調入深圳，1990 年調市政協港澳委員聯誼會工作。30 多年來，他的工作崗位出現七次調動，但一直和深港合作密切相關。作為一位學者型幹部，他深入研究和參與相關工作，並妥善保存了不少歷史資料，因此今日得以客觀地總結反映這段珍貴的歷史。

1982 年，我從廣州調深圳，支持經濟特區建設。1986 年 7 月到 1995 年 5 月任深圳市人民政府副市長，主管財政、金融、國有資產、外事和口岸工作。1995 年 5 月後，調任中國銀行港澳管理處工作，參與了香港、澳門回歸前後的經濟工作。2006 年 9 月退休回到深圳，參與綜合開發研究院的管理工作，並形成了關注歷史研究課題的興趣。

一、深圳河治理催生落馬洲河套地區

深圳河是深圳的母親河，也是深圳和香港之間的界河，歷來河床狹窄、河道蜿蜒，並且時有海潮頂托，建立經濟特區前，她默默無聞，靜靜地流淌。1980 年 8 月，深圳經濟特區建立，改革開放的大潮在這裏興起，繼蛇口之後，羅湖區各項建設熱火朝天地展開。大量的城市用水經過陸地流入深圳河，加上大規模土地開發後水土流失的影響，其河道洩洪能力下降，流域環境變差，及時改造勢在必行。這時，深圳市委市政府發現，要保持可持續發展的生態，長期養育着兩岸人民的深圳河必須得到徹底的治理改造。由於深圳河是界河，當時又值九七回歸話題初起，因此，除水利和基建部門外，外事辦和口岸辦也深深地介入其中。

1981 年 12 月，深港雙方正式提出治理深圳河，並組成了聯合工作小組。1982 年 3 月，甄錫培副市長率團訪問香港，與港府政治顧問麥若彬首次商討邊境口岸建設和深圳河治理。因為深圳河南岸是新界的邊境禁區，人口不多，經濟不活躍，初時港府不太重視。經反覆溝通後，雙方形成了共同治理深圳河的共識。1982 年 11 月，市政府行文廣東省政府《關於治理深圳河涉及邊界問題的請示報告》。1985 年 3 月，深港雙方初步形成了合作治理深圳河方案，提出按照「建設一期，預備二期，着手三期，展望四期」的原則推進。廣東省政府 1987 年將方案上報國務院，但遲遲未獲批覆，項目擱置。

1986 年 7 月，我就任後接手負責推進這項工作，多次和港澳辦及外交部溝通，均稱正在研究中。後來，我專程拜訪了港澳辦李後副主任，李主任坦率地告知：深圳河治理工程雖不大，但是裁彎取直後的土地如何處置很複雜，而且敏感。必須充分論證，有切實可行方案，否則將來有可能被當作李鴻章。李主任的明示和擔憂，給我們指明了工作的方向。回深圳後，我請外事辦祖國禎主任和口岸辦劉傑主任組織力量調查研究，拿出可行方案。方案形成後經市政府批準，我又到港澳辦和外交部向周南副部長等專門做了匯報，最終獲得認可。

1991 年 11 月港澳辦和外交部 1120 號文批覆，明確了深圳河治理後的管理線劃分：以新河道中心線為管理線，土地互換後仍多出的約一平方公里河套地區，比照過境耕作土地，深圳業權，香港管理。

經過一段時間的調整後，1992 年 12 月，市裏決定深港雙方治理深圳河談判再次啟動。此時，港方關注的焦點主要是深圳河治理對環境的影響如何。因此，做好環境評估成為治河能否啟動的關鍵。當時港府之所以這麼重視環境評估，源於香港和國際社會對米埔自然保護區和深圳紅樹林濕地公園的關注。我記得那個階段港府前布政司鍾逸傑，曾專門邀請我、外辦主任以及深圳紅樹林專家，訪問米埔濕地公園。英女王夫婿菲力浦親王，也曾以國際野生動植物保護基金會主席名義，專門訪問過深圳紅樹林濕地公園。這兩次訪問促進了深圳對環境保護的重視和深港雙方合作按照國際慣例開展環境評估報告的努力。原來計劃 24 個月完成的環評報告，後來 18 個月就順利完成。張克科在他的口述文章中，也從另一個方面記載了這個時期前後一些專業機構和民間的推動。

1993 年 6 月 16 日和 9 月 26 日深圳市羅湖核心區遭遇的兩次洪澇災害，不少「老深圳」印象深刻，它既暴露了我們的基礎設施的短板，也推進了深港雙方合作治河的決策和進程。1993 年 6 月 16 日，恰逢尼泊爾國王夫婦訪問深圳，我作為地方代表全程陪同參觀訪問。下午，深圳市暴雨成災，羅湖區火車站廣場一帶全線被淹，尼泊爾代表團及所有接待人員被困富臨大酒店，停水停電停通訊，情況十分危險和被動。當時陪同團長和公安部、外交部的同志十分焦急，我也只能依靠秘書游泳送過來的唯一手機和市公安局局長梁達鈞及市委書記厲有為保持溝通和聯繫。次日上午雨停了，洪水未退，市裏只能借用園林公司的工作船，護送國王夫婦一行去機場乘專機回國，沿途交警列隊站在齊腰身的洪水中執勤，有為書記在紅嶺路坡上等候送行的場景，令外賓和陪同團同志非常感動。在平安回國後，尼泊爾外交部專門致電感謝深圳市人民政府在挑戰面前的良好接待。事後，市裏總結經驗教訓，決心加快深圳河治理和配套基礎設施的建設，以更好地保護人民生產生活的安全。

1994 年 9 月 14 日，深港雙方專家經過數十輪的談判，針對治理深圳河的方案終於達成共識。兩地政府簽訂協定，計劃工程分三期進行，1995 年 5 月 25 日深港治河首期工程開工。第一期 1995 年動工的就是羅湖橋以西到出海口的河道，一個最大的創新設計就是將原來彎曲的河道裁彎取直。羅湖橋下和落馬洲各有一塊土地因此劃入深圳和香港。

經過13年的不懈努力，造福深港兩地人民、促進深圳經濟特區發展的這一重要工程終於落地了，參與者們百感交集。2000年以後，洪澇災害對深圳市的影響明顯減弱。2012年深圳河治理工程全部完工，深圳河的防洪能力大大提高，水環境達標，其內河航運能力和河岸環境有了很大的改善。更加可喜的是，在長期合作治河論證和建設的過程中，深港雙方加深了理解、增強了互信，激發了合作發展兩岸經濟、努力爭取共贏的探討和實踐。

二、界河治理促進合作，發展「一河兩岸」探索

從 1981 年 11 月到 1994 年 9 月，長達 13 年的治河論證

和談判，打破了深圳河多年來的沉靜，引發了兩岸有心人的思索和探討。1990 年 12 月，深圳市政協成立，12 位港澳政協委員參與其中。新界原居民、旅英華僑、深圳資深投資人、市政協常委文伙泰先生，在這個參政議政的平台上，率先提出了倡議。市政協領導高度重視，責成市政協聯誼委員會支持配合，開展調查研究。當時市委統戰部部長譚煒、外事辦主任祖國禎、口岸辦主任劉傑也都在這個委員會。張克科作為工作處處長，協調服務各位委員。1992 年 8 月，文先生資助聘請了國內首家民辦官助智庫——中國（深圳）綜合開發研究院，進行了卓有成效的研究。1993 年 3 月在市委、市政府支持下，市政協出面邀請國家和廣東省有關方面的專家一起研討，經過論證提出了設立深港雙邊保稅合作區，開通皇崗落馬洲穿梭巴士，以及創建深港科技園等三個主報告。一系列民間推動和專家研究，引起兩地媒體的高度關注，也為九七回歸後，深圳、香港兩地政府的重視和參與奠定了一定的社會基礎。

1994 年 9 月，深港兩地合作治理深圳河簽約時，深圳建設區域性金融中心已經取得了階段性成果。市裏提出轉型升級、科技興市、大力發展高新技術產業的奮鬥目標。而且隨着香港九七回歸的臨近，迎接香港回歸，促進穩定，謀求深圳香港合作發展的任務加重。1994 年 6 月，文伙泰先生出資支持成立了「深圳經濟特區促進深港經濟發展基金會」。1997年3月19日，皇崗—落馬洲跨境穿梭巴士開通。1997年4月19日，文先生作為新界新田鄉鄉事委員會主席，致函候任特首董建華，《關於推動深圳河沿岸地區發展的建議》為歷史的演進與發展揭開了序幕。

跨越深港在邊境區進行的治河工程難度很大，但開工後進展順利。雙方克服了不同社會制度、法律體系、政府運作、工程設計標準、招標程序、施工方法等差異，求同存異，堅持按照國際標準推進建設和管理，取得了成功。

落馬洲河套地區的開發卻爭議不斷，進展難如人意，焦點有三：一是河套土地的歸屬之爭，香港回歸的當天，國務院發佈221號令，明確深圳河治理後以新河中心線作為界域，未對河套區的業權和管理權問題另作說明，遂引起雙方爭議；二是河套地區作為深港合作的空間連接，也是香港價值鏈向全球和內地延伸的重要橋樑，是「一國兩制」下先行試驗的較佳空間，如何進行定位發展？商貿區、金融創新區，還是高等教育、高新科技區加文化創意？三種意見爭論激烈；三是河套地區要發揮作用，就必須有兩岸特別是新界西北地方發展規劃的配合，如何實現？

經過深港雙方20多年的探索磨合，在中央政府和廣東省政府的協調促進下，近年來終於有了可行的配套解決方案。

2007年12月18日，深圳香港合作會議，簽署《關於近期

2019 年 8 月 18 日，中央公佈《關於支持深圳建設中國特色社會主義先行示範區的意見》。

2021 年 9 月 6 日，中央公佈《全面深化前海深港現代服務業改革開放方案》。

2021 年 9 月 6 日，深港簽署《關於推進深港創新合作區「一區兩園」建設的合作安排》。

2021 年 10 月 6 日，林鄭月娥發表任內第五份施政報告，首次提出開發「香港北部都會區」和建設「兩城三圈」構想。這一系列中央和地方政府決策總結了多年來深港合作探索的經驗和教訓，集中了民間和政府的智慧，形成了更有格局和分量的國家戰略，成為國家和大灣區健康發展的新動力。

三、建設粵港澳大灣區，深港合作更上一層樓

今年是香港回歸祖國 25 周年。25 年來，香港在中央政府支持下戰勝了亞洲金融風暴的衝擊，與內地建立了更緊密的經貿關係，實現了港澳自由行，進一步融入國際和國內大循環，保持了經濟社會活力和國際市場競爭力，展示了「一國兩制」政策的強大生命力。但是國際形勢錯綜複雜，香港各種社會勢力較量此起彼伏。2003 年 7 月 1 日的反 23 條立法大遊行、2014 年 9 月—12 月的佔領中環事件、2019 年 6 月 8 日的反修例風波、2019

建設的合作安排》。這一系列組合拳，展示了國家的決策和深港政府未來行動的規劃和動向。

20 世紀八九十年代，國家迎來了改革開放的新時代，深圳經濟特區的成功崛起、香港特別行政區的順利回歸和持續發展，在新中國發展史上留下了濃墨重彩的一筆。唇齒相依的深圳和香港在密切交往和合作中相得益彰。深圳河治理的成功，就是「一國兩制」下雙方加強了解和認識、互相學習借鑒、探索深層次合作的有效途徑。過程雖然曲折，但前景十分光明。

20 年前，高尚全先生在給《深圳—香港：一河兩岸合作與發展研究》一書作序時就提出，「希望更多的經濟學家、社會學家、政策分析家關注深圳河兩岸地區的發展與合作，與香港、深圳兩地人士一起，將『一國兩制』、深港合作、共同發展這篇大文章做得更漂亮，為一河兩岸的繁榮，把握機遇，齊創未來。」張克科的這本口述史重現和記錄了深港科技合作前前後後一路前行的腳印。作者在書尾也描述了未來的憧憬：面向 2035 年及 2047—2050 年的新藍圖，深圳河沿線一河兩岸佈局由點連線，輻射到深港兩地縱深區域的發展。深圳河兩岸地區，是「一國兩制」連接最近的地方。「雙城三圈」跨越這個地區的銜接，是深港銜接的重要組成部分，是大灣區與國際市場的交匯區。這裏是兩地社會經濟銜接的樞紐地帶，具有特殊的地緣關係，新項目的開展重要基礎設施合作項目的協議書》（1 + 6 協議）。

2008 年 1 月，香港政府宣佈四年內將新界禁區由 2800 公頃縮減至 400 公頃。

2008 年 11 月 13 日，深港政府簽署《落馬洲河套地區綜合研究合作協定書》。

2015 年，形成了最終報告和行政摘要，但土地業權問題仍困擾未決。

2016 年下半年，在中央政府支持下，馬興瑞市委書記和梁振英行政長官積極推動，雙方破題形成河套地區一攬子解決方案。

2017 年 1 月 3 日，林鄭月娥政務司長和艾學峰副市長簽署《關於香港深圳推進落馬洲河套地區共同發展的合作備忘錄》，將落馬洲河套地區定位為港深創新及科技園，明確了土地業權交給香港，由香港開發，創新與科技局主管，由香港科技園下屬成立一個專屬的公司負責運行，優先支持港深科技中心。預留權益空間，認可三平方公里深方科創園區。這一協定為落實深港科技創新合作和粵港澳大灣區構想出台奠定了基礎。

2017 年 7 月 1 日，在習近平總書記見證下，《深化粵港澳合作推進大灣區建設框架協定》在香港簽署。

2019 年 2 月 18 日，中央正式公佈《粵港澳大灣區發展規劃綱要》。

年 11 月區議會選舉建制派的失利，突顯了鬥爭的艱巨性、複雜性，促使中央政府為了香港的長治久安和國家安全，下決心出重拳扭轉局面。2020 年 6 月 30 日，全國人大就香港國家安全立法。2021 年 3 月，全國人大修改完善香港選舉制度。2021 年 11 月的立法會選舉和 2022 年 5 月的行政長官選舉，均按照新制度順利進行，為「一國兩制」的全面準確落實、為保障國家安全、落實愛國者治港，奠定了政治基礎。

中央政府和香港特區政府是清醒的執政者，我們深知，之所以滋生風波是因為複雜的經濟和社會原因，解決好各種深層次矛盾和問題勢在必行。落實「一國兩制」，加速發展經濟，切實改善民生，促進民心回歸，是當前首要任務。增加批量土地供給，增強經濟發展實力，改善民生有效空間，十分關鍵。鞏固四大優勢產業，加強實體經濟，發展高科技產業是促進香港人才成長和增強國際市場競爭力的有效選擇。加大融入粵港澳大灣區，努力在促進區內經濟社會融合中為國家發展做出獨特貢獻，香港將會進一步發揮重要的作用。

2021 年 10 月 6 日，在落實《粵港澳大灣區發展規劃綱要》的指引下，林鄭月娥特首在施政報告中公佈了策劃多時的開發香港北部都會區和建設港深「兩城三圈」的構想。深港兩地政府 2021 年 9 月 6 日簽署了《關於推進深港創新合作區「一區二園」

佈局和策略為實現北部都會區奠定基礎，兩地如能很好地配合發展，將成為互利、互惠、互補，共同促進的新經濟增長帶。

國家明確了粵港澳大灣區定位，提出了很高的要求和期望：要求我們要建設充滿活力的世界級城市群；有國際影響力的國際科技創新中心；內地和香港深度合作的示範區；「一帶一路」倡議的重要支撐；宜居、宜業、宜遊的優質生活圈。香港、深圳、廣州、澳門、珠海等城市各有優勢，分別扮演着重要的角色。其中，深圳和香港的深度合作，特別是位於落馬洲—皇崗的河套深港科技創新合作區，籌劃多年，且具有跨境、跨制度、跨關稅區的獨特優勢，更是令各方期待。

張鴻義

深圳市原副市長、綜合開發研究院（中國· 深圳）副理事長

2022 年 5 月 25 日於上海

附錄二：

深港合作的價值不可替代

香港回歸25周年之際，很多媒體都來採訪我。我告訴他們，1997是我人生中最重要的時間節點，有幸見證了香港回歸祖國的歷史瞬間，我個人也當選為中國工程院院士。從那一刻起，我的人生和祖國、香港深度地捆綁在一起，也有了更大的平臺為國家、為香港的科技發展建言獻策。我認為，香港目前已經具備足夠條件在科創上大展拳腳，並寄語香港科學家要「身在香港，心懷祖國，放眼世界」，做出成績，貢獻國家。

深圳的一位朋友和我微信交流，說看到這些資訊非常有同感，深港攜手邁向國際科技創新中心趕上了最好的時機。他還告訴我，他正在整理《深港科技創新口述史》的文稿，其中有一些大事是我參與和關注的。我要來了書稿，仔細閱讀，往事歷歷再現。這位相識差不多30年的朋友，就是本書的口述者張克科。我也很高興為這本書寫序，一起回憶香港回歸以來科技發展走過的艱辛的路程。光陰似箭，日月如梭，我們的友誼與日俱增！

我是在擔任香港工程師協會副會長、會長期間認識張克科先生的。那時他經常出席香港科技、教育、工程和友好團體的活動，向香港同胞介紹深圳的投資環境和發展機會。有一次他還特別緊急地給我打電話，了解電動汽車的核心技術和電池性能的產業化進展。這時我才知道他已經離開深圳市政協和投資促進中心，到了高新區辦公室工作。那天是一家內地的電動汽車企業開着一台研發的新車到市政府大院向深圳市領導報告新產品和體驗電動汽車的性能。他告訴我，領導正在聽匯報和試車，並囑咐他向香港大學的「電動汽車之父」諮詢。我直截了當地回答，當前只有加拿大有完整的產品線，這個新產品使用的電池能不能是自己的創新，只要看看有沒有相關實驗室就可以說明來源。

香港回歸後，有一點我印象很深，時任特首董建華提出要在香港推廣高科技。在這本書中，我才知道深圳當時也在佈局高新技術產業的發展，並且非常認真地邀請香港請的國際團隊也給深圳把脈。後來的情況是，董建華雖有心發展科技，可惜未能得到配合，後來金融風暴、沙士來了，計劃就告吹了。只能說，科技對於國家、社會、經濟的重要性，香港人那時的認識不一致。

1998 年 11 月，我作為香港的第一位中國工程院院士，受邀出席深圳與中國工程院共同在深圳舉辦的院士論壇。那一次，全國政協副主席、中國工程院院長宋健，剛剛卸任浙江大學校長、就任全國人大常委會副委員長的中國科學院院長路甬祥也都來了深圳。深圳市領導在座談會上向我們介紹了高新區的發展、深圳虛擬大學園的規劃、深圳發展高新技術的決策和佈局，請我們提出意見。路甬祥院長和我在座談會上特別強調高新區和大學的重要性，我也應邀在大會上做了關於國際電動汽車發展的前沿動態和展望的專題報告。那幾天，張克科先生作為高新辦的代表，全程參與了論壇和交流活動。我發現我們很多觀點都非常一致。我們每一次的交流都表達了共同的心願，深港合作，對香港好，對深圳好，對國家好。

盡管我在做專業領域的研究，但深港科技教育的合作一直是我關注的話題。書中詳細記載的香港與深圳兩個城市在跨界的河套地區的話題，頗具傳奇色彩。歷史命運多次改寫，區位條件十分特殊，是內地與香港唯一一塊地理相連的合作區。河套作為「一國兩制」的「結合部」和兩大都市的「夾縫區」，在歷史與現實的激蕩中被賦予了獨特的使命和定位，是深港目前唯一以科技創新為主題的特色平臺。

河套被賦予科技創新的旗幟，我認為是必要和正確的。我對這個區域的全面、全新的認識，與我和張克科先生在一個共同的研究課題上的交集是分不開的。

2016 年 4 月，中國工程院院長周濟率代表團訪問香港工程科學院。當時的香港工程科學院院長是原香港科技大學副校長李行偉教授，我作為中國工程院院士、香港工程科學院前副高級院長和高級顧問參加了接待和座談。我們提出進一步發揮內地和香港工程科學界的力量，帶動珠江三角洲的工程產業升級和發展。大家非常認同這個模式和合作平臺，當即決定成立中國工程院與香港工程科學院聯合課題組，開展深度調研。

2016 年 7 月，香港工程科學院帶着初步研究大綱赴北京，在中國工程院副院長幹勇主持下，召開課題研討和深度對接工作會議。進入會場，我看到張克科先生也在出席會議的人員之列。我發言的時候，特別提到，這次會議有邀請深圳的同事參加研討，對我們了解兩地的情況和發揮深港兩個城市多年合作的基礎，有着非常的意義。李行偉院長在香港科技大學和深圳開展的深港產學研基地合作中，與張克科先生共事多年，彼此也非常熟悉，他也提議請張克科先生多介紹一些深圳的情況。後來我才知道，1998 年深圳高新區成立伊始，深圳市領導主動拜會宋健院長，並支持中國工程院在深圳建立院士活動基地，張克科先生參與了全程的服務，並曾擔任首任深圳方主任，代表深圳市參與籌備工作。那一次會上，張克科先生在會上做了詳細的發言，我看到這本書也有收錄。

2017 年 5 月，課題組完成基礎研究後，中國工程院代表團應邀赴香港做調研，並在香港回歸 20 周年前作為重大活動之一，在香港發佈研究報告成果。張克科先生也是代表團成員之一。他主動向深圳市政府領導匯報，安排代表團實地考察河套片區。當時河套的規劃藍圖已經明確，2017 年 1 月 3 日兩地政府簽署合作備忘錄，將在跨境的河套片區共同建設科技創新中心。中國工程院的內地院士實地考察後，留下了深刻的印象。在香港工程科學院的歡迎招待酒會上，中國工程院副院長幹勇院士主動提起了河套的話題，並請張克科先生做了即興的簡要介紹。那一次，我看到張克科先生如數家珍地一一道來，給我們簡述了河套創新區建立過程的艱辛和光明前景。他說，根據以往的經驗，香港動則全域動，香港好則深圳好。希望中國工程院可以發揮更大的作用向高層建言，更希望香港的專家們可以向中央表達心意。

在書中，我們看到了 2017 年 6 月 22 日以中國工程院院士的名義刊發的《將深港福田—落馬洲大河套片區確定為國家戰略，創建世界級產業創新中心》建議書。在港院士們也在深入討論，針對內地與香港在科研合作交流上存在的一些限制，如國家科研經費過境香港使用的問題，及香港科研儀器設備入境內地的關稅優惠問題等。由我牽頭並作為發起人之一，給習主席寫信反映了這些情況。我們一步步徵求大家意見，逐字逐句斟酌，定稿後提交，充分表達報效祖國的迫切願望和發展創新科技的巨大熱情。

習主席一直以來非常牽掛、關心香港，對這封信高度重視，作出重要指示並迅速部署相關工作。習主席在指示中強調，促進香港同內地加強科技合作，支持香港成為國際創新科技中心，支持香港科技界為建設科技強國、為實現中華民族偉大復興貢獻力量。習主席還強調，要重視香港院士來信反映的問題，抓緊研究制定具體政策，合理予以解決。此後，河套地區駛向了深港科技合作創新的「快車道」，這是我們作為在港兩院院士所盡的一點綿薄之力。有關重要指示的含意，是從精神到物質給了我們強心針。在物質上是資金過河，在精神上是為香港點明發展方向，再加上後來國家「十四五」規劃綱要就香港發展的詳細篇幅、粵港澳大灣區建設等，都為本港科研帶來前所未有的發展機遇。

光陰荏苒，流光飛逝，香港回歸祖國已經 25 年了。下一個 25 年，香港除了繼續為國家創新研發出一份力，還應發揮好中西交匯的文化樞紐價值。身為歸僑，一大優勢就是思維隨時可以中西切換。在外國演講時，我用的是西方思維方式；回到祖國，就是用國家的語言、術語，跟人們解釋。同樣的理念也適用於本港社會，香港是中西合璧的國際化都會，在這裏人們可以更好地觀察世界。中西文化各有價值，應互相借鑒和學習，取長補短，以發揮更大的優勢。

香港科研未來發展最需要也最重要的是建設生態鏈。香港仍然欠缺研究院和高科技企業，期望在港央企可帶頭做起，將研究院和企業設於香港，完善香港科研生態。同時，香港即使面對寸金尺土的困境，但在佈局北部都會區和「雙城三圈」的可持續發展規劃上，還是和深圳做雙城資源對接，仍可發展高附加值、高端的科技產業，亦有條件成為電動車測試和驗證中心，以發揮香港作為國際都市的優勢。

願大灣區的未來更加美好，深港合作的價值更加不可替代，國家的科技創新事業更加蓬勃！

陳清泉

中國工程院院士，香港大學榮譽教授，第十屆全國政協委員

2022 年 6 月 27 日 於香港

後記

2023 年 8 月 26 日是深圳經濟特區建立 43 周年的日子。感謝多年來一起攜手同行的香港資訊科技界朋友，在香港會議展覽中心舉辦的香港電腦通訊節上安排了一場「港深合作新機遇——河套變遷的故事暨《深港科技創新口述史》分享會」。我介紹了剛剛由北京新華出版社出版的新書，書中回顧了河套地區的前世今生，深港科技創新合作各階段遇到的困難、破局之道及其背後的心路歷程。那天和在場的許多參與、見證、親歷者一起，圍繞河套情結、協同創新、融合創業、未來可期四個主題，共同探討了河套未來發展的種種可能性。

香港特別行政區第十三屆全國人大代表、慧智顧問有限公司總裁洪為民先生在分享會總結感言中提到，河套地區頗具傳奇色彩，其歷史和發展經歷了太多的討論、規劃、博弈及爭議，中央、廣東、深圳、香港四方均參與其中，產生了很多富有智慧的決定和令人津津樂道的趣聞，也帶動了港深後續的系列合作，並催生了新的機遇。河套深港科技創新合作區匯聚了世界的目光，也成為港深科技合作的重要平台。河套還是粵港澳大灣區國際科技創新中心、綜合性國家科學中心建設的引擎和重要支撐。河套像是一根臍帶，將香港與內地緊緊聯繫在一起；又像一顆大腦，為港深科技協同創新發揮協調和引領作用。

2024 年 10 月下旬，我應邀去惠州天安數碼城參加《我們一起創造》大灣區創新沙龍。我準備的話題是從深港兩地城市與產業合作的升級提升，講述深圳的發展故事，從粵港澳大灣區區域發展戰略探討深圳城市定位的品質要求、協同創新和產業升級、以及港深城市群的定位和路徑選擇。那天給我一個很大的驚喜是，沙龍的另一位嘉賓是我 20 多年的老朋友金敏華。他的主題是關於香港北部都會區「城鄉共融新邊疆」的規劃理念，他以「1866 年新安縣全圖的故事：中心與邊陲的轉換」、「荔枝窩的實驗：從鄉郊活化到永續社區」、「北都四大區塊：迥異維港的新都會 ICON」 三個案例，講述了山水相連人脈相通的兩地歷史與現實雜糅的縱深話題。

老友相見互敘過往，我正好帶了二本書在手上，一本捐給了天安數碼城圖書館，一本當然就給了金敏華。他現在在香港中華書局負責香港地方志的編輯出版。我們的緣分很深。他在深圳商報做記者時，我在深圳市政協、高新辦、科技局工作，經常互通信息；更重要的是我們還是武漢大學校友，他所在的新聞學系和我就讀的圖書館學系一度還被併成同一個大眾傳媒與知識信息管理學院。

過了兩天，金敏華告訴我，他向香港中華書局高層匯報了這本書的主題，希望可以在香港出版繁體版，以便讓更多的香港市民進一步了解河套、了解港深雙城、了解未來。我們探討了該書繁體版出版的細節，並在簡體版的出版者、清華大學叢書主編劉宇濠協助下安排了版權及相關資料的使用；金敏華提議我們都熟悉的攝影記者張克雅參與新版照片補拍工作，為此我們專門在深圳河兩側的港深創新科技園及落馬洲警署、香港新界新田鄉、深圳羅湖橋和深港創新科技園區的南塔高層多次現場拍攝了一些場景。

該書繁體版的框架與簡體版相比有了不小變化。上篇聚焦河套，以類似田野考察、考現的方式講述這塊跨越一河兩岸的飛地傳奇；下篇聚焦 30 多年來、尤其是香港回歸 28 年來，在港深雙城發生的、本人親歷見證的科創產業相連互動的若干點睛故事，並將 2023 年 8 月之後，在不同場合分享河套故事的隨感整理出來，作為序篇。簡體版的兩篇序分別出自原深圳市副市長張鴻義先生和香港首位中國工程院院士陳清泉之手，既有史實勾沉、梳理，又有個人親歷、灼見，為免成為遺珠，特作為附錄收入。

感謝香港立法會議員（科技創新界）邱達根先生，以及同是立法會議員（選舉委員會）的香港中文大學黃錦輝教授為本書繁體版賜序。我和兩位一直在資訊科技聯會的平台上交流合作，一起推動了深港科技社團聯盟的建設、數碼港創意微型基金支持的香港青年創業計劃；一起參與推動深港創新圈項目實施落地、落馬洲河套發展公開諮詢等系列活動。面向未來，勢必要凝聚香港社會上下共識、依賴大灣區專業團體協同作戰。

我非常贊同邱議員在序中的思考：河套香港園區由 2025 年便會正式進入營運階段，然而包括新田科技城在內的整個北部都會區發展規模龐大，預計要到 2029 至 2033 年才有科創企業進駐。因此，率先進入河套香港園區的企業及科研機構必須與深圳方面深度合作，充分利用兩地優勢，開發新的科技應用場景或在產品研發、原型製作、產品設計、測試等高增值工序實現突破，才能一舉奠定基礎。這些先導者的成功將使河套成為內地與香港科創合作的示範區，這方面的經驗和成果亦勢必輻射到未來的新田科技城。

深港兩地政府要以開放的心態，探索落戶河套的企業提出的跨境便利措施等要求，更「貼地」地推動制度革新。唯有勇於創新，以河套合作區為試點，推動更多創新要素跨境流動，並以每一個成功案例突破政策瓶頸，然後盡快將經驗擴展至河套以外更大範圍的科創生態圈，港深科創合作方有可能迎來一片新天地。

2025 年 5 月 3 日

「喏！你說，福田村再過去就是水圍／故國的泥土，伸手可及／但我抓回來的仍是一掌冷霧」1979 年 3 月，詩人洛夫訪港，在余光中的陪同下，到邊界落馬洲用望遠鏡看大陸，離鄉三十年的他近鄉情怯，寫下膾炙人口的《邊界望鄉》，表達遊子懷鄉咫尺天涯的傷痛、落寞和無奈；亦是落馬洲區域生態民俗資源之外又一寶貴人文歷史脈絡。2023 年 2 月，三年疫情阻隔剛結束，張克科故地重走，俯瞰河套，思緒萬千